CLAIR DE LUNE

Du même auteur

Priez pour mourir,
Plon, 1994.

Dix-Huit Heures pour mourir,
Calmann-Lévy, 1996 ; Le Livre de Poche, 1998.

Bone Collector (Le Désosseur),
Calmann-Lévy, 1998 ; Le Livre de Poche, 1999.

Tir à l'aveugle,
Calmann-Lévy, 2000 ; Le Livre de Poche, 2002.

Épitaphe pour une star du porno,
Le Livre de Poche, 2002.

La Place du mort,
Calmann-Lévy, 2002 ; Le Livre de Poche, 2004.

Meurtre.com,
Calmann-Lévy, 2003 ; Le Livre de Poche, 2005.

New York City Blues,
L'Archipel, 2004 ; Archipoche, 2007.

Le Singe de pierre,
Calmann-Lévy, 2004 ; Le Livre de Poche, 2006.

L'Homme qui disparaît,
Calmann-Lévy, 2006 ; Le Livre de Poche, 2007.

Le Rectificateur,
Éditions des Deux Terres, 2006 ; Le Livre de Poche, 2007.

Spirales infernales,
Éditions des Deux Terres, 2007.

Sangs innocents,
L'Archipel, 2007.

Les Trottoirs de Manhattan,
Calmann-Lévy, 2007.

La Carte du Pendu,
Éditions des Deux Terres, 2007 ; Le Livre de Poche, 2008.

JEFFERY DEAVER

CLAIR DE LUNE

roman

TRADUIT DE L'ANGLAIS (ÉTATS-UNIS)
PAR PIERRE GIRARD

ÉDITIONS DES 2 TERRES

Titre original :
The Cold Moon
Éditeur original : Simon & Schuster, New York, 2006

ISBN original : 978-07432-6093-0

ISBN : 978-2-84893-056-5

www.les-deux-terres.com

Tu ne me vois pas, mais je suis toujours là.
Cours aussi vite que tu le peux, tu ne m'échapperas pas.
Lutte de toutes tes forces, tu ne pourras jamais me battre.
Je tue quand je le veux, mais on ne pourra jamais me traîner face aux juges. Qui suis-je ?
Le Temps.

I

Mardi, 12 h 02

Le temps est mort dès que les petites roues dentées l'ont chassé ; c'est seulement quand la montre s'arrête que le temps prend vie.

William Faulkner.

CHAPITRE 1

– Ils ont mis combien de temps à mourir ?

L'homme auquel s'adressait la question ne parut pas l'entendre. Il jeta un nouveau coup d'œil au rétroviseur, concentré sur sa conduite. Il était tout juste minuit et les rues, à la pointe de Manhattan, étaient verglacées. Un brusque coup de froid avait dégagé le ciel, transformant en une pellicule glissante la neige qui recouvrait le bitume et le béton. Les deux hommes circulaient dans la Band-Aid-Mobile, comme Vincent le Malin avait baptisé le véhicule de service beige brinquebalant. Celui-ci datait de quelques années ; les freins avaient besoin d'une révision et les pneus d'être remplacés. Mais il n'aurait pas été raisonnable d'utiliser une voiture volée, surtout après avoir embarqué deux passagers victimes de meurtres.

Le conducteur – un mince quinquagénaire aux cheveux coupés ras – poursuivit son chemin, sans jamais accélérer, enchaînant les virages avec précision, toujours au centre de sa file. Il conduisait de la même façon que la chaussée soit sèche ou glissante, que le véhicule ait été impliqué dans un meurtre ou non.

Prudent, méticuleux.

Il avait fallu combien de temps ?

Big Vincent – Vincent avec ses grands doigts boudinés, toujours moites, et la ceinture de cuir marron qu'il bouclait au dernier trou – fut secoué d'un violent frisson. Il avait attendu au coin de la rue après son service de nuit comme secrétaire intérimaire. Il faisait un froid de canard mais Vincent n'aimait pas l'entrée de son immeuble. Il y régnait une lumière verdâtre et les murs étaient couverts de grands miroirs dans lesquels il voyait sa propre silhouette ovale sous tous les angles. Il était donc sorti dans l'air pur et glacial de décembre et avait fait les cent pas en grignotant une barre chocolatée. D'accord, deux.

Tandis que Vincent levait les yeux vers le disque au blanc éclatant de la pleine lune qui se montrait brièvement entre deux falaises de béton, l'Horloger répéta, réfléchissant à voix haute :

– Il leur a fallu combien de temps pour mourir ? Intéressant.

Vincent ne connaissait pas l'Horloger – Gerald Duncan de son vrai nom – depuis longtemps, mais savait déjà que lorsqu'on posait des questions à ce type, c'était à ses propres risques. La plus anodine des interrogations pouvait déclencher un monologue. Quel bavard ! Et ses discours étaient toujours élaborés, comme ceux d'un prof de fac. Vincent comprit que pendant les quelques minutes qui venaient de s'écouler en silence, Duncan avait réfléchi à sa réponse.

Vincent ouvrit une boîte de Pepsi. Il faisait froid, mais il lui fallait quelque chose de sucré. Il but d'un trait et fourra la boîte vide dans sa poche. Puis il mangea un petit paquet de biscuits au beurre de cacahuète. Duncan jeta un coup d'œil de côté pour s'assurer qu'il portait bien des gants. Ils portaient toujours des gants dans la Band-Aid-Mobile.

Méticuleux…

– Je dirai qu'il y a plusieurs réponses à ça, commença Duncan de sa voix douce et lointaine. Par exemple, le premier que j'ai tué étant âgé de vingt-quatre ans, on pourrait dire qu'il a mis vingt-quatre ans à mourir.

Mais oui, bien sûr, songea Vincent le Malin, sarcastique, tel l'adolescent forcé d'admettre une évidence qui ne lui était pas venue à l'esprit.

– L'autre avait trente-deux ans, je crois.

Une voiture de police les croisa sur la voie opposée. Vincent sentit les battements du sang à ses tempes, mais Duncan ne broncha pas. Les flics passèrent sans manifester le moindre intérêt pour l'Explorer volée.

– On peut aussi répondre à cette question, reprit Duncan, en considérant le temps qui s'est écoulé entre le moment où j'ai commencé et celui où leur cœur s'est arrêté. C'est sans doute ce dont tu voulais parler. Le problème, vois-tu, c'est que les gens veulent toujours enfermer le temps dans des cadres de référence facilement assimilables. C'est valable du moment que c'est commode. Le fait de savoir qu'il se produit une contraction toutes les vingt-quatre secondes est commode. Comme de savoir qu'un athlète court un mille cinq cents mètres en trois minutes et cinquante-huit secondes pour gagner la course. (Nouveau coup d'œil à Vincent.) Je ne critique pas ta question.

– Non, dit Vincent, dont ce n'était pas le souci. (Vincent Reynolds avait peu d'amis et pouvait encaisser beaucoup de choses de la part de Duncan.) C'était par simple curiosité.

– Je comprends. Je n'y ai pas pensé, c'est tout. Mais la prochaine fois je vais chronométrer.

– La fille ? Demain ? demanda Vincent, qui sentit ses battements de cœur s'accélérer légèrement.

Duncan hocha la tête.

– Tu veux dire plus tard aujourd'hui même.

Vincent l'Affamé avait réveillé Vincent le Malin, maintenant qu'il pensait à Joanne, la fille qui serait la prochaine à mourir.

– Bien.

Le tueur suivait l'itinéraire compliqué qui les ramenait à leur domicile provisoire dans le quartier de Chelsea, au sud de Manhattan, près du fleuve. Les trottoirs étaient déserts ; la température frôlait le zéro et le vent soufflait en continu dans les rues étroites.

Duncan se gara le long du trottoir, coupa le moteur et tira sur le levier du frein à main. Les deux hommes sortirent de la voiture. Ils longèrent un pâté d'immeubles en luttant contre le vent glacial. Duncan regarda son ombre projetée par la lune sur le trottoir.

– Je viens de penser à une autre réponse possible. Sur le temps qu'ils ont mis à mourir.

Vincent frissonna à nouveau – en partie, mais en partie seulement, à cause du froid.

– Si on adopte leur point de vue, continua le tueur, on peut dire que ça a pris une éternité.

CHAPITRE 2

– Qu'est-ce que c'est ?

Son corps massif calé au fond de son fauteuil dans le bureau bien chauffé, l'homme sirotait un café en plissant les paupières pour scruter l'extrémité du quai. Il assurait pour la matinée la surveillance du site de réparation des remorqueurs, situé sur l'Hudson au nord de Greenwich Village. Un Moran qui avait des problèmes avec son moteur diesel devait arriver d'ici une quarantaine de minutes, mais le quai était désert pour le moment et le surveillant se trouvait bien, au chaud et à l'abri, les pieds sur son bureau, le gobelet de café coincé contre la poitrine. Il tendit le bras pour effacer la condensation sur la vitre et regarda à nouveau.

Qu'est-ce que c'est ?

Il y avait un petit coffre noir au bord du quai, face à Jersey. Il ne s'y trouvait pas la veille au moment où on avait fermé le site, et personne n'avait de raison d'accoster après ça. C'était donc arrivé par la terre. Il y avait une clôture fermée par une chaîne pour interdire l'entrée aux piétons et aux curieux, mais vu la quantité d'outils et autres poubelles qui disparaissaient, si on voulait entrer tout de même, on le pouvait.

Mais pourquoi avoir *laissé* quelque chose ?

Il continua à regarder en réfléchissant. Il fait froid dehors, il y a du vent, ce café est parfait. Puis il se décida. Et zut, il vaut mieux aller voir. Il enfila sa grosse veste grise, prit ses gants et son chapeau, et, après une dernière gorgée de café, sortit dans le froid glacial qui vous coupait le souffle.

Le surveillant longea le quai en luttant contre le vent qui lui tirait des larmes, sans quitter la boîte noire des yeux.

C'est quoi, bon Dieu ? Un objet rectangulaire, haut d'une trentaine de centimètres ; quelque chose, à l'avant, reflétait brutalement le soleil encore bas. Le surveillant cligna des yeux face au reflet. Les vagues de l'Hudson, couronnées d'écume, s'écrasaient sur les piles de l'appontement avec des bruits de succion.

Parvenu à trois mètres de la chose, il s'arrêta, comprenant de quoi il s'agissait.

Une pendule. Ancienne, avec un cadran aux chiffres bizarres – en caractères romains – et une image de la lune. Ça devait coûter cher. Il jeta un coup d'œil à sa montre. La pendule marchait, elle était à l'heure. Qui avait laissé là ce bel objet ? Bon, très bien. Un cadeau pour moi.

Comme il s'approchait pour la ramasser, ses jambes se dérobèrent sous lui et il crut une seconde, dans un affolement total, qu'il allait directement dans le fleuve. Mais il tomba sur place, sur la plaque de verglas qu'il n'avait pas remarquée, et ne glissa pas au-delà.

Il se redressa avec peine, en soufflant et en grimaçant de douleur. Puis, regardant à ses pieds, il vit que ce verglas n'était pas normal mais d'un brun tirant sur le rouge.

– Oh, mon Dieu, murmura-t-il en contemplant la grande flaque de sang gelé autour de la pendule. Penché pour mieux voir, il reçut un nouveau choc en comprenant comment ce sang était arrivé là. Il voyait ce qui avait tout l'air de traces laissées par des ongles ensanglantés sur le bois du ponton – comme si quelqu'un, blessé aux mains ou aux poignets, avait désespérément tenté de se retenir avant de tomber dans les eaux tumultueuses du fleuve.

Il s'approcha prudemment du bord. Il n'y avait personne dans l'eau qui clapotait au pied des piles. Il n'en fut pas surpris ; si ce qu'il venait d'imaginer était vrai, le sang transformé en glace disait assez que le malheureux s'était trouvé là un certain temps, et que si on ne l'avait pas secouru, son corps devait flotter quelque part à mi-chemin de Liberty Island.

Il recula, tâtant ses poches d'une main fébrile à la recherche du téléphone, et retira son gant avec les dents. Puis il repartit en toute hâte se mettre à l'abri, après un dernier coup d'œil à la pendule, en composant le numéro de la police de son gros doigt tremblant.

Avant et Après.

La ville n'était plus la même depuis ce matin de septembre, les explosions, les gigantesques volutes de fumée, les tours disparues.

On ne pouvait le nier. On parlait de résilience, de courage, de la vaillance avec laquelle les habitants de New York s'étaient remis au travail, et c'était vrai. Mais les gens se figeaient encore sur place quand les avions s'apprêtant à atterrir à LaGuardia semblaient voler un peu plus bas que la normale. On changeait de trottoir pour s'éloigner d'un sac de courses abandonné. On ne s'étonnait pas à la vue de soldats ou de policiers en uniforme sombre chargés de mitrailleuses noires semblables à des armes de guerre.

La parade de Thanksgiving s'était déroulée sans incident, Noël approchait maintenant et c'était partout la foule. Mais sur ces réjouissances, tel un reflet dans la vitrine d'un magasin, flottait toujours l'image des tours qui n'étaient plus là, de tous ceux qui n'étaient plus des nôtres. Avec, bien sûr, la grande question : qu'arriverait-il ensuite ?

Lincoln Rhyme avait un Avant et un Après bien à lui, et cette notion, il la comprenait parfaitement. Il avait été, à une époque, capable de marcher et de fonctionner normalement, puis il ne l'avait plus pu. Il était aussi bien portant que n'importe qui, en train d'examiner une scène de crime, et l'instant d'après une poutre s'était abattue sur sa nuque, faisant de lui un tétraplégique de catégorie C4, presque complètement paralysé à partir des épaules.

Avant et Après...

Il y a ainsi des instants qui vous changent à jamais.

Et pourtant, croyait Lincoln Rhyme, si on en fait toute une histoire, les événements finissent par être les plus forts. Et ce sont les méchants qui gagnent.

Telles étaient, par cette froide matinée de mardi, les pensées de Lincoln Rhyme tandis qu'il écoutait d'une oreille distraite la présentatrice du journal de la National Public Radio annoncer, de sa voix de FM qui ne tremblait jamais, le défilé prévu pour le lendemain en prélude à diverses cérémonies et réunions en présence des autorités, qui auraient dû, logiquement, se dérouler dans la capitale. Mais le « Tous avec New York ! » avait prévalu et les spectateurs, comme les manifestants, promettaient d'être nombreux et de bloquer les rues au grand dam des policiers anxieux pour la sécurité tout autour de Wall Street. Et le sport n'y échappait pas plus que la politique : des matchs qui auraient dû se jouer dans le New Jersey étaient annoncés à Madison Square Garden – une façon comme une autre d'afficher son patriotisme. Rhyme, ironique, se demanda si le prochain marathon de Boston n'allait pas se courir dans les rues de New York.

Avant et Après...

Rhyme avait fini par se dire qu'il n'était pas si différent dans cet Après. Sa condition physique, avec, disons, sa ligne d'horizon, avait changé. Mais il était pour l'essentiel la même personne qu'Avant : un flic et un scientifique impatient, coléreux (odieux à l'occasion, oui), infatigable, et intolérant pour l'incompétence et la paresse. Il ne jouait pas les infirmes, ne ramenait pas tout à sa situation (mais gare au propriétaire dont l'immeuble ne répondait pas aux normes de la loi sur le handicap quand il devait s'y rendre sur une scène de crime !).

En écoutant la radio, le fait que certains habitants de la ville semblaient s'apitoyer sur eux-mêmes le mit en colère.

– Je vais leur écrire une lettre, annonça-t-il à Thom.

Le mince jeune homme chargé de l'assister portait un pantalon noir, une chemise blanche et un gros pull-over – la maison de Rhyme à Central Park West était mal chauffée et mal isolée en raison de son ancienneté. Thom, occupé à installer une profusion de décorations de Noël, releva la tête. Rhyme le regarda d'un œil ironique poser un sapin miniature sur la table basse sous laquelle un cadeau se trouvait déjà, mais sans son emballage : une boîte de couches jetables.

– Une lettre ?

Rhyme expliqua pourquoi il était, selon lui, plus patriotique de vaquer à ses affaires comme d'habitude.

– Je vais leur rentrer dedans. Je pense au *Times* pour la publier.

– Eh bien, allez-y, faites-le, répondit le jeune homme, qui exerçait officiellement la profession d'aide-soignant, mais disait qu'au service de Rhyme son emploi était en réalité celui de saint.

– Mais oui, je vais l'écrire ! s'écria Rhyme.

– Ça vous fera du bien. Mais…

Rhyme haussa un sourcil. Le criminologue disposait et usait de toute une gamme d'expressions avec le peu de corps qu'il lui restait : épaules, visage et tête.

– La plupart des gens qui disent qu'ils vont écrire une lettre ne le font jamais. Ceux qui le font ne l'annoncent pas à l'avance. Vous n'avez jamais remarqué ça ?

– Merci, et bravo pour ton sens de la psychologie, Thom. Tu sais que maintenant rien ne m'arrêtera.

– C'est bien.

À l'aide de sa console à commande digitale, le criminologue déplaça son fauteuil roulant Storm Arrow rouge vers l'un des six écrans plats de grand format disposés dans la pièce.

– Commande ! dit-il au dispositif de reconnaissance vocale dans le micro fixé sur son fauteuil. Traitement de texte !

WordPerfect apparut aussitôt à l'écran.

– Commande, écriture ! « Messieurs ». Commande, deux points ! Commande, paragraphe ! Commande, frappe ! « Je constate… »

La sonnette de l'entrée retentit et Thom alla voir qui était le visiteur.

Rhyme ferma les yeux et il était déjà lancé dans sa harangue au monde quand une voix lui parvint :

– Salut, Linc. Et joyeux Noël !

– Hum, joyeux Noël, grommela Rhyme à l'adresse de Lon Sellitto qui se tenait sur le seuil avec sa panse avantageuse et sa tignasse ébouriffée.

Le gros détective était obligé d'avancer avec précaution ; la pièce, qui abritait un aimable salon à l'époque victorienne, était désormais bourrée d'une multitude d'appareils d'expertise médico-légale : plusieurs microscopes optiques et un microscope électronique, un chromatographe à gaz, des quantités de tubes à essai et autres coupelles, pipettes, mortiers, creusets, centrifugeuses, livres, revues, ordinateurs – et d'épais cordons électriques courant partout. (Depuis que Rhyme s'était mis à pratiquer l'expertise médico-légale à domicile, l'appareillage gourmand en électricité faisait fréquemment sauter les plombs. Il devait consommer à lui seul autant de courant électrique que l'ensemble des autres résidents de l'immeuble.)

– Commande, volume, niveau 3 !

L'unité de contrôle environnementale coupa docilement la radio.

– On n'a pas un temps de saison, n'est-ce pas ? dit le détective.

Rhyme ne répondit pas. Il se tourna vers l'écran.

– Salut, Jackson !

Sellitto se pencha pour une tape amicale sur la tête du petit chien à poil long couché en rond dans un carton à pièces à conviction de la police de New York. Il logeait provisoirement là, son précédent maître, le vieil oncle de Thom, étant décédé depuis peu à Westport, dans le Connecticut, au terme d'une longue maladie. Jackson était de la race des havanais originaires de Cuba et proche des bichons frisés. Il attendait que Thom lui trouve un nouveau foyer.

– On a une sale affaire, Linc, dit Sellitto en se redressant. (Il fit mine de retirer son pardessus, puis se ravisa.) Dieu qu'il fait froid ! C'est un bulletin météo que tu as là ?

– Je n'en sais rien. Je ne suis pas un maniaque des prévisions.

Rhyme, à cet instant, pensait à un bon paragraphe d'introduction pour sa lettre au journal.

– Une sale affaire, répéta Sellitto.

Rhyme le regarda en haussant un sourcil.

– Deux meurtres, même mode opératoire. À peu de chose près.

– On ne manque pas de sales affaires par ici, Lon. Pourquoi celle-ci plutôt qu'une autre ?

Comme souvent dans ses périodes d'inactivité entre deux enquêtes, Rhyme était de mauvais poil ; de tous les criminels qui avaient croisé sa route, l'ennui était le plus redoutable.

Mais Sellitto, qui travaillait avec lui depuis des années, était immunisé contre les manières désagréables du criminologue.

– J'ai reçu un appel de la Maison. Les patrons vous veulent là-dessus, Amelia et toi. Ils insistent.

– Ah, ils insistent ?

– J'ai promis de ne pas le répéter. Tu n'aimes pas qu'on insiste.

– Venons-en à la « sale » affaire, Lon. Si ce n'est pas trop demander ?

– Où est Amelia ?

– À Westchester, sur une enquête. Elle ne devrait pas tarder.

Le détective leva un doigt qui disait « Une seconde ! » en entendant sonner son portable. Il eut une brève discussion, hochant la tête et griffonnant quelques notes. Puis il coupa la communication et lança un coup d'œil à Rhyme.

– Bien. L'affaire est pour nous. Donc, au cours de la nuit dernière, il chope un type et...

– Il ?

– D'accord, on ne connaît pas le genre avec certitude.

– Le sexe.

– Quoi ?

– Le genre est un concept linguistique, dit Rhyme. Il sert à distinguer les mots féminins ou masculins dans certaines langues. Le sexe est un concept biologique pour différencier les organismes mâles ou femelles.

– Merci pour la leçon de grammaire, murmura le détective. Ça me sera peut-être utile si je participe un jour à un jeu télévisé ! Donc, *il* chope un malheureux et l'emmène sur ce site de réparation de bateaux au bord de l'Hudson. On ne sait pas très bien comment il s'y prend, mais il force le type, ou la fille, à s'accrocher au rebord au-dessus de l'eau et le blesse aux mains. La victime se retient un certain temps, semble-t-il – assez longtemps en tout cas pour perdre une quantité de sang –, puis lâche prise.

– On a un corps ?

– Pas encore. Les gardes-côtes et l'ESU, le groupe d'interventions urgentes, le recherchent.

– J'ai entendu un pluriel.

– Oui. Cinq minutes plus tard, on reçoit un nouvel appel. Cette fois, c'est dans une impasse près de Broadway. Une *autre* victime. Un agent a découvert le type ligoté et couché sur le dos. Son assassin avait placé une poutre en fer qui devait peser dans les quarante kilos au-dessus de son cou. La victime était forcée de la soutenir à bout de bras pour ne pas avoir la gorge écrasée.

– Quarante kilos ? Bon, je suis tenté d'en déduire que l'assassin est probablement du sexe masculin.

Thom entra avec du café et des gâteaux. Sellitto, toujours préoccupé par son poids, commença par un feuilleté aux fruits – son régime était suspendu pendant les fêtes. Il en avala la moitié et s'essuya la bouche avant de reprendre :

– Donc le type a tenu la barre. Un certain temps, sans doute. Puis il l'a lâchée.

– On a l'identité de la victime ?

– Theodore Adams. Il habitait près de Battery Park. La police a reçu hier soir un appel d'une femme disant qu'elle avait rendez-vous avec son frère pour dîner et qu'elle était sans nouvelles de lui. C'est le nom qu'elle a donné. Le sergent de la circonscription devait l'appeler ce matin.

Lincoln Rhyme trouvait le plus souvent que ces descriptions ne servaient à rien. Il admit cependant que les termes de « sale affaire » convenaient à la situation.

Tout comme le mot « intrigant ».

– Qu'est-ce qui te fait dire que c'est le même mode opératoire ?

– L'assassin a laissé sa carte de visite sur les deux scènes de crime. Des pendules.

– Des pendules ?

– Oui. La première sur le quai à côté de la flaque de sang. L'autre à côté de la tête de la victime. Comme s'il avait voulu qu'ils les voient en mourant. Et, je suppose, les entendent.

– Décris-les-moi. Les pendules.

– Elles ont l'air anciennes. C'est tout ce que je sais.

– Elles ne sont pas piégées ?

Désormais – dans cette nouvelle ère de l'Après – toute chose émettant un tic-tac faisait l'objet d'une recherche d'explosifs.

– Non. Elles ne risquent pas d'exploser. Mais les gars les ont envoyées au labo de Rodman's Neck pour voir si elles ne contenaient pas d'agents biologiques ou chimiques. Des pendules de marque, apparemment. Plutôt sinistres à voir, à ce que m'a dit le collègue au téléphone. Avec une face de lune sur le cadran. Ah, oui, et au cas où on serait lents à comprendre, l'assassin a laissé un mot sous chaque pendule. Imprimé à l'ordinateur.

– Et qui dit… ?

Sellitto jeta un coup d'œil à son calepin pour ne pas citer de mémoire. C'était un trait de caractère que Rhyme appréciait chez ce détective. Il n'était pas brillant, mais faisait chaque chose en prenant son temps et à la perfection. Il lut : « La pleine Lune Froide qui brille au ciel, illuminant le corps de la terre, indique l'heure de la mort et la fin du voyage commencé à la naissance. » (Il regarda Rhyme.) C'est signé « l'Horloger ».

– Nous voici avec deux victimes et un mobile lunaire. (Souvent, une référence astronomique signifiait que le tueur avait l'intention de frapper à plusieurs reprises.) Il ne fait que commencer.

– Pourquoi crois-tu que je suis ici, Linc ?

Rhyme jeta un bref regard au début de sa lettre au *Times*. Il referma le logiciel de traitement de texte. L'essai sur l'Avant et l'Après allait devoir attendre.

CHAPITRE 3

Un léger bruit au-dehors, derrière la fenêtre. Un crissement dans la neige.

Amelia Sachs se figea sur place. Elle regarda vers le jardin tout blanc à l'arrière de la maison. Personne.

Elle se trouvait à une demi-heure au nord de la ville. À l'intérieur de la coquette maison de style Tudor régnait un silence de mort. C'était le cas de le dire, songea-t-elle, le propriétaire des lieux ne faisant plus partie du monde des vivants.

Ce bruit, encore. Amelia était une fille de la ville, habituée à la cacophonie urbaine faite de sons parfois menaçants, parfois anodins. Toute intrusion dans le silence de cette banlieue tranquille avait de quoi l'alerter.

Était-ce un bruit de pas ?

La détective aux cheveux roux, grande et élancée dans son blouson de cuir noir, son sweater bleu marine et son jean noir, écouta attentivement en se grattant le cuir chevelu d'une main distraite. À nouveau ce bruit. Elle descendit la fermeture éclair du blouson pour pouvoir dégainer rapidement son Glock.

S'accroupit pour jeter encore un coup d'œil au-dehors. Ne vit rien.

Elle reprit sa tâche. Assise dans le luxueux fauteuil recouvert de peau, elle entreprit d'examiner le contenu du grand bureau. Il y avait quelque chose de frustrant dans cette mission, car elle ne savait pas ce qu'elle cherchait. Ce qui était souvent le cas lorsqu'on inspectait une scène de crime secondaire ou tertiaire. En fait, on n'était pas certain qu'il s'agissait seulement d'une scène de crime. Il était peu probable qu'un quelconque criminel s'y soit trouvé, un quelconque cadavre découvert, ou quelque butin dissimulé. C'était seulement le domicile assez rarement occupé d'un certain Benjamin Creeley, décédé à des kilomètres de là et qui n'y avait pas mis les pieds depuis une semaine au moment de sa mort.

Il fallait pourtant qu'elle cherche, méticuleusement. Amelia Sachs n'était pas ici dans son rôle habituel de spécialiste des scènes de crime. Elle y était en tant que détective sur la première enquête pour homicide dont elle avait personnellement la charge.

Un craquement sec au-dehors. Glace, neige, branche, écureuil... Elle l'ignora, décidée à poursuivre les investigations commencées quelques semaines auparavant à cause d'une longueur de corde en coton.

Une corde qui avait mis fin aux jours dudit Benjamin Creeley, cinquante-six ans, retrouvé pendu à la rampe de sa maison de l'Upper East Side. Il y avait un mot du suicidé sur la table, et l'affaire semblait des plus simples.

Mais peu de temps après, Suzanne Creeley, son épouse, était venue trouver la police de New York. Elle ne croyait pas au suicide. Homme d'affaires prospère, Benjamin Creeley s'était, certes, montré préoccupé depuis quelque temps. Mais seulement, pensait-elle, à cause de certains projets difficiles auxquels il travaillait pendant de longues heures. Ses accès de mauvaise humeur restaient sporadiques et n'avaient rien d'un état de dépression suicidaire. Il n'avait pas d'antécédents médicaux d'ordre psychologique et ne prenait pas d'antidépresseurs. Sa situation financière était saine. Il n'avait pas modifié récemment son testament ou son contrat d'assurance. Jordan Kessler, son associé, était en déplacement auprès d'un client en Pennsylvanie. Mais Amelia Sachs s'était brièvement entretenue avec lui et il lui avait confirmé que si Creeley semblait un peu déprimé depuis quelque temps, il n'avait jamais parlé de suicide.

Amelia était détachée en permanence auprès de Lincoln Rhyme pour s'occuper des scènes de crime, mais elle ne voulait pas se cantonner à ce genre de travail. Elle avait fait le siège de ses supérieurs pour qu'on lui confie la responsabilité d'une enquête relevant de la grande criminalité ou du terrorisme. Quelqu'un de la Maison avait décidé que la mort de Creeley demandait un supplément d'enquête et l'en avait chargée. Hormis le fait que, de l'avis général, Creeley n'était pas suicidaire, elle n'avait rien trouvé de louche. Puis elle avait fait une découverte. Le médecin légiste avait indiqué dans son rapport qu'au moment de sa mort Creeley avait un pouce fracturé et la main tout entière dans le plâtre.

Il était donc dans l'incapacité de nouer sa corde de pendu à la rampe du palier de sa maison.

Amelia Sachs en était certaine pour avoir essayé elle-même une dizaine de fois. On pouvait imaginer qu'il l'avait fait une semaine avant sa mort, mais installer une corde pour se pendre plusieurs jours à l'avance semblait pour le moins invraisemblable.

Elle s'était donc résolue à déclarer la mort suspecte et à ouvrir un dossier pour homicide.

Mais l'affaire s'annonçait difficile. D'après les chiffres, les homicides sont élucidés au cours des premières vingt-quatre heures, ou bien il faut des mois pour les résoudre. Les quelques éléments matériels existants (la bouteille d'alcool à laquelle il avait bu avant de mourir, le mot et la corde) n'avaient pas parlé. Aucun témoin. Le rapport de police tenait sur une demi-page. Le détective chargé de l'affaire l'avait traitée à la va-vite, comme c'est le plus souvent le cas pour les suicides, et il n'avait pas fourni d'autre information à Amelia.

Les recherches sur les pistes menant à d'éventuels suspects en ville, où Creeley avait travaillé et où la famille passait le plus clair de son temps, avaient assez vite tourné court ; il ne restait plus qu'à interroger plus en détail Kessler, l'associé. En attendant,

Amelia inspectait l'endroit qui lui offrait peut-être une dernière chance d'ouvrir une nouvelle piste : la maison de banlieue où la famille séjournait de temps à autre.

Mais elle ne trouvait rien. Elle se renversa en arrière dans le fauteuil en regardant une photographie récente de Creeley serrant la main de ce qui semblait être un autre homme d'affaires. Ils étaient sur le tarmac d'un aéroport, devant un jet privé. On apercevait des pipelines et des installations pétrolières en arrière-plan. Creeley souriait. Il n'avait pas l'air dépressif – mais qui a l'air dépressif en photo ?

C'est alors qu'il y eut un nouveau bruit, tout près, du côté de la fenêtre qui se trouvait derrière elle. Puis un autre, encore plus près.

Ce n'est pas un écureuil.

Le Glock jaillit de son étui, une cartouche brillante de 9 mm dans la chambre et treize autres dessous. Amelia sortit sans bruit et contourna la maison, le pistolet tenu à deux mains, mais sur le côté (jamais en avant quand on arrive à l'angle d'un bâtiment, où on pourrait le voir et frapper pour l'écarter ; il n'y a que dans les films qu'on commet régulièrement cette erreur). Un bref regard. Rien sur le flanc de la maison. Elle se dirigea vers l'arrière en prenant soin de marcher sur le passage dallé recouvert d'une épaisse couche de glace.

Une pause, l'oreille aux aguets.

Oui, c'étaient bien des pas. La personne avançait en hésitant, peut-être vers la porte arrière.

Une pause. Un pas. Une autre pause.

Prête, se dit Amelia.

Elle arrivait à l'angle de la maison.

C'est alors que son pied glissa sur la glace. Elle laissa échapper un bref halètement. Difficilement audible, se dit-elle.

Mais assez pour l'intrus.

Elle entendit ses pas précipités qui faisaient crisser la neige à travers le jardin.

Bon sang…

Elle s'accroupit – au cas où il s'agirait d'une feinte pour l'amener à se découvrir – et risqua un œil à l'angle du mur en levant brusquement le Glock. Un type maigre vêtu d'un jean et d'une grosse veste s'éloignait en courant dans la neige.

Zut... Je déteste ça, quand ils courent. La nature avait doté Amelia d'une haute taille et de mauvaises articulations – l'arthrite –, et la combinaison des deux faisait de cette course un calvaire.

– Police ! Stop !

Elle s'élança derrière lui.

Elle était seule. Elle n'avait pas prévenu de sa visite la police du comté. L'aide ne pouvait venir que d'un appel au 911[1] et elle n'avait pas de temps pour ça.

– Je ne le répéterai pas ! Stop !

Pas de réponse.

Ils traversèrent le grand jardin, l'un suivant l'autre, et pénétrèrent dans le bois qui s'étendait au-delà. Le souffle bruyant, une douleur un peu au-dessous des reins irradiant vers la torture de ses genoux, elle courait aussi vite qu'elle le pouvait, mais il gagnait du terrain.

– Merde, je vais le perdre.

Mais la nature intervint. Le pied de l'homme accrocha une branche sous la neige et il tomba durement, avec un grognement de douleur qu'elle entendit à dix mètres de distance. Elle fut aussitôt sur lui, le souffle court, pour lui appliquer le canon du Glock sur la nuque. Il cessa de s'agiter.

– Ne me faites pas de mal, je vous en prie !

– Tais-toi !

Elle sortit les menottes.

– Mains dans le dos !

Il la regardait de côté, la joue dans la neige.

– Je n'ai rien fait !

– Tes mains !

Il s'exécuta, mais avec une gaucherie qui lui fit penser qu'il n'avait sans doute jamais été arrêté. Il était plus jeune qu'elle l'avait cru – un ado, le visage boutonneux.

1. Numéro de la police américaine pour les appels d'urgence – équivalent du 15 en France *(NdT)*.

– S'il vous plaît, ne me faites pas de mal !

Amelia reprit sa respiration et commença à le fouiller. Pas de papiers d'identité, pas d'arme, pas de drogue. Un peu d'argent et un trousseau de clés.

– Ton nom ?

– Greg.

– Greg comment ?

Une hésitation.

– Greg Witherspoon.

– Tu habites dans le coin ?

Il prit une profonde inspiration, avec un hochement de tête vers la droite.

– La maison qui est là-bas, à côté de chez les Creeley.

– Quel âge as-tu ?

– Seize ans.

– Pourquoi t'es-tu sauvé ?

– Je ne sais pas. J'ai eu peur.

– Tu n'as pas entendu quand j'ai dit que j'étais de la police ?

– Oui, mais vous n'avez pas l'air d'un flic... d'une policière. C'est vrai ?

Elle lui montra sa carte.

– Que faisais-tu chez les Creeley ?

– J'habite à côté.

– Tu l'as déjà dit. Que *faisais*-tu ?

D'une bourrade elle le fit mettre en position assise. Il semblait terrifié.

– J'ai vu entrer quelqu'un. J'ai pensé que c'était Mme Creeley ou quelqu'un de la famille. Je voulais seulement lui dire quelque chose. Puis j'ai regardé à l'intérieur et j'ai vu que vous aviez une arme. J'ai eu peur. J'ai cru que vous étiez avec les autres.

– Qui, les autres ?

– Les deux types qui sont entrés de force. C'est de ça que je voulais parler à Mme Creeley.

– De force ?

– J'ai vu deux types forcer la porte de leur maison. Il y a quelque temps. C'était vers Thanksgiving.

– Tu as prévenu la police ?

– Non. Sans doute que j'aurais dû. Mais je n'ai pas voulu m'en mêler. Ils avaient l'air de durs.

– Dis-moi comment ça s'est passé.

– J'étais dehors, dans notre jardin, et je les ai vus s'approcher par-derrière, puis ils ont regardé tout autour pour voir s'il n'y avait pas quelqu'un, puis ils ont forcé la serrure et ils sont entrés.

– Blancs, noirs ?

– Des Blancs, je crois. Mais je n'étais pas assez près. Je ne voyais pas leurs têtes. C'était deux types, quoi. Avec des jeans et des blousons. Il y en avait un plus grand que l'autre.

– Les cheveux, quelle couleur ?

– Je ne sais pas.

– Ils sont restés combien de temps à l'intérieur ?

– Une heure, je dirais.

– Tu as vu leur voiture ?

– Non.

– Tu sais s'ils ont pris quelque chose ?

– Oui. Une chaîne stéréo, des disques, une télé. Et aussi des jeux, je crois. Je peux me lever ?

Amelia le remit sur ses pieds et l'entraîna vers la maison. Elle vit que la porte arrière avait été forcée. Assez proprement.

Elle regarda autour d'elle. Il restait une télévision grand écran dans le living-room. Et un tas de beaux objets en porcelaine dans une vitrine. L'argenterie était là également. Et c'était de l'argent massif. Ce cambriolage était absurde. Avaient-ils pris quelques objets pour masquer un autre vol ?

Elle examina le sol. Tout était d'une propreté immaculée, sauf la cheminée. C'était un modèle à gaz, nota-t-elle, mais il y avait un tas de cendre à l'intérieur. Avec de fausses bûches chauffées au gaz, on n'avait pas besoin de papier pour allumer. Les voleurs avaient-ils fait du feu ?

Sans rien toucher à l'intérieur, elle éclaira l'âtre avec sa torche.

– Tu as vu ces deux hommes faire du feu pendant qu'ils étaient là ?

– Je ne sais pas. Peut-être.

Il y avait aussi des traces boueuses devant la cheminée. Elle avait dans le coffre de sa voiture ce qu'il fallait pour relever les empreintes. Elle allait répandre de la poudre à empreintes autour de la cheminée, et ramasser la cendre, la boue et tous les éléments matériels qui pouvaient s'avérer utiles.

Son téléphone se mit à vibrer. Elle jeta un coup d'œil à l'écran. Un texto urgent de Lincoln Rhyme. On avait besoin d'elle en ville. Dès que possible. Elle accusa réception du message.

Qu'est-ce qui avait brûlé ? se demanda-t-elle en examinant la cheminée.

– Alors, dit Greg, je peux m'en aller ?

Elle le regarda.

– Je ne sais pas si tu es au courant, mais quand il y a mort d'homme, la police fait un inventaire complet de ce qui se trouve à son domicile.

– Ah, bon ? dit-il en baissant les yeux.

– Dans une heure, je préviendrai les policiers du comté pour qu'ils viennent comparer leur inventaire avec ce qui reste ici. S'il manque quoi que ce soit, ils m'appelleront, je leur donnerai ton nom et ils appelleront tes parents.

– Mais…

– Les deux hommes que tu as vus entrer n'ont rien volé du tout, n'est-ce pas ? Après leur départ, tu es entré par la même porte et tu as pris… quoi ?

– J'ai emprunté deux ou trois trucs, c'est tout. Dans la chambre de Todd.

– Le fils de Mme Creeley ?

– Oui. D'ailleurs, l'une des consoles Nintendo était à moi. Il ne me l'avait pas rendue.

– Mais les deux types que tu as vus ? Ils ont emporté quelque chose ?

Greg hésita.

– Je ne crois pas.

Elle lui retira les menottes.

– Il va falloir rapporter tout ça. Dans le garage. Je laisserai la porte ouverte.

– Oh, oui, je vous le promets, dit-il, le souffle court. Sans faute… Sauf que… (Il se mit à pleurer.) J'ai mangé un peu de gâteau. Il était dans le réfrigérateur. Je ne… Je leur en achèterai un autre.

– On ne met pas la nourriture dans l'inventaire.

– Vraiment ?

– Rapporte tout ce que tu as pris, c'est tout.

– C'est promis. Vraiment.

Il s'essuya le visage de la manche et fit mine de sortir.

– Encore un mot. Quand tu as appris que M. Creeley s'était suicidé, ça t'a surpris ?

– Oh, oui !

– Pourquoi ?

Il eut un petit rire.

– Il avait une 740. Vous savez, le grand modèle. Vous croyez qu'on se suicide quand on a une caisse comme celle-là ?

CHAPITRE 4

Il y avait des façons horribles de mourir.

Amelia Sachs les connaissait toutes, du moins le croyait-elle. Mais elle ne se rappelait pas avoir vu quelque chose d'aussi cruel.

Rhyme l'avait appelée alors qu'elle se trouvait encore à Westchester pour lui dire de revenir au plus vite à Manhattan afin de lui décrire deux scènes de crimes commis, apparemment, à quelques heures d'intervalle, par quelqu'un qui s'était baptisé lui-même l'Horloger.

Elle avait déjà examiné la première – sur un quai de l'Hudson. Cette tâche ne lui avait pas pris beaucoup de temps : il n'y avait pas de corps et toutes les traces avaient été effacées ou contaminées par le vent violent qui soufflait le long du fleuve. Elle avait photographié et filmé le site en vidéo sous tous les angles possibles. Elle avait soigneusement repéré l'endroit où la pendule avait été déposée – contrariée de constater que les hommes de la brigade spécialisés dans l'enlèvement des engins explosifs avaient gravement pollué la scène.

Elle avait récupéré la feuille maculée de sang laissée par l'assassin. Puis elle avait prélevé des échantillons de sang transformé en glace. Elle avait remarqué les griffures faites sur le sol gelé par les ongles de la victime qui avait désespérément tenté de se retenir au bord du quai avant de tomber dans l'eau. Elle avait ramassé un fragment d'ongle arraché – large, court et rugueux, il suggérait que la victime était un homme.

L'assassin avait pénétré sur le site en cisaillant la clôture métallique. Amelia avait pris un échantillon de métal portant les marques de l'outil dont il s'était servi. Elle n'avait pas trouvé d'empreintes digitales, ni d'empreintes de pas ou de pneus autour du point d'entrée ou à proximité de la flaque de sang gelé.

Il n'y avait pas de témoins.

Le médecin légiste estimait que si la victime était tombée dans l'Hudson, ce qui semblait probable, elle était sans doute morte d'hypothermie dans les dix minutes suivant son immersion. La police de New York et les gardes-côtes poursuivaient leurs recherches pour retrouver le corps ou des traces matérielles dans le fleuve.

Amelia Sachs était maintenant sur la deuxième scène de crime, dans l'une des impasses donnant sur Cedar Street, non loin de Broadway. Theodore Adams, environ trente-cinq ans, reposait sur le dos. On l'avait bâillonné et on lui avait attaché les chevilles et les poignets avec du ruban adhésif. Le tueur avait passé une corde sur le montant d'un escalier de secours, trois mètres au-dessus de lui, et attaché à l'une des extrémités une lourde poutre métallique de deux mètres de long dotée à chaque bout d'un trou en forme de chas d'aiguille. La poutre se trouvait ainsi au-dessus de la gorge de la victime, et le tueur lui avait mis entre les mains l'autre extrémité de la corde qui la retenait. Ligoté comme il l'était, Adams ne pouvait pas se déplacer pour échapper à la poutre. Il lui avait fallu user de toutes ses forces pour empêcher l'énorme poids de lui tomber dessus, dans l'espoir que quelqu'un passe à proximité et se porte à son secours.

Mais personne n'était passé.

Il était mort depuis un certain temps sous la poutre qui lui broyait la gorge quand on avait découvert son corps gelé dans le froid de décembre. Son cou était réduit à trois centimètres d'épaisseur sous le poids du métal. L'expression qui se lisait sur ses traits livides, dans son regard vitreux, était neutre, mais Amelia se représentait ce qu'avait été son visage pendant les dix ou quinze minutes où il avait lutté pour rester en vie, congestionné par l'effort, le teint violet, les yeux exorbités.

Qui, parmi les hommes, pouvait imaginer de tuer en employant de tels moyens, manifestement destinés à provoquer une mort lente ?

Vêtue d'une combinaison en Tyvek pour éviter de contaminer la scène avec des traces de ses propres vêtements, Amelia sortit son matériel de collecte d'indices tout en discutant avec deux de ses collègues, Nancy Simpson et Frank Rettig, affectés à la principale base de police scientifique de Queens. Leur véhicule spécial d'intervention rapide sur les scènes de crime était stationné à proximité, bourré de matériel.

Elle se passa des bandes de caoutchouc autour des pieds pour ne pas confondre ses propres empreintes avec celles de l'assassin. (Encore une idée de Rhyme. « Mais pourquoi se donner cette peine ? Je suis en Tyvek, Rhyme, et sans chaussures », lui avait dit un jour Amelia, et il lui avait répondu d'un ton las : « Ah, excuse-moi. Je suppose qu'un assassin n'aurait jamais l'idée d'acheter une combinaison en Tyvek. Ça coûte combien, Sachs ? 49,95 dollars ? »)

Elle s'était dit tout de suite que ces meurtres portaient la marque du crime organisé ou qu'ils étaient l'œuvre d'un psychopathe ; les hommes de la mafia se livraient souvent à ces sortes de mises en scène pour envoyer des messages à des gangs rivaux. D'un autre côté, un sociopathe en proie à ses fantasmes avait pu imaginer et exécuter ces meurtres compliqués, poussé par ses fantasmes, par sadisme – s'il avait une motivation sexuelle – ou par pure cruauté. Des années de travail sur le terrain avaient appris à la jeune femme qu'infliger la douleur était en soi une source de puissance et pouvait même se muer en accoutumance.

Ron Pulaski, en uniforme et veste de cuir, s'approcha. Le jeune agent de police, blond et mince, assistait Amelia sur le dossier Creeley et était détaché auprès de Rhyme pour les affaires confiées à ce dernier. À la suite d'une arrestation mouvementée qui lui avait valu un long séjour à l'hôpital, on lui avait proposé de quitter le service avec une pension pour incapacité.

Il avait fait part à Amelia de la discussion qu'il avait eue avec Jenny, sa jeune femme. Devait-il refuser la proposition et reprendre du service ? Son frère jumeau, policier comme lui, avait donné son avis. Et Pulaski avait finalement décidé de suivre une thérapie et de rester dans la police. Amelia et Rhyme, impressionnés par sa volonté, étaient intervenus auprès de sa hiérarchie pour qu'on l'autorise à travailler avec eux le plus souvent possible. Il devait avouer ensuite à Amelia (mais surtout pas à Rhyme, bien sûr) que le refus du criminologue de se laisser abattre par sa tétraplégie était la principale raison qui l'avait amené à reprendre du service.

Pulaski n'étant pas en Tyvek, il s'arrêta à la limite de la scène de crime marquée par un ruban jaune.

– Seigneur, murmura-t-il, atterré à la vue du cadavre.

Il informa Amelia que Sellitto et d'autres policiers interrogeaient les vigiles et des patrons d'entreprises des immeubles voisins pour savoir si quelqu'un avait vu ou entendu quelque chose au moment de l'agression contre Theodore Adams. Il ajouta que les spécialistes des engins explosifs qui examinaient les pendules les apporteraient ensuite chez Rhyme.

– Je vais relever les immatriculations de tous les véhicules stationnés à proximité, dit-il enfin. C'est Sellitto qui me l'a demandé.

Amelia opina de la tête sans se retourner. En réalité, elle n'avait guère prêté attention à ces informations ; elles ne lui servaient à rien pour le moment. Elle s'apprêtait à quadriller la scène et s'efforçait de faire le vide dans son esprit. En dépit du fait que, par définition, le travail sur les scènes de crime porte sur des objets inanimés, il exige, curieusement, une sorte de concentration intime ; pour être efficace, les policiers spécialisés doivent se mettre mentalement et émotionnellement à la place des criminels – *devenir* eux. L'abominable scénario se rejoue dans leur imagination : à quoi pensait l'assassin, où se trouvait-il à l'instant où il a brandi son arme à feu ou son couteau, quelle position a-t-il prise, a-t-il attendu pour observer les ultimes soubresauts de sa victime ou s'est-il enfui aussitôt, qu'a-t-il remarqué sur place, qu'est-ce qui l'a attiré, ou repoussé, par où s'est-il enfui ? Cela n'avait rien d'un profilage psychologique – tellement en vogue et prisé des médias ; c'était l'art d'extraire du vaste désordre des scènes de crime les quelques pépites susceptibles de mener à la porte d'un suspect.

C'était ce qu'Amelia et Sachs faisaient maintenant, en se glissant dans la peau d'un autre – celui qui avait conçu et exécuté l'abominable mise à mort d'un être humain.

Balayant la scène du regard, de haut en bas, de gauche à droite : les pavés, les murs, le corps, la poutre métallique…

Je suis lui… Je suis lui… Quelle idée a-t-il en tête ? Pourquoi veut-il tuer ces gens ? Pourquoi de cette façon ? Pourquoi sur le quai, pourquoi ici ?

Mais la cause de la mort était tellement inhabituelle, l'esprit du meurtrier si éloigné du sien, qu'elle n'avait pas de réponses à ces questions, pas encore. Elle ajusta son casque.

– Rhyme, tu es là ?

– Et où veux-tu que je sois ? répondit le criminologue, que la question semblait amuser. J'attendais. Où es-tu ? Sur la deuxième scène ?

– Oui.

– Que vois-tu, Sachs ?

Je suis lui…

– La rue, Rhyme. En fait c'est une impasse, qui sert aux livraisons. La victime s'y trouve, près de Cedar Street.

– Près comment ?

– À cinq mètres, au début de l'impasse, qui doit en faire trente.

– Comment est-elle arrivée là ?

– Aucune trace de pas, mais il est certain qu'on l'a traînée jusqu'à l'endroit où on l'a tuée ; il y a du sel et de la terre au dos de sa veste et sur son pantalon.

– Y a-t-il des portes à proximité du corps ?

– Oui. Il est presque devant une porte.

– Il travaillait dans ce bâtiment ?

– Non. J'ai sa carte de visite. C'était un rédacteur publicitaire indépendant. Son adresse professionnelle est celle de son appartement.

– Il avait peut-être un client dans l'un ou l'autre de ces immeubles ?

– Lon se renseigne en ce moment.

– Bien. La porte la plus proche… Celui qui l'a tué aurait pu l'y attendre ?

– Oui.

– Faites-la ouvrir par un agent. Je veux que vous examiniez ce qu'il y a de l'autre côté.

– Aucun témoin. Il n'y a que des aveugles dans ces foutus immeubles. Et des sourds ! lança Lon Sellitto du bord du périmètre protégé. Et il y a une bonne cinquantaine de bureaux autour de l'impasse. Si quelqu'un le connaissait, ça risque de prendre un certain temps pour le dénicher.

Amelia lui transmit la demande du criminologue d'ouvrir la porte la plus proche du corps.

– C'est comme si c'était fait.

Sellitto repartit en soufflant dans ses mains pour les réchauffer.

Amelia photographia la scène et la filma en vidéo. Elle chercha en vain des traces d'activité sexuelle sur le corps et autour. Puis elle se mit à quadriller la scène, en examinant tout deux fois, centimètre après centimètre, à la recherche d'indices matériels. Contrairement à de nombreux criminologues, Lincoln Rhyme tenait à ce qu'une seule personne travaille sur les scènes de crime – sauf en cas de catastrophes majeures, bien entendu – et Amelia était donc seule pour accomplir cette tâche.

Mais celui qui avait commis ce meurtre avait pris soin de ne rien laisser de probant derrière lui, hormis le mot et la pendule, la poutre métallique, le ruban adhésif et la corde.

Ce qu'elle annonça à Rhyme.

– Ces gens-là ne sont pas du genre à nous faciliter le travail, n'est-ce pas, Sachs ?

Sa bonne humeur avait quelque chose d'agaçant ; lui n'avait pas sous les yeux le cadavre de cet homme victime d'une mort atroce. Ignorant la remarque, elle poursuivit le quadrillage. Elle procéda à l'examen réglementaire du corps qui devait être ensuite confié au médecin légiste, recueillant les objets que l'homme avait sur lui, répandant de la poudre à empreintes sur ses mains et relevant les traces laissées par ses semelles, recueillant d'autres traces sur les vêtements de la victime à l'aide d'un rouleau adhésif comme ceux qu'on utilise pour nettoyer la fourrure des chiens et des chats.

L'assassin était probablement arrivé en voiture, étant donné le poids de la poutre, mais il n'y avait pas de traces de roues. On avait recouvert le sol de l'impasse de gros sel pour faire fondre la neige, si bien que les pneus n'avaient pas été en contact avec les pavés.

Elle s'immobilisa.

– Rhyme, il y a un truc bizarre. Autour du corps, sur une circonférence d'un mètre environ.

– C'est quoi, d'après toi ?

Amelia se pencha pour examiner avec une loupe ce qui ressemblait à du sable fin. Elle le décrivit à Rhyme.

– C'était pour le verglas ?

– Non. Il n'y en a qu'autour de lui. Et nulle part ailleurs dans l'impasse. On met du sel quand il neige ou qu'il gèle. (Elle recula d'un pas.) Mais il n'en reste qu'un mince résidu. C'est comme si... C'est ça, Rhyme. Il a balayé. Avec un balai.

– Un balai ?

– Je vois les marques. Comme s'il avait jeté des poignées de sable par terre, puis les avait balayées... Mais ce n'est peut-être pas lui. Il n'y avait rien de tel sur la première scène, au bord de l'Hudson.

– Y a-t-il du sable sur la victime ou sur la poutre ?

– Je ne sais pas... Une seconde. Oui, il y en a.

– Il a donc fait ça *après* le meurtre, dit Rhyme. C'est sans doute destiné à masquer les empreintes.

Les assassins consciencieux répandaient parfois un quelconque matériau en poudre ou en granules – sable, litière pour chats, voire farine – sur le sol après avoir commis leur crime. Puis ils le balayaient ou l'aspiraient, emportant ainsi la plupart des autres particules susceptibles de les trahir.

– Mais pourquoi ? demanda Rhyme comme pour lui-même.

Amelia regarda le corps, puis les pavés de l'impasse.

Je suis lui...

Pourquoi balaierais-je ?

Il arrive que les assassins effacent les empreintes digitales et repartent en emportant les preuves les plus évidentes, mais il est plus rare qu'ils utilisent un produit pour faire disparaître leurs traces. Elle ferma les yeux et, au prix d'un pénible effort, s'imagina debout devant le jeune homme tandis que celui-ci luttait pour empêcher la lourde poutre de lui broyer la gorge.

– Il a peut-être laissé tomber quelque chose.

– Ça semble peu probable. Il n'aurait pas été aussi négligent.

Elle pensa : Je suis prudent, c'est certain. Mais pourquoi balayer ?

Je suis lui...

– Pourquoi ? répéta Rhyme, dans un murmure.

– Il...

– Pas *il*, rectifia le criminologue. Tu es lui, Sachs. Ne l'oublie pas.

– *Je* suis perfectionniste. Je veux éliminer le plus de traces possible.

– C'est vrai, mais pourquoi balayer ? dit Rhyme. On perd du temps en s'attardant sur place. Je pense qu'il y a forcément une autre raison.

Aller plus profond, se voir soulever la poutre, éprouver son poids, placer la corde entre les mains de l'homme, regarder son visage déformé par l'effort, ses yeux exorbités... Je pose la pendule à côté de sa tête. J'entends son tic-tac... Je le regarde mourir.

Je ne laisse pas de traces. Je balaie...

– Réfléchis, Sachs. Que veut-il ?

Je suis lui...

– Je reviens, Rhyme !

– Pardon ?

– Je reviens sur la scène. *Il* revient, je veux dire. Voilà pourquoi il balaie. Il ne veut rien laisser qui nous permette de le décrire : ni fibres, ni cheveux, ni empreintes de pas – ni résidus de la terre collée à ses semelles. Il ne craint pas qu'on s'en serve pour remonter à sa planque. Non, il craint qu'on trouve quelque chose qui nous permettrait de le reconnaître quand il reviendra sur les lieux.

– D'accord, ça pourrait être ça. C'est peut-être un voyeur, qui aime voir mourir les gens, qui aime voir les flics au travail. Peut-être qu'il veut, aussi, voir ceux qui le traquent… pour les traquer à son tour.

Amelia Sachs sentit un frisson glacé lui parcourir l'échine. Elle regarda autour d'elle. Une petite foule de badauds s'était formée de l'autre côté de l'impasse, ce qui n'avait rien d'inhabituel. L'assassin était-il parmi eux en train de l'observer ?

– Ou bien il est déjà revenu et reparti, poursuivit Rhyme. Ce matin, pour s'assurer que sa victime était bien morte. Ce qui signifie…

– Qu'il a pu laisser une trace quelque part, en dehors du périmètre de la scène de crime. Sur le trottoir ou sur la chaussée.

– Exactement.

Elle se courba pour passer sous le ruban jaune et examiner la chaussée. Puis le trottoir devant l'immeuble. Elle repéra une dizaine d'empreintes de pas dans la neige. Elle ne pouvait pas savoir si l'une ou plusieurs d'entre elles étaient celles de l'Horloger, mais certaines – laissées par des chaussures de grande taille à semelle quadrillée – faisaient penser que quelqu'un, probablement un homme, était resté quelques minutes à l'entrée de l'impasse en se dandinant d'un pied sur l'autre. En regardant tout autour, elle se dit que personne n'avait de raison de se tenir à cet endroit – il n'y avait pas de cabine téléphonique, de boîte aux lettres ou de fenêtres à proximité.

– Il y a des empreintes de pieds à l'entrée de l'impasse, à l'angle de Cedar Street, dit-elle. De grands pieds. (Tout en parlant, elle repoussait de sa botte un amas de neige.) Tiens ! Voilà autre chose.

– Quoi ?

– Une pince à billets en métal doré.

De ses doigts raidis par le froid sous les gants en latex, elle compta les billets.

– 340 dollars en billets de 20 tout neufs. Juste à côté des empreintes de pas.

– La victime avait-elle de l'argent sur elle ?

– 60 dollars, en billets récents également.

– Peut-être que notre homme a fauché l'argent et en a laissé tomber une partie en repartant.

Elle glissa les billets dans un sachet et poursuivit son examen des lieux, sans rien trouver d'autre.

La porte arrière de l'immeuble de bureaux s'ouvrit. Sellitto et un vigile en uniforme sortirent. Ils restèrent derrière Amelia tandis que celle-ci examinait la porte, trouvant et photographiant ce qu'elle décrivit à Rhyme comme un million d'empreintes digitales (il se borna à émettre un petit rire) et le couloir obscur qui s'ouvrait derrière. Elle ne dénicha rien qui lui parut avoir un rapport manifeste avec le meurtre.

La voix d'une femme affolée rompit soudain le silence :

– Oh, mon Dieu, non !

Une petite brune d'une trentaine d'années à la silhouette courtaude courait vers le ruban jaune. Un agent l'arrêta. Elle cachait son visage dans ses mains et sanglotait. Sellitto s'avança vers elle. Amelia les rejoignit.

– Vous le connaissiez, madame ? demanda le gros détective.

– Comment c'est arrivé ? Comment ? Non… Oh, mon Dieu !

– Vous le connaissiez ? répéta Sellitto.

Submergée par ses pleurs, la femme se détourna de l'affreux spectacle.

– Mon frère… Non, il n'est pas… Oh, mon Dieu, ce n'est pas possible !

Elle tomba à genoux sur la glace.

C'était sans doute elle qui avait appelé la veille au soir pour signaler la disparition de son frère, songea Amelia.

Face aux suspects, Lon Sellitto avait tout d'un pitbull, mais il était d'une étonnante gentillesse avec les victimes et leurs proches.

– Je suis désolé, mais il n'est plus de ce monde, dit-il d'une voix douce, voilée par son épais accent de Brooklyn.

Il l'aida à se relever et elle s'adossa au mur de l'immeuble.

– Qui a fait ça ? Pourquoi ? lança-t-elle, sa voix dérapant vers l'aigu, en regardant le corps martyrisé de son frère. Qui a pu faire une chose pareille ? Qui ?

– On ne le sait pas, madame, répondit Amelia. Je suis désolée. Mais on va le trouver. Je vous le promets.

La femme se retourna. Elle semblait manquer d'air.

– Ne laissez pas ma fille voir ça, s'il vous plaît.

Amelia vit derrière elle la voiture qu'elle avait, dans sa panique, arrêtée avec deux roues sur le trottoir. Sur le siège du passager, une adolescente la regardait fixement en fronçant les sourcils et en inclinant la tête. La détective se plaça devant le corps pour l'empêcher de voir son oncle.

La sœur, qui se nommait Barbara Eckhart, était sortie précipitamment de sa voiture sans se couvrir, et elle tremblait de froid. Amelia la fit entrer dans l'immeuble par la porte qu'on venait d'ouvrir. La femme, au bord de la crise de nerfs, demanda les toilettes. Quand elle en ressortit, elle était toujours pâle et en état de choc, mais elle retenait ses sanglots.

Barbara n'avait pas la moindre idée de ce qui avait pu motiver l'assassin. Son frère, célibataire, travaillait en indépendant comme rédacteur de publicité. Tout le monde l'aimait bien et elle ne lui connaissait pas d'ennemis. Il n'avait pas de liaison adultère – pas de mari jaloux –, n'avait jamais touché à la drogue ni fait quoi que ce soit d'illégal. Il était installé en ville depuis deux ans.

Amelia fut troublée d'apprendre qu'il n'avait apparemment aucun rapport avec son assassin. L'hypothèse d'un tueur psychopathe s'en trouvait renforcée – ce qui présentait un danger public beaucoup plus sérieux que celle d'un professionnel du crime.

Elle expliqua ce qu'il allait advenir du corps. Il serait confié à un médecin légiste qui le restituerait à la famille d'ici vingt-quatre à quarante-huit heures. Elle vit les traits de Barbara se fermer.

– Pourquoi a-t-il tué Teddy ? Qu'avait-il en tête ?

C'était la question à laquelle Amelia Sachs n'avait pas de réponse.

Tandis que la femme repartait vers sa voiture, soutenue par Sellitto, Amelia se retourna vers l'adolescente assise à l'avant, qui ne la lâchait pas des yeux. Ce regard était difficile à soutenir. La toute jeune fille savait sans doute, maintenant, que l'homme étendu sur la chaussée était son oncle et qu'il était mort, mais Amelia crut voir sur son visage comme une lueur d'espoir.

Un espoir tout près d'être détruit.

Affamé.

Étendu sur son lit aux relents de moisi dans leur logement de fortune – une église désaffectée –, Vincent Reynolds se sentait dans l'âme une faim comparable à celle qui grondait dans son ventre protubérant.

Le vieil édifice religieux, dans cette zone déserte de Manhattan proche de l'Hudson, servait de base à leurs expéditions meurtrières. Gerald Duncan n'était pas de New York, et l'appartement de Vincent se trouvait dans le New Jersey. Vincent avait proposé qu'ils y habitent, mais Duncan avait refusé. Il ne fallait pas qu'ils aient le moindre contact avec leurs véritables domiciles. Quand il parlait ainsi, on aurait dit qu'il faisait cours. Mais pas au mauvais sens du terme. Plutôt comme un père instruisant son fils.

– Une église ? s'était étonné Vincent. Pourquoi ?

– Parce qu'elle est à vendre depuis quatorze mois et demi. C'est tout sauf une affaire. Et personne ne la fera visiter à cette époque de l'année. (Un bref coup d'œil à Vincent.) Ne t'inquiète pas. Elle est désaffectée.

– Ah, bon ? avait dit Vincent, qui pensait que ses nombreux péchés lui vaudraient d'aller directement en enfer s'il y en avait un ; occuper clandestinement une église, qu'elle soit consacrée ou pas, comptait pour peu au regard du reste.

L'agence immobilière avait bien sûr fermé l'édifice, mais le savoir-faire d'un horloger est pour l'essentiel celui d'un serrurier – les premiers horlogers, avait expliqué Duncan, étaient d'ailleurs des serruriers – et il n'avait pas eu de mal à forcer la serrure d'une porte à l'arrière de l'église pour y mettre un cadenas, ce qui leur permettait d'entrer et de sortir sans être vus de la rue ou du trottoir. Il avait également changé la serrure de la porte principale, en y laissant un peu de cire afin de savoir si quelqu'un avait essayé d'entrer en leur absence.

À l'intérieur, c'était lugubre, plein de courants d'air et d'une mauvaise odeur de produits de nettoyage bon marché.

Duncan occupait au premier étage l'ancienne chambre du prêtre. De l'autre côté du couloir, une pièce qui avait servi de bureau était devenue la chambre de Vincent, où il se trouvait à ce moment. Elle contenait un divan, une table, une plaque chauffante, un four à micro-ondes et un réfrigérateur (Vincent l'Affamé avait, bien sûr, conservé la partie cuisine). L'église avait encore l'électricité, en vue d'éventuelles visites d'acheteurs, et on avait maintenu le chauffage pour éviter que les conduites n'éclatent, mais il était réglé au minimum.

– Dommage qu'il n'y ait pas une horloge comme Big Ben, avait dit Vincent, qui savait Duncan obsédé par le temps, en y venant pour la première fois.

– C'est le nom de la cloche, pas de l'horloge.

– Sur la tour de Londres ?

– Dans le clocher, avait corrigé Duncan. Au palais de Westminster, où siège le Parlement. Du nom de Benjamin Hall. Vers la fin des années 1850, c'était la plus grosse cloche d'Angleterre. Dans les premières horloges, seules les cloches donnaient l'heure. Il n'y avait ni cadran, ni aiguilles.

– Ah.

– Le mot anglais *clock* vient du latin *clocca*, qui signifie « cloche ».

Cet homme savait *tout*.

Vincent aimait ça. Il aimait un tas de choses chez Gerald Duncan. Il se demandait parfois comment les deux paumés qu'ils étaient avaient pu devenir de véritables amis. Et des amis, Vincent n'en avait pas beaucoup. Il lui arrivait de boire un verre avec les autres secrétaires intérimaires. Mais il avait tendance à parler le moins possible, de peur de dire ce qu'il ne fallait pas au sujet d'une serveuse ou d'une cliente assise à la table voisine. La faim vous rend imprudent (il n'y avait qu'à voir ce qui était arrivé avec Sally Anne).

Vincent et Duncan étaient des êtres contraires à bien des égards, mais ils avaient une chose en commun : d'obscurs secrets au cœur. Et quiconque a connu cela sait qu'il n'en faut pas plus pour compenser de profondes différences en matière de style de vie comme de politique.

Oh, oui, Vincent ferait tout pour cette amitié.

Il se lava en pensant à Joanne, la petite brune qu'ils étaient allés voir ce jour-là : la fleuriste, leur prochaine victime.

Il ouvrit le mini-réfrigérateur et prit un petit pain qu'il coupa en deux avec son couteau de chasse. Le couteau avait une lame de vingt centimètres, bien affûtée. Il étala du fromage et mangea en buvant deux Coke. Le froid lui piquait le nez. Le méticuleux Gerald Duncan tenait à ce qu'ils portent des gants ici également, ce qui était plutôt enquiquinant, mais avec la température glaciale qui régnait ce jour-là, Vincent n'en était pas gêné.

Il retourna s'étendre sur le lit, en pensant au corps de Joanne.

Tout à l'heure...

La faim, toujours, cette faim qui le tenaillait. Il en avait mal aux entrailles. Il se sentait près d'exploser s'il n'avait pas très vite son petit câlin avec Joanne.

Il but une canette de Dr Pepper, vida un autre sachet de chips. Puis quelques bretzels.

La faim...

Vincent Reynolds ne s'était jamais douté lui-même que le besoin de violer les femmes était de la faim. Il devait cette idée au Dr Jenkins, son psychanalyste.

Alors qu'il se trouvait en prison à cause de Sally Anne – la seule fois où il avait été arrêté –, le docteur lui avait expliqué qu'il devait accepter le fait que ce besoin ne le quitterait jamais :

– On ne peut pas s'en défaire. C'est une sorte de faim... Et que savons-nous de la faim ? Qu'elle est naturelle. On ne peut pas s'empêcher d'avoir faim. Tu n'es pas d'accord ?

– Si, docteur.

Le psy avait encore dit que si on ne pouvait pas apaiser complètement sa faim, on pouvait « la satisfaire de façon appropriée ».

– Tu me suis ? Avec la nourriture, on peut manger sainement quand c'est le moment, on ne se contentera pas de grignoter. Avec les gens, on peut avoir une relation saine, attentive à l'autre, qui débouche sur le mariage et la fondation d'une famille.

– Je comprends.

– Bien. Je crois que nous avançons. Tu es d'accord ?

Et le jeune homme avait accepté de bon cœur le message, qui avait pris pour lui un sens légèrement différent de celui auquel pensait le bon docteur. Vincent en avait déduit qu'il pouvait tirer une règle de conduite de cette analogie avec la faim : il ne mangerait, autrement dit n'aurait de petit câlin avec une fille, que lorsqu'il en sentirait vraiment le besoin. Ainsi il ne deviendrait pas un forcené – imprudent, de surcroît, comme avec Sally Anne.

C'était intelligent.

Vous n'êtes pas d'accord, docteur Jenkins ?

Vincent acheva les bretzels et le soda, et écrivit une nouvelle lettre à sa sœur. Vincent le Malin ajouta quelques dessins dans les marges. Des images qui, pensait-il, devraient lui plaire. Vincent n'était pas un grand artiste.

On frappa à sa porte.

– Entre.

Gerald Duncan ouvrit. Les deux hommes se saluèrent. Vincent jeta un coup d'œil vers la chambre de Duncan, impeccablement rangée. Sur le bureau, chaque chose était à sa place et la symétrie régnait. Les vêtements bien repassés étaient accrochés dans la penderie à intervalle de cinq centimètres. Cela aurait pu être un obstacle à leur amitié. Vincent était bordélique.

– Tu veux manger quelque chose ? demanda-t-il.

– Non, merci.

Voilà pourquoi l'Horloger était si maigre. Il mangeait à peine, n'avait jamais faim. Cela aurait pu être un autre obstacle. Mais Vincent était décidé à ignorer ce défaut. Après tout, sa sœur ne mangeait pas beaucoup non plus et il l'adorait toujours autant.

Le tueur se fit du café. Pendant que l'eau chauffait, il prit un bocal dans le réfrigérateur et y puisa exactement deux cuillères de grains que Vincent entendit craquer dans le moulin à café manuel. Il donna douze tours de manivelle, jusqu'à ce que le bruit cesse, versa la mouture dans un filtre en papier au-dessus d'un entonnoir et administra une petite tape pour s'assurer qu'elle était bien étale. Vincent adorait regarder Gerald Duncan faire du café.

Méticuleux...

Duncan consulta sa montre de poche en or. Il tourna très délicatement la molette du remontoir. Il but son café – vite, comme un médicament – et regarda Vincent.

– Notre fleuriste, Joanne, dit-il. Tu veux aller la voir ?

Une crispation des entrailles.

– Bien sûr !

– Je vais aller jusqu'à l'impasse de Cedar Street. La police doit y être maintenant. Je veux voir à qui nous avons affaire.

À qui...

Duncan enfila sa veste et jeta son sac sur son épaule.

– Tu es prêt ?

Vincent hocha la tête, prit sa parka beige et sa casquette, chaussa ses lunettes de soleil.

– Tu me diras s'il y a des clients qui viennent faire leurs commandes à la boutique ou si elle travaille seule, ajouta Duncan.

L'Horloger avait appris que Joanne passait beaucoup de temps dans son atelier, situé à quelques rues de sa boutique de fleuriste. Joanne, ses cheveux bruns et bouclés, son visage aux traits allongés mais joli... Vincent l'Affamé ne pouvait plus la chasser de son esprit.

Ils descendirent l'escalier et sortirent dans la ruelle derrière l'église.

Duncan referma le cadenas.

– Ah, je voulais te dire quelque chose. À propos de celle de demain. C'est aussi une femme. Ça nous en fera deux d'affilée. Je ne sais pas combien de fois tu veux ton... comment appelles-tu ça ? Ton câlin ?

– C'est très bien.

– Pourquoi dis-tu ça ?

Le tueur, Vincent le savait désormais, était d'une insatiable curiosité.

Cette phrase venait du Dr Jenkins, son copain médecin du centre pénitentiaire, qui l'avait invité à se rendre à son cabinet chaque fois qu'il aurait envie de parler de ce qu'il ressentait : ils auraient tous deux une bonne conversation à cœur ouvert – une autre forme de câlin, en somme.

Allez savoir pourquoi, Vincent aimait ce mot. C'était tellement mieux que « viol ».

– Je ne sais pas… Je le fais, c'est tout.

Et d'ajouter que deux femmes d'affilée, ça ne lui posait aucun problème.

Parfois, manger vous donne encore plus faim, docteur Jenkins.

Vous n'êtes pas d'accord ?

– Hum. Qu'est-ce que tu vas faire avec Joanne ? demanda Vincent, tandis qu'ils avançaient prudemment sur le trottoir entre des plaques de verglas.

Pour tuer ses victimes, Duncan avait une règle : leur mort ne devait pas être rapide. Ce n'était pas aussi facile à faire qu'à dire, lui avait-il expliqué avec la précision et le ton détaché qui le caractérisaient. Duncan avait un livre intitulé *Techniques extrêmes d'interrogatoire.* On y exposait comment terrifier les prisonniers et les amener à parler en les soumettant à des tortures qui finiraient par les tuer s'ils ne se décidaient pas à avouer : suspendre des poids au-dessus de leur gorge, leur sectionner les veines des poignets et les laisser perdre leur sang, etc.

– Je ne veux pas que ça dure trop longtemps en ce qui la concerne. Je vais la bâillonner et lui attacher les mains dans le dos. Puis je la mettrai à plat ventre pour lui passer une corde autour du cou et des chevilles.

– Elle aura les genoux pliés ? demanda Vincent, qui voyait la scène.

– C'est ça. C'est dans le livre. Tu as vu les illustrations ?

Vincent hocha la tête.

– Elle ne pourra pas garder très longtemps les jambes dans cette position. Mais quand elle voudra les déplier, elle serrera la corde autour de son cou et s'étranglera. Ça prendra huit, dix minutes, je pense. (Souriant.) Je vais chronométrer. Et quand ce sera fini, elle sera à toi.

Un bon câlin…

Une rafale les cueillit au sortir de la ruelle. La parka de Vincent, dont il n'avait pas remonté la fermeture éclair, s'ouvrit brusquement.

Il s'arrêta, effrayé. Il y avait un jeune homme à moins de deux mètres sur le trottoir. Il avait un embryon de barbe, une veste élimée, un sac à dos en bandoulière. Un étudiant, songea Vincent. Il avançait à pas rapides, tête baissée.

– Qu'y a-t-il ? demanda Duncan.

Vincent jeta un regard en coin vers sa hanche, où le couteau de chasse pendait à sa ceinture.

– Je crois qu'il l'a vu. Je… désolé. J'aurais dû fermer ma veste, mais…

Duncan l'écoutait, lèvres serrées.

– Je vais m'occuper de lui si tu veux, dit Vincent, qui craignait de l'avoir mécontenté. Je vais…

Le tueur suivit des yeux l'étudiant qui s'éloignait tranquillement.

– Tu as déjà tué quelqu'un ? demanda-t-il en se tournant vers Vincent.

Celui-ci ne put soutenir le regard perçant de ses yeux bleus.

– Non…

– Attends-moi ici.

Gerald Duncan examina la rue, qui était déserte à l'exception de l'étudiant. Plongeant la main dans sa poche, il prit le cutter dont il s'était servi pour taillader le soir précédent les poignets d'un homme sur le quai de l'Hudson. Puis il emboîta vivement le pas à l'étudiant. Vincent le vit qui le rattrapait. Le tueur n'était plus qu'à quelques pas du jeune homme quand ils disparurent tous deux à l'angle de la rue.

C'était affreux… Vincent n'avait pas été assez méticuleux. Il avait failli tout gâcher : son amitié avec Duncan, les câlins… Tout ça par négligence. Il avait envie de pleurer, envie de hurler.

Plongeant la main dans sa poche, il en tira une barre chocolatée qu'il engouffra derechef, avec une partie de l'emballage.

Cinq interminables minutes plus tard, Duncan réapparut, un journal froissé en boule à la main.

– Je m'excuse, dit Vincent.

– Mais non, répondit Duncan d'une voix douce. C'est réglé.

Le cutter ensanglanté était dans le journal. Il essuya la lame, jeta le journal maculé de sang et ses gants au loin. Puis il enfila une autre paire de gants. Il tenait à ce qu'ils en aient toujours trois paires sur eux.

– Le corps est dans une benne à ordures. Je l'ai recouvert comme j'ai pu. Si on a de la chance, il finira dans une décharge ou dans la mer avant que quelqu'un voie le sang.

– Et toi, ça va ? demanda Vincent, qui crut voir une marque rouge sur la joue de Duncan.

– Je ne me suis pas assez méfié, dit celui-ci en haussant les épaules. Il s'est débattu et j'ai dû lui mettre un coup de cutter dans les yeux. Souviens-toi de ça. Quand quelqu'un résiste, les yeux. Ça les calme tout de suite et on peut en faire ce qu'on veut.

Les yeux...

Vincent hocha lentement la tête.

– Tu feras attention à l'avenir ? demanda Duncan.

– Oh, oui ! Promis. Vraiment.

– Maintenant, va voir la fleuriste et retrouve-moi au musée à quatre heures et quart.

– D'accord. Pas de problème.

Duncan fixa Vincent de ses yeux bleus et lui décocha l'un de ses rares sourires.

– Ne t'en fais pas. Il y a eu un problème. Il n'y en a plus. Dans le grand ordre des choses, ce n'est rien du tout.

CHAPITRE 5

Le corps de Teddy Adams n'était plus là, les parents éplorés non plus.

Lon Sellitto venait de partir pour aller chez Rhyme et la scène était officiellement dégagée. Ron Pulaski, Nancy Simpson et Frank Rettig retiraient la clôture de ruban jaune.

Toujours sous le coup de l'espoir fou qu'elle avait cru lire dans le regard de la nièce d'Adams, Amelia avait procédé à un deuxième examen de la scène avec encore plus d'application qu'à l'ordinaire. Elle avait inspecté toutes les portes, refait tous les trajets que l'assassin aurait pu emprunter pour s'enfuir. Mais elle n'avait rien trouvé de plus. Elle ne se souvenait pas qu'un meurtre aussi compliqué ait jamais laissé aussi peu de traces.

Après avoir remballé tout son matériel, elle se remit à réfléchir à l'affaire Creeley et appela Suzanne, l'épouse de la victime, pour la prévenir que des inconnus s'étaient introduits par effraction dans sa maison de Westchester.

– Je ne le savais pas, en effet. Vous avez une idée de ce qu'ils ont volé ?

Amelia avait rencontré cette femme à plusieurs reprises. Elle était mince – elle allait courir chaque jour –, avec des cheveux courts lustrés au gel, de joli traits.

– Apparemment, il ne manquait pas grand-chose, dit Amelia.

Elle pensait avoir suffisamment fait peur au jeune voisin pour qu'il rapporte ses « emprunts », et avait décidé de ne pas en parler.

Elle demanda si on avait récemment brûlé quelque chose dans la cheminée, et Suzanne répondit que la maison était inoccupée depuis pas mal de temps.

– Que s'est-il passé d'après vous ?

– Je n'en sais rien. Mais la thèse du suicide n'en est que plus douteuse. Ah, j'y pense : il va falloir remplacer la serrure de votre porte arrière.

– Je vais faire venir quelqu'un dès aujourd'hui... Je vous remercie, détective. C'est important pour moi d'être crue. Quand je dis que Ben ne s'est pas tué.

Amelia rédigea ensuite une demande d'analyse de la cendre, de la boue et des autres éléments collectés dans la maison des Creeley, qu'elle empaqueta à part de ceux concernant l'Horloger. Puis elle compléta les cartes d'identification des indices et aida Nancy Simpson et Frank Rettig à charger le fourgon. Ils durent s'y mettre à deux pour emballer la poutre métallique dans du plastique et l'embarquer.

En refermant la portière du fourgon elle jeta un coup d'œil vers la rue. Le froid avait chassé la plupart des badauds, mais elle remarqua un homme qui se tenait, le *Post* ouvert à la main, devant un vieil immeuble en cours de rénovation sur Cedar Street, près de Chase Plaza.

Il y a quelque chose qui cloche, se dit-elle. Personne ne reste debout à lire le journal dans la rue par un froid pareil. Si on s'inquiète des cours de la Bourse ou qu'on veuille en savoir plus sur la dernière catastrophe, on le feuillette rapidement pour voir combien d'argent on a perdu ou de quelle hauteur est tombé l'autobus et on reprend vite sa marche.

Mais on ne reste pas planté en plein vent pour lire les potins de la page 6.

Elle ne voyait pas bien l'homme, en partie caché par son journal et par les débris du chantier de rénovation. Une chose, en tout cas, était bien visible : ses chaussures. Elles avaient d'épaisses semelles susceptibles d'avoir laissé les empreintes qu'elle venait de découvrir dans la neige à l'entrée de l'impasse.

Elle s'interrogea. La plupart des autres policiers étaient partis. Nancy et Frank étaient armés, mais ils n'avaient pas l'entraînement requis pour appréhender un suspect en pleine rue. Et celui-ci se trouvait derrière une barrière métallique posée là en prévision du défilé qui devait avoir lieu. Il pouvait facilement s'échapper si elle se dirigeait vers lui de l'endroit où elle se trouvait, de l'autre côté de la rue. Il fallait agir en finesse.

Elle s'approcha de Pulaski.

– Il y a un type à six heures. Je veux lui parler. Celui qui lit le journal.

– Le suspect ?

– Je n'en sais rien. Peut-être. Je vais monter dans le fourgon avec l'équipe. Ils me déposeront à l'angle de la rue. Tu sais conduire une voiture avec un levier de vitesses ?

– Bien sûr.

Elle lui donna les clés de sa Camaro rouge vif.

– Tu prends Cedar Street en direction de Broadway, tu fais une centaine de mètres, tu stoppes net, tu sors de la voiture et tu reviens par ici en sautant la barrière.

– Je te le rabats, autrement dit.

– Exactement. Si c'est simplement un type qui lit son journal, on se contentera de vérifier qu'il a des papiers d'identité et on en restera là. Sinon, je pense qu'il fera demi-tour et se jettera… dans mes bras. Toi, tu seras derrière pour me couvrir.

– Compris.

Amelia parcourut ostensiblement la scène du regard une dernière fois avant de monter à l'arrière du gros fourgon brun. Elle se pencha en avant.

– On a un problème, dit-elle.

Nancy Simpson et Frank Rettig lui jetèrent un coup d'œil, et Nancy descendit la fermeture éclair de son blouson pour poser la main sur la crosse de son revolver.

– Non, pas besoin de ça. Je vais vous dire ce qui se passe.

Elle expliqua brièvement la situation.

– Démarre en direction de l'est, dit-elle à Nancy, qui était au volant. Arrivée au feu, tourne à gauche. Et ralentis mais ne t'arrête pas. Je sauterai en marche.

Pulaski s'assit au volant de la Camaro, mit le contact et ne résista pas au plaisir de donner un coup d'accélérateur pour tirer un vrombissement sensuel du double pot d'échappement Tubi.

– Tu ne veux pas qu'on s'arrête ? demanda Rettig.

– Non, ralentissez, c'est tout. Je veux que le suspect croie qu'on s'en va.

– Très bien, dit Nancy. On fait comme ça.

Le fourgon démarra. Amelia vit dans le rétroviseur latéral Pulaski qui se mettait en route – « Doucement », lui dit-elle en silence ; le moteur de la Camaro était un monstre dans son genre et les vitesses passaient avec un bruit de velcro. Mais le jeune flic contrôlait la puissance des chevaux et roulait maintenant en douceur, à la rencontre du fourgon.

Parvenu au croisement entre Cedar et Nassau Streets, le fourgon tourna et Amelia ouvrit sa portière.

– Continuez. Ne ralentissez pas !

Nancy appliquait les consignes à la lettre.

– Bonne chance ! dit-elle.

Amelia sauta sur la chaussée.

Aïe, se dit-elle, un peu plus vite que prévu. Elle faillit perdre l'équilibre, se rattrapa et remercia mentalement les équipes municipales qui avaient généreusement répandu du sel sur la chaussée verglacée. Elle s'avança sur le trottoir, derrière l'homme au journal. Il ne l'avait pas vue.

Encore un bloc d'immeubles. Un demi-bloc. Elle ouvrit son blouson pour prendre le Glock qu'elle portait haut à la ceinture. Comme elle arrivait à une cinquantaine de pas du suspect, Pulaski s'arrêta brusquement le long du trottoir, sortit de la Camaro et

– sans que l'homme le remarque – sauta prestement par-dessus la barrière. Ils le tenaient maintenant en sandwich, séparés d'un côté par une barrière et de l'autre par l'immeuble en cours de rénovation.

Bon plan.

Sauf imprévu.

Deux gardiens armés se tenaient face à l'immeuble du service d'urbanisme. Ils avaient donné un coup de main à Amelia sur la scène de crime. L'un d'eux l'aperçut et lui fit un signe de la main.

– On a oublié quelque chose, détective ?

Merde ! L'homme au journal fit volte-face et la vit.

Lâchant son journal, il bondit par-dessus la barrière et partit à toutes jambes vers Broadway en courant au milieu de la chaussée, laissant Pulaski de l'autre côté de la barrière métallique. Celui-ci voulut l'enjamber, glissa et tomba durement sur le pavé. Amelia s'arrêta une seconde, vit qu'il n'était pas blessé et repartit. Pulaski se releva et ils s'élancèrent ensemble derrière l'homme, qui avait une dizaine de mètres d'avance et courait de toutes ses forces.

Saisissant son talkie-walkie, elle pressa le bouton TRANSMISSION.

– Détective 5885, dit-elle, essoufflée. Poursuite à pied d'un suspect près de Cedar Street. L'homme se dirige vers l'ouest dans Cedar, attendez, il tourne vers le sud sur Broadway. Besoin de renforts !

Plusieurs véhicules de patrouille répondirent qu'ils étaient dans les parages et se détournaient pour couper la route au suspect.

Au moment où Amelia et Pulaski approchaient de Battery Park, l'homme s'arrêta brusquement et faillit tomber. Il jeta un coup d'œil vers la droite – le métro.

Non, pas ça ! songea Amelia. Trop de passants et de badauds à proximité.

N'y va pas…

Après un nouveau coup d'œil derrière lui, l'homme se jeta dans l'escalier.

Amelia s'arrêta.

– Suis-le ! lança-t-elle à Pulaski en luttant pour reprendre sa respiration. S'il tire, vérifie bien qu'il n'y a personne derrière lui avant de répliquer. Au moindre doute, il vaut mieux le laisser filer.

Les traits crispés, le jeune flic hocha la tête. Amelia savait qu'il n'avait jamais pris part à un échange de coups de feu.

– Où vas-tu..., commença-t-il.

– Fonce !

Pulaski respira un grand coup et repartit en courant. Amelia se précipita vers la bouche de métro et le regarda descendre les marches quatre à quatre. Puis elle traversa la rue et longea un bloc d'immeubles. Elle dégaina et s'arrêta derrière un kiosque à journaux.

Il descend... quatre... trois... deux...

Un.

Elle s'avança d'un pas, tournée vers la sortie du métro, à l'instant précis où le suspect arrivait en haut des marches et pointa son arme sur lui.

– Pas un geste !

Des passants hurlaient et se jetaient au sol. Pour toute réaction, le suspect prit un air dépité, sans doute parce que sa ruse avait échoué. Amelia s'était dit que la surprise dans son regard en voyant la bouche de métro était feinte, et qu'il n'avait peut-être pas l'intention de descendre jusqu'à la station. Il se tenait mollement les bras en l'air.

– Par terre ! À plat ventre !

– Écoutez, je...

– Tout de suite !

Il s'exécuta après un coup d'œil au revolver. Hors d'haleine, les articulations douloureuses, elle se laissa choir à genoux pour lui passer les menottes. Il grimaça de douleur. Amelia n'y prêta pas attention. Elle n'était pas d'humeur à ça.

– Ils ont pris un suspect. Sur la scène.

Lincoln Rhyme et l'homme qui lui donnait cette intéressante information étaient dans le laboratoire. Dennis Baker, la quarantaine, costaud et plutôt bel homme, était un lieutenant de police affecté aux Affaires criminelles majeures – la division de Sellitto –

et leur avait été envoyé par la mairie pour s'assurer que l'Horloger serait arrêté le plus vite possible. Il faisait partie de ceux qui avaient « insisté » pour que Sellitto obtienne la collaboration de Rhyme.

– Un suspect ? répéta le criminologue en haussant un sourcil.

Les coupables revenaient souvent sur les lieux de leurs exploits, pour diverses raisons, et Rhyme se demandait si Amelia Sachs avait bien mis la main sur le tueur.

Baker, penché sur son portable, écoutait en hochant la tête. Le lieutenant – qui était d'une troublante ressemblance avec George Clooney – possédait cette double faculté de sérieux et de concentration qui fait d'excellents policiers et d'ennuyeux compagnons de beuverie.

– C'est une bonne chose de l'avoir avec nous, avait dit Sellitto.

– Très bien, mais on peut compter sur lui ? avait demandé Rhyme.

– Pas au sens où tu l'entends.

– C'est-à-dire ?

– Il rêve de réussir un gros coup et il compte sur toi. Il t'apportera tout le soutien – et toute la latitude – dont tu auras besoin.

Ce qui était bon à prendre, car ils manquaient de monde. Il y avait bien Roland Bell, un autre détective de la police de New York, originaire du Sud, qui travaillait souvent avec eux. C'était un type facile à vivre, contrairement à Rhyme, et tout aussi méthodique. Mais il avait pris des vacances en Caroline du Nord, où sa petite amie était shérif dans le Tarheel.

Il y avait aussi Fred Dellray, un agent du FBI connu pour son travail dans l'antiterrorisme et ses missions secrètes. Bien que les meurtres de cette sorte ne soient généralement pas classés comme des crimes fédéraux, Dellray avait souvent assisté Sellitto et Rhyme sur des affaires d'homicides en mettant à leur disposition les ressources du Bureau. Mais les Feds étaient pour le moment surchargés de travail sur une série de grosses affaires du type Enron[1] dont

1. Scandale à propos de malversations financières à grande échelle qui a ébranlé le monde des affaires dans l'Amérique des années 1990 *(NdT)*.

les enquêtes venaient tout juste de démarrer. Dellray dirigeait l'une de ces enquêtes.

La présence de Baker – pour ne pas parler de son influence au sein de la Grande Maison – était donc une aubaine. Sellitto mit fin à sa communication et expliqua à Rhyme qu'on était en train d'interroger le suspect, qui ne se montrait pas très coopératif.

Sellitto était assis à côté de Mel Cooper, le chétif expert médico-légal, grand amateur de danses de salon, que Rhyme tenait à avoir auprès de lui. Cooper payait chèrement son talent de légiste : Rhyme n'avait pas d'heure pour faire appel à ses compétences techniques. Il avait hésité un instant, ce matin-là, pour répondre une fois de plus à sa demande d'assistance, en expliquant qu'il s'apprêtait à emmener sa dulcinée et sa mère en Floride pour le week-end.

– C'est tellement plus excitant de venir ici le plus vite possible – vous ne trouvez pas ? avait répondu Rhyme.

– J'arrive dans une demi-heure, avait finalement dit Cooper.

Il attendait maintenant devant une table d'examen du laboratoire. De sa main gantée de latex, il donna quelques biscuits à Jackson ; le chien s'était couché en rond à ses pieds.

– S'il y a une contamination par des poils de chien, grommela Rhyme, vous risquez de m'entendre.

– Il est plutôt mignon, dit Cooper en changeant de gants.

Le criminologue poussa un grognement. Le mot « mignon » ne figurait pas dans le dictionnaire de Lincoln Rhyme.

Le téléphone de Sellitto sonna à nouveau. La conversation, cette fois, fut rapide.

– Au sujet de la victime découverte sur le quai. Les gardes-côtes et nos plongeurs n'ont pas retrouvé de corps jusqu'à présent. Ils poursuivent les recherches et étudient les avis de disparition.

Le fourgon en provenance de la scène de crime venait d'arriver. Thom aida un agent à apporter les pièces recueillies par Amelia.

Il était temps…

Baker et Cooper entrèrent avec une lourde poutre métallique.

L'arme du crime de l'impasse.

L'un des agents leur remit les cartes d'identification scellées, que Cooper signa. L'agent salua en repartant, mais Rhyme n'y prêta pas attention. Il examinait les indices. Il ne vivait que pour cet instant. Après l'accident qui l'avait laissé paralysé, sa passion pour la traque des criminels, qu'il pratiquait comme un sport, n'avait pas diminué, et les indices constituaient le terrain sur lequel il disputait chacun de ses combats.

Il frémissait intérieurement à cette perspective.

Et se sentait coupable, aussi.

Parce qu'il n'aurait pas connu cette euphorie si d'autres n'avaient été précipités dans le malheur : la victime du quai sur l'Hudson et Theodore Adams, leurs familles et leurs amis. Certes, il avait de la sympathie et de la peine pour eux. Mais il était capable de mettre de côté les sentiments qu'inspirent à tout un chacun de telles tragédies. D'aucuns disaient qu'il était froid, insensible, et il n'était pas loin de le croire. Mais il en va ainsi pour quiconque excelle dans sa partie et réunit de nombreux traits de caractère souvent disparates. L'esprit extraordinairement pénétrant de Rhyme, son tempérament impatient et infatigable s'accordaient avec la distance émotionnelle nécessaire aux meilleurs criminologues.

Il en était à la contemplation des pièces dans leur emballage quand Ron Pulaski arriva. Rhyme l'avait connu pendant la première – et courte – période qu'il avait passée dans la police. C'était un an auparavant, et Pulaski était père de deux enfants, mais Rhyme ne pouvait s'empêcher de penser à lui comme « le bleu » ou « le jeunot ». Il y a parfois des surnoms qui vous collent à la peau.

– J'ai appris qu'Amelia avait quelqu'un en garde à vue, mais au cas où ça ne serait pas le coupable, je ne veux pas perdre de temps, annonça Rhyme. (Se tournant vers Pulaski :) Donnez-moi la localisation. Le quai, d'abord.

– Bien, commença Pulaski, pas très à l'aise. Le quai se situe à peu près à la hauteur de la 22e Rue. Il longe le fleuve sur une longueur de cinquante-deux mètres à environ trois mètres au-dessus de l'eau. Le meurtre…

– On a donc retrouvé le corps ?

– Je ne crois pas.

– Donc le meurtre *supposé*, vous voulez dire.

– Oui. Oui, chef. Le meurtre supposé a eu lieu au bout du quai ; c'est-à-dire à l'extrémité ouest, entre hier dix-huit heures et ce matin six heures. Au moment où le site était fermé.

Il y avait très peu d'éléments à examiner : un fragment d'ongle ayant probablement appartenu à un homme, le sang, que Mel Cooper soumit à un test et qui s'avéra être du sang humain du groupe AB positif (ce qui signifiait que les deux antigènes A et B étaient présents dans le plasma, et qu'aucun gène anti-A ou anti-B ne s'y trouvait). En outre, une protéine particulière, Rh, était présente. La combinaison des antigènes A et B et du Rh positif indiquait que la victime possédait l'un des groupes sanguins les plus rares, présent chez 3,5 % de la population. D'autres tests devaient confirmer qu'elle était de sexe masculin.

Ils conclurent par ailleurs que l'homme était sans doute d'un certain âge car il prenait un anticoagulant. Il n'y avait aucune trace d'autre drogue, ni d'infection.

On n'avait relevé sur la scène de crime aucune empreinte digitale ou empreinte de pas, et pas d'empreintes de pneus à proximité autres que celles de voitures appartenant aux gens qui travaillaient dans le voisinage.

Amelia Sachs avait emporté un fragment de la chaîne qui fermait le site. En l'examinant, Cooper constata que celle-ci avait été sectionnée à l'aide de pinces coupantes d'un modèle courant. On aurait pu, au cas où on aurait trouvé des pinces, déterminer si elles étaient à l'origine des marques laissées dans le métal, mais il était impossible de remonter à l'outil à partir de ces seuls indices.

Rhyme étudia les clichés pris par Amelia, en particulier la forme des traces de sang au bord du quai. Il pensait que la victime y était restée suspendue, à hauteur de poitrine, en s'accrochant désespérément des doigts dans les interstices entre les planches. La découverte d'un ongle en partie arraché montrait qu'elle avait fini par lâcher prise. Rhyme se demanda combien de temps elle avait tenu dans cette position.

– Décrivez-moi l'autre scène, dit-il en hochant lentement la tête.

– Le crime a eu lieu dans une impasse donnant sur Cedar Street, près de Broadway, dit Pulaski. L'impasse est large de six mètres, longue de trente-deux mètres, avec des pavés au sol.

Rhyme se rappelait que le corps était à cinq mètres de la rue.

– L'heure de la mort ?

– Au moins huit heures avant la découverte du corps, répondit le jeune médecin légiste. Comme le corps était gelé, il faudra un certain temps pour le déterminer avec plus de précision.

– Amelia m'a parlé des entrées de service et des issues de secours qui donnent sur l'impasse. A-t-on demandé à quelle heure on fermait toutes ces portes pour la nuit ?

– Il y a trois immeubles commerciaux. Deux d'entre eux ferment leurs portes de service à huit heures et demie du soir et le troisième à dix heures. Le quatrième immeuble abrite des bureaux de l'administration. On ferme toutes les issues à six heures. La voirie passe à dix heures pour ramasser les ordures.

– Quand a-t-on découvert le corps ?

– Vers sept heures du matin.

– Bon. La victime de l'impasse était morte depuis huit heures au moins, et on a fermé la dernière porte à dix heures du soir, au moment du ramassage des ordures. Le meurtre a donc eu lieu, disons, entre dix heures quinze et onze heures du soir. Il y a des voitures stationnées dans ce coin ?

– J'ai relevé les immatriculations de tous les véhicules autour des deux pâtés d'immeubles les plus proches.

Pulaski avait un énorme calepin à la main.

– Qu'est-ce que c'est, ce truc-là ?

– Oh, j'ai tout noté concernant les voitures. J'ai pensé que ça pourrait être utile. Les emplacements, tout ce qui pouvait sembler anormal…

– C'est une perte de temps. Il nous faut seulement les numéros de plaque pour retrouver les noms et les adresses, expliqua Rhyme. Après quoi il suffit d'interroger le fichier national des délinquants et celui des immatriculations. On se fiche bien de savoir qui a besoin de faire réparer sa carrosserie ou de changer ses pneus, ou qui se balade avec une pipe à crack sur son siège arrière… Bref, vous l'avez fait ?

– Quoi ?

– Vous avez interrogé les fichiers ?

– Pas encore.

Cooper s'y attela sur son ordinateur. Aucun des propriétaires de voitures ne faisait l'objet de poursuites. Il chercha aussi à savoir, à la demande de Rhyme, si on avait dressé des contraventions pour stationnement aux abords de l'impasse au moment du meurtre. Aucune.

– Mel, tapez maintenant le nom de la victime. Pas de poursuites ? Il n'y a rien à son sujet ?

Il n'y avait aucune trace de poursuites à l'encontre de Theodore Adams, et Pulaski répéta ce que lui avait dit sa sœur – il ne semblait pas avoir d'ennemis et rien dans sa vie personnelle qui ait pu conduire à un meurtre.

– Pourquoi avoir choisi ces victimes, alors ? s'interrogea Rhyme. Au hasard ?… Je sais que Dellray est très occupé en ce moment, mais c'est important. Appelez-le et demandez-lui de faire une recherche sur le nom d'Adams. Qu'on sache si le FBI n'aurait pas quelque chose le concernant.

Sellitto appela l'immeuble du FBI et on lui passa Dellray – qui était de fort mauvaise humeur à cause du « putain de bourbier » de l'affaire de malversations financières dont il était chargé. Il accepta néanmoins d'interroger sa base de données. Il n'y avait rien, là non plus, sur Theodore Adams.

– Bien, dit Rhyme. Tant que nous n'avons pas trouvé d'autres informations, considérons que les victimes ont été choisies au hasard par un cinglé. (Scrutant les clichés.) Où sont ces foutues pendules ?

Un appel à la brigade des explosifs leur apprit qu'on n'y avait décelé aucune trace de produit explosif ou toxique et qu'on allait maintenant les apporter chez Rhyme comme convenu.

L'argent et le porte-billets en faux or semblaient provenir depuis peu d'un distributeur automatique de monnaie. Les coupures étaient propres, mais Cooper trouva des empreintes bien nettes sur le porte-billets. Mais quand il les soumit au système automatisé d'identification des empreintes du FBI, il n'obtint aucune réponse. L'examen des quelques empreintes relevées sur les billets trouvés dans les poches de Theodore Adams donna également un résultat négatif, et les numéros de série n'avaient pas été relevés par les services du Trésor comme cela se faisait parfois dans le cadre de la lutte contre le blanchiment d'argent et autres délits.

– Le sable ? demanda Rhyme en pensant au produit répandu dans l'impasse.

– Rien de spécial, répondit Cooper. C'est celui qu'on utilise sur les terrains de jeux plutôt que dans la construction. Je vais voir si je trouve d'autres traces.

Et il n'y avait pas de sable sur le quai, se rappela Rhyme. Amelia le lui avait dit. Était-ce parce que – comme elle l'avait supposé – l'assassin avait l'intention de revenir sur les lieux ? Ou simplement parce qu'on n'en avait pas besoin sur le quai, où un vent violent balayait la scène de crime ?

– Et la poutre qui a broyé le cou de la victime ? C'est une poutre à chas d'aiguille.

Rhyme avait étudié de près les matériaux de construction de la ville depuis qu'il était devenu monnaie courante de se débarrasser des cadavres sur des chantiers. Cooper et Sellitto soulevèrent la poutre – quarante kilos cinq cents – pour la poser sur la table d'examen. Elle mesurait 120 × 2,5 × 7,5 cm, et était percée d'un trou à chaque extrémité.

– On s'en sert principalement dans la construction navale et pour les grues, les antennes et les ponts, expliqua le criminologue.

– C'est certainement l'arme du crime la plus lourde que j'aie jamais vue, observa Cooper.

– Plus lourde qu'un 4 × 4 ? demanda Rhyme, l'homme pour qui la précision était tout.

Il faisait allusion au crime commis par une femme qui avait réglé son compte à son mari volage en lui passant sur le corps avec un énorme 4 × 4 quelques mois auparavant, au beau milieu de la 3e Avenue.

– Ah, ça… quand il s'agit de tromperie, de volerie, de…, chantonna Cooper d'une fausse voix de ténor.

Puis il examina la grosse pièce à conviction avec l'espoir d'y découvrir des empreintes digitales et n'en trouva aucune. Il préleva quelques copeaux de métal pour les analyser.

– C'est sans doute du fer. Je vois des traces d'oxydation.

Un test chimique le confirma.

– Pas de marque d'identification ?

– Aucune.

– C'est un problème, dit Rhyme avec une grimace. Il y a une cinquantaine de provenances possibles en zone urbaine… Mais attendez… Amelia a parlé d'un chantier dans les parages.

– Ah, oui, dit Pulaski. Elle m'a envoyé y faire un tour, et il n'y avait pas de poutres métalliques comme celle-ci. J'ai oublié de vous le dire.

– Vous avez oublié, répéta Rhyme dans sa barbe. Eh bien, je sais que la Ville fait des travaux sur le pont de Queensboro. Il faut se renseigner. (S'adressant directement à Pulaski :) Appelez les responsables du chantier, demandez-leur s'ils utilisent ce genre de poutres, et qu'ils vérifient s'il ne leur en manque pas une.

Le bleu hocha la tête et prit son portable.

Cooper, pendant ce temps, avait soumis un échantillon de sable à l'analyse du chromatographe à gaz.

– Voilà, j'ai quelque chose ici. Du sulfate de thalium.

– Qu'est-ce que c'est ? demanda Sellitto.

– Un poison pour rongeurs, répondit Rhyme. C'est un produit interdit dans ce pays, mais on en trouve dans les communautés d'immigrants ou sur les chantiers de construction qui emploient des immigrants. Quelle est la concentration ?

– Très élevée… et il n'y en a pas dans les échantillons de sol et les résidus qu'Amelia a rapportés. Autrement dit, il provient sans doute d'un endroit où notre homme s'est trouvé avant.

– Il avait peut-être l'intention de s'en servir pour tuer quelqu'un, suggéra Pulaski, qui attendait qu'on lui réponde au téléphone.

– C'est peu probable, dit Rhyme en secouant la tête. Ce n'est pas facile à administrer, et il faut de fortes doses pour tuer un être humain. Mais ça pourrait nous mener à lui. Tâchez de savoir s'il y a eu récemment des saisies de ce produit ou des plaintes pour vol.

Cooper, à son tour, se mit au téléphone.

– Voyons maintenant ce ruban adhésif, poursuivit Rhyme.

Le technicien examina les longs rectangles de ruban adhésif gris et brillant qui avaient servi à attacher les pieds et les mains de la victime et à la bâillonner. C'était, annonça-t-il, un produit de type courant, vendu à des milliers d'exemplaires dans les supermarchés. Le test révéla très peu de choses, hormis quelques cristaux du sel jetés sur la chaussée pour faire fondre la neige – le même que celui collecté par Amelia Sachs – et des grains du sable répandu par l'Horloger pour effacer ses traces.

Déçu, Rhyme revint aux photographies du cadavre de Theodore Adams prises par Amelia. Puis, rapprochant son fauteuil de la table d'examen, il scruta l'écran.

– Regardez les bords du ruban adhésif.

– Intéressant, dit Cooper en observant tour à tour les clichés et le ruban.

Les sections de ruban avaient été coupées avec une grande précision et appliquées avec soin. D'habitude, les agresseurs arrachaient le ruban en le déchirant sur le rouleau, parfois d'un coup de dents (en y laissant souvent une trace de salive porteuse d'ADN), pour le coller hâtivement autour des mains et des chevilles et sur la bouche de leur victime. Mais le ruban utilisé par l'Horloger avait été très proprement sectionné à l'aide d'une lame bien aiguisée. Et tous les morceaux étaient de longueur égale.

Ron Pulaski mit fin à sa communication.

– On n'utilise pas de poutres de ce type pour les travaux en cours sur le pont, annonça-t-il.

Bon. Mais Rhyme ne s'attendait pas à des réponses sur tout.

– Et la corde à laquelle la victime s'accrochait ?

Cooper l'examina, consulta une base de données. Il secoua la tête.

– Un modèle courant.

Rhyme désigna d'un signe de tête plusieurs tableaux blancs disposés dans un angle du laboratoire.

– Allons-y pour les tableaux. Vous, Ron, vous avez une bonne écriture ?

– Plutôt.

– C'est tout ce qu'il nous faut. Écrivez.

Quand il travaillait sur une affaire, Rhyme avait pour habitude de dresser des listes de tous les indices qu'ils collectaient. Ces tableaux étaient pour lui autant de boules de cristal ; il scrutait les mots, les clichés et les croquis en cherchant à comprendre qui pouvait bien être le meurtrier, où il se cachait et s'il risquait de frapper à nouveau. La contemplation de ces listes d'indices était, chez Rhyme, ce qui s'apparentait le plus à de la méditation.

– Nous inscrirons son nom en tête, puisqu'il a eu l'amabilité de nous indiquer comment il voulait qu'on l'appelle.

Pendant que Pulaski écrivait sous la dictée de Rhyme, Cooper prit un tube contenant ce qui semblait être un minuscule échantillon de sol pour l'examiner au microscope. Il commença par une image agrandie quatre fois (la règle de base, avec les microscopes optiques, veut qu'on commence par de faibles grossissements, faute de quoi on se trouve devant une image intéressante du point de vue artistique mais trop abstraite pour être utile).

– Ça ressemble à du sol ordinaire. Je vais voir ce qu'il y a d'autre.

Il isola un échantillon pour le spectromètre chromatographique, un gros instrument qui servait à identifier les substances à partir de traces microscopiques.

Les résultats apparurent à l'écran.

– Bien, on a des huiles, du nitrogène, de l'urée, du chlorure… et une protéine. Attendez. Je vais voir ce que c'est.

Un instant plus tard, l'écran s'emplit de nouvelles informations.

– Une protéine de poisson.

– C'est peut-être que le type travaille dans un restaurant de poissons ! s'écria Pulaski, enthousiaste. Ou dans une poissonnerie de Chinatown. Ou… au rayon poissons d'un magasin d'alimentation ?

– Ron, avez-vous jamais entendu un orateur s'exprimer ainsi : « Avant de commencer, j'aimerais dire quelque chose » ? demanda Rhyme.

– Hum. Je réfléchis.

– Ce qui est un peu étrange, car s'il parle, il a déjà commencé, non ?

Pulaski regarda Rhyme en haussant les sourcils.

– Je veux dire que lorsqu'on analyse une pièce à conviction, il y a quelque chose qu'on fait toujours avant de commencer.

– Quoi ?

– On trouve d'où vient cette pièce. Donc, *où* Amelia a-t-elle prélevé celle-ci ?

Pulaski regarda l'étiquette sur le sachet.

– Oh...

– Alors ?

– Dans la veste de la victime.

– Et donc, de *qui* cette pièce à conviction nous parle-t-elle ?

– De la victime, et non de son assassin.

– Exactement ! Il n'est peut-être pas inutile, n'est-ce pas, de savoir qu'elle se trouvait *dans* sa veste... Qui sait ? Mais ce qui compte, c'est de ne pas envoyer trop vite la troupe chez tous les poissonniers de la ville. Vous ne trouvez pas que c'est préférable, Ron ?

– Oui. Absolument.

– Vous m'en voyez fort aise. Inscrivez donc « particules de sol avec traces de poisson » sur le tableau « Profil de la victime », et continuons si vous voulez bien. Quand le médecin légiste doit-il nous envoyer son rapport ?

– Ça risque de prendre un moment, dit Cooper. En pleine période de fêtes...

– La saison des assassins..., chantonna Sellitto.

Pulaski fronça les sourcils.

– Les moments les plus dangereux de l'année sont les périodes de canicule et les périodes de fêtes, lui expliqua Rhyme. Rappelez-vous cela, Ron : le stress ne tue pas les gens ; ce sont les gens qui tuent les gens – mais le stress les y pousse.

– J'ai des fibres ici – brunes, murmura Cooper en regardant les notes sur le sachet. En provenance du talon de la victime et du bracelet de sa montre.

– Quelle sorte de fibres ?

Cooper les examina de près et appela la base de données du FBI en notant les caractéristiques.

– Ça semble provenir d'un véhicule.

– Il serait logique qu'il ait eu une voiture – on ne se promène pas dans le métro avec une poutre métallique de quarante kilos. Notre Horloger s'est donc garé à l'entrée de l'impasse et a traîné sa victime jusqu'à l'endroit de sa mort. Que peut-on dire du véhicule en question ?

Pas grand-chose, s'avéra-t-il. Les fibres provenaient d'un tapis de sol présent dans une quarantaine de modèles de voitures, camions et autres utilitaires. Quant aux empreintes de roues, le sel qui recouvrait le sol de l'impasse avait empêché le contact des pneus avec les pavés, et elles étaient illisibles.

– Zéro, donc, question voiture. Voyons maintenant son billet doux.

Cooper sortit la feuille de papier blanc d'une pochette en plastique.

La pleine Lune Froide qui brille au ciel,
illuminant le corps de la terre,
indique l'heure de la mort
et la fin du voyage commencé à la naissance.

L'Horloger.

– On y est ? demanda Rhyme.

– Où ça ? répondit Pulaski, comme s'il avait manqué quelque chose.

– À la pleine lune. Évidemment. Aujourd'hui.

Pulaski feuilleta rapidement le *New York Times* de Rhyme.

– Oui. C'est exact.

– Que veut-il dire par cette « Lune Froide » avec des majuscules ? demanda Dennis Baker.

Cooper fit une rapide recherche sur Internet.

– C'est un mois dans le calendrier lunaire... On utilise le calendrier solaire de trois cent soixante-cinq jours par an, fondé sur la course du soleil. Le calendrier solaire marque le temps entre les cycles de la lune. Les noms de mois indiquent les cycles de nos vies de la naissance à la mort. Leurs noms sont des étapes dans l'année : la Lune de la Fraise au printemps, la Lune de la Moisson et la Lune du Chasseur à l'automne. La Lune Froide est en décembre, qui est le mois de l'hibernation et de la mort.

Comme Rhyme l'avait déjà remarqué, les assassins qui faisaient référence à des thèmes astrologiques étaient souvent des tueurs en série. Il existait des études pour prétendre qu'ils agissaient sous l'influence de la lune, mais il pensait qu'ils obéissaient plutôt à la suggestion, de même qu'on avait vu les témoignages sur de prétendus enlèvements par des extraterrestres se multiplier après la sortie du film *Rencontres du troisième type* de Steven Spielberg.

– Voyez ce que vous trouvez dans les banques de données avec le mot « Horloger » associé à « Lune Froide ». Et aussi avec les autres noms de mois du calendrier lunaire.

Dix minutes de recherche dans le fichier du FBI et celui du Centre national d'information criminelle ne donnèrent aucun résultat.

Rhyme demanda à Cooper de trouver d'où venait ce poème, et Cooper visita en vain une dizaine de sites de poésie. Il appela également un professeur de littérature de l'université de New York qui les aidait à l'occasion. L'homme n'en avait jamais entendu parler. Ou bien ce poème était trop obscur pour répondre à un moteur de recherche, ou bien, ce qui semblait plus probable, il était l'œuvre de l'Horloger lui-même.

– Quant à la feuille, dit Cooper, c'est du papier de qualité ordinaire, sorti d'une imprimante. Une Hewlett-Packard à jet d'encre sans signe distinctif.

Rhyme secouait la tête, irrité par l'absence de pistes. Si l'Horloger était effectivement un tueur en série, il était peut-être en ce moment même en train d'épier sa prochaine victime, voire de la tuer.

Un instant plus tard, Amelia Sachs entra. Elle retira son blouson, Rhyme la présenta à Dennis Baker et celui-ci lui dit qu'il se félicitait de la savoir sur cette affaire ; la réputation de la jeune femme l'avait précédée, ajouta le policier célibataire, un tantinet dragueur. Amelia répondit par une poignée de main rapide et des plus professionnelles.

La routine pour une femme policier.

Rhyme lui fit rapidement part de ce qu'ils avaient appris jusque-là des pièces à conviction.

– Ça ne fait pas grand-chose, dit-elle à mi-voix. Il est très fort.

– Et ce suspect que vous avez arrêté ? demanda Rhyme.

– Il sera ici d'une minute à l'autre. Il a essayé de se sauver en nous voyant approcher, mais je ne crois pas que c'est l'homme qu'on cherche. Je me suis renseignée sur lui. Marié, agent de change, employé depuis cinq ans par la même firme, sans antécédents judiciaires. Je ne le crois pas capable de…

On frappait à la porte.

Derrière Amelia, deux agents en tenue firent entrer un homme, menottes aux poignets et l'air furieux. Ari Cobb, trente-cinq ans environ, une apparence banale d'homme d'affaires au physique plutôt agréable. Il était mince sous un manteau assez beau mais maculé de boue, sans doute à la suite de son arrestation.

– Alors ? lui demanda Sellitto d'un ton bourru.

– Comme je le lui ai dit (désignant sèchement Amelia Sachs de la tête), hier soir, en allant prendre le métro, j'ai laissé tomber de l'argent. (Nouveau signe de tête vers les billets et le porte-billets.) Ce matin, j'ai compris ce qui s'était passé et je suis retourné le chercher. J'ai vu les policiers. Je ne sais pas… Je n'ai pas voulu être mêlé à ça. Je suis agent de change. J'ai des clients qui ont vraiment horreur de ce genre de publicité. Ça pouvait être très gênant pour mes affaires.

Il parut se rendre compte à cet instant seulement que Rhyme était dans un fauteuil roulant. Il cligna des yeux, se ressaisit et reprit son air indigné.

On inspecta ses vêtements sans trouver de grains de sable, ni de sang ou une autre trace permettant d'établir un lien avec le meurtre. Rhyme, comme Amelia Sachs, ne pensait pas qu'il pouvait s'agir de l'Horloger, mais, compte tenu de la gravité du crime, il se garderait d'être négligent.

– Prenez ses empreintes, ordonna-t-il.

Cooper s'exécuta et constata que les empreintes relevées sur le porte-billets étaient bien les siennes. Une recherche sur le fichier des immatriculations montra qu'il ne possédait pas de voiture, et un appel aux banques qui avaient délivré ses cartes de crédit qu'il n'en avait pas loué dans une période récente.

– Quand avez-vous laissé tomber ces billets ? demanda Sellitto.

L'homme répondit qu'il avait quitté son bureau vers sept heures et demie la veille au soir. Il avait bu quelques verres avec des amis, était reparti vers neuf heures pour aller à pied jusqu'au métro. Il se rappelait avoir pris sa carte d'abonné dans sa poche en passant dans Cedar Street, et c'était sans doute à ce moment qu'il avait perdu le porte-billets. Il avait rejoint la station et était arrivé chez lui, dans l'Upper East Side, autour de dix heures moins le quart. Comme sa femme était en voyage d'affaires, il avait dîné seul dans un bar proche de son appartement. Il était rentré chez lui aux environs de onze heures.

Sellitto appela quelques numéros pour vérifier ces dires. Le gardien de l'immeuble où se trouvait son bureau confirma que M. Cobb était parti à sept heures et demie, un reçu de carte de crédit prouva qu'il se trouvait dans un bar de Water Street vers neuf heures, et le gardien de son immeuble ainsi qu'un voisin attestèrent qu'il était bien rentré chez lui à l'heure indiquée. Il semblait impossible qu'il ait pu tuer quelqu'un sur le quai de l'Hudson et perpétrer le meurtre compliqué de Theodore Adams dans l'impasse entre neuf heures et quart et onze heures du soir.

– Le crime sur lequel nous enquêtons est d'une gravité exceptionnelle, dit Sellitto. Il a eu lieu près de l'endroit où vous vous trouviez hier soir. Avez-vous remarqué *quoi que ce soit* qui puisse nous aider ?

– Non, rien, vraiment. Je ne demanderais qu'à vous aider, je le jure, si je pouvais.

– Le meurtrier pourrait frapper à nouveau, voyez-vous.

– Je suis désolé, dit l'homme, qui n'avait pas l'air de l'être beaucoup. Mais je me suis affolé. Ce n'est pas un crime.

Sellitto se tourna vers les deux agents.

– Faites-le sortir un instant.

– C'est du temps perdu, murmura Baker, une fois la porte refermée.

– Il sait quelque chose. Je le sens, dit Amelia en secouant la tête.

Rhyme s'en remettait à elle pour tout ce qu'il appelait le côté « humain » du travail policier : les témoins, la psychologie et, grands dieux, les intuitions.

– D'accord, dit-il. Mais qu'est-ce qu'on va faire de ce que tu sens ?

Ce ne fut pas Amelia qui répondit, mais Lon Sellitto.

– J'ai une idée, dit-il.

Il écarta les pans de sa veste, révélant une chemise horriblement froissée, pour prendre son portable.

CHAPITRE 6

Vincent Reynolds marchait à pas pressés dans les rues glaciales de SoHo, dans la lumière bleue de cette zone du quartier à peu près déserte à l'est de Broadway et à quelques blocs d'immeubles des restaurants et des boutiques chics. Il suivait à environ trente mètres de distance Joanne, sa fleuriste, la fille qui serait bientôt sienne.

Il ne la quittait pas des yeux, possédé par une faim violente et électrique, aussi intense que le soir où il avait fait la connaissance de Gerald Duncan – une rencontre qui avait marqué un tournant décisif dans la vie de Vincent Reynolds.

À la suite de l'incident avec Sally – qui lui avait valu d'être arrêté après avoir perdu son sang-froid –, il s'était dit qu'il devait désormais se montrer plus malin. Il porterait une cagoule et attraperait les femmes par-derrière pour qu'elles ne le voient pas. Il utiliserait un préservatif (ce qui l'aidait à ralentir de toute façon), ne chasserait plus jamais près de chez lui et changerait de tactique et de quartier à chacune de ses attaques. Il préparerait soigneusement les viols et serait prêt à s'enfuir au moindre risque.

Enfin, c'était ainsi qu'il voyait les choses. Mais depuis quelques années sa faim devenait de plus en plus difficile à contrôler. Il voyait une femme toute seule dans la rue, l'envie le prenait et… il me la faut ! Tout de suite ! Tant pis si on me voit !

C'est la faim qui vous fait ça.

Deux semaines auparavant, il avait mangé un gâteau au chocolat et bu un Coke à une échoppe voisine du bureau où il était régulièrement employé comme intérimaire. Il avait jeté un coup d'œil à la serveuse, une nouvelle. Elle avait un visage rond, un corps mince et des cheveux blonds bouclés. On ne pouvait pas ne pas remarquer son chemisier trop serré, et les deux boutons qu'elle n'avait pas refermés.

Elle lui sourit en apportant l'addition et il se dit qu'il la lui fallait. Tout de suite.

Il l'entendit prévenir son patron qu'elle sortait pour fumer une cigarette. Vincent paya et sortit derrière elle. Il remonta la ruelle. Elle était là, adossée au mur, le regard perdu dans le vide. Il était tard – il préférait prendre le service de trois heures à onze heures du soir. Il y avait des passants plus loin sur le trottoir de l'avenue, mais la ruelle était déserte. L'air était froid, les pavés le seraient encore plus, mais il s'en fichait ; il se réchaufferait à son corps.

C'est à ce moment qu'il entendit quelqu'un lui dire à voix basse :

– Attends cinq minutes.

Vincent sursauta et se retourna brusquement. Un type mince, d'une cinquantaine d'années, le regardait calmement.

– Quoi ?

– Attends.

– Qui êtes-vous ?

Vincent n'avait pas vraiment peur – il était plus grand que l'autre et plus lourd d'une trentaine de kilos –, mais l'homme avait des yeux d'un bleu intense qui le mettaient mal à l'aise.

– Peu importe. Faisons semblant d'être deux copains. Continuons à parler.

– Merde !

Le cœur battant à se rompre, les mains agitées d'un tremblement irrépressible, Vincent fit mine de s'éloigner.

– Attends, dit encore l'homme derrière lui.

Il avait une voix calme, presque envoûtante.

Le violeur attendit.

Une minute plus tard il vit s'ouvrir la porte d'un immeuble, face au restaurant de l'autre côté de la ruelle, et deux hommes en sortir. La serveuse s'approcha pour leur parler. L'un portait un complet de ville, l'autre un uniforme de policier.

– Seigneur, murmura Vincent.

– C'est une souricière, dit l'homme aux yeux bleus. La fille est de la police. Le patron du restaurant prend des paris clandestins, je suppose. Ils sont là pour le piéger.

– Et alors ? Ça m'est bien égal, dit Vincent, qui avait repris ses esprits.

– Si tu avais fait ce que tu voulais faire, tu aurais des menottes aux poignets maintenant. Et la fille serait peut-être morte.

– Ce que je voulais faire ? répéta Vincent en s'efforçant de prendre un air innocent. Je ne sais pas de quoi vous parlez.

L'inconnu se contenta de sourire en entraînant Vincent un peu plus loin.

– Tu habites par ici ?

– Non. Dans le New Jersey, répondit Vincent après une hésitation.

– Et tu travailles en ville ?

– Oui.

– Tu connais bien Manhattan ?

– Plutôt, oui.

L'homme hocha la tête, en le regardant de la tête aux pieds. Il se présenta : Gerald Duncan, et proposa d'aller se mettre au chaud quelque part pour discuter. Il y avait un snack à trois rues de là. Duncan commanda un café et Vincent prit à nouveau un gâteau et un soda.

Ils parlèrent du temps, du budget de la Ville, de Manhattan la nuit.

– Une idée, Vincent, dit Duncan. J'aurais besoin de quelqu'un qui ne soit pas trop regardant question légalité. Et ça pourrait te permettre de pratiquer ton… passe-temps.

– Tu veux parler de ma collection de séries télé des années 1970 ? demanda Vincent.

Duncan se contenta de sourire. Vincent se dit que ce type était sympathique.

– Qu'est-ce que tu me proposes ?

– Je ne suis pas venu souvent à New York. J'ai besoin de quelqu'un qui connaisse bien les rues, la circulation, les différents quartiers… et qui sache un peu comment travaille la police. Pour les détails, on verra plus tard.

Hum.

– Qu'est-ce que tu fais comme boulot ? demanda Vincent.

– Des affaires, disons.

Hum.

Vincent se disait qu'il ferait mieux de s'en aller. Mais il avait mordu à l'appât. Son passe-temps… Tout ce qui pourrait l'aider à satisfaire sa faim méritait réflexion, même si c'était risqué. Ils discutèrent encore une demi-heure, échangeant des informations, en omettant d'autres. Duncan expliqua qu'il avait, lui, pour passe-temps une collection de montres anciennes qu'il réparait lui-même. Il en avait même fabriqué quelques-unes.

– Tu as deviné que cette fille était de la police tout à l'heure. Comment tu as fait ? demanda Vincent en achevant son quatrième dessert de la journée.

Duncan parut réfléchir un instant avant de répondre :

– J'avais un type à l'œil dans ce restaurant. Celui qui était au bout du comptoir. Tu te rappelles ? Avec un costume sombre.

Vincent fit oui de la tête.

– Voilà un mois que je le suis. Je vais le tuer.

Vincent le regarda en souriant.

– Tu plaisantes.

– Pas du tout.

C'était donc vrai, et Vincent l'avait compris. Il n'y avait pas de Gerald le Malin. Ou de Gerald l'Affamé. Il n'y en avait qu'un :

Gerald le Calme et le Méticuleux, qui lui faisait part ce soir-là de son intention de tuer l'homme du snack – un certain Walter – aussi tranquillement qu'il se promettait de taillader les poignets de ce salaud et le regarder se débattre avant de tomber dans les eaux noires et glacées de l'Hudson.

L'Horloger avait ensuite expliqué qu'il était à New York pour tuer d'autres personnes. Et, parmi elles, des femmes. À condition d'être prudent et de ne pas y passer plus de vingt ou trente minutes, Vincent pourrait ensuite disposer de leurs corps – pour en faire ce qu'il voudrait. En échange, Vincent l'aiderait. Il lui servirait de guide, ferait le guet à l'occasion et pourrait aussi conduire une voiture en cas de fuite.

– Alors ? Ce travail t'intéresse ?

– Oui, je crois, avait répondu Vincent, beaucoup plus enthousiaste qu'il voulait le laisser paraître.

Et il était maintenant en plein travail, sur les pas de la troisième victime : Joanne Harper, leur petite fleuriste, comme l'appelait Vincent le Malin. Il la regarda prendre une clé dans son sac et s'engouffrer dans son atelier par la porte de service. Il ralentit le pas, s'arrêta et mangea une barre chocolatée, adossé à un lampadaire, en cherchant à voir à travers les vitres sales de l'atelier.

Il tâta la bosse que formait la crosse du couteau de chasse accroché à sa ceinture. En suivant des yeux la silhouette floue de Joanne qui allumait des lampes, retirait son manteau, allait et venait à travers l'atelier. Seule.

La main de Vincent se referma sur la crosse.

Il se demandait si elle avait des taches de rousseur, quel était son parfum. Il se demandait si elle gémissait dans la souffrance. Si elle…

Mais non, non, il ne fallait pas penser à tout ça ! Il n'était là que pour se renseigner. Pas question de déroger à la consigne, de décevoir Gerald. Vincent respirait un air si froid qu'il en avait mal. Il ne pouvait plus attendre.

Mais à cet instant Joanne s'approcha de la vitrine. Il la vit plus nettement. Ah, elle est jolie…

Vincent avait maintenant la paume des mains humide de transpiration. Il pouvait, bien sûr, la prendre tout de suite et la laisser à Duncan, ligotée, pour qu'il la tue ensuite. Un ami pouvait comprendre ça. Chacun aurait ce qu'il voulait.

Il y a, après tout, des moments où l'on *ne peut plus* attendre.

C'est la faim qui fait ça…

Couvre-toi mieux la prochaine fois. À *quoi* pensais-tu ?

Sur le siège arrière du taxi glacial, Kathryn Dance, trente et quelques années, tendait les mains au-dessus d'une bouche de chauffage qui ne chauffait rien du tout, ne soufflait même pas de l'air tiède ; au mieux, pensa-t-elle, ce n'était pas de l'air froid. Elle frotta vigoureusement l'une contre l'autre ses mains aux ongles vernis rouge foncé, approcha ses genoux gainés de noir de la prétendue source de chaleur.

Kathryn venait d'un endroit ou régnait d'un bout à l'autre de l'année une température de vingt-huit degrés, et où il fallait parcourir des kilomètres et des kilomètres avant de trouver du côté de Carmel assez de neige pour faire plaisir à votre fils et à votre fille. En préparant ses bagages à la dernière minute avant de se rendre à New York pour ce séminaire, elle avait oublié que dans le Nord-Est en plein décembre c'était l'Himalaya.

Elle réfléchissait : Ce n'est pas là que je pourrai perdre les deux ou trois kilos que j'ai pris le mois dernier au Mexique (où elle était restée des jours et des jours dans une pièce enfumée pour interroger un homme soupçonné de kidnapping). Quitte à les garder, ils devraient au moins me protéger du froid ! Ce n'est pas juste… Elle resserra son manteau sur elle.

Kathryn Dance travaillait comme agent spécial pour le bureau des affaires criminelles de Californie basé à Monterey. Elle était l'un des plus éminents spécialistes du pays en matière d'interrogatoire et de kinésique – l'observation et l'analyse du langage du corps et du comportement verbal des témoins et des suspects. Elle était à New York depuis trois jours pour animer un séminaire de kinésique destiné à des représentants des diverses branches de la police.

La kinésique est une spécialité à laquelle la police fait rarement appel, mais pour Kathryn Dance c'était une véritable passion. Son intérêt pour les gens était comme une drogue. Ils la fascinaient, l'électrifiaient. La déconcertaient et la défiaient, aussi. Ces milliards de créatures qui allaient et venaient de par le monde, capables de dire les choses les plus étranges, les plus merveilleuses et les plus terrifiantes parfois… Elle ressentait ce qu'ils ressentaient, craignait ce qui leur faisait peur, prenait plaisir à ce qui les réjouissait.

Elle avait travaillé comme reporter au sortir de ses études : le journalisme était une profession taillée sur mesure pour quiconque n'était mû que par une insatiable curiosité. Elle s'était retrouvée à la chronique judiciaire et avait passé des heures dans des tribunaux, à observer les avocats, les accusés et les jurés. Et elle avait découvert quelque chose sur elle-même : elle pouvait regarder un témoin, écouter ses paroles et savoir très vite quand il disait la vérité et quand il ne la disait pas. Elle pouvait regarder les jurés et savoir s'ils s'ennuyaient, s'ils étaient furieux ou indignés, quand ils croyaient ce que disait l'accusé et quand ils ne le croyaient pas. Elle pouvait dire quels avocats n'étaient pas faits pour plaider et lesquels étaient promis à la réussite.

Elle repérait très vite les policiers qui mettaient tout leur cœur dans leur métier et ceux qui auraient pu aussi bien faire autre chose. L'un d'eux, en particulier, avait attiré son attention : un agent du FBI aux cheveux prématurément blanchis qui témoignait avec humour et panache au procès d'un gang sur lequel elle avait enquêté. Elle avait obtenu après le verdict une interview exclusive qu'il avait conclue en l'invitant à dîner. Huit mois plus tard, Kathryn et William Swenson étaient mariés.

Bientôt lassée de la vie de journaliste, Kathryn Dance avait décidé de changer de métier. Elle avait traversé une période difficile pendant laquelle elle avait eu un peu de mal à concilier ses rôles d'épouse, de mère de deux jeunes enfants et d'étudiante, mais elle avait réussi à décrocher un diplôme de l'université de Santa Cruz et une maîtrise en psychologie et communication. Elle avait ouvert un cabinet de conseil pour aider les avocats à choisir des jurés.

Elle avait ce talent et gagnait bien sa vie. Puis elle avait opté, six ans auparavant, pour un nouveau changement de cap. Soutenue par un mari infatigable et plein de confiance en son épouse, ainsi que par ses parents installés près de Carmel, elle s'était replongée dans les études, cette fois au centre de formation du bureau d'investigation de l'État[1] de Californie à Sacramento.

Kathryn Dance était entrée dans la police.

La kinésique n'étant pas reconnue comme une spécialité dans la hiérarchie policière, Kathryn était un agent comme les autres, chargée d'enquêter sur les homicides, les kidnappings, les trafics de drogue et autres menées terroristes. Dans la police, on n'est jamais long à détecter les talents, et sa réputation s'était vite répandue. Elle était devenue la spécialiste locale de l'interrogatoire (ce qui lui convenait tout à fait, puisqu'elle disposait ainsi d'une monnaie d'échange pour échapper aux missions secrètes et au travail de laboratoire, pour lesquels elle n'éprouvait aucun intérêt).

Elle consulta sa montre en se demandant combien de temps allait prendre cette mission pour laquelle elle s'était portée volontaire. Elle avait réservé un vol dans l'après-midi, mais il faudrait prévoir un bon laps de temps pour se rendre à l'aéroport J. F. Kennedy ; la circulation en ville était cauchemardesque, encore pire qu'autour de San Jose. Il n'était pas question qu'elle rate cet avion. Il lui tardait de retrouver ses enfants, et elle savait que les dossiers ne disparaissent pas sur votre bureau pendant vos absences, mais ont au contraire une fâcheuse tendance à se multiplier.

Le taxi s'arrêta dans un crissement de pneus.

Kathryn Dance regarda l'immeuble à travers la vitre.

– C'est bien ici ?

– C'est l'adresse que vous m'avez donnée.

Ça n'a pas l'air d'un commissariat de police.

– En effet, dit le chauffeur après un coup d'œil à la façade richement sculptée. Ça fait 6,75 dollars.

1. Équivalent au niveau local du FBI (Federal Bureau of Investigation) au niveau national *(NdT)*.

Oui et non, se dit Kathryn Dance.

C'était et ce n'était pas un commissariat.

Lon Sellitto l'accueillit dans l'entrée de l'immeuble. Le détective avait écouté la veille sa conférence sur la kinésique au One Police Plaza, le quartier général de la police de New York, et c'était lui qui venait de l'appeler pour solliciter un coup de main sur une affaire de meurtres en série. Elle avait noté l'adresse en s'attendant à trouver un commissariat. Finalement, l'endroit était presque aussi bourré de matériel que le laboratoire de médecine légale de Monterey, mais c'était aussi un domicile privé.

Dont le propriétaire n'était autre que Lincoln Rhyme, s'il vous plaît.

Sellitto n'avait pas non plus mentionné ce détail.

Kathryn avait entendu parler de Rhyme, bien sûr – tout le monde ou presque, dans le milieu, connaissait au moins de réputation ce policier tétraplégique passé maître dans la pratique de la médecine légale et de l'investigation scientifique – mais elle ignorait les détails de sa vie et son rôle dans la police de New York. Elle ne remarqua pas tout de suite qu'il était handicapé ; lorsqu'elle n'étudiait pas le langage du corps chez quelqu'un, elle avait tendance à ne regarder que les yeux. En outre, l'un de ses collègues à Monterey était tétraplégique, et elle était habituée à voir des gens en fauteuil roulant.

Sellitto la présenta à Rhyme et à une grande fille au regard intense, la détective Amelia Sachs. Kathryn vit tout de suite que leurs rapports n'étaient pas que professionnels, sans faire appel à la kinésique : à son arrivée, Amelia et Rhyme se tenaient par la main, et elle lui parlait à l'oreille en souriant.

La jeune détective l'accueillit chaleureusement, et Sellitto acheva de la présenter aux policiers présents.

Kathryn Dance entendait depuis un moment un bruit minuscule – comme des pendants d'oreilles tintant derrière elle. Elle se mit à rire et éteignit son iPod, dont elle ne se séparait jamais.

Sellitto et Amelia lui exposèrent l'affaire d'homicide pour laquelle ils avaient besoin d'aide – une affaire que Rhyme semblait avoir en charge malgré son statut de civil.

Le criminologue ne prit guère part à la discussion. Son regard revenait toujours à un grand tableau blanc sur lequel figurait une liste d'indices et de pièces à conviction. Tandis que les autres policiers continuaient à lui donner des informations sur l'affaire, Kathryn ne put s'empêcher d'observer Rhyme et la façon dont il scrutait le tableau, marmonnait quelques mots à voix basse et secouait la tête, comme s'il se reprochait d'avoir manqué quelque chose. Par moments ses yeux se fermaient. Il fit une ou deux remarques au sujet de l'affaire, mais parut surtout ignorer Kathryn Dance.

Elle en fut amusée. Elle avait l'habitude du scepticisme. C'était, en général, parce qu'elle n'avait pas l'allure classique d'un flic, avec sa petite taille, ses cheveux blond foncé rassemblés sur la nuque en une tresse bien serrée, son rouge à lèvre fuchsia, l'iPod pendu à son cou avec le collier en or et bois précieux confectionné par sa mère, et ses chaussures excentriques – sa passion (courir derrière les criminels ne faisait pas partie de son quotidien).

Il lui semblait, toutefois, comprendre l'attitude distante de Rhyme. Comme beaucoup de spécialistes de médecine légale, il ne croyait guère à la kinésique et à l'art de l'interrogatoire. Ce n'était certainement pas lui qui avait souhaité la faire venir.

Kathryn Dance, quant à elle, comprenait l'intérêt des preuves matérielles, mais ne s'y intéressait pas beaucoup. C'était le côté humain du crime et de la recherche des coupables qui l'excitait.

Kinétique contre médecine légale…

Je peux comprendre ça, détective Rhyme.

Pendant que le séduisant criminologue au sourire sardonique et aux mimiques impatientes continuait à scruter la liste des indices, elle réfléchit aux détails de l'affaire, qui semblait assez inhabituelle. Les meurtres commis par l'homme qui s'était baptisé lui-même « l'Horloger » étaient abominables, certes, mais Kathryn n'était pas choquée. Elle avait déjà enquêté sur des crimes aussi horribles. Et, après tout, elle vivait en Californie, terre des exploits d'un certain Charles Manson.

Un autre détective, Dennis Baker, lui expliqua plus précisément ce qu'ils cherchaient. Ils avaient un témoin qui détenait peut-être des informations utiles, mais se montrait particulièrement avare de détails.

– Il prétend qu'il n'a rien vu, ajouta Amelia Sachs. Mais j'ai l'impression qu'il ment.

Kathryn Dance fut déçue d'apprendre qu'il ne s'agissait pas d'un suspect, mais d'un témoin. Elle trouvait plus intéressant d'être confrontée à des criminels, et plus ils se montraient dissimulateurs, mieux c'était. D'un autre côté, interroger des témoins prenait moins de temps que faire parler des suspects, et elle ne voulait pas rater son avion.

– Je vais voir ce que je peux faire, leur dit-elle.

Elle prit dans son sac ses lunettes rondes à monture rose.

Amelia lui décrivit en détail Ari Cobb, le témoin réticent, et son comportement, et retraça le déroulement de sa soirée de la veille, telle qu'ils avaient pu la reconstituer dans sa chronologie.

Kathryn l'écouta avec beaucoup d'attention tout en sirotant le café que l'aide de Rhyme lui avait apporté et en grignotant la moitié d'un petit pain au beurre.

Elle s'efforça ensuite de mettre de l'ordre dans ses idées à partir de ces différents éléments.

– Bon, leur dit-elle. Je vais vous dire ce que je pense. D'abord, et très vite, un mot sur la méthode. Lon a participé hier à mon séminaire, mais je veux que vous sachiez tous comment je procède. Le terme « kinésique » désignait à l'origine l'observation du comportement – du langage du corps – d'un individu pour comprendre son état émotionnel et savoir s'il correspondait à son discours. La plupart des gens, y compris moi-même, emploient aujourd'hui ce terme pour désigner toutes les formes de communication – pas seulement le langage du corps, mais aussi les paroles et les déclarations par écrit.

« Je commencerai par ce que j'appelle une approche basique du témoin – la façon dont il répond à des questions simples dont nous connaissons les réponses : nom, adresse, profession, etc. Je noterai ses gestes, sa position, son choix de mots et la teneur de ses réponses.

« Après cette approche basique, je commencerai à poser des questions pour savoir à quel moment et sur quels points il manifeste une tension. Ce qui signifie soit qu'il ment, soit que ma question a touché un point sensible, quelque chose d'important pour lui. Jusque-là, je n'ai fait que m'"entretenir" avec lui. Dès l'instant où je le soupçonne de mentir, l'entretien devient un "interrogatoire". Je commence à "élaguer" par rapport à ma vision première, en faisant appel à diverses techniques, pour aller jusqu'à la vérité.

– Parfait, dit Baker.

Si Rhyme était apparemment en charge de l'enquête, Dennis Baker, déduisit Kathryn, devait faire partie de l'état-major de la police ; il avait l'air las d'un homme qui porte sur ses épaules le poids ultime – et politique – des opérations.

– Vous avez le plan de la zone concernée ? dit Kathryn. J'ai besoin de le connaître très précisément. Je voudrais savoir sur quel territoire le sujet évolue. Sans ça, il n'y a pas d'interrogatoire efficace.

Lon Sellitto émit un petit rire. Kathryn lui lança un regard intrigué.

– Lincoln dit exactement la même chose à propos de la police scientifique. Si on ne connaît pas la géographie, on travaille dans le vide. N'est-ce pas, Linc ?

– Pardon ?

– Le « territoire », ça te va ?

– Ah.

Le sourire poli du criminologue était l'équivalent du « Si tu veux » que Kathryn entendait parfois dans la bouche de son fils.

Elle étudia le plan de la partie basse de Manhattan, s'efforça de mémoriser les détails de la scène de crime et des trajets effectués par Ari Cobb après sa journée de travail tels qu'Amelia Sachs et un jeune policier du nom de Pulaski les lui décrivaient.

– Bien, dit-elle quand elle fut certaine d'avoir noté les faits et enregistré un maximum d'informations. Où est-il ?

– Ici, de l'autre côté du couloir.

– Faites-le entrer.

CHAPITRE 7

Un agent fit entrer Ari Cobb. Il était de petite taille, avec une apparence nette dans son complet d'homme d'affaires prospère. Kathryn Dance ignorait s'il était en état d'arrestation, mais la façon dont il se massait les poignets lui fit comprendre qu'on venait seulement de lui retirer des menottes.

Elle le salua – il était mal à l'aise et visiblement furieux – et lui indiqua un siège. Elle s'assit face à lui – rien entre eux – et approcha sa chaise pour se placer dans l'espace encore neutre, à la limite de la zone proxémique qui définit « la frontière invisible entourant le corps d'une personne, dans laquelle les autres ne sont pas censés pénétrer ». Modifier cette distance permet de mettre l'individu plus ou moins mal à l'aise. Elle était ainsi assez éloignée pour ne pas être agressive, mais pas assez pour qu'il se sente en sécurité.

– Monsieur Cobb, je m'appelle Kathryn Dance. J'appartiens à la police et je voudrais discuter avec vous de ce que vous avez vu hier soir.

– C'est ridicule. Je leur ai déjà dit (un hochement de tête pour désigner Rhyme) tout ce que je savais.

– Oui, mais je viens seulement d'arriver. Je n'étais pas là pour entendre vos réponses.

Elle posa une série de questions simples en prenant des notes – son lieu de résidence, son lieu de travail, s'il était marié ou célibataire, etc. – afin d'étudier la façon dont il réagissait au stress. Elle écoutait attentivement ses réponses. (L'observation et l'écoute sont les deux éléments les plus importants de l'interrogatoire. Ce qu'on dit vient en dernier, répétait-elle lors de ses séminaires.)

Celui qui interroge doit d'abord déterminer le type de personnalité du sujet – si c'est un introverti ou un extraverti. Ces deux types ne sont pas ce qu'on croit généralement ; il ne s'agit pas de distinguer les individus bruyants et agités des individus calmes et réservés. La distinction porte sur la manière dont les gens prennent leurs décisions. Un introverti fonctionne à l'intuition et à l'émotion plus qu'à la logique et à la raison ; chez un extroverti, c'est le contraire. Cette distinction entre les personnalités permet à la personne qui interroge de formuler ses questions et d'adopter un ton et une attitude physique adaptés au sujet. Par exemple, un ton trop vif, une approche trop directe amèneront un introverti à se refermer sur lui-même.

Mais Ari Cobb était un extraverti typique, voire arrogant, et il n'y avait pas à prendre de gants avec lui. C'étaient ces sujets-là que Kathryn préférait interroger. Avec eux il fallait attaquer de front.

Cobb l'interrompit au milieu d'une question :

– Vous m'avez déjà retenu trop longtemps. Ce qui est arrivé à ce type n'est pas de ma faute !

– Oh, dit-elle, courtoise mais ferme, il ne s'agit pas de faute... Parlons maintenant de la soirée d'hier, Ari.

– Vous ne me croyez pas. Vous me prenez pour un menteur. Je n'étais pas là au moment du meurtre !

– Je ne vous accuse pas de mentir. Mais il se peut que vous ayez vu quelque chose qui pourrait nous aider. Quelque chose qui ne vous semble pas important. Mon travail, voyez-vous, consiste aussi à aider les gens à se souvenir. Je vais reprendre avec vous les événements de la soirée et quelque chose vous reviendra peut-être à l'esprit.

– Eh bien, je n'ai rien vu. J'ai laissé tomber de l'argent, c'est tout. Ensuite, j'ai eu une mauvaise réaction. Et me voilà avec un meurtre sur le dos. Quelle connerie !

– Revenons à la soirée d'hier. Pas à pas. Vous étiez à votre bureau, Stenfeld Brothers Investments. Dans l'immeuble Hartsfield.

– C'est ça.

– Vous y êtes resté toute la journée ?

– Oui.

– Vous en êtes parti à quelle heure ?

– À sept heures et demie – un peu avant.

– Et qu'avez-vous fait ensuite ?

– Je suis allé boire un verre ou deux au Hanover's.

– C'est sur Water Street, dit-elle. (Le sujet doit toujours se demander ce que vous savez au juste.)

– Oui. C'était une soirée spéciale « Martinis et karaoké ».

– Bien.

– J'ai une bande de copains là-bas. On s'y retrouve souvent. De bons copains.

Elle vit que sa gestuelle disait qu'il était sur le point d'ajouter quelque chose – sans doute avait-il anticipé la prochaine question en pensant qu'elle allait lui demander des noms. Avoir un alibi tout prêt peut être un indicateur de dissimulation – le sujet a tendance à se dire que s'il l'offre au policier qui l'interroge, celui-ci ne prendra pas la peine de vérifier, ou ne sera pas assez malin pour comprendre que le fait de boire un verre à huit heures du soir ne vous disculpe pas d'un crime commis à sept heures et demie.

– Quand avez-vous quitté ce bar ?

– Vers neuf heures.

– Et vous êtes rentré chez vous ?

– Oui.

– Dans l'Upper East Side, c'est ça ?

Hochement de tête.

– Vous avez pris un taxi ?

– Un taxi, c'est ça, dit-il d'un ton sarcastique. Non, le métro.

– À quelle station ?

– Wall Street.

– Vous vous y êtes rendu à pied ?

– Oui.

– Comment ?

– Prudemment, dit-il avec un sourire. Il y avait du verglas.

Kathryn Dance sourit à son tour.

– Par où êtes-vous passé ?

– J'ai descendu Wall Street, j'ai traversé en direction de Broadway et j'ai continué au sud.

– Et c'est à ce moment que vous avez perdu votre argent. Comment cela s'est-il passé ?

Le ton était complètement neutre, exempt de toute menace. L'homme commençait à se détendre, son attitude était moins agressive. Le sourire de Kathryn et sa voix calme le mettaient à l'aise.

– Pour autant que je me souvienne, c'est tombé quand j'ai sorti ma carte d'abonnement pour le métro.

– Il y avait combien ?

– Plus de 300 dollars.

– Aïe…

– Oui, aïe.

Elle montra d'un signe de tête le sachet en plastique renfermant les billets.

– Apparemment, vous veniez tout juste de passer au distributeur. C'est le plus mauvais moment pour perdre son argent, n'est-ce pas ? Après un retrait.

– Oui, dit-il avec une grimace d'approbation.

– À quelle heure avez-vous pris le métro ?

– À neuf heures et demie.

– Vous êtes certain qu'il n'était pas plus tard ?

– Absolument. J'ai regardé ma montre en arrivant sur le quai. Il était neuf heures trente-cinq, pour être précis.

Il jeta un coup d'œil à sa grosse Rolex en or, comme pour signifier qu'une montre de ce prix ne pouvait que donner l'heure juste.

– Et ensuite ?

– Je suis rentré chez moi et je suis ressorti pour dîner dans un bar proche de mon immeuble. Ma femme était en déplacement. Elle est avocate. Elle traite des opérations financières pour des entreprises. Elle a des parts dans son cabinet.

– Revenons à Cedar Street. Y avait-il de la lumière aux fenêtres ? Des gens dans leurs appartements ?

– Non, il n'y a que des bureaux et des commerces. Ce n'est pas un quartier résidentiel.

– Pas de restaurants non plus ?

– Quelques-uns, mais ils n'ouvrent qu'à l'heure du déjeuner.

– Pas de chantier ?

– On est en train de rénover un immeuble au bout de la rue, côté sud.

– Personne sur les trottoirs ?

– Personne.

– Pas de voitures suspectes roulant à petite vitesse ?

– Non.

Kathryn Dance était vaguement consciente de la présence des autres policiers qui les observaient, Cobb et elle. Ils étaient sans aucun doute impatients, attendant, comme c'est toujours le cas lorsqu'il y a des spectateurs, le Grand Moment des Aveux. Elle les ignorait. Rien n'existait plus vraiment, hormis elle et l'homme qu'elle interrogeait. Kathryn Dance était dans son propre univers, une « zone » aurait dit Wes, son fils. (Wes était l'athlète de la famille et usait volontiers de vocables empruntés au sport.)

Elle jeta un coup d'œil à ses notes. Puis, refermant le calepin, elle prit une nouvelle paire de lunettes, comme si elle posait ses verres de lecture pour chausser des verres de vue à distance. C'étaient les mêmes en réalité, mais les nouvelles lunettes, au lieu des grands verres ronds et de la monture pastel, avaient de petits verres rectangulaires dans une fine monture noire en métal et lui faisaient un regard d'oiseau de proie. Elle les appelait ses « Terminator ». Elle se rapprocha de Cobb. Il croisa les jambes.

– Ari, d'où venait réellement cet argent ? demanda-t-elle d'un ton beaucoup plus sec.

– Le… ?

– Les billets ? Vous ne les aviez pas retirés à un distributeur.

Elle avait remarqué une augmentation du niveau de stress pendant qu'il s'expliquait sur l'argent perdu – il la regardait fixement mais baissait légèrement les paupières et sa respiration s'était faite moins régulière. Autant de signes montrant qu'il s'écartait de la vérité.

– Mais si, dit-il, je venais de les retirer !

– Quelle banque ?

Un silence.

– Vous n'avez pas le droit de me demander ça.

– Mais nous pouvons assigner votre banque pour consulter vos relevés de compte. Et vous retenir en attendant. Ça prendra un ou deux jours.

– Je vous dis que j'ai retiré l'argent à un distributeur, bon sang !

– Ce n'est pas ce que je vous ai demandé. Je vous ai demandé d'où provenait l'argent contenu dans votre porte-billets.

Il regardait à ses pieds.

– Vous ne m'avez pas dit la vérité, Ari. Ce qui signifie que vous êtes dans de sales draps. Alors, cet argent ?

– Je n'en sais rien. Il venait probablement de la petite caisse de mon bureau.

– Et vous l'avez pris hier ?

– Sans doute.

– Combien ?

– Je...

– Nous pouvons aussi assigner votre employeur.

– 1 000, dit-il très vite en secouant la tête.

– Où est passé le reste ? Il y avait 340 dollars dans le porte-billets. Où est le reste ?

– J'ai fait quelques achats pour le bureau dans la galerie commerciale. En toute légalité. Ça fait partie de mon travail.

– Je vous ai demandé où était passé le reste.

Nouveau silence.

– J'en ai laissé une partie chez moi.

– Chez vous. Votre femme est-elle rentrée depuis ? Pourrait-elle confirmer ceci ?

– Non, elle n'est toujours pas là.

– Dans ce cas, nous allons envoyer un agent. Où est l'argent, exactement ?

– Je ne m'en souviens plus.

– 600 dollars et vous ne vous en souvenez plus ? Comment peut-on oublier du jour au lendemain où on a mis 600 dollars ?

– Je ne sais pas. Vous m'embrouillez.

Elle se pencha, plus près, plus avant dans la zone proxémique.

– Que faisiez-vous réellement dans Cedar Street ?

– Je marchais pour rejoindre ce putain de métro !

Kathryn Dance prit le plan de Manhattan.

– Le centre commercial Hanover's est ici. Le métro, ici. (À chaque coup, son doigt faisait un bruit mat sur le papier.) Ça ne rime à rien de passer par Cedar Street pour aller à pied d'Hanover's à la station de métro de Wall Street. Pourquoi êtes-vous passé par là ?

– Je voulais prendre un peu d'exercice.

– Avec du verglas sur les trottoirs et cette température polaire ? Vous faites ça souvent ?

– Non. Hier soir seulement.

– Mais alors, comment se fait-il que vous connaissiez aussi bien Cedar Street ? Le fait que personne n'y habite, les heures d'ouverture des restaurants, la présence de ce chantier ?

– C'est comme ça. Et alors, qu'est-ce que ça peut faire ?

La sueur perlait à son front.

– Au moment où vous avez laissé tomber ces billets, aviez-vous retiré vos gants pour prendre votre carte d'abonnement dans votre poche ?

– Je n'en sais rien.

– Moi, je crois que oui. On ne peut pas fouiller dans sa poche avec des gants.

– Très bien, rétorqua-t-il sèchement. Puisque vous le dites.

– Mais pourquoi, avec ce froid, avoir fait cela dix minutes avant d'arriver au métro ?

– Vous n'avez pas à me parler sur ce ton.

– Et vous n'avez pas regardé l'heure une fois sur le quai, n'est-ce pas ? dit-elle à voix basse mais d'un ton ferme.

– Si. Il était neuf heures trente-cinq.

– Non, vous ne l'avez pas fait. On n'exhibe pas une montre à 5 000 dollars sur un quai de métro à cette heure.

– C'est ça. D'accord. Je ne dis plus rien.

Quand la confrontation avec un sujet qui ment ou dissimule se fait vive, le stress augmente chez celui-ci et il réagit en tentant d'y échapper par divers moyens – des barrières devant la vérité, comme les appelait Kathryn. L'état de réaction au stress le plus difficile à contrer est la colère, suivie par la dépression, le déni et, finalement, le marchandage. Il faut alors décider dans quel état de stress se trouve le sujet et le neutraliser jusqu'à ce qu'il passe à l'état d'acceptation, autrement dit d'aveu, dans lequel il dira enfin la vérité.

Kathryn Dance estimait que même si Cobb manifestait de la colère, il en était essentiellement au stade du déni – de tels sujets sont prompts à plaider le trou de mémoire et à reprocher à leur interlocuteur de ne pas les comprendre. Le meilleur moyen de briser les défenses d'un sujet parvenu au stade du déni consiste à faire ce que Kathryn venait de faire – c'est ce qu'on appelle « attaquer sur les faits ». Avec un extraverti, on vise les faiblesses et les contradictions de son discours, l'une après l'autre, jusqu'à détruire ses défenses.

– Ari, vous avez quitté votre bureau à sept heures et demie et vous vous êtes rendu au centre commercial Hanover's. Nous le savons. Vous y êtes resté environ une heure et demie. Puis vous êtes allé à pied jusqu'à Cedar Street, qui se trouve à deux pâtés d'immeubles de là. Vous connaissez très bien Cedar Street parce que vous y fréquentez les prostituées qui travaillent en voiture. Hier soir entre neuf heures et neuf heures et demie, l'une d'elles s'est garée près de l'impasse. Vous avez discuté le prix et vous l'avez payée. Vous êtes monté dans sa voiture. Vous en êtes ressorti dix ou quinze minutes plus tard. C'est à ce moment que vous avez laissé tomber les billets sur le trottoir, probablement en prenant votre téléphone dans votre poche pour appeler votre femme afin de savoir si elle avait appelé, ou pour prendre de l'argent et donner un petit pourboire à la fille. Dans l'intervalle, le tueur s'était garé dans l'impasse, vous l'avez remarqué et vous avez vu quelque chose. Mais quoi ? Qu'avez-vous vu, Ari ?

– Non…

– Oui, dit Kathryn Dance calmement.

Elle le regarda en silence.

Il baissa la tête, décroisa les jambes. Sa lèvre tremblait. Il n'avouait pas, mais elle l'avait poussé d'un cran dans la chaîne des réactions au stress – du déni au marchandage. Il fallait maintenant changer de pied ; lui offrir de la sympathie et un moyen de sauver la face. Même les sujets les plus coopératifs, parvenus au stade du marchandage, continueront à nier ou s'enfermeront dans le silence si on ne se montre pas soucieux de ménager leur dignité et de leur offrir une échappatoire aux pires conséquences de ce qu'ils ont fait.

Elle ôta ses lunettes et se redressa sur son siège.

– Écoutez, Ari, nous ne voulons pas gâcher à jamais votre vie. Vous avez pris peur. C'est compréhensible. Mais l'homme que nous recherchons est très dangereux. Il a déjà tué deux personnes et il risque d'en tuer d'autres. Si vous nous aidez à le retrouver, nous n'aurons pas à rendre public ce que nous avons appris sur vous aujourd'hui. Il n'y aura pas d'assignation, on n'appellera pas votre femme, ni votre patron.

Elle se tourna vers le détective Baker.

– C'est exact, dit Baker. Absolument.

– Et merde, murmura Cobb avec un soupir, les yeux toujours baissés. Tout ça pour 300 putains de dollars ! Qu'est-ce qui m'a pris d'y retourner ce matin ?

La bêtise et la cupidité, songea Kathryn. Mais il y avait de la gentillesse dans sa voix quand elle s'adressa à lui :

– Des bêtises, nous en faisons tous, Ari.

Une hésitation, un nouveau soupir.

– C'est un truc de fou, vous savez. Ce que j'ai vu… En fait, je n'ai pas vu grand-chose. Vous n'allez pas me croire. Je ne peux même pas dire que j'ai vu quelqu'un.

– Si vous êtes sincère, nous vous croirons. Continuez.

– Il était environ dix heures et demie, un peu plus peut-être. Après être sorti de… la voiture de la fille, je suis parti à pied vers le métro. Vous avez raison. Je me suis arrêté et j'ai pris mon téléphone dans ma poche. Je l'ai allumé pour voir si j'avais des messages. C'est à ce moment que les billets sont tombés, je pense. J'étais dans l'impasse. J'ai regardé vers le fond et j'ai aperçu les feux arrière d'une voiture.

– Quel genre de voiture ? demanda Amelia Sachs.

– Je ne l'ai pas vue clairement. Seulement les feux arrière. Je vous le jure.

Dance le croyait. Elle adressa un bref signe de tête à Amelia.

– Attendez, dit Rhyme, soudain. *Au fond* de l'impasse ?

Le criminologue avait donc écouté.

– Oui. Tout au fond. Puis le phare de recul s'est allumé et la voiture a démarré en venant vers moi. Comme le chauffeur accélérait, j'ai continué à marcher. Puis j'ai entendu grincer les freins, il s'est arrêté et a coupé le moteur. J'étais encore dans l'impasse. Je ne me suis pas arrêté. J'ai entendu un claquement de portière, puis ce bruit. Comme si un gros objet en fer était tombé par terre. C'est tout. Je n'ai vu personne. À ce moment, j'étais déjà sorti de l'impasse. Vraiment.

Rhyme lança un coup d'œil à Kathryn Dance, qui répondit d'un hochement de tête pour lui faire comprendre que l'homme disait la vérité.

– Décrivez-nous la fille avec laquelle vous étiez, dit Dennis Baker. Je veux lui parler, à elle aussi.

– La trentaine, répondit Cobb, très vite. Noire. Cheveux courts bouclés. Elle avait une Honda, je crois. Je n'ai pas vu la plaque d'immatriculation. Elle était jolie, ajouta-t-il, comme une façon un peu pathétique de se justifier.

– Son nom ?

– Tiffanee. (Un soupir.) Avec deux *e*. Pas un *y*.

Rhyme laissa échapper un petit rire.

– Appelez la police des mœurs. Qu'ils nous indiquent toutes les filles qui travaillent régulièrement dans Cedar Street, ordonna-t-il à son mince et chauve assistant.

Kathryn posa encore quelques questions, puis hocha la tête en regardant Lon Sellitto.

– Je pense que M. Cobb nous a dit tout ce qu'il savait.

Elle se tourna vers l'homme d'affaires.

– Merci pour votre collaboration, dit-elle avec une certaine chaleur dans la voix.

Il battit des paupières, ne sachant comment le prendre. Mais Kathryn Dance ne faisait pas d'ironie. Elle ne ressentait jamais comme des attaques personnelles les paroles, les regards (et à l'occasion les crachats ou les jets d'objets) des sujets qu'elle interrogeait. Un policier qui fait appel à la kinésique ne doit jamais oublier que l'ennemi n'est pas le sujet, mais les barrières que celui-ci dresse devant la vérité, parfois, même, sans le vouloir.

Après quelques minutes de discussion, Sellitto, Baker et Amelia Sachs décidèrent de laisser repartir l'homme d'affaires sans demander son inculpation. Il sortit, aussi énervé qu'à son arrivée, non sans avoir lancé à Amelia ce regard qu'elle connaissait bien et dans lequel entraient à parts égales de la crainte, de la répulsion et de la haine à l'état pur.

Rhyme, qui s'était concentré sur le plan de la scène de crime de l'impasse, prit la parole dans le silence qui suivit ce départ :

– C'est bizarre. Allez savoir pourquoi, mais le tueur n'a pas voulu que sa victime se trouve au fond de l'impasse, et il a reculé pour la tuer à environ cinq mètres du trottoir… Voilà un fait intéressant. Mais quel intérêt avait-il à faire ça ?

– Tu sais, dit Amelia en hochant la tête, c'est peut-être, tout simplement, parce qu'il n'y avait pas du tout de neige ni de verglas au fond de l'impasse. On n'y avait peut-être pas épandu de sel. Il se peut qu'on y trouve des empreintes de pas ou des fibres en provenance des pneus.

Rhyme composa un numéro, de la voix de stentor dont il usait pour la commande vocale, et renvoya des agents sur les lieux. Ils rappelèrent très vite pour dire qu'ils avaient trouvé des traces de pneus récentes au fond de l'impasse, ainsi qu'une fibre de couleur brune qui semblait de même nature que celles retrouvées sur les chaussures et le bracelet de montre de la victime. Ils chargèrent les clichés envoyés par les agents dans un ordinateur en indiquant les dimensions des pneus.

Malgré son peu d'intérêt pour les techniques de la police scientifique, Kathryn Dance était intriguée par toute cette agitation. L'équipe formée par Rhyme et Amelia l'impressionnait par sa perspicacité. Ce fut le cas lorsque, dix minutes plus tard, Mel Cooper, le technicien, abandonna son écran pour leur annoncer le résultat de la recherche.

– Compte tenu de l'empâtement des pneus et de la composition des fibres, il s'agit probablement d'une Ford Explorer de deux ou trois ans d'âge.

– Je dirais plutôt trois ans, répondit Rhyme.

Pourquoi ? se demanda Kathryn.

– Les freins, dit Amelia, qui l'avait vue froncer les sourcils. Ils ont grincé.

Ah.

– Bravo pour vous, Kathryn, dit Sellitto en se tournant vers elle. Vous l'avez coincé.

– Comment avez-vous fait ? demanda Amelia.

Elle leur expliqua sa méthode.

– Disons que je suis allée à la pêche. Je suis revenue sur tout ce qu'il nous avait dit – sa visite au bar en quittant son bureau, le métro, l'argent et le porte-billets, l'impasse, la chronologie des événements et la topographie des lieux. J'ai observé ses réactions kinésiques à chaque réponse. L'argent semblait un sujet particulièrement sensible. Que faisait-il avec qu'il n'aurait pas dû faire ? Un homme d'affaires extraverti et narcissique comme lui ? Je me suis dit qu'il n'y avait que deux hypothèses : la drogue ou le sexe. Mais un agent de change de Wall Street n'achète pas de la drogue dans la rue. Il a un fournisseur. Il ne restait que les prostituées. Aussi simple que ça.

– C'est malin, tout de même. Vous ne trouvez pas, Lincoln ? dit Cooper.

Kathryn constata avec étonnement que le criminologue pouvait hausser les épaules.

– Ça a marché, dit-il d'un air détaché. Nous avons des indices que nous aurions mis un certain temps à trouver.

Il reporta son attention sur le tableau.

– Allons, Linc ! s'exclama Sellitto. On a la marque de sa voiture. On ne l'aurait pas eue sans elle. Ne le prenez pas pour vous, ajouta-t-il à l'intention de Kathryn. Il ne se fie jamais aux témoins.

Rhyme le regarda en fronçant les sourcils.

– Ceci n'est pas un concours, Lon. Notre objectif, c'est la vérité, et l'expérience m'a appris qu'il y avait quelque distance entre la fiabilité d'un témoignage et celle d'une preuve matérielle.

– C'est curieux que vous disiez ça, intervint Kathryn Dance en hochant la tête. Je le répète moi-même dans mes conférences : notre métier de flics ne consiste pas d'abord à jeter des méchants en prison, mais à trouver la vérité.

Elle haussa les épaules à son tour avant de poursuivre :

– Nous avons eu une affaire en Californie, tout récemment… Un condamné qui attendait dans le couloir de la mort, innocenté la veille du jour prévu pour son exécution. Un ami à moi, détective privé, travaillait depuis trois ans avec son avocat pour savoir ce qui s'était passé exactement. Il refusait de croire aux apparences. Le condamné n'avait plus que treize heures à vivre quand il a été déclaré innocent… Si ce type n'avait pas passé trois ans de sa vie à rechercher la vérité, il ne serait plus de ce monde à l'heure qu'il est.

– Et je sais ce qui s'était passé, enchaîna Rhyme. Il avait été condamné sur la base d'un faux témoignage, et c'est une analyse d'ADN qui l'a sauvé. N'est-ce pas ?

– Non, rétorqua Kathryn. Il n'y avait pas eu de témoin du meurtre. Le vrai meurtrier avait laissé de fausses pièces à conviction pour l'impliquer.

– Alors, qu'est-ce que vous dites de ça ? dit Sellitto en échangeant un sourire avec Amelia.

Rhyme les regarda tous deux sans sourire.

– Eh bien, dit-il à Kathryn, heureusement que les choses se sont bien terminées… Je dois maintenant me remettre au travail.

Et de retourner à son tableau.

Kathryn Dance salua tout le monde et prit son manteau. Sellitto la raccompagna à la porte de l'immeuble. Une fois dans la rue, elle mit les écouteurs de l'iPod dans ses oreilles et l'alluma. Elle avait enregistré du folk-rock, des ballades irlandaises et quelques morceaux des Rolling Stones qui déménageaient bien (elle s'était un jour, à un concert, livrée à une analyse kinésique de Mick Jagger et Keith Richard pour le plaisir de ses amis).

Au moment de héler un taxi, elle se rendit compte qu'elle n'était pas tout à fait contente. Elle éprouvait une sorte d'insatisfaction. Il lui fallut un temps pour comprendre. C'était du regret, plutôt. Le regret des instants qu'elle venait de passer à se passionner pour l'affaire de l'Horloger.

Joanne Harper se sentait bien.

Dans l'atelier qu'elle avait aménagé à quelques rues de sa boutique de fleuriste, la jeune femme était au milieu de ses amis.

Ses amis les roses, les orchidées, les oiseaux de paradis, les lis, les anthuriums, les balisiers et les alpinias rouges.

Le grand atelier occupait le rez-de-chaussée d'un ancien entrepôt ; il était froid et plein de courants d'air, et elle le maintenait dans l'ombre pour protéger les fleurs. Malgré tout, elle s'y plaisait énormément, adorait la fraîcheur, la pénombre, le parfum des lilas et l'odeur du fertilisateur. Elle était en plein Manhattan, mais on avait plutôt l'impression d'une forêt tranquille.

La jeune femme ajouta un peu de mousse pique-fleurs dans le grand vase en céramique posé devant elle.

Elle était contente.

Pour deux raisons : parce qu'elle travaillait à une commande lucrative qui la laissait entièrement libre dans sa création.

Et parce qu'elle repensait à sa soirée de la veille.

Avec Kevin, qui savait que les arômes ont besoin d'un abondant arrosage pour se conserver, que les *red sedum* rampants fleurissent tout au long de septembre, et que les Mets avaient battu Baltimore en 1969 grâce à Donn Clendenon (son père avait photographié le match avec son Kodak).

Kevin, le joli garçon, Kevin avec sa fossette et son sourire malicieux. *Sans* épouse actuelle ou passée.

Que souhaiter de mieux ?

Une ombre apparut devant la vitrine. Elle leva les yeux, ne vit personne. L'atelier se trouvait dans la partie déserte de Spring Street et les piétons étaient rares. Elle regarda les vitres. Il faudrait vraiment demander à Ramon de les nettoyer. Bon. Elle attendrait que le temps se mette au beau.

Elle reprit sa tâche en pensant à Kevin. Feraient-ils un bout de chemin ensemble ?

Peut-être.

Peut-être pas.

Ça n'avait pas beaucoup d'importance. (D'accord, ça en avait, mais quand on est une célibataire new-yorkaise de trente-deux ans, mieux vaut se la jouer insouciante.) L'important, c'était le plaisir qu'elle prenait à être avec lui. La vie et les sorties d'une divorcée qui cherche une nouvelle âme sœur à Manhattan, elle connaissait. C'était la sienne depuis plusieurs années. Elle avait bien le droit, maintenant, de s'offrir un peu de plaisir avec un autre homme.

Joanne Harper, qui ressemblait à la rouquine de *Sex and the City*, était arrivée à New York dix ans auparavant avec l'intention de devenir une artiste célèbre. Elle logeait alors dans un studio à Greenwich Village, vendait ses toiles dans une galerie de Tribeca. Mais le monde de l'art n'était pas le sien. Il était trop dur, trop mesquin, pas assez… artistique. Il fallait pour s'y imposer être choquant, ou dérangé, ou baisable, ou riche. Joanne avait abandonné le grand art et s'était essayée au design pendant quelque temps, mais n'en avait pas été satisfaite non plus. Elle avait accepté sur un coup de tête un boulot de décoratrice pour une boîte de Tribeca et s'était passionnée pour ce travail. En se disant que si elle devait crever de faim, ce serait, au moins, en faisant quelque chose qui lui plaisait.

Le plus drôle, c'est qu'elle avait réussi au-delà de toute attente. Elle s'était débrouillée pour créer sa propre entreprise quelques années plus tôt. Elle avait désormais son magasin à Broadway, et cet atelier de Spring Street qui fournissait des fleurs pour les bureaux et des décorations florales pour des fêtes, des cérémonies et toutes sortes d'événements.

Elle continua à ajouter de la mousse et à disposer de la verdure et des branches d'eucalyptus dans les vases – elle y mettrait les fleurs au dernier moment. Le froid la faisait frissonner. Elle jeta un coup d'œil à la pendule sur le mur sombre de l'atelier. Elle n'avait plus beaucoup de temps à attendre, se dit-elle. Kevin avait fait deux livraisons en ville aujourd'hui. Il l'avait appelée dans la matinée pour lui dire qu'il serait au magasin dans l'après-midi. Et si tu n'as rien d'autre à faire, on pourra peut-être sortir ensemble, prendre un *cappuccino* ou autre chose ?

Un café le *lendemain* du premier rendez-vous ? Ça alors…

À nouveau une ombre devant la fenêtre.

Elle releva brusquement la tête. Personne. Mais elle se sentait nerveuse maintenant. Elle regarda la grande porte sur la rue, qu'elle n'utilisait jamais. Il y avait des cartons empilés devant. Elle était fermée. Vraiment ?

Elle chercha à voir de l'endroit où elle se trouvait, mais le soleil qui brillait au-dehors l'en empêchait. Elle contourna la grande table sur laquelle elle travaillait pour aller s'en assurer.

Elle tourna la poignée, tira. Oui, le verrou était mis. Elle releva la tête et retint son souffle.

À quelques pas d'elle, sur le trottoir, une espèce de géant, obèse de surcroît, regardait fixement dans sa direction. Il se penchait pour mieux voir à travers les vitres de l'atelier, une main en visière pour s'abriter les yeux. Il portait de vieilles lunettes d'aviateur à verres réfléchissants, une casquette de base-ball et une parka beige clair. À cause du soleil et du reflet sur les vitres, il ne se rendait pas compte qu'elle était juste devant lui.

Joanne se figea sur place. Il arrivait que des gens regardent depuis la rue, par curiosité, mais il y avait une telle intensité dans l'attitude de cet homme, sa façon de se pencher en avant… La vitrine n'était pas en glace renforcée. N'importe qui pouvait la briser avec une brique ou un marteau. Et avec le peu de monde qu'il y avait dans cette partie de SoHo, tout pouvait arriver sans que quiconque s'en aperçoive.

Elle recula.

Peut-être ses yeux s'accoutumèrent-ils à la lumière, ou trouva-t-il un coin de vitre propre, mais il parut la voir. Il tressaillit et se rejeta en arrière, surpris. Il eut l'air d'hésiter, comme s'il réfléchissait. Puis il tourna les talons et disparut.

Joanne s'approcha, pressa son visage contre la vitre, mais ne put voir par où il était parti. Ce type avait quelque chose d'effrayant – cette façon de se pencher, le cou tendu, les mains enfoncées dans les poches, ce regard fixe derrière ces étranges lunettes de soleil…

Elle repoussa les vases de côté et regarda dehors à nouveau. Il n'y avait plus trace de l'homme. Elle céda tout de même au désir de se rendre à la boutique pour classer les reçus de la matinée et bavarder un peu avec l'employé en attendant Kevin. Elle enfila son manteau, hésita et sortit par la porte de service. Elle parcourut la rue du regard. Il n'était plus là. Elle prit la direction de Broadway, du côté où il avait disparu. On sentait presque la chaleur du soleil, si éclatant qu'elle en fut éblouie et ferma à demi les yeux, effrayée de ne pas y voir assez clair. Elle s'arrêta au moment de passer devant l'impasse qui s'ouvrait un peu plus haut dans la rue. L'homme s'y était-il engouffré ? S'y cachait-il pour l'attendre ?

Elle décida de partir dans la direction opposée en contournant Broadway par Prince Street. C'était moins fréquenté, mais elle éviterait ainsi de passer devant des impasses. Elle serra son manteau autour d'elle et pressa le pas pour remonter la rue, en baissant la tête. La pensée de Kevin ne tarda pas à chasser l'image de l'homme.

Dennis Baker partit pour rendre compte à sa hiérarchie des progrès de l'enquête et le reste de l'équipe poursuivit l'examen des pièces à conviction.

Le téléphone-fax sonna et Rhyme tourna vivement la tête vers l'appareil, espérant qu'il apportait des informations utiles. Mais les feuilles qui en sortirent étaient pour Amelia Sachs. Rhyme scruta son visage pendant qu'elle lisait. Il connaissait bien cette expression. Celle du chien qui a flairé un renard.

– Qu'est-ce que c'est, Sachs ?

Elle lut encore quelques secondes en secouant la tête.

– L'analyse des pièces collectées au domicile de Ben Creeley à Weschester. Le fichier du FBI n'a rien donné pour les empreintes, mais il y avait des fragments de cuir sur certains outils de cheminée et sur le bureau de Creeley. Qui a ouvert les tiroirs avec des gants ?

Il n'y avait bien sûr aucune banque de données pour les gants, mais si elle en trouvait une paire appartenant à un suspect et répondant aux mêmes caractéristiques, ce serait un indice, presque aussi sérieux qu'une empreinte digitale, de sa présence sur les lieux. Elle poursuivit sa lecture.

– Et la boue que j'ai trouvée devant la cheminée ? s'interrogea-t-elle à haute voix. Elle ne vient pas du jardin de Creeley. Le taux d'acidité est supérieur et il y a certains polluants. Ça fait penser à un site industriel. Il y avait aussi des traces de cocaïne brûlée dans la cheminée. (Sourire malicieux à Rhyme.) Ça serait le pompon s'il s'avérait que ma première victime de meurtre n'était pas si innocente que ça !

– Bonne sœur ou dealer, Sachs, une victime de meurtre reste une victime de meurtre. Qu'as-tu encore ?

– La cendre retrouvée dans la cheminée – le laboratoire n'a pas pu récupérer grand-chose, sauf ça. (Elle lui montra un cliché qui semblait être celui d'un relevé de compte sorti d'une imprimante ou arraché à un registre, affichant des sommes en millions de dollars.) Ils ont trouvé là-dessus quelque chose qui pourrait être un logo – mais une petite partie seulement. Les techniciens cherchent à l'identifier. Et ils vont envoyer les chiffres à un expert financier de la police scientifique pour voir s'il peut en tirer quelque chose. Ils ont aussi trouvé un morceau de son agenda. Il y a des notes concernant la vidange de sa voiture, un rendez-vous chez le coiffeur – pas du tout le genre de trucs qu'on trouverait dans le tien. (Brandissant la photo d'une autre page d'agenda :) Et la veille de sa mort, il est allé au bar Saint James.

Une note de Nancy Simpson décrivait l'établissement.

– C'est un bar sur la 9e Rue, côté est. Un quartier louche. Qu'allait faire un riche expert-comptable dans un endroit pareil ? Ça paraît bizarre.

– Pas forcément.

Elle jeta un regard à Rhyme et s'approcha d'un angle de la pièce. Comprenant le message, il la suivit dans son fauteuil Storm Arrow rouge.

Elle s'accroupit pour être à sa hauteur. Il se demanda si elle allait lui prendre la main (depuis qu'il avait recouvré en partie ses sensations dans la main et le poignet droits, ce geste avait pris pour tous deux une grande importance). Mais il y avait une frontière, si ténue soit-elle, entre leurs vies personnelle et professionnelle, et Amelia était pour le moment du côté professionnel.

– Rhyme, murmura-t-elle.

– Je sais ce que...

– Laisse-moi finir.

Il se tut, non sans pousser un grognement.

– Je ne peux pas lâcher ça.

– Il y a pourtant des priorités, Sachs. Ton affaire n'est pas aussi urgente que celle de l'Horloger. Quoi qu'il soit arrivé à Creeley, et même s'il a été assassiné, le coupable n'est sans doute pas un tueur en série. L'Horloger, oui. Voilà notre priorité. Quels que soient les indices que tu as au sujet de la mort de Creeley, ils seront encore là quand nous aurons arrêté notre homme.

– Je ne le crois pas, Rhyme, dit-elle en secouant la tête. J'ai lancé la machine. J'ai commencé à poser des questions à gauche et à droite. Tu sais bien comment ça se passe. Les nouvelles vont vite. On commence à évoquer cette affaire. Au moment où je te parle, les preuves et les suspects sont peut-être en train de disparaître.

– Et au moment où tu me parles, l'Horloger est sans doute sur la piste de sa prochaine victime... Et, crois-moi, si on laisse tomber et qu'il y ait un nouveau meurtre, on risque de le payer cher. Baker m'a bien prévenu que c'étaient les gens du dernier étage qui nous avaient demandés.

En insistant...

– Je ne laisserai pas tomber, Rhyme. S'il y a une autre scène de crime, je m'en chargerai. Si Bo Haumann lance une opération tactique, j'en serai.

Rhyme haussa exagérément le sourcil.

– Une opération tactique ? Tu n'auras pas de dessert avant d'avoir fini tes légumes !

Elle éclata de rire. Il sentait maintenant la pression sur sa main.

– Allons, Rhyme ! Au pays des flics, personne ne s'occupe jamais d'une seule enquête à la fois. Dans les locaux de la Criminelle, il y a toujours une dizaine de dossiers sur chaque bureau. Je peux en prendre deux.

– Espérons, Sachs, espérons, dit Rhyme, troublé par un pressentiment impossible à formuler.

C'était ce qu'il pouvait lui offrir de mieux en guise de bénédiction.

CHAPITRE 8

– Il est venu *ici* ?

Debout sur le bitume défoncé du trottoir, derrière une jardinière qui dégageait des relents d'urine et d'où sortait la tige jaunie d'une plante morte, Amelia Sachs regardait à travers la vitre crasseuse.

Elle s'attendait, compte tenu de l'adresse, à trouver un endroit peu ragoûtant, mais pas à *ce* point. Le Saint James ouvrait sur la 9ᵉ Rue dans Alphabet City, un quartier appelé ainsi à cause des avenues A, B et C qui le traversaient. Ce dernier vestige des terrains vagues de Lower East End où les gangs faisaient régner la terreur, avait encore quelques années plus tôt la réputation d'un coupe-gorge. Les choses s'étaient un peu améliorées (les repaires de dealers laissant place à des appartements de bon standing), mais on était encore loin d'un urbanisme policé ; une seringue hypodermique usagée rouillait dans la neige aux pieds d'Amelia Sachs, et il y avait sur le rebord de la fenêtre, à quelques centimètres de son visage, des douilles de 9 mm.

Que faisait dans un tel endroit, la veille de sa mort, ce Benjamin Creeley, homme d'affaires fortuné, propriétaire de deux maisons et d'une voiture de luxe ?

La salle, d'apparence miteuse, était vaste mais peu fréquentée à cette heure. La jeune femme voyait à travers la vitre grasse quelques vieux du quartier devant le comptoir ou assis aux tables : de grosses femmes et des types maigres aux épaules voûtées venus boire à la bouteille une bonne partie de leur ration quotidienne de calories. Il y avait aussi tout au fond un groupe de Blancs en jean ou salopette. Tous – ils étaient quatre – parlaient très fort, et elle entendait leurs rires et leurs voix tonitruantes. Elle pensa aussitôt aux voyous qui passaient leur temps dans les clubs de la mafia. Certains étaient plus ou moins attardés mentalement, d'autres seulement paresseux, mais tous dangereux. Il lui suffisait d'un coup d'œil pour savoir que ces types-là étaient capables de vous faire du mal.

Sitôt entrée, elle trouva un tabouret libre à l'extrémité du comptoir en L, à l'endroit où on la voyait le moins. La barmaid était une femme d'une cinquantaine d'années au visage maigre, aux doigts rougis et aux cheveux relevés au sommet du crâne à la manière d'une chanteuse de *country-western*. Tout en elle disait la lassitude, songea Amelia. Non parce qu'elle avait tout vu, mais parce que ce qu'elle avait vu, elle l'avait vu dans des endroits comme celui-ci.

La détective commanda un Coke Light.

– Hé, Sonja ! lança une voix dans l'arrière-salle.

Amelia vit dans le miroir crasseux accroché derrière le comptoir que c'était celle d'un blond en jean ultra-moulant et blouson de cuir. Il avait un visage de fouine et n'en était visiblement pas à son premier verre.

– C'est Dickey qui te veut ! Il est timide. Viens ici ! Viens dire bonjour au timide !

– Va te faire foutre ! cria quelqu'un – sans doute Dickey.

– Allons, Sonja, ma chérie ! Viens t'asseoir sur ses genoux. C'est confortable, tu verras comme c'est doux. Y' a pas de bosse !

Et tous de s'esclaffer.

Sonja savait qu'elle était elle aussi l'objet de leurs plaisanteries méchantes, mais elle répondit sans se troubler :

– Dickey ? Il pourrait être mon fils.

– Bien sûr. Tout le monde sait qu'il nique sa mère !

Gros rire.

Le regard de Sonja croisa celui d'Amelia et elle détourna vivement les yeux, comme si elle s'était laissé surprendre en pleine complicité avec l'ennemi. Mais l'avantage avec les ivrognes, c'est, entre autres, qu'ils ne peuvent pas rester longtemps dans le même registre, que ce soit la cruauté ou l'euphorie. La conversation ne tarda pas à dévier sur le sport et d'autres plaisanteries salaces. Amelia but son Coca et se tourna vers Sonja.

– Comment ça va ?

La femme lui décocha son sourire de façade.

– Très bien.

Elle ne recherchait pas la sympathie, surtout venant d'une fille plus jeune et plus jolie qu'elle, et qui n'avait rien d'une tenancière de bar dans un quartier mal famé.

Normal. Amelia décida de passer aux choses sérieuses. Elle montra sa carte, discrètement, puis une photo de Benjamin Creeley.

– Vous vous souvenez de l'avoir vu ici ?

– Lui ? Oui, quelquefois. C'est pourquoi ?

– Vous le connaissez bien ?

– Non, pas bien. Je lui ai servi à boire, c'est tout. Du vin, je me rappelle. Il voulait du rouge. On a du vin dégueulasse ici, mais il le buvait tout de même. Il était assez correct. Pas comme d'autres. (Elle ne prit pas la peine de regarder vers l'arrière-salle pour préciser à qui elle faisait allusion.) Mais ça fait un moment que je ne l'ai plus vu. Un mois peut-être. La dernière fois, il s'est méchamment disputé. J'ai pensé qu'il ne reviendrait plus.

– Que s'est-il passé ?

– Je n'en sais rien. Je les ai entendus crier, et il s'est précipité dehors.

– Avec qui se disputait-il ?

– Je n'ai rien vu. J'ai entendu, c'est tout.

– Vous l'avez déjà vu se droguer ?

– Non.

– On vous a dit qu'il s'était suicidé ?

– Pas possible !

– Nous enquêtons sur sa mort... Je préférerais que vous gardiez cette conversation pour vous.

– Oui, pas de problème.

– Vous pouvez me parler de lui ?

– Mon Dieu, je ne savais même pas comment il s'appelait. Il est peut-être venu trois fois ici. Il avait de la famille ?

– Oui.

– Ah, c'est vache, ça ! C'est vraiment dur.

– Une femme et un fils – un adolescent.

Sonja secoua la tête.

– Peut-être que Gerte le connaissait un peu mieux, dit-elle après un silence. C'est l'autre barmaid. Elle est plus souvent ici que moi.

– Elle travaille ce soir ?

– Elle devrait arriver d'un moment à l'autre. Vous voulez que je lui dise de vous appeler ?

– Donnez-moi son numéro.

La femme le griffonna. Amelia se pencha en avant et montra la photo de Creeley.

– Vous vous rappelez s'il a rencontré quelqu'un en particulier quand il est venu ?

– Tout ce que je sais, c'est qu'il était là. À l'endroit où *ils* ont l'habitude de se mettre, dit la femme en désignant l'arrière-salle d'un signe de tête.

Un homme d'affaires millionnaire avec ces gens-là ? Les deux individus qui s'étaient introduits dans sa maison de Westchester et avaient fait du feu dans la cheminée étaient-ils parmi eux ?

Amelia regarda dans le miroir la table de ces hommes. Elle était couverte de canettes de bière, de cendriers et d'os de poulet. C'était clairement une bande. Ils étaient nombreux en ville, les petits chefs de gang qui se prenaient pour des caïds. Ils ne commettaient généralement que des délits mineurs, mais ces bandes pouvaient s'avérer plus dangereuses que la mafia traditionnelle, qui évitait généralement de s'en prendre à des civils et de se compromettre dans les trafics de drogues dures et autres activités hautement répréhensibles. Amelia essaya d'imaginer Benjamin Creeley associé à un gang de cette nature. Ce n'était pas facile.

– Vous l'avez déjà vu fumer de l'herbe ou prendre de la coke, ou une autre drogue ?

– Non, dit Sonja en secouant la tête.

Amelia se pencha pour lui parler à voix basse.

– Vous savez à quelle bande ils appartiennent ?

– Une bande ?

– Un gang. Avec un chef. Ça ne vous dit rien ?

Sonja resta silencieuse un instant. Elle regardait Amelia d'un air mi-étonné, mi-incrédule. Puis elle éclata de rire.

– C'est pas un gang ! Je croyais que vous le saviez, ils sont tous flics.

Les pendules – les cartes de visite de l'Horloger – arrivèrent enfin de la brigade des explosifs avec un certificat de santé en bonne et due forme.

– Sans blague ! Vous voulez dire qu'ils n'ont pas trouvé là-dedans la moindre petite arme de destruction massive ? lança Rhyme d'un ton caustique.

Il était contrarié que ces objets n'aient pas été en sa possession et trouvait qu'on avait pris trop de temps pour les lui remettre.

Pulaski signa un reçu et l'agent qui avait livré les pendules repartit.

– Voyons cela, dit Rhyme en propulsant son fauteuil roulant jusqu'à la table d'examen tandis que Cooper dépouillait les deux pendules de leur emballage plastique.

Elles étaient strictement identiques, à l'exception du sang coagulé qui formait une croûte à la base de celle qui avait été retrouvée sur le quai de l'Hudson. Elles paraissaient anciennes – leur mécanisme n'était pas électrique, elles se remontaient à la main. Mais les composants étaient modernes. Les rouages se trouvaient dans un compartiment scellé qui avait été ouvert par les démineurs, mais les deux pendules marchaient et donnaient l'heure exacte. Leur coffrage était en bois, peint en noir, et le cadran en métal verni portait des chiffres romains. L'aiguille des heures et celle des minutes, noires également, s'achevaient en pointe de flèche. Il n'y avait pas d'aiguille des secondes, mais un tic-tac sonore marquait celles-ci.

La caractéristique la plus inhabituelle était, dans la moitié supérieure de chaque pendule, une ouverture d'assez grandes dimensions laissant voir un disque sur lequel étaient peintes les phases de la lune. Au centre de cette fenêtre se trouvait à ce moment la pleine lune, représentée par un étrange visage au regard menaçant et aux lèvres minces.

La pleine Lune Froide qui brille au ciel…

Cooper examina les deux pendules avec sa minutie habituelle et annonça qu'elles ne portaient aucune empreinte et un minimum de traces, qui correspondaient toutes aux échantillons collectés par Amelia Sachs sur la scène et à proximité – ce qui signifiait qu'aucune n'avait séjourné au domicile ou dans la voiture de l'Horloger.

– Qui est le fabricant ?

– Arnold Products à Framinghan, Massachusetts.

Cooper se mit à l'ordinateur et trouva un site à ce nom.

– L'entreprise vend des pendules et des montres, des objets en cuir, des éléments de décoration pour les bureaux, des cadeaux d'entreprise. Toujours du haut de gamme. Tout coûte cher. Il y a une dizaine de modèles de pendules. Celles-ci sont des « victoriennes », qui reproduisent un modèle anglais du dix-huitième siècle. Mécanisme en cuivre à l'ancienne, chêne. Prix de gros : 54 dollars. Vendues exclusivement aux professionnels. Il faut passer par le fabricant.

– Des numéros de série ?

– Seulement sur les mécanismes. Pas sur les pendules elles-mêmes.

– Bon, dit Rhyme. Appelez.

– Moi ? demanda Pulaski en clignant des yeux.

– Eh oui. Vous.

– Je dois…

– Appeler le fabricant et lui indiquer le numéro de série qui figure sur chaque mécanisme.

– … Et voir si on peut nous dire à quel revendeur elles ont été envoyées.

– Vous avez tout compris, dit Rhyme.

Le bleu prit son téléphone et composa le numéro indiqué par Cooper.

Le tueur, bien sûr, n'était peut-être pas l'acheteur. Il avait pu les voler dans un magasin. Où chez un particulier. Où se les procurer dans quelque braderie.

Mais le conditionnel, au passé comme au présent, est le mode le plus usité dans le travail de police scientifique, songeait Rhyme.

Il faut bien commencer quelque part.

L'HORLOGER

SCÈNE DE CRIME 1

Localisation :
- Site de réparation navale, quai de l'Hudson, 22e Rue.

Victime :
- Non identifiée.
- Sexe masculin.
- 40-50 ans, voire plus. Possibilité d'insuffisance coronaire (présence d'anticoagulant dans le sang).
- Aucune trace d'autres drogues, d'infection ou de maladie dans le sang.
- Recherche du corps et des pièces à conviction en cours dans le port de New York par gardes-côtes et plongeurs de la police.
- Recherche sur le fichier des personnes disparues.

Auteur du meurtre :
- Voir ci-dessous.

Mode opératoire :
- Le meurtrier a forcé la victime à se retenir au bord du quai au-dessus de l'eau, lui a coupé les doigts ou les poignets jusqu'à ce qu'il tombe.
- Heure : entre lundi 18 heures et mardi 6 heures.

Indices et pièces à conviction :
- Groupe sanguin AB positif.
- Fragment d'ongle arraché, non poli, grande largeur.
- Section de chaîne de clôture coupée avec des pinces de type courant, sans traçabilité.
- Pendule (voir ci-dessous).
- Poème (voir ci-dessous).

• Marques laissées par des ongles sur le bois du ponton.
• Aucune trace discernable, pas d'empreintes digitales, pas d'empreintes de pas, pas d'empreintes de pneus.

Scène de crime 2

Localisation :
• Impasse donnant sur Cedar Street, proximité Broadway, derrière trois bâtiments commerciaux (entrées de service fermées de 20 h 30 à 22 heures) et un bâtiment administratif (porte de service fermée à 18 heures).
• Impasse large de 4,5 m, longue de 31 m. Sol pavé. Corps retrouvé à 45 m de Cedar Street.

Victime :
• Theodore Adams.
• Domicilié à Battery Park.
• Rédacteur publicitaire indépendant.
• Pas d'ennemis connus.
• Objet d'aucune poursuite aux niveaux local ou fédéral.
• Recherche de liens avec les immeubles de l'impasse. Sans résultat.

Auteur du meurtre :
• L'Horloger.
• Sexe masculin.
• Inconnu au fichier du FBI.

Mode opératoire .
• Victime traînée de son véhicule à l'impasse. La gorge écrasée par une poutre métallique suspendue au-dessus de lui.
• Confirmation par le rapport médical en attente.
• Aucune trace d'activité sexuelle.
• Heure approximative de la mort : entre 22 h 15 et 23 heures lundi soir. Confirmation par le médecin légiste en cours.

Indices et pièces à conviction :
• Pendule.
• Pas d'explosif ni d'agents chimiques ou biologiques.
• Identique à la pendule trouvée sur le ponton.
• Pas d'empreintes digitales, minimum de traces.
• Arnold Products, Framington, Massachusetts. Appel aux distributeurs et détaillants.
• Poème laissé par l'assassin sur les deux scènes.
• Imprimante d'ordinateur, papier de type courant, imprimante HP à jet d'encre.
• Texte : *La pleine Lune Froide qui brille au ciel, / illuminant le corps de la terre, / indique l'heure de la mort / et la fin du voyage commencé à la naissance. / L'Horloger.*
• Inconnu des bases de données sur la poésie ; probablement de l'auteur du meurtre.
• Lune Froide = mois de la mort.
• 60 dollars dans la poche de la victime, pas de numéros de série ; pas d'empreintes.
• Sable fin utilisé comme « agent masquant ». Sable de type courant. Parce qu'il est revenu sur la scène ?

• Barre métallique, 40 kg, du type « poutre à chas d'aiguille ». Non utilisée sur le chantier proche. Provenance inconnue.
• Ruban adhésif, type courant, mais coupé avec une précision inhabituelle. Exactement à la même longueur.
• Sulfate de thallium (poison contre les rongeurs) trouvé dans le sable.
• Résidus de sol contenant des protéines de poisson trouvés dans la veste de la victime.
• Peu de traces.
• Fibres brunes, provenant probablement d'un tapis de sol d'automobile.

Autres :
• Véhicule : probablement une Ford Explorer d'environ 3 ans d'âge. Tapis brun.
• Relevé des numéros d'immatriculation des véhicules garés dans la zone – pas de poursuites contre les propriétaires. Pas de contraventions délivrées lundi soir.
• Consultation de la police des mœurs au sujet des prostituées – témoin.

Il existe dans l'administration urbaine un réseau de bons camarades qui a à voir avec l'argent, le tutorat et le pouvoir, et relie à tous les niveaux comme un filet métallique des politiques, des fonctionnaires, des chefs d'entreprise, des syndicalistes et des ouvriers… On n'en connaît pas les limites.

New York n'y fait pas exception, bien sûr, mais le filet dans lequel Amelia était prise présentait une différence : l'un de ses membres les plus éminents était *une* bonne camarade.

À mi-chemin entre la cinquantaine et la soixantaine, vêtue d'un uniforme bleu et la poitrine richement décorée – citations, rubans, rosettes et barrettes. Sans oublier, bien sûr, un drapeau américain. (À l'instar des politiciens lors de leurs apparitions publiques, les officiers de la police de New York se doivent d'arborer l'emblème rouge, blanc et bleu.) Une sévère coupe au carré de cheveux poivre et sel encadrait son visage sombre aux traits allongés.

Marilyn Flaherty était inspecteur, et l'une des rares femmes à avoir atteint ce rang dans la hiérarchie policière. (Le grade d'inspecteur est supérieur à celui de capitaine.) Elle faisait partie de l'équipe dirigeante de la division des opérations. Cette équipe dépendait directement du chef de département – titre officiel du chef de la police de New York. La direction des opérations remplissait de multiples fonctions, dont celle qui consistait à assurer la liaison entre les divers services en cas d'événements majeurs dans la ville – ceux qui étaient planifiés, comme les visites de dignitaires étrangers, et ceux qui surgissaient à l'improviste, comme les attentats terroristes. Entre autres tâches importantes, Marilyn Flaherty était chargée des contacts entre la police et la municipalité.

Elle était sortie du rang, comme Amelia Sachs (le hasard avait fait naître les deux femmes à Brooklyn dans deux quartiers limitrophes). L'inspecteur Flaherty avait été simple agent de police et avait assuré des rondes dans la ville avant d'entrer au bureau des détectives, puis de diriger un commissariat. Sévère et volontiers cassante, la silhouette massive et large d'épaules, c'était un formidable personnage qui avait les ressources – d'accord, les *couilles* – qu'il fallait pour tracer son chemin à travers le champ de mines qu'est toujours pour une femme la haute hiérarchie policière.

Il suffisait, pour comprendre qu'elle avait réussi, de jeter un coup d'œil aux photographies encadrées de ses amis qui décoraient les murs de son bureau : notables municipaux, patrons de syndicats, riches promoteurs immobiliers, hommes d'affaires en vue... On la voyait, sur l'un de ces clichés, sur la véranda d'une grande villa de bord de mer en compagnie d'un chauve à l'allure imposante ; sur un autre, au Metropolitan Opera au bras d'un homme qu'Amelia reconnut : un chef d'industrie aussi riche que Donald Trump. On pouvait distinguer un autre signe de sa réussite dans les dimensions du bureau qu'elle occupait au One Police Plaza, où les deux femmes se trouvaient à cet instant : Marilyn Flaherty s'était vu attribuer une vaste pièce d'angle donnant sur le port, et Amelia savait que les autres inspecteurs n'avaient pas cette chance.

Elle était assise face à Marilyn Fraherty, séparée d'elle par le grand et luxueux bureau en chêne de l'inspecteur. Une autre personne était présente dans la pièce : Robert Wallace, adjoint au maire de New York. Il avait des joues flasques et une vraie tête de politicien sûr de lui sous son casque de cheveux argentés solidement maintenus par la laque.

– Vous êtes bien la fille d'Herman Sachs ? dit l'inspecteur Flaherty en se tournant vers Wallace sans attendre la réponse. Agent de police. Un type bien. J'étais présente à sa cérémonie de remise de décoration.

Le père d'Amelia avait fait l'objet de maintes citations et récompenses diverses au fil des années. Elle se demanda de laquelle il s'agissait. Était-ce pour la fois où il avait persuadé un ivrogne de lâcher le couteau avec lequel il s'apprêtait à égorger sa femme ? Ou la fois où il était passé à travers une vitrine brisée, alors qu'il n'était pas de service, pour désarmer un voleur dans une épicerie ? Ou bien celle où il avait aidé un bébé à venir au monde au cinéma Rialto tandis que Steve McQueen bataillait sur l'écran et que la mère hurlait dans les contractions de l'accouchement sur la moquette jonchée de pop-corn ?

– De quoi s'agit-il ? demanda Wallace. On me dit qu'il y aurait des policiers impliqués dans une affaire de corruption ?

Marilyn Flaherty hocha la tête en fixant Amelia de ses yeux gris acier.

Vas-y.

– Ça se pourrait..., dit la jeune détective. Il y a une histoire de drogue. Et une mort suspecte.

– D'accord, dit Wallace en étirant les deux syllabes avec un soupir suivi d'une grimace.

L'ancien homme d'affaires de Long Island, qui faisait désormais partie de l'équipe du maire, était chargé d'éradiquer la corruption des services municipaux. Il s'était montré efficace et sans pitié dans l'accomplissement de cette mission ; il avait, au cours de la seule année écoulée, mis fin à des opérations frauduleuses parmi les inspecteurs de l'urbanisme et les responsables du syndicat des enseignants. Il était visiblement ébranlé à l'idée qu'il y avait peut-être des policiers ripoux.

Sur le visage creusé de rides de Marilyn Flaherty, par contre, on ne lisait aucune émotion.

Sous le regard attentif de l'inspecteur, Amelia parla du suicide de Benjamin Creeley, que son pouce fracturé rendait suspect, tout comme les vestiges de documents brûlés dans la cheminée de sa maison, les traces de cocaïne et ses relations avec les policiers qui fréquentaient le Saint James.

– Les policiers du 118, précisa-t-elle.

On appelait ainsi le commissariat situé dans Greenwich Village. Les policiers du 118, avait-elle appris, étaient des habitués du Saint James.

– Il y en avait quatre au bar quand j'y suis allée, mais les autres y viennent aussi de temps à autre. Je ne sais pas avec lequel, ou lesquels, Creeley était en contact.

– Vous avez des noms ? demanda Wallace.

– Non, je n'ai pas voulu poser trop de questions à ce stade. Et je n'ai même pas eu confirmation du fait que Creeley allait là pour y retrouver quelqu'un de la maison. Même si c'est vraisemblable.

Marilyn Flaherty caressait le diamant qui ornait son majeur à la main gauche. Il était énorme. Hormis cette pierre et un lourd bracelet en or, elle ne portait pas de bijoux. L'inspecteur restait impassible, mais Amelia savait que de telles informations la perturbaient gravement. Il suffisait d'une allusion à un soupçon de corruption au sein de la police pour jeter un froid dans les hautes sphères de l'administration municipale, et la perspective d'un tel problème au 118 était particulièrement déplaisante. Ce commissariat était une vitrine, qui bénéficiait d'une dotation en personnel plus élevée que les autres, et dont les agents étaient plus exposés.

– Quand j'ai compris qu'il y avait peut-être une connexion entre Creeley et eux, poursuivit Amelia, je suis allée tirer 200 dollars dans un distributeur de billets et je suis retournée au Saint James pour demander qu'on me fasse la monnaie – j'ai presque vidé leur caisse de tous les petits billets. Un certain nombre de ces billets provenaient forcément des policiers qui se trouvaient là.

– Bien. Et vous avez fait une recherche à partir des numéros de série, dit Marilyn Flaherty en jouant distraitement avec son stylo MontBlanc.

– Exactement. Aucun de ces numéros ne figurait aux fichiers du Trésor public et de la justice. Mais ils portaient presque tous des traces de cocaïne. Et sur l'un c'était de l'héroïne.

– Seigneur, souffla Wallace.

– Gardez-vous des conclusions hâtives, dit l'inspecteur Flaherty.

Amelia opina d'un hochement de tête et expliqua à l'adjoint à quoi elle faisait allusion : de nombreux billets en circulation portaient des traces de diverses drogues. Mais le fait d'en trouver sur presque tous les billets utilisés au Saint James par les policiers avait de quoi inquiéter.

– La cocaïne était de même composition que celle que vous aviez trouvée précédemment dans la cheminée de Creeley ? demanda Marilyn Flaherty.

– Non. Et la barmaid m'a dit qu'elle ne les avait jamais vus avec de la drogue.

– Avez-vous la moindre preuve impliquant directement ces policiers dans la mort de cet homme d'affaires ? demanda Wallace.

– Oh, non. Ce n'est qu'une hypothèse. Je pense à un scénario dans lequel, s'il y a un policier impliqué, c'est pour avoir fourni de la drogue à Creeley et l'avoir rendu accro au profit d'un gang quelconque, et avoir ensuite fermé les yeux et encaissé sa part de bénéfices s'il recyclait de l'argent sale ou touchait un pourcentage sur la vente. Il a pu aussi, en échange, enterrer certains dossiers ou s'arranger pour bloquer les investigations de certains collègues.

– Avait-il été arrêté par le passé ?

– Creeley ? Non. Et j'ai appelé sa femme. Elle m'a déclaré qu'elle ne l'avait jamais vu se droguer. Mais les gens qui se droguent parviennent souvent à le cacher. Et les dealers aussi, quand ils ne touchent pas eux-mêmes au produit.

– Évidemment, dit l'inspecteur Flaherty en haussant les épaules, il n'y a peut-être rien dans tout ça. On ne sait jamais, n'est-ce pas ? Ce Creeley est peut-être allé au Saint James pour y rencontrer quelqu'un dans le cadre de son métier. Vous disiez qu'il s'y était disputé avec un autre client juste avant de mourir ?

– Il semble bien que oui.

– Il a peut-être eu des problèmes avec l'une de ses affaires. Dans l'immobilier, par exemple. Il n'avait peut-être rien à voir avec le 118.

– Absolument, dit Amelia en secouant vigoureusement la tête. C'est peut-être une coïncidence si le Saint James est fréquenté par des policiers. Creeley a peut-être été tué parce qu'il avait emprunté de l'argent à la mauvaise personne, ou parce qu'il avait été témoin de quelque chose.

– Il y a eu mort d'homme, dit Wallace en regardant le ciel éclatant par la fenêtre. Je crois qu'il faut se saisir de cette affaire. Et vite. Mettons la DAI sur le coup.

La Direction des affaires internes était effectivement toute désignée pour enquêter sur des délits impliquant la police. Mais Amelia Sachs ne le voulait pas, en tout cas à ce stade de l'enquête. Elle lui transmettrait ce dossier plus tard, mais pas avant d'avoir elle-même coincé les coupables.

Marilyn Flaherty recommença à jouer avec son luxueux stylo, puis s'arrêta brusquement. Les hommes peuvent se permettre ces gestes de distraction, si maniérés soient-ils ; les femmes ne le peuvent pas, en tout cas pas à ce niveau. De ses doigts aux ongles impeccablement manucurés et passés au vernis incolore elle glissa le stylo dans le tiroir supérieur du bureau.

– Non. Pas la DAI.

– Pourquoi ? s'étonna Wallace.

– C'est trop proche du 118. On risquerait des fuites.

– Si vous pensez que c'est mieux, dit Wallace en hochant lentement la tête.

– Je le pense.

Amelia fut soulagée, mais son plaisir fut de courte durée.

– Je vais trouver quelqu'un ici pour s'occuper de cette affaire, dit Marilyn Flaherty. Quelqu'un qui ait de l'autorité.

– J'aimerais poursuivre l'enquête, dit Amelia Sachs après une courte hésitation.

– Vous êtes jeune dans le métier. Vous ne vous êtes jamais occupée d'un problème interne. Ce n'est pas du tout la même chose.

– Je comprends ça. Mais j'en suis capable.

En disant cela, Amelia pensait : C'est moi qui ai découvert l'affaire. Je m'en suis occupée jusqu'à présent. Vous n'allez pas me l'enlever, bon sang !

– Ça ne consiste pas simplement à examiner une scène de crime.

– Je suis chef d'enquête sur cette affaire d'homicide. Je ne fais pas seulement un travail technique, répondit posément la jeune détective.

– J'estime, tout de même, qu'il est préférable… Bon. Vous voudrez bien me transmettre l'ensemble du dossier.

Amelia se penchait en avant, l'ongle de son index lui labourant le pouce. Que faire pour ne pas laisser cette enquête lui échapper ?

C'est alors que l'adjoint au maire intervint :

– Attendez, dit-il en fronçant les sourcils. Ce n'est pas vous qui travaillez avec cet ancien flic en fauteuil roulant ?

– Lincoln Rhyme. C'est exact.

Il resta quelques secondes silencieux avant de se tourner vers Marilyn Flaherty.

– Je crois qu'il faut la laisser continuer, Marilyn.

– Pourquoi ?

– Parce qu'elle a une sacrée réputation.

– Nous n'avons pas besoin d'une réputation. Nous avons besoin d'une personne d'expérience. Ne le prenez pas mal.

– Pas du tout, répondit Amelia d'un ton égal.

– Ce sont des questions ultrasensibles. Explosives, dirais-je.

Mais Wallace tenait à son idée.

– Le maire sera très content. Elle fait équipe avec Rhyme, et Rhyme est très bien vu. Et c'est un civil. Ce qui signifie, pour les gens, un enquêteur indépendant.

Les gens… autrement dit, les journalistes, comprit Amelia.

– Je ne veux pas que ça devienne une affaire retentissante, dit Marilyn Flaherty.

– Il n'y a aucun risque, se hâta de répondre Amelia. Je n'ai qu'un seul agent avec moi.

– Qui ?

– Ronald Pulaski, spécialement détaché pour la circonstance. Il est excellent. Jeune, mais excellent.

– Comment comptez-vous opérer ? demanda l'inspecteur après un long silence.

– Il faut d'abord en savoir plus sur les relations de Creeley avec le 118 et le Saint James. Sur sa vie personnelle – il faut voir s'il n'y avait pas une autre raison de le tuer. Je veux rencontrer son associé. Il a peut-être eu un problème avec un client, une affaire qui a mal tourné. Et nous avons besoin d'en savoir plus, aussi, sur sa connexion avec la drogue.

– Bon, dit Marilyn Flaherty, qui n'était qu'à demi convaincue. On va essayer. Mais tenez-moi informée. Moi et personne d'autre.

– Bien sûr, répondit Amelia très vite.

Elle se sentit soulevée par une formidable vague de soulagement.

– Par téléphone ou de vive voix, ajouta l'inspecteur Flaherty. Pas d'e-mails, pas de notes écrites… (Fronçant les sourcils :) Je pense à quelque chose. Vous n'avez pas une autre enquête en cours ?

Quand on est inspecteur, on n'atteint pas ce niveau sans un sixième sens. Elle posait la seule question qu'Amelia ne voulait pas entendre.

– J'aide Rhyme pour une autre affaire… Celle de l'Horloger.

Froncement de sourcils de l'inspecteur.

– Ah, cette affaire-là ? Ce problème de tueur en série est autrement plus grave que celui du Saint James.

Les mots de Rhyme : *Ton affaire n'est pas aussi urgente que celle de l'Horloger…*

Wallace resta un instant perdu dans ses réflexions. Puis il se tourna vers l'inspecteur.

– Je crois qu'il s'agit d'être adultes, Marilyn. Qu'est-ce qui risque de paraître pire pour la ville ? Un type qui tue quelques personnes ou un scandale dans les services de police que la presse révélera avant que nous nous soyons rendus maîtres de la situation ? Les journalistes sont attirés par les flics véreux comme les requins par le sang. C'est là-dessus que je veux mettre le paquet. Absolument.

– Je peux m'occuper des deux affaires, s'entendit dire Amelia pour la deuxième fois de la journée. Je vous garantis qu'il n'y aura pas de problème.

Une voix intérieure lui glissa d'un ton sceptique : *Espérons, Sachs.*

CHAPITRE 9

Amelia Sachs passa chez Rhyme pour prendre Ron Pulaski – un kidnapping dont elle se douta qu'il n'était pas au goût du criminologue, bien que Ron n'ait pas grand-chose à faire pour le moment.

– Tu l'as déjà poussée à combien, cette caisse ? demanda le bleu en montrant le tableau de bord de la Camaro SS. Je veux dire cette voiture, ajouta-t-il très vite.

– Tu n'es pas obligé de parler un langage châtié, Ron. Je suis déjà montée à deux cent cinquante.

Sifflement admiratif.

– Tu aimes ça, les voitures ?

– J'aime encore plus les motos, tu sais. Mon frère et moi en avions deux quand on était au lycée.

– Les mêmes ?

– Quoi ?

– Les motos.

– Ah, parce qu'on était jumeaux, tu veux dire. Non, on n'a jamais fait ça. Ni pour les vêtements, ni pour rien. Maman aurait bien voulu, mais on se trouvait l'air assez crétin comme ça. Ça la fait rire maintenant – à cause des uniformes. Mais à cette époque on ne pouvait pas se payer n'importe quoi, deux Honda 850 ou du même genre. On achetait ce qu'on pouvait, des occasions de seconde ou de troisième main. (Sourire en coin.) Un soir, pendant que Tony dormait, je suis allé au garage et j'ai échangé les moteurs. Il n'y a vu que du feu.

– Tu en fais toujours ?

– Le bon Dieu nous donne le choix : les enfants ou les motos. Jenny est tombée enceinte, et une semaine après, dans le New Jersey, un veinard s'est offert pour pas cher une assez jolie Guzzi. (Nouveau sourire.) Avec un super-moteur.

Amelia écoutait en riant. Puis elle lui expliqua leur mission. Il y avait plusieurs pistes qu'elle voulait suivre : l'autre barmaid du Saint James – Gerte – ne devait pas tarder à arriver pour prendre son service et elle voulait la voir. Elle voulait aussi parler avec Jordan Kessler, l'associé de Creeley, qui devait revenir d'un voyage d'affaires à Pittsburgh.

Mais avant, il y avait autre chose.

– Que dirais-tu de jouer les sous-marins ? demanda-t-elle.

– Ma foi, pourquoi pas ?

– Quelques types de la bande du 118 m'ont sans doute vue au Saint James. C'est donc à toi d'y aller cette fois. Mais tu n'auras pas de magnétophone sur toi. On ne cherche pas des preuves, seulement des informations.

– Qu'est-ce que je dois faire ?

– Ma mallette. Sur le siège arrière.

Rétrogradant sèchement, elle prit un virage serré et remit la puissante voiture sur sa trajectoire. Pulaski prit la mallette.

– Je l'ai.

– Les papiers sont sur le dessus.

Il les parcourut en hochant la tête. Il y avait un formulaire intitulé *Hazardous Evidence Inventory Control*. Il était accompagné d'une note détaillant une nouvelle procédure pour l'examen des preuves dangereuses, comme les armes à feu et les produits chimiques.

– Jamais entendu parler de ça.

– Non, étant donné que c'est moi qui l'ai pondu.

Elle lui expliqua qu'il s'agissait de fournir un prétexte crédible pour s'introduire dans les locaux du 118 et y chercher d'éventuelles pièces à conviction, notamment dans les registres.

– On va leur dire qu'on examine tout, mais je veux pouvoir comparer les pièces répertoriées dans ces registres avec celles qu'on a déjà. Tu n'auras qu'à leur expliquer que tu fais un inventaire général, mais en fait tu regarderas tout ce qui concerne les narcotiques saisis depuis un an. Note l'identité des gens arrêtés, les dates, les quantités. On comparera ensuite avec ce qui figure dans les archives du procureur qui a traité chacune des procédures.

– Et comme ça on saura si de la drogue a disparu entre le moment où on a enregistré la saisie et le moment où le dealer a été jugé ou libéré… C'est très bien.

– J'espère. On ne saura pas forcément qui s'est servi, mais il faut un début à tout. Allez, va faire l'espion !

Elle arrêta la voiture à un bloc d'immeubles de distance du 118, dans une rue pouilleuse de l'East Village.

– Tu n'es pas inquiet ?

– Je dois dire que c'est la première fois que je fais un truc pareil. Mais je vais essayer, on verra bien.

Quand il fut parti, Amelia appela plusieurs collègues de la police de New York, du FBI et du bureau des narcotiques auxquels elle faisait confiance et dont elle appréciait la discrétion, pour savoir si des enquêtes sur des affaires de meurtres ou d'homicides avaient été abandonnées ou bloquées au 118 dans des circonstances qui leur paraissaient suspectes. Personne n'était au courant de tels faits, mais les statistiques montraient qu'en dépit de sa brillante réputation le commissariat avait ouvert très peu d'enquêtes sur des délits impliquant les milieux du crime organisé. Ce qui donnait à penser que des policiers protégeaient peut-être des gangs. Un agent du FBI lui déclara que la mafia se risquait à nouveau dans l'East Village depuis qu'il s'était embourgeoisé.

Amelia appela ensuite un ami à elle qui dirigeait un détachement spécial chargé de la lutte contre le banditisme dans le centre-ville. Il lui expliqua qu'il y avait deux bandes principales dans l'East Village – une bande de Jamaïcains et une bande d'Américains.

Elles dealaient toutes les deux la cocaïne et les amphétamines, et leurs membres n'hésitaient jamais à tuer ou à enlever ceux qui tentaient de les rouler ou ne les payaient pas à temps. Toutefois, ajouta le détective, maquiller un meurtre en suicide par pendaison ne lui paraissait pas leur style. Ils vous descendaient séance tenante avant d'aller s'offrir une bière ou un whisky.

Pulaski revint un moment plus tard avec son gros calepin. Ce garçon note *absolument tout*, songea Amelia.

– Alors, comment ça s'est passé ?

Pulaski luttait pour garder son sérieux.

– Bien, je crois.

– Tu as réussi ?

– Eh bien, fit le jeune flic en haussant les épaules, le sergent de garde ne voulait pas me laisser entrer, mais je l'ai regardé l'air de dire : « Mon vieux, tu veux appeler au One Police Plaza pour leur expliquer qu'ils n'auront pas ce qu'ils demandent à cause de toi ? » Il a tout de suite fait marche arrière. Je n'en revenais pas !

– Bravo ! dit-elle en touchant son poing du sien.

Il était visiblement satisfait de son exploit.

Elle démarra et prit la direction d'East Village. Quand elle estima qu'ils étaient assez loin du commissariat, elle s'arrêta et entreprit le comparer les deux registres.

En dix minutes, ils eurent le résultat. Les quantités indiquées dans le registre du 118 et dans celui du procureur étaient à peu près les mêmes. Il ne manquait sur l'année que cent ou cent cinquante grammes de cocaïne et moins de cent grammes d'herbe.

– Et aucun des registres n'était trafiqué. Je me suis dit qu'il fallait aussi vérifier ça.

Ainsi l'une des hypothèses – la bande du Saint James vendant de la drogue en provenance des saisies – était à éliminer. Les petites quantités qui manquaient avaient peut-être été prélevées pour analyse, perdues en cours de transport ou mal rangées.

Mais si les policiers ne pillaient pas la drogue saisie, ils pouvaient bien sûr trafiquer en se fournissant ailleurs. Ils avaient peut-être un fournisseur. À moins qu'ils n'aient mis la main sur la réserve d'un trafiquant avant qu'elle ne soit saisie et placée sous scellés. Et si le fournisseur avait été Creeley lui-même ?

La première opération en sous-marin de Pulaski permettait de répondre à une question, mais il en restait d'autres.

– Bon. On continue, Ron. Dis-moi ce que tu préfères maintenant. Une barmaid ou un homme d'affaires ?

– Ça m'est plutôt égal. Si on les tirait à pile ou face ?

– L'Horloger a probablement acheté les pendules chez Hallerstein's Timepieces, à Flatiron[1], annonça Mel Cooper à Rhyme et Sellitto en décrochant le téléphone.

Avant que Sachs ne le kidnappe pour l'emmener au 118, Pulaski avait localisé le grossiste d'Arnold Products. Le patron de la société de distribution venait de rappeler.

Cooper expliqua que celui-ci ne consignait pas les numéros de série dans ses registres, mais que si les pendules avaient été vendues dans la région de New York, ce ne pouvait être que chez Hallerstein.

– Renseignez-vous sur ce magasin, ordonna Rhyme.

Cooper lança une recherche en ligne. Le magasin n'avait pas son propre site, mais figurait sur divers sites vendant des pendules et des montres anciennes. Le propriétaire était un certain Victor Hallerstein. Il n'était pas connu des services de police. Sellitto composa son numéro, sans se faire connaître, pour avoir les heures d'ouverture. Il prétendit être déjà venu et demanda s'il avait M. Hallerstein en personne au bout du fil. L'homme lui dit qu'il était bien M. Hallerstein. Sellitto remercia et raccrocha.

– Il faut que je lui parle, que je voie ce qu'il sait, dit Sellitto en enfilant son manteau.

Il était toujours préférable de tomber sur les témoins à l'improviste. En téléphonant pour les prévenir, on leur donnait une chance de se préparer à mentir, qu'ils aient quelque chose à cacher ou pas.

– Attends, Lon, dit Rhyme.

1. *Flatiron :* « fer à repasser ». Le quartier doit son nom à un immeuble triangulaire aujourd'hui disparu, construit entre la 5e Avenue et la 23e Rue *(NdT)*.

Le gros détective se retourna.

– Et si ce n'est pas lui qui a vendu les pendules à l'Horloger ?

– Oui, j'y ai déjà pensé. Et si ce M. Hallerstein était un complice ou seulement un copain de notre Horloger ?

– Ou si c'était lui qui était derrière tout ça et que l'Horloger travaille pour lui ?

– J'y ai pensé aussi. Mais, ne t'en fais pas. J'ai prévu le coup.

La cadence d'une ballade irlandaise lui battant aux oreilles, l'agent du CBI Kathryn Dance, en route pour l'aéroport Kennedy, regardait d'un œil distrait défiler les rues de Manhattan.

Décorations de Noël, guirlandes lumineuses, carton-pâte et compagnie.

Des amoureux, aussi. Bras dessus, bras dessous, main gantée dans main gantée. En promenade lèche-vitrines. En vacances.

Elle pensait à Bill. Se demandait s'il aurait aimé être là.

C'est curieux, les petites choses dont on se souvient si précisément – même après deux ans et demi, ce qui semble une telle éternité dans certaines circonstances.

Madame Swenson ?

Kathryn Dance. Swenson est le nom de mon mari.

Ah. Sergent Wilkins. Police de la route.

Pourquoi la police de la Route l'appelait-elle chez elle, et non en tant qu'agent Dance ?

Elle, pour qui cuisiner était toujours un défi, s'était lancée dans la préparation du dîner en fredonnant une chanson de Roberta Flack et tentait de comprendre le fonctionnement du mixer. Il s'agissait de préparer un potage de pois cassés.

Je suis désolé, madame Dance, mais c'est au sujet de votre mari.

Le téléphone dans une main, le livre de recettes dans l'autre, elle s'était figée, les yeux rivés sur la recette en l'écoutant parler. Elle se rappelait parfaitement cette page du livre, qu'elle n'avait pas relue depuis. Elle se rappelait même la légende sous la photo. *Et, en outre, c'est nourrissant. Une soupe savoureuse et consistante, que vous préparerez en un rien de temps.*

Elle aurait pu la préparer de mémoire.

Même si elle ne l'avait jamais faite.

Kathryn Dance savait qu'il lui faudrait du temps pour cicatriser – « cicatriser », oui, c'était le terme qu'employait le psy (un spécialiste du deuil). Mais ce n'était pas vrai, car on ne cicatrisait jamais, comme elle avait fini par le comprendre. Une cicatrice qui vient remplacer la chair meurtrie reste une cicatrice. Avec le temps, la douleur fait place à l'insensibilité. Mais la chair reste changée à jamais.

Elle sourit malgré elle à cet instant, dans le taxi, en constatant qu'elle avait croisé les bras et ramené les jambes sous elle. Un expert en kinésique sait parfaitement ce que ces gestes signifient.

Les rues, pour elle, se ressemblaient toutes – d'étroites gorges obscures dans des tons de gris et de brun, piquées d'éclats de néon : *Banque*, *Snack*, *Ongles 9,75 dollars*... Le contraste était violent avec la péninsule de Monterey, ses pins, ses chênes, ses eucalyptus et ses clairières sablonneuses à la riche couverture végétale. Le taxi sentait mauvais et roulait lentement. Pacific Grove, où elle habitait, était un village de style victorien à quatre-vingts kilomètres au sud de San Francisco. Niché avec ses dix-huit mille âmes entre Carmel le chic et Monterey le laborieux, que Steinbeck avait immortalisé dans son roman *Rue de la Sardine*. On pouvait le traverser en moins de temps que n'en mettait le taxi pour longer quatre blocs d'immeubles.

En regardant les rues de la ville, des mots lui venaient à l'esprit : sombres, chaotiques, encombrées, frénétiques, oui... Et pourtant elle adorait New York. (Elle adorait les gens, d'ailleurs, et n'en avait jamais vu autant au même endroit.) Elle se demanda comment les enfants réagiraient à la ville.

Maggie s'y ferait très bien, Kathryn n'en doutait pas une seconde. Elle imaginait déjà la fillette de dix ans, sa queue-de-cheval se balançant sur sa nuque, plantée au beau milieu de Times Square pour regarder de tous ses yeux les panneaux d'affichage, les passants, les marchands à la sauvette, la foule qui se hâtait vers les cinémas et les théâtres de Broadway... Elle serait aux anges.

Et Wes ? Ce ne serait pas la même chose. Il était âgé de douze ans et avait eu beaucoup de mal à encaisser la mort de son père. Mais il semblait enfin reprendre confiance et retrouver sa bonne humeur. Kathryn ne craignait plus – enfin – de le laisser aux soins de ses grands-parents, comme elle l'avait fait pour se rendre à Mexico à l'occasion de l'extradition d'un auteur d'enlèvement – son premier déplacement à l'étranger depuis le décès de Bill. D'après la mère de Kathryn, Wes n'avait pas été perturbé par cette absence. Elle avait donc accepté d'animer le séminaire que la police de New York et la police de l'État lui réclamaient depuis un an.

Elle savait, toutefois, qu'il lui fallait veiller de près sur ce frêle garçonnet qui avait hérité ses yeux verts et ses cheveux bouclés. Il lui arrivait encore de sombrer dans la tristesse, de se montrer distant et irritable. On pouvait y voir le comportement typique d'un préadolescent, mais aussi les séquelles de la perte de son père dans son jeune âge. Rien que de très habituel, avait dit à Kathryn son psy en lui enjoignant de ne pas s'inquiéter. Elle sentait tout de même qu'il faudrait encore un peu de temps avant qu'il soit prêt à affronter le chaos de New York, et elle ne l'y forcerait pas. En rentrant, pourtant, elle lui demanderait s'il n'aimerait pas y aller en visiteur. Kathryn Dance ne comprenait pas les parents qui croyaient avoir besoin d'incantations magiques ou d'une psychothérapie pour savoir ce que voulaient leurs enfants. Il suffisait de le leur demander et de bien écouter leur réponse.

Oui, se dit-elle, s'il n'avait rien contre, elle les amènerait ici tous les deux au prochain Noël. Le principal reproche que Kathryn, née et élevée à Boston, faisait à la Californie centrale était l'absence de saisons. Le temps y était merveilleux, mais pour les vacances le froid qui pique le nez et les lèvres, les tornades de neige, le bois qui flambe dans la cheminée, le givre qui recouvre les vitres d'arabesques, tout cela lui manquait…

La sonnerie musicale du téléphone, qui changeait fréquemment (les enfants adoraient lui jouer ce genre de tour, tout en respectant la règle numéro 1 : ne jamais mettre le téléphone d'un policier en mode silencieux), la tira de sa rêverie.

Elle regarda l'identité du correspondant.

Hum. Intéressant. Oui ou non ?

Obéissant à une impulsion, Kathryn Dance pressa le bouton RÉPONDRE.

CHAPITRE 10

Tout en conduisant, le gros détective faisait des gestes machinaux, se tâtant l'estomac, tripotant son col de chemise.

Kathryn Dance observait le langage du corps de Lon Sellitto dans la voiture banalisée – la même que celle qu'elle avait en Californie – qui fonçait sans sirène mais gyrophare allumé à travers New York.

L'appel qu'elle avait reçu dans le taxi venait de lui, pour lui demander une nouvelle fois de les aider dans leur enquête :

– Je sais que vous avez un avion à prendre, je sais que vous devez rentrer chez vous, mais…

Et de lui expliquer qu'ils pensaient avoir découvert la provenance des deux pendules retrouvées sur les scènes de crime de l'Horloger, et voulaient qu'elle interroge l'homme qui les avait peut-être vendues. Il y avait une possibilité – certes mince – qu'il ait un lien avec l'Horloger, et ils tenaient à savoir ce qu'elle penserait de lui.

Kathryn Dance était passée par un bref débat avec elle-même avant de lui répondre. Elle regrettait son brusque départ de chez

Lincoln Rhyme quelques instants plus tôt ; elle avait horreur de lâcher une enquête inachevée, même si ce n'était pas la sienne. Elle avait demandé au chauffeur de faire demi-tour et de la ramener chez Rhyme, où Lon Sellitto l'attendait.

Elle était maintenant dans la voiture du détective.

– L'idée de m'appeler, c'était de vous, n'est-ce pas ?

– Comment ? demanda Sellitto.

– Pas celle de Lincoln. Il ne sait trop quoi faire de moi.

Sellitto hésita une seconde avant de répondre : un signe évident.

– Vous avez fait du bon boulot avec ce témoin, Ari Cobb.

Elle sourit.

– Je le sais. Mais Rhyme ne sait pas quoi faire de moi.

Nouvelle hésitation.

– Il aime les preuves matérielles.

– Personne n'est parfait.

Le détective se mit à rire. Il pressa le bouton qui déclenchait la sirène et ils grillèrent un feu.

Dance le regardait conduire, observait ses mains et ses yeux, écoutait sa voix. Elle se dit : il est clairement obsédé par l'idée d'arrêter l'Horloger, et les autres dossiers qui attendent certainement sur son bureau ont perdu toute réalité. Et pour l'avoir déjà observé la veille à son séminaire, elle le savait tenace et plein de bon sens, prenant tout le temps qu'il fallait pour comprendre un problème ou pour bien assimiler une technique d'interrogatoire ; si tel ou tel manifestait de l'impatience à son égard, eh bien, c'était le problème de tel ou tel, pas le sien.

Il possède une forme d'énergie nerveuse différente de celle d'Amelia Sachs, pensait-elle. Amelia a déjà souffert. Il ronchonne par habitude, mais il est foncièrement satisfait.

Chez Kathryn Dance, l'analyse était automatique. Un geste, un regard, une remarque anodine ou étourdie devenait aussitôt une pièce de cet extraordinaire puzzle qu'était un être humain. Elle était, en général, capable de couper court pour penser à autre chose – il n'y a rien de drôle à sortir pour prendre un verre avec des copains et se retrouver en train de les analyser (et ça l'est encore moins pour eux). Mais parfois elle laissait libre cours à ses pensées ; cette habitude faisait aussi partie de Kathryn Dance.

Quand on adore les gens...

– Vous avez des enfants ? demanda-t-il.

– Oui, deux.

– Que fait votre mari ?

– Je suis veuve.

Son métier consistait entre autres à connaître les effets des différents tons de voix. Celui qu'elle venait d'employer, à la fois grave et désinvolte, devait être entendu comme : « Je ne tiens pas à en parler. » Une femme lui aurait peut-être posé la main sur le bras par sympathie ; Sellitto fit ce qu'auraient fait la plupart des représentants de son sexe : il murmura un « Désolé » aussi gauche que sincère et passa à autre chose. Il se mit à parler des indices qu'ils avaient relevés à l'intérieur des pendules – et qui ne menaient apparemment à rien. Il était drôle, avec son côté bourru.

Ah, Bill... Vous savez ? Je crois que vous auriez aimé ce type.

Elle l'avait aimé, elle.

Il lui parla du magasin dont semblaient venir les pendules.

– Je me disais, on ne pense pas qu'Hallerstein soit le tueur, mais ça ne veut pas dire qu'il n'y est pour rien. Ça risque d'être un peu... chaud.

– Je ne suis pas armée.

Les lois sur le transport des armes d'une juridiction à l'autre sont très strictes, et la plupart des policiers ne sont pas autorisés à en avoir sur eux quand ils franchissent la frontière entre deux États. Ce qui importait peu pour Kathryn Dance, qui n'avait jamais fait usage de son Glock ailleurs qu'au stand de tir et espérait qu'il en serait encore ainsi le jour où elle fêterait son départ à la retraite.

– Je resterai près de vous, la rassura Sellitto.

Hallerstein's Timepieces se trouvait au milieu d'un sinistre bloc d'immeubles avec des magasins et des entrepôts. Elle examina les lieux. La peinture s'écaillait sur la façade, mais à l'intérieur de la vitrine d'Hallerstein, protégée par d'épais barreaux, tout était propre et ordonné.

– Si vous permettez, détective, dit Kathryn Dance au moment de franchir la porte, vous allez faire les présentations et je me chargerai de la suite. D'accord ?

Certains policiers, sur leur territoire, l'auraient vue d'un mauvais œil prendre la direction des opérations. Elle avait senti, cependant, que Sellitto ne réagirait pas ainsi (il avait de la confiance en lui à revendre), mais il fallait qu'elle pose la question.

– La balle est dans votre camp, vous savez. C'est nous qui vous avons appelée.

– Je vais dire des choses qui paraîtront plus ou moins bizarres. Ça fait partie du jeu. Mais si j'ai le sentiment que c'est lui le tueur, je joindrai les mains et croiserai les doigts. (Un geste qui, en la rendant plus vulnérable – moins à même de saisir une arme –, mettrait le tueur inconsciemment à l'aise.) Et si je le crois innocent, je prendrai le sac que je porte en bandoulière pour le poser sur le comptoir.

– Compris.

– Prêt ?

– Après vous.

Elle pressa le bouton et ils entrèrent, salués par un avertisseur. Le magasin était petit, encombré par toutes sortes de pendules : de grandes pendules à l'ancienne, d'autres plus petites à poser sur une table, des sculptures aux formes compliquées contenant des mécanismes d'horlogerie, des pendules de style moderne, et des centaines d'autres, ainsi que cinquante ou soixante montres flambant neuves.

Ils s'avancèrent jusqu'au fond du magasin, où un homme au crâne chauve, d'une soixantaine d'années, les regardait avec une certaine méfiance derrière le comptoir. Il était assis devant les pièces éparses du mécanisme sur lequel il était en train de travailler.

– Bonjour, dit Sellitto.

– Bonjour, répondit l'homme en hochant la tête.

– Détective Sellitto, de la police de New York. Et voici l'agent Dance, dit Sellitto. Vous êtes Victor Hallerstein ?

– Exact.

L'homme ôta ses lunettes équipées de loupes, les posa à côté de lui, regarda l'insigne que lui présentait Sellitto et sourit, des lèvres mais pas des yeux. Il leur serra la main.

– Vous êtes le propriétaire ? demanda Kathryn.

– Oui. Chef de cuisine et plongeur. Voilà dix ans que j'ai ce magasin. Au même endroit. Onze ans bientôt.

Information superflue. Souvent un signe de dissimulation. Mais il l'avait peut-être fournie, tout simplement, parce que l'apparition soudaine de deux policiers l'avait mis mal à l'aise. C'est une règle de base de la kinésique à ne jamais oublier : un geste ou une attitude simples ne signifient rien. On ne peut pas apprécier une réaction, mais une suite ou un ensemble de réactions – dans le langage du corps, par exemple, le fait de croiser les bras doit être dissocié du regard, du mouvement de la main, du ton de la voix, de ce qui est dit et du choix des mots.

Et, pour être significative, l'attitude doit être en cohérence avec la répétition des mêmes stimuli.

L'analyse kinésique, comme le répétait Kathryn Dance lors de ses conférences, ne porte pas sur ce qui est fortuit ; elle porte sur un jeu d'attitudes à mettre en cohérence.

– Que puis-je faire pour vous ? Il y a eu des cambriolages dans le quartier ?

Sellitto se tourna vers Kathryn, qui ne réagit pas mais se mit à rire en regardant autour d'elle.

– Je n'avais jamais vu autant de pendules à la fois !

– Ça fait un bout de temps que j'en vends.

– Et toutes celles-ci sont à vendre ?

– Faites une offre que je ne pourrai pas refuser ! (Rire.) Sérieusement, il y en a quelques-unes que je ne vendrais pas. Mais quelques-unes seulement. C'est un magasin ici, n'est-ce pas ?

– Celle-ci est magnifique.

Il jeta un coup d'œil à celle que lui indiquait Kathryn. Une pendule d'inspiration Art nouveau en métal doré, avec un cadran très simple.

– Seth Thomas. Fabriquée autour de 1905. Élégante et solide.

– Et chère ?

– 300 dollars. Ce n'est que du plaqué or, produit en quantité... Vous en voulez une plus chère ?

Il montra du doigt une pendule en céramique au décor de fleurs peint en rose, bleu et violet. Bien trop voyante au goût de Kathryn Dance.

– Pour celle-là, il vous en coûtera cinq fois plus.

– Ah.

– Je vois ce que vous pensez. Mais dans le milieu des collectionneurs, ce qui est moche pour l'un peut être du grand art pour un autre.

Il sourit. La méfiance et l'inquiétude ne s'étaient pas dissipées, mais Hallerstein était un peu moins sur la défensive.

– Que faites-vous à midi ? Vous mettez des boules Quies ?

Il sourit.

– On peut couper la sonnerie de la plupart de ces pendules. Ce sont les coucous qui me rendent fou. Si on peut dire.

Elle lui posa encore quelques questions sur son travail, pour se constituer tout un répertoire de gestes, de regards, d'intonations et de mots – les caractéristiques de base de son comportement.

– Monsieur, poursuivit-elle toujours sur le ton de la conversation, voici ce que nous aimerions savoir : quelqu'un a-t-il acheté récemment deux pendules comme celle-ci ?

Elle lui tendit la photo de la pendule laissée par l'Horloger sur l'une des scènes de crime. Elle ne le quitta pas des yeux tandis qu'il étudiait le cliché, sans manifester la moindre émotion. Mais elle trouva qu'il prenait trop de temps, ce qui pouvait signifier qu'il débattait intérieurement.

– Je ne peux pas dire que je m'en souviens. Je vends beaucoup de pendules, croyez-moi.

Mémoire défaillante... révélatrice d'un état de stress et de déni chez un individu qui dissimule, comme Ari un peu plus tôt. Hallerstein fixait de nouveau le cliché avec beaucoup d'attention, comme s'il avait cherché à se rappeler pour rendre service, mais il y avait ce mouvement imperceptible de l'épaule qui se tournait vers elle, tandis qu'il baissait un peu plus la tête, sa voix montant vers l'aigu.

– Non, je ne crois pas, vraiment. Désolé de ne pouvoir vous aider.

Elle sentit qu'il mentait ; cette expression neutre sur son visage n'était pas habituelle chez lui d'après ce qu'elle avait noté dans la première partie de leur conversation ; il connaissait très probablement cette pendule. Mais mentait-il simplement par souci de ne pas être mêlé à l'affaire, parce qu'il avait vendu des pendules à quelqu'un qu'il soupçonnait d'être un criminel, ou parce qu'il était bel et bien mêlé à ces meurtres ?

Les mains croisées devant elle ou le sac sur le comptoir ?

Elle avait, un peu plus tôt, classé Ari Cobb dans la catégorie des extravertis ; Hallerstein était tout le contraire. Un introverti, quelqu'un qui prenait des décisions fondées sur l'intuition et sur l'émotion. Elle était arrivée à cette conclusion en raison de la passion qu'il vouait manifestement à ses pendules et du fait qu'il ne pouvait se targuer que d'une demi-réussite en affaires (il vendait des choses qu'il aimait plutôt que de se lancer dans de grandes opérations commerciales susceptibles de lui rapporter beaucoup d'argent).

Pour amener un introverti à dire la vérité, il lui fallait établir un lien avec lui, parvenir à le mettre à l'aise. L'attaquer comme elle avait attaqué Cobb ne pourrait que le bloquer instantanément.

Elle soupira, baissant les épaules.

– Vous étiez notre dernier espoir, dit-elle en regardant du coin de l'œil Sellitto, qui, grâce à Dieu, jouait à la perfection les flics désappointés en hochant la tête d'un air accablé.

– Quel espoir ? demanda Hallerstein.

– L'homme qui a acheté ces pendules a commis des crimes abominables. Et ce sont les seuls indices en notre possession.

La sympathie mêlée d'inquiétude qui se lisait sur le visage d'Hallerstein paraissait sincère, mais Kathryn avait souvent rencontré d'excellents comédiens. Elle remit le cliché dans son sac.

– On a trouvé ces pendules à côté des victimes.

Le regard qui se fige. Nous avons affaire, décidément, à un commerçant bien stressé.

– Des victimes de meurtres ?

– Oui. Deux personnes ont été tuées hier soir. Il se peut qu'on ait posé les pendules à côté des corps comme une sorte de message. Mais on n'en est pas certains. (Fronçant les sourcils :) C'est assez déconcertant. Si je devais assassiner quelqu'un et laisser un message, je ne le cacherais pas à vingt mètres de la victime. Je le mettrais plus près, et bien en vue. Alors, on ne sait pas…

Kathryn Dance observa attentivement la réaction d'Hallerstein. Ce fut celle de toute personne non informée des circonstances, qui secoue la tête au récit d'une tragédie. S'il avait été l'assassin, il aurait sans doute manifesté une réaction de reconnaissance – probablement du côté des yeux et du nez – indiquant que ce qu'elle disait ne correspondait pas à ce qu'il savait des faits. Il aurait pensé : La pendule est restée près du corps, pourquoi quelqu'un l'aurait-il déplacée ? Et cette idée se serait accompagnée de gestes et d'expressions corporelles significatifs.

Un bon dissimulateur peut minimiser sa réaction de reconnaissance jusqu'à la rendre indiscernable, mais le radar de Kathryn Dance fonctionnait à plein et elle pensait désormais que le commerçant avait passé l'examen avec succès. Elle avait la certitude qu'il n'avait pas été présent sur la scène de crime et ne connaissait pas l'Horloger.

Elle posa son sac sur le comptoir.

Lon Sellitto retira la main de sa hanche, où elle était posée.

Mais Kathryn n'en avait pas fini. Ils avaient établi qu'Hallerstein n'était pas le tueur et ne connaissait pas celui-ci, mais qu'il détenait des informations.

– Monsieur Hallerstein, les personnes qui ont été tuées ont connu une mort atroce.

– Attendez… On en a parlé aux informations, n'est-ce pas ? Un homme écrasé ? Et quelqu'un jeté dans l'Hudson.

– C'est ça.

– Et… c'est là qu'était la pendule ?

Il avait presque dit « ma » pendule.

Le poisson tourne autour de l'hameçon, pensa-t-elle. Allons-y doucement. Elle fit oui de la tête.

– Nous pensons qu'il va encore s'en prendre à quelqu'un. Et, comme je vous le disais, vous êtes notre dernier espoir. Si nous devons enquêter auprès des autres commerçants susceptibles de lui avoir vendu ces pendules, ça risque de durer des semaines.

Hallerstein se rembrunit.

On reconnaît facilement le désarroi sur les traits d'un individu, mais il peut être provoqué par diverses émotions – la sympathie, la douleur, la déception, la peine, la honte – et on doit faire appel à la kinésique pour en déterminer la cause si le sujet se refuse à la révéler. Kathryn Dance observait maintenant les yeux de l'homme, ses doigts caressant la pendule posée devant lui, sa langue touchant le coin de sa bouche. Et soudain, elle comprit : Hallerstein avait peur.

Il craignait pour sa propre sécurité.

D'accord.

– Monsieur Hallerstein, au cas où vous vous rappelleriez quoi que ce soit d'utile pour notre enquête, nous pourrions assurer votre sécurité.

Elle lança un bref regard à Sellitto, qui opina de la tête.

– Bien sûr. On postera un agent devant le magasin s'il le faut.

L'homme ne disait rien et jouait sur le comptoir avec un minuscule tournevis.

Kathryn reprit la photo dans son sac.

– Vous voulez bien y jeter à nouveau un coup d'œil ? Peut-être que…

Mais il n'avait pas besoin de regarder. Il se tassa légèrement en rentrant la poitrine, la tête en avant. Il venait de passer à l'état d'acceptation.

– Excusez-moi. J'ai menti.

Une phrase qu'on entend rarement. Elle lui avait donné une chance de prétendre qu'il avait regardé la photo trop vite et avait mal vu. Mais il s'en moquait. C'était le moment d'avouer, tout simplement.

– J'ai tout de suite reconnu cette pendule. Mais je me suis dit : Si je parle, il va revenir et il me fera du mal. Il s'en prendra à mes montres, à mes pendules, à toute ma collection ! Mais je ne savais pas qu'il s'agissait de meurtres. Je vous le jure ! Je croyais qu'on avait affaire à un cinglé.

Il avait les joues qui tremblaient et posa la main sur le coffre de la pendule, devant lui. Kathryn vit dans ce geste le signe qu'il cherchait du réconfort.

Et elle devina autre chose. Les spécialistes de la kinésique ont à déterminer si les réactions du sujet qu'ils interrogent correspondent aux questions qu'on leur pose ou à ce qu'on leur apprend. Hallerstein était certes perturbé par la révélation des meurtres, et il avait peur pour lui-même et pour ses trésors, mais ses réactions étaient hors de proportion avec ce dont ils parlaient.

Elle en était là de ses réflexions et s'apprêtait à pousser plus loin l'exploration quand le marchand de pendules expliqua précisément pourquoi il était si bouleversé.

– Il laisse ces pendules à l'endroit où il tue ses victimes ? demanda-t-il.

Sellitto répondit d'un hochement de tête affirmatif.

– Eh bien, je dois vous dire… (Sa voix s'étrangla et il acheva dans un murmure.) Il n'en a pas acheté que deux. Il en a acheté dix.

CHAPITRE 11

– *Combien ?* s'écria Rhyme en secouant la tête. Tu dis qu'il a l'intention de faire *dix* victimes ?

– Apparemment oui, répondit Sellitto.

Assis de chaque côté du criminologue dans le laboratoire, Kathryn Dance et Lon Sellitto lui montrèrent le portrait-robot de l'Horloger, réalisé grâce au système d'identification faciale électronique d'après la description que leur avait faite le marchand de pendules. On y voyait un homme blanc proche de la cinquantaine, avec un visage rond, un double menton, un grand nez et des yeux bleus étonnamment clairs. Le commerçant avait ajouté que le tueur devait mesurer environ un mètre quatre-vingt-dix. Il était brun et mince, avec des cheveux mi-longs. Il n'avait pas de bijoux. Hallerstein avait parlé d'une tenue sombre, mais ne se souvenait pas exactement de ce qu'il portait.

Kathryn répéta ensuite le récit qu'il leur avait fait. Un homme avait téléphoné au magasin un mois auparavant, en demandant un certain modèle de pendule – il ne tenait pas à une marque en particulier, mais voulait une pendule compacte, indiquant les phases de la lune et bien audible quand elle était remontée.

– C'était ça le plus important, avait dit Hallerstein. Il fallait qu'on l'entende marcher.

Sans doute pour que les victimes l'entendent au moment de mourir.

Le marchand avait donc commandé dix pendules. L'homme était revenu pour les emporter et avait payé comptant. Il n'avait pas donné son nom ni l'adresse de son domicile et n'avait pas dit pourquoi il voulait ces pendules, mais il avait de solides connaissances en matière d'horlogerie. Ils avaient parlé de modèles de collection, de certaines montres de grand prix présentées dans des ventes aux enchères et des expositions qui se tenaient à New York.

L'Horloger avait refusé l'aide que lui proposait Hallerstein pour charger les pendules dans sa voiture. Il avait fait plusieurs aller-retour pour les porter lui-même.

Quant aux pièces à conviction en provenance du magasin, il n'y avait pas grand-chose. Comme Hallerstein encaissait rarement en liquide, la plus grande partie des 900 dollars et de la monnaie remis par l'Horloger étaient encore là. Mais le marchand avait dit à Sellitto qu'il ne risquait pas d'y découvrir des empreintes car son acheteur portait des gants.

Cooper passa l'argent au scanner et n'y trouva effectivement que les empreintes d'Hallerstein, que Sellitto avait relevées. Les numéros de série des billets n'étaient répertoriés nulle part. Ils ne détectèrent sur les pièces de monnaie que de la poussière sans caractéristiques spécifiques.

Ils cherchèrent à savoir quand, précisément, l'Horloger avait pris contact avec le marchand, à partir des relevés d'appels téléphoniques. Ils trouvèrent les appels probables et constatèrent qu'ils provenaient tous de cabines publiques situées dans le centre de Manhattan.

Il n'y avait rien d'autre à tirer du magasin de M. Hallerstein.

La police des mœurs téléphona, pour dire qu'on n'avait pas trouvé la prostituée du nom de Tiffanee, avec *e* ou *y*, du côté de Wall Street. Le détective assura qu'ils allaient poursuivre leurs recherches, mais que, comme il y avait eu un meurtre, la plupart des filles avaient fui le quartier.

C'est alors que le regard de Rhyme se fixa sur une ligne du tableau.

Sol contenant des protéines de poisson...

Traînée de son véhicule à l'impasse...

Puis il revint aux clichés de la scène de crime.

– Thom !

– Qu'y a-t-il ? demanda l'aide, depuis la cuisine.

– J'ai besoin de vous.

Il fut aussitôt là.

– Qu'est-ce qui ne va pas ?

– Allongez-vous par terre.

– Quoi ?

– Allongez-vous, dis-je ! Et vous, Mel, vous allez le traîner jusqu'à la table.

– J'ai cru qu'il y avait un problème, dit Thom.

– Il y en a un. Allons, par terre ! Vite !

Le jeune homme le regarda, incrédule.

– Vous plaisantez.

– Non ! Dépêchez-vous !

– Pas ici. Pas sur ce sol.

– Je vous ai dit cent fois de mettre des jeans pour travailler. C'est vous qui tenez absolument à porter des pantalons hors de prix. Prenez ce manteau – là, au portemanteau ! Et faites vite. Sur le dos !

Un soupir.

– Ça va vous coûter un maximum, dit Thom en s'allongeant par terre.

– Attendez. Sortez le chien d'ici ! ordonna Rhyme.

Jackson le havanais avait sauté hors de son carton, pensant qu'on allait jouer. Cooper le ramassa et le passa à Kathryn.

– Bon, on y va ? Non, fermez votre manteau. On est censé être en hiver.

– C'est l'hiver dehors aussi, dit Cooper. Il n'y a pas qu'ici qu'on se gèle.

Thom remonta jusqu'au cou la fermeture éclair de son manteau et reprit sa position, étendu sur le dos.

– Mel, mettez de la poudre d'aluminium sur vos doigts et tirez-le à travers la pièce.

Le technicien ne demanda même pas à quoi était destiné cet exercice. Il plongea les doigts dans la poudre gris foncé et se pencha sur Thom.

– Comment dois-je le traîner ?

– C'est ce que j'essaie de comprendre, répondit Rhyme. Quelle est la façon la plus efficace ?

Il demanda à Cooper d'agripper le bas du manteau de Thom et de le tirer par-dessus le visage de ce dernier pour le traîner ainsi, la tête la première.

Cooper retira ses lunettes et agrippa le manteau.

– Excuse-moi, dit-il au cobaye improvisé.

– Je sais que tu ne fais qu'obéir aux ordres.

Cooper fit ce que Rhyme lui avait demandé. Le technicien soufflait sous l'effort, mais Thom glissa sans heurt sur le sol. Sellitto observait la scène, impassible, et Kathryn Dance luttait pour garder son sérieux.

– C'est assez. Ôtez le manteau et présentez-le-moi ouvert.

Thom se redressa sur son séant pour ôter le manteau.

– Je peux me relever ?

– Oui, oui, oui, dit Rhyme en scrutant le vêtement tandis que Thom se remettait sur ses pieds et s'époussetait.

– Mais qu'est-ce qu'on fait ? demanda Sellitto.

– Bon Dieu ! s'exclama Rhyme avec une grimace. Le bleu avait raison et il ne le savait même pas !

– Pulaski ?

– Eh oui ! Il pensait que les résidus de poisson provenaient de l'Horloger. Je pensais qu'ils provenaient de la victime. Mais regardez le manteau…

Les doigts de Cooper avaient laissé des traînées de poudre d'aluminium *à l'intérieur* du vêtement, exactement aux endroits où on avait trouvé de la terre sur la veste de Theodore Adams.

C'était l'Horloger qui avait laissé cette terre porteuse de protéines de poisson sur sa victime en la traînant dans l'impasse.

– Stupide, stupide, répétait Rhyme, que les déductions hâtives rendaient furieux, surtout quand il en était l'auteur. Mais passons ! Je veux maintenant tout savoir sur ces protéines de poisson.

Cooper se remit à l'ordinateur.

Rhyme surprit Kathryn Dance qui jetait un coup d'œil à sa montre.

– Vous avez raté votre avion ?

– Il me reste une heure pour l'attraper. Mais je crains que ce ne soit pas suffisant, avec les mesures de sécurité et le monde qu'il y a en ville.

– Désolé, grommela le criminologue.

– Si j'ai été utile, ça en valait la peine.

Sellitto prit le téléphone accroché à sa ceinture.

– J'ai une voiture qui patrouille dans le coin. Je vous fais déposer à l'aéroport dans une demi-heure. Avec la sirène et le gyrophare.

– Ce serait formidable, dit Kathryn en enfilant son manteau et en se dirigeant vers la porte.

– Attendez ! J'ai une proposition pour vous.

Kathryn et Sellitto se retournèrent vers Rhyme.

– Que diriez-vous d'une nuit supplémentaire, tous frais payés, dans notre belle ville de New York ?

Elle le regarda en haussant les sourcils.

– Je me demandais si vous ne pourriez pas rester un jour de plus, poursuivit Rhyme.

– Lon, je n'en crois pas mes oreilles ! s'exclama Sellitto en riant. Tu dis toujours que les témoins ne servent à rien. Tu aurais donc changé d'avis ?

– Non, Lon, rétorqua Rhyme. Ce que je n'aime pas, c'est la façon dont la plupart des gens s'y prennent avec les témoins – l'intuition, le contact humain et tous ces trucs bidon. Mais Kathryn, elle, s'y prend bien. Elle applique une méthode fondée sur des réactions observables et répétées à des stimuli donnés, et en tire des conclusions vérifiables. Ça ne vaut évidemment pas les empreintes ou le réactif A-10 dans l'analyse des drogues, mais ce qu'elle fait est… (Il chercha un mot.) Utile.

Thom se mit à rire.

– C'est le plus beau compliment dont vous soyez capable. Utile !

– *Inutile* de vous mêler de ça, Thom, répliqua sèchement Rhyme.

Puis il se tourna vers Kathryn.

– Alors ? Qu'en dites-vous ?

La jeune femme parcourut le tableau des indices des yeux et Rhyme vit qu'elle ne s'arrêtait pas sur la liste des diverses traces et empreintes, mais sur les clichés du cadavre de Theodore Adams gisant sur les pavés, son regard vide tourné vers le ciel.

– Je reste, dit-elle.

Vincent Reynolds gravit lentement l'escalier du Metropolitan Museum. Quand il parvint au sommet, il était hors d'haleine. Il avait beaucoup de force dans les bras et dans les mains – c'était utile pour ses câlins avec les dames –, mais il était nul pour tout ce qui demandait du souffle.

Joanne, sa fleuriste, ne quittait pas ses pensées. Il l'avait suivie et avait failli la violer. Mais une autre de ses incarnations, Vincent le Malin, avait repris le dessus au dernier moment. La tentation était forte, mais il ne pouvait pas décevoir son ami. (Et Vincent trouvait aussi que ce n'était pas une bonne idée de contrarier un homme qui se proposait de régler les conflits « d'un coup de cutter dans les yeux ».) Il s'était donc contenté d'aller la regarder une fois de plus, puis s'était offert un copieux dîner avant de prendre son métro.

Il paya et pénétra dans le musée, en remarquant au passage une famille – la femme ressemblait à sa sœur. Il lui avait écrit, justement, la semaine précédente, en lui proposant de venir à New York pour Noël, mais la lettre était restée sans réponse. Il aurait aimé lui faire visiter la ville. Mais il valait mieux qu'elle ne vienne pas tout de suite, pas tant que Duncan et lui étaient occupés. Il espérait la voir bientôt, tout de même. Vincent était persuadé que sa propre vie serait différente s'il l'avait plus souvent auprès de lui. Ce serait un facteur de stabilité et il serait moins affamé, lui semblait-il. Il n'aurait pas aussi souvent besoin de câlins.

Vraiment, ça ne me ferait rien de changer un peu, docteur Jenkins.

Vous n'êtes pas d'accord ?

Elle allait peut-être venir pour le Nouvel An. Ils iraient à Times Square assister à un match.

Vincent s'avança dans le musée. Il savait très bien où trouver Gerald Duncan. Celui-ci serait dans la partie où se tenaient les grandes expositions temporaires – les trésors du Nil, par exemple, ou les bijoux de l'Empire britannique. En ce moment, c'était « L'horlogerie de l'ancien temps ».

L'horlogerie, lui avait expliqué Duncan, c'était l'étude du temps et des horloges.

Le tueur était déjà venu plusieurs fois ici. Cette exposition l'attirait comme les sex-shops attiraient Vincent. Duncan, toujours si distant et si peu démonstratif, s'animait devant les pièces rares exposées dans les vitrines. Vincent était content de voir son ami prendre du plaisir à quelque chose.

Duncan était plongé dans la contemplation de quelques objets en terre cuite appelés « horloges à encens ». Vincent s'approcha.

– Alors ? demanda Duncan sans se retourner.

Il avait vu son reflet dans la vitre. Il était comme ça, Gerald : toujours aux aguets, voyant toujours ce qu'il fallait qu'il voie.

– Elle était seule à l'atelier pendant tout le temps où je suis resté là-bas. Il n'est venu personne. Puis elle est allée à son magasin de Broadway, où elle a retrouvé son livreur. Ils sont partis. J'ai appelé et je l'ai demandée…

– D'où ?

– D'une cabine. Bien sûr.

Méticuleux.

– L'employé m'a répondu qu'elle était sortie pour boire un café et qu'elle ne tarderait pas à revenir, mais qu'elle ne resterait pas. Ce qui voulait dire, je pense, qu'elle allait retourner à l'atelier.

– Bien, dit Duncan.

– Et toi, qu'est-ce que tu as trouvé ?

– Le quai était bouclé, mais il n'y avait personne. J'ai tout de même vu des vedettes de la police qui patrouillaient sur l'Hudson, donc ils n'ont pas encore retrouvé le corps. À Cedar Street, je n'ai pas pu m'approcher. Ils prennent vraiment l'affaire au sérieux. Il y avait un tas de flics. Et j'ai vu les deux – dont une très jolie fille – qui semblent diriger les opérations.

– Ah, une fille ?

Vincent l'Affamé s'était réveillé. L'idée d'un câlin avec une femme policier ne lui était jamais venue. Mais elle lui plaisait bien, soudain.

Beaucoup, même.

– Jeune, la trentaine. Rouquine. Tu aimes ça, les rouquines ?

Il n'oublierait jamais la chevelure flamboyante de Sally Anne, qui faisait comme des vagues sur la vieille couverture malodorante tandis qu'il était sur elle.

La faim se faisait mordante. Il salivait maintenant. Plongeant la main dans sa poche, il en sortit une barre chocolatée qu'il engloutit en un clin d'œil. Il se demandait où Duncan voulait en venir avec ces histoires de cheveux roux et de jolie policière. Mais le tueur n'en dit pas plus. Il passa à une autre vitrine, qui présentait des pendules anciennes à balancier.

– Sais-tu à quoi nous devons de connaître l'heure avec précision ?

Le professeur est en chaire, songea Vincent le Malin, qui avait pris la place de Vincent l'Affamé depuis que celui-ci avait eu son content de chocolat.

– Aux trains.

– Comment ça se fait ?

– Quand les gens passaient leur vie entière dans une même ville, ils pouvaient commencer leur journée à l'heure qui leur plaisait. Six heures à Londres ou six heures et quart à Oxford, en gros, c'était la même chose. Qui s'en souciait ? Et s'il *fallait* aller à Oxford, on prenait son cheval et peu importait l'heure qu'il était. Mais avec le chemin de fer, si un train ne quitte pas la gare à l'heure et que le suivant arrive à toute pompe, ça peut être gênant.

– Je vois.

Duncan s'éloigna de la vitrine. Vincent espérait qu'ils allaient maintenant s'en aller pour s'occuper de Joanne. Mais Duncan traversa la salle pour se diriger vers une vitrine plus grande que les autres. Une corde gainée de velours maintenait les visiteurs à distance. Un gardien à la stature imposante se tenait à côté.

Duncan tomba en arrêt devant l'objet exposé : un coffre d'or et d'argent d'une soixantaine de centimètres de largeur et quinze à vingt centimètres de profondeur. Il y avait sur la partie avant une douzaine de cadrans sur lesquels étaient peintes des sphères et diverses images qui semblaient représenter des planètes, des étoiles et des comètes, avec des lettres bizarres et des symboles évoquant l'astrologie. Le coffre proprement dit était recouvert d'images gravées dans le métal et de pierres précieuses.

– Qu'est-ce que c'est ? demanda Vincent.

– Le Mécanisme de Delphes, expliqua Duncan. Il vient de Delphes et il date de mille cinq cents ans. On le montre tour à tour dans tous les pays du monde.

– Ça fait quoi ?

– Beaucoup de choses. Tu vois ces cadrans ? Ils représentent le mouvement du soleil, de la lune et des autres planètes se déplaçant *autour* du soleil, ce qui était révolutionnaire et hérétique pour l'époque – dix siècles avant le modèle du système solaire établi par Copernic. Incroyable !

Copernic… Vincent se rappelait avoir entendu ce nom au lycée, en cours de sciences naturelles. Mais il se souvenait surtout d'un certain après-midi d'automne et d'une petite brune grassouillette à plat ventre dans un champ derrière le lycée, la tête dans un sac de jute et disant d'une petite voix polie : « Non, non, s'il te plaît, ne fais pas ça. »

– Et regarde ce cadran, dit Duncan, interrompant l'évocation de cet agréable souvenir.

– Celui qui est en argent ?

– C'est du platine. Du platine pur.

– Ça vaut encore plus cher que l'or, hein ?

Duncan ne répondit pas. Il resta silencieux un bon moment avant de reprendre.

– Ce qu'on voit sur ce cadran, c'est le calendrier lunaire. Mais pas n'importe lequel. Le calendrier grégorien – celui que nous utilisons – a trois cent soixante-cinq jours et des mois de durées différentes. Le calendrier lunaire est plus cohérent – les mois sont de même durée. Mais ils ne correspondent pas au mouvement de la terre par rapport au soleil. Ce qui signifie que le mois lunaire qui commence, mettons, le 5 avril de cette année tombera un autre jour une autre année. Mais le Mécanisme de Delphes montre un calendrier *lunisolaire*, qui combine les deux. Je déteste le calendrier grégorien et le calendrier lunaire. Ils manquent de rigueur.

Il les déteste ? songea Vincent.

– Mais le lunisolaire ! Il est élégant, harmonieux. Magnifique.

– Beaucoup de gens pensent que le Mécanisme de Delphes n'est pas authentique, dit Duncan en hochant la tête sans quitter l'objet des yeux. Parce que les chercheurs n'arrivent pas à refaire ses calculs sans ordinateurs. Ils n'arrivent pas à croire que quelqu'un ait pu fabriquer il y a si longtemps une calculatrice aussi perfectionnée. Moi, je suis persuadé du contraire.

– Il vaut cher ?

– Sa valeur est inestimable. (Un silence.) Il court d'innombrables rumeurs à son sujet. On a dit qu'il renfermait les secrets de la vie et de l'univers.

– Tu crois ça, toi ?

– D'une certaine façon, oui. Est-ce qu'il y a du surnaturel là-dedans ? Bien sûr que non. Mais le Mécanisme de Delphes fait quelque chose d'important : il unifie le temps. Il nous aide à comprendre que c'est un fleuve sans fin. Il traite une seconde exactement comme il traite un millénaire. Et il était capable de mesurer tous ces intervalles avec une précision proche de 100 %. (Montrant du doigt le coffre :) Les Anciens considéraient le temps comme une puissance particulière, un dieu en lui-même, avec des pouvoirs spécifiques. On pourrait dire que le Mécanisme est l'emblème de cette conception. Je crois que nous aurions tous intérêt à envisager le temps de cette façon : chaque seconde peut avoir la puissance d'une balle, d'une bombe ou d'un couteau. Elle peut agir sur les mille années à venir. Les changer du tout au tout.

Le grand ordre des choses...

– C'est pas rien, ça.

On pouvait comprendre, au ton de Vincent, qu'il ne partageait pas l'enthousiasme de Duncan.

Mais c'était apparemment sans importance. Le tueur consulta sa montre de poche. Chose rare, il se mit à rire.

– Tu m'as assez entendu délirer ! Allons voir ta fleuriste.

Ainsi allait la vie de l'agent Ron Pulaski : sa femme et ses enfants, ses parents et son frère jumeau, sa maison dans un lotissement du Queens et les plaisirs simples de la cuisine en plein air avec les copains et leurs épouses (il faisait lui-même la sauce barbecue et celle de la salade), un peu d'argent pour payer une baby-sitter et s'offrir de temps en temps une séance de cinéma avec Jenny, du bricolage dans un jardin si petit que son frère le comparait à une carpette.

Des choses simples. Pulaski était plutôt inquiet à l'idée de rencontrer Jordan Kessler, l'associé de Creeley. Le coup de pile ou face dans la Camaro lui ayant attribué l'homme d'affaires plutôt que la barmaid, il avait téléphoné pour prendre rendez-vous avec Kessler, qui venait de rentrer d'un voyage d'affaires. (Son jet, car c'était bien *son* jet et non *un* jet, venait tout juste d'atterrir et son chauffeur le ramenait en ville.)

Pulaski regrettait maintenant de ne pas être tombé sur la barmaid. L'argent, à ce niveau, le mettait mal à l'aise.

Kessler avait rendez-vous dans le centre avec un client et voulait le voir plus tard. Mais Amelia lui avait dit d'insister, ce qu'il avait fait. Kessler avait donc accepté de le rencontrer au Starbucks, au rez-de-chaussée de l'immeuble de son client.

Le bleu s'avança dans le hall d'entrée de Penn Energy Transfer – impressionnant, le hall, tout en verre et chromes, peuplé de sculptures en marbre. Les murs affichaient d'immenses photographies des pipelines de la compagnie, peints de différentes couleurs. Assez artistique pour des équipements industriels. Pulaski trouva ça bien.

Dans la salle du Starbucks, un homme regarda entrer le bleu et lui fit un signe. Pulaski commanda un café – l'homme d'affaires en avait déjà un – et ils échangèrent une poignée de main. Kessler était un type costaud, aux cheveux rabattus à la va-vite sur un rond de cuir chevelu dégarni et luisant. Il portait une chemise bleu foncé, si délicatement empesée que l'étoffe faisait penser à du balsa. Le col était blanc et les boutons de manchettes en or tressé.

– Merci d'être venu jusqu'ici, dit-il. Je ne sais pas ce qu'aurait pensé mon client en me voyant avec un policier à l'étage de la direction.

– Que faites-vous pour eux ?

– Oh, je fais l'expert-comptable – celui qui n'a jamais une minute de repos.

Kessler but quelques gorgées de café, croisa les jambes et dit en baissant la voix :

– C'est affreux... la mort de Ben. Affreux, vraiment. Je ne pouvais pas y croire quand je l'ai appris. Comment sa femme et son fils le prennent-ils ? (Il secoua la tête avant de répondre à sa propre question :) Comment pourraient-ils le prendre ? Une chose pareille, ça vous démolit, bien sûr. Bon... Que puis-je faire pour vous ?

– Comme je vous l'ai dit, nous enquêtons sur son décès.

– Bien sûr. Je suis à votre disposition.

Kessler ne semblait pas inquiet d'avoir affaire à un policier. Et il n'y avait rien de condescendant dans la façon dont il s'adressait à un homme qui gagnait mille fois moins d'argent que lui.

– Savez-vous si M. Creeley avait un problème de drogue ?

– De drogue ? Non, pas que je sache, absolument pas. Je l'ai vu prendre des médicaments pour ses douleurs au dos, à un moment. Et je ne crois pas l'avoir jamais vu... comment dit-on ? Défoncé, c'est ça ? Jamais. Mais on ne se fréquentait pas vraiment, c'est vrai. On avait des caractères différents. On dirigeait l'entreprise ensemble et on se connaissait depuis six ans, mais c'était chacun sa vie. En dehors des repas avec les clients, on devait dîner ensemble une ou deux fois par an.

– Pas de produits prohibés ? demanda Pulaski pour revenir au sujet.

– Ben ? Non ! répondit Kessler en riant.

Pulaski se remémora ses questions. Amelia lui avait conseillé de les apprendre par cœur. Si on regarde sans cesse ses notes, avait-elle dit, ça ne fait pas professionnel.

– L'avez-vous déjà vu avec quelqu'un que vous pourriez décrire comme dangereux – quelqu'un à qui vous auriez trouvé un air de délinquant ?

– Jamais.

– Vous avez dit à la détective Sachs qu'il était déprimé.

– C'est exact.

– Savez-vous pourquoi il était déprimé ?

– Non. Je vous le répète, nous ne parlions pas de nos vies privées.

L'homme posa le bras sur la table et son bouton de manchette tinta bruyamment. C'était de l'or massif. Il devait coûter à peu de chose près l'équivalent d'un mois de salaire de Pulaski.

Le bleu entendit la voix de sa femme lui disant : Détends-toi, mon chou. Tu te débrouilles très bien !

Et la voix de son frère : Il a peut-être des boutons de manchettes en or, mais toi, tu as un putain de gros revolver !

– À part cette dépression, avez-vous remarqué quelque chose d'inhabituel chez lui ces derniers temps ?

– Oui, à vrai dire. Il buvait plus que d'habitude. Et il s'était mis au jeu. Il est allé une ou deux fois à Las Vegas et à Atlantic City. Il n'avait jamais fait ça jusque-là.

– Pourriez-vous identifier ceci ?

Il tendit à l'homme d'affaires une photocopie des fragments de documents récupérés par Amelia Sachs dans la cheminée de Creeley à Westchester.

– C'est un tableau de comptabilité… Un bilan financier, ajouta le jeune policier.

– Je le vois bien, répondit Kessler.

Le ton, cette fois, était un rien condescendant, mais c'était involontaire.

– Ces papiers se trouvaient en possession de M. Creeley. Vous les reconnaissez ?

– Non. Ce n'est pas facile à lire. Que leur est-il arrivé ?

– On les a retrouvés dans cet état.

Ne lui dis surtout pas qu'on les a brûlés, avait dit Amelia. Tu veux dire, danse-la collé-collé pour ne pas lui laisser d'air, avait failli répondre Pulaski, mais il avait pensé aussitôt qu'on ne parlait pas ainsi à une femme. Il avait rougi. Ce qui ne serait jamais arrivé à son frère. Les jumeaux avaient tous leurs gènes en commun, à l'exception de celui qui fait les timides.

– Ce sont de grosses sommes.

– Oh, pas tant que ça, dit Kessler en regardant les papiers. Quelques millions.

Seulement.

– Pour revenir à cette dépression. Comment l'avez-vous remarquée ? S'il n'en parlait pas.

– Je le voyais tourner sans rien faire. Il était irritable. Distrait. Visiblement, quelque chose le tracassait.

– Vous a-t-il parlé du Saint James ?

– Du quoi ?

– C'est un bar de Manhattan. Le Saint James.

– Non. Il quittait le bureau de bonne heure certains jours. Pour prendre un verre avec des amis, je crois. Mais il ne m'a jamais dit qui ils étaient.

– A-t-il déjà fait l'objet d'une enquête ?

– Pourquoi ?

– Pour quelque chose d'illégal.

– Non. Je l'aurais su.

– M. Creeley avait-il des problèmes avec ses clients ?

– Non. On s'entendait très bien avec tous nos clients. Ils faisaient tous des bénéfices confortables sur leurs placements. Pourquoi n'auraient-ils pas été contents ?

– Pouvez-vous m'envoyer une liste de vos clients ?

Kessler hésita.

– Franchement, je préférerais que vous évitiez de les contacter.

Il avait légèrement baissé la tête et regardait le jeune policier dans les yeux.

Pulaski soutint son regard.

– Pourquoi ?

– Ce ne serait pas bien vu. Mauvais pour les affaires. Comme je vous le disais à l'instant.

– Eh bien, monsieur, réfléchissez. Il n'y a pas à avoir honte quand la police pose des questions après la mort de quelqu'un, n'est-ce pas ? C'est notre métier.

– Je suppose que oui.

– Et tous vos clients savent déjà que M. Creeley est mort, non ?

– En effet.

– Donc, si nous faisons une enquête, vos clients ne seront pas surpris.

– Certains ne le seront pas, d'autres oui.

– D'ailleurs vous ne pouvez pas rester sans rien faire, vous-même, dans cette situation, n'est-ce pas ? Vous allez certainement embaucher un chargé de communication pour prendre contact avec vos clients et les rassurer ?

Kessler hésita un instant avant de répondre :

– Je vais demander qu'on établisse une liste et je vous la ferai parvenir.

Gagné ! pensa Pulaski. Un but à zéro ! Et il se retint de sourire.

Amelia Sachs lui avait recommandé de garder la question numéro 1 pour la fin.

– Que va-t-il advenir de la moitié des parts de la société dont M. Creeley était détenteur ?

Il y avait sous les mots, en filigrane, l'idée que Kessler avait pu éliminer son associé pour s'emparer de sa part. Mais Kessler ne l'entendit pas ou ne s'en formalisa pas.

– Je vais tout racheter. Notre contrat d'association prévoit une compensation pour Suzanne – sa veuve – au prix du marché. Elle va toucher une belle somme d'argent.

Pulaski prit note.

– Vous travaillez pour de grosses compagnies, n'est-ce pas ? dit-il en montrant les grandes photographies visibles à travers la porte vitrée.

– Nos clients sont principalement des individus, présidents et administrateurs.

Kessler ajouta un sachet de sucre dans son café et y plongea sa petite cuillère.

– Vous avez déjà tâté, vous-même, aux affaires ?

– Moi ? sourit le jeune policier. Non. Enfin, j'ai travaillé plusieurs étés de suite pour un oncle commerçant. Mais il a fait la culbute. Enfin, pas lui, sa boîte.

– C'est très excitant de créer une entreprise et de la développer...

Kessler se tut quelques secondes, but une gorgée de café, agita à nouveau la cuillère dans sa tasse et se pencha en avant.

– Je vois bien que pour vous la mort de Creeley n'était peut-être pas un suicide.

– C'est comme au base-ball, monsieur. Nous devons couvrir tous les angles.

Pulaski avait lâché cette phrase sans réfléchir et n'était pas certain de comprendre ce qu'elle signifiait. Il pensa à sa liste de questions et n'en trouva plus. La source était tarie.

– Je crois que ce sera tout. Merci pour votre aide.

– S'il me revient quelque chose, je vous appellerai, dit Kessler en finissant son café. Vous avez une carte ?

Pulaski en avait une. Il la lui tendit.

– Cette femme policier à qui j'ai parlé... Comment s'appelle-t-elle déjà ? demanda l'homme d'affaires.

– C'est la détective Sachs.

– Exact. Si je ne peux pas vous joindre, je peux m'adresser à elle ? Elle s'occupe toujours de cette affaire ?

– Oui, monsieur.

Kessler nota sous la dictée de Pulaski le nom d'Amelia Sachs et son numéro de portable. Pulaski lui donna également le numéro du domicile de Rhyme.

– Et maintenant, retour au boulot ! dit Kessler en hochant la tête.

Pulaski le remercia à nouveau, acheva son café et sourit. Non sans un dernier regard aux grandes photographies de pipelines. Il en aurait bien accroché une, plus petite, dans son living-room. Mais il se dit qu'une compagnie comme Penn Energy n'avait sans doute pas de boutique, comme Disney World.

CHAPITRE 12

Une grosse femme entra dans la minuscule cafétéria. Manteau noir, cheveux courts, jean, le tout correspondant à la description qu'elle avait donnée d'elle-même. Amelia Sachs lui fit signe de la main depuis le fond de la salle où elle était assise.

Gerte, l'autre barmaid du Saint James. C'était l'heure où elle partait travailler et elle avait accepté de rencontrer Amelia sur son chemin avant de prendre son service.

Il y avait un écriteau « Interdit de fumer » au mur, mais elle garda une cigarette allumée entre ses doigts rougis par le froid. Personne ne lui fit de remarque – la courtoisie des professionnels de la restauration, pensa Amelia.

Les yeux noirs de la femme se fermèrent à demi tandis qu'elle lisait la carte de la détective.

– Sonja m'a dit que vous aviez des questions à me poser. Mais elle n'a pas dit lesquelles.

La voix était grave et enrouée. Amelia pensa que Sonja lui avait sans doute répété mot pour mot leur conversation, mais elle décida de jouer le jeu et lui donna toutes les informations possibles – celles qu'elle pouvait partager –, puis lui montra la photo de Benjamin Creeley.

– Il s'est suicidé.

Aucune surprise dans le regard de Gerte.

– Et nous enquêtons sur sa mort.

– J'ai dû le voir deux fois, peut-être trois, dit Gerte tout en parcourant la carte de la cafétéria inscrite sur un tableau noir. Je peux manger gratuit au Saint James, mais je vais louper le dîner puisque me voilà ici avec vous.

– Je peux vous offrir quelque chose ?

Gerte appela la serveuse et passa commande.

– Et pour vous ce sera ? demanda la serveuse à Amelia.

– Vous avez du thé vert ?

– Si le Lipton, c'est du thé vert, on en a.

– Très bien.

– Vous ne voulez pas manger ?

– Non, merci.

Gerte regarda la silhouette mince de la détective et laissa échapper un petit rire cynique.

– Donc ce type qui s'est tué, il avait une famille ?

– Oui.

– Dur. Il s'appelait comment ?

La question ne laissait guère espérer que Gerte soit une source d'informations. Et, de fait, Amelia comprit très vite qu'elle ne pouvait pas l'aider plus que Sonja. Elle se souvenait seulement d'avoir vu Creeley au bar une fois par mois au cours des trois derniers mois. Elle avait eu elle aussi l'impression qu'il côtoyait les policiers dans leur arrière-salle, mais elle ne pouvait pas l'affirmer.

– Il y a beaucoup de monde, vous savez. On est très occupées.

Le tout étant de savoir à quoi, songea Amelia.

– Vous connaissez personnellement certains de ces policiers ?

– Ceux du commissariat ? Oui, quelques-uns.

Pendant qu'on les servait, Gerte énuméra quelques prénoms, décrivant ceux qui les portaient. Elle ne connaissait aucun nom de famille.

– La plupart sont corrects, dit-elle. Et il y en a quelques-uns qui sont de vrais tarés. Mais c'est comme ça que va le monde, non ? Lui… (Montrant la photo de Creeley :) Je me rappelle qu'il ne rigolait pas beaucoup. Il était tout le temps à regarder de tous les côtés, derrière lui, par les fenêtres. Le type inquiet, quoi.

Elle versa de la crème et une pastille d'édulcorant dans son café.

– D'après Sonja, il y a eu une dispute la dernière fois qu'il est venu. Vous avez assisté à d'autres disputes, vous-même ?

– Non, dit Gerte en aspirant bruyamment son café. Pas pendant mon service.

– L'avez-vous déjà vu avec de la drogue ?

– Non.

Un coup pour rien, songea Amelia. Elle était dans une impasse.

La barmaid tira sur sa cigarette et projeta un jet de fumée vers le plafond. Elle scruta le visage d'Amelia.

– Alors. Pourquoi vous vous intéressez à ce type ? demanda-t-elle, ses lèvres rouge vif dessinant un sourire parfaitement inexpressif.

– Enquête de routine.

Gerte lui jeta un regard entendu.

– Ça en fait deux qui viennent au Saint James et qui clamsent tout de suite après. C'est de la routine, ça ?

– Deux ?

– Vous étiez pas au courant ?

– Non.

– Je m'en doutais. Sinon, vous en auriez parlé.

– Expliquez-moi ça.

Gerte se tut, le regard ailleurs. Amelia se demanda si elle n'avait pas peur. Mais elle suivait seulement des yeux le hamburger et les frites qu'on leur apportait.

– Merci, chérie, dit-elle de sa voix caverneuse. Sarkowski. Frank Sarkowski.

– Que s'est-il passé ?

– Abattu par un voyou qui en voulait à son portefeuille, d'après ce qu'on m'a dit.

– Quand ?

– Début novembre. À peu près.

– Qui voyait-il au Saint James ?

– Il allait dans l'arrière-salle, c'est tout ce que je sais.

– Ils se connaissaient, tous les deux ? demanda Amelia en montrant la photo de Creeley.

La femme haussa les épaules et regarda son hamburger. Elle souleva le chapeau, étala de la mayonnaise sur la viande et chercha vainement à décapsuler le flacon de ketchup. Amelia vint à son secours.

– Qu'est-ce qu'il faisait, ce Sarkowski ? demanda-t-elle.

– Des affaires. Il avait l'air d'un type qui bosse sur les chantiers. Mais on m'a dit qu'il habitait Manhattan et qu'il était plein de fric. Il était en jean, mais c'était un Gucci. Je n'ai jamais parlé avec lui, sauf pour prendre sa commande.

– Comment avez-vous su qu'il était mort ?

– Comme ça. En les entendant discuter entre eux.

– Les policiers du commissariat ?

Gerte répondit d'un hochement de tête.

– Y a-t-il eu d'autres morts – je veux dire : dont vous auriez entendu parler ?

– Non.

– D'autres crimes ? Chantages, agressions, histoires de pots-de-vin ?

Gerte fit non de la tête. Elle versa du ketchup sur son hamburger, et directement dans l'assiette pour y tremper les frites.

– Rien. Je ne sais rien de plus.

– Merci.

Amelia posa un billet de 10 dollars sur la table pour payer le repas. Gerte y jeta un coup d'œil.

– Les desserts sont pas mauvais ici. La tarte surtout. Si vous revenez un jour, essayez la tarte.

La détective ajouta un billet de 5.

Gertrude leva les yeux et lui fit un sourire rusé.

– Pourquoi je vous dis tout ça ? C'est ce que vous êtes en train de vous demander, pas vrai ?

Amelia sourit à son tour en hochant la tête. L'autre l'avait devinée.

– Vous ne pouvez pas comprendre. Ces types dans l'arrière-salle, ces flics... leur façon de nous regarder, Sonja et moi... les trucs qu'ils nous disent... les trucs qu'ils nous disent pas... les blagues qu'ils font sur nous quand ils croient qu'on les entend pas... (Un silence, un sourire amer.) D'accord, je sers à boire pour gagner ma croûte, et alors ? Je fais rien de plus. Et c'est pas une raison pour se moquer de moi ! On a tous droit à un minimum de dignité dans la vie, non ?

Joanne Harper, la fleuriste de Vincent, n'était pas encore de retour.

Les deux hommes attendaient dans la Band-Aid-Mobile, garée dans Spring Street, à l'est, face à l'atelier mal éclairé dans lequel Duncan devait tuer sa troisième victime et Vincent avoir enfin le câlin qu'il attendait depuis si longtemps.

La grosse voiture n'avait rien d'extraordinaire, mais ils pouvaient l'utiliser sans risque. L'Horloger l'avait prise dans un endroit où, disait-il, on ne remarquerait pas son absence avant longtemps. Les plaques d'immatriculation de New York volées sur une autre Explorer devaient permettre de passer sans encombre un éventuel contrôle de police – les agents se contentaient généralement de vérifier l'immatriculation et non le numéro de série du moteur, avait expliqué l'Horloger à Vincent.

C'était malin, avait reconnu Vincent, mais il avait tout de même demandé ce qui se passerait s'ils s'avisaient de vérifier ce numéro de série et découvraient que l'Explorer était un véhicule volé.

– Bah, je les tuerais, avait répondu Duncan.

Évidemment.

Duncan sortit sa montre de sa poche, regarda l'heure, l'y remit et tira sur la fermeture éclair. Il ouvrit le sac qu'il portait en bandoulière et dans lequel se trouvaient une pendule et les quelques outils dont il avait besoin, soigneusement rangés. Il remonta la pendule, la mit à l'heure et referma le sac. Vincent entendait maintenant le tic-tac à travers le nylon.

Ils chaussèrent les écouteurs de leurs téléphones mains libres et Vincent posa un scanner de la police sur le siège à côté de lui (une idée de Duncan, bien sûr). Il pressa un bouton et on entendit aussitôt le tohu-bohu des communications au sujet des accidents de circulation, les instructions aux hommes chargés de bloquer une rue en prévision d'une manifestation officielle qui devait avoir lieu le jeudi, un appel aux secours à la suite de ce qui semblait être une attaque cardiaque dans Broadway Avenue...

La vie de la grande cité.

Duncan inspecta soigneusement sa tenue, s'assura que toutes ses poches étaient fermées. Il passa sur tout son corps un rouleau adhésif destiné à enlever les poils de chien afin d'éliminer toute trace, et rappela à Vincent qu'il faudrait faire la même chose avant de pénétrer dans l'atelier pour son câlin avec Joanne.

Méticuleux...

– Prêt ?

Vincent fit oui de la tête. Duncan sortit de l'Explorer, regarda de chaque côté de la rue et se dirigea vers la porte de service. Il fit sauter le verrou en quelques secondes. Incroyable, songea Vincent en souriant devant l'habileté de son ami. Il prit deux barres chocolatées, qu'il avala en deux bouchées voraces.

Un instant plus tard son téléphone se mit à vibrer et il entendit la voix de Duncan.

– Je suis à l'intérieur. C'est comment dans la rue ?

– Il passe une voiture de temps en temps. Personne sur les trottoirs. On est tranquilles.

Vincent entendit plusieurs bruits métalliques.

– Je t'appelle dès qu'elle est prête, dit la voix dans un murmure.

Dix minutes passèrent. Puis Vincent aperçut une silhouette en manteau sombre qui se dirigeait vers l'atelier. La démarche semblait être celle d'une femme. Oui ! C'était Joanne, sa fleuriste !

La faim le prit.

Il se tassa sur son siège pour ne pas être vu et pressa la touche du téléphone.

Il entendit le déclic du mobile de Duncan. Pas d'« allô » ni de « oui ».

Vincent releva légèrement la tête et la vit qui s'approchait de la porte.

– C'est elle. Elle est seule. Elle va entrer.

Le tueur ne répondit pas. Il coupa la communication et Vincent entendit à nouveau le déclic.

Joanne Harper et Kevin avaient pris trois cafés au Kosmo's Dinner, une cantine sans intérêt comme il y en a beaucoup dans SoHo, mais qui était devenue ce jour-là un endroit extraordinaire. Elle se dirigeait maintenant vers la porte de service de l'atelier, à l'arrière du bâtiment, en se disant qu'elle y serait bien restée encore une demi-heure, voire plus. Kevin l'aurait bien voulu, lui aussi – il y avait une foule de plaisanteries à échanger, mille histoires à se raconter –, mais le travail n'attendait pas. La commande était pour le lendemain soir, elle venait d'un gros client et Joanne tenait à ce que ses décorations florales soient parfaites. Elle avait dit, à regret, qu'elle devait retourner à l'atelier.

Elle inspecta la rue d'un côté, puis de l'autre. Elle pensait toujours avec appréhension à l'homme à la parka et aux étranges lunettes. Mais il n'y avait pas âme qui vive. Elle entra, claqua la porte et referma à double tour.

En accrochant son manteau à une patère, elle prit une profonde inspiration comme elle le faisait toujours en entrant, pour le plaisir de sentir tous les parfums qui flottaient dans l'atelier : jasmin, rose, lilas, lis, gardénia, produit fertilisant, terreau, paille… C'était grisant.

Elle fit de la lumière et s'approcha des vases qu'elle avait commencé à garnir un peu plus tôt. Puis elle se figea en poussant un cri.

Son pied avait heurté quelque chose, qui filait loin d'elle sur le carrelage. Elle bondit en arrière en pensant : Un rat !

Puis elle regarda plus attentivement et sourit. Ce n'était qu'une grande bobine de fil de fer comme en utilisent les fleuristes, qui traînait au centre de l'atelier. Qui l'avait laissée là ? Toutes ses bobines étaient rangées sur des crochets le long du mur. En y regardant de plus près, malgré l'éclairage insuffisant, elle vit que celle-ci avait glissé de son crochet et roulé sur le sol. Bizarre…

Il doit y avoir ici les fantômes des fleuristes qui m'ont précédée, se dit-elle. Puis elle se reprocha cette plaisanterie. L'endroit, déjà, n'était pas très rassurant, et une image du gros type aux lunettes d'aviateur lui vint aussitôt à l'esprit. Ne te fais pas peur toute seule !

Elle ramassa la bobine et comprit pourquoi elle était tombée : le crochet s'était descellé. Tout simplement. Puis elle remarqua une autre chose étrange. Cette bobine était l'une de celles qu'elle avait achetées récemment ; elle ne s'en était pas encore servie. Non, elle se trompait sans doute : il manquait du fil de fer.

Elle rit. Il n'y a que l'amour pour rendre une fille aussi distraite.

Puis elle s'immobilisa et tendit l'oreille. Elle venait d'entendre un bruit inhabituel.

Quoi ?

Bizarre… De l'eau s'écoulant goutte à goutte ?

Non. C'était quelque chose de mécanique. Du métal…

Comme le tic-tac d'une pendule.

D'où ce bruit venait-il ? Il y avait une grosse horloge murale dans l'atelier, mais elle était électrique et silencieuse. Le bruit, pensa-t-elle, venait sans doute du coin sans fenêtre où se trouvait un établi, après la chambre froide. Il suffisait d'y aller voir et elle serait vite fixée.

Joanne se pencha pour réparer le crochet.

CHAPITRE 13

Amelia Sachs s'arrêta brusquement devant Ron Pulaski. Dès qu'il eut sauté à l'intérieur de la Camaro, elle redémarra dans le vrombissement du moteur.

Le bleu lui fit le récit détaillé de son entretien avec Jordan Kessler.

– Il me paraît clair, dit-il pour conclure. Un type sympathique. J'ai pensé tout de même qu'il valait mieux que je voie Mme Creeley pour confirmer tout ça – en particulier ce qu'il va récupérer après la mort de Creeley. Elle m'a dit qu'elle lui faisait confiance et que tout se passait bien. Mais comme j'avais encore un doute, j'ai appelé l'avocat de Creeley. J'espère que j'ai bien fait.

– Pourquoi ?

– Je ne sais pas. Je pose la question, c'est tout.

– Il vaut toujours mieux en faire *trop* dans notre métier, dit Amelia. Le problème, c'est quand on n'en fait pas assez.

– J'ai du mal à imaginer quelqu'un de fainéant qui travaillerait pour Rhyme.

Elle accueillit la remarque avec un petit rire.

– Et qu'a dit l'avocat ?

– Pour l'essentiel, la même chose que Kessler et Mme Creeley. Kessler rachète les parts de Creeley au prix du marché. C'est légal. Kessler m'a dit que son associé buvait plus que d'habitude et qu'il s'était mis au jeu. Sa femme a été surprise de l'apprendre. Jusque-là, il n'était pas du genre à aller à Atlantic City.

– Le jeu… il pourrait y avoir des accointances avec le milieu de ce côté-là. Peut-être qu'il leur vendait de la drogue ou qu'il en prenait simplement avec eux. Mais ça peut aussi déboucher sur du chantage. Sur un jeu à qui perd gagne, si tu vois ce que je veux dire ?

– Il a perdu un gros paquet d'argent, apparemment. Je me demandais s'il n'avait pas fait un emprunt pour couvrir ses pertes. Mais sa femme a dit que ça ne les avait pas trop gênés. Même si elle n'en était pas ravie, comme tu imagines… Kessler m'a affirmé qu'il s'entendait bien avec tous ses clients. Je lui ai tout de même demandé la liste. Je pense qu'on va devoir les rencontrer nous-mêmes.

– Bien, dit Amelia Sachs. On commence à y voir un peu plus clair. Il y a eu une autre mort. Une histoire d'agression crapuleuse qui a mal tourné, si j'ai bien compris.

Elle lui fit part de son entrevue avec Gerte et de ce qu'elle avait appris au sujet de Frank Sarkowski.

– Il va falloir te mettre sur cette piste.

– Très bien.

– Je…

Elle se tut brusquement. Elle venait de jeter un coup d'œil au rétroviseur et avait senti son ventre se contracter.

– Tiens, tiens…

– Qu'y a-t-il ? demanda Pulaski.

Elle ne répondit pas, mais tourna calmement le volant pour prendre une rue à droite, longea plusieurs blocs d'immeubles et fit un brusque virage à gauche.

– Bon. Nous sommes peut-être suivis. J'ai déjà vu cette voiture il y a quelques minutes – une Mercedes. Non, non, ne te retourne pas.

Une Mercedes noires aux vitres fumées.

Elle tourna à nouveau, freina et s'arrêta d'un coup. Le bleu, retenu par sa ceinture de sécurité, poussa un grognement étouffé. La Mercedes poursuivit sa route. Amelia se retourna, ne put voir la plaque d'immatriculation, mais reconnut une AMG, le modèle le plus luxueux et le plus puissant de la célèbre marque allemande.

La Camaro fit demi-tour en un temps record, mais un camion de livraison était garé en double file. Le temps de le contourner, la Mercedes avait disparu.

– C'était qui, d'après toi ?

– Probablement un hasard. Il nous arrive très rarement d'être suivis, dit Amelia en passant nerveusement une vitesse. Et, crois-moi, *jamais* par un type dans une voiture à 140 000 dollars.

Sous sa main, le corps froid de la fleuriste allongé sur le ciment, son visage aussi pâle que les roses éparpillées tout autour.

Le corps froid comme la Lune Froide, mais la chair encore souple ; avant que survienne la raideur cadavérique.

De son couteau il déchire l'étoffe, le chemisier, le soutien-gorge..

Touche...

Goûte...

Telles étaient les images qui se bousculaient dans l'esprit de Vincent Reynolds. Assis dans l'Explorer à la place du chauffeur, scrutant l'atelier plongé dans la pénombre de l'autre côté de la rue, le souffle court, il pensait à ce qu'il allait faire à Joanne. Sa faim était dévorante.

Le bruit interrompit sa rêverie.

– *Trafic 42, pouvez-vous... il faut ajouter quelques barrières sur Nassau et Pine. À côté de la tribune.*

– *Pas de problème, on s'en occupe.*

Rien de menaçant pour lui ni pour Gerald Duncan. Vincent reprit le cours de ses pensées.

Toucher, goûter...

Gerald allait certainement la faire tomber et la ligoter immédiatement. Il fronça les sourcils. Allait-il aussi la toucher à certains endroits ? À la poitrine, entre les jambes ?

Vincent était jaloux.

Joanne, c'était *son* amoureuse, pas celle de Duncan, bon Dieu ! S'il voulait quelque chose à baiser, il n'avait qu'à se trouver une jolie fille pour lui tout seul !

Puis il se dit de se calmer. La faim, c'était la faim qui vous mettait dans cet état, qui prenait possession de vous, qui vous rendait fou comme les zombis de ces films d'horreur que Vincent aimait voir. Gerald est ton ami. S'il veut s'amuser un peu avec elle, qu'il le fasse. On peut se la partager.

Vincent regarda nerveusement sa montre. Ça prenait bien du temps. Duncan lui avait dit que le temps n'était pas absolu. Des savants avaient fait un jour une expérience en plaçant une pendule au sommet d'une tour et une autre au niveau de la mer. La plus haute avançait plus vite que l'autre. Psychologiquement, avait ajouté Gerald, le temps est aussi relatif. Quand on fait quelque chose qu'on aime, il passe plus vite. Quand on attend, il paraît plus long.

Comme maintenant. Allez, allez !

La radio, sur le siège, se remit à grésiller. Encore des problèmes de circulation, pensa-t-il.

Mais Vincent se trompait.

– *Central à toutes les unités disponibles dans Manhattan. Dirigez-vous vers Spring Street, côté est de Broadway. Repérez soigneusement toutes les boutiques de fleuristes de la zone, en rapport avec les homicides du quai de l'Hudson et de l'impasse sur Cedar Street hier soir. Agissez avec prudence.*

– Seigneur, murmura Vincent en regardant le scanner.

Il saisit son téléphone, parcourut la rue du regard – pas de policiers en vue.

– On file !

Un déclic. Duncan ne prononça pas un mot – c'était convenu entre eux. Mais Vincent savait qu'il écoutait.

– Vite ! Sors ! Les flics arrivent !

Vincent entendit un grognement étouffé. La communication fut coupée.

– *Ici ESU 337. Sommes à dix minutes de la scène.*

– *Reçu, ESU 337... Suite à premier appel... avons des infos... Agression imminente 418 Spring Street. À toutes les unités disponibles...*

– *Reçu.*

– *ESU 461. Y allons, nous aussi.*

– Dépêche-toi, pour l'amour de Dieu, murmura Vincent en mettant en marche le moteur de l'Explorer.

Puis il y eut un grand bruit et une urne en céramique jaillit à travers la vitrine de l'atelier de la fleuriste. Duncan suivit. Il s'élança sur les éclats de verre, faillit tomber en glissant sur le verglas et fonça vers l'Explorer pour sauter sur le siège du passager. Vincent démarra en trombe.

– Doucement, ordonna le tueur. Tourne dans la prochaine rue.

Vincent se força à ralentir. Heureusement, car une voiture de police venait de surgir devant eux. Et il en vit deux autres qui arrivaient à l'autre extrémité de la rue.

Les véhicules convergèrent, les policiers sautant sur la chaussée.

– Arrête-toi au feu, dit calmement Duncan. Pas d'affolement.

Vincent sentit un frisson le parcourir tout entier. Il aurait voulu foncer, risquer le tout pour le tout. Duncan le sentit.

– Non. Conduis-toi normalement. Tu es intrigué. Regarde les voitures des flics. C'est normal de regarder.

Vincent regarda.

– Doucement.

Le feu passa au vert. Ils repartirent.

D'autres voitures de police arrivaient en trombe, répondant à l'appel.

Certaines signalaient leur approche par radio. Un policier indiqua qu'on ne connaissait pas l'identité du suspect. Aucune allusion à la Ford Explorer. Vincent avait les mains qui tremblaient, mais il maintenait la voiture au centre de sa file, sans ralentir ni accélérer.

– Ils savaient que c'était nous, dit-il enfin, quand ils furent à une bonne distance de l'atelier de la fleuriste.

Duncan tourna brusquement la tête vers lui.

– Qu'est-ce que tu dis ?

– Les flics. Ils ont envoyé des voitures pour repérer les fleuristes dans tout le quartier, en disant que c'était en rapport avec les meurtres d'hier.

Gerald Duncan ne répondit pas. À quoi pensait-il ? Il n'avait pas l'air affolé, ni furieux.

– Ils ont su qu'on était là ? dit-il en fronçant les sourcils. Mais comment ?

– Je vais où maintenant ? demanda Vincent.

Son ami ne répondit pas. Il regardait les rues qui défilaient.

– Pour le moment, roule, dit-il enfin d'un ton calme. J'ai besoin de réfléchir.

– Il a réussi à filer ? Que s'est-il passé ?

La voix de Rhyme claquait dans le portable Motorola.

– Question de temps. Et de chance. Va savoir ? répondit Sellitto, qui se tenait avec Amelia Sachs devant l'atelier de la fleuriste.

– La chance ? répéta Rhyme, d'un ton hargneux, comme si on lui parlait dans une langue incompréhensible. Attends... Tu es sur une fréquence brouillée ?

– Oui, puisqu'on était en opération. Mais les appels du public qui arrivent au 911 sont en clair quatre-vingt-dix-neuf fois sur cent. Il a dû entendre le premier. Merde. On va s'assurer que tout ce qui concerne l'Horloger sera bien brouillé à partir de maintenant.

– Et la scène, Sachs ? demanda Rhyme. Qu'est-ce qu'elle dit ?

– Je viens tout juste d'arriver.

– Eh bien, tu peux t'y mettre.

Clic.

Ah... Sellitto et Amelia échangèrent un regard. Après avoir capté l'appel pour Spring Street, elle avait lâché Pulaski avec mission de se renseigner sur la mort de Sarkowski et avait foncé ici pour examiner la scène.

Je peux m'occuper des deux.

Espérons, Sachs, espérons...

Elle jeta son sac sur la banquette arrière de la Camaro, verrouilla les portières et se dirigea vers l'atelier de la fleuriste. Elle vit Kathryn Dance qui remontait la rue, venant de la boutique après avoir interrogé Joanne Harper, la propriétaire, qui avait failli de peu être la troisième victime de l'Horloger.

Une voiture banalisée s'arrêta le long du trottoir. Dennis Baker en sortit. Il se précipita vers Amelia.

– C'était lui ?

– Eh oui, répondit Sellitto. Les premiers agents arrivés sur les lieux ont trouvé une pendule. La même.

Et de trois, songea Amelia sombrement. Il en reste sept...

– Et un poème. ?

– Pas cette fois. Mais on n'était vraiment pas loin. Je pense qu'il a manqué de temps pour en laisser un.

– J'ai entendu l'appel, dit Baker. Comment avez-vous su que c'était lui ?

– Les services d'hygiène ont fait récemment une descente à deux rues d'ici dans une boîte qui s'occupe de dératisation et y ont découvert un stock de sulfate de thallium, un poison utilisé pour exterminer les rongeurs. Puis Lincoln a appris que la protéine de poisson trouvée sur le corps d'Adams servait principalement de fertilisant pour les orchidées. Lon a fait envoyer des voitures chez tous les fleuristes proches de l'entreprise de dératisation.

– Du poison contre les rats ! s'exclama Baker. Il pense à tout, ce vieux Rhyme, n'est-ce pas ?

– Je ne vous le fais pas dire.

Kathryn Dance les rejoignit. Elle leur fit part de ce qu'elle avait appris en interrogeant Joanne : de retour à l'atelier après son rendez-vous avec Kevin, celle-ci avait constaté qu'il manquait du fil de fer.

– Elle ne s'en est pas inquiétée outre mesure. Puis elle a entendu ce tic-tac et elle a eu l'impression qu'il y avait quelqu'un au fond de l'atelier. Elle a appelé le 911.

– Et comme on a envoyé tout de suite des véhicules de patrouille à l'adresse indiquée, on est arrivés avant qu'il la tue. *Juste* avant.

Kathryn ajouta que la fleuriste ne voyait absolument pas qui pouvait avoir envie de la tuer. Elle était divorcée et sans nouvelles de son ex-mari depuis des années. Elle ne se connaissait pas d'ennemis.

Joanne avait aussi dit à Kathryn qu'elle avait surpris quelqu'un en train de l'observer à travers la vitre de l'atelier, plus tôt dans la journée. Un type grand et gros, vêtu d'une parka beige, avec de grosses lunettes d'aviateur et une casquette de base-ball. Elle n'avait rien vu de plus parce que la vitre était sale. Kathryn lui avait demandé si elle connaissait Theodore Adams, la première victime identifiée, mais Joanne n'avait jamais entendu parler de lui.

– Comment va-t-elle ? demanda Amelia.

– Elle est choquée. Mais elle s'est remise au travail. Pas à l'atelier, tout de même, mais dans sa boutique de Broadway.

– Tant qu'on n'aura pas arrêté ce type ou découvert un mobile, je vais demander qu'on poste une voiture devant le magasin, dit Sellitto.

Ce qu'il fit aussitôt, par radio.

Nancy Simpson et Frank Rettig, les deux agents de la brigade des scènes de crime, s'approchèrent d'Amelia. Ils encadraient un jeune type coiffé d'un bonnet de laine et qui flottait dans une veste trop grande pour lui. Il était très maigre et semblait mort de froid.

– Ce jeune homme est prêt à nous aider, annonça Nancy Simpson. Il s'est présenté de lui-même.

Après un regard à Amelia, qui lui répondit en opinant de la tête, Kathryn Dance se tourna vers lui et lui demanda ce qu'il avait vu. Mais nul n'avait besoin d'un spécialiste de kinésique. Le garçon tenait à se montrer bon citoyen. Il expliqua qu'en débouchant dans la rue il avait vu quelqu'un sauter à travers la vitrine de l'atelier. C'était un homme d'âge moyen avec une veste foncée. Il jeta un coup d'œil au portrait-robot établi par Kathryn et Sellitto après leur visite chez le marchand de pendules.

– Oui, ça pourrait être lui.

L'homme s'était précipité vers une grosse voiture brun clair, haute sur roues, conduite par un Blanc au visage rond qui portait des lunettes de soleil. Mais c'était tout ce qu'il avait vu du conducteur.

– Alors ils sont *deux* ? soupira Baker. Il a un complice !

Probablement l'homme que Joanne avait vu un peu plus tôt devant son atelier.

– C'était une Explorer ?

– Je ne sais pas reconnaître une Explorer. Une SUV, en tout cas.

À la question de Sellitto le témoin répondit qu'il n'avait pas noté de numéro d'immatriculation.

– Eh bien, on a la couleur, au moins, dit Sellitto.

Il lança aussitôt un appel pour recherche urgente de véhicule. La procédure RUV permettait d'alerter toutes les voitures de patrouille, ainsi que la plupart des policiers et agents de la circulation présents dans la zone pour qu'ils signalent toute Explorer avec deux hommes à bord.

– Bon, allons-y, dit Sellitto.

Nancy Simpson et Frank Rettig aidèrent Amelia à rassembler le matériel nécessaire à l'inspection de la scène. En réalité, il y en avait plusieurs : l'atelier proprement dit, la ruelle sur laquelle donnait la porte de service, la partie du trottoir suivie par l'homme dans sa fuite et l'endroit où son complice avait stationné l'Explorer.

Kathryn Dance et Sellitto repartirent chez Rhyme, pendant que Baker continuait à chercher des témoins en montrant le portrait de l'Horloger aux passants et aux gens qui travaillaient dans les entrepôts et les commerces de Spring Street.

Amelia Sachs collecta ce qu'elle put. Comme les premières pendules n'étaient pas piégées, il n'y avait pas lieu de faire appel à la brigade des explosifs ; un simple test de détection des nitrates, réalisé sur place, suffisait. Elle emballa donc la pendule, ainsi que les autres pièces à conviction, puis elle retira sa combinaison en Tyvek et enfila un blouson de cuir. Elle se hâta de rejoindre sa Camaro garée un peu plus loin dans la rue, se laissa choir sur le siège, mit le moteur en marche et régla le chauffage au maximum.

Elle tendit la main sans se retourner pour attraper ses gants dans son sac sur la banquette arrière. Mais comme elle soulevait le sac en cuir, il se vida de son contenu.

Amelia Sachs fronça les sourcils. Elle prenait toujours soin de refermer son sac. Elle ne pouvait se permettre de perdre ce qu'elle y mettait, à commencer par deux chargeurs de rechange pour son Glock et une bombe de gaz lacrymogène. Elle se souvenait très bien d'avoir rabattu le fermoir avant de quitter sa voiture.

Elle examina la vitre de la portière côté passager. On voyait les traces caractéristiques laissées par quelqu'un qui portait des gants et s'était servi d'un ciseau à froid pour forcer la serrure. Et le joint en caoutchouc isolant avait été écarté à certains endroits autour de la vitre.

Cambriolée pendant qu'elle travaillait sur une scène de crime. C'était une première.

Elle fit l'inventaire de tout ce qui se trouvait dans son sac, un objet après l'autre. Rien ne manquait. L'argent et toutes les cartes de paiement étaient là – mais il lui faudrait tout de même donner quelques coups de fil au cas où le visiteur aurait piraté les numéros. Les munitions et la bombe de gaz étaient intactes. La main posée sur son Glock, elle regarda autour d'elle. Une petite foule s'était rassemblée un peu plus loin – des badauds attirés par la présence de la police. Elle ressortit de la voiture et s'approcha pour demander si l'un d'eux n'avait pas vu quelqu'un tourner autour de la Camaro rouge. Personne n'avait remarqué quoi que ce soit.

De retour à la voiture, elle ressortit son matériel du coffre arrière et entreprit d'examiner le véhicule comme n'importe quelle scène de crime, cherchant des empreintes de pas, des empreintes digitales et toutes les traces qui pouvaient se trouver à l'intérieur. En vain. Elle rangea le matériel et se rassit au volant.

C'est alors qu'elle aperçut, à un demi-pâté d'immeubles, une grosse conduite intérieure noire qui débouchait d'une petite rue. Elle pensa à la Mercedes qu'elle avait remarquée plus tôt, après avoir retrouvé Pulaski. Mais elle ne put voir la marque et la voiture disparut très vite dans le flot de la circulation sans qu'elle ait le temps de faire demi-tour pour la prendre en chasse.

Hasard ou pas ? se demanda-t-elle.

Le puissant moteur Chevrolet commença à souffler de l'air chaud dans la voiture et elle referma sa ceinture de sécurité. Elle enclencha la première. Allons, pas de stress, se dit-elle. Après tout, il n'y avait rien de cassé.

Elle avait parcouru quelques centaines de mètres et venait de passer la troisième quand la question lui vint brusquement à l'esprit : que cherchait-on ? Si on n'avait pas touché à l'argent ni aux cartes de paiement, c'était qu'on cherchait autre chose.

Amelia Sachs savait que les gens qui agissent pour des raisons qu'on ne comprend pas sont toujours les plus dangereux.

CHAPITRE 14

De retour chez Rhyme, Amelia remit les pièces à conviction à Mel Cooper.

Avant d'enfiler ses gants en latex, elle ouvrit une boîte et y puisa quelques biscuits pour chien qu'elle offrit à Jackson. Celui-ci les engloutit en un temps record.

– Vous n'avez jamais pensé à prendre un chien pour vous aider ? demanda Kathryn Dance à Rhyme.

– J'en ai déjà un.

– Jackson ? dit Amelia en fronçant les sourcils.

– Oui. Il m'aide beaucoup. Il distrait les gens, ce qui me dispense de leur faire la conversation.

Les deux femmes éclatèrent de rire.

– Je pensais à un chien dressé pour ça.

L'un des psys de Rhyme le lui avait déjà suggéré. De nombreuses personnes paralysées avaient un chien qui les assistait. C'était peu de temps après l'accident, et il avait refusé. Il n'aurait pas su dire exactement pourquoi, mais il était tenté de mettre cela sur le compte de sa réticence à dépendre de quelque chose ou de quelqu'un. Pourtant l'idée, aujourd'hui, ne paraissait pas si mauvaise.

– Est-ce qu'on peut les dresser à vous servir un whisky ? dit-il.

Puis son regard passa du chien à Amelia Sachs.

– Au fait, il y a eu un appel pour toi pendant que tu étais dans Spring Street. Un certain Jordan Kessler.

– Qui ?

– Il a dit que tu comprendrais.

– Attends... Mais oui ! C'était l'associé de Creeley.

– Il voulait te parler. Je lui ai dit que tu n'étais pas là, et il a laissé un message. Il m'a demandé de te dire qu'il avait interrogé les autres collaborateurs de la compagnie et qu'il ne fait aucun doute que Creeley était déprimé ces derniers temps. Il a ajouté qu'il faisait établir une liste de leurs clients, mais que ça allait prendre un jour ou deux.

– Deux jours ?

– C'est ce qu'il a dit.

Tout en parlant, Rhyme avait les yeux fixés sur les pièces à conviction qu'elle posait sur une table d'examen. Puis ses pensées s'éloignèrent de ce qui se passait au Saint James – concernant ce qu'il appelait « l'autre affaire », par opposition à « son affaire ».

– Voyons ça, dit-il.

Amelia entreprit de déballer les pièces, une par une, de ses mains gantées.

La pendule, identique aux deux autres, marchait en faisant entendre son tic-tac et elle était à l'heure. La face de la lune commençait à peine à se masquer.

Cooper et Amelia se mirent à deux pour la démonter, mais n'y trouvèrent aucune trace présentant le moindre intérêt.

On n'avait laissé dans l'atelier de la fleuriste ni arme, ni empreinte, ni quoi que ce soit d'autre. Rhyme se demandait si le tueur s'était servi, pour couper le fil de fer, de quelque outil susceptible de les mettre sur la piste de son métier ou d'une formation professionnelle actuels ou passés. Mais non, il avait pris pour cela les pinces de Joanne. Tout comme le ruban adhésif utilisé pour ligoter la victime de l'impasse, le fil de fer avait été coupé en segments de longueurs égales. Chacun mesurait exactement un mètre quatre-vingt-quinze. L'homme voulait-il s'en servir pour l'attacher ou en faire l'arme du crime ?

Joanne Harper avait fermé l'atelier en partant rejoindre un ami pour le café. Le tueur avait manifestement forcé la serrure pour entrer. Rhyme n'en était pas étonné : un homme qui connaissait les mécanismes d'horlogerie pouvait facilement apprendre à se jouer des serrures.

L'interrogation du fichier des immatriculations leur apprit que l'agglomération comptait quatre cent vingt-trois propriétaires de Ford Explorer. Ils apprirent aussi, en lançant une autre recherche, que deux d'entre eux faisaient l'objet de poursuites : un homme de soixante ans et quelques pour plusieurs dizaines de contraventions impayées, et un tout jeune homme surpris à vendre de la cocaïne. Il se demanda si ce dernier ne serait pas le complice de l'Horloger, mais il s'avéra qu'il était toujours en prison. L'Horloger se cachait peut-être sous l'un des noms restant sur la liste, mais il n'y avait aucun moyen de contacter directement tous ces propriétaires d'Explorer, même si Sellitto devait charger quelqu'un de rechercher ceux qui résidaient dans la partie de Manhattan où se trouvait la scène de crime. Ils avaient déjà reçu quelques appels des équipes chargées de signaler toutes les Ford Explorer brun foncé, mais les descriptions des conducteurs et des passagers ne correspondaient pas à celles de l'Horloger et de son complice.

Sachs avait recueilli des échantillons des traces découvertes dans l'atelier et s'était aperçue que la terre et la protéine de poisson, sous forme de produit fertilisant, provenaient en fait de chez Joanne. Il y en avait un peu à l'intérieur, mais Amelia en avait trouvé d'importantes quantités à l'extérieur, autour de sacs de produit fertilisant jetés après usage.

Rhyme secouait la tête.

– Quel est le problème ? demanda Sellitto.

– Ce n'est pas la protéine elle-même. C'est le fait qu'il y en avait sur Adams, la *deuxième* victime.

– Pourquoi ?

– Ça signifie que le tueur était déjà venu – sans doute pour voir sa future victime et examiner les lieux afin de savoir s'il n'y avait pas de système d'alarme ou de caméras de surveillance. Il fait ses repérages. C'est donc qu'il a une raison pour choisir ces victimes plutôt que d'autres. Mais quelle peut-elle être ?

L'homme assassiné dans la ruelle n'avait apparemment pas d'activité criminelle et pas d'ennemis. Même chose pour Joanne Harper. Et celle-ci n'avait jamais entendu parler d'Adams – ils n'avaient aucun lien. Pourquoi eux ? s'interrogeait Rhyme. Une victime inconnue sur le quai de l'Hudson, un jeune rédacteur publicitaire, une fleuriste… et encore sept à venir. Qu'ont-ils en commun pour que l'Horloger en fasse des cibles ?

– Qu'avez-vous trouvé d'autre ?

– Des trucs noirs, répondit Cooper en brandissant un sachet en plastique transparent.

Il y avait à l'intérieur des particules noires qui faisaient penser à de l'encre séchée.

– Ça vient de l'endroit où il a pris la bobine de fil de fer et de l'endroit où il se cachait probablement, dit Amelia. J'en ai aussi trouvé un peu devant la porte, là où il est passé à travers la vitrine pour se précipiter vers l'Explorer.

– Eh bien, voyons ce que ça donne au chromatographe.

Cooper brancha le chromatographe et y introduisit un échantillon. Les résultats apparurent à l'écran en quelques minutes.

– Alors, Mel. Qu'avons-nous ?

Le technicien remonta ses lunettes sur son nez, se pencha en avant.

– C'est organique… Ça semble composé à 73 % de n-alkanes, puis d'hydrocarbures polycycliques aromatiques et de thiarène…

– Ah, du goudron pour assurer l'étanchéité des toits et des terrasses, dit Rhyme en regardant les autres du coin de l'œil.

Kathryn Danse se mit à rire.

– Vous connaissez ça ?

– Oh, dit Sellitto, à une époque, Lincoln avait l'habitude de se promener à travers la ville en ramassant tout ce qu'il pouvait pour ses bases de données… On devait bien s'amuser quand on allait dîner avec toi, Linc. Tu apportais tes sachets et tes éprouvettes ?

– Mon ex-épouse vous en parlerait mieux que moi, répondit Rhyme avec un grognement amusé.

Mais il restait concentré sur les particules de goudron.

– Je parierais qu'il a repéré une nouvelle victime dans un bâtiment dont le toit est en cours de réfection.

– À moins qu'on ne soit en train de refaire le sien, avança Cooper.

– Vu le temps qu'il fait, je le vois mal buvant des cocktails et admirant le coucher de soleil depuis sa terrasse, répliqua Rhyme. Considérons plutôt que ça vient d'ailleurs. Je veux la liste de tous les bâtiments où on fait des travaux de cette nature.

– Il risque d'y en avoir des centaines, voire des milliers, objecta Sellitto.

– Pas en cette saison.

– Et comment faire pour les repérer, d'ailleurs ?

– ASTER.

– Qu'est-ce que c'est ? demanda Kathryn Dance.

– Advanced Spaceborne Thermal Emission and Reflection Radiometer, récita Rhyme d'un air absent. C'est un dispositif embarqué sur le satellite *Terra*, mis sur orbite par les États-Unis et le Japon associés. Il capte depuis l'espace les images thermiques émises à la surface du globe. Une révolution tous… tous les combien, Mel ?

– Toutes les quatre-vingt-dix-huit minutes. Mais il met seize jours à couvrir toute la surface de la planète.

– Renseignez-vous pour connaître la date de son dernier passage au-dessus de New York. Je veux les images thermiques et je veux savoir s'il détecte les émissions de chaleur autour de deux cents degrés – je crois bien que c'est à cette température qu'on applique le goudron en fusion. Ça nous aidera à le localiser.

– La ville entière ? demanda Cooper.

– On dirait que son terrain de chasse est Manhattan. Commençons par là.

Cooper eut une longue discussion au téléphone.

– Ils s'en occupent, dit-il en raccrochant. Ils vont faire de leur mieux.

Thom venait de faire entrer Dennis Baker.

– Pas d'autre témoin autour de l'atelier de la fleuriste, dit Baker en retirant son manteau et en prenant avec reconnaissance la tasse de café qu'on lui tendait. On a cherché pendant une heure. Ou bien les gens n'ont rien vu, ou bien ils ont trop la trouille pour parler. Le type fait peur à tout le monde.

– Ce n'est pas assez détaillé, dit Rhyme en regardant le croquis de la scène dessiné par Amelia Sachs. Où était stationnée la Ford Explorer ?

– De l'autre côté de la chaussée, répondit Amelia.

– Et tu as bien examiné cet endroit. (Ce n'était pas une question. Rhyme savait qu'elle ne l'aurait pas négligé.) Il n'y avait aucune voiture ni devant ni derrière la leur.

– Aucune.

– Bon. Il fonce à la voiture, son complice démarre, va jusqu'à la première intersection et tourne, pour se fondre dans la circulation. Comme il n'est pas en infraction, il tourne prudemment, mais c'est tout de même un virage à quatre-vingt-dix degrés, sans changer de file. Comme les brise-vitesse ou les brusques coups de freins, ces virages laissent parfois de belles traces de pneus. Si la rue est encore fermée à la circulation, je veux qu'une équipe se rende tout de suite à ce croisement. Il y a peu de chances que ça réussisse, mais je pense qu'il faut tout de même essayer. (Se tournant vers Baker :) Vous venez de quitter la scène, n'est-ce pas ? Vous y étiez encore il y a dix minutes ou un quart d'heure ?

– Oui, à peu près, répondit le lieutenant en étirant les jambes devant lui sans lâcher sa tasse de café.

Il avait l'air épuisé.

– La rue était encore bouclée ?

– Je n'y ai pas vraiment fait attention. Je crois que oui.

– Renseigne-toi, dit Rhyme à Sellitto. Et si elle l'est encore, envoie une équipe.

Le détective reprit son téléphone et on lui répondit que la rue venait d'être rendue à la circulation. Toutes les traces laissées par l'Explorer du tueur avaient déjà été effacées par le premier ou les deux premiers véhicules empruntant le même trajet.

– Zut, marmonna Rhyme.

Il reporta son attention sur le tableau des indices en songeant qu'il n'avait pas eu depuis longtemps une affaire présentant autant de difficultés.

Thom frappa à la porte avant de faire entrer quelqu'un – une femme entre deux âges, drapée dans un très beau – et très cher – manteau noir. Lincoln la connaissait, mais ne se rappelait plus son nom.

– Bonjour, Lincoln.

– Inspecteur ! dit-il, recouvrant la mémoire.

Marilyn Flaherty était plus âgée que Rhyme, mais ils avaient été capitaines en même temps et avaient travaillé ensemble au sein de plusieurs commissions spéciales. Il se souvenait d'une femme intelligente et ambitieuse – et, en bien des occasions, sensiblement plus dure et plus acharnée que ses homologues masculins. Ils discutèrent quelques minutes de leurs collègues et connaissances communs. Elle l'interrogea sur l'affaire de l'Horloger et il lui fit un résumé de la situation.

L'inspecteur prit ensuite Amelia Sachs à part pour lui demander où en était l'enquête. Elle parlait, bien sûr, de « l'autre affaire ». Rhyme ne put s'empêcher d'entendre Amelia répondre qu'elle n'avait rien trouvé de concluant. Il n'y avait pas eu de vol de drogue important dans les quantités placées sous scellés au commissariat 118. L'associé de Creeley et ses collaborateurs confirmaient que l'homme d'affaires était dépressif, et qu'il s'était mis à boire depuis peu. On savait aussi qu'il s'était rendu à Las Vegas et/ou à Atlantic City au cours d'une période récente.

– Autrement dit, qu'il avait peut-être des contacts avec le milieu, souligna Marilyn Flaherty.

– C'est ce que j'ai pensé, répondit Amelia Sachs.

Elle ajouta qu'il ne semblait pas y avoir de difficultés ou de conflit entre Creeley et les clients de sa compagnie, et que Pulaski et elle attendaient la liste de ces clients que leur avait promise Jordan Kessler pour s'en assurer par eux-mêmes.

Suzanne Creeley, toutefois, restait persuadée que son mari n'avait jamais touché à la drogue, ne s'était rendu coupable d'aucune activité illicite et ne s'était pas suicidé.

– Et, dit enfin Amelia, nous avons une autre mort dans cette affaire.

– Une *autre* ?

– Un homme qui a été vu plusieurs fois au Saint James. Où il a peut-être rencontré les mêmes clients que Creeley.

Une autre mort ? pensa Rhyme. Il fallait reconnaître que cette « autre affaire » commençait à prendre un tour intéressant.

– Qui ? demanda l'inspecteur.

– Un homme d'affaires également. Frank Sarkowski. De Manhattan.

Marilyn Flaherty regardait le laboratoire, les listes d'indices au tableau, le matériel, en fronçant les sourcils.

– Qui l'a tué ? Avez-vous une piste ?

– Je crois que ça s'est passé au cours d'un cambriolage. Mais je n'ai pas encore pris connaissance du dossier.

Rhyme vit de la frustration sur les traits de Marilyn Flaherty.

Amelia semblait crispée. Il comprit pourquoi en entendant l'inspecteur.

– Pour le moment, je laisse de côté la section des affaires internes.

Amelia se détendit. On n'allait pas lui retirer l'affaire. Lincoln Rhyme était content pour elle, certes, mais il aurait préféré, au fond, qu'on confie cette enquête à la SAI et qu'elle se consacre entièrement à « son affaire ».

– Et ce jeune officier, Ron Pulaski ? Comment s'en sort-il ?

– Il fait du bon boulot, inspecteur.

– Je vais informer Wallace comme convenu, détective, dit Marilyn Flaherty.

Puis elle se tourna vers Rhyme.

– Ça m'a fait plaisir de te revoir, Lincoln. Prends bien soin de toi.

– Au revoir, inspecteur.

Elle fut à la porte en quelques enjambées et sortit, tel un général sur le champ de manœuvres.

À l'instant où elle s'apprêtait à appeler Pulaski pour lui demander ce qu'il avait appris au sujet de Sarkowski, Amelia entendit une voix qui lui susurrait à l'oreille :

– La grande inquisitrice.

Elle se retourna vivement et vit Sellitto qui versait du sucre dans son café.

Il lui montra du doigt l'allée qui menait à la maison de Rhyme. Abandonnant les autres, les deux détectives traversèrent le grand hall d'entrée mal éclairé.

– L'inquisitrice ? C'est comme ça qu'on appelle Marilyn Flaherty ? demanda Amelia.

– Oui. Mais, tout de même, elle est très forte.

– Je le sais. Je m'en suis rendu compte.

– Hum, fit le gros détective, qui sirotait son café en achevant un petit pain au beurre. Écoute, comme je suis plongé jusqu'au cou dans cette histoire d'horlogers fous, j'ai entendu parler d'un truc au Saint James, mais je n'en sais rien de plus. Mais s'il y a des flics mouillés là-dedans, pourquoi est-ce toi qui enquêtes, et non les Affaires internes ?

– Flaherty n'a pas voulu les mettre sur ce coup jusqu'à présent. Et Wallace est d'accord.

– Wallace ?

– Robert Wallace. L'adjoint au maire.

– Oui, je vois qui c'est. Un type correct. Mais elle aurait dû, logiquement, faire appel à la SAI. Pourquoi n'a-t-elle pas voulu ?

– Elle voulait quelqu'un qui dépende d'elle. Elle trouvait que le 118 était trop proche du One Plaza. Les types qu'on soupçonne risquaient d'éventer la présence des Affaires internes et de faire le ménage avant l'arrivée des enquêteurs.

– Ça se défend..., dit Sellitto. Et toi, tu étais d'accord, ajouta-t-il en baissant la voix. Parce que tu la voulais, cette affaire.

– Exactement, répondit Amelia en le regardant dans les yeux.

– Alors, comme ça, tu l'as demandée et tu l'as eue, dit Sellitto en rigolant doucement.

– Pardon ?

– Et il va falloir en sortir maintenant.

– Je ne vois pas où est le problème.

– Ma foi, tu dois connaître la règle du jeu. Si quelque chose se passe mal – n'importe quoi : les gentils carbonisés, les méchants qui se font la malle –, c'est sur toi que ça retombera, même si tu as tout fait comme il fallait. Flaherty est protégée et les types des Affaires internes ont une cote d'enfer. Et si ça se passe bien, si tu fais plonger ceux qui le méritent, les chefs récupéreront le bébé et du jour au lendemain tu n'existeras plus pour personne.

– Tu veux dire que je me suis fait avoir ? Mais Flaherty, au départ, *ne voulait pas* que je prenne cette affaire. Elle s'apprêtait à me l'enlever !

– Amelia, voyons ! Tu me rappelles l'histoire du type qui sort une fille pour la soirée et, en la raccompagnant chez elle, il dit : « J'ai passé une soirée formidable. Je ferais peut-être mieux de ne pas te proposer de monter. » À ton avis, que répond la fille ?

– « Mais si, monte ! » C'est tout ce qu'il attendait. Tu veux dire que Flaherty m'a manipulée ?

– Je dis simplement qu'elle ne t'a pas *enlevé* cette affaire, d'accord ? Ce qu'elle pouvait faire en cinq secondes.

Amelia se gratta machinalement le cuir chevelu. Elle avait soudain l'estomac noué à l'idée de se trouver face à des conflits entre services au plus haut niveau. C'était pour elle un territoire totalement inconnu.

– Soyons clairs, Amelia. J'aurais préféré que tu ne sois pas responsable d'une enquête comme celle-là, à ce stade de ta carrière. Mais c'est comme ça. Alors, n'oublie pas mon conseil : fais gaffe. Je veux dire, fais-toi aussi invisible que possible.

– Je...

– Laisse-moi finir. Invisible, pour deux raisons. Un, parce que si on apprend que tu enquêtes sur des flics ripoux, les rumeurs vont commencer à circuler – sur untel qui touche des bakchichs, ou untel qui a perdu des pièces à conviction, etc. Et même s'ils ne le font pas, ça n'y changera rien. La rumeur, c'est comme la grippe. On ne peut pas l'éviter. Ça court, ça court, et ça fiche des carrières en l'air au passage.

– Et la deuxième raison ?

– Ne crois pas que parce que tu en auras coincé un, tu seras intouchable. Ce n'est pas un ripoux du 118 qui te fera ta fête, d'accord. Ça n'arrive jamais, ça. Mais les civils avec lesquels il traficote n'attendront pas qu'il le leur demande. Ils n'hésiteront pas à balancer ton cadavre dans un coffre de voiture sur le parking longue durée de l'aéroport… Le ciel te protège, petite. Vas-y, chope-les. Mais fais gaffe. Je ne veux pas être celui qui apportera la mauvaise nouvelle à Lincoln. Il ne me le pardonnerait pas.

Ron Pulaski revint chez Rhyme et Amelia le retrouva un peu plus tard dans le couloir où elle était restée, devant la porte de la cuisine, réfléchissant à ce que Sellitto lui avait dit.

Elle mit le jeune flic au courant des derniers développements de l'affaire de l'Horloger.

– Où en est-on avec Sarkowski ? ajouta-t-elle.

– J'ai localisé sa femme, répondit Pulaski en feuilletant ses notes, et je l'ai interrogée. Le défunt était de sexe masculin, blanc, âgé de cinquante-sept ans, et possédait une entreprise à Manhattan. Aucun antécédent criminel. Il a été assassiné le 4 novembre dernier, laissant une veuve et deux adolescents, un garçon et une fille. Tué par balle. Il…

– Ron ? l'interrompit Amelia sur un certain ton.

– Ah, pardon. Je retombe dans le jargon du métier.

C'était justement ce dont Amelia était décidée à le débarrasser.

– Il était propriétaire d'un immeuble dans le West Side, à Manhattan, reprit le bleu, un peu plus détendu. Il y habitait. Il avait aussi une entreprise qui faisait de l'entretien de locaux et de l'enlèvement de détritus pour de grosses compagnies et pour des administrations. Son entreprise n'était pas connue des services de police. Pas de liens avec le milieu, aucune enquête en cours. Lui-même n'avait jamais été arrêté ni condamné, sauf pour un excès de vitesse l'an passé.

– On soupçonne quelqu'un de son assassinat ?

– Non.

– Qui enquête là-dessus ?

– Le 131.

– Il est mort dans le Queens, pas à Manhattan ?

– C'est ça.

– Dans quelles circonstances ?

– Un type lui a pris son portefeuille et tout l'argent qu'il avait sur lui, et l'a abattu de trois balles en pleine poitrine.

– Et la fille du Saint James ? Elle ne sait rien ?

– Non.

– Sarkowski connaissait Creeley ?

– Sa femme ne le croit pas, mais elle n'en est pas sûre. Je lui ai montré la photo et elle ne l'a pas reconnu. (Un silence.) Autre chose. Je crois que j'ai encore vu la Mercedes noire.

– Ah bon ?

– Quand tu m'as déposé, j'ai traversé la rue très vite avant que le feu passe au vert et je me suis retourné pour vérifier s'il n'y avait pas de voiture. Je ne le jurerais pas, mais j'ai cru apercevoir la Mercedes. Je n'ai pas pu voir la plaque d'immatriculation. J'ai pensé qu'il valait mieux t'en parler tout de même.

– Moi, j'ai eu de la visite, dit Amelia en secouant la tête.

Elle lui fit part de la fouille de sa voiture et de son sac. Et ajouta qu'elle croyait elle aussi avoir aperçu la Mercedes noire.

– Ce type n'arrête pas, dit-elle. (Puis, regardant les mains de Pulaski :) Où est le dossier Sarkowski ?

– Ah, il y a un problème. Pas de dossier, pas de pièces à conviction. J'ai fait l'inventaire de tous les scellés au 131, et je n'ai rien trouvé

– Dis donc, ça se corse ! Aucune pièce à conviction ?

– Aucune.

– Et quelqu'un a emporté le dossier ?

– C'est possible, mais il n'y a aucune trace d'un retrait dans le registre informatique. Il devrait y en avoir une si quelqu'un l'a pris ou l'a envoyé quelque part. Mais j'ai le nom du détective qui s'occupe de l'affaire. Il habite dans le Queens. Il vient de partir à la retraite. Art Snyder. Tu veux que je prenne contact ?

Pulaski lui tendait un papier portant le nom et d'adresse d'Art Snyder.

– Non, je vais aller le voir. Je préfère que tu restes ici et que tu notes tout sur un tableau. J'ai besoin d'une vue d'ensemble. Mais pas dans le labo. Il y a trop d'agitation.

Les policiers et les experts légistes avaient l'habitude de venir voir Rhyme, avec ou sans leurs résultats. Mais Amelia menait une enquête impliquant des flics véreux, et elle ne voulait pas que n'importe qui voie ce qu'elle avait découvert. Elle montra d'un hochement de tête la salle d'exercice de Rhyme.

– Ce sera mieux là.

– Bien sûr. Je n'en ai pas pour longtemps. Veux-tu qu'on se retrouve ensuite chez Snyder ?

Amelia pensa à la Mercedes. Et elle avait encore à l'esprit les paroles de Sellitto... *dans un coffre de voiture sur le parking longue durée de l'aéroport...*

– Non, reste ici pour donner un coup de main à Lincoln quand tu auras fini. (Riant :) Ça le mettra peut-être de meilleure humeur !

L'HORLOGER

SCÈNE DE CRIME I

Localisation :
- Site de réparation navale, quai de l'Hudson, 22e Rue.

Victime :
- Non identifiée.
- Sexe masculin.
- 40-50 ans, voire plus. Possibilité d'insuffisance coronaire (présence d'anticoagulant dans le sang).
- Aucune trace d'autres drogues, d'infection ou de maladie dans le sang.
- Recherche du corps et des pièces à conviction en cours dans le port de New York par gardes-côtes et plongeurs de la police.
- Recherche sur le fichier des personnes disparues.

Auteur du meurtre :
- Voir ci-dessous.

Mode opératoire :
- Le meurtrier a forcé la victime à se retenir au bord du quai au-dessus de l'eau, lui a coupé les doigts ou les poignets jusqu'à ce qu'il tombe.
- Heure : entre lundi 18 heures et mardi 6 heures.

Indices et pièces à conviction :
- Groupe sanguin AB positif.
- Fragment d'ongle arraché, non poli, grande largeur.
- Section de chaîne de clôture coupée avec des pinces de type courant, sans traçabilité.

• Pendule (voir ci-dessous).
• Poème (voir ci-dessous).
• Marques laissées par des ongles sur le bois du ponton.
• Aucune trace discernable, pas d'empreintes digitales, pas d'empreintes de pas, pas d'empreintes de pneus.

SCÈNE DE CRIME 2

Localisation :
• Impasse donnant sur Cedar Street, proximité Broadway, derrière trois bâtiments commerciaux (entrées de service fermées de 20 h 30 à 22 heures) et un bâtiment administratif (porte de service fermée à 18 heures).
• Impasse large de 4,5 m, longue de 31 m. Sol pavé. Corps retrouvé à 45 m de Cedar Street.

Victime :
• Theodore Adams.
• Domicilié à Battery Park.
• Rédacteur publicitaire indépendant.
• Pas d'ennemis connus.
• Objet d'aucune poursuite aux niveaux local ou fédéral.
• Recherche de liens avec les immeubles de l'impasse. Sans résultat.

Auteur du meurtre :
• L'Horloger.
• Sexe masculin.
• Inconnu au fichier du FBI.

Mode opératoire :
• Victime traînée de son véhicule à l'impasse. La gorge écrasée par une poutre métallique suspendue au-dessus de lui.
• Confirmation par le rapport médical en attente.
• Aucune trace d'activité sexuelle.
• Heure approximative de la mort : entre 22 h 15 et 23 heures lundi soir. Confirmation par le médecin légiste en cours.

Indices et pièces à conviction :
• Pendule.
• Pas d'explosif ni d'agents chimiques ou biologiques.
• Identique à la pendule trouvée sur le ponton.
• Pas d'empreintes digitales, minimum de traces.
• Arnold Products, Framington, Massachusetts.
• Vendue par Hallerstein's Timepieces, Manhattan.
• Poème laissé par l'assassin sur les deux scènes.
• Imprimante d'ordinateur, papier de type courant, imprimante HP à jet d'encre.
• Texte : *La pleine Lune Froide qui brille au ciel, / illuminant le corps de la terre, / indique l'heure de la mort / et la fin du voyage commencé à la naissance. / L'Horloger.*
• Inconnu des bases de données sur la poésie ; probablement de l'auteur du meurtre.
• Lune Froide = mois de la mort.

• 60 dollars dans la poche de la victime, pas de numéros de série ; pas d'empreintes.
• Sable fin utilisé comme « agent masquant ». Sable de type courant. Parce qu'il est revenu sur la scène ?
• Barre métallique, 40 kg, du type « poutre à chas d'aiguille ». Non utilisée sur le chantier proche. Provenance inconnue.
• Ruban adhésif, type courant, mais coupé avec une précision inhabituelle. Exactement à la même longueur.
• Sulfate de thallium (poison contre les rongeurs) trouvé dans le sable.
• Résidus de sol contenant des protéines de poisson – provenant de l'assassin, non de la victime.
• Peu de traces.
• Fibres brunes, provenant probablement d'un tapis de sol d'automobile.

Autres :
• Véhicule : probablement une Ford Explorer d'environ 3 ans d'âge. Tapis brun.
• Relevé des numéros d'immatriculation des véhicules garés dans la zone – pas de poursuites contre les propriétaires. Pas de contraventions délivrées lundi soir.
• Consultation de la police des mœurs au sujet des prostituées – témoin.
• Aucune piste.

INTERROGATOIRE D'HALLERSTEIN

Auteur du meurtre :
• Portrait-robot EFIT de l'Horloger : proche de la cinquantaine, visage rond, double menton, nez épaté, yeux bleus anormalement clairs. Plus de 1,80 m, mince, cheveux mi-longs, pas de bijoux, vêtements noirs. Pas de nom.
• Bonne connaissance des pendules, montres et pièces d'horlogerie vendues récemment aux enchères ou exposées en ville.
• A menacé le commerçant pour l'empêcher de parler.
• A acheté 10 pendules. Pour 10 victimes ?
• A payé en liquide.
• Voulait la face de la lune sur les pendules et un tic-tac sonore.

Pièces à conviction :
• Les pendules provenaient d'Hallerstein's Timepieces, Flatiron.
• Aucune empreinte sur les billets remis par l'acheteur. Aucun numéro de série enregistré. Aucune trace sur les pièces.
• A appelé depuis des cabines téléphoniques.

SCÈNE DE CRIME 3

Localisation :
• 481 Spring Street.

Victime :
• Joanne Harper.
• Aucun mobile apparent.
• Ne connaissait pas Adams, la deuxième victime.

Auteur du meurtre :
• L'Horloger.
• Complice. Probablement l'individu remarqué plus tôt par la victime devant son atelier. Blanc, grand et gros, avec lunettes de soleil, parka beige et casquette. Conduisait une Ford Explorer SUV.

Mode opératoire :
• A forcé la serrure pour entrer.
• Mode d'agression prévu inconnu. Pensait peut-être se servir de fil de fer trouvé sur place.

Pièces à conviction :
• Protéine de poisson provenant de l'atelier (fertilisant pour orchidées).
• Sulfate de thallium à proximité.
• Fil de fer de fleuriste, coupé en segments de même longueur (destiné à être l'arme du crime ?).
• Pendule. Identique aux autres. Pas de nitrates. Aucune empreinte.
• Pas de mot ni de poème.
• Pas d'empreintes de pas, d'empreintes digitales, d'arme ou autre objet laissés par le suspect.
• Particules noires : goudron pour l'étanchéité des toits. Demande à ASTER des images thermiques de New York pour repérer d'éventuelles sources de chaleur.

Autres :
• Le suspect observait la victime avant l'agression. L'a choisie pour une raison : laquelle ?
• Le suspect a un scanner pour capter les fréquences de la police.
• Véhicule : Ford Explorer SUV brun clair. Immatriculation inconnue. Enquête auprès des loueurs de véhicules. 423 possesseurs d'Explorer brun clair dans la zone. Croisement des fichiers, résultat négatif. Un possesseur trop âgé ; un autre détenu pour affaire de drogue.

HOMICIDE DE BENJAMIN CREELEY

• Creeley, 56 ans. Apparemment, suicide par pendaison. Corde à linge. Mais pouce fracturé : ne pouvait faire un nœud.
• Lettre composée sur ordinateur expliquant le suicide pour dépression. Mais le sujet, sans antécédents psychiatriques ni problèmes sentimentaux, ne semblait pas suicidaire.
• Dans la période de Thanksgiving, 2 hommes sont entrés par effraction dans sa maison et ont peut-être brûlé des pièces à conviction. Des Blancs, mais on n'a pas vu leurs visages. L'un plus grand que l'autre. Sont restés environ une heure à l'intérieur.
• Pièces à conviction dans la maison de Westchester :
  – Serrure forcée avec habileté.
  – Particules de cuir sur les ustensiles de cheminée et sur le bureau de Creeley.
  – Terre devant la cheminée, de composition plus acide que la terre du jardin et contenant certains polluants. En provenance d'un site industriel ?
  – Traces de cocaïne brûlée dans la cheminée.

– Résidus de papiers brûlés dans la cheminée : relevés de compte, tableau de chiffres, millions de dollars mentionnés ; examen du logo figurant sur les documents par expert-comptable légiste ; agenda : vidange voiture, rendez-vous coiffeur, Saint James.

• Bar Saint James :
  – Creeley s'y est rendu plusieurs fois.
  – Ne semble pas y avoir pris de drogue.
  – Pas de certitude sur l'identité des personnes qu'il y rencontrait, mais il pourrait s'agir de policiers du commissariat 118, proche du bar.
  – S'est disputé avec une personne non identifiée la dernière fois qu'il est venu – juste avant sa mort.
  – Vérification des billets remis au Saint James par les policiers : aucun numéro de série enregistré, mais traces de cocaïne et d'héroïne. Volées au commissariat ? Quantité négligeable de drogue manquant au commissariat.

• Affaires liées au crime organisé anormalement rares dans les registres du 118, mais rien ne prouve des actions délibérées des policiers pour les étouffer.

• Deux gangs de l'East Village possibles suspects, mais peu probable.

• Interrogatoire de Jordan Kessler, associé de Creeley, puis interrogatoire de Mme Creeley :
  – Confirmation : la victime ne se droguait pas.
  – Ne semblait pas en rapport avec des criminels.
  – Creeley buvait plus que de coutume, s'était mis au jeu ; séjours à Las Vegas et Atlantic City. Pertes importantes, mais sans gravité pour lui.
  – Incertitude sur les raisons de sa dépression.
  – Kessler ne reconnaît pas les documents brûlés.
  – Kessler ne semble pas tirer profit de la mort de Creeley.

• Sachs et Pulaski suivis par Mercedes noire.

HOMICIDE DE FRANK SARKOWSKI

• Sarkowski, 57 ans. Inconnu des services de police. Décédé le 4 novembre dernier. Une femme et deux enfants adolescents.

• Propriétaire d'un immeuble et d'une société d'entretien à Manhattan, travaillant pour de grosses compagnies et des administrations.

• Art Snyder, détective chargé de l'enquête.

• Pas de suspects.

• Meurtre crapuleux ?

• Problèmes en affaires ?

• Trouvé mort dans le Queens – tué ailleurs ?

• Dossier et pièces à conviction disparus.

• Aucun lien connu avec Creeley.

• Aucun antécédent délictueux – ni Sarkowski, ni son entreprise.

CHAPITRE 15

Le pavillon se trouvait à Long Island City, cette partie du Queens qu'on aperçoit juste en face de l'East River depuis Manhattan et Roosevelt Island.

Les décorations de Noël – abondantes – étaient parfaitement disposées dans le jardin, le chemin vers la maison parfaitement dégagé, la Camry garée dans l'allée parfaitement propre malgré la récente chute de neige. Les embrasures de fenêtre venaient d'être poncées pour recevoir une nouvelle couche de peinture, et il y avait une pile de briques destinées à la construction d'un nouveau chemin ou d'une courette supplémentaire.

C'était la maison d'un homme qui avait depuis peu du temps libre à revendre.

Amelia Sachs pressa le bouton de la sonnette.

La porte s'ouvrit après quelques secondes et un type costaud, proche de la soixantaine, la dévisagea. Il portait un survêtement de velours vert.

– Détective Snyder ?

Amelia avait pris soin d'énoncer son ancien titre. Avec de la politesse on va plus loin qu'avec un flingue, avait coutume de dire son père.

– Oui. Entrez. Vous êtes Amelia, n'est-ce pas ?

Nom de famille contre prénom. On choisit toujours les batailles qu'on veut livrer. Elle lui sourit, ils échangèrent une poignée de main et elle lui emboîta le pas. Une lumière froide arrivait de la rue, et le living-room était glacial et impersonnel. Amelia sentit les cendres refroidies et une odeur de chat. Elle retira son blouson avant de s'asseoir sur le canapé, qui souffla en recevant son poids. Le fauteuil à repose-pieds et dossier inclinable, à côté duquel étaient posées les télécommandes, avait tout d'un trône.

– Ma femme est sortie, annonça-t-il avec un regard en coin. Vous êtes la petite d'Herman Sachs ?

La petite…

– Eh oui. Vous avez travaillé avec lui ?

– Un peu, oui. Quelques missions à Manhattan. C'était un type bien. Paraît qu'il a eu une fête à tout casser pour son départ à la retraite. Jusqu'au matin. Un soda ? De l'eau ? Désolé, il n'y a pas d'alcool ici.

Le timbre de sa voix et les veines dilatées de son nez disaient qu'à l'instar de nombreux policiers d'un certain âge il avait eu un problème avec la bouteille. Et qu'il était en train de s'en guérir. Tant mieux pour lui.

– Rien, merci… Je voudrais simplement vous poser quelques questions. Vous avez été, comme détective, chargé d'enquêter sur un vol avec homicide peu de temps avant de prendre votre retraite. La victime s'appelait Frank Sarkowski.

Le regard de l'ancien flic errait sur le tapis.

– Oui, je me souviens de lui. Il était dans les affaires. Victime d'une agression qui a mal tourné, un truc comme ça.

– Je voulais consulter le dossier, mais il a disparu. Les pièces à conviction aussi.

– Il n'y a pas de dossier ? (Haussement d'épaules étonné – modérément.) Les archives au commissariat, vous savez… un vrai fouillis.

– J'ai besoin de savoir ce qui s'est passé.

– Ma foi, je ne me souviens pas de grand-chose, dit Snyder en se grattant la nuque de sa main constellée de plaques d'eczéma. Vous savez, ce n'était qu'une affaire parmi d'autres. Aucune piste… Au bout d'une semaine, on a tendance à oublier. Il y en a d'autres à s'occuper.

C'était presque moqueur, une façon de lui dire qu'elle n'était visiblement pas détective depuis longtemps et n'avait sans doute pas eu beaucoup d'affaires comme celle-ci à élucider. Ni beaucoup d'autres, d'ailleurs.

– Dites-moi ce dont vous vous souvenez, poursuivit-elle, décidée à garder son calme.

– On l'a retrouvé dans un terrain vague à côté de sa voiture. Plus d'argent, plus de portefeuille. L'arme était à proximité.

– C'était quoi ?

– Un Smith & Wesson avec lequel on l'avait abattu à bout portant. Sans numéro de série et soigneusement nettoyé – pas la moindre empreinte.

Intéressant. Les voyous achetaient volontiers ces armes dont on ne pouvait pas, faute de numéro, retrouver la provenance. On ne pouvait jamais effacer complètement le numéro de série d'une arme à feu – c'était une obligation légale pour les fabricants américains, mais à laquelle échappaient délibérément certains fabricants étrangers. Les tueurs professionnels s'en servaient donc, et les abandonnaient souvent sur les scènes de crime.

– Les indics n'en ont pas entendu parler ensuite ?

Il arrivait souvent qu'on élucide grâce à eux des affaires d'homicide. Les meurtriers commettaient l'erreur de se vanter de leur exploit ou d'exagérer leurs gains, des indicateurs l'apprenaient et vendaient le type à la police en échange d'un service.

– Rien.

– Où se trouvait ce terrain vague ?

– Le long du canal. Vous voyez ces grands réservoirs ?

– Les réservoirs de gaz naturel ?

– Oui.

– Que faisait-il à cet endroit ?

– Aucune idée, dit Snyder en haussant les épaules. Il avait une boîte qui faisait de l'entretien. Je crois qu'il venait voir l'un de ses clients installé dans le coin.

– On a trouvé quelque chose de concret sur la scène de crime ? Des traces ? Des empreintes digitales ? Des empreintes de pas ?

– Rien qui nous ait sauté aux yeux.

Ses yeux chassieux ne la quittaient pas. Il semblait vaguement perplexe. Peut-être en train de se dire : Voilà donc la nouvelle génération de la police de New York, heureusement que je n'en suis plus.

– Étiez-vous certain que les choses étaient ce qu'elles semblaient être ?

Il hésita.

– Plutôt, oui.

– Mais pas complètement ?

– Ça aurait pu être un assassinat.

– Par un professionnel ?

Nouveau haussement d'épaules.

– C'est un coin désert, vous savez. Il faut marcher dix minutes jusqu'aux premières habitations. Il n'y a que des usines et des entrepôts. Les voyous ne traînent pas par là. Ils n'ont aucune raison pour ça. J'ai pensé que le type qui avait buté Sarkowski avait pris son argent et son portefeuille pour faire croire à un crime crapuleux. Mais il avait laissé l'arme derrière lui – ça avait plutôt l'air d'un assassinat.

– Et vous n'avez pas découvert de lien avec le milieu ?

– Non. Mais l'un de ses employés m'a dit qu'il avait fait de mauvaises affaires peu de temps auparavant, et qu'il avait perdu beaucoup d'argent. J'ai suivi cette piste. Elle ne menait nulle part.

Il se pouvait donc que Sarkowski – Creeley aussi, peut-être – ait travaillé avec un gang mafieux : trafic de drogue ou blanchiment d'argent. Les choses avaient mal tourné et on l'avait liquidé. D'où la présence de la Mercedes – des hommes de main chargés de suivre l'enquête – et l'implication des policiers du 118.

– Vous n'êtes pas tombé sur le nom Benjamin Creeley en menant cette enquête ?

Snyder se contenta de secouer la tête.

– Saviez-vous que la victime – Sarkowski – fréquentait le Saint James ?

– Le Saint James… Attendez, ce n'est pas un bar dans Alphabet City ? Tout près de…

– C'est bien ça. Tout près du 118.

– Je ne le savais pas, non, dit Snyder, qui semblait troublé.

– C'est bizarre, vous ne trouvez pas, qu'un type qui habitait dans le West Side et travaillait à Manhattan ait eu ses habitudes dans un bistrot pourri aussi loin de chez lui. C'était pourquoi, à votre avis ? Vous n'avez pas une idée ?

– Non. Pas la moindre idée. (Balayant la pièce d'un regard sombre :) Mais si vous me demandez si quelqu'un du 118 est venu me dire d'enterrer l'affaire Sarkowski, c'est non. On a fait ce qu'il fallait et on est passés à autre chose.

– Que savez-vous au sujet du 118 ? demanda Amelia en le regardant droit dans les yeux.

Prenant l'une des télécommandes, il se mit à jouer avec, puis la reposa.

– Est-ce que j'ai pensé à vous dire quelque chose ? reprit Amelia devant son silence.

– Quoi ? fit-il, l'air sombre.

– Question mémoire, il ne faut pas compter sur moi.

– Mémoire ?

– C'est tout juste si je me rappelle mon nom.

Snyder était sidéré.

– Comment ? Jeune comme vous l'êtes ?

– Ah, vous croyez ça ! dit-elle en riant. Je n'aurai pas franchi votre porte que j'aurai déjà oublié que je suis venue chez vous. J'aurai oublié votre nom, votre visage. Envolé, tout ça ! C'est étrange, mais c'est ainsi.

Il comprit enfin le message.

– Pourquoi vous faites ça ? demanda-t-il à voix basse en secouant la tête. Vous êtes jeune. Vous avez besoin d'apprendre… que dans certains cas il ne faut pas réveiller le chat qui dort.

– Mais s'il se réveille de toute façon ? demanda Amelia, penchée en avant. J'ai deux veuves et des enfants qui n'ont plus de père.

– Deux ?

– Creeley, celui dont j'ai parlé. Il fréquentait le même bar que Sarkowski. Apparemment, ils connaissaient tous les deux des gens du 118. Et ils sont morts tous les deux.

Snyder fixait maintenant l'écran plat de la télévision. Impressionnant.

– Alors ? Que savez-vous ?

Il baissa les yeux, parut remarquer des taches sur la moquette. Il faudrait peut-être inscrire son remplacement sur la liste de ses projets.

– Des rumeurs, dit-il enfin. Je suis franc avec vous. Je ne connais pas les noms. Je ne sais rien de précis.

– On se contentera des rumeurs, répondit Amelia, conciliante.

– Il y avait une odeur de fric là-dessous.

– De l'argent ? Beaucoup ?

– C'était peut-être de gros paquets. Ou un peu d'argent de poche.

– Continuez.

– Je ne connais pas les détails. C'est comme quand on est dans la rue, on fait son boulot, et quelqu'un dit quelque chose à un type qui est à côté de vous et vous ne comprenez pas très bien, mais vous commencez à vous faire une vague idée.

– Vous avez retenu des noms ?

– Non, non. Ça fait déjà pas mal de temps. Mais ça devait être une histoire de fric. Je ne sais pas comment on le donnait. Oh, pas de très grosses sommes. Ni à qui. Tout ce que j'ai entendu, c'est que ceux qui touchaient avaient quelque chose à voir avec le Maryland. C'était là-bas que tout l'argent allait.

– Dans un endroit particulier ? À Baltimore ? Sur la côte ?

– Non.

Amelia se demanda quel pouvait être le scénario. Creeley ou Sarkowski avaient-ils une affaire dans le Maryland – sur la côte peut-être, à Ocean City ou à Rehobeth ? Ou bien les policiers du 118 ? Ou bien la mafia de Baltimore ? L'idée se tenait, car elle pouvait expliquer pourquoi on cherchait vainement la piste d'un gang à Manhattan, à Brooklyn ou dans le New Jersey.

– Je veux voir le dossier Sarkowski. Pouvez-vous me dire où je dois le chercher ?

– Il faut que je donne un ou deux coups de fil, dit Snyder après une hésitation.

– Merci.

Amelia se leva.

– Une seconde, fit Snyder. Laissez-moi vous dire une chose. Je vous ai traitée de gamine. Bon, j'aurais pas dû. Vous avez des couilles, vous ne reculez pas et vous êtes intelligente. Ça se voit tout de suite. Mais ça ne fait pas longtemps que vous êtes dans le métier. Dites-vous bien ça à propos du 118. Personne ne tombera. Et même si l'affaire finissait par sortir, ça ne serait pas tout noir et tout blanc. Demandez-vous plutôt : quelques dollars de plus ou de moins, qu'est-ce que ça change ? Il arrive qu'un mauvais flic sauve la vie d'un enfant. Et qu'un bon flic prenne quelque chose qu'il ne devrait pas prendre. C'est la loi de la rue. (Lui lançant un regard perplexe :) Bon Dieu, s'il y en a une qui devrait le savoir, c'est bien vous !

– Moi ?

– Bien sûr. (La regardant de la tête aux pieds :) Le Club de la 16e Avenue.

– Je ne sais pas de quoi vous parlez.

– Oh, je suis sûr que si !

Et il le lui expliqua.

– On m'a dit que c'était une tireuse hors pair, disait Baker à Rhyme.

Le laboratoire abritait, à ce moment, une population exclusivement masculine ; Kathryn Dance était repartie à son hôtel pour retrouver sa chambre – une fois de plus – et Amelia était sortie pour s'occuper de « l'autre affaire ». Pulaski, Cooper et Sellitto étaient là, avec Jackson, le chien.

Rhyme parla du club de tir où s'entraînait Amelia et des compétitions auxquelles elle participait. Il dit à Baker, non sans fierté, qu'elle était presque la meilleure de la ligue new-yorkaise au pistolet, et espérait remporter la première place dans le tournoi qui devait se disputer prochainement.

– Elle me paraît aussi en forme que la plupart des bleus qui sortent de l'académie, dit Baker en se tapotant l'estomac. Et je devrais faire un peu d'exercice, moi-même.

La situation avait ceci d'ironique que Rhyme, condamné au fauteuil roulant, faisait désormais plus d'exercice qu'avant son accident. Il passait chaque jour de longs moments sur son tapis de gymnastique électronique et sur son vélo électrique – appelé ergomètre. Il se rendait aussi plusieurs fois par semaine à la piscine pour un traitement spécial. Ce régime avait un double objectif. Il lui permettait de conserver sa masse musculaire pour le jour où – comme il le croyait – il pourrait marcher à nouveau. Et les exercices visaient aussi à le rapprocher de ce jour en améliorant la fonction nerveuse dans les parties lésées de son corps. Il avait ainsi regagné depuis quelques années certaines fonctions dont les médecins lui disaient qu'il serait privé à jamais.

Mais Rhyme comprit, à la question suivante, que Baker ne s'intéressait pas aux pratiques sportives d'Amelia Sachs.

– Il paraît que vous... sortez ensemble ?

Amelia était une lanterne qui attirait bien des moucherons, et le criminologue ne fut pas surpris d'entendre le détective se renseigner sur sa disponibilité. Il se mit à rire, amusé par l'expression qu'avait employée Baker. *Sortir ensemble...*

– On peut le dire comme ça !

– Ça ne doit pas être facile, dit Baker, qui se reprit aussitôt. Attendez, je ne pensais pas à ce que vous croyez.

Mais Rhyme avait fort bien compris. Baker ne parlait pas d'une relation entre un infirme et une personne valide – il semblait à peine conscient de la condition de Rhyme. Non, il pensait à un risque d'une autre nature.

– Deux flics ensemble, vous voulez dire ?

« L'autre affaire » contre « son affaire ».

– Je suis sorti avec une fille du FBI à une époque. On a eu des conflits d'attribution.

– C'est assez bien dit, opina Rhyme en riant. Mon ex-épouse n'était pas dans la police, et pourtant on a connu de bien mauvais moments. Blaine était d'une redoutable précision au tir. J'y ai perdu quelques jolies lampes. Et un microscope Bausch & Lomb. Sans doute n'aurais-je pas dû le rapporter à la maison... Enfin, l'avoir chez soi, passe encore. Mais le garder sur sa table de nuit...

– Je ne vois pas ce qu'il y a de drôle à propos des microscopes dans les chambres à coucher ! lança Sellitto du fond de la pièce.

– Ce n'est pas ce que j'avais cru comprendre, rétorqua Rhyme.

Il interrompit son bavardage avec Baker pour propulser son fauteuil vers Pulaski et Cooper, qui tentaient de relever des empreintes sur la bobine de fil de fer de la fleuriste – Rhyme espérait que l'Horloger, dans l'incapacité de manipuler du fil de fer avec des gants, l'avait fait à mains nues. Mais cet espoir fut déçu.

Rhyme entendit la porte s'ouvrir et un instant plus tard Amelia Sachs entra dans le laboratoire en jetant distraitement son blouson sur une chaise. Elle ne souriait pas. Elle répondit d'un hochement de tête au salut de l'équipe et se tourna vers Rhyme.

– Il y a du nouveau ?

– Non. Rien. Encore quelques rayures sur le fil de fer, mais il n'y a rien à en tirer. Et aucune information du côté d'ASTER non plus.

Amelia regarda le tableau. Mais Rhyme eut l'impression qu'elle ne voyait pas les mots.

– Ron, dit-elle en se tournant vers le bleu, le détective de l'affaire Sarkowski m'a dit qu'il avait entendu des rumeurs d'après lesquelles nos amis du 118 touchaient de l'argent. Il pense qu'il y a un lien avec le Maryland. Si on le trouve, on saura d'où vient l'argent et on aura sans doute quelques noms. Je pense au CO et à Baltimore.

– Tu veux dire le crime organisé ?

– À moins que tu ne sortes d'une autre académie de police que la mienne, c'est ce que CO veut dire.

– Excuse-moi.

– Mets-toi au téléphone. Tâche de savoir si on a repéré un ou plusieurs membres d'un gang de Baltimore opérant à New York. Et si Creeley, Sarkowski ou quelqu'un du 118 possède un établissement quelconque là-bas ou fait beaucoup d'affaires dans le Maryland.

– Je vais passer au commissariat et…

– Non. Téléphone. Sans te nommer.

– Il ne vaudrait pas mieux y aller en personne ? Je pourrais…

– Le *mieux*, rétorqua sèchement Amelia, c'est de faire ce que je te dis.

– D'accord, dit Ron, les deux mains levées en un geste de reddition.

– Dis donc, Linc, lança Sellitto, j'ai l'impression que ta bonne humeur devient contagieuse !

Amelia serra les lèvres. Puis elle se détendit légèrement.

– Je crois que ce sera moins risqué comme ça, Ron.

C'était tout au plus une façon de s'excuser à la Lincoln Rhyme, mais Pulaski l'accepta.

– Je comprends, dit-il.

Amelia se détourna du tableau.

– Il faut que te parle, Rhyme. En tête à tête. (Regardant Baker :) Vous permettez ?

– Mais bien sûr. J'ai d'autres affaires qui m'attendent, dit l'inspecteur en enfilant son manteau. Vous savez où m'appeler si vous avez besoin de moi.

– Alors ? demanda Rhyme d'une voix douce.

– En haut. Seuls.

– Très bien.

Que se passait-il ?

Ils prirent le minuscule ascenseur jusqu'au premier étage, et Rhyme entra dans la chambre sur son fauteuil, suivi par Amelia.

Elle s'assit devant un ordinateur et se mit à taper furieusement sur le clavier.

– Qu'y a-t-il ? demanda Rhyme.

– J'en ai pour une minute.

Elle faisait défiler des documents.

Rhyme nota deux choses. D'une part, elle s'était gratté le cuir chevelu et il y avait du sang sur son pouce. Par ailleurs, elle avait pleuré. Ce qui ne s'était produit que deux ou trois fois depuis qu'ils se connaissaient.

Elle tapait de plus en plus fort et les pages défilaient, presque trop vite pour qu'on les lise.

Il commençait à perdre patience. Il était concerné.

– Explique-moi ce qui se passe, Sachs, dit-il d'un ton ferme.

Elle regardait fixement l'écran en secouant la tête. Puis elle se tourna vers lui.

– Mon père… était… un ripoux.

Sa voix s'étranglait. Rhyme s'approcha, et le regard d'Amelia revint se fixer sur l'écran. Il comprit qu'il voyait défiler des articles de journaux.

– Il s'est fait prendre, murmura-t-elle, les lèvres tremblantes.

– Impossible.

Rhyme n'avait pas connu Herman Sachs, mort d'un cancer bien avant sa rencontre avec Amelia. C'était un flic de base, qui avait toute sa vie arpenté le bitume. Et chez les Sachs on avait ça dans le sang : Heinrich Sachs, son père, était arrivé d'Allemagne comme immigré en 1937 avec sa fiancée et le père de celle-ci, un détective de la police berlinoise. Devenu citoyen américain, Heinrich avait aussitôt intégré la police de New York.

L'idée qu'un rejeton de la lignée des Sachs ait pu être corrompu était inconcevable pour Rhyme.

– Je viens de voir un détective pour l'enquête sur le Saint James. Il a travaillé avec mon père. Il y a eu un scandale à la fin des années 1970. Une affaire d'extorsion de fonds, de pots-de-vin et même d'agressions. Une dizaine de policiers en tenue ont été arrêtés. On les a appelés « le Club de la 16e Avenue ».

– Oui. J'ai lu des articles à ce sujet.

– J'étais un bébé à cette époque. (Sa voix s'étrangla.) On ne m'en a jamais parlé, même après mon entrée dans la police. Ni mon père ni ma mère n'y ont jamais fait allusion. Mais il faisait partie de cette bande.

– Sachs, je n'arrive pas à le croire. Tu as interrogé ta mère ?

Elle hocha la tête.

– Elle a dit que ce n'était rien. Certains des policiers mis en cause avaient donné des noms juste pour ne pas être poursuivis.

– C'est quelque chose qui se produit souvent quand il s'agit des Affaires internes. Très souvent. Tout le monde essaie de mouiller tout le monde, y compris des innocents. Mais on finit toujours par y voir clair. Voilà ce qui s'est passé pour ton père. C'est tout.

– Non, Rhyme. Ce n'est pas tout. Je suis passée à la SAI pour consulter leurs archives. Mon père était coupable. Deux des policiers impliqués ont déclaré sous serment qu'ils l'avaient vu racketter des commerçants et protéger des organisateurs de jeux clandestins, et même faire disparaître des dossiers et des pièces à conviction dans des affaires impliquant certains gangs mafieux de Brooklyn.

– Des on-dit, tout ça…

– Non, des preuves ! On avait des preuves. Ses empreintes sur les billets. Et les armes non déclarées qu'il cachait dans son garage. Les expertises balistiques ont prouvé que l'une de ces armes avait servi lors d'une tentative de meurtre un an auparavant. Mon père planquait l'arme du crime, Sachs ! Tout est dans le dossier. J'ai lu le rapport de l'expert qui a examiné les empreintes. J'ai vu les empreintes.

Rhyme se taisait.

– Et comment s'en est-il sorti ? demanda-t-il enfin.

– C'est là que ça devient drôle, Rhyme, répondit Amelia avec un petit rire plein d'amertume. Les flics chargés des relevés sur les scènes de crime se sont plantés. Les formulaires de mise sous scellés n'étaient pas établis dans les règles, son avocat les a récusés et les preuves ont été frappées de nullité.

Ces formulaires accompagnent chaque pièce à conviction pour éviter qu'elle ne soit modifiée ou altérée, intentionnellement ou non, et qu'un suspect échappe ainsi à son inculpation. Ce qui n'aurait pas pu se produire dans le cas d'Herman Sachs, puisqu'il est impossible de modifier des empreintes digitales. Mais la règle doit s'appliquer, et faute de ces formulaires, ou s'ils ne sont pas correctement établis, les pièces sont presque toujours frappées de nullité et exclues du dossier d'accusation.

– Et puis… il y avait des photos de lui en compagnie de Tony Gallante.

Un caïd de la mafia de Bay Ridge.

– Ton père avec Gallante ?

– En train de dîner ensemble, Rhyme ! J'ai appelé Joe Knox, un flic avec lequel mon père avait souvent fait équipe – il faisait partie du Club de la 16e Avenue lui aussi. Il a été viré. Je lui ai demandé de me dire ce qui était arrivé à mon père, c'est tout. Il a d'abord refusé d'en parler. Mon coup de fil l'avait secoué. Mais il a fini par avouer que c'était vrai. Mon père, Knox et deux autres policiers avaient rackketté pendant plus d'un an des commerçants et des entrepreneurs. Ils avaient ensuite fait disparaître les pièces à conviction et menacé de tabasser ceux qui oseraient se plaindre. On croyait que mon père allait plonger pour de bon, mais il y a eu cette erreur de procédure, et il a échappé au procès. On l'a surnommé « le poisson qui est passé entre les mailles du filet ».

Elle continua ses recherches, d'un fichier informatique à l'autre, en essuyant ses larmes. Elle consulta aussi des documents officiels – les archives de la police de New York, auxquelles Rhyme avait accès en raison du travail qu'il faisait pour le département. Il avait encore rapproché son fauteuil, si près qu'il sentait son parfum.

– Douze policiers du Club de la 16e Avenue ont été inculpés. La section des affaires internes en avait repéré trois autres, mais ils n'ont pas été poursuivis faute de preuves suffisantes. Il faisait partie des trois. Seigneur ! Le poisson qui est passé entre les mailles du filet...

Elle se laissa aller en arrière sur sa chaise, enfouit les doigts dans ses cheveux pour se gratter furieusement le cuir chevelu. Puis, se rendant compte de ce qu'elle faisait, elle posa sa main sur ses genoux. Il y avait du sang sur les ongles.

– Au moment de cette histoire avec Nick..., commença-t-elle. (Elle se tut brusquement, poussa un soupir avant de reprendre.) Je me suis dit qu'il n'y avait rien de pire qu'un flic corrompu. Je ne pouvais pas penser autre chose... et aujourd'hui je découvre que mon père en était un.

– Sachs...

Rhyme était douloureusement frustré de ne pouvoir lever le bras et poser la main sur la sienne, tenter de prendre sur lui un peu de la souffrance qui la faisait trembler. Il sentit une bouffée de colère l'envahir à cause de son impuissance.

– Ils touchaient des pots-de-vin pour faire disparaître des preuves, Rhyme. Tu sais ce que ça veut dire ? Combien de coupables ont échappé à la justice grâce à eux ? (Se retournant vers l'ordinateur :) Combien de criminels ? Et combien de gens qui n'avaient rien fait de mal sont morts à cause de mon père ? Combien ?

CHAPITRE 16

La faim était revenue, puissante et brutale comme la vague qui vous submerge et vous emporte, et Vincent ne pouvait s'empêcher de dévorer des yeux les femmes qu'il croisait dans la rue.

Ces viols imaginaires lui donnaient encore plus faim.

Cette blonde aux cheveux courts, qui passait avec son sac de supermarché. Vincent se voyait sur elle, lui prenant la tête à deux mains…

Et cette petite brune dont les cheveux longs comme ceux de Sally Anne dégringolaient d'un bonnet de laine… Il sentait se contracter sous sa main les muscles de ses reins.

Et cette autre blonde, là-bas, en tailleur, avec son attaché-case… Il se demanda si elle hurlerait ou si elle pleurerait. Non, elle était de celles qui hurlent, se dit-il.

Gerald Duncan conduisait la Band-Aid-Mobile. Ils sortirent d'une petite rue pour rejoindre une avenue et prirent la direction du nord.

– On ne capte plus rien, dit le tueur en montrant le scanner, qui ne diffusait plus que des informations sur la circulation. Ils ont changé de fréquence.

– Tu veux que je cherche la nouvelle ?

– Elle doit être brouillée. Ce qui m'étonne, c'est qu'ils n'aient pas fait ça tout de suite.

Vincent aperçut une autre brune – ah, qu'elle est belle ! – qui sortait du Starbucks. Avec des bottes. Vincent aimait bien les bottes.

Combien de temps encore à attendre ? se demanda-t-il.

Pas très longtemps. Jusqu'à ce soir peut-être, ou jusqu'à demain... Le jour où il avait fait la connaissance de Duncan, le tueur lui avait dit qu'il fallait renoncer à ses câlins jusqu'à ce qu'ils mettent leur « projet » à exécution. Vincent avait accepté – pourquoi pas ? L'Horloger lui avait dit aussi qu'il y aurait cinq femmes parmi leurs victimes. Deux étaient des femmes d'âge mûr, mais il pourrait les avoir aussi, s'il était intéressé (une corvée, mais il fallait bien que quelqu'un s'en charge, s'était dit Vincent pour lui-même en guise de plaisanterie).

Il s'était donc abstenu.

– Je me demande toujours comment ils ont fait pour savoir que c'était nous, dit Duncan en secouant la tête.

Nous ? Il avait de drôles de façons de parler, parfois.

– Tu as une idée, toi ?

– Non, marmonna Vincent.

Duncan ne décolérait pas, ce qui l'étonnait. Le beau-père de Vincent criait toujours quand il se mettait en colère, comme après l'incident avec Sally Anne. Et Vincent lui-même devenait vite furieux quand l'une de ses bien-aimées se débattait et lui faisait mal. Mais pas Duncan. Il trouvait que la colère était inefficace. Il fallait penser au grand ordre des choses, disait-il. Il y avait toujours un grand dessein, et les petits contretemps étaient insignifiants, ne valaient pas qu'on y gaspille son énergie. « C'est comme le temps. Ce sont les siècles et les millénaires qui comptent. Avec les humains c'est la même chose. Une vie n'est rien. Ce qui compte, c'est une génération. »

Vincent se disait qu'il était d'accord, même si pour lui *chaque* câlin était important ; il ne voulait pas laisser passer la moindre occasion de s'en offrir un.

– On va essayer encore une fois ? Avec Joanne ?

– Non, pas tout de suite, répondit le tueur. Ils ont sans doute posté un agent pour la protéger. Et même si tu arrivais à l'attraper, ils comprendraient que j'avais une raison pour qu'elle meure. Or je tiens à ce qu'ils pensent que ces victimes sont choisies au hasard. C'est important. Ce qu'on va faire maintenant, c'est…

Il s'interrompit. Il regardait dans le rétroviseur.

– Qu'est-ce qu'il y a ?

– Des flics. Une voiture de police vient de déboucher, là-bas. Ils ont commencé à tourner, puis ils ont changé de direction pour venir vers nous.

Vincent se retourna. Il vit la voiture blanche avec son gyrophare sur le toit, à un pâté d'immeubles derrière eux. Elle semblait accélérer.

– Je crois que c'est pour nous.

Duncan s'engagea brusquement dans une rue étroite et enfonça l'accélérateur. À la rue suivante, il bifurqua à nouveau.

– Qu'est-ce que tu vois ?

– Je ne crois pas… Attends ! Oui, c'est eux. Ils nous suivent, c'est sûr.

– Cette rue, là, à droite, tu la connais ? Elle va jusqu'à la voie rapide ?

– Oui. Prends-la !

Vincent avait soudain les mains moites.

Duncan tourna et fonça dans la rue à sens unique, puis bifurqua à gauche sur la voie rapide en direction du sud.

– C'est quoi, là, devant ? Ces phares qui clignotent ?

Vincent ne les voyait que trop bien.

– Qu'est-ce qu'on fait ? demanda-t-il, sa voix déraillant vers l'aigu.

– Ce qu'on a à faire, répondit Duncan avec calme, en réussissant un virage impossible sans effort apparent.

Lincoln Rhyme aurait voulu, comme on coupe le son de la radio, ne plus entendre Sellitto qui n'en finissait pas de parler à son portable ; ni Ron Pulaski, qui cherchait à se renseigner par téléphone sur les gangs de Baltimore.

Couper tous les sons pour laisser quelque chose lui revenir à l'esprit.

Il ne savait pas très bien quoi. Un vague souvenir qui cherchait à refaire surface.

Un nom, un incident, un lieu. Il n'aurait pas su le dire. Mais il *savait* que c'était quelque chose d'important, de vital.

Quoi ?

Il ferma les yeux et passa tout près. Mais la chose lui échappa une fois encore.

Une pensée fugitive, éphémère comme ces fleurs de pissenlit qu'il poursuivait, enfant, dans le Midwest, près de Chicago, en courant, courant à travers champs, et qui se délitaient sous son souffle. Lincoln Rhyme adorait courir, adorait attraper ces boules blanches évanescentes et les graines qui tombaient des arbres en tournoyant, tels des hélicoptères. Il adorait chasser les libellules, les abeilles et les papillons de nuit.

Les examiner, tout savoir sur eux. Lincoln Rhyme était venu au monde avec une curiosité farouche, c'était déjà un chercheur-né.

Courir… à perdre haleine.

Et l'homme cloué à son fauteuil courait encore, en s'efforçant de rattraper une graine qui le fuyait. Et s'il courait désormais en pensée, cette course n'en était pas moins aussi intense et épuisante que celles de sa jeunesse.

Là… Là…

Je l'ai presque.

Non, pas tout à fait.

Bon Dieu !

N'y pense plus, ne te force pas. Laisse venir.

Ses pensées couraient parmi les souvenirs et les fragments de souvenirs, comme ses pieds avaient foulé l'herbe odorante et la terre chaude à travers les roseaux qui bruissaient sur son passage, sous les immenses tapis de nuages blancs qui glissaient dans le ciel bleu à des milliers de mètres au-dessus de lui.

Des centaines et des centaines d'images de meurtres, d'enlèvements et de vols, de photographies de scènes de crime, de rapports et de procès-verbaux, d'inventaires de pièces à conviction, de particules grossies au microscope, de montagnes et de vallées sur l'écran d'un chromatographe à gaz, fugaces et tourbillonnantes comme des myriades de pétales, de sauterelles, de grillons et de plumes de rouge-gorge.

Oui, là, tout près...

Il ouvrit les yeux.

– Luponte, dit-il dans un murmure.

Une onde de satisfaction parcourut son corps privé de sensations.

Rhyme n'en était pas absolument certain mais sentait qu'il y avait quelque chose de décisif dans ce nom : Luponte.

– J'ai besoin d'un dossier, dit-il en regardant Sellitto, qui s'était assis devant un ordinateur pour étudier une image à l'écran. Un dossier !

Le gros détective se retourna.

– C'est à moi que tu parles ?

– Oui, je te parle !

– Un dossier ? répéta Sellitto. C'est moi qui l'ai ?

– Non. Il faut que tu le trouves.

– Sur quoi ? Une affaire ?

– Je crois. Je ne sais pas à quand ça remonte. Je sais seulement que le nom de Luponte y figure. (Il épela.) Il y a pas mal de temps...

– C'était le nom du coupable ?

– Peut-être. Ou celui d'un témoin, ou d'un responsable quelconque. Voire d'un caïd du milieu. Je ne sais pas.

Luponte...

– Tu as la tête du chat qui vient de trouver le pot de crème, dit Sellitto.

– Ça se dit, ça ? demanda Rhyme en fronçant les sourcils.

– Je n'en sais rien. Mais ça sonne bien. Bon, va pour le dossier Luponte. Je m'en occupe. C'est important ?

Un fax crépita sur l'appareil.

– Nos images thermiques d'ASTER ? demanda Rhyme.

– Non, c'est pour Amelia, répondit Cooper. Où est-elle ?

– En haut.

Comme Rhyme s'apprêtait à l'appeler, elle entra dans le laboratoire. Elle avait les yeux secs et toute trace de rougeur avait disparu de son visage. Elle se maquillait rarement, mais il se demanda si elle n'avait pas fait une exception pour ne pas laisser voir qu'elle avait pleuré.

– C'est pour toi, dit Cooper en regardant le fax. Les résultats de la deuxième analyse des cendres ramassées chez je-ne-sais-plus-qui.

– Creeley.

– Le labo a réussi à reconstituer le logo sur le tableau de chiffres. C'est celui d'un logiciel comptable utilisé par les entreprises. Ça n'a rien d'exceptionnel. C'est vendu par milliers à des agents comptables dans tout le pays.

Elle prit la feuille avec un haussement d'épaules et lut :

– Les flics du Queens ont fait examiner les comptes par un agent comptable légiste. Il s'agit simplement des salaires et des primes versés aux patrons d'une entreprise. Rien d'extraordinaire là-dedans. (Secouant la tête :) Ça ne paraît pas important. Je pense que ceux qui se sont introduits par effraction ont simplement brûlé tout ce qui leur tombait sous la main pour détruire ce qui pouvait aider à établir un lien entre Creeley et eux.

Rhyme regardait ses yeux marqués par les pleurs.

– Il arrive souvent, aussi, qu'on brûle n'importe quoi dans le seul but d'égarer les enquêteurs sur de fausses pistes, dit-il.

– Mais oui, bien sûr, lança Amelia en hochant la tête. Bien vu, Rhyme. Merci.

Son téléphone sonna.

La détective écouta un instant en fronçant les sourcils.

– Où ? D'accord. (Elle griffonna quelques notes.) J'arrive. (Se tournant vers Pulaski :) J'ai peut-être une piste pour Sarkowski. Je vais tout de suite le vérifier.

– Tu veux que je t'accompagne ? demanda-t-il, un peu gauche.

Elle était plus calme. Elle sourit, mais Rhyme vit que ce sourire était forcé.

– Non, tu restes ici, Ron. Merci.

Empoignant son blouson, elle sortit sans un mot de plus.

Au moment où la porte se refermait sur elle, le téléphone de Sellitto se mit à sonner à son tour. Il se crispa en écoutant. Puis se tourna vers les autres.

– L'Explorer brun clair avec deux hommes à bord a été repérée. Ils ont réussi à filer, mais on les poursuit. (Il écouta à nouveau.) Compris. (Raccrochant :) Les collègues les ont suivis jusqu'au grand parking couvert qui se trouve à Houston au bord du fleuve, à côté de la voie rapide. Les sorties sont bouclées. On va peut-être les avoir cette fois.

Utilisant sa commande vocale, Rhyme régla sa radio sur les transmissions grésillantes de la police, et tous les hommes présents dans le laboratoire tendirent l'oreille vers les baffles de plastique noir. Deux policiers en patrouille annoncèrent que la Ford Explorer avait été localisée au deuxième niveau, mais qu'elle était abandonnée. Aucune trace des deux passagers.

– Je connais ce parking, dit Sellitto. C'est une vraie passoire. Ils ont pu s'échapper de n'importe quel côté.

Bo Haumann et un lieutenant expliquaient maintenant qu'ils avaient des patrouilles en train de ratisser les alentours, mais que l'Horloger et son compagnon restaient introuvables.

– On a leurs roues, au moins, dit Sellitto, visiblement déçu. Elles vont parler et elles nous diront un tas de choses. Il faudrait rappeler Amelia pour qu'elle aille sur cette scène.

Rhyme hésita. Il se doutait bien que le conflit entre les deux affaires risquait d'éclater, mais n'avait pas pensé que ça arriverait si vite.

Bien sûr, il faudrait la rappeler.

Mais le criminologue décida de n'en rien faire. Il connaissait Amelia mieux que lui-même, et savait qu'elle avait besoin de s'investir dans l'affaire du Saint James.

Il n'y a rien de pire qu'un flic corrompu...

Il ferait donc ça pour elle.

– Non. Laissez-la tranquille.

– Mais, Linc...

– On va prendre quelqu'un d'autre.

Le lourd silence qui semblait s'éterniser fut rompu par la voix du bleu :

– Je vais m'en occuper, chef.

Rhyme regarda à sa droite.

– Vous, Ron ?

– Oui, chef. Je peux le faire.

– Je ne le crois pas.

Le bleu le regarda droit dans les yeux et se mit à réciter :

– Ne jamais oublier que l'endroit où on retrouve le corps de la victime est la moins importante des nombreuses scènes qui sont créées en cas de meurtre, car c'est sur cette scène que les meurtriers consciencieux se seront appliqués à effacer toute trace, voire à placer de faux indices pour égarer les enquêteurs. Le plus important…

– Mais c'est…

– Votre manuel, chef. Je l'ai lu. Deux fois, d'ailleurs.

– Et vous le connaissez par cœur ?

– Les passages importants seulement.

– Qu'est-ce qui *n'est pas* important ?

– Je veux dire que j'ai retenu les règles de base.

Rhyme hésitait. Il était jeune, inexpérimenté. Mais il savait à qui ils avaient affaire et il avait un bon œil.

– Très bien, Ron. Mais n'oubliez pas votre téléphone et ne posez pas le pied sur la scène tant que nous ne serons pas en liaison radio.

– Ça me va tout à fait, chef.

– Ah, *ça vous va ?* Merci de votre approbation, jeune homme. Et maintenant foncez !

Ils étaient hors d'haleine.

Duncan et Vincent, chargés de sacs dans lesquels ils avaient fourré tout ce qui se trouvait à bord de l'Explorer, ralentirent pour pénétrer dans un jardin public au bord de l'Hudson. Ils étaient à deux pâtés d'immeubles du parking couvert dans lequel ils avaient abandonné leur voiture après avoir fui devant les policiers.

Ainsi le port de gants – que Vincent avait d'abord vu comme une manifestation de paranoïa – s'était finalement avéré utile.

Il se retourna.

– Ils ne sont plus là. On les a semés.

Duncan s'appuya à un jeune arbre, fut secoué par un haut-le-cœur et vomit sur l'herbe. Vincent avait la poitrine en feu. Ils soufflaient de la vapeur par la bouche et par les narines. Le tueur était furieux, mais encore plus intrigué.

– L'Explorer aussi ! Ils ont su quelle voiture on avait. Je ne comprends pas. Comment l'ont-ils su ? Et qui nous court après maintenant ? Cette policière rousse que j'ai vue dans Cedar Street ? C'est peut-être elle.

Elle...

Puis Duncan regarda à côté de lui et se rembrunit. Le sac de toile était ouvert.

– Oh, non..., murmura-t-il.

– Quoi ?

Le tueur se laissa tomber à genoux et se mit à fouiller.

– Il manque quelque chose. Le livre et les munitions sont restés dans la voiture.

– Il n'y a pas nos noms dessus. Ni nos empreintes, hein ?

– Non, dit Duncan en regardant Vincent du coin de l'œil. Et tes putains d'emballages de confiseries, et tes canettes vides ? Tu avais gardé tes gants, j'espère ?

Vincent vivait avec la terreur de décevoir son ami et se montrait toujours très prudent. Il fit signe que oui.

Duncan se retourna pour regarder vers le parking.

– Tout de même... Chaque nouvel indice qu'ils trouvent est comme une pièce qui s'ajoute à un mécanisme d'horlogerie. Quand on en a assez, si on est malin, on comprend comment il marche. On peut même trouver qui l'a fabriqué.

Retirant sa veste, il la tendit à Vincent. Il portait dessous un sweat-shirt gris. Il prit une casquette de base-ball dans le sac et s'en coiffa.

– Retrouvons-nous à l'église. Vas-y directement. Ne t'arrête sous aucun prétexte.

– Qu'est-ce que tu vas faire ? demanda Vincent à voix basse.

– Le parking est mal éclairé et il est grand. Les flics ne sont pas assez nombreux pour tout couvrir. Et la petite porte par laquelle on est ressortis ne se voit presque pas de l'extérieur. Ils n'y auront peut-être pas mis quelqu'un… Avec un peu de chance, il se peut qu'ils n'aient pas encore trouvé l'Explorer. Je vais aller chercher ce qu'on a oublié.

Prenant le couteau, il le glissa sous sa chaussette. Puis il plongea la main dans sa poche et en tira un petit revolver dont il vérifia la charge.

– Mais s'ils l'ont repérée ? demanda Vincent.

– On verra, répondit Duncan avec son calme retrouvé. Dans ce cas, je m'arrangerai pour les liquider.

CHAPITRE 17

De toute sa vie Ron Pulaski n'avait jamais éprouvé une telle tension qu'à cet instant, face à l'Explorer brun clair brillamment éclairée par des projecteurs dans le garage où régnait un froid glacial.

Il était seul. Lon Sellitto et Bo Haumann – deux légendes de la police de New York – se trouvaient au poste de commandement, au niveau inférieur. Deux techniciens de la brigade spécialisés dans les scènes de crime avaient installé les éclairages et lui avaient mis une mallette dans chaque main en lui souhaitant bonne chance, avec, dans la voix, une note qui n'annonçait rien de bon.

Il avait revêtu une combinaison en Tyvek, sans veste ni blouson, et frissonnait dans le froid.

Allez, Jenny, dit-il silencieusement à sa femme, comme il le faisait toujours dans les moments difficiles, pense très fort à moi ! Et d'ajouter, toujours pour lui-même mais en reprenant une phrase maintes fois échangée avec son frère : Ne me laisse pas me planter sur ce coup-là !

Il avait des écouteurs sur les oreilles, et on lui avait dit qu'il pourrait parler avec Lincoln Rhyme sur une fréquence sécurisée. Mais il n'avait capté jusque-là que des parasites.

Tout à coup, la voix du criminologue tonna dans les écouteurs.

– Alors, qu'avez-vous ?

Pulaski sursauta, diminua le volume.

– Eh bien, chef, il y a devant moi une Ford Explorer SUV. À environ six mètres. Elle est stationnée dans une partie plutôt déserte du…

– *Plutôt* déserte. Ça me fait penser à *assez unique* ou *plus ou moins* enceinte. Y a-t-il ou non d'autres véhicules à proximité ?

– Oui.

– Combien ?

– Six, chef. À des distances variant de trois à six mètres du véhicule concerné.

– Laissez tomber le « chef ». Gardez votre souffle pour les choses importantes.

– Bien.

– Ces voitures sont-elles vides ? Personne ne s'y cache ?

– Mes collègues de l'ESU l'ont vérifié.

– Est-ce que les capots sont chauds ?

– Hum, je ne sais pas. Je vais voir.

Il aurait dû y penser.

Il les toucha l'un après l'autre – du dos de la main, au cas où on aurait à y chercher des empreintes.

– Non. Ils sont tous froids. Ils sont ici depuis un moment.

– Bon. Pas de témoins, donc. Des traces de pneus récentes en direction de la sortie ?

– Rien qui ait l'air récent, non. Sauf celles de l'Explorer.

– Donc ils n'avaient sans doute pas de voiture de rechange. Ce qui signifie qu'ils sont repartis à pied. C'est mieux pour nous… Maintenant, Ron, prenez une vue d'ensemble de la scène.

– Chapitre 3.

– C'est moi qui ai écrit ce foutu bouquin. Inutile de me le resservir.

– Bien. Vue d'ensemble… La voiture est garée de travers, à cheval sur deux emplacements.

– Ils se sont tirés en vitesse, évidemment. Ils se savaient suivis. Des empreintes de pas ?

– Non. Le sol est sec.

– Où se trouve la porte la plus proche ?

– À environ sept mètres – elle donne sur un escalier.

– Les types de l'ESU y sont allés voir ?

– Oui.

– Quoi d'autre en vue d'ensemble ?

Pulaski regarda autour de lui, à trois cent soixante degrés. C'est un parking couvert. Rien de plus… Il plissait les paupières, désireux de voir quelque chose de significatif. Mais il n'y avait rien.

– Je ne sais pas, dit-il enfin, à regret.

– On ne *sait* jamais dans ce métier, répondit Rhyme d'un ton léger, redevenant pour un instant un aimable professeur. Tout est une question de chance. Il n'y a rien qui vous *frappe* ? Vos impressions ? Parlez sans réfléchir.

Pulaski resta un moment silencieux. Il ne trouvait rien à répondre. Puis quelque chose lui vint brusquement à l'esprit.

– Pourquoi se sont-ils garés ici ?

– Pardon ?

– Vous me demandez si quelque chose me frappe. Eh bien, je trouve bizarre qu'ils se soient mis ici, aussi loin de la sortie. Pourquoi pas à côté ? Et pourquoi n'ont-ils pas mieux caché l'Explorer ?

– C'est bien, Ron. J'aurais dû poser cette question moi-même. Qu'en pensez-vous ? Pourquoi ici ?

– Peut-être que le type s'est affolé.

– Ça se pourrait. Et ce serait bon pour nous – il n'y a rien comme la peur pour vous faire commettre des imprudences. Il faudra y penser. Bon. Vous allez maintenant quadriller la scène. D'abord jusqu'à la sortie et retour, en contournant la voiture. Regardez à vos pieds, et regardez le plafond. Vous connaissez la méthode ?

– Oui, chef.

Pulaski fit des aller et retour pendant vingt minutes, en examinant le sol du garage et le plafond autour de la voiture. Sans négliger un millimètre. Il huma l'air – sans rien déduire des effluves de gaz d'échappement, d'essence et de produit désinfectant qui se mêlaient dans l'odeur du parking. Embarrassé à nouveau, il annonça à Rhyme qu'il n'avait rien trouvé. Le criminologue ne réagit pas et lui ordonna de fouiller la Ford Explorer.

Ils avaient interrogé le fichier d'identification des véhicules et découvert que le propriétaire avait déjà été identifié par Sellitto, qui n'avait pas poussé sa recherche car il purgeait une peine d'un an à la prison de Rikers Islands pour détention de cocaïne. Le véhicule avait été saisi dans le cadre de cette affaire, ce qui voulait dire que l'Horloger l'avait volé dans un parking où il attendait d'être vendu aux enchères – excellente idée, pensait Rhyme, sachant qu'il fallait deux semaines pour transmettre les dossiers de saisie des véhicules à l'administration et parfois plusieurs mois avant leur mise en vente. Les plaques d'immatriculation avaient été volées sur une autre Explorer stationnée à l'aéroport de Newark.

– J'adore les voitures, Ron, dit Rhyme sur un ton de confidence qui surprit le jeune policier. Elles nous disent tant de choses... Elles sont pour nous comme des livres.

À ces mots, des pages du manuel revinrent à l'esprit de Pulaski. Il s'abstint de le dire.

– C'est vrai. Le fichier des immatriculations, les plaques, les autocollants sur les pare-chocs, ceux des vendeurs, les étiquettes du contrôle technique...

Un rire dans les oreillettes.

– *Si* le propriétaire est celui qu'on cherche. Mais la nôtre a été volée, si bien que le nom de la station-service où il a fait faire la vidange ou le fait qu'il a été élève à la John Adams Middle School ne nous aideront guère, n'est-ce pas ?

– Certainement pas.

– Certainement pas, répéta Rhyme. Quelles informations peut-on tirer d'une voiture *volée* ?

– Ma foi... Des empreintes digitales ?

– Excellent. Il y a tant de choses à toucher dans une voiture – le volant, le levier de changement de vitesses, la commande du chauffage, les touches de la radio, les poignées des portières... des centaines de choses. Et elles ont toutes des surfaces lisses. Merci,

Detroit… ou Tokyo, ou Hambourg, d'ailleurs. Autre chose : la plupart des gens se servent de leur voiture comme d'un attaché-case ou d'un tiroir fourre-tout – vous savez, ces tiroirs de cuisine dans lesquels on trouve tout un bric-à-brac ? Tout y parle de la personne. C'est presque comme un journal intime qui ne mentirait pas. Voilà ce qu'il faut chercher d'abord. Les TM.

Traces matérielles, se rappela Pulaski.

Au moment où il se penchait, le jeune policier entendit un bruit métallique quelque part derrière lui. Il bondit en arrière et regarda tout autour, dans la pénombre du parking. Il connaissait la règle posée par Rhyme selon laquelle on devait être seul sur une scène de crime, et avait renvoyé tout le monde. C'était un rat, peut-être ? Ou une plaque de glace détachée du toit ? Puis il entendit un autre bruit, plus sec. Il pensa au tic-tac d'une pendule.

Ne t'obnubile pas là-dessus, se dit-il. Ça venait sans doute d'un projecteur, sous l'effet de la chaleur. Ne sois pas froussard. Tu l'as voulu, ce boulot, n'est-ce pas ?

Il inspecta les sièges avant.

– Il y a des miettes. Une quantité de miettes.

– Des miettes ?

– Biscuits, chips, chocolat… Quelques taches poisseuses. Du soda, je pense. Oh, attendez, quelque chose sur la banquette arrière… Excellent ! Une boîte de munitions. Des cartouches.

– Quelle sorte de cartouches ?

– Remington. Calibre 32.

– Qu'y a-t-il dans la boîte ?

– Euh… des cartouches ?

– Vous en êtes sûr ?

– Je ne l'ai pas ouverte. Je devrais ?

Le silence de Rhyme signifiait oui.

– C'est ça. Des cartouches. C'est une boîte de trente-deux, mais il en manque.

– Combien ?

– Attendez… Sept.

– Ah. Voilà qui est intéressant.

– Pourquoi ?

– Plus tard.

– Et... Écoutez ça !

– Écoutez *quoi* ? dit sèchement Rhyme.

– Pardon. Autre chose. Un livre sur les interrogatoires. Plutôt sur la torture, d'ailleurs.

– La torture ?

– Oui.

– Acheté ? Emprunté à une bibliothèque ?

– Il n'y a pas d'étiquette, pas de reçu à l'intérieur, aucune marque de libraire. En tout cas, il a été lu et relu.

– Bien vu, Ron. Vous ne dites pas qu'il appartient à notre homme. Gardez toujours un esprit ouvert.

Ce n'était pas un formidable compliment, mais le jeune policier l'apprécia.

Il passa un rouleau adhésif sur le plancher de la voiture, entre les sièges avant et dessous.

– Je crois qu'on a tout.

– La boîte à gants ?

– J'ai regardé. Elle est vide.

– Les pédales ?

– Je les ai raclées. Très peu de traces.

– Les appuis-tête ?

– Ah, je n'y avais pas pensé.

– Il peut y avoir des cheveux ou des résidus de lotion capillaire.

– Il y a des gens qui se couvrent la tête, observa Pulaski.

– Pour le cas très peu probable où l'Horloger ne serait ni un sikh, ni une bonne sœur, ni un astronaute, ni un pêcheur d'éponges à la tête entièrement couverte, faites-moi le plaisir d'examiner ces appuis-tête.

– Tout de suite.

Un instant plus tard, Pulaski avait entre les doigts quelques cheveux mi-bruns, mi-gris. Il l'avoua à Rhyme. Le criminologue ne prit pas le ton du « Je vous l'avais bien dit ».

– Excellent, dit-il. Mettez ça sous plastique. Les empreintes digitales maintenant ! J'ai hâte de savoir qui est en réalité notre Horloger.

Pulaski, en nage malgré le froid et l'humidité, chaussa ses lunettes protectrices et s'activa une dizaine de minutes avec un détecteur d'empreintes magnétique, les poudres et les vaporisateurs, et des sources de lumière alternative.

Et comme Rhyme, n'y tenant plus, lui demandait : « Alors ? », il fut bien obligé de répondre :

– En fait, il n'y a rien.

– Vous voulez dire aucune empreinte complète. Ce n'est pas grave. Même les empreintes partielles feront l'affaire.

– Non, je veux dire qu'il n'y a aucune empreinte, chef. Nulle part. Dans toute la voiture.

– Impossible !

Pulaski se rappelait, d'après le manuel de Rhyme, qu'il existait trois sortes d'empreintes : les empreintes plastiques en trois dimensions, comme on en trouve dans la boue ou dans l'argile ; les empreintes visibles à l'œil nu ; et les empreintes latentes, qu'on ne peut voir qu'avec un matériel spécialisé. On trouvait rarement des empreintes plastiques, et les empreintes visibles n'étaient pas fréquentes, mais il y avait partout de nombreuses empreintes latentes.

Sauf dans la Ford Explorer de l'Horloger.

– Des traces, des salissures ?

– Non.

– C'est insensé ! Ils n'ont pas pu nettoyer toute la voiture en quelques minutes ! Faites l'extérieur. Complètement. Surtout les portières, autour des poignées, et aussi autour du bouchon de réservoir.

Pulaski reprit fébrilement ses recherches. N'avait-il pas fait une erreur de manipulation avec le détecteur magnétique ? Avait-il répandu la poudre, vaporisé les produits chimiques selon les règles ? Avait-il les lunettes qu'il fallait ?

La grave blessure à la tête dont il avait été victime dans un passé récent lui avait laissé des séquelles, y compris des retours de stress posttraumatique et des accès de panique. Il souffrait aussi de ce qu'il avait décrit à Jenny comme « quelque chose de compliqué à expliquer médicalement – des pensées bizarres ». Il était obsédé par l'idée que depuis cet accident il n'était plus le même, qu'il était en quelque sorte un article endommagé, moins intelligent désormais que son frère jumeau, alors qu'ils avaient, avant, exactement le même QI. Il avait peur, en particulier, de ne pas être aussi intelligent que l'homme qu'il traquait depuis qu'il avait été engagé par Lincoln Rhyme.

Puis il se dit à lui-même : Ça suffit. Cesse de penser que tu vas tout rater. Tu étais dans les meilleurs à l'académie. Tu sais ce que tu fais. Tu travailles deux fois plus que la plupart des autres flics.

– Je suis catégorique, détective, dit-il à Rhyme. Ils se sont débrouillés pour ne pas laisser la moindre trace... Attendez, ne bougez pas !

– Je ne risque pas de bouger, Ron.

Pulaski chaussa ses lunettes à verres grossissants.

– C'est bon, j'ai quelque chose ! Je vois des fibres de coton. Beiges. Couleur chair, disons.

– « Disons » ?, gronda Rhyme.

– Couleur chair. En provenance de gants, je pense.

– C'est donc que lui et son complice sont précautionneux *et* malins.

Il y avait dans la voix du criminologue une note de contrariété qui impressionna Pulaski. Il n'aimait pas l'idée d'un Rhyme en difficulté. Un frisson lui parcourut l'échine. Il se rappela le bruit qu'il avait entendu un peu plus tôt. Ce bruit métallique.

Tic, tac...

– Vous avez regardé dans les rainures des pneus et dans la calandre ? Sur le rétroviseur latéral ?

Pulaski regarda.

– De la neige à moitié fondue et de la boue.

– Prélevez des échantillons.

Pulaski s'exécuta.

– C'est fait.

– Maintenant, les photos et la vidéo. Vous savez comment on fait ?

Il le savait. Il s'était chargé du reportage au mariage de son frère.

– Maintenant, occupez-vous des voies de sortie.

Pulaski regarda une fois de plus autour de lui. Ce bruit qu'il venait d'entendre, était-ce le même que tout à l'heure ou plutôt un bruit de pas ? Il y avait des fuites au plafond. L'eau tombait goutte à goutte, à un rythme aussi régulier que le tic-tac d'une pendule. Il y avait de quoi vous rendre nerveux. Il se remit à arpenter la scène, jusqu'à la sortie et retour, en regardant à ses pieds et au-dessus de lui, comme indiqué dans le manuel de Rhyme.

Une scène de crime est en trois dimensions…

– Toujours rien…

Un nouveau grognement lui répondit.

Pulaski entendit ce qui semblait être un bruit de pas.

Il porta la main à sa hanche et se rendit compte que son Glock se trouvait à l'intérieur de la combinaison en Tyvek, autrement dit hors de portée. Idiot. Fallait-il ouvrir la fermeture éclair et l'extraire de la combinaison ?

Faire ça, c'était prendre le risque de contaminer la scène.

Ron Pulaski décida de laisser son arme où elle était.

C'est un vieux parking ; pas étonnant qu'il y ait toutes sortes de bruits. Du calme.

Les faces de lune au fronton des pendules de l'Horloger – ses cartes de visite – regardaient fixement Lincoln Rhyme.

Des yeux étranges, au regard indéchiffrable.

Il n'entendait que le tic-tac ; la radio se taisait. Puis il y eut de curieux bruits de frottement. Et un claquement métallique. Ou n'était-ce que les parasites de la radio ?

– Ron ?

Seulement ce *tic-tac, tic-tac…*

– Ron ? Que faites-vous ?

Puis un grand bruit. Métal.

– Ron ? Qu'y a-t-il ?

Pas de réponse.

À la seconde où il s'apprêtait à ordonner à l'appareil un changement de fréquence pour dire à Haumann de rejoindre le bleu, la radio se mit enfin à grésiller. Et il entendit la voix affolée de Pulaski.

– … besoin d'aide ! 10-13, 10… Je…

Le 10-13 était un code réservé aux appels d'extrême urgence, quand un policier était en danger.

– Répondez-moi, Ron ! cria Rhyme. Ron ! Vous m'entendez ?

Un grognement incompréhensible.

La radio cessa d'émettre.

Seigneur.

– Mel, appelez-moi Haumann !

Le technicien pressa quelques boutons.

– Vous l'avez ! dit-il en désignant l'écouteur aux oreilles de Rhyme.

– Bo, c'est Rhyme. Pulaski a un problème ! Il vient d'appeler le 10-13 sur ma ligne. Tu l'as entendu ?

– Négatif. Mais on y va tout de suite.

– Il s'apprêtait à examiner l'escalier le plus proche de l'Explorer.

– Compris.

Maintenant qu'il était sur la fréquence principale, Rhyme entendait les autres transmissions radio. Haumann envoyait plusieurs équipes de renforts sur les lieux et demandait une assistance médicale. Puis il ordonna à ses hommes d'occuper tout le parking et de couvrir toutes les sorties.

Rhyme se laissa retomber contre le dossier de son fauteuil, furieux.

Furieux contre Amelia qui avait laissé tomber « son affaire » pour « l'autre affaire », et obligé Pulaski à se charger du travail. Furieux contre lui-même pour avoir laissé un bleu inexpérimenté sur une scène de crime dangereuse.

– Linc ? On y est ! Mais on ne le voit pas !

C'était la voix de Sellitto.

– Putain, tu ne vas tout de même pas me dire que vous ne l'avez pas trouvé !

D'autres bruits de voix.

– Il n'y a rien à ce niveau !

– Voilà l'Explorer !

– Mais lui ?

– Il y a quelqu'un là-bas, à neuf heures ?

– Négatif. Il est de chez nous.

– Il nous faut de la lumière ! On n'y voit pas assez !

Puis le silence. Un interminable silence.

Que se passait-il ?

Bon Dieu, dites-moi ce qu'il se passe !

Mais il ne reçut pas de réponse à sa question muette. Il se remit sur la fréquence de Pulaski.

– Ron ?

Il n'entendit qu'une série de bruits saccadés, comme si quelqu'un à qui on venait de trancher la gorge essayait de parler alors qu'il n'avait plus de voix.

CHAPITRE 18

– Allô, Amie ? Il faut que je te parle !

– Bien.

Amelia roulait en direction d'Hell's Kitchen, au centre de Manhattan, dans l'espoir de récupérer le dossier Sarkowski. Mais son esprit était ailleurs. Elle pensait aux pendules sur les scènes de crime. Au temps qui courait et au temps immobile. À ces moments où nous voudrions que le temps s'accélère pour nous emmener au-delà des souffrances du présent. Mais il ne s'accélère jamais dans ces moments-là. Il ralentit, se fait interminable et parfois même s'arrête dans le cœur du condamné à l'instant de son exécution.

– Il faut que je te parle !

Amelia Sachs se rappelait une discussion qui datait de plusieurs années.

– C'est assez grave, disait Nick.

Les deux amants sont dans l'appartement d'Amelia à Brooklyn. Amelia est encore une bleue, avec son uniforme neuf, ses chaussures noires luisant comme des miroirs. (Un conseil de son père :

« Des chaussures bien cirées te vaudront plus de respect qu'un uniforme, ma chérie. Ne l'oublie pas. » Elle ne l'a pas oublié.)

Nick, le beau brun au corps musclé (il aurait pu être mannequin) est flic, lui aussi. Plus âgé qu'elle. Et plus cow-boy qu'elle ne l'est, même, aujourd'hui. Elle est assise sur la table basse, une jolie table en teck achetée l'année précédente avec l'argent qu'elle a touché pour ses dernières photos de mode.

Nick était en mission secrète ce soir. Il a un T-shirt sans manches et un jean, et son petit revolver à la hanche. Il aurait besoin de se raser, bien qu'Amelia l'aime ainsi, un peu débraillé. Ils ont déjà arrêté le programme de leur soirée : quand il rentrera, ils dîneront. Elle a du vin, du saumon et de la salade. Et des bougies. Tout est prêt. *Cosy*.

D'un autre côté, ça fait plusieurs nuits que Nick passe dehors . ils ne mangeront peut-être pas tout de suite.

Peut-être qu'ils ne mangeront pas du tout.

Mais voilà qu'il y a un problème. Quelque chose d'*assez* grave.

Bon, mais il n'est pas mort, ni blessé, il ne s'est pas fait descendre à jouer les taupes – ce sont toujours les missions les plus dangereuses. Il traquait une bande qui braque les chauffeurs de camions pour s'emparer de leur chargement. Il y avait beaucoup d'argent en jeu, ce qui voulait toujours dire beaucoup d'armes. Trois des meilleurs copains de Nick étaient avec lui ce soir. Le cœur d'Amelia se serre à la pensée que l'un d'entre eux s'est peut-être fait tuer. Elle les connaît tous.

Ou bien est-ce autre chose ?

Il va m'annoncer qu'il rompt avec moi ?

Quelle vacherie… Mais c'est tout de même mieux que se faire buter dans un accrochage avec un gang new-yorkais.

– Vas-y, dit-elle.

– Écoute, Amie (C'était le petit nom inventé par son père. Il n'y avait que deux hommes au monde autorisés à l'appeler ainsi.) Ce qui se passe, c'est que…

– Accouche !

Quand elle a quelque chose à dire, Amelia Sachs n'y va pas par quatre chemins. Elle en attend autant des autres.

– Tu le sauras de toute façon, alors je voulais être le premier à t'en parler. J'ai des ennuis.

Elle croit deviner. Nick est un cow-boy, toujours prêt à dégainer son MP-5 en cas de bagarre. Amelia, meilleure que lui au tir, en tout cas à l'arme de poing, n'est pas aussi prompte à presser la détente. (Son père, encore : « Les balles qu'on a tirées, on ne les rattrape pas. ») Elle pense qu'il y a eu une fusillade et que Nick a tué quelqu'un – peut-être un innocent. Bon. Il sera suspendu jusqu'à ce que l'enquête interne ait lieu et que la commission décide si son geste était justifié ou pas.

Elle compatit de tout son cœur et s'apprête à lui dire que quoi qu'il arrive, elle sera à ses côtés et qu'ils s'en sortiront... Mais voici qu'il ajoute :

– Je me suis fait serrer.

– Tu... ?

– Sammy et moi... Et aussi Frank R. Les casses... les braquages de camions. On s'est tous fait avoir. En beauté.

Sa voix tremble. Elle ne l'a jamais vu pleurer, mais il semble tout près d'éclater en sanglots.

– Tu es mouillé ? demande-t-elle, la voix blanche.

Il fixe la carpette verte. Puis il murmure :

– Oui...

Et une fois l'aveu lâché, il ne peut plus reculer :

– C'est pire.

Pire ? Qu'est-ce qui pourrait être pire ?

– Les braqueurs de camions, c'était *nous.*

– Tu veux dire que ce soir, tu...

Elle est sans voix.

– Oh, Amie, pas seulement ce soir. Depuis un an. On avait des types dans les entrepôts qui nous renseignaient sur les chargements. On bloquait les camions, et... Bref, tu comprends. Je n'ai pas besoin de te donner les détails. (Il se tient le visage à deux mains, hagard.) On vient d'apprendre... qu'il y avait des mandats d'arrêt contre nous. Quelqu'un nous a balancés.

Elle pense à toutes ces soirées qu'il a passées dehors pour, soi-disant, infiltrer un gang de braqueurs. Une fois par semaine, au moins.

– Je me suis laissé entraîner. Je n'avais pas le choix…

À quoi bon répondre à ça, à quoi bon lui dire : « Oui, oui, mon Dieu, on a toujours le choix » ? Amelia n'est pas plus indulgente pour les autres que pour elle-même. Il le comprend, bien sûr, puisque ça fait partie de leur amour.

Ça *faisait* partie de leur amour.

Il renonce à plaider.

– J'ai fait le con, Amie. Je voulais que tu le saches, c'est tout.

– Tu vas te livrer à la police ?

– Sans doute. Je ne sais pas ce que je vais faire. Merde.

Elle ne trouve plus rien à dire, pas un mot. Elle pense à tout ce qu'ils ont vécu ensemble, aux heures passées au stand de tir à gaspiller des kilos de munitions, à ces bars de Broadway où ils se retrouvaient pour siffler des daïquiris glacés, aux soirées devant la vieille cheminée de son appartement à Brooklyn.

– Ils vont passer ma vie au microscope, Amie. Je leur dirai que tu n'y étais pour rien. J'essaierai de te laisser en dehors de tout ça. Mais ils vont te poser un tas de questions, c'est sûr.

Elle voudrait lui demander pourquoi il a fait ça. Quelles ont pu être ses raisons ? Nick est le type même du garçon qui a grandi dans la rue, beau gosse et dégourdi, comme il y en a beaucoup à Brooklyn. Il a eu de mauvaises fréquentations à une époque, mais son père, qui avait la main lourde, l'a ramené à la raison. Pourquoi est-il retombé ? Par goût de l'action et des émotions violentes ? Pour l'argent ? (Encore une chose qu'il lui a cachée : où planquait-il tout ce qu'il volait ?)

Pourquoi ?

Elle ne devait jamais le savoir.

– Je dois filer, maintenant. Je t'appellerai. Je t'aime.

Elle a reçu sans faire un geste ce dernier baiser posé sur ses cheveux.

Tandis qu'elle se rappelait tant de moments heureux et de nuits interminables, le temps s'est arrêté et les bougies, devant elle, ne sont plus que deux flaques de cire brune.

Je t'appellerai…

Mais il n'avait plus jamais appelé.

Ce double choc – la corruption de Nick et la fin de leur histoire – l'avait marquée. Elle avait décidé de quitter définitivement le service actif dans la police pour un emploi administratif. Et il avait fallu sa rencontre avec Lincoln Rhyme pour la faire revenir sur cette décision. Mais cet épisode avait inscrit en elle un dégoût irrépressible de la corruption, en particulier chez les policiers. Ceux qui s'en rendaient coupables étaient à ses yeux bien pires que les politiciens menteurs, les épouses infidèles et les auteurs de violences.

C'était pourquoi rien ne l'empêcherait désormais de poursuivre son enquête pour savoir si la bande du Saint James était ou non composée de policiers ripoux du commissariat 118. Et si c'était le cas, elle irait jusqu'au bout pour les faire arrêter, eux et les hommes du milieu qui travaillaient sans doute avec eux.

La Camaro s'arrêta le long du trottoir. Elle jeta sa carte de la police de New York sur le tableau de bord et sortit en claquant brutalement la portière, comme pour refermer un gouffre qui se serait ouvert entre le présent et ce passé si douloureux.

– Dégueulasse !

Au dernier étage du parking où on avait retrouvé la Ford Explorer, l'agent de police qui venait de lâcher cette exclamation à l'adresse de ses collègues regardait l'homme à plat ventre devant lui.

– Tu l'as dit, répondit l'un de ses camarades. Seigneur Dieu !

Et un troisième laissa échapper un « Beurk ! » rarement entendu dans la bouche d'un policier.

Sellitto et Bo Haumann les rejoignirent en courant.

– Ça va ? Tu n'as rien ? cria Sellitto en se penchant au-dessus de Ron Pulaski.

Le bleu se tenait à califourchon sur les reins de l'homme à plat ventre, lequel était couvert d'ordures nauséabondes. Pulaski, décoré de détritus lui-même, respirait bruyamment.

– Il m'a fait une peur épouvantable, dit-il. Mais ça va. Il était plutôt costaud, ma parole, pour un clochard !

Un médecin retourna l'agresseur sur le dos. Pulaski lui avait passé des menottes et on les entendit tinter à ses poignets. L'homme roulait des yeux affolés. Ses vêtements étaient sales et en lambeaux.

Son odeur, épouvantable. Il s'était pissé dessus. (D'où le « Dégueulasse ! » et le « Beurk ! ».)

– Que s'est-il passé ? demanda Haumann à Pulaski.

– J'étais en train de quadriller la scène, dit celui-ci en montrant du doigt l'arrivée de l'escalier. Il m'est apparu que les individus en fuite avaient quitté les lieux en empruntant cette voie…

Gaffe au jargon, pensa-t-il, s'interrompant.

– Les types ont filé par l'escalier, j'en suis à peu près sûr, et j'étais en train de chercher leurs empreintes de pas. J'ai entendu un bruit et je me suis retourné. Il m'arrivait dessus. (Montrant le tuyau brandi par le clochard :) Je n'ai pas pu attraper mon arme à temps, mais je lui ai balancé des ordures. On s'est battus un moment et je lui ai fait une clé…

– On ne doit pas faire ça, dit Haumann.

– Je voulais dire que je suis parvenu à le maîtriser par une technique d'autodéfense.

– Bien, opina le chef.

Pulaski récupéra son casque et s'en coiffa. Il tressaillit en entendant la voix qui tonnait à ses oreilles :

– Pour l'amour du ciel, êtes-vous mort ou vivant ? Que se passe-t-il ?

– Désolé, détective Rhyme.

Il expliqua ce qui venait de lui arriver.

– Vous n'avez rien ?

– Non, je vais très bien.

– Parfait, dit le criminologue. Vous allez maintenant m'expliquer ce que faisait votre arme *sous* votre combinaison !

– Une étourderie, chef. Ça ne se reproduira pas.

– Je l'espère ! Quelle est la règle numéro 1 sur une scène de crime quand elle est chaude ?

– Chaude ?

– Oui, *chaude* ! Quand le suspect risque de s'y trouver ! La règle est : on cherche, mais on surveille ses arrières. Compris ?

– Oui, chef.

– Donc la scène est contaminée, grommela Rhyme.

– C'est-à-dire qu'il y a… des ordures.

– Des ordures, répéta Rhyme d'un ton exaspéré. Alors dépêchez-vous de nettoyer ! Je veux les indices d'ici une demi-heure. Tous, jusqu'au plus infime ! Vous pouvez faire ça ?

– Oui, chef. Je vais…

Rhyme mit brusquement fin à la communication.

Pendant que deux agents enfilaient des gants de latex et emmenaient le clochard sur une civière, Pulaski s'accroupit et se mit à dégager les ordures. Tout en s'activant, il essayait de comprendre pourquoi il avait eu l'impression que le ton de Rhyme lui rappelait quelque chose. Puis il trouva : il y avait dans cette voix le même mélange de fureur et de soulagement que dans celle de son père le jour où il avait eu une « explication » avec lui et son frère jumeau après les avoir surpris en train de courir sur les rails du métro aérien qui passait près de chez eux.

Tout d'un espion.

Planté à un angle de rue d'Hell's Kitchen, le détective à la retraite Art Snyder portait un trench-coat et un chapeau tyrolien orné d'une petite plume qui lui donnaient l'air d'un agent secret dans un roman de John le Carré.

Amelia le rejoignit.

Snyder la salua d'un bref regard et, après avoir inspecté les alentours des yeux, tourna les talons et partit en direction de l'ouest, loin de l'agitation de Times Square.

– Merci de m'avoir appelée.

Snyder se borna à hausser les épaules.

– Où allons-nous ?

– Je vais retrouver un copain. On vient chaque semaine prendre nos paris un peu plus haut dans cette rue. Je ne voulais pas discuter au téléphone.

Comme les espions…

Un grand type maigre aux cheveux jaunes – pas blonds, jaunes – plaqués sur la nuque les aborda en demandant l'aumône. Snyder le regarda attentivement, puis lui tendit un dollar. Le type s'éloigna avec un merci, mais à regret, comme s'il avait compté sur un billet de cinq.

Tandis qu'ils marchaient dans une partie mal éclairée de la rue, Amelia sentit à deux reprises quelque chose lui frôler la cuisse et se demanda un instant si le retraité ne lui faisait pas des avances. Puis elle vit la feuille qu'il tentait de lui passer discrètement.

Elle la prit et attendit d'être dans une zone mieux éclairée pour la regarder.

C'était la photocopie d'une page extraite d'un classeur ou arrachée à un registre.

– C'était dans le registre du 118, dit Snyder à voix basse en se penchant vers elle.

Elle lut :

Fiche n° 3453496, Sarkowski, Frank.
Sujet : homicide.
Adressé à : commissariat 158.
Demandé par :
Date d'envoi : 28 novembre.
Date de retour :

– L'agent avec qui je travaille, dit Amelia, m'a affirmé que la transmission du dossier n'avait pas été enregistrée.

– C'est parce qu'il s'est contenté de chercher dans l'ordinateur. J'ai fait la même chose. La sortie du dossier a sans doute été enregistrée, puis effacée. Ce que vous avez là, c'est la version manuelle.

– Pourquoi est-il allé au 158 ?

– Je n'en sais rien. Il n'y avait aucune raison pour ça.

– Où vous êtes-vous procuré ceci ?

– C'est un ami à moi qui me l'a passé. Un type de confiance. Il a déjà oublié que je le lui ai demandé.

– Où ce dossier est-il allé, une fois au 158 ? Dans la salle des archives ?

– Aucune idée, répondit Snyder en haussant les épaules.

– Je vais m'y rendre et je le saurai.

– Quel froid de canard ! dit-il en claquant des mains.

Amelia l'imita. Était-ce une voiture noire qui venait de stopper, là-bas, au carrefour ?

Snyder s'arrêta. Il lui désigna d'un hochement de tête une devanture à la peinture écaillée. On y lisait : « Flannagan's – Billards – Paris ».

– C'est là que je vais.

– Merci encore, dit-elle.

Snyder jeta un coup d'œil à l'intérieur, puis consulta sa montre.

– Des vieux bouges comme celui-là, il n'en reste plus beaucoup à Times Square. Je travaillais à la brigade des jeux, vous savez...

- 42e Rue. J'y suis passée, moi aussi.

Elle se retourna vers la 8e Avenue. La voiture noire n'était plus là.

– Je me rappelle... l'été surtout..., reprit Snyder à voix basse en regardant la devanture décrépite. Certains jours d'août. Même les petits malfrats et les voleurs de motocyclettes restaient chez eux tellement il faisait chaud. Je me souviens des restaurants, des bars et des cinémas. Il y en avait, dans les années 1940 ou 1950, qui mettaient un écriteau « Ici, air conditionné ». C'est drôle de penser qu'on attirait les gens comme ça, hein ?... Les temps changent. (Il poussa la porte et s'avança dans la salle enfumée.) Ça, c'est sûr, les temps changent !

CHAPITRE 19

Leur nouvelle voiture était une Buick LeSabre.

– Tu l'as eue où ? demanda Vincent à Duncan en s'asseyant sur le siège du passager.

La voiture attendait le long du trottoir, devant l'église.

– Dans le Lower East Side, lui répondit Duncan avec un regard en coin.

– Personne ne t'a vu ?

– Si, le propriétaire. Brièvement. Mais il ne risque pas de parler, dit Duncan en tapotant la poche dans laquelle il gardait son revolver.

Puis il regarda vers l'angle de rue où il avait réglé, la veille, son compte à un étudiant.

– Pas de flics en vue ?

– Non. Personne.

– Bien. On a sans doute vidé la benne à cette heure, et le cadavre doit être sur une barge, en route pour la haute mer.

Un coup de cutter dans les yeux…

– Qu'est-ce qui s'est passé au garage ? demanda Vincent.

Duncan fit une petite grimace.

– Je n'ai pas pu m'approcher de l'Explorer. C'était plein de flics. Mais il y avait un clochard qui n'arrêtait pas de faire du bruit. J'ai entendu crier, les flics sont arrivés en courant et j'ai été obligé de repartir.

Ils s'éloignèrent du trottoir. Vincent ne savait pas du tout où ils allaient. La Buick était vieille et puait la cigarette. Il ne savait pas quel nom lui donner. Elle était bleu foncé, mais « Blue-Mobile », ce n'était pas drôle. Vincent le Malin ne se sentait pas pétiller d'esprit pour le moment.

– Quel est ton plat préféré ? demanda-t-il après plusieurs minutes de silence.

– Mon quoi ?

– Ce que tu préfères manger.

Duncan ferma à demi les yeux. Il le faisait souvent pour réfléchir sérieusement aux questions, avant d'énoncer la réponse. Mais celle-ci le prenait au dépourvu. Il eut un petit rire.

– Tu sais, je ne mange pas beaucoup.

– Mais il y a bien une chose que tu préfères ?

– Je ne me le suis jamais demandé. Pourquoi veux-tu le savoir ?

– Oh, comme ça… Je me disais que je pourrais préparer à dîner pour nous deux un de ces soirs. Il y a plein de trucs que je sais faire. Les pâtes par exemple – tu aimes ça, les spaghetti ? Je les fais avec des boulettes de viande. Et une sauce à la crème. Ça s'appelle les « spaghetti Alfredo ». Ou bien à la tomate…

– Eh bien, disons à la tomate. C'est ce que je prends toujours au restaurant.

– Alors je t'en ferai. Peut-être que ma sœur sera en ville et qu'on pourra passer la soirée ensemble. Rien que tous les trois.

– Ça…

Duncan secoua la tête. Il semblait ému.

– Ça fait… disons que ça fait un bon bout de temps que personne ne m'a préparé un dîner.

– Le mois prochain peut-être.

– Pourquoi pas. Elle est comment, ta sœur ?

– Elle a deux ans de moins que moi. Elle bosse dans une banque. Elle est maigre, elle aussi. Enfin, c'est pas que je te trouve vraiment maigre. En bonne forme, quoi.

– Elle est mariée, elle a des gosses ?

– Oh, non. Son boulot lui prend tout son temps. Faut dire qu'elle le fait bien – elle est très forte, ma sœur.

– Le mois prochain, sans faute. Je dois revenir en ville. On fera ce dîner. Je donnerai un coup de main. Mais je ne cuisine pas.

– Ça sera moi le cuisinier ! J'adore ça. Je regarde les émissions à la télé.

– Mais je pourrais apporter un dessert. Un tout préparé. Je sais que tu aimes le sucré.

– Formidable ! s'écria Vincent, tout excité.

Il regarda un moment défiler les rues glaciales et mal éclairées.

– Où on va ?

Duncan ne répondit pas tout de suite. Il s'arrêta à un feu, bloquant avec précision les roues avant sur la ligne blanche.

– Je vais te raconter une histoire, dit-il.

Vincent se tourna vers son ami.

– En 1714, le Parlement britannique promit 20 000 livres à celui qui inventerait une pendule portative assez précise pour servir en mer.

– Ça faisait beaucoup d'argent, dis donc !

– Beaucoup, oui. Mais ils avaient besoin d'une pendule de ce genre car les marins mouraient chaque année par milliers à cause d'erreurs de navigation. Or, pour faire un point quand on est en mer, il faut connaître la longitude et la latitude. On peut déterminer la latitude par la méthode astronomique. Mais pour la longitude, on a besoin de l'heure exacte. Un horloger anglais du nom de John Harrison décida de concourir pour ce prix. Il se mit au travail en 1735 et parvint à fabriquer une petite pendule qui ne perdait que quelques secondes pendant toute la durée d'une traversée de l'Atlantique. Sais-tu quand il l'acheva ? En 1761.

– Il lui avait fallu tout ce temps ?

– Il avait dû se battre avec les politiques, la concurrence, convaincre des hommes d'affaires et des membres du Parlement, et, bien sûr, résoudre les problèmes mécaniques – presque des impossibilités – posés par ce projet. Mais il n'avait pas renoncé. Vingt-six ans...

Le feu passa au vert. Duncan accéléra en douceur.

– Pour répondre à ta question, nous allons maintenant voir la prochaine fille inscrite sur notre liste. Nous avons eu un contretemps. Mais rien qui puisse nous arrêter. Rien d'important.

– Dans le grand ordre des choses.

Un bref sourire passa sur les traits du tueur.

– Dites-moi d'abord s'il y a des caméras de sécurité dans ce parking, demanda Rhyme.

Sellitto répondit par un petit rire qui signifiait : « Tu rêves ! »

Baker, Pulaski et lui, de retour chez Rhyme, faisaient l'inventaire de ce que le bleu avait rapporté du garage. Le clochard qui l'avait attaqué avait été emmené à l'hôpital. Il n'avait aucun lien avec l'affaire et les médecins avaient diagnostiqué chez lui un intéressant mélange de paranoïa et de schizophrénie.

– Le mauvais endroit au mauvais moment, murmura Pulaski.

– Vous dites ça pour vous ou pour lui ? demanda Rhyme, avant d'ajouter : Y avait-il des caméras de surveillance au parking de la fourrière où il avait piqué la Ford Explorer ?

Un autre rire lui répondit.

Un soupir.

– Voyons ce que Ron a trouvé. Les cartouches d'abord.

Cooper apporta la boîte à Rhyme et l'ouvrit pour lui.

Des balles de calibre 32 dans une cartouche d'un modèle peu courant. Le revolver semi-automatique avait une portée supérieure à celle du 22, plus petit, mais il était moins redoutable face à un agresseur qu'un 38 ou un 9 mm, plus puissants. On parle toujours des calibres 32 comme de « revolvers de dame ». Le marché est tout de même assez vaste. La possession d'un compatible 32 par le suspect pouvait constituer une preuve circonstancielle du fait qu'il était l'Horloger, mais Cooper ne pouvait pas appeler les magasins des alentours pour réclamer la liste de tous ceux qui avaient acheté récemment des armes de ce calibre.

Comme il manquait sept balles dans la boîte et que le chargeur de l'Autauga MkII en contenait sept, Rhyme pensait naturellement à ce modèle. Mais le Tomcatt Beretta, le North American Guardian et le LWS-32 étaient aussi prévus pour recevoir ces munitions. Le tueur pouvait avoir l'une ou l'autre de ces armes. (À supposer qu'il fût armé. Les cartouches, fit observer Rhyme, suggéraient mais ne garantissaient pas que le suspect avait son revolver sur lui ou en possédait un.)

Il nota aussi que la balle de 71 mm était assez grosse pour provoquer de sérieux dégâts en cas de tir à bout portant.

– Au tableau, le bleu ! ordonna-t-il.

Pulaski écrivit sous sa dictée.

Le livre qu'il avait trouvé dans l'Explorer avait pour titre *Techniques extrêmes d'interrogatoire*. Il avait été publié par un petit éditeur de l'Utah. Le papier, l'impression et la typographie étaient de médiocre qualité – sans parler du style.

Écrit par un auteur anonyme qui se présentait comme un ancien des Forces spéciales, le livre décrivait des tortures appelées à devenir mortelles quand le sujet persistait dans son refus d'avouer : noyade, strangulation, étouffement, bain forcé dans de l'eau glacée, etc. L'une de ces tortures consistait à suspendre un poids au-dessus de la gorge du sujet. Une autre, à lui taillader les poignets et à le laisser saigner jusqu'à ce qu'il parle.

– Seigneur, dit Dennis Baker avec une grimace. C'est son programme… Il va tuer *dix* personnes comme ça ? Quel malade !

– Des traces ? demanda Rhyme, qui n'était pas préoccupé au premier chef par le profil psychologique de l'acheteur du livre.

Cooper tourna toutes les pages en maintenant le livre ouvert au-dessus d'une grande feuille de papier journal. Il n'en tomba pas grand-chose.

Et, bien entendu, il n'y trouva pas non plus d'empreintes digitales.

Après une rapide enquête, Cooper apprit que l'ouvrage n'était pas commercialisé par l'un des grands sites spécialisés dans la vente de livres *via* Internet ou par l'une des principales chaînes de librairies. On le trouvait sur des sites de vente aux enchères et auprès des nombreuses associations paramilitaires d'extrême droite qui vendaient tout ce dont on avait besoin pour faire face à un soulèvement des diverses minorités, des immigrés et même du gouvernement des États-Unis. (Rhyme avait enquêté au cours des dernières années sur un certain nombre d'organisations de ce type ; beaucoup étaient liées à Al-Qaïda et à divers groupes de fondamentalistes musulmans, mais d'autres, également nombreuses, relevaient d'un terrorisme purement américain, dans lequel il voyait une menace tout aussi grave, mais dont les autorités ne semblaient guère se soucier.)

L'éditeur, joint à son tour, refusa tout net de coopérer, ce qui ne surprit pas Rhyme. On déclara à Cooper que le livre n'était pas vendu directement au public, et que si Rhyme voulait la liste des libraires qui l'avaient acheté en grande quantité, il lui faudrait produire un mandat délivré par un juge. La chose pouvait prendre des semaines.

– Avez-vous bien compris, intervint Dennis Baker, que quelqu'un se sert actuellement de ce livre pour torturer et tuer des gens ?

– Et alors, il est fait pour ça ! lui rétorqua le patron de la maison d'édition avant de raccrocher.

– Merde !

En poursuivant leur examen des indices, ils constatèrent que la terre, les feuilles et la cendre collectées par Pulaski, ainsi que les fragments de pneus et les rétroviseurs latéraux n'apportaient aucune information nouvelle. Les traces relevées sur le plancher à l'arrière de l'Explorer contenaient du sable, qui se révéla identique à celui utilisé comme agent masquant dans l'impasse de Cedar Street.

Les miettes provenaient de chips de maïs et de pomme de terre, de bretzels et de barres chocolatées. Il y avait aussi des miettes de biscuits au beurre de cacahuète et des taches de soda – à forte teneur en sucre. Rien de tout cela, évidemment, ne pouvait les mener directement à un assassin, mais c'étaient autant d'éléments qui leur permettraient peut-être d'établir un lien entre le véhicule et un suspect s'ils en trouvaient un.

Les petites fibres de coton – de couleur chair – étaient, comme le fit observer Pulaski, similaires à celles qui composaient les gants de travail d'une marque connue, qu'on pouvait se procurer dans des milliers de drugstores, de grandes surfaces et de boutiques de jardinage. Les deux hommes avaient, semblait-il, méticuleusement essuyé la Ford Explorer après l'avoir volée, et porté des gants chaque fois qu'ils s'y trouvaient.

C'était un début. Et un rappel de la redoutable habileté de l'Horloger.

Le cheveu trouvé sur l'appui-tête était long de vingt-trois centimètres et brun moucheté de gris. Les cheveux, qui tombent naturellement ou sont arrachés en cas de lutte, sont toujours des pièces à conviction intéressantes. Un cheveu collecté sur une scène de crime permettra d'établir un lien circonstanciel avec un suspect quand les siens sont comparables par la couleur, la texture, la longueur ou la présence de teinture ou d'autres produits chimiques. Mais en général un cheveu ne peut être individualisé ; il est, autrement dit, impossible d'affirmer qu'il appartenait au suspect, à moins que des follicules y soient restés attachés et permettent de procéder à une analyse d'ADN. Il n'y avait pas de follicules sur le cheveu trouvé dans l'Explorer.

Rhyme savait qu'il était trop long pour provenir de l'Horloger tel que le montrait le portrait-robot établi d'après le témoignage d'Hallerstein. Il aurait pu provenir d'une perruque utilisée par l'Horloger – mais Cooper ne trouva aucune trace de produit adhésif à son extrémité. Le complice avait une casquette : c'était peut-être lui qui avait perdu ce cheveu ? Rhyme opta pour une autre hypothèse : il avait sans doute appartenu à une tierce personne, un passager de la Ford Explorer avant qu'elle ne soit volée. Un cheveu de vingt-trois centimètres pouvait être celui d'un homme aussi bien que d'une femme, et Rhyme penchait pour cette dernière hypothèse. Mais la teinte poivre et sel suggérait quelqu'un d'un certain âge, et vingt-trois centimètres étaient une longueur bizarre chez un homme d'un certain âge – des cheveux mi-longs ou beaucoup plus courts auraient été plus appropriés.

– L'Horloger ou son complice ont peut-être une petite amie ou un autre complice, mais cela paraît peu vraisemblable… Notons-le sur le tableau de toute façon.

– Parce que, dit Pulaski comme s'il répétait quelque chose, on ne sait jamais, n'est-ce pas ?

Rhyme haussa un sourcil.

– Chaussures ?

La seule empreinte relevée par Pulaski était celle d'une semelle souple de pointure 48. Elle se trouvait à côté d'une flaque d'eau et se répétait une dizaine de fois jusqu'à la sortie. Pulaski avait la certitude que c'était celle de l'Horloger ou de son complice, dans la mesure où il l'avait relevée sur le trajet le plus logique entre la voiture et la sortie piétons la plus proche. Il avait aussi remarqué que les empreintes étaient assez espacées et qu'un petit nombre seulement comportait le talon.

– Le type courait, dit-il. Je n'ai pas vu ça dans votre bouquin. Mais ce n'est pas idiot.

Difficile de ne pas trouver ce gamin sympathique, songea Rhyme.

Mais l'empreinte, finalement, ne disait pas grand-chose. Le cuir lisse de la semelle ne permettait pas de déterminer la marque de la chaussure. Et il n'y avait pas non plus de signes d'usure assez particuliers pour indiquer une malformation ou un traitement orthopédique quelconque.

– On sait au moins qu'il a de grands pieds, dit Pulaski.

– Il n'est écrit nulle part qu'une personne qui fait du 42 ne peut pas porter des chaussures de taille 48, marmonna Rhyme.

– Gloup, fit le bleu en baissant la tête.

Eh oui, il faut du temps pour tout savoir, pensa Rhyme en parcourant une nouvelle fois le tableau des yeux.

– C'est tout, Pulaski ?

– J'ai fait de mon mieux, répondit le bleu.

– Vous avez bien fait, grommela le criminologue.

Ce n'était pas vraiment de l'enthousiasme. Les résultats auraient-ils été différents si Amelia Sachs avait examiné cette scène ? se demanda Pulaski. Il ne pouvait s'empêcher de penser que oui.

– Et ce dossier Luponte ? demanda Rhyme en se tournant vers Sellitto.

– Toujours rien. Si tu pouvais m'en dire plus, je le trouverais peut-être plus vite.

– Si j'en savais plus, je l'aurais trouvé moi-même.

Le bleu regardait toujours les tableaux et les listes de pièces à conviction.

– Tout ça…, dit-il. Tout ça et on ne sait pratiquement rien de lui…

Ce n'est pas tout à fait vrai, songea Rhyme. On sait que ce type est sacrément intelligent.

L'HORLOGER

Scène de crime 1

Localisation :
- Site de réparation navale, quai de l'Hudson, 22e Rue.

Victime :
- Non identifiée.
- Sexe masculin.
- 40-50 ans, voire plus. Possibilité d'insuffisance coronaire (présence d'anticoagulant dans le sang).
- Aucune trace d'autres drogues, d'infection ou de maladie dans le sang.
- Recherche du corps et des pièces à conviction en cours dans le port de New York par gardes-côtes et plongeurs de la police.
- Recherche sur le fichier des personnes disparues.

Auteur du meurtre :
- Voir ci-dessous.

Mode opératoire :
- Le meurtrier a forcé la victime à se retenir au bord du quai au-dessus de l'eau, lui a coupé les doigts ou les poignets jusqu'à ce qu'il tombe.
- Heure : entre lundi 18 heures et mardi 6 heures.

Indices et pièces à conviction :
- Groupe sanguin AB positif.
- Fragment d'ongle arraché, non poli, grande largeur.
- Section de chaîne de clôture coupée avec des pinces de type courant, sans traçabilité.
- Pendule (voir ci-dessous).
- Poème (voir ci-dessous).
- Marques laissées par des ongles sur le bois du ponton.
- Aucune trace discernable, pas d'empreintes digitales, pas d'empreintes de pas, pas d'empreintes de pneus.

SCÈNE DE CRIME 2

Localisation :
- Impasse donnant sur Cedar Street, proximité Broadway, derrière trois bâtiments commerciaux (entrées de service fermées de 20 h 30 à 22 heures) et un bâtiment administratif (porte de service fermée à 18 heures).
- Impasse large de 4,5 m, longue de 31 m. Sol pavé. Corps retrouvé à 45 m de Cedar Street.

Victime :
- Theodore Adams.
- Domicilié à Battery Park.
- Rédacteur publicitaire indépendant.
- Pas d'ennemis connus.
- Objet d'aucune poursuite aux niveaux local ou fédéral.
- Recherche de liens avec les immeubles de l'impasse. Sans résultat.

Auteur du meurtre :
- L'Horloger.
- Sexe masculin.
- Inconnu au fichier du FBI.

Mode opératoire :
- Victime traînée de son véhicule à l'impasse. La gorge écrasée par une poutre métallique suspendue au-dessus de lui.
- Confirmation par le rapport médical en attente.
- Aucune trace d'activité sexuelle.
- Heure approximative de la mort : entre 22 h 15 et 23 heures lundi soir. Confirmation par le médecin légiste en cours.

Indices et pièces à conviction :
- Pendule.
- Pas d'explosif ni d'agents chimiques ou biologiques.
- Identique à la pendule trouvée sur le ponton.
- Pas d'empreintes digitales, minimum de traces.
- Arnold Products, Framington, Massachusetts.
- Vendue par Hallerstein's Timepieces, Manhattan.
- Poème laissé par l'assassin sur les deux scènes.
- Imprimante d'ordinateur, papier de type courant, imprimante HP à jet d'encre.
- Texte : *La pleine Lune Froide qui brille au ciel, / illuminant le corps de la terre, / indique l'heure de la mort / et la fin du voyage commencé à la naissance. / L'Horloger.*
- Inconnu des bases de données sur la poésie ; probablement de l'auteur du meurtre.
- Lune Froide = mois de la mort.
- 60 dollars dans la poche de la victime, pas de numéros de série ; pas d'empreintes.
- Sable fin utilisé comme « agent masquant ». Sable de type courant. Parce qu'il est revenu sur la scène ?
- Barre métallique, 40 kg, du type « poutre à chas d'aiguille ». Non utilisée sur le chantier proche. Provenance inconnue.

• Ruban adhésif, type courant, mais coupé avec une précision inhabituelle. Exactement à la même longueur.
• Sulfate de thallium (poison contre les rongeurs) trouvé dans le sable.
• Résidus de sol contenant des protéines de poisson – provenant de l'assassin, non de la victime.
• Peu de traces.
• Fibres brunes, provenant probablement d'un tapis de sol d'automobile.

Autres :
• Véhicule : probablement une Ford Explorer d'environ 3 ans d'âge. Tapis brun.
• Relevé des numéros d'immatriculation des véhicules garés dans la zone – pas de poursuites contre les propriétaires. Pas de contraventions délivrées lundi soir.
• Consultation de la police des mœurs au sujet des prostituées – témoin.
• Aucune piste.

INTERROGATOIRE D'HALLERSTEIN

Auteur du meurtre :
• Portrait-robot EFIT de l'Horloger : proche de la cinquantaine, visage rond, double menton, nez épaté, yeux bleus anormalement clairs. Plus de 1,80 m, mince, cheveux mi-longs, pas de bijoux, vêtements noirs. Pas de nom.
• Bonne connaissance des pendules, montres et pièces d'horlogerie vendues récemment aux enchères ou exposées en ville.
• A menacé le commerçant pour l'empêcher de parler.
• A acheté 10 pendules. Pour 10 victimes ?
• A payé en liquide.
• Voulait la face de la lune sur les pendules et un tic-tac sonore.

Pièces à conviction :
• Les pendules provenaient d'Hallerstein's Timepieces, Flatiron.
• Aucune empreinte sur les billets remis par l'acheteur. Aucun numéro de série enregistré. Aucune trace sur les pièces.
• A appelé depuis des cabines téléphoniques.

SCÈNE DE CRIME 3

Localisation :
• 481 Spring Street.

Victime :
• Joanne Harper.
• Aucun mobile apparent.
• Ne connaissait pas Adams, la deuxième victime.

Auteur du meurtre :
• L'Horloger.
• Complice. Probablement l'individu remarqué plus tôt par la victime devant son atelier. Blanc, grand et gros, avec lunettes de soleil, parka beige et casquette. Conduisait une Ford Explorer SUV.

Mode opératoire :
• A forcé la serrure pour entrer.
• Mode d'agression prévu inconnu. Pensait peut-être se servir de fil de fer trouvé sur place.

Pièces à conviction :
• Protéine de poisson provenant de l'atelier (fertilisant pour orchidées).
• Sulfate de thallium à proximité.
• Fil de fer de fleuriste, coupé en segments de même longueur (destiné à être l'arme du crime ?).
• Pendule. Identique aux autres. Pas de nitrates. Aucune empreinte.
• Pas de mot ni de poème.
• Pas d'empreintes de pas, d'empreintes digitales, d'arme ou autre objet laissés par le suspect.
• Particules noires : goudron pour l'étanchéité des toits. Demande à ASTER des images thermiques de New York pour repérer d'éventuelles sources de chaleur.

Autres :
• Le suspect observait la victime avant l'agression. L'a choisie pour une raison laquelle ?
• Le suspect a un scanner pour capter les fréquences de la police.
• Véhicule : Ford Explorer SUV brun clair. Immatriculation inconnue. Enquête auprès des loueurs de véhicules. 423 possesseurs d'Explorer brun clair dans la zone. Croisement des fichiers, résultat négatif. Un possesseur trop âgé ; un autre détenu pour affaire de drogue. La Ford Explorer appartient à l'homme détenu.

Véhicule de l'Horloger

Localisation :
• Retrouvé dans garage, proximité de l'Hudson et d'Houston Street.

Indices et pièces à conviction :
• Ford Explorer, propriété d'un individu en détention. Saisie et volée sur le parking avant sa mise en vente.
• Stationnée en plein air. Éloignée de la sortie.
• Miettes de chips de maïs, chips de pomme de terre, bretzels, barres chocolatées. Fragments de biscuits au beurre de cacahuète. Taches de sodas sucrés.
• Boîte de balles Remington calibre 32 pour revolver automatique – sept balles manquantes. Le revolver pourrait être un Autauga MkII.
• Livre *Techniques extrêmes d'interrogatoire*. Utilisation prévue pour les meurtres ? Refus de coopérer de l'éditeur.
• Cheveu poivre et sel, provenant sans doute d'une femme.
• Aucune empreinte dans le véhicule.
• Fibres de coton beige provenant de gants.
• Sable identique à celui répandu dans l'impasse.
• Empreintes de pas, semelle lisse, pointure 48.

CHAPITRE 20

– J'ai besoin d'un dossier.

– Bien, répondit la femme entre deux claquements de chewing-gum.

Amelia Sachs était dans la salle d'archives du commissariat 158 à Manhattan, non loin du 118. Elle indiqua le numéro du dossier Sarkowski à l'employée de service. La femme tapa sèchement sur un clavier d'ordinateur, jeta un coup d'œil à l'écran.

– Je l'ai pas.

– Vous en êtes sûre ?

– Je l'ai pas.

– Hum. (Riant :) Où est-il passé, à votre avis ?

– Où il est passé ?

– Il est arrivé ici le 28 ou le 29 novembre. Quelqu'un, apparemment, l'avait réclamé.

– Ma foi, il a pas l'air d'avoir été enregistré. Vous êtes certaine qu'il est arrivé ici ? demanda la femme.

– Certaine, peut-être pas à 1 000 %, mais…

– 1 000 ? répéta la femme en mastiquant son chewing-gum.

Il y avait un paquet de cigarettes posé à côté d'elle. Elle l'attraperait avant de se précipiter dans l'escalier pour sa pause ou à la fin de son service.

– Un dossier arrive et on ne l'enregistre pas… Quel peut être le scénario ?

– Le scénario ?

– Tous les dossiers sont enregistrés ?

– Quand il en arrive un pour un détective donné, il va directement à son bureau et c'est lui qui l'enregistre. Il faut toujours enregistrer. C'est la règle.

– Et s'il n'y avait pas de nom de destinataire sur la demande de communication du dossier en question ?

– Dans ce cas, il devrait être ici. (Elle désigna une grande corbeille surmontée d'un écriteau sur lequel on lisait « En instance ».) Si quelqu'un l'avait voulu, il fallait qu'il vienne le chercher et qu'il l'enregistre. Il faut toujours enregistrer.

– Mais ça n'a pas été fait.

– On aurait dû. Sinon, on saura comment qu'il est ici ?

Elle tendit le doigt vers un autre écriteau : « Enregistrez ! »

Amelia se mit à fouiller dans la corbeille.

– Dites donc, vous n'avez pas le droit de faire ça !

– Mais vous comprenez mon problème ?

Un clignement d'yeux, un claquement de chewing-gum pour toute réponse.

– Ce dossier est arrivé ici. Mais vous ne le trouvez pas. Que dois-je faire ?

– Rédigez une demande. On l'étudiera.

– Vraiment ? Je n'en suis pas certaine. (Parcourant la petite pièce des yeux :) Je vais regarder moi-même, si vous permettez.

– Mais vous ne pouvez pas…

– J'en ai pour une minute !

– Vous ne…

Amelia se saisit d'une pile de dossiers. L'employée dit quelque chose qu'elle n'entendit pas.

Tous les dossiers étaient classés par numéro, avec un code couleur indiquant s'ils concernaient des affaires en cours, en procès ou closes. Les homicides avaient droit à un bandeau spécial. Rouge. Amelia repéra les dossiers les plus récents et les examina l'un après l'autre, certaine d'y trouver l'affaire Sarkowski. Elle n'y figurait pas.

Elle interrompit sa recherche pour se camper, les mains sur les hanches, devant les piles restantes.

– Salut ! lança une voix derrière elle.

Elle fit volte-face. L'homme était grand, avec des cheveux grisonnants, une chemise blanche et un pantalon bleu marine. Il y avait dans son allure quelque chose de militaire, et il souriait.

– Vous êtes... ?

– Détective Sachs.

– Inspecteur adjoint Jefferies.

Il y avait en général un inspecteur adjoint à la tête des commissariats. Elle avait déjà entendu son nom, mais ne savait rien de lui. Sinon que c'était probablement un bosseur, pour être encore là à cette heure tardive.

– Que puis-je faire pour vous, détective ?

– Je cherche un dossier qui a été envoyé du 131 ici. Il y a environ deux semaines. J'en ai besoin pour une enquête.

Il jeta un coup d'œil à l'employée qui venait de d'éconduire Amelia.

– Êtes-vous certaine que ce dossier nous a été transmis ?

– C'est ce que dit le registre du commissariat qui l'a expédié.

– Nous l'avons enregistré ? demanda Jefferies à l'employée.

– Non.

– Alors il est dans la corbeille, là, avec les dossiers en instance ?

– Non.

– Allons dans mon bureau, détective. Je vais voir ce qu'on peut faire.

Amelia sortit sans un regard pour l'employée.

Ils suivirent une succession de couloirs anonymes sans échanger un mot, Amelia luttant sur ses jambes arthritiques pour ne pas se laisser distancer par l'homme qui avançait d'un pas décidé.

L'inspecteur entra dans un bureau d'angle, lui indiqua d'un signe de tête un fauteuil devant sa table et referma la porte ornée d'une grande plaque de cuivre gravée à son nom : « Halston P. Jefferies ».

Amelia s'assit.

Se penchant brusquement vers elle, le visage à quelques centimètres du sien, il abattit son poing sur la table.

– Qu'est-ce que vous foutez ici, bordel ?

Amelia recula sur son siège, repoussée par l'haleine chaude et parfumée à l'ail de l'inspecteur.

– Ce que je... Que voulez-vous dire ?

Elle retint de justesse le « monsieur » qu'elle avait au bord des lèvres.

– D'où sortez-vous ?

– D'où... ?

– Quel est le putain de commissariat qui m'envoie une bleue comme vous ?

Amelia Sachs était tellement choquée par la fureur de cet accueil qu'elle mit un instant à trouver ses mots.

– En principe, j'enquête sur les affaires d'homicides.

– C'est quoi, ça, « en principe » ? Vous êtes sur quoi ?

– Je suis détective, responsable de cette enquête. Mon supérieur est Lon Sellitto. Dans ces sortes d'af...

– Vous, détective ?

– Je...

– N'interrompez jamais un supérieur ! Jamais ! C'est compris ?

Amelia se raidit sur son siège. Mais elle s'abstint de répondre.

– Compris ? répéta-t-il, un ton plus haut.

– Parfaitement.

– Ça ne fait pas longtemps que vous êtes détective, hein ?

– Non.

– Je m'en doutais, parce qu'une vraie détective aurait respecté le règlement. Elle aurait demandé à voir l'inspecteur, se serait présentée et aurait sollicité auprès de lui l'autorisation de consulter un dossier. Ce que vous venez de faire... Vous alliez encore m'interrompre ?

Elle fit non de la tête, contre toute évidence.

– Ce que vous venez de faire est une insulte personnelle à mon égard !

Un postillon jaunâtre vola entre eux en décrivant un arc de cercle.

Il se tut. Pouvait-elle parler maintenant sans risquer de l'interrompre ? Elle s'en fichait, après tout.

– Je ne voulais pas vous insulter. Je fais une enquête, c'est tout. J'avais besoin d'un dossier qui s'est trouvé manquant.

– « Trouvé manquant » ? Qu'est-ce que ça veut dire ? Ou bien on le trouve, ou bien il manque ! Si vous enquêtez comme vous parlez, je commence à me demander si ce n'est pas vous qui l'avez perdu, ce dossier, et si vous ne cherchez pas à nous mettre ça sur le dos !

– Le dossier était enregistré au 131 et il a été transmis ici.

– Par qui ? demanda sèchement Jefferies.

– C'est tout le problème. Il n'y avait pas de nom sur le registre.

– Y a-t-il eu d'autres dossiers qui nous ont été envoyés ?

Assis au bord de son bureau, il la toisait du regard.

Elle fronça les sourcils sans répondre.

– D'autres dossiers venant d'*ailleurs* ?

– Je ne comprends pas ce que vous voulez dire.

– Vous savez ce que je fais ici ?

– Pardon ?

– Vous savez en quoi consiste mon travail au 158 ?

– Eh bien, vous dirigez le commissariat, je présume.

– Elle présume ! J'ai vu des policiers raides morts sur le trottoir pour avoir *présumé* !

Ça devenait assommant. Elle le regarda froidement, droit dans les yeux. Elle n'eut pas de peine à soutenir son regard.

– Non seulement je dirige ce commissariat, ainsi que vous l'avez brillamment deviné, poursuivit-il comme si de rien n'était, mais je dirige également le bureau des affectations pour tout le département. J'examine des milliers de dossiers chaque année, j'étudie les situations et les tendances, je décide des mouvements qu'il faut opérer pour adapter le personnel à la charge de travail. Je travaille la main dans la main avec la Ville et avec l'État pour obtenir les moyens dont nous avons besoin. Vous pensez sans doute que c'est une perte de temps, n'est-ce pas ?

– Non, je...

– Eh bien, non, mademoiselle ! Ces dossiers, c'est *moi* qui les examine et qui les renvoie… Bon. Quel est celui qui vous intéresse tant ?

Soudain, elle n'avait plus envie qu'il le sache. Pourquoi ce numéro ? En toute logique, s'il avait eu quelque chose à cacher, il ne se serait pas conduit ainsi comme un crétin. Mais, d'un autre côté, il tentait peut-être de faire diversion pour détourner les soupçons. Elle réfléchit rapidement. Elle n'avait donné que le numéro du dossier à l'employée, pas le nom de Sarkowski. Cette écervelée ne se souviendrait certainement pas de la longue liste de chiffres.

– Je ne tiens pas à le dire, répondit calmement Amelia.

Il battit des paupières.

– Vous… ?

– Je ne vous le dirai pas.

Jefferies hocha la tête. Il paraissait calme. Puis il se pencha en avant pour donner un nouveau coup de poing sur son bureau.

– Bordel ! Vous allez me le dire ! Je veux le nom de l'affaire, et tout de suite !

– Non.

– Je peux vous faire suspendre pour insubordination !

– Faites ce que vous avez à faire, inspecteur.

– Vous allez me dire de quel dossier il s'agit. Immédiatement !

– Non.

– Très bien ! J'appelle votre supérieur !

Sa voix déraillait vers l'aigu. Il était hors de lui. Amelia se demanda s'il n'allait pas la frapper.

– Vous êtes tous les mêmes, reprit-il d'un ton grave. Vous croyez que parce qu'on vous a donné un insigne en or, vous savez tout du métier de flic. Mais vous êtes une gamine, rien qu'une gamine, et pas des plus malignes. Vous vous amenez dans mon commissariat, vous m'accusez de voler des dossiers…

– Non, je…

– Insubordination ! Vous m'insultez, vous m'interrompez ! Vous ne savez pas ce que c'est, d'être un policier !

Elle le regardait calmement. Elle était passée ailleurs, dans son abri anticyclones personnel. Elle comprenait que cette rencontre qui avait tourné à l'affrontement pouvait avoir des conséquences désastreuses, mais pour le moment elle était hors d'atteinte.

– Je m'en vais.

– Vous voilà dans le pétrin, jeune fille ! J'ai retenu votre numéro. 5885. Vous ne vous y attendiez pas, hein ? Je veillerai à ce qu'on vous trouve un placard. Vous serez contente de passer votre temps à trier de la paperasse ? Ça vous apprendra à venir insulter les gens dans leur commissariat !

Amelia Sachs se leva, s'avança jusqu'à la porte qu'elle ouvrit à la volée et s'éloigna à grands pas dans le couloir. Elle avait maintenant les mains qui tremblaient et le souffle court.

La voix de Jefferies – un cri, presque – la suivit :

– Je n'oublierai pas votre numéro ! Je vais donner quelques coups de fil ! Ne remettez jamais les pieds dans mon commissariat, vous le regretteriez ! Vous m'entendez, jeune fille ?

Le sergent Lucy Richter referma à clé la porte de l'appartement qu'elle occupait dans un vieil immeuble de Greenwich Village et entra dans sa chambre, où elle retira son uniforme vert sombre orné de plusieurs décorations parfaitement alignées. Elle avait envie de le jeter sur le lit, mais, se ravisant, elle le rangea avec soin dans la penderie, ainsi que le chemisier, en glissant sa carte d'identité et son badge dans la poche de poitrine où elle avait l'habitude de les laisser. Puis elle nettoya et fit briller ses chaussures avant de les ranger, elles aussi, sur des patères fixées à la porte de la penderie.

Drapée dans un vieux peignoir rose après un rapide passage sous la douche, elle se pelotonna sur la moquette en laine de la chambre, face à la fenêtre, pour regarder au-dehors. Son regard embrassait les immeubles qui bordaient Barrow Street en face de chez elle, les lumières que les branches agitées par le vent faisaient clignoter, et la lune, blanche dans le ciel noir au-dessus de Manhattan. C'était pour elle une vue familière et rassurante. Elle se tenait déjà là quand elle était petite.

Lucy était de retour, en permission, après un certain temps passé à l'étranger. Elle avait enfin surmonté les effets conjugués du décalage horaire et de l'orgie de sommeil qu'elle s'était offerte en arrivant.

Son mari n'était pas encore rentré de son travail et elle se trouvait bien, là, à regarder par la fenêtre tout en pensant au passé lointain, et plus récent.

Et aussi à l'avenir, bien sûr. Les heures qu'il nous reste à vivre semblent toujours beaucoup plus présentes à notre esprit que celles que nous avons déjà vécues, se disait Lucy à cet instant.

Elle avait grandi ici, dans le quartier le plus agréable de Manhattan. Elle adorait le Village. Et quand ses parents avaient pris un appartement plus modeste de l'autre côté de la ville afin de passer les mois d'hiver sous des climats ensoleillés, ils avaient laissé celui de Barrow Street à leur fille, alors âgée de vingt-deux ans. Trois ans plus tard, quand son petit ami l'avait demandée en mariage, elle avait répondu oui à une seule condition : qu'ils restent là. Et, bien entendu, il avait accepté.

Elle avait aimé vivre dans ce quartier, y traîner avec des amis, y faire de petits boulots dans des bureaux ou des restaurants (elle avait laissé tomber ses études, mais c'était toujours elle la plus dégourdie et la plus dure à la tâche). Elle aimait la culture et l'excentricité de la ville. Elle aimait les longs moments passés à regarder par la fenêtre, vers le sud, le vaste paysage de cette cité en pensant à ce qu'elle voulait faire de sa vie, et parfois sans penser à rien.

Puis il y avait eu ce jour de septembre et elle avait tout vu, les flammes, la fumée, et ensuite ce vide, cette horrible absence.

Lucy avait repris sa vie de tous les jours, plus ou moins contente, en attendant que la colère et la douleur s'estompent, que le vide se comble enfin. Mais il n'en avait rien été. Et c'est ainsi que la jeune fille maigrichonne qui votait démocrate et faisait son propre pain à la farine biologique était sortie de chez elle un beau matin pour prendre le métro jusqu'à Times Square et s'engager dans l'armée.

Il le fallait, tout simplement, avait-elle déclaré à Bob, son mari. Il avait posé un baiser sur son front, l'avait serrée très fort dans ses bras et n'avait rien dit pour l'en dissuader. (Pour deux raisons : d'une part, ancien engagé volontaire des Forces spéciales de la Marine lui-même, il estimait qu'une expérience militaire ne pouvait qu'être bénéfique ; d'autre part, il considérait Lucy comme quelqu'un qui savait toujours prendre la meilleure décision.)

Elle avait suivi une formation au Texas avant d'embarquer pour l'outre-mer. Bob l'avait accompagnée quelque temps – le patron de l'entreprise de livraisons pour laquelle il travaillait étant un grand patriote – et ils avaient loué leur appartement pour un an. Elle avait appris à parler allemand et à conduire tous les types de camions, et avait aussi appris quelque chose sur elle-même : elle avait un don inné pour l'organisation. On lui avait confié la direction des équipes d'hommes et de femmes chargés de l'approvisionnement en carburant et autres fournitures indispensables.

Avec de l'essence et du gazole on gagne les guerres ; avec des réservoirs vides on les perd. Telle était la règle en vigueur depuis un siècle.

Puis, un jour, son lieutenant était venu la trouver pour lui dire deux choses. Un, elle était promue du grade de caporal à celui de sergent. Deux, on l'envoyait à l'étranger pour y apprendre l'arabe.

Bob était retourné aux États-Unis et Lucy avait chargé ses bagages à bord d'un C130 en partance pour le pays des tempêtes de sable.

Elle avait ainsi quitté l'Amérique, cette terre aux mille paysages, pour une contrée où il n'y en avait pas du tout. Il n'y avait plus désormais pour elle que des visions de désert sous des cieux chauffés à blanc par un soleil immobile, et une dizaine de sables différents – parfois figés en une croûte solide qui vous écorchait, d'autres fois aussi fins que du talc qui s'insinuait partout. Et ce qu'elle faisait désormais était autrement sérieux : quand un camion se trouve à court d'essence entre Berlin et Cologne, on appelle un véhicule qui le dépanne. Si la même chose se produit en pleine zone de combats, des gens meurent.

C'était à elle de faire en sorte que cela ne se produise *jamais.*

Des heures et des heures à jongler avec les camions-citernes et les camions de munitions en faisant face à toutes sortes d'imprévus et en se portant volontaire pour les missions les plus inattendues – par exemple, jouer les cow-girls pour embarquer des moutons dans l'un de ces véhicules afin de ravitailler un village privé depuis des semaines de toute nourriture.

Ces moutons… quelle galère !

Et voici qu'elle était de retour dans un pays où des gratte-ciel se dressaient sur l'horizon, où on achetait sa viande dans des magasins, loin des sables et du soleil torride.

Plus rien de commun avec sa vie outre-mer.

Lucy Richter, pourtant, était tout sauf sereine. C'était pourquoi elle regardait maintenant vers le sud, et cherchait des réponses à ses questions dans ce vaste paysage qui n'était plus le même.

Oui ou non...

Le téléphone se mit à sonner. Elle sursauta. Ça lui arrivait souvent depuis quelque temps – au moindre bruit. Sonnerie de téléphone, claquement de porte, pétarade d'un moteur mal réglé...

Comme un froid dans le dos... Elle décrocha.

– Allô ?

– Salut, ma vieille !

Une amie du quartier.

– Claire !

– Que se passe-t-il ?

– Rien. J'ai un peu froid.

– Mais enfin, dans quel fuseau horaire étais-tu ?

– Dieu seul le sait.

– Bob est là ?

– Non. Il avait un rendez-vous au boulot.

– Bon. On se retrouve et on s'offre un *cheesecake* ?

– Un *cheesecake*, c'est tout ?

– Et quelques *Russians*[1] ?

– Gagné. On y va !

Elles se mirent d'accord sur un restaurant ouvert le soir et raccrochèrent.

Après un dernier regard au ciel noir et vide, Lucy enfila un sweatshirt et un anorak, mit un bonnet sur sa tête et sortit. Elle prit l'escalier mal éclairé et, parvenue au rez-de-chaussée, s'immobilisa en clignant des paupières face à la silhouette qui lui avait fait peur.

– Bonsoir, Lucy, dit l'homme.

1. *Russian* : cocktail à base de vodka *(NdT)*.

À son odeur de camphre et de cigarettes, elle reconnut le gardien de l'immeuble. Il était déjà vieux quand elle n'était elle-même qu'une petite fille. Il portait des piles de journaux à déposer sur le trottoir. Lucy, plus grande et plus forte que lui, en prit deux.

– Mais non ! protesta-t-il.

– Mais, monsieur Giradello, j'ai besoin d'exercice pour garder la forme !

– Ah, la forme ? Tu es plus costaude que mon fils !

Dehors, elle sentit le froid lui piquer le nez et les lèvres. Elle adorait cette sensation.

– Je t'ai vue en uniforme hier soir. On t'a déjà remis ta décoration ?

– Ce jeudi. Aujourd'hui ce n'était que la répétition. Et ce n'est pas une décoration. Une citation, seulement.

– Quelle différence ?

– Bonne question. Je n'en sais trop rien. Je crois qu'une décoration, ça se *gagne*. Tandis qu'une citation, c'est ce qu'on vous donne plutôt qu'une augmentation de solde.

– Tes parents doivent être fiers de toi.

– Sûr.

– Salue-les de ma part.

– Je n'y manquerai pas. Bon, je suis frigorifiée, monsieur Giradello. Portez-vous bien.

– Bonsoir !

Lucy prit le trottoir. Elle remarqua une Buick bleue stationnée de l'autre côté de la rue. Il y avait deux hommes à l'intérieur. Celui qui occupait le siège du passager la regarda, puis baissa les yeux. Il porta une canette de soda à ses lèvres et but avec avidité. Quelle idée, de boire froid par un temps pareil ! Elle pensait elle-même à un *Irish coffee* bien chaud avec une double dose de whisky. Et de la crème fouettée, bien sûr.

Elle se retourna, s'arrêta brusquement et changea de direction. Lucy Richter se dit alors, amusée, que les plaques de verglas étaient probablement le seul vrai danger qu'elle n'ait pas couru depuis dix-huit mois.

CHAPITRE 21

Kathryn Dance était seule avec Rhyme, chez le criminologue. Enfin, il y avait aussi Thom, et Jackson, ce dernier dans les bras de Kathryn.

– C'était formidable, dit-elle à Thom.

Ils venaient d'achever le dîner préparé par celui-ci : bœuf bourguignon, riz et salade, le tout arrosé d'une bouteille de caymus cabernet.

– Je voudrais la recette, mais je ne ferai jamais aussi bien.

– Ah, enfin quelqu'un qui apprécie ! dit Thom avec un regard en coin en direction de Rhyme.

– J'apprécie aussi. Sans excès, c'est tout.

Thom montra le plat d'un signe de tête.

– Pour lui, c'est du « ragoût ». Il ne veut même pas savoir comment ça s'appelle en français. Dites-lui ce que vous pensez de la nourriture, Lincoln.

– Je me nourris et je n'en fais pas toute une histoire, c'est tout, dit Rhyme en levant les yeux au ciel.

– Il dit que c'est du carburant, expliqua le jeune homme avant de repartir pour la cuisine avec les assiettes.

– Vous avez des chiens chez vous ? demanda Rhyme à Kathryn en regardant Jackson.

– Oui, deux. Beaucoup plus gros que ce jeunot. Avec mes enfants, on les emmène à la plage une ou deux fois par semaine. Ils courent après les mouettes et nous, on court derrière. Tout le monde fait de l'exercice. Et si vous trouvez que c'est trop, je vous rassure tout de suite : en rentrant, on s'arrête au First Watch de Monterey pour manger des gaufres et on récupère toutes les calories perdues.

Rhyme jeta un coup d'œil vers la cuisine, où Thom lavait la vaisselle. Puis, baissant la voix, il lui demanda si elle accepterait de se prêter à un léger subterfuge.

Elle fronça les sourcils.

– Je ne verrais pas d'inconvénient à ce qu'une petite quantité de *ceci* (montrant du regard une bouteille de vieux scotch Glenmorangie) se retrouve *là-dedans* (il regardait maintenant son gobelet) Sans faire de bruit, si vous voulez bien.

– À cause de Thom ?

Un hochement de tête.

– Par moments, il se croit revenu au temps de la prohibition. C'est assez pénible.

Kathryn Dance savait ce que céder à la tentation voulait dire. (D'accord, elle avait peut-être pris *trois* kilos à Tijuana ; mais la semaine passée là-bas lui avait paru si longue...) Elle posa le chien à ses pieds pour verser une bonne rasade dans le gobelet qu'elle cala dans son support sur l'accoudoir du fauteuil de Rhyme, et approcha la paille à portée de ses lèvres.

– Merci, dit Rhyme en savourant longuement sa première gorgée. J'ignore ce que vous prenez d'habitude à la ville pour vos honoraires, mais quel que soit le tarif, je vais demander qu'on le double. Et servez-vous donc. Ça ne vous fera aucun mal.

– Un peu de caféine plutôt, dit-elle en se versant du café noir.

Elle s'autorisa pour l'accompagner l'un des biscuits que l'aide venait de poser devant eux. Il les avait faits lui-même.

Puis elle consulta sa montre. Il était trois heures plus tôt en Californie.

– Excusez-moi un instant. J'appelle chez moi.

– Allez-y.

Elle composa le numéro sur son portable. Ce fut Maggie qui répondit.

– Salut, mes petits cœurs !

– Maman !

La fillette était bavarde et Kathryn eut droit pendant dix bonnes minutes au récit détaillé de l'après-midi qu'elle avait passé à faire les boutiques avec sa grand-mère.

– Et ensuite, conclut Maggie, on est rentrées et j'ai lu *Harry Potter*.

– Le dernier ?

– Mais oui !

– Ça fait combien de fois ?

– C'est la sixième.

– Tu n'aimerais pas lire autre chose ? Histoire d'élargir un peu ton horizon ?

– Mais enfin, maman ! Genre : tu as déjà écouté combien de fois Bob Dylan ? Et cet album, *Blonde on Blonde* ? Ou U2 ?

Imparable logique.

– Tu m'as eue, ma chérie. Mais ne dis pas tout le temps « genre ».

– Tu rentres quand, maman ?

– Demain, sans doute. Je t'aime. Passe-moi ton frère.

Avec Wes, la conversation prit un tour plus sérieux. Il avait déjà évoqué à plusieurs reprises l'idée de suivre des cours de karaté, et il fallait maintenant lui dire oui ou non. Mais Dance aurait préféré autre chose qu'un sport de combat, s'il ne voulait pas faire de football ni de base-ball. Elle pensait que le tennis ou la gymnastique, par exemple, seraient parfaitement adaptés à sa musculature – mais il ne voulait pas en entendre parler.

Spécialiste de l'interrogatoire, Kathryn Dance avait une connaissance approfondie de la colère ; elle l'observait chez les suspects comme chez les victimes auxquels elle avait affaire. Elle pensait que l'intérêt récent de Wes pour les arts martiaux n'était pas sans rapport avec les accès de fureur qui, à l'occasion, survenaient comme des orages dans un ciel bleu depuis la mort de son père. Elle n'avait rien contre la compétition, mais estimait qu'il ne serait pas sain pour Wes, à ce stade, de se lancer dans un sport de combat. La fureur, même encadrée, peut être très dangereuse, surtout pour des jeunes gens.

Elle en discuta un moment avec lui.

Le fait de travailler sur l'affaire de l'Horloger avec Rhyme et Amelia Sachs avait donné à Kathryn une conscience plus aiguë du temps qui passait. Elle avait une appréciation plus juste de celui qu'elle consacrait à son travail et à ses enfants. Le temps est un remède à la colère (dans sa phase aiguë, celle-ci peut rarement durer plus de trois minutes) et affaiblit les résistances, mieux que ne le font la plupart du temps les disputes à grands cris. Kathryn se garda bien d'interdire le karaté, mais obtint l'accord de Wes pour quelques leçons de tennis à l'essai. (Elle avait un jour entendu son fils dire à un copain : « C'est chiant d'avoir une mère flic ! », et ça l'avait bien fait rire.)

L'humeur du garçon changea brusquement et il lui parla d'un film qu'il avait vu sur la chaîne HBO. Puis son téléphone se mit à cliqueter parce qu'un copain était en train de lui envoyer un SMS. Il fallait qu'il arrête la conversation.

– Salut, maman, je t'aime et à bientôt !

Clic.

La fraction de seconde de ce « je t'aime » donnait tout son prix à la négociation.

Elle remit l'appareil dans sa poche et regarda Rhyme.

– Vous avez des enfants ?

– Moi ? Non. Je craindrais de ne pas être très bon à ça.

– *Personne* n'est bon à ça avant de les avoir.

Il regarda les écouteurs de l'iPod qu'elle avait en permanence autour du cou, comme un médecin son stéthoscope.

– Vous aimez la musique, il me semble… Avouez que c'est fort, comme déduction.

– C'est mon passe-temps préféré.

– Ah, bon ? Vous jouez d'un instrument ?

– Je chante un peu. J'étais une fan de musique folk. Mais maintenant, quand j'ai du temps, j'embarque les chiens et les gamins dans la caravane, et on part chercher des chansons.

– J'en ai déjà entendu parler, dit Rhyme en fronçant les sourcils. C'est…

– On appelle ça la chasse aux chansons.

– Oui. Exactement.

C'était une passion pour Kathryn Dance. Elle se situait dans une longue tradition de folkloristes toujours prêts à se rendre dans les lieux les plus reculés pour enregistrer des musiques traditionnelles sur le terrain. Le plus célèbre d'entre eux était peut-être Alan Lomax, qui avait sillonné les États-Unis et l'Europe à la recherche des chansons anciennes. Kathryn Dance allait de temps en temps sur la côte est, mais comme le folklore y était déjà bien répertorié, ses dernières expéditions avaient été pour des villes de l'intérieur, la Nouvelle-Écosse, l'ouest du Canada, le bayou et les régions à forte population latino-américaine comme la Californie du Sud et du Centre.

Elle parla aussi à Rhyme du site Internet qu'elle avait créé avec un ami pour informer sur les musiciens, les chansons et la musique proprement dite. Ils aidaient les musiciens à percevoir des droits sur leurs compositions originales et leur redistribuaient l'argent que donnaient les auditeurs pour les enregistrer. Plusieurs musiciens avaient été contactés par des sociétés de production audiovisuelle qui leur avaient acheté leurs compositions pour sonoriser des films indépendants.

Kathryn Dance s'abstint toutefois de dire à Rhyme que sa relation avec la musique n'était pas constituée que de cela.

Elle avait souvent l'impression d'être débordée. Pour faire correctement son métier, elle était obligée de se brancher, au sens littéral et absolu du terme, sur les témoins et les criminels qu'elle interrogeait. S'asseoir à moins d'un mètre d'un assassin psychotique et batailler avec lui pendant des heures, parfois des jours et même des semaines, était exaltant, mais aussi épuisant et débilitant. Kathryn était capable d'une telle empathie, elle finissait par être tellement proche de ses sujets qu'elle ressentait encore leurs émotions longtemps après les séances. Leurs voix n'en finissaient pas de résonner à ses oreilles et leurs paroles de lui revenir à l'esprit.

Oui, oui, d'accord, oui, je l'ai tuée. Je l'ai égorgée... Eh bien, oui, son fils aussi. Ce gamin... Il était là. Il m'a vu. Il fallait que je le tue. Écoutez, mettez-vous à ma place. N'importe qui l'aurait fait, non ? Mais elle, elle le méritait. Cette façon de me regarder... Ce n'est pas de ma faute. Je peux avoir cette cigarette dont vous m'avez parlé ?

La musique était un remède miracle. Quand elle écoutait Sonny Terry et Brownie McGhee, U2, Dylan ou David Byrne, elle n'entendait plus la voix indignée d'un certain Carlos Allende se plaignant de ce que la bague de fiançailles de sa victime lui avait écorché la main pendant qu'il l'égorgeait.

Ça m'a fait mal, je vous dis. Très mal. Cette garce...

– Vous vous produisez en public ? demanda Rhyme.

Elle l'avait fait, plus ou moins, à une époque. Mais les années passées à Boston, Berkeley et North Beach près de San Francisco lui avaient laissé une impression de vide. Chanter sur scène semblait une expérience personnelle, mais elle avait découvert que c'était un échange entre vous et la musique plutôt qu'entre vous et celui qui écoutait. Kathryn Dance, à vrai dire, était beaucoup plus curieuse de ce que les autres avaient à dire – et à chanter – à propos d'eux-mêmes, de la vie et de l'amour. Elle avait compris qu'avec la musique, comme avec son métier, elle préférait jouer un rôle d'écoute professionnelle.

– Je m'y suis essayée, répondit-elle à Rhyme. Mais j'ai fini par me dire qu'il valait mieux rester amie avec la musique.

– Et vous avez opté pour la police... C'était tout de même un virage à cent quatre-vingts degrés ?

– Si on veut.

– Ça s'est passé comment ?

Elle hésita. Habituellement réticente à parler d'elle-même (écouter d'abord, parler ensuite), elle sentait pourtant une proximité avec Rhyme. Ils étaient rivaux, d'une certaine façon – police scientifique contre kinésique –, mais partageaient un même objectif. Elle se reconnaissait dans l'énergie déployée par le criminologue en dépit de sa condition, et dans son opiniâtreté. Et dans son goût manifeste pour la chasse, aussi.

– Jonny Ray Hanson... Jonny sans *h*..., commença-t-elle.

– Un criminel ?

Elle hocha la tête et lui raconta toute l'histoire. Six ans auparavant, Kathryn avait été embauchée comme consultante afin de choisir des jurés pour le procès de ce Jonny Hanson.

Ce courtier en assurances de trente-cinq ans habitait dans le comté de Contra Costa, au nord d'Oakland, à une demi-heure de la maison de son ex-épouse, qui avait obtenu une décision de justice lui interdisant de venir à son domicile. Mais une nuit quelqu'un avait tenté de pénétrer chez elle par effraction. Elle ne s'y trouvait pas, et un adjoint du shérif du comté, qui patrouillait régulièrement dans les parages, avait repéré l'intrus qui avait réussi à prendre la fuite.

– La chose ne semble pas très grave... mais il n'y avait pas que cela. Le shérif et son équipe étaient inquiets car l'homme continuait à menacer son ancienne femme et l'avait agressée à deux reprises. Ils l'avaient donc emmené pour s'expliquer avec lui. Il s'était défendu de toute mauvaise intention et ils l'avaient laissé repartir. Puis, persuadés qu'ils pourraient l'amener devant un tribunal, ils l'avaient finalement arrêté.

En raison des délits commis précédemment, expliqua Kathryn, on aurait pu constituer un dossier d'accusation assez solide et le faire emprisonner pour cinq ans, ce qui aurait donné un répit à sa femme et à leur fille adolescente en les mettant à l'abri de ses manœuvres de harcèlement.

– Je suis restée un moment avec elles dans le bureau du procureur. Elles m'ont fait de la peine. Elles vivaient dans la terreur. Hanson leur envoyait des feuilles blanches par la poste, laissait des messages délirants sur leur répondeur téléphonique. Il se plantait à un pâté de maisons de distance – il lui était interdit d'approcher de plus près – et les regardait fixement. Il leur faisait livrer de la nourriture. Il n'y avait rien d'illégal dans tout ça, mais le message était clair : « Je ne vous lâcherai pas. »

Quand elles devaient faire des achats, la mère et la fille en étaient venues à se déguiser avant de sortir, et elles allaient dans des centres commerciaux à vingt ou trente kilomètres de chez elles.

Kathryn Dance avait choisi les jurés avec grand soin : des femmes seules et des hommes exerçant un métier, d'esprit ouvert mais pas trop, capables de compatir aux tourments des deux victimes. Et comme elle le faisait souvent, elle avait assisté à l'audience de sélection du jury pour conseiller le procureur – et avoir un œil critique sur ses propres choix.

– J'observais attentivement Hanson, et j'étais persuadée qu'il était coupable.

– Mais les choses se sont mal passées ?

– Oui. On n'a pas pu retrouver certains témoins, d'autres ont livré des témoignages inconsistants, des pièces à conviction ont été perdues, d'autres contaminées, Hanson a présenté une série d'alibis que l'accusation a été incapable de démonter ; la défense a récusé point par point les arguments du procureur ; à croire qu'ils avaient placé des micros dans son bureau. Hanson a été acquitté.

– Terrible…, dit Rhyme. Mais je suppose que ce n'est pas tout.

– Hélas, non. Deux jours après le procès, Hanson a suivi sa femme et sa fille dans le parking d'un centre commercial et les a tuées toutes les deux à coups de couteau. Le petit ami de la jeune fille était avec elles. Il l'a tué lui aussi. Il a réussi à s'enfuir et on a fini par l'arrêter – au bout d'un an.

Kathryn but une gorgée de café avant de reprendre :

– À la suite de ces meurtres, le procureur a essayé de comprendre pourquoi le procès s'était soldé par un tel désastre. Il m'a demandé de lire la transcription du premier interrogatoire dans le bureau du shérif. Je l'ai lue, et j'en ai été atterrée. Hanson était très intelligent. Et l'adjoint du shérif qui l'avait interrogé était ou bien totalement inexpérimenté, ou bien paresseux. Hanson s'était complètement joué de lui. Il lui avait soutiré assez d'informations sur le dossier d'accusation pour le démolir complètement – il savait quels témoins il pourrait intimider, quelles pièces à conviction faire disparaître, quelle sorte d'alibis avancer sans crainte d'être contredit.

– Et je pense qu'il savait autre chose encore, dit Rhyme en secouant la tête.

– Oh, oui. L'adjoint du shérif lui avait demandé s'il était déjà allé à Mill Valley. Et ensuite, s'il fréquentait les centres commerciaux de Marin County. Hanson savait donc où sa femme et sa fille faisaient leurs achats. Il s'était donc installé aux abords de Mill Valley pour les épier. C'est là qu'il les avait tuées – et elles étaient sans protection puisqu'elles se trouvaient dans un autre comté.

« Ce soir-là, je n'ai pas pris l'autoroute pour rentrer chez moi, mais la route qui longe l'océan. Je me disais : Toute personne qui a besoin d'un consultant me paie 150 dollars de l'heure pour l'aider à composer un jury. C'est très bien, ça n'a rien d'immoral – c'est ainsi que fonctionne le système. Mais je ne pouvais pas m'empêcher de penser que si j'avais conduit moi-même cet interrogatoire, Hanson serait allé en prison et ces trois personnes seraient encore vivantes.

« Deux jours plus tard, je m'inscrivais à l'académie de police, et la suite, comme on dit, appartient à l'histoire. Et vous ?

– Vous voulez savoir comment j'ai décidé d'être policier ? (Haussant les épaules :) De façon beaucoup moins dramatique. C'est sans intérêt, à vrai dire… Par accident.

– Vraiment ?

Rhyme se mit à rire.

Kathryn le regardait en fronçant les sourcils.

– Vous ne me croyez pas, n'est-ce pas ?

– Pardon, vous vous êtes senti épié ? J'essaie de m'en empêcher pourtant. Mais ma sœur dit que par moments je la regarde comme une souris de laboratoire.

Rhyme but une gorgée de scotch.

– Alors ? dit-il avec un sourire faussement timide.

– Alors ? répéta-t-elle en haussant les sourcils.

– Je ne suis pas un gibier facile pour un expert en kinésique, dit-il. Vous ne pouvez pas lire dans mes pensées, n'est-ce pas ?

Elle éclata de rire à son tour.

– Mais si, je peux ! Le langage du corps trouve toujours son expression. Vous en dites autant avec votre visage, vos yeux et votre tête qu'une personne qui dispose de tout son corps.

– Vraiment ?

– C'est toujours comme ça. C'est d'ailleurs plus aisé avec quelqu'un comme vous – les messages sont plus concentrés.

– Je suis donc comme un livre ouvert ?

– Personne n'est un livre ouvert. Mais il y a des livres qui se lisent plus facilement que d'autres.

– Je me rappelle ce que vous avez dit à propos des différents stades de réaction quand on interroge quelqu'un. La colère, la dépression, le déni, le marchandage… À la suite de mon accident, j'ai beaucoup eu affaire aux psys. Ce n'est pas que j'y tenais, mais, dans l'état où j'étais, je n'y pouvais pas grand-chose. Ils m'ont parlé des différents stades du deuil. Ils sont assez comparables.

Kathryn Dance connaissait très bien les stades du deuil. Mais, une fois encore, ce n'était pas le sujet du jour.

– La façon dont l'esprit lutte contre l'adversité est quelque chose de fascinant – qu'il s'agisse d'un trauma physique ou émotionnel.

– Je dois beaucoup lutter contre la colère, dit Rhyme en regardant ailleurs.

Kathryn secoua lentement la tête sans le quitter des yeux.

– Oh, il n'y a pas en vous, et de loin, autant de colère que vous le laissez croire.

– Je suis infirme ! s'écria-t-il. Évidemment que je suis en colère !

– Et moi, je suis une femme flic. Nous avons tous deux de bonnes raisons pour en avoir ras-le-bol par moments. Il y a un tas de choses qui nous dépriment, et un tas de choses que nous refusons. Mais la colère ? Vous avez dépassé ça. Vous êtes dans l'acceptation.

– Sauf quand je poursuis des assassins. (Un signe de la tête vers le tableau des indices.) Je fais de la rééducation. Beaucoup plus que ce que je devrais. C'est ce que me dit Thom. Jusqu'à la nausée, pour ne rien vous cacher. Je n'appelle pas ça de l'acceptation.

– Et, en effet, ce n'est pas ça, l'acceptation. Vous acceptez votre condition et vous luttez. Vous ne restez pas assis toute la journée. Euh… pardonnez-moi, c'est une expression malheureuse.

Ce n'étaient pas vraiment des excuses. Rhyme ne put s'empêcher de rire, et Kathryn sentit qu'elle avait marqué un point en plaisantant. Elle avait compris que le criminologue ne prisait guère la délicatesse et le politiquement correct.

– Vous acceptez la réalité. Vous essayez de la changer, mais sans vous mentir à vous-même. C'est un défi à relever, c'est dur, mais ça ne vous met pas en colère.

– Je crois que vous vous trompez.

– Ah ! Vous venez de cligner deux fois des yeux ! Réaction kinésique au stress. Vous ne pensez pas ce que vous dites.

– Pas facile de discuter avec une fille comme vous, dit-il en vidant son verre.

– Oh, Lincoln ! j'ai votre profil de base. Vous ne pouvez pas me tromper. Mais ne vous en faites pas. Je ne trahirai pas votre secret.

On entendit s'ouvrir et se refermer la porte d'entrée. Amelia Sachs pénétra dans la pièce. Elle jeta son blouson sur un siège et les deux femmes se saluèrent. On voyait clairement à son attitude et à son regard que quelque chose n'allait pas. Elle s'approcha de la fenêtre, regarda dehors, puis descendit le store.

– Qu'y a-t-il ? demanda Rhyme.

– L'un de mes voisins vient de m'appeler. Il m'a dit que quelqu'un était venu me demander aujourd'hui. Un certain Joey Treffano. J'ai travaillé avec Treffano quand je débutais. Il voulait savoir ce que je faisais en ce moment, il a posé toutes sortes de questions et s'est beaucoup intéressé à l'immeuble. Mon voisin a trouvé ça bizarre et m'a appelée.

– Tu crois que ce type n'était pas Joey, mais se faisait passer pour lui ?

– Absolument. Joey a quitté la police l'an passé pour s'installer dans le Montana.

– C'était peut-être lui et il avait envie de te revoir, tout simplement.

– Dans ce cas, c'était son fantôme. Il s'est tué au printemps dernier dans un accident de moto… Nous avons été suivis, Ron et moi. Et tout à l'heure on a fouillé mon sac. Quelqu'un s'est introduit dans ma voiture, que j'avais laissée fermée. En forçant une portière.

– Où ?

– Dans Spring Street, près de l'atelier de la fleuriste, pendant que j'étais sur la scène de crime.

À cet instant, une idée commença à poindre dans l'esprit de Kathryn Dance. Ou plutôt un souvenir, venu de loin, qu'elle parvint à préciser.

– Il y a une chose… Ce n'est peut-être rien… mais il vaut mieux que je vous en parle.

Malgré l'heure tardive, Rhyme avait convoqué tout le monde. Sellitto, Cooper, Pulaski et Baker étaient là.

Amelia les regarda tous.

– Nous avons un problème, dit-elle, et je veux que vous le sachiez. Quelqu'un nous a suivis, Ron et moi. Et Kathryn vient de me dire qu'elle pensait, elle aussi, avoir vu quelqu'un.

L'experte en kinésique opina de la tête.

Amelia regarda Pulaski.

– Tu m'as parlé d'une Mercedes. Est-ce que tu l'as revue depuis ?

– Non. Pas depuis cet après-midi.

– Et vous, Mel ? Vous n'avez rien remarqué d'anormal ?

– Non, je ne crois pas, répondit le mince technicien en remontant ses lunettes sur son nez. Mais je ne fais jamais attention à ça. On n'a pas l'habitude d'être suivi quand on travaille dans un labo.

Sellitto pensait avoir aperçu quelqu'un derrière lui, mais n'en était pas certain.

Amelia regarda Baker.

– En allant à Brooklyn aujourd'hui, vous ne vous êtes pas senti observé ?

– Moi ? À Brooklyn ?

– Mais… (Elle fronça les sourcils.) Vous n'y êtes pas allé ?

– Non, dit Baker en secouant la tête.

Amelia se tourna vers Kathryn Dance, qui observait Baker. L'experte en kinésique répondit à son regard par un imperceptible hochement de tête.

La main d'Amelia glissa jusqu'à son Glock à la seconde où elle faisait volte-face vers Baker.

– Dennis, ne bougez plus, laissez vos mains où nous pouvons les voir.

Il la regarda en écarquillant les yeux.

– Mais…

– Il est temps d'avoir une petite discussion.

Aucune des personnes présentes dans la pièce – et toutes avaient été prévenues – ne bougea, mais Pulaski avait déjà la main sur la crosse de son arme. Puis Lon Sellitto vint se placer derrière Baker.

– Mais enfin, dit celui-ci en regardant le gros détective derrière lui. Qu'est-ce qui se passe ?

– Nous avons quelques questions à vous poser, Dennis, dit Rhyme.

Ce que Kathryn Dance avait pensé à leur dire n'avait rien à voir avec une éventuelle filature et procédait d'une observation plus subtile. Amelia avait interrogé Baker au sujet de sa visite à Brooklyn dans le seul but de le mettre à l'aise. Mais Dance s'était rappelé que plus tôt dans l'après-midi celui-ci, en disant qu'il s'était trouvé sur la scène en face de l'atelier de la fleuriste, avait croisé les jambes et détourné les yeux comme pour éviter le regard de Rhyme qui l'interrogeait. Ces signes, ainsi que la façon dont il se tenait sur son siège, indiquaient la dissimulation. Il avait déclaré alors, très précisément, qu'il venait tout juste de quitter les lieux et ne se rappelait pas si la rue était ou non interdite à la circulation. Comme elle ne voyait pas pourquoi il aurait menti là-dessus, Kathryn n'avait rien conclu de particulier sur le moment.

Mais en entendant Amelia dire qu'on s'était introduit dans sa voiture à cet endroit-là – où Baker se trouvait –, elle s'était souvenue de l'attitude équivoque du lieutenant. Amelia avait alors appelé Nancy Simpson, qui se trouvait sur les lieux, pour lui demander à quelle heure Baker était reparti.

– Tout de suite après vous, détective, avait répondu l'agent Simpson.

Or Baker prétendait être resté presque une heure.

Simpson avait ajouté que Baker, à sa connaissance, était parti pour aller à Brooklyn. Amelia venait de lui demander s'il s'y était rendu afin de voir si Kathryn Dance observait des signes de tromperie.

– Vous avez forcé la portière de ma voiture et vous avez fouillé mon sac, dit-elle d'un ton dur. Et vous êtes venu chez moi pour interroger un voisin en vous faisant passer pour l'un de mes anciens collègues.

Allait-il nier ? Elles risquaient toutes deux de perdre la face si Amelia s'était trompée.

Mais Baker fixait le sol à ses pieds.

– Écoutez, dit-il. C'est un malentendu.

– Avez-vous, oui ou non, posé des questions à mon voisin ? demanda Amelia, furieuse.

– Oui.

Elle se rapprocha de lui. Ils étaient de la même taille, mais Amelia, dans sa fureur, semblait le dominer.

– Vous avez une Mercedes ?

– Une Mercedes ? Avec un salaire de flic ?

La réponse semblait spontanée.

Rhyme regarda Cooper, qui appela le fichier des immatriculations. Le technicien secoua la tête.

– Pas de Mercedes à son nom.

Bon. Autant pour moi, songea Amelia. Mais Baker, à l'évidence, n'était pas blanc comme neige.

– Alors ? La vérité ? dit Rhyme.

Baker se tourna vers la jeune femme.

– Amelia, je tenais vraiment à vous avoir sur cette enquête. Vous formez avec Lincoln une équipe hors pair. Et je dois dire que vous avez tous, ici, une bonne réputation. Mais après avoir plaidé auprès des patrons pour qu'ils la lui confient, et les avoir convaincus, j'ai appris qu'il y avait un problème.

– Lequel ? demanda Amelia sèchement.

– Il y a une feuille dans mon attaché-case, dit-il à l'adresse de Pulaski. Elle est pliée. Sur le dessus à droite.

Le bleu ouvrit l'attaché-case et trouva la feuille.

– C'est un e-mail, dit encore Baker.

Amelia le prit des mains de Pulaski. Elle lut une fois en fronçant les sourcils, resta un moment sans faire un geste, puis s'approcha de Rhyme et posa la feuille à plat sur l'accoudoir du fauteuil. Il lut la note confidentielle. Elle émanait d'un inspecteur du quartier général de la police de New York. On y expliquait qu'Amelia Sachs avait été quelques années auparavant très proche d'un détective du nom de Nicholas Carelli, lequel avait été condamné pour divers motifs, parmi lesquels des braquages, agressions et extorsions de fonds.

Amelia n'avait jamais été impliquée personnellement, mais Carelli ayant recouvré depuis peu sa liberté, les hauts responsables de la police craignaient qu'elle soit toujours en contact avec lui. Ils se défendaient de tout soupçon à son égard, mais, disait l'e-mail, il serait « gênant » qu'elle soit vue avec lui.

Amelia se racla la gorge et ne dit rien. Rhyme était au courant de sa liaison passée avec Nick, il savait qu'ils avaient envisagé de se marier, et savait aussi à quel point elle avait été bouleversée par la révélation de ses agissements criminels.

– Désolé, dit Baker en secouant la tête. Je ne savais comment m'y prendre avec ce problème. On m'a demandé un rapport. Il fallait que je dise où je vous avais vue, ce que je savais de vous. Dans le cadre du travail et en dehors. Et si vous aviez des liens avec ce Carelli ou certains de ses amis.

– Et voilà pourquoi vous avez cherché à vous renseigner sur elle, dit Rhyme. Quelle connerie !

– J'ai fait au mieux, Rhyme. J'ai pris des risques. Ils voulaient la démettre de toute façon. Ils ne voulaient plus la laisser sur une affaire de cette importance. Mais j'ai dit non.

– Il y a des années que je n'ai pas vu Nick. Je ne savais même pas qu'il était sorti.

– Et c'est ce que je vais leur dire. (Montrant son attaché-case :) Mes notes sont là.

Pulaski trouva d'autres feuilles. Amelia les parcourut avant de les faire passer à Rhyme. C'étaient effectivement des notes prises par Baker après chacune de leurs rencontres, avec ses observations, les questions qu'il lui avait posées, ce qu'il avait vu dans son agenda et son carnet d'adresses, ce qu'il avait entendu dire d'elle.

– Vous êtes allé jusqu'à l'effraction, dit Sellitto.

– C'est vrai. Je n'aurais pas dû. Désolé.

– Putain, mais pourquoi ne pas m'en avoir parlé ? s'exclama Rhyme.

– Ou à n'importe lequel d'entre nous, appuya Sellitto.

– Cette histoire est remontée très haut. On m'a demandé le secret. (Se tournant vers Amelia :) Vous êtes furieuse. Je le regrette. Mais je tenais vraiment à ce qu'on vous confie cette affaire. Et je ne savais pas comment m'y prendre autrement. Je leur ai déjà remis mes conclusions. C'est réglé. Vous voulez bien qu'on laisse ça derrière nous et qu'on se remette au travail ?

Rhyme regarda Amelia, et ce qui lui fit le plus mal fut la réaction de la jeune femme : sa colère était retombée. Elle semblait gênée d'avoir été la cause de cet incident qui avait semé le trouble parmi ses collègues, les distrayant de leur mission. C'était si rare – et par conséquent si dur – de voir Amelia vulnérable et abattue…

Elle rendit son e-mail à Baker, puis, sans un mot, attrapa son blouson et se dirigea calmement vers la porte en tirant ses clés de voiture de sa poche.

CHAPITRE 22

Vincent Reynolds observait la femme dans le restaurant – brune, mince, trente ans peut-être, en tenue de jogging. Ses cheveux courts, tirés en arrière, étaient retenus par des pinces. Ils l'avaient suivie depuis le vieil immeuble qui abritait son appartement de Greenwich Village, d'abord jusqu'à un bar du quartier et maintenant dans cette pâtisserie quelques rues plus loin. Une amie l'accompagnait, une blonde plus jeune qu'elle, et les deux femmes ne cessaient de rire et de bavarder, et elles avaient l'air de bien s'amuser.

Lucy Richter profitait de ses derniers moments.

Duncan écoutait de la musique classique dans la Buick. Il était calme et pensif comme toujours. Par moments, on ne savait vraiment pas ce qu'il avait en tête.

Vincent, quant à lui, sentait grandir la faim. Il avala une barre chocolatée, puis une autre.

Merde et merde au grand ordre des choses ! Il me faut une fille…

Duncan tira la montre en or de sa poche, la regarda, remonta délicatement le mécanisme.

Vincent avait déjà vu une ou deux fois cette montre, mais elle l'impressionnait encore. Duncan lui avait expliqué qu'elle était l'œuvre d'un certain Breguet, un horloger français qui avait vécu à une époque lointaine (« À mon avis, le meilleur qui ait jamais existé »).

La montre était simple d'apparence. Elle avait un cadran blanc, des chiffres romains pour les heures et plusieurs petits cadrans qui indiquaient les phases de la lune, et c'était un calendrier perpétuel. Elle avait aussi un « parachute », un système antichoc inventé par Breguet et logé dans le boîtier, avait expliqué Duncan.

– Elle a quel âge, cette montre ? demanda Vincent.

– Elle date de l'an XII.

– XII ? D'après le calendrier romain ?

Duncan sourit.

– Non, excuse-moi. Comme cette date figure sur l'acte de vente original, je considère que c'est l'année de fabrication. Il s'agit de l'an XII du calendrier révolutionnaire français, qui partait en fait de l'année 1792. Sa conception était curieuse. La semaine avait dix jours et le mois trente. Il devait y avoir tous les six ans un laps de temps consacré aux sports. Les autorités de l'époque pensaient, je ne sais pourquoi, qu'il serait plus égalitaire que le calendrier qu'il remplaçait. Mais il était d'un usage trop compliqué. Il n'a duré que quatorze ans. Comme beaucoup d'idées révolutionnaires qui paraissent bonnes sur le papier, mais ne sont pas très pratiques.

Duncan contemplait le disque doré avec affection.

– J'aime bien les montres de cette époque. Jadis, ces objets étaient un signe de pouvoir. Peu de gens pouvaient s'en offrir. Celui qui en possédait une était un homme qui maîtrisait le temps. On venait le trouver et on attendait le moment qu'*il* avait fixé pour cette rencontre. On avait créé des chaînes et des goussets pour que chacun sache que l'homme possédait une montre, même quand elle était dans sa poche. Les horlogers étaient des dieux en ce temps-là.

Duncan se tut un instant avant de reprendre :

– Je disais cela au figuré, bien sûr, mais c'était vrai d'une certaine façon.

Vincent le regardait avec curiosité.

– Il y a eu au dix-huitième siècle un mouvement philosophique fondé sur la métaphore de l'horloge. Pour ses tenants, Dieu avait créé l'univers comme un mécanisme d'horlogerie et l'avait remonté pour le mettre en mouvement. Comme une sorte d'horloge perpétuelle. Dieu était donc appelé « le Grand Horloger ». Que tu le croies ou non, cette philosophie avait de très nombreux adeptes. Elle donnait presque aux horlogers un statut de prêtres.

Duncan remit la Breguet dans sa poche après un dernier regard.

– Il faut y aller maintenant, dit-il en montrant les deux femmes. Elles ne vont pas tarder à s'en aller.

Il mit le contact, actionna le clignotant et ils s'éloignèrent, laissant derrière eux leur victime qui continuait à bavarder gaiement, sans savoir qu'un homme allait bientôt lui ôter la vie et un autre sa dignité. Ils ne pourraient pas, toutefois, la surprendre ce soir-là, car Duncan avait appris qu'elle avait un mari dont les horaires de travail étaient imprévisibles et qui risquait de rentrer chez lui à tout moment.

Vincent respirait à pleins poumons et à grand bruit dans ses efforts pour lutter contre la faim. Il vida un sachet de chips. Puis il demanda :

– Explique-moi comment tu vas faire ? Pour la tuer, je veux dire.

Duncan resta un moment silencieux avant de répondre :

– Tu m'as déjà interrogé là-dessus. Tu voulais savoir combien de temps les deux premiers avaient mis à mourir.

Vincent hocha la tête.

– Eh bien, pour Lucy ça va prendre *longtemps*.

Ils avaient perdu le manuel de torture, mais Duncan en avait apparemment retenu une grande partie. Il décrivit la technique qu'il comptait utiliser. C'était la méthode dite de l'eau. On plaçait la victime sur le dos, les jambes en l'air. On lui fermait hermétiquement la bouche avec du ruban adhésif et on lui versait de l'eau dans le nez. On pouvait mettre aussi longtemps qu'on le voulait à la tuer, du moment qu'on lui donnait un peu d'air à respirer de temps à autre.

– Je vais voir si je peux la faire durer une demi-heure. Quarante minutes, peut-être.

– Elle le mérite, pas vrai ? demanda Vincent.

– Ce que tu demandes, en fait, c'est pourquoi je tue telle personne plutôt que telle autre.

– Enfin…

C'était exact.

– Je ne te l'ai jamais dit.

– Non, jamais.

La confiance est presque aussi précieuse que le temps…

Duncan jeta un bref regard à Vincent, puis à la rue derrière lui.

– Chacun d'entre nous, vois-tu, est sur la terre pour un certain temps. Quelques jours, quelques mois. Ou quelques années, comme on l'espère.

– Exact.

– C'est comme si Dieu – ou n'importe quoi d'autre du moment qu'on y croie – avait une grande liste de tous ceux qui sont sur terre. Quand les aiguilles de sa pendule marquent une certaine heure, ça y est… ils sont morts. Eh bien, j'ai ma liste, moi aussi.

– Dix personnes.

– Dix personnes… La différence entre Dieu et moi, c'est qu'il n'a pas une bonne raison de les tuer. Moi, j'en ai une.

Vincent se taisait. Un moment passa. Il n'était plus Vincent le Malin et il n'avait plus faim. Il n'était plus que Vincent, qui écoutait parler un ami et partageait avec lui quelque chose d'important.

– Au fond, je peux très bien te dire quelle est cette raison.

Et il le lui dit.

La lune projetait sur le capot de la voiture une lumière blanche qui se reflétait dans ses yeux.

Amelia Sachs fonçait à toute allure le long de l'East River, le gyrophare posé sur le tableau de bord.

Elle sentait comme un poids sur ses épaules après les événements de ces derniers jours : l'existence possible, sinon probable, de policiers corrompus impliqués dans les meurtres de Ben Creeley et Frank Sarkowski ; le risque de se voir retirer l'enquête d'un moment à l'autre par Marilyn Flaherty ; le comportement de Dennis Baker à son égard ; la méfiance des pontes du quartier général en raison de ses liens passés avec Nick ; la crise d'hystérie et les menaces de l'inspecteur Jefferies.

Et, par-dessus tout, les terribles révélations sur le passé de son père.

À quoi bon se défoncer pour faire son boulot, pensait-elle, à quoi bon travailler dur, risquer sa vie, renoncer à sa tranquillité d'esprit si on ne pouvait pas être flic sans y laisser aussi son honnêteté ?

Elle enclencha nerveusement la quatrième, et l'aiguille des vitesses grimpa jusqu'à cent soixante. Le moteur hurla.

Il n'y avait pas de meilleur policier que son père, plus solide, plus consciencieux. Et voilà ce qui lui était arrivé...

Mais non, non, se dit-elle. Elle ne pouvait pas voir les choses de cette façon. Il ne lui était rien *arrivé*. Il avait mal tourné parce qu'il l'avait voulu.

Elle se souvenait d'Herman Sachs comme d'un homme calme, plein d'humour, qui aimait passer des après-midi avec ses amis, assister à des courses automobiles, traîner avec sa fille dans les casses du comté de Nassau pour dénicher des carburateurs, des joints de culasse ou des pots d'échappement devenus introuvables. Mais elle savait désormais que ce personnage n'était qu'une façade, derrière laquelle se cachait un individu beaucoup plus obscur, quelqu'un qu'elle n'avait pas connu.

Amelia Sachs avait en elle une force qui la faisait douter, se remettre en question, et la poussait à prendre des risques sans se soucier du danger. Elle en souffrait. Mais il y avait aussi la récompense : l'euphorie qu'elle ressentait chaque fois qu'une vie innocente était sauvée ou un dangereux criminel arrêté.

Cette force la poussait toujours dans la même direction ; elle avait, semblait-il, poussé son père dans une autre.

La Chevrolet dérapa sur ses roues arrière. Elle la remit sur sa trajectoire sans difficulté.

Elle franchit le pont de Brooklyn, sortit de l'autoroute sur sa droite à la faveur d'un nouveau dérapage contrôlé. Et tourna encore une dizaine de fois, d'un côté, de l'autre, en se dirigeant vers le sud.

Parvenue au quai qu'elle cherchait, elle freina brusquement pour s'arrêter au terme d'une glissade de trois bons mètres. Elle sortit de la voiture en faisant claquer la portière, traversa un petit jardin public et passa par-dessus une barrière en ciment sans se soucier du panneau qui lui interdisait d'aller plus loin. Elle s'avança sur le ponton dans le vent assez violent qui lui sifflait aux oreilles.

Dieu, qu'il faisait froid !

Elle s'arrêta devant un garde-fou en bois, y posa sa main gantée.

Les souvenirs l'assaillirent.

À dix ans, par un chaud soir d'été, son père la soulevant au bord du ponton – il était encore là pour la retenir solidement. Elle n'avait pas peur, car il lui avait appris à nager à la piscine du quartier et, même si une rafale les avait précipités dans l'East River, ils seraient tout simplement revenus à la nage jusqu'à l'échelle, en riant et en faisant la course à qui remonterait le premier – et peut-être qu'ils auraient sauté ensemble à nouveau, en se tenant par la main pour s'enfoncer trois mètres plus bas dans l'eau sombre et tiède du fleuve.

À quatorze ans, avec son père qui boit un café, elle un soda, tandis qu'ils regardent l'eau et qu'il parle de Rose :

– Ta mère... elle a ses sautes d'humeur, Amie. Ça ne veut pas dire qu'elle ne t'aime pas. Ne l'oublie pas. C'est comme ça, et voilà tout. Mais elle est fière de toi. Tu sais ce qu'elle me disait, l'autre jour ?

Et plus tard, entrée dans la police, ici même, debout à côté de cette Camaro qu'elle conduit ce soir (mais jaune, à l'époque, une couleur magnifique pour une voiture aussi puissante). Amelia en uniforme. Herman avec sa veste de tweed et un pantalon en velours côtelé.

– J'ai un problème, Amie.

– Un problème ?

– Oui. Un problème de santé.

Elle attend la suite, sent l'ongle qui s'enfonce dans son pouce.

– C'est un genre de cancer. Rien de grave. Je vais être traité.

Il lui avait tout expliqué en détail – il parlait toujours sans détour à sa fille. Puis il avait pris un air étonnamment sérieux avant d'ajouter en secouant la tête :

– Le pire, c'est que je viens de payer 5 dollars pour me faire couper les cheveux et que je vais tous les perdre... (Se grattant le crâne :) Ces 5 dollars, j'aurais mieux fait de les garder !

Les larmes ruisselaient maintenant sur les joues de la jeune femme.

– Bon Dieu ! dit-elle d'une voix sourde. Arrête !

Mais elle ne le pouvait pas. Les larmes continuaient à couler et lui glaçaient les joues.

Elle remonta dans sa voiture, fit rugir le moteur et repartit chez Rhyme.

Elle entra dans la salle d'exercice où Pulaski avait inscrit sur les tableaux les listes d'indices des affaires Creeley et Sarkowski. Le bleu, toujours précautionneux, ne s'était pas contenté de pousser les tableaux de côté : il les avait recouverts d'un drap. Elle retira le drap, relut tout ce qu'il avait noté de son écriture appliquée et ajouta quelques lignes de sa propre main.

HOMICIDE DE BENJAMIN CREELEY

- Creeley, 56 ans. Apparemment, suicide par pendaison. Corde à linge. Mais pouce fracturé : ne pouvait faire un nœud.
- Lettre composée sur ordinateur expliquant le suicide pour dépression. Mais le sujet, sans antécédents psychiatriques ni problèmes sentimentaux, ne semblait pas suicidaire.
- Dans la période de Thanksgiving, 2 hommes sont entrés par effraction dans sa maison et ont peut-être brûlé des pièces à conviction. Des Blancs, mais on n'a pas vu leurs visages. L'un plus grand que l'autre. Sont restés environ une heure à l'intérieur.
- Pièces à conviction dans la maison de Westchester :
  - Serrure forcée avec habileté.
  - Particules de cuir sur les ustensiles de cheminée et sur le bureau de Creeley.
  - Terre devant la cheminée, de composition plus acide que la terre du jardin et contenant certains polluants. En provenance d'un site industriel ?
  - Traces de cocaïne brûlée dans la cheminée.
  - Résidus de papiers brûlés dans la cheminée : relevés de compte, tableau de chiffres, millions de dollars mentionnés ; examen du logo figurant sur les documents par expert-comptable légiste ; agenda : vidange voiture, rendez-vous coiffeur, Saint James.
  - Analyse des résidus par le labo de police : logo de logiciel utilisé par les experts-comptables ; expert-comptable de la police – registre des salaires et traitements, type courant. Brûlés pour effacer des preuves ou pour égarer les enquêteurs ?
- Bar Saint James :
  - Creeley s'y est rendu plusieurs fois.
  - Ne semble pas y avoir pris de drogue.

– Pas de certitude sur l'identité des personnes qu'il y rencontrait, mais il pourrait s'agir de policiers du commissariat 118, proche du bar.
– S'est disputé avec une personne non identifiée la dernière fois qu'il est venu – juste avant sa mort.
– Vérification des billets remis au Saint James par les policiers : aucun numéro de série enregistré, mais traces de cocaïne et d'héroïne. Volées au commissariat ? Quantité négligeable de drogue manquant au commissariat.

• Affaires liées au crime organisé anormalement rares dans les registres du 118, mais rien ne prouve des actions délibérées des policiers pour les étouffer.
• Deux gangs de l'East Village possibles suspects, mais peu probable.
• Interrogatoire de Jordan Kessler, associé de Creeley, puis interrogatoire de Mme Creeley :
– Confirmation : la victime ne se droguait pas.
– Ne semblait pas en rapport avec des criminels.
– Creeley buvait plus que de coutume, s'était mis au jeu ; séjours à Las Vegas et Atlantic City. Pertes importantes, mais sans gravité pour lui.
– Incertitude sur les raisons de sa dépression.
– Kessler ne reconnaît pas les documents brûlés.
– Kessler ne semble pas tirer profit de la mort de Creeley.

• Sachs et Pulaski suivis par Mercedes noire.

HOMICIDE DE FRANK SARKOWSKI

• Sarkowski, 57 ans. Inconnu des services de police. Décédé le 4 novembre dernier. Une femme et deux enfants adolescents.
• Propriétaire d'un immeuble et d'une société d'entretien à Manhattan, travaillant pour de grosses compagnies et des administrations.
• Art Snyder, détective chargé de l'enquête.
• Pas de suspects.
• Meurtre crapuleux ?
– Tué par balle au cours de ce qui aurait été une agression. Arme retrouvée sur la scène : Smith & Wesson 38 spécial ; pas d'empreintes, pas de numéro de série. D'après Snyder, peut-être un meurtre exécuté par un professionnel.

• Problèmes en affaires ?
• Trouvé mort dans le Queens, mais on ignore pourquoi il s'y trouvait.
– Zone déserte du quartier, près des réservoirs de gaz naturel.

• Dossier et pièces à conviction disparus.
– Dossier et relevé des indices transmis au commissariat 158 vers le 28 novembre. Introuvables depuis. Pas de nom du policier ayant demandé communication.
– Pas de mention de la destination du dossier au commissariat 158.
– Refus de coopérer de l'inspecteur Jefferies.

• Aucun lien connu avec Creeley.
• Aucun antécédent délictueux – ni Sarkowski, ni son entreprise.
• Rumeur : argent versé à des policiers du commissariat 118, destiné à une personne ou un établissement en rapport avec le Maryland. Gang de Baltimore dans le coup ?
– Aucune piste.

Amelia Sachs resta devant les tableaux une demi-heure, jusqu'au moment où elle se mit à dodeliner de la tête. Elle remonta à l'étage, passa sous la douche et laissa l'eau ruisseler sur elle, brûlante, un long moment. Elle se sécha, enfila un T-shirt et un boxer en soie, et rentra dans la chambre.

Elle s'étendit à côté de Rhyme et posa la tête sur sa poitrine.

– Ça va ? demanda-t-il d'une voix ensommeillée.

Elle ne répondit rien, mais se haussa un peu pour poser un baiser sur sa joue. Puis elle se rallongea et regarda défiler les chiffres du réveil électronique. Les minutes passèrent, longues comme des jours entiers, jusqu'au moment où, peu avant trois heures du matin, elle s'endormit.

II

Mercredi, 9 h 02

Le temps est le ſeu dans lequel nous brûlons.

Delmore Schwartz.

CHAPITRE 23

Lincoln Rhyme était réveillé depuis plus d'une heure. Un jeune policier de l'unité des gardes-côtes avait apporté une veste d'homme de taille 44 repêchée dans le port de New York. C'était probablement, pensait le capitaine de la vedette, celle de la victime disparue ; les deux manches étaient tachées de sang, les poignets tailladés.

La veste portait la marque Macy's et ne contenait rien qui permette de remonter à son propriétaire.

Le criminologue était seul dans la chambre avec Thom, et ils venaient d'achever la séance matinale comprenant des exercices pour Rhyme et ce que l'aide appelait pudiquement les « obligations hygiéniques » (Rhyme parlant plus volontiers de « pisser et chier », de préférence en présence de visiteurs faciles à choquer).

Amelia Sachs descendit le rejoindre. Elle laissa tomber son blouson sur une chaise et passa à côté de lui pour aller tirer les rideaux. Elle regarda au-dehors, vers Central Park.

Le mince jeune homme sentit immédiatement qu'il se passait quelque chose.

– Je vais faire du café. Ou des toasts. Quelque chose ! lança-t-il avant de disparaître en refermant la porte derrière lui.

Mais qu'y a-t-il ? se demanda Rhyme, contrarié. Il avait eu, ces derniers temps, plus de problèmes personnels qu'il n'en souhaitait.

Elle ne quittait pas des yeux le parc inondé de soleil.

– Alors, dit Rhyme, qu'avais-tu de si important à faire ?

– Je suis passée chez Argyle, l'agence de sécurité.

Rhyme cligna des yeux et la regarda attentivement.

– Ceux qui t'ont appelée après cet article sur toi dans le *Times*, quand on a fait arrêter l'illusionniste ?

– Exactement.

Argyle était une entreprise multinationale spécialisée dans la sécurité rapprochée des personnalités et les négociations en cas d'enlèvement – activité très répandue dans un certain nombre de pays. Ses responsables avaient déjà proposé à Amelia de l'engager pour un salaire double de ce qu'elle gagnait dans la police. Avec l'assurance de bénéficier d'un permis de port d'arme, ce dont très peu d'agences de sécurité pouvaient se targuer dans la plupart des juridictions. Cela, ajouté à la promesse de l'envoyer dans des contrées exotiques et dangereuses, avait suscité son intérêt – même si elle avait aussitôt refusé la proposition.

– Que signifie… ?

– Je démissionne, Rhyme.

– De la police ? Sérieusement ?

Elle hocha la tête.

– C'est à peu près décidé. Je veux changer de cap. Je pourrai faire des choses intéressantes, là aussi. Protéger des familles, des enfants. Ils sont très actifs contre le terrorisme.

Il avait tourné la tête vers la fenêtre et regardait les arbres dénudés de Central Park. Il pensait à sa conversation de la veille avec Kathryn Dance, aux tout débuts de sa psychothérapie. Terry Dobyns, l'un des praticiens, un jeune type intelligent qui appartenait à la police de New York, lui avait dit un jour : « Tout a une fin. » Il parlait de la dépression dont souffrait Rhyme.

Cette phrase prenait maintenant un autre sens et il ne parvenait pas à la chasser de son esprit.

Tout a une fin...

– Ah.

– Je crois qu'il le faut, Rhyme. Il le faut.

– À cause de ton père ?

Elle fit oui de la tête, plongea les doigts dans sa chevelure, se mit à gratter, tressaillit de douleur – celle-ci ou une autre.

– C'est de la folie, Sachs.

– Je ne m'en crois plus capable. D'être flic.

– C'est décider un peu vite, non ?

– J'ai passé la nuit à réfléchir. C'est la première fois de ma vie que je réfléchis autant à quelque chose.

– Eh bien, réfléchis encore. On ne prend pas une décision de ce genre après un choc comme celui que tu viens d'encaisser.

– Pour un choc, c'en est un... Tout ce que je pensais de mon père n'était que mensonge.

– Pas tout. Une certaine partie de sa vie.

– La plus importante ! Ce qu'il y avait de meilleur chez lui, Rhyme. Le flic.

– Ça s'est passé il y a bien longtemps. Tu étais encore bébé quand on a fermé le Club de la 16e Avenue.

– Est-ce que ça le rend moins corrompu pour autant ?

Rhyme ne répondit pas.

– Tu voudrais que je te décrive ça, Rhyme ? Comme pour les pièces à conviction ? Ajouter quelques gouttes de détergent et observer le résultat ? Je ne le peux pas. Je sais seulement que j'ai un sale goût dans la bouche. Je ne peux plus voir mon métier de la même façon.

– Ça doit être dur, dit-il doucement. Mais quoi qu'il soit arrivé, tu n'y es pour rien. Ce qui compte, c'est que tu fais, toi, du bon boulot, et que bon nombre d'affaires ne seront jamais réglées si tu t'en vas.

– Pour régler des affaires, comme tu dis, j'ai besoin de m'y donner à fond. Et je n'en suis plus capable. Il y a quelque chose de cassé.

Elle se tut un instant avant d'ajouter :

– Pulaski s'en sort très bien. Il est meilleur que je ne l'étais quand j'ai commencé à travailler avec toi.

– Il est meilleur parce que *tu* l'as formé.

– Pas ça, Rhyme.

– Quoi ?

– Inutile de me passer de la pommade. C'est ce que ma mère faisait avec mon père. Tu n'as pas envie que je m'en aille, je le comprends très bien, mais ne joue pas cette carte.

Or il lui fallait jouer cette carte. Et toutes celles auxquelles il pourrait penser. À la suite de son accident, Rhyme avait maintes fois songé au suicide. Et même s'il s'en était approché de très près, il en avait chaque fois rejeté l'idée. Ce qu'envisageait Amelia n'était autre qu'un suicide psychique. Il savait que si elle quittait la police, elle y laisserait son âme.

– Mais Argyle ? Ce n'est pas pour toi ! Personne ne prend ces marchands de sécurité au sérieux – à commencer par leurs clients.

– Détrompe-toi, Rhyme. Ils vous confient des missions intéressantes. Et ils vous renvoient faire des études. On apprend des langues étrangères… Ils ont même un service de médecine légale. Sans compter qu'ils paient bien.

Il se mit à rire.

– Depuis quand est-ce une question d'argent ? Attends un peu, Sachs. Pourquoi te précipiter ?

Elle secoua la tête.

– J'en aurai bientôt fini avec l'affaire du Saint James. Et je ferai tout ce dont tu auras besoin pour arrêter l'Horloger. Mais ensuite…

– Si tu démissionnes, vois-tu, il y aura des tas de conséquences. Tu ne pourrais plus revenir avant longtemps si jamais tu en avais envie.

Il détourna les yeux. Le sang battait à ses tempes.

– Rhyme, dit Amelia en approchant une chaise.

Elle mit sa main sur celle du criminologue – la droite, dont les doigts avaient retrouvé du mouvement et une partie de leur sensibilité. Elle les pressa.

– Quoi que je fasse, nous n'en serons pas affectés dans notre vie à tous les deux.

Elle sourit.

Toi et moi, Rhyme…

Toi et moi, Sachs…

Il fuyait son regard. Lincoln Rhyme était un scientifique. Le cerveau, chez lui, primait sur le cœur. Quelques années auparavant, ils avaient fait connaissance à l'occasion d'une enquête difficile sur une série d'enlèvements et de meurtres perpétrés par un tueur particulièrement retors, obsédé par les os humains. Personne n'était parvenu à l'arrêter, sauf ces deux paumés qu'étaient alors Lincoln Rhyme, le tétraplégique retiré du métier, et Amelia Sachs, la jeune bleue fraîchement privée de toutes ses illusions par la trahison du policier qu'elle aimait. Ils avaient su, à eux deux, former un tout, combler les vides laissés par leurs souffrances respectives et mettre un terme à la cavale sanglante du Désosseur.

Il avait beau vouloir le nier, ces mots, *toi et moi*, avaient été sa boussole dans l'univers précaire qu'ils avaient créé ensemble. Il n'était pas du tout convaincu qu'elle avait raison et qu'ils n'auraient pas à souffrir de sa décision. Resteraient-ils les mêmes le jour où ils ne regarderaient plus ensemble dans la même direction ?

Était-il une fois encore confronté au passage de l'Avant à l'Après ?

– Tu as déjà donné ta démission ?

– Non.

Elle sortit une enveloppe blanche de sa poche.

– J'ai rédigé la lettre. Mais je voulais d'abord t'en parler.

– Attends un ou deux jours avant de prendre une décision définitive. Tu ne me le dois pas. Mais je te le demande. Deux jours.

Elle resta un moment silencieuse sans quitter l'enveloppe des yeux avant de répondre :

– D'accord.

Rhyme pensait : On travaille tous les deux sur une affaire qui tourne autour d'un individu obsédé par les montres et les pendules, et voici que rien n'est plus important à mes yeux que d'obtenir d'elle un peu de temps.

– Merci, dit-il.

Puis :

– Au travail !

– Je veux que tu comprennes…

– Il n'y a rien à comprendre, Sachs, répondit-il (avec, lui sembla-t-il, un détachement miraculeux). Il y a un tueur qui court les rues et qu'il faut arrêter. C'est l'unique chose à laquelle nous devons penser.

La laissant seule dans la chambre, il prit le minuscule ascenseur pour rejoindre le laboratoire à l'étage au-dessous, où Mel Cooper était déjà à la tâche.

– Le sang sur la veste. Groupe AB positif, dit-il. Comme sur le ponton.

Rhyme hocha la tête. Puis il demanda au technicien d'appeler le laboratoire de la NASA Jet Propulsion qui devait leur fournir des images thermiques d'ASTER pour repérer d'éventuelles utilisations de goudron en fusion sur des toits de New York.

Le laboratoire se trouvait en Californie, mais Cooper parvint à localiser un responsable et insista pour charger les images. Celles-ci ne tardèrent pas à arriver. Elles étaient spectaculaires, mais ne leur apportaient pas grand-chose. Il y avait, comme le fit observer Sellitto, des centaines, voire des milliers d'immeubles sur lesquels apparaissaient des sources de chaleur, mais le système ne permettait pas de distinguer les endroits où on refaisait le toit des simples chantiers de construction, les sorties de vapeur des bâtiments équipés d'un chauffage central ou ceux qui avaient tout simplement des cheminées particulièrement chaudes.

Rhyme ne put que demander au commissariat central de lui signaler sans délai toute agression ou effraction dans ou près d'un bâtiment dont on était en train de réparer le toit.

Le personne qui reçut son appel hésita une seconde avant de répondre qu'elle faisait passer une annonce sur le réseau informatique.

Au ton de sa voix, Rhyme comprit qu'il cherchait une aiguille dans une meule de foin.

Que lui dire d'autre ? Elle avait raison.

Lucy Richter referma la porte de son appartement et mit les verrous.

Elle accrocha au portemanteau son blouson et son sweat-shirt, sur lequel on lisait d'un côté « 4e division d'infanterie, Fort Hood », et de l'autre la devise « Solide et fidèle ».

Elle avait les muscles douloureux. Elle revenait de la salle de gym où elle avait couru huit kilomètres à bonne allure sur un tapis de jogging incliné à 9 %, avant de faire une demi-heure de pompes et de tractions. Le service armé lui avait aussi appris ceci : les bienfaits de l'exercice physique. On peut toujours dénigrer ou se moquer, mais quand on est en forme, on est plus fort.

Elle emplit la bouilloire pour faire du thé, sortit un petit pain du réfrigérateur et y ajouta du sucre tout en pensant à sa journée. Il y avait une foule de choses à faire : des coups de fil à donner, des gens à rappeler, des e-mails à envoyer, des biscuits à préparer – sans compter le *cheesecake* qu'elle avait promis pour la réception de jeudi. À moins qu'elle n'aille faire les boutiques avec des amies et achète un dessert dans une pâtisserie. Ou qu'elle déjeune avec sa mère.

Ou qu'elle reste au lit pour regarder des séries à la télé. Histoire de se dorloter un peu.

Elle n'était qu'au début de son séjour au paradis – deux semaines loin du pays des brumes amères – et elle allait en savourer chaque minute.

Les brumes amères…

Elle avait entendu cette expression dans la bouche d'un policier irakien des environs de Bagdad. Il faisait allusion à la fumée et aux émanations diverses qui emplissaient l'air après l'explosion d'une mine.

Au cinéma, on représentait toujours les explosions comme de grandes flambées d'essence. Et après, plus rien, sinon les plans en contrechamp sur les visages des acteurs. Alors qu'en réalité il restait un brouillard bleuâtre qui puait, vous piquait les yeux et vous brûlait les poumons. Il était fait en partie de poussière, en partie de fumée de produits chimiques, en partie de cheveux et de chair transformés en vapeur, et stagnait pendant des heures sur le lieu du désastre.

Les brumes amères symbolisaient l'horreur de ce nouveau type de guerre. On n'avait pas d'alliés à qui se fier, seulement des camarades de combat. Il n'y avait pas de lignes. Pas de front. Et on ne savait absolument pas qui était l'ennemi. Ce pouvait être votre interprète, un cuisinier, un passant, un commerçant de la ville, un adolescent ou un vieillard. Et les armes ? Pas de tanks ni d'obus, mais ces minuscules paquets qui produisaient les brumes amères – les petites charges de TNT, de C4 ou de C3 volées dans votre propre arsenal, puis si bien dissimulées qu'on ne voyait rien jusqu'à... Bref, qu'on ne voyait rien venir.

Lucy fouillait le contenu du buffet à la recherche du thé.

Les brumes amères...

Elle s'immobilisa. Quel était ce bruit ?

La tête inclinée de côté, elle tendit l'oreille.

Qu'est-ce que... ?

Un petit bruit métallique et rythmé. Tic-tac... Elle eut une crispation au ventre. Bob et elle n'avaient pas de pendule ni de montre qui se remontaient. C'était pourtant ce bruit-là...

Mais qu'est-ce que c'est, enfin ?

Elle entra dans la petite chambre, qui leur servait surtout de débarras. La lumière était éteinte. Elle éclaira. Non, ce n'était pas de là que venait le bruit.

Les paumes humides, le souffle court, le cœur battant.

Ce bruit est le fruit de mon imagination... Je deviens folle. Les mines ne font pas ce bruit d'horlogerie. Même celles qui sont programmées ont des détonateurs électroniques.

Et d'ailleurs, était-elle en train de penser que quelqu'un aurait pu poser une bombe dans son appartement new-yorkais ?

Ma fille, il va falloir te faire soigner.

Elle se dirigea vers la porte de la grande chambre. La penderie était ouverte, ce qui l'empêchait de voir la commode. C'était peut-être... Elle fit un pas. S'arrêta. Ce bruit venait d'ailleurs, pas d'ici. Elle repartit vers la salle à manger, regarda... Rien.

Elle continua jusqu'à la salle de bains. Et se mit à rire.

Il y avait une pendule sur le petit coffre, à côté du bac à douche. Elle paraissait ancienne. Noire, avec une lune pleine qui semblait la regarder. D'où venait-elle ? Sa tante avait-elle débarrassé la cave une nouvelle fois ? Ou était-ce Bob qui l'avait achetée pendant son absence et l'avait posée là ce matin pendant qu'elle était à la salle de gym ?

Mais pourquoi dans la salle de bains ?

Cette étrange face de lune la fixait d'un air presque mauvais. Elle lui rappelait ces visages d'enfants au bord des routes, les lèvres arrondies avec une expression qui n'était pas vraiment souriante ; on ne savait pas ce qui leur passait par la tête quand ils vous regardaient. Vous voyaient-ils comme leurs sauveurs ? Comme leurs ennemis ? Ou comme des créatures tombées d'une autre planète ?

Lucy décida d'appeler Bob ou sa mère pour savoir ce qu'il en était de cette pendule. Elle alla dans la cuisine. Elle versa l'eau sur le thé, retourna dans la salle de bains en emportant sa tasse et le téléphone, et mit son bain à couler

En se demandant si ce premier bain moussant depuis des mois suffirait à chasser tant de brumes amères.

Dans la rue, face à l'appartement de Lucy, Vincent Reynolds regarda passer deux adolescentes.

Il ne sentit pas en les apercevant grandir la faim qui le torturait déjà tout entier. C'étaient des lycéennes, trop jeunes pour lui. (D'accord, Sally Anne était une ado à l'époque, mais lui aussi, ce qui faisait toute la différence.)

Il entendit dans son portable Duncan qui lui parlait à voix basse :

– Je suis dans sa chambre. Elle est à côté, elle se fait couler un bain… Ça tombe bien.

La méthode de l'eau…

Comme il y avait dans cet immeuble de nombreux locataires et qu'il risquait de se faire surprendre en forçant la serrure, Duncan était monté sur le toit d'un bâtiment voisin et avait rejoint celui de Lucy pour redescendre par l'escalier de secours jusqu'à la fenêtre de sa chambre. Un athlète, ce Duncan – autre différence entre les deux amis.

– Bon. Je vais passer à l'action.

Merci…

Puis Vincent entendit du bruit.

– Attends…

– Quoi ? Il y a un problème ?

– Elle téléphone maintenant. Il va falloir attendre.

Vincent l'Affamé était penché sur son siège. Crispé. Attendre n'était pas son fort.

Une minute. Deux. Cinq.

– Qu'est-ce qui se passe ? demanda Vincent tout bas.

– Elle est toujours au téléphone.

Vincent était furieux.

Bon sang, cette… Il aurait voulu être avec Duncan pour l'aider à la tuer. Quelle idée de se mettre à téléphoner *maintenant* ! Il engloutit un peu de nourriture.

– Je vais essayer de lui faire lâcher ce téléphone, dit finalement l'Horloger. Je remonte sur le toit et je redescendrai dans l'entrée par l'escalier de l'immeuble. Je lui ferai ouvrir la porte.

Vincent perçut, chose rare, une note d'émotion dans les derniers mots de Duncan :

– Je n'en peux plus d'attendre.

Tu ne sais pas de quoi tu parles, répondit *in petto* Vincent le Malin, qui refit brièvement surface avant d'être renvoyé au néant par son autre moitié que la faim taraudait impitoyablement.

Alors qu'elle se déshabillait pour prendre son bain, Lucy entendit à nouveau un bruit. Ce n'était pas le tic-tac de la pendule à face lunaire. Et c'était tout près. Dans l'appartement ? Dans le couloir ? Dehors ?

Un déclic. Métallique.

Mais qu'est-ce que c'est ?

La vie d'un soldat est faite de bruits secs, métal contre métal . claquement des longues cartouches à odeur de pétrole glissées dans le chargeur, claquement des colts qu'on referme, des portières, des boucles de ceinturon, claquement des balles éjectées d'une mitrailleuse AK-47 du haut d'un véhicule blindé.

À nouveau ce *tic-tac*, *tic-tac.*

Puis le silence.

Elle sentit un courant d'air froid, comme si on venait d'ouvrir une fenêtre. Où ? Dans la chambre, pensa-t-elle. Elle y entra, à demi nue. Mais oui, la fenêtre était ouverte ! L'était-elle déjà un instant plus tôt, quand elle y était passée en cherchant d'où venait le tic-tac ? Elle n'en savait plus rien.

Allons, soldat Lucy, tu ne vas pas céder à la paranoïa ! Suffit : il n'y a pas de mines ici, pas de kamikazes poseurs de bombes, pas de brumes amères !

Reprends-toi.

Un bras replié lui cachant les seins – il y avait des appartements de l'autre côté de la petite rue –, elle referma la fenêtre. Regarda au-dehors. Ne vit personne.

C'est à ce moment qu'on frappa des coups violents à la porte. Lucy fit volte-face, retint sa respiration. Elle se précipita vers l'entrée mal éclairée en enfilant un peignoir de bain.

– Qui est là ?

Un silence, puis une voix d'homme :

– Police. Tout va bien ?

– Qu'y a-t-il ?

– C'est urgent. Veuillez ouvrir. Vous n'avez rien ?

Effrayée, elle resserra la ceinture du peignoir et débloqua les verrous en pensant à la fenêtre de la salle de bains et en se demandant si quelqu'un n'avait pas essayé d'entrer. Elle libéra la chaîne de sécurité qui permettait d'entrebâiller la porte.

À la seconde où elle tournait la poignée et alors que celle-ci s'ouvrait déjà, elle pensa qu'elle aurait sans doute dû demander à voir un insigne ou une carte avant de libérer la chaîne. Tout était si différent dans le monde d'où elle venait... Elle avait oublié qu'il y avait aussi dans son pays beaucoup de gens malintentionnés.

Amelia Sachs et Lon Sellitto arrivèrent devant un vieil immeuble d'appartements niché dans Barrow Street, l'une des rues les plus pittoresques de Greenwich Village.

C'est là ?

– Brrr..., fit Sellitto.

Il avait les doigts bleuis par le froid et les oreilles cramoisies.

Ils s'approchèrent dans la ruelle qui longeait l'immeuble par l'arrière. Sellitto la parcourut attentivement du regard.

– Comment s'appelle-t-elle ? demanda Amelia.

– Richter. Prénom Lucy, je crois.

– Où sont ses fenêtres ?

– Au troisième.

Elle jeta un coup d'œil à l'escalier de secours.

Ils entrèrent dans l'immeuble, inspectèrent l'escalier qui conduisait aux appartements. En bas, une petite foule de badauds s'était rassemblée. Amelia regarda tous les visages, toujours persuadée que l'Horloger avait balayé la première scène parce qu'il comptait revenir. Ce qui signifiait qu'il était peut-être là aussi. Mais elle ne vit personne qui lui ressemblât ou ressemblât à son complice.

– Vous êtes sûrs que c'était l'Horloger ? demanda-t-elle à Frank Rettig et Nancy Simpson.

Ils battaient du talon dans le froid à côté du fourgon spécial équipé pour l'examen d'urgence des scènes de crime, qu'ils avaient arrêté au beau milieu de Barrow Street.

– Oui, il a laissé l'une de ses pendules, répondit Rettig. Vous savez, celles qui sont décorées d'une pleine lune.

Amelia et Sellitto prirent l'escalier.

– Une chose..., dit Nancy Simpson.

Les deux détectives s'arrêtèrent et se retournèrent vers elle.

– Ça risque de ne pas être beau à voir, ajouta la femme policier avec une grimace en montrant les étages.

CHAPITRE 24

Amelia Sachs et Sellitto gravirent lentement les marches. Dans la pénombre de la cage d'escalier, l'air sentait le mazout et le produit de nettoyage parfumé à l'essence de pin.

– Comment est-il entré ? s'interrogea Amelia à voix haute.

– Ce type est un fantôme. Il passe partout et il va où il veut !

Elle leva la tête vers le toit. Ils s'arrêtèrent devant une porte. On lisait sur une plaque : « Richter/Dobbs ».

Ça risque de ne pas être beau à voir...

– Allons-y.

Amelia ouvrit et ils pénétrèrent dans l'appartement de Lucy Richter.

Ils tombèrent sur une jeune femme d'allure athlétique, en survêtement, les cheveux relevés par des barrettes. Elle était en train de discuter avec un agent en uniforme et se retourna vivement vers eux. Elle se rembrunit en voyant leurs insignes.

– C'est vous qui vous occupez de ça ? demanda-t-elle, furieuse, en avançant d'un pas vers Sellitto pour lui lancer ces mots au visage.

– Je suis l'un des détectives chargés de cette affaire.

Il se présenta. Amelia fit de même.

Le sergent Richter mit les mains sur ses hanches.

– Bon sang, mais qu'est-ce que vous croyez ? aboya-t-elle. Vous *savez* qu'il y a un malade qui dépose ces foutues pendules quand il vient tuer les gens, et *vous ne dites rien à personne* ? Vous croyez que j'ai réchappé à des mois de guerre dans ce putain de désert pour me faire assassiner par un cinglé sous prétexte que vous gardez les informations pour vous ?

Il fallut un certain temps pour la calmer.

– Madame, expliqua Amelia, nous connaissons son mode opératoire. Il ne dépose pas ces pendules à l'avance pour prévenir les gens de son arrivée. Il était *ici*. Chez vous. Vous avez eu de la chance.

Lucy Richter pouvait effectivement se féliciter d'en avoir eu.

Une demi-heure auparavant, un passant avait aperçu par hasard un homme en train d'escalader son escalier de secours pour s'avancer sur le toit. L'Horloger, le voyant à son tour et comprenant qu'il était découvert, avait pris la fuite.

Une fouille des rues alentour n'avait rien donné et personne n'avait vu d'homme ressemblant à son portrait-robot.

Amelia se tourna vers Sellitto, qui dit :

– Excusez-nous pour cet incident, madame Richter.

– Ne m'en veuillez pas, fit celle-ci. Mais, franchement, vous devriez prévenir le public.

Les deux détectives échangèrent un regard.

– Nous allons faire un communiqué qui sera diffusé à la radio et à la télévision aux informations, dit Sellitto.

– Je voudrais maintenant inspecter votre appartement au cas où il y aurait laissé des traces, intervint Amelia. Et vous poser quelques questions sur ce qui vient de se passer.

– Laissez-moi un instant. Il faut que je téléphone. Ma famille risque d'en entendre parler et je ne veux pas qu'elle s'inquiète.

– En effet, fit Sellitto. C'est important.

Le sergent Lucy Richter saisit son téléphone.

– Ça ne prendra qu'un instant, comme je vous l'ai dit, ajouta-t-elle d'un ton ferme.

– Rhyme, tu m'entends ?

– Je t'écoute, Sachs.

Le criminologue était dans son laboratoire, en liaison radio avec Amelia. Il se rappela qu'ils avaient décidé de se doter d'ici un mois d'une caméra vidéo fixée sur la tête ou sur l'épaule de la jeune femme et qui enverrait directement ses images à Rhyme afin qu'il voie en temps réel tout ce qu'elle voyait elle-même. Il eut un pincement au cœur en pensant que ce ne serait pas Amelia qui inaugurerait ce qu'ils appelaient entre eux, pour plaisanter, le jouet de James Bond.

Puis il chassa ces pensées – et surtout ces sentiments. Il se répéta mentalement ce qu'il disait souvent à ses collaborateurs : Il y a un assassin qui court les rues, la seule chose qui compte, c'est de l'arrêter, et vous n'y arriverez pas si vous n'êtes pas concentrés à 100 %.

– On a montré le portrait-robot de l'Horloger à Lucy Richter. Elle ne l'a pas reconnu.

– Comment est-il entré chez elle ?

– On n'en est pas très sûrs. S'il est resté fidèle à ses habitudes, il aura forcé la serrure de la porte d'entrée. Mais j'ai plutôt l'impression qu'il a grimpé jusqu'à la fenêtre de l'appartement par l'escalier de secours. Il est entré, a déposé sa pendule et l'a attendue. Puis, pour une raison qu'on ignore, il est redescendu par le même chemin. C'est à ce moment qu'un témoin l'a aperçu et qu'il a filé, toujours par l'escalier de secours.

– Où est-il allé dans son appartement ?

– Il a laissé la pendule dans la salle de bains. Comme l'escalier de secours descend devant la chambre principale, il y est passé également.

Elle se tut un instant avant de poursuivre :

– Les collègues ont ratissé le quartier à la recherche de témoins, mais personne ne l'a vu, ni sa voiture. Ils se déplacent peut-être à pied, lui et son complice, depuis qu'on a récupéré cette Explorer.

Greenwich Village étant desservi par six lignes de métro, ils avaient pu fuir par ce moyen sans aucune difficulté.

– Je ne le crois pas, dit Rhyme.

Il avait le sentiment que l'Horloger et son complice préféraient la voiture, pour une raison qu'il expliqua : le moyen de transport est une constante dans le mode opératoire de la plupart des criminels. Après en avoir choisi un, ils en changent rarement.

Amelia inspecta la chambre, l'escalier de secours, la salle de bains et tous les trajets que l'homme avait pu emprunter entre ces différents endroits. Sans oublier le toit. Le sol, annonça-t-elle, n'avait pas reçu récemment une nouvelle couche de goudron.

– Rien, Rhyme. C'est comme s'il avait sa propre combinaison en Tyvek. Ce type ne laisse *rien* derrière lui.

Edmond Locard, célèbre criminologue français de la première moitié du vingtième siècle, a posé ce qu'il a appelé le principe d'échange, qui veut que tout crime physique se traduise par un transfert d'indices entre le criminel et la scène de crime. Le criminel laisse quelque chose de lui et emporte quelque chose de la scène en la quittant. Le principe, pour être exact, pèche parfois par un excès d'optimisme, car les traces peuvent être trop minuscules pour qu'on les repère, et il arrive aussi qu'elles soient faciles à repérer mais n'apportent rien aux enquêteurs. Le principe n'en demeure pas moins : il y a *toujours* un transfert d'éléments matériels.

Rhyme, toutefois, s'était souvent demandé s'il existait une personne aussi ou plus habile que lui et connaissant assez bien les techniques d'investigation scientifique pour commettre un crime et mettre le principe de Locard en échec en ne laissant aucune trace et en n'en emportant aucune. L'Horloger serait-il cette personne ?

– Réfléchis, Sachs... Il y a forcément autre chose. Quelque chose qui nous a échappé. Que dit la victime ?

– Elle a été assez secouée. Elle a du mal à se concentrer.

– Je t'envoie notre arme secrète, dit Rhyme après un silence.

Kathryn Dance s'assit face à Lucy Richter dans le living-room de cette dernière.

Lucy était sous un poster de Jimi Hendrix et une photo d'elle-même et son mari, un garçon au visage rond, l'air joyeux dans son uniforme militaire.

Kathryn nota que la jeune femme était plutôt calme, compte tenu des circonstances – même si, d'après Amelia, quelque chose la tracassait manifestement. Kathryn eut l'impression qu'il fallait en chercher la raison ailleurs que dans l'agression qu'elle venait de subir. Elle ne montrait pas les réactions de stress posttraumatique qui se manifestent le plus souvent chez les rescapés. Son problème semblait plus profond.

– Si ça ne vous ennuie pas trop, nous allons tout reprendre en détail ?

– Tout ce que vous voudrez si ça peut permettre de coincer ce salopard.

Lucy expliqua qu'elle s'était rendue dans la matinée à sa salle de sport et avait trouvé la pendule à son retour.

– Ça m'a impressionnée. Ce tic-tac...

Ses traits exprimaient maintenant une certaine frayeur. Fuir ou combattre. À la demande de Kathryn, elle parla des bombes.

– J'ai pensé que c'était sans doute un cadeau, mais ça m'a tout de même fait peur. Puis j'ai senti un courant d'air et je suis allée voir d'où il venait. J'ai trouvé la porte de la chambre ouverte. C'est à ce moment que la police est arrivée.

– À part ce que vous venez de décrire, vous n'avez rien remarqué d'inhabituel ?

– Non. Rien dont je me souvienne.

Kathryn Dance posa encore un certain nombre de questions. Lucy Richter ne connaissait pas Theodore Adams ni Joanne Harper. Elle ne voyait pas qui pourrait lui en vouloir au point de chercher à lui faire du mal. Elle avait déjà réfléchi à ce qu'elle pourrait dire pour aider les policiers, mais ne trouvait rien de plus.

Elle était visiblement courageuse, mais Kathryn pensa que quelque chose l'empêchait, inconsciemment, de se concentrer sur ce qui venait de se passer. L'attitude classique consistant à croiser bras et jambes n'indiquait pas la volonté de tromper, mais de dresser une barrière entre elle et ce qui la menaçait.

Il fallait, pour Kathryn Dance, trouver une autre approche. Elle posa son calepin.

– Que faites-vous à New York ? demanda-t-elle.

Lucy lui expliqua qu'elle était en permission en attendant de reprendre du service au Moyen-Orient. Elle aurait dû retrouver

Bob, son mari, à Berlin, où ils avaient des amis, mais elle était retenue jusqu'au jeudi suivant pour recevoir une citation.

– Ah, ce sera dans le cadre de la journée de soutien à l'armée, avec la parade militaire ?

– Non, tout de suite après.

– Félicitations.

Le sourire de Lucy Richter hésita une fraction de seconde. Kathryn Dance remarqua cette minuscule réaction.

Comme elle en remarqua une chez elle-même, aussi ; son mari avait reçu une citation pour conduite courageuse quatre jours avant sa mort. Mais cette pensée n'était qu'une diversion, qu'elle repoussa promptement en secouant la tête.

– À peine de retour aux États-Unis, vous tombez sur ce type. Quelle vacherie ! Après ce que vous avez vécu là-bas !

– Ce n'est pas si dur là-bas. Ça paraît bien pire à la télé.

– Tout de même… Mais vous avez l'air de vous en sortir plutôt bien.

Un haussement d'épaules.

– Sans doute.

– C'est bon d'être en permission, non ?

– Vous avez déjà été dans l'armée ?

– Non, répondit Kathryn.

– Eh bien, quand on est soldat, il y a une règle : toujours répondre aux invitations. Même si c'est simplement pour boire un punch avec les supérieurs ou recevoir un machin à encadrer et à accrocher au mur.

Kathryn continua à la faire parler :

– Vous serez combien de soldats à cette cérémonie ?

– Dix-huit.

Lucy n'était décidément pas à l'aise. Kathryn se demanda si elle n'était pas inquiète à l'idée d'avoir à prononcer quelques mots lors de cette cérémonie. La prise de parole en public arrivait chez bien des gens avant le saut en parachute dans la liste des choses effrayantes.

– Et en tout, il y aura combien de personnes ?

– Je ne sais pas… Une centaine. Peut-être deux cents.

– Votre famille sera là ?

– Oh, oui. Tout le monde ! Et ensuite il y aura une réception.

– Qu'y a-t-il au menu ?

– Je ne sais plus trop…, sourit Lucy. Mais on est dans le Village. Ce sera italien. Beignets d'aubergine, crevettes, saucisses… Ma mère et ma tante s'en occupent. Moi, je me charge du dessert.

– Ah, les douceurs… ma perte ! dit Kathryn. Excusez-moi, je m'égare. (Laissant le calepin fermé, elle regarda son interlocutrice dans les yeux.) Revenons à votre visiteur. Vous en étiez, donc, au moment où vous mettez de l'eau à chauffer pour le thé. Vous faites couler un bain. Vous sentez un courant d'air. Vous allez dans la chambre. La fenêtre est ouverte. Qu'est-ce que j'allais vous demander ? Ah, oui, avez-vous remarqué à ce moment quelque chose d'anormal, un fait qui sortait de l'ordinaire ?

– Pas vraiment. (Elle avait parlé très vite, comme précédemment, mais cette fois elle lança un regard en coin.) Attendez. Vous savez… Il y a quelque chose…

– Quoi ?

Kathryn Dance avait changé de tactique après s'être dit que ce qui tracassait le plus Lucy n'était pas l'Horloger, mais plutôt ce qui l'attendait à son retour au Moyen-Orient et, pour une raison qu'on ignorait, la cérémonie qui se préparait. Elle était donc revenue au sujet de l'enquête et l'avait bombardée de questions dans l'espoir de la détourner de ses pensées et de permettre, peut-être, à d'autres souvenirs de se faire jour.

Lucy se leva et se dirigea vers la chambre. Kathryn la suivit sans un mot. Amelia leur emboîta le pas.

Le sergent Lucy Richter parcourut la chambre du regard.

Doucement, songea Kathryn. Lucy voulait faire quelque chose. Kathryn se tut. Il arrive trop souvent que des interrogatoires échouent parce que ceux qui les conduisent insistent trop brutalement. Quand les souvenirs sont vagues, on peut parfois les aider à remonter à la surface, mais toujours en douceur.

Observer et écouter, voilà ce qui compte le plus dans un interrogatoire. Parler vient après.

– Il y avait un truc bizarre, en plus de cette fenêtre ouverte… Attendez… J'ai trouvé ! Quand je suis entrée dans la chambre un peu plus tôt en cherchant d'où venait ce tic-tac, il y avait quelque chose de changé. Je ne voyais plus la commode.

– C'était inhabituel ?

– Oui, parce que, en partant à la salle de sport, j'avais jeté un coup d'œil pour m'assurer que je n'y avais pas laissé mes lunettes de soleil. Elles y étaient et je les ai prises. Mais en revenant dans la chambre, ensuite, quand j'ai entendu ce tic-tac, je n'ai pas vu la commode parce que la porte de la penderie était en partie ouverte.

– C'est donc qu'après avoir déposé la pendule il s'est sans doute caché dans cette penderie.

– Exactement, dit Lucy.

Kathryn Dance se retourna vers Amelia, qui sourit en hochant la tête et dit en posant sa main gantée de latex sur la porte du placard :

– Bien. Il vaut mieux que je me mette au travail.

Ils avaient raté leur coup pour la deuxième fois.

Duncan conduisait encore plus prudemment, *méticuleusement*, que d'habitude.

Il était silencieux et parfaitement calme. Ce qui embêtait encore plus Vincent. Si Duncan avait hurlé et frappé du poing, comme le faisait son beau-père, Vincent se serait senti mieux. (« Qu'est-ce que tu as fait ? avait-t-il crié, au comble de la fureur, après le viol de Sally Anne. Espèce de malade ! ») Vincent craignait maintenant que Duncan en ait assez, et laisse tout tomber.

Vincent ne voulait pas que son ami s'en aille.

Duncan se contentait de rouler lentement, de rester dans sa file en respectant les feux de circulation.

Et il n'avait rien dit depuis un long moment.

Enfin, il se décida à expliquer à Vincent ce qui s'était passé. Au moment où il commençait à grimper sur le toit avec l'intention d'entrer dans l'immeuble et de frapper à la porte de Lucy pour qu'elle raccroche son téléphone, il avait aperçu dans la rue un homme qui le regardait. L'homme lui avait crié de s'arrêter en sortant un téléphone de sa poche. Le tueur s'était alors hâté d'atteindre le toit et avait couru vers l'ouest par-dessus plusieurs bâtiments avant de redescendre pour rejoindre la Buick dans la rue.

Duncan conduisait avec prudence, certes, mais apparemment sans but. Vincent se demanda d'abord si ce n'était pas pour semer les policiers, mais on ne semblait pas les poursuivre. Puis il comprit que Duncan s'était mis en pilotage automatique et décrivait de larges cercles concentriques.

Comme les aiguilles d'une pendule.

Cette fois encore, l'émotion que lui procurait le sentiment de s'être échappé de justesse retomba, et Vincent sentit revenir la faim qui grandissait en lui et lui donnait mal à la tête, à la mâchoire, à l'entrejambe.

Si on ne mange pas, on meurt.

Il aurait voulu retourner dans le Michigan, passer du temps avec sa sœur, dîner avec elle, regarder la télé. Mais sa sœur n'était pas là, elle était à des kilomètres et des kilomètres, elle pensait peut-être à lui en ce moment – mais il ne s'en portait pas mieux... La faim était si forte ! Rien ne marchait ! Pour un peu, il aurait hurlé. Ça marchait mieux, finalement, quand il allait traîner dans les centres commerciaux du New Jersey, ou guetter les lycéennes, ou les secrétaires qui venaient faire leur jogging dans un jardin public désert. À quoi bon...

– Excuse-moi, dit Duncan de sa voix calme.

– Tu... ?

– Excuse-moi.

Vincent en fut désarmé. Un instant plus tard, sa colère était retombée et il ne savait plus que dire.

– Tu m'as bien aidé, tu as travaillé dur. Et tu as vu ce qui s'est passé. Je t'ai laissé tomber.

Comme la mère de Vincent expliquant à son fils de dix ans qu'elle allait le laisser avec Gus, puis avec son deuxième mari, puis avec Bart, puis avec Rachel, son « expérience », puis avec son troisième mari...

Et, chaque fois, le jeune Vincent répondait comme aujourd'hui : « C'est très bien. »

– Non, ce n'est pas si grave… Si on pense au grand ordre des choses, reprit Duncan. Mais je sais que tu es déçu. Je sais ce que je te dois. Et je te le revaudrai.

C'était exactement ce que sa mère ne disait ni ne faisait jamais, laissant Vincent se consoler comme il le pouvait en mangeant, en regardant des séries télévisées, en épiant les filles et en les suivant pour avoir ses câlins.

Mais là c'était clair, son ami Duncan ferait ce qu'il disait. Il regrettait sincèrement que Vincent n'ait pas pu avoir Lucy comme il l'attendait. Vincent avait à nouveau envie de pleurer, mais ce n'était plus pour les mêmes raisons. Une étrange sensation l'avait soudain envahi. C'était si rare qu'on lui dise des choses pareilles. Si rare qu'on se soucie de lui.

– Écoute, dit Duncan. La prochaine. Je crains qu'elle ne te fasse pas envie.

– Pourquoi ? Elle est laide ?

– Pas vraiment. C'est plutôt la façon dont elle va mourir… Je me propose de la brûler.

– Oh.

– C'est dans le livre – la torture à l'alcool. Tu te rappelles ?

– Pas vraiment.

Les images du livre montraient des hommes sous la torture. Vincent ne s'y était pas intéressé.

– On verse de l'alcool sur la moitié inférieure du corps de la personne et on y met le feu. On peut éteindre très vite le feu si la personne avoue. Ce n'est pas mon intention, évidemment.

En effet, songea Vincent, il ne tenterait rien lui-même, après ça.

– Mais j'ai une autre idée.

Duncan lui expliqua à quoi il avait pensé. Vincent, en l'écoutant, sentit son moral qui remontait.

– Tu ne crois pas que ça pourrait marcher pour tout le monde ? demanda Duncan.

Enfin, pas vraiment pour *tout le monde*, pensa Vincent, qui était maintenant d'excellente humeur, tout bien considéré.

Assis face aux tableaux d'indices, Rhyme entendit la voix d'Amelia dans son téléphone :

– Bon. Rhyme, on a découvert qu'il s'était caché dans la penderie.

– Où ça ?

– Dans la chambre de cette Lucy Richter.

Rhyme ferma les yeux.

– Décris-la-moi.

Elle lui décrivit l'ensemble de la scène – le couloir menant à la chambre, le plan de la chambre, puis le mobilier, les cadres aux murs, le trajet suivi par l'Horloger et d'autres détails. Le tout reporté avec objectivité et minutie. Son expérience et la qualité de sa formation sautaient aux yeux comme la couleur de sa chevelure. Si elle devait quitter la police, Rhyme se demandait combien de temps il lui faudrait pour avoir quelqu'un d'aussi capable sur les scènes de crime.

Une éternité, pensa-t-il cyniquement.

Il fut envahi par une bouffée de colère. Puis, refoulant l'émotion, il se concentra sur ce qu'elle lui disait.

Elle décrivit la penderie :

– Un mètre quatre-vingts de large. Pleine de vêtements. Les vêtements d'homme à gauche, les vêtements de femme à droite – moitié-moitié. Les chaussures par terre. Quatorze paires. Quatre d'homme, dix de femme.

Une répartition classique pour un couple marié, songea Rhyme en se rappelant sa propre penderie quelques années plus tôt.

– Est-ce qu'il s'est couché par terre pour se cacher ?

– Non, il y avait trop de boîtes.

Il l'entendit poser une question. Puis de nouveau sa voix au téléphone :

– Les vêtements sont rangés, mais il a pu les déplacer. Je vois quelques boîtes renversées par terre, et des particules de cette croûte de goudron qu'on a déjà trouvée ailleurs.

– Quels sont les vêtements entre lesquels il était caché ?

– Un costume. Et une tenue militaire de Lucy.

– Bien.

Certains vêtements, comme les uniformes, sont très utiles pour collecter des traces et des pièces à conviction grâce à leurs épaulettes, aux boutons et aux décorations qui dépassent un peu partout.

– Était-il en contact avec le devant ou avec le dos de ces vêtements ?

– Avec le devant.

– Parfait. Passe au crible chaque bouton, chaque médaille, chaque décoration.

– Entendu. J'en ai pour quelques minutes.

Le silence.

Son impatience, sous-tendue par la colère, était de retour. Il regardait fixement les tableaux blancs.

– J'ai trouvé deux cheveux et quelques fibres, annonça-t-elle enfin.

Il s'apprêtait à lui dire de comparer ces cheveux à ceux qui se trouvaient ailleurs dans l'appartement, mais elle ne lui en laissa pas le temps :

– J'ai comparé les cheveux avec ceux de Lucy, ce ne sont pas les mêmes.

Et comme il commençait à lui dire de chercher un échantillon des cheveux du mari, Amelia l'interrompit :

– J'ai la brosse à cheveux de son mari. Je suis pratiquement certaine que ce sont les siens.

Bien, Sachs. Bien.

– Mais les fibres… Elles n'ont pas l'air de correspondre à quoi que ce soit.

Amelia se tut un instant avant de reprendre :

– On dirait de la laine, de couleur claire. Un pull-over peut-être… Mais les fibres étaient prises dans le bouton d'une poche à hauteur d'épaule, à peu près… d'un homme de la taille de l'Horloger. Ça pourrait venir d'un col de manteau amovible.

Ce n'était pas une mauvaise déduction, mais il leur faudrait examiner ces fibres de plus près au laboratoire.

Quelques minutes plus tard, elle dit :

– Je crois que c'est tout, Rhyme. On n'a pas grand-chose, mais c'est tout de même mieux que rien.

– D'accord, rapporte tout ici. On va voir ce qu'on peut en tirer.

Il coupa la communication.

Thom inscrivit toutes les informations au tableau sous la dictée de Rhyme. Quand l'aide fut ressorti, Rhyme s'approcha pour les examiner. Il se demanda si ce qu'il avait sous les yeux ne représentait pas simplement l'ensemble des pièces à conviction dans une affaire d'homicide, mais aussi le cadavre de la dernière scène de crime sur laquelle Amelia Sachs et lui auraient à travailler ensemble.

Lon Sellitto était parti et, dans l'appartement de Lucy Richter, Amelia Sachs achevait d'emballer les pièces à conviction. Elle se retourna vers Kathryn Dance pour la remercier.

– J'espère que ça vous sera utile, dit Kathryn.

– C'est souvent comme ça quand on travaille sur les scènes de crime. Il n'y a que quelques fibres, mais elles peuvent suffire à faire une pièce à conviction. Il faut voir…

Mais Amelia avait aussi quelque chose à demander :

– Je retourne chez Rhyme. Écoutez, je ne sais pas si ça vous intéresse, mais pourriez-vous enquêter un peu dans le quartier ? Vous savez vous y prendre avec les témoins.

– Comme vous dites.

Amelia lui remit quelques exemplaires du portrait-robot de l'Horloger et partit.

Kathryn Dance regarda Lucy.

– Ça va aller ?

– Très bien, répondit le sergent Richter avec un sourire stoïque.

Elle entra dans la cuisine, mit la bouilloire sur le feu.

– Vous voulez un peu de thé ? Ou de café ?

– Non. Je sors, je vais à la chasse aux témoins.

Lucy fixait le sol à ses pieds – la sorte de signal qui ne peut pas échapper à un expert en kinésique. Kathryn ne dit rien.

– Vous vivez en Californie, fit Lucy. Vous devez repartir bientôt ?

– Demain, sans doute.

– Je me disais que vous pourriez peut-être passer prendre un café, ou autre chose, si vous avez le temps ? dit Lucy en soulevant une théière sur laquelle on lisait « Solide et fidèle, 4e division d'infanterie ».

– Bien sûr. On va arranger ça.

Kathryn prit une carte dans son sac, nota le nom de son hôtel et encercla d'un trait de stylo son numéro de portable.

– Appelez-moi, dit-elle.

– C'est entendu.

– Ça va aller maintenant ?

– Mais oui, fit Lucy. Ça va.

Kathryn serra la main de la jeune femme et sortit, en se rappelant l'une des règles de base de l'analyse kinésique : vous n'êtes pas obligé de faire jaillir la vérité chaque fois qu'on vous ment.

CHAPITRE 25

Amelia Sachs rentra chez Rhyme avec un petit carton de pièces à conviction.

– Alors, qu'avons-nous ? demanda-t-il.

Elle refit l'inventaire de ce qu'elle avait trouvé sur la scène, puis ajouta quelques détails sur les tableaux.

D'après la banque de données spéciale pour scènes de crime de la police de New York, ce qu'elle avait trouvé sur l'uniforme de Lucy provenait effectivement d'un col amovible, comme ceux qu'on trouve sur certains blousons d'aviateur. Amelia avait fait un test de recherche de nitrate sur la pendule – elle n'était pas plus piégée que les précédentes, auxquelles elle était identique ; elle ne portait pas non plus de traces, hormis une tache de ce qui s'avérait être de l'alcool de bois, qu'on utilisait comme produit nettoyant en raison de ses propriétés antiseptiques. Et, comme chez la fleuriste, l'Horloger n'avait pas eu le temps – ou l'envie – de laisser un nouveau poème.

Rhyme donna son accord pour un communiqué faisant état de ces pendules utilisées comme des cartes de visite – tout en prédisant que le tueur prendrait bien soin désormais de ne pas déposer de pendule tant que ses victimes seraient en mesure d'appeler au secours, et que voilà tout ce qu'on aurait gagné.

L'examen des traces relevées par Amelia sur le trajet que le tueur avait probablement emprunté pour s'enfuir ne donnait aucun résultat.

– Il n'y avait rien d'autre, expliqua-t-elle.

– Rien ? répéta Rhyme. Il secoua la tête.

Le principe de Locard...

Ron Pulaski entra, retira son manteau et le suspendit. Rhyme remarqua le regard qu'Amelia lança aussitôt vers le bleu.

« L'autre affaire »...

– Alors ? On a quelque chose du côté du Maryland ?

– Trois enquêtes fédérales en cours à Baltimore sur des faits de corruption, répondit Pulaski. Il y a des liens avec la ville de New York pour l'une d'entre elles, mais plutôt du côté des docks. Et rien à voir avec la drogue. Ça porte sur des pots-de-vin et de faux certificats de chargement. La police de Baltimore doit me faire passer des documents. Ni Creeley ni Sarkowski n'avaient des propriétés dans le Maryland, et aucun, à ma connaissance, n'y faisait des affaires. Tout ce que j'ai pu trouver, c'est que Creeley se rendait régulièrement en Pennsylvanie pour y rencontrer l'un de ses clients. Et Sarkowski, lui, ne se déplaçait pas du tout. Ah, et j'attends toujours la liste des clients de Jordan Kessler. Je lui ai à nouveau laissé un message, mais il n'a pas répondu.

– J'ai trouvé deux natifs du Maryland parmi les employés du 118, mais ils n'ont plus aucun contact avec cet État. J'ai aussi comparé la liste des salariés du 118 avec le fichier des propriétaires de biens immobiliers du Maryland...

– Attends, dit Amelia. Tu as fait ça ?

– Oui, pourquoi pas ?

– Hum... pour rien, Ron. Tu as eu raison, dit Amelia.

Elle échangea un sourire avec Rhyme qui la regardait en haussant un sourcil, impressionné.

– Peut-être. Mais ça n'a rien donné.

– Eh bien, continue à chercher.

– Bien sûr !

Amelia s'approcha de Sellitto.

– Une question, Lon. Tu connais Halston Jefferies ?

– L'inspecteur qui dirige le 158 ?

– Oui. Qu'est-ce qu'il a, ce type ? Il monte vite sur ses grands chevaux.

Sellitto se mit à rire.

– Oh, oui ! C'est un furieux chronique !

– Je ne suis donc pas la seule à qui il a fait son numéro ?

– Oh, non ! Il explose pour un oui ou pour un non. Comment es-tu tombée sur lui ?

Il regardait Rhyme en parlant.

– Mais non, je n'y suis pour rien ! dit gaiement le criminologue. Il s'agissait de *son* affaire. Pas de *mon* affaire.

Il ne se laissa pas démonter par le regard exaspéré qu'elle lui lança. Un brin de mesquinerie pouvait, à l'occasion, être délectable, se dit-il.

– J'avais besoin d'un dossier et j'ai voulu remonter à la source. Il a estimé que j'aurais dû lui demander son accord.

– Mais tu ne le pouvais pas, puisque la hiérarchie doit ignorer que tu enquêtes sur ce qui se passe au 118 !

– C'est exact.

– Il est comme ça, Jefferies. Il a eu quelques problèmes par le passé. Sa femme était une mondaine et ils avaient une vie sociale intense…

– À ne pas confondre avec une vie socialiste, intervint Pulaski. Ça serait même le contraire.

Sellitto l'arrêta d'un regard glacial avant de reprendre :

– On m'a dit qu'ils avaient perdu de l'argent, Jefferies et sa femme. Je veux dire *beaucoup* d'argent. Le genre de somme qu'on n'arrive pas à lire, toi et moi, parce qu'on s'égare dans les zéros. Tout ça parce que la dame avait fait une mauvaise affaire. Il voulait se présenter aux élections pour un poste au Congrès – à Albany, je crois –, mais il faut être super-friqué pour ça, et il n'avait plus un rond. Et quand les choses ont mal tourné, elle l'a laissé tomber. Mais c'est sûr qu'avec un caractère comme le sien on pouvait se douter de ce qui finirait par lui arriver.

Elle écoutait en hochant la tête quand son téléphone sonna. Elle répondit :

– Oui, c'est moi. Oh, non ! Où ?... Je suis là dans dix minutes.

Blême, les traits tendus, elle se précipita vers la porte en lançant :

– Problème. Je reviens d'ici une demi-heure.

– Sachs..., commença Rhyme.

Mais il entendit un claquement de porte pour toute réponse.

La Camaro ralentit pour s'arrêter le long du trottoir sur la 44e Rue, non loin du West Side Highway.

Un grand costaud en imperméable coiffé d'un bonnet de fourrure regarda Amelia Sachs sortir de la voiture. Elle ne l'avait jamais vu et il ne la connaissait pas, mais à sa façon de se garer et au logo de la police de New York fixé au tableau de bord il comprit que c'était elle qu'il attendait.

Le jeune homme avait les oreilles et le nez rouges, et soufflait de la vapeur par les narines.

– Hou, ce froid ! J'en ai déjà marre, de l'hiver ! Détective Sachs ?

– Oui. Coyle ?

Ils échangèrent une poignée de main. Celle de Coyle était des plus vigoureuses.

– Comment c'est arrivé ? demanda-t-elle.

– Venez. Je vais vous montrer.

– Où ?

– La voiture est dans le parking, tout près d'ici.

Tout en marchant à pas vifs dans le froid, Amelia Sachs demanda :

– Vous venez de quel commissariat ? Midtown South ?

Il la regarda en clignant des yeux.

– Oui.

Puis il se moucha.

– J'y étais à une époque, dit Amelia.

– Ah.

Ce fut son seul commentaire. Il la guida à travers le vaste parking. Parvenu tout au fond, il s'arrêta devant un van Windstar aux vitres fumées dont le moteur tournait encore.

Il regarda autour d'eux. Puis il ouvrit la portière.

Tout en ratissant Greenwich Village appartement après appartement, boutique après boutique, autour de l'immeuble où habitait Lucy Richter, Kathryn Dance réfléchissait aux relations, qui peuvent aller jusqu'à la symbiose, entre la kinésique et la médecine légale.

Celui qui pratique la kinésique a besoin d'un être humain – un témoin, un suspect –, comme celui qui pratique la médecine légale a besoin de pièces à conviction. Or l'affaire qui les occupait présentement se distinguait par une étrange absence d'êtres humains et de traces matérielles.

C'était frustrant. Et c'était la première fois qu'elle était engagée dans une enquête comme celle-ci.

Veillez m'excuser, monsieur, madame, hep, jeune homme ! Il y a eu une opération de police ici aujourd'hui, êtes-vous au courant ? Ah, bien ! Je voudrais savoir si vous n'auriez pas vu par hasard quelqu'un repartir en courant. Ou remarqué quoi que ce soit de bizarre, d'inhabituel ? Jetez un coup d'œil à ce portrait...

Mais rien.

Kathryn Dance n'était même plus capable de repérer les phobiques du témoignage, ceux qui savaient quelque chose mais prétendaient le contraire, par crainte pour leur famille ou pour eux-mêmes. Non, après trois quarts d'heure passés dans cette rue glaciale elle commençait à se dire que tous, tant qu'ils étaient, n'avaient rien vu du tout.

Excusez-moi, monsieur, oui, c'est un insigne de Californie, mais je travaille avec la police de New York, vous pouvez appeler ce numéro pour le vérifier. Et justement, auriez-vous aperçu...

Zéro.

Kathryn fut interloquée, et même choquée, en voyant un homme sortir d'un appartement. Elle alla vers lui, mais ses pensées étaient arrêtées, comme frappées de paralysie. Cet homme ressemblait comme deux gouttes d'eau à son défunt mari. Puis elle se ressaisit et répéta mécaniquement ses questions. *Excusez-moi, monsieur...*

Il sentit tout de même que quelque chose clochait, fronça les sourcils et lui demanda si elle se sentait bien.

Comment peut-on être aussi peu professionnel ? pensa-t-elle, furieuse contre elle-même, tout en répondant : « Très bien, merci », avec un sourire forcé.

Mais l'homme, comme ses voisins, n'avait rien vu d'extraordinaire et se hâta de poursuivre son chemin. Kathryn le regarda longuement qui s'éloignait, puis elle reprit son enquête.

Elle voulait une piste, elle voulait aider à arrêter ce criminel ! Elle voulait, bien sûr, comme n'importe quel policier, mettre fin à la cavale de ce fou dangereux. Mais elle voulait aussi passer un peu de temps à l'interroger après qu'on l'aurait pris. Cet Horloger était différent de tous les criminels auxquels elle avait eu affaire jusqu'à présent. Kathryn Dance tenait beaucoup à savoir pourquoi il en était arrivé là.

Elle parcourut encore une rue en arrêtant les passants, mais en vain.

Jusqu'à ce qu'elle rencontre le type au Caddie.

Elle l'arrêta avec son Caddie chargé de provisions juste en face de chez Lucy Richter. Il jeta un coup d'œil au portrait-robot de l'Horloger et s'écria :

– Oh, oui ! Je crois bien que j'ai vu quelqu'un comme ça... (Puis il eut une hésitation.) Mais je n'y ai pas vraiment fait attention.

Et il fit mine de repartir.

Mais Kathryn Dance avait vu tout de suite qu'il en savait plus.

Phobique du témoignage...

– C'est vraiment important, vous savez.

– J'ai vu quelqu'un qui courait, c'est tout.

– Attendez, j'ai une idée. Vous n'avez rien de périssable là-dedans ?

Il la regarda, s'efforçant de comprendre où elle voulait en venir.

– Non...

– Si on allait boire un café, et pendant ce temps je vous poserais une ou deux questions... Vous voulez bien ?

Il ne semblait pas très enthousiaste, mais une bourrasque de vent glacial s'abattit sur la rue à cet instant, et elle comprit à son air qu'il était tenté à l'idée de se mettre au chaud.

– Si vous voulez. Mais, vraiment, je ne pourrai rien vous dire de plus.

Ça, c'est ce qu'on va voir.

Amelia Sachs était à l'arrière du van.

Elle essayait, avec l'aide de Coyle, de remettre Art Snyder en position assise. Le détective, à demi conscient, marmonnait des paroles incompréhensibles.

Quand Coyle avait ouvert la portière, Snyder était étalé sur le sol, sans connaissance, et elle avait cru, horrifiée, qu'il venait de se suicider. Elle n'avait pas tardé à comprendre qu'il était simplement – mais sérieusement – ivre, et l'avait secoué avec une certaine fermeté.

– Art ?

Il avait fini par ouvrir les yeux, l'air contrarié et désorienté.

Les deux policiers parvinrent à l'asseoir.

– Non, je veux dormir, c'est tout. Laissez-moi tranquille. Je veux dormir !

– Cette voiture est à lui ?

– Oui, répondit Coyle.

– Que s'est-il passé ? Comment est-il arrivé jusqu'ici ?

– Il était au Harry's, un peu plus haut dans la rue. On a refusé de le servir – il était déjà saoul – et il est sorti sans trop savoir où il allait. C'est à ce moment que je suis arrivé pour acheter des cigarettes. Le patron, qui savait que j'étais un flic, m'a parlé de lui. Il pensait qu'il ne fallait pas le laisser repartir au volant et se tuer ou tuer quelqu'un. Je l'ai trouvé ici, à moitié couché dans la bagnole. Et il avait votre carte dans la poche.

Art Snyder recommençait à s'agiter.

– Laissez-moi tranquille !

Ses yeux se fermèrent.

Amelia se tourna vers Coyle.

– Bon. Je m'en occupe.

– Vous en êtes sûre ?

– Oui. Pourriez-vous simplement trouver un taxi et me l'envoyer ici ?

– Bien sûr.

Coyle sortit du van et s'éloigna. Amelia s'accroupit, posa la main sur le bras du détective. « Art ? »

Il ouvrit les yeux, battit des paupières en la reconnaissant.

– Vous...

– Art, on va vous ramener chez vous.

– Foutez-moi la paix !

Il s'était blessé au front et avait déchiré sa manche en tombant. Et il avait vomi peu de temps auparavant.

– Ça ne vous suffit pas ? Ça ne vous suffit pas, ce que vous m'avez déjà fait ? demanda-t-il d'un ton dur, les yeux exorbités. Allez-vous-en. Je veux qu'on me fiche la paix ! Laissez-moi ! (Il roula sur les genoux, voulut se hisser sur le siège du conducteur.) Allez... vous-en !

Amelia le tira en arrière. Il n'avait rien d'un gringalet, mais l'alcool l'avait privé de force. Il tenta de se relever, mais retomba sur le siège.

– Vous avez fait fort, dit-elle en montrant une bouteille sur le plancher.

Elle était vide.

– Qu'est-ce que ça peut vous faire ? Qu'est-ce que ça peut bien vous faire, bordel ?

– Dites-moi ce qui vous est arrivé ? insista-t-elle.

– Vous ne comprenez pas ? *Vous !*

– Moi ?

– Qu'est-ce qui m'a pris de croire que ça se saurait pas ? Y a pas de secret dans cette putain de police ! J'ai posé quelques questions pour vous, du genre où est passé ce foutu dossier, qu'est-ce qui lui est arrivé... Et après ça le copain avec qui j'avais rendez-vous pour prendre des paris, vous vous rappelez que je vous en ai parlé ? Eh bien, il vient pas. Je l'appelle, il rappelle pas... (Il s'essuya la bouche d'un revers de manche.) Puis je reçois un coup de fil d'un autre copain – on a fait équipe pendant des années, avec celui-là, et on devait partir en croisière avec nos femmes. Croyez-le si vous voulez, mais il m'annonce qu'il peut plus venir !… Tout ça parce que j'ai ouvert ma grande gueule pour poser des questions… Un flic à la retraite qui pose des questions… J'aurais dû vous envoyer balader à la minute où je vous ai vue à ma porte…

– Art, je…

– Oh, faut pas vous en faire, j'ai pas dit votre nom. J'ai rien dit du tout.

Il empoigna la bouteille, constata qu'elle était vide et la jeta par terre.

– Écoutez, je connais un bon avocat. Il pourra vous conseiller si…

– Un avocat ? Mais qu'est-ce qu'il va me conseiller ? Sur la meilleure façon de foutre ma vie en l'air ? C'est fait !

Elle regarda la bouteille.

– Vous avez craqué. Ça peut arriver à tout le monde.

– Je parle pas de ça. Ça, c'est parce que j'ai tout foutu en l'air.

– Que voulez-vous dire, Art ?

– Parce que j'étais flic et j'ai tout gâché. J'ai gâché ma vie.

Elle eut une brusque sensation de froid ; les mots de Snyder sonnaient comme un écho à ce qu'elle ressentait elle-même. Il venait de résumer précisément pourquoi elle voulait quitter la police.

– Art, dit-elle. Si je vous raccompagnais chez vous maintenant ?

– Il y avait un tas d'autres choses que j'aurais pu faire. J'ai un frère plombier. Ma sœur a suivi des études et elle bosse dans la publicité. Elle a fait ce film que tout le monde connaît, avec des papillons, pour des dessous féminins. Elle est célèbre. J'aurais pu faire autre chose.

– C'est simplement parce que vous avez l'impression que…

– Arrêtez, dit-il d'un ton sec en pointant le doigt sur elle. Vous ne me connaissez pas assez pour me parler comme ça. Vous n'avez pas le droit.

Elle se tut. Exact. Elle n'avait pas le droit.

– Quoi qu'il arrive à cause de cette histoire où vous avez mis le nez, je suis foutu. Bon ou mauvais, je suis foutu.

Sa colère et sa peine lui serraient le cœur ; elle passa le bras autour de ses épaules.

– Art, écoutez…

– Ne me touchez pas !

Sa tête roula contre la vitre de la portière.

Coyle arriva un instant plus tard avec un taxi jaune qu'il guida jusqu'au van. Ils se mirent à deux pour aider Snyder à s'y installer. Elle donna son adresse au chauffeur, puis vida son portefeuille et lui remit presque 50 dollars avec les clés du détective.

– J'appelle sa femme, lança-t-elle, pour la prévenir qu'il arrive.

Le taxi repartit et ne tarda pas à disparaître dans la circulation.

– Merci, dit-elle à Coyle, qui répondit d'un signe de tête et s'éloigna sans un mot.

Elle lui fut reconnaissante de ne pas avoir posé de questions. Après son départ, Amelia plongea la main dans sa poche et en retira le revolver de Snyder, qu'elle avait sorti de l'étui qu'il portait à la ceinture au moment où elle lui avait mis un bras sur les épaules. Il avait peut-être une autre arme chez lui, mais au moins il ne se servirait pas de celle-ci pour se suicider. Elle vida le chargeur, garda les balles et glissa le revolver sous le siège du passager. Puis elle verrouilla les portières et retourna à sa voiture.

Elle avait l'ongle de l'index enfoncé dans le pouce. Ça faisait mal. Elle sentait monter sa colère à l'idée qu'en plus des vols et des extorsions de fonds son père – et tous les policiers corrompus – commettait un autre crime, plus grave. Sa simple tentative pour connaître la vérité avait déclenché quelque chose de brutal et de dangereux qui menaçait même de briser un innocent. La paisible existence de retraité que Snyder attendait depuis longtemps était en train de lui échapper. Tout cela à cause de ce qui s'était passé au commissariat 118 – mais que s'était-il passé au juste ?

Les familles des policiers du Club de la 16e Avenue avaient, de même, eu leur vie bouleversée à cause de ce que leurs pères et leurs compagnons avaient fait. Les épouses et les enfants avaient dû céder aux banques les maisons qu'ils ne pouvaient plus payer, renoncer aux études, chercher du travail… ils avaient été ostracisés, marqués à jamais par le scandale.

Il n'était pas trop tard pour s'en aller – quitter la police, partir. Entrer chez Argyle, loin des politiciens et de leurs magouilles, se faire une nouvelle vie. Il était encore temps pour elle. Mais pas pour Art Snyder.

Pourquoi, papa ? Pourquoi as-tu fait ça ?

Amelia Sachs ne le saurait jamais.

Le temps était passé, emportant ses dernières chances de trouver une réponse à cette question.

Elle en était réduite à des spéculations, et en de telles circonstances les spéculations laissent une plaie à l'âme qui semble ne jamais devoir se refermer.

La seule solution aurait été d'inverser la course du temps, et, bien sûr, ce n'était absolument pas une réponse.

Tony Parsons était assis face à Kathryn Dance dans la petite cafétéria, son Caddie posé à côté d'eux.

Il ferma à demi les yeux et secoua la tête.

– J'essaie de me rappeler, mais, vraiment, je ne vois rien d'autre à vous dire. (Il sourit.) Je crois que vous avez dépensé votre argent pour rien, ajouta-t-il en soulevant sa tasse de café.

– On va voir, dit Kathryn.

Elle savait qu'il avait d'autres informations. Elle pensait qu'il avait d'abord parlé sans réfléchir – les personnes qui interrogent adorent les impulsifs –, puis s'était dit que l'homme qu'il avait aperçu était peut-être l'auteur des meurtres horribles commis la veille dans une impasse et au bord de l'Hudson. Kathryn Dance savait que les gens les plus prompts à dénoncer leurs voisins tricheurs ou les gamins qui chapardent sont parfois les mêmes qui ne se souviennent plus de rien quand un crime capital est commis sous leurs yeux.

Ce type était peut-être un dur à cuire, songea Kathryn, mais peut lui importait. Elle aimait les défis (la joie qu'elle éprouvait souvent quand un sujet finissait par avouer était toujours tempérée par l'idée que la signature de celui-ci au bas de sa déposition signifiait aussi la fin du match).

Elle versa un peu de lait dans son café et regarda longuement une part de tarte aux pommes exposée sur le comptoir à l'intérieur d'une vitrine. Cinq cent cinquante calories. Hum. Elle se tourna vers Parsons.

Il ajouta du sucre dans son café et y agita sa cuillère.

– Vous savez, je pourrai peut-être me souvenir de quelque chose si on en parle encore un peu.

– Excellente idée.

– Allons-y, dit-il d'un ton câlin assorti d'un grand sourire.

CHAPITRE 26

Elle était son lot de consolation.

Le cadeau de Gerald Duncan.

Une façon, pour le tueur, de dire qu'il était désolé, et que c'était sincère – pas comme la mère de Vincent.

C'était aussi un bon moyen de ralentir l'avance des policiers en tuant quelqu'un de chez eux. Duncan avait déjà parlé de cette rouquine aperçue en train de travailler sur les lieux du deuxième meurtre, et il avait suggéré à Vincent de la prendre pour lui (oh, oui, s'il te plaît, avec des cheveux roux, comme ceux de Sally Anne !). Mais en regardant, depuis la Buick, les policiers dans l'appartement de Lucy Richter à Greenwich Village, il avait compris qu'il ne pourrait pas mettre la main sur cette fille-là ; elle n'était jamais seule. Puis l'autre femme, qui avait l'air d'une détective en civil, était sortie toute seule dans la rue – pour chercher des témoins, semblait-il.

Duncan et Vincent étaient entrés dans une boutique de soldes où ils avaient acheté le Caddie, une nouvelle parka pour Vincent, et pour 50 dollars de savonnettes, de conserves et de sodas à mettre dans le Caddie. (Avec ce genre de marchandises, on n'inspire pas la méfiance, avait dit l'ami Duncan, qui réfléchissait toujours.) Le plan était le suivant : Vincent partait à travers Greenwich Village en poussant son Caddie jusqu'à ce qu'il trouve l'autre femme policier, ou qu'elle le trouve, et il l'entraînait vers un immeuble abandonné, non loin de l'appartement de Lucy Richter.

Vincent n'aurait plus qu'à l'emmener au sous-sol, où il pourrait disposer d'elle aussi longtemps qu'il lui plairait pendant que Duncan s'occuperait de la victime suivante.

Parvenu à ce stade de ses explications, Duncan avait regardé Vincent.

– Ça te poserait un problème de la tuer, cette femme policier ?

Craignant de décevoir l'ami qui lui faisait un si beau cadeau, Vincent avait répondu :

– Non.

Mais Duncan, visiblement, avait compris que ce n'était pas vrai.

– Écoute. Tu n'auras qu'à la laisser dans le sous-sol après l'avoir bien ligotée. J'y repasserai en revenant du centre et je m'occuperai d'elle.

Vincent, à ces mots, s'était senti beaucoup mieux.

La faim le taraudait maintenant, tandis qu'il regardait Kathryn Dance assise à un mètre de lui. Ses cheveux tressés, la chair tendre de sa gorge, ses longs doigts… Elle n'était pas grosse, mais elle avait un beau corps, pas comme ces gamines squelettiques qu'on voyait partout en ville. Qui pouvait avoir envie de *ça* ?

Ce corps lui donnait faim.

Ces yeux verts lui donnaient faim.

Même son nom, Kathryn, lui donnait faim. Il semblait, pour quelque raison mystérieuse, tomber dans la même catégorie que celui de Sally Anne. Il ne savait pas pourquoi. À cause de son petit côté vieillot, peut-être. Et puis il aimait les regards pleins de gourmandise qu'elle jetait sur les gâteaux. Comme moi ! Il mourait d'impatience en pensant au moment où il la verrait à plat ventre dans ce vieil immeuble désaffecté.

Il but quelques gorgées de café.

– Alors, vous habitez en Californie ? demanda Vincent – ou plutôt l'obligeant Tony Parsons.

– En effet.

– C'est joli. Je crois.

– Oui, c'est joli. Par endroits. Essayez de vous rappeler exactement ce que vous avez vu. Cet homme qui courait ? Parlez-moi de lui.

Vincent savait qu'il devait rester concentré – en tout cas, tant qu'ils ne seraient pas seuls dans le vieil immeuble. « Sois prudent, lui avait dit le tueur. Joue le froussard. Fais comme si tu savais quelque chose sur moi, mais que tu ne voulais pas le dire. Sois hésitant. Comme le sont les vrais témoins. »

Il se décida donc à lui parler, craintivement et avec des hésitations, de l'homme qu'il avait vu courir, et ajouta une vague description de Gerald Duncan. Cette description était assez proche de ce que les policiers savaient déjà, puisqu'ils avaient un portrait-robot (il faudrait qu'il en parle à Duncan). Elle prit quelques notes sur son calepin.

– Rien de particulier dans son apparence ?

– Hum. Je ne me rappelle rien. Comme je vous le disais, je n'étais pas très près.

– Pas d'arme ?

– Je ne crois pas. Qu'est-ce qu'il a fait, au juste ?

– Il préparait une agression.

– Oh. Personne n'a eu de mal ?

– Non, heureusement.

Ou *mal*… heureusement, songea Vincent le Malin, alias Tony.

– Avait-il quelque chose à la main ? demanda Kathryn Dance.

Simples, tes réponses, se dit-il à lui-même. Ne la laisse pas te coincer.

Il fronça les sourcils d'un air pensif, hésita, puis dit :

– C'est possible, voyez-vous. Il avait quelque chose. Un sac, je crois. Je n'ai pas très bien vu. Il courait assez vite…

Il se tut.

Kathryn inclina la tête de côté.

– Vous alliez ajouter quelque chose ?

– Désolé de ne pas vous aider plus que ça. Je comprends que c'est important.

– Ça ne fait rien, dit-elle, rassurante, et Vincent se sentit coupable un instant à l'idée de ce qui allait lui arriver d'ici quelques minutes.

Puis la faim chassa la culpabilité. C'était normal d'avoir du désir.

Si on ne mange pas, on meurt...

Vous n'êtes pas d'accord, agent Dance ?

Ils burent leur café. Vincent ajouta encore quelques petits détails au sujet du suspect.

Elle bavardait comme une amie. Puis il se dit que le moment était venu.

– Écoutez, dit-il. Il y a autre chose... Mais j'avais peur tout à l'heure. C'est que je suis tous les jours dans ce quartier, vous comprenez. Et si jamais il revenait ? Il pourrait se douter que j'ai dit quelque chose.

– Ce témoignage peut rester anonyme. Et nous vous protégerons. Je vous le promets.

Une jolie hésitation.

– Vraiment ?

– Mais bien sûr. On vous donnera un policier pour assurer votre sécurité.

En voilà une bonne idée ! Je pourrais avoir la rouquine ?

Il dit à Dance :

– D'accord, j'ai vu où il s'est sauvé. Par l'entrée de service d'un immeuble de la rue. Il est arrivé en courant et il est entré.

– C'était ouvert ? Ou bien avait-il une clé ?

– Ouvert, je crois. Je peux vous y conduire si vous voulez.

– Ça me rendra service. Vous avez terminé ?

Il siffla ce qu'il lui restait de café.

– Voilà.

Elle referma d'un geste son calepin, qu'il ne faudrait pas oublier d'emporter quand il en aurait fini avec elle.

– Merci, agent Dance.

– Il n'y a pas de quoi.

Pendant qu'il poussait son Caddie hors de la salle, elle régla les consommations. Puis elle le rejoignit et ils prirent le trottoir dans la direction qu'il lui indiqua.

– Il fait toujours aussi froid à New York en décembre ?

– Souvent, oui.

– Je suis gelée !

Ah, bon ? Moi, pourtant, je te sens chaude.

– Où allons-nous ? demanda-t-elle en ralentissant le pas et en regardant les noms des rues.

Elle clignait des yeux, éblouie. Elle s'arrêta pour jeter quelques notes dans son calepin : « Sherman Street, Greenwich Village. Le suspect était ici il y a peu de temps. » Elle regarda autour d'eux. « Il a pris la ruelle entre Sherman et Barrow Street. » Un coup d'œil à Vincent.

– De quel côté est cette ruelle ? Au nord. Au sud ? Il ne faut pas que je me trompe.

Ah, *méticuleuse*, elle aussi...

Il resta un moment sans rien dire comme s'il réfléchissait, perturbé par la faim plus que par le froid mordant.

– Disons au sud-est.

Elle regarda son calepin en riant.

– C'est à peine si j'arrive à lire – les frissons. C'est trop dur, ce froid ! J'ai hâte de rentrer en Californie.

Tu n'es pas près d'y retourner, ma jolie...

Ils reprirent leur marche.

– Vous avez une famille ? demanda-t-elle.

– Oui. Une femme et deux enfants.

– J'ai deux enfants, moi aussi. Un garçon et une fille.

Vincent hocha la tête en se demandant : Elle a quel âge, la fille ?

– C'est là ? dit-elle.

– Oui. C'est par là qu'il a filé.

Tirant le Caddie derrière lui, il s'engagea dans la ruelle qui conduisait à leur nid d'amour dans l'immeuble abandonné. Il avait une érection douloureuse.

Vincent plongea la main dans sa poche et tâta le manche du couteau. Non, il ne pouvait pas la tuer. Mais si elle se débattait, il serait obligé de se défendre.

Un coup de lame dans les yeux...

Ce serait dur, mais le visage plein de sang ne poserait pas de problème à Vincent : il les préférait à plat ventre de toute façon.

Ils approchaient du fond de l'impasse. Vincent regarda autour d'eux et vit l'immeuble à une quinzaine de mètres.

Kathryn Dance s'arrêta à nouveau, ouvrit son calepin. Elle lut à haute voix en écrivant :

– La ruelle longe six, non, sept immeubles d'appartements. Il y a quatre bennes à ordures. Le sol est goudronné. Le suspect est arrivé ici en courant, vers le sud.

Elle renfila les gants sur ses doigts tremblants, terminés par de ravissants ongles rouges.

Vincent sentait la faim le dévorer. Il avait l'impression de se consumer. Il serra violemment le manche du couteau. Il avait le souffle court.

Elle s'arrêta à nouveau.

Maintenant ! Prends-la !

Il sortit le couteau de sa poche.

Un hurlement de sirène traversa l'air, venant de l'autre extrémité de la ruelle. Il tourna la tête de ce côté, surpris.

Et sentit le canon du revolver sur sa nuque.

L'agent Dance criait :

– Les mains en l'air ! Vite !

Elle le tenait par l'épaule.

– Mais...

– Tout de suite !

Elle appuya un peu plus fort l'arme sur sa nuque.

Non, non, non ! Il lâcha le couteau et leva les bras.

Que se passait-il ?

La voiture de police stoppa net devant eux dans un crissement de pneus. Une autre s'arrêta derrière eux. Quatre flics baraqués bondirent.

Non... Oh, non...

– Couche-toi ! À plat ventre ! ordonna l'un des policiers. Allez !

Mais il était incapable de bouger. Sous le choc.

Il vit Kathryn Dance qui reculait tandis qu'ils l'entouraient, le forçaient à se coucher.

– Je n'ai rien fait ! Rien du tout !

– On t'a dit à plat ventre ! hurla l'un des hommes. *Tout de suite !*

– Mais c'est froid, c'est sale ! Et je n'ai *rien* fait !

Ils le jetèrent brutalement à terre. Il se mit à gémir, les poumons privés d'air sous les bourrades.

Exactement comme avec Sally Anne. Tout recommençait.

Espèce de gros porc, ne bouge plus ! Sadique !

Non, non, non !

Des mains sur lui, des mains partout, qui le tenaient. Il eut mal quand on lui tira les bras dans le dos pour lui passer des menottes. On le fouillait, on retournait ses poches.

– Une carte d'identité ! Un couteau !

C'était maintenant, c'était treize ans auparavant, Vincent ne savait plus.

– Je n'ai rien fait ! Qu'est-ce que vous me voulez ?

– On vous entendait très bien, dit l'un des policiers à Kathryn Dance. Ce n'était pas la peine de venir jusqu'ici.

– J'avais peur qu'il se sauve. J'ai voulu rester avec lui le plus longtemps possible.

Que se passe-t-il ? se demanda Vincent. Que dit-elle ?

L'agent Dance se tourna vers le policier et montra Vincent d'un signe de tête.

– Il s'est très bien débrouillé jusqu'à ce qu'on soit dans la cafétéria. Mais dès qu'on s'est assis, j'ai compris qu'il jouait la comédie.

– Mais non, vous êtes fous ! Je…

Elle regarda Vincent.

– Votre accent et votre expression étaient inconsistants et votre langage corporel me disait que vous n'étiez pas en train de discuter avec moi. Vous aviez un autre projet, vous tentiez de me manipuler pour une raison que j'ignorais… Il s'est avéré que c'était pour m'emmener seule dans cette ruelle.

Elle expliqua ensuite qu'au moment de régler l'addition elle avait pressé la touche « bis » de son téléphone pour rappeler le détective de la police de New York avec lequel elle avait été en contact.

Elle lui avait très vite résumé la situation, à voix basse, en lui demandant d'envoyer des agents sur les lieux. Et elle avait laissé la ligne ouverte en cachant le téléphone sous son calepin.

Ce qui expliquait pourquoi elle s'était mise à réciter les noms de rues à haute voix : elle leur indiquait ainsi l'itinéraire.

Vincent regarda ses mains. Surprenant son regard, elle brandit le stylo avec lequel elle avait écrit.

– Eh, oui. C'est mon revolver ! lui dit-elle.

Il se retourna vers les autres policiers.

– Je ne comprends pas ce qui se passe. C'est complètement idiot.

– Écoute, répondit l'un des hommes. Tu ferais mieux d'économiser ta salive. Quelqu'un nous a appelés juste avant elle pour nous dire que le type qui avait pris la fuite après une tentative d'agression un peu plus tôt dans la journée était de retour dans le quartier avec un Caddie. C'était un gros Blanc.

Elle s'appelle Sally Anne, espèce de gros lard. Elle s'est sauvée pour prévenir la police et elle nous a dit ce que tu avais fait...

– C'est pas moi ! J'ai rien fait ! Vous vous trompez, c'est une grave erreur !

– Mais oui, fit l'un des agents en uniforme d'un ton moqueur. On a déjà entendu ça. Allons-y maintenant !

Ils le prirent par les avant-bras pour le propulser sans ménagement vers la voiture de patrouille. Il lui sembla entendre la voix de Gerald Duncan.

Je te prie de m'excuser... je sais ce que je te dois... je te le revaudrai...

Quelque chose, à cet instant, se durcit dans le cœur de Vincent Reynolds. Il se dit que, quoi qu'on lui inflige, on ne lui ferait jamais trahir son ami.

Le grand type à la silhouette en forme de poire était assis à côté de la fenêtre dans le laboratoire de Lincoln Rhyme. Menottes aux poignets.

Son permis de conduire et le fichier des immatriculations avaient révélé qu'il n'était pas Tony Parsons mais Vincent Reynolds, vingt-huit ans, secrétaire intérimaire résidant dans le New Jersey et employé à temps partiel par une dizaine d'agences, où l'on ne savait pas grand-chose de lui en dehors des informations figurant sur ses feuilles de présence et ses fiches de paye ; au total, un employé modèle que personne ne remarquait.

Partagé entre la fureur et la honte, Vincent regardait tour à tour le sol et les policiers qui l'entouraient : Lincoln Rhyme, Amelia Sachs, Kathryn Dance, Dennis Baker et Lon Sellitto.

Il ne faisait l'objet d'aucune poursuite, et la fouille de l'appartement qu'il occupait dans le New Jersey n'avait révélé aucun lien manifeste avec l'Horloger. On n'y avait rien trouvé non plus concernant une éventuelle petite amie, des proches ou des parents. Les policiers avaient découvert une lettre qu'il était en train d'écrire à sa sœur installée à Detroit. Sellitto avait obtenu le numéro de téléphone de cette dernière par la police du Michigan et l'avait appelée. Il avait laissé un message lui demandant de les rappeler.

L'homme qu'on venait d'arrêter était à son travail dans la soirée du lundi au moment où les meurtres avaient été commis au bord de l'Hudson et dans l'impasse donnant sur Cedar Street, mais il s'était mis en congé depuis.

Mel Cooper avait transmis une photo de lui à Joanne Harper dans sa boutique de fleuriste. Elle lui avait trouvé une ressemblance avec l'inconnu qu'elle avait surpris à l'observer depuis la rue, mais s'était déclarée incapable de l'identifier avec certitude, à cause de ses lunettes et de la saleté qui recouvrait la vitre de l'atelier.

Ils le soupçonnaient fortement d'être le complice de l'Horloger, mais les indices permettant d'établir un lien entre lui et les diverses scènes étaient des plus minces. La chaussure dont on avait relevé l'empreinte dans le garage à côté de la Ford Explorer abandonnée était de la même pointure que les siennes – 48 –, mais ne portait aucune marque distinctive. Parmi les divers articles qu'il transportait dans le Caddie – et que Rhyme le soupçonnait d'y avoir mis pour approcher Kathryn Dance ou un autre enquêteur – se trouvaient des sachets de chips, des biscuits et d'autres produits alimentaires de mauvaise qualité. Mais les emballages étaient intacts et la comparaison avec les miettes collectées dans la Ford Explorer ne donna rien non plus.

Ils le retenaient simplement pour possession illicite d'une arme blanche et interférence avec une opération de police – motifs habituels lorsqu'on avait affaire à un témoin fantaisiste.

Ils n'en étaient pas moins quelques-uns, à l'hôtel de ville et au Police Plaza, à vouloir offrir à Vincent un traitement à la Abou Ghraïb ou à le menacer de le battre jusqu'à ce qu'il crie. Dennis Baker faisait partie de ceux-là ; il était soumis à de fortes pressions du côté de l'hôtel de ville, où on ne comprenait pas que l'Horloger coure toujours.

Mais Kathryn Dance déclara :

– Ça ne marche pas. Ils se referment sur eux-mêmes et vous disent n'importe quoi. La torture, c'est prouvé, est inefficace pour obtenir de bonnes informations.

Rhyme et Baker lui avaient donc demandé de conduire l'interrogatoire de Vincent. Il fallait trouver cet Horloger le plus vite possible, et si les moyens conventionnels extrêmes étaient exclus, un expert serait le bienvenu.

L'agent spécial de Californie tira les rideaux et s'assit face à Vincent. Il n'y avait rien pour les séparer. Elle approcha une chaise pour établir entre eux une distance d'environ un mètre. Rhyme supposa que c'était pour entrer dans l'espace du sujet et briser sa résistance. Mais il nota aussi que Vincent, à cette distance, pouvait atteindre la jeune femme d'un bond et la blesser gravement de la tête ou des dents.

Elle ne pouvait qu'en être consciente, mais rien dans son attitude ne donnait l'impression qu'elle se sentait en danger. Elle sourit avec une certaine réserve et dit :

– Vincent, je sais qu'on vous a informé de vos droits et que vous avez accepté de nous parler. Nous vous en sommes reconnaissants.

– Absolument. Je ferai tout mon possible. C'est un grave... (Il haussa les épaules.) Un grave malentendu, vous savez.

– On va rectifier tout ça. Mais j'ai besoin, d'abord, de quelques renseignements très simples.

Elle lui demanda son nom, son adresse, son âge, son lieu de travail, s'il avait déjà été arrêté...

Il se rembrunit.

– Je lui ai déjà dit tout ça, fit-il en désignant Sellitto du regard.

– Je regrette, mais je tiens à l'enregistrer moi-même. Vous savez ce que c'est...

– Bon. D'accord.

Rhyme pensa que s'il lui indiquait des faits avérés, elle pourrait poser la base d'une lecture kinésique. Depuis que Kathryn Dance avait quelque peu mis à mal ses opinions sur l'interrogatoire et les témoins, le criminologue était curieux de sa méthode.

Kathryn hochait la tête d'un air aimable en notant les réponses de Vincent, et le remerciait de temps en temps pour sa coopération. Rhyme était déconcerté par tant de courtoisie. Il aurait été lui-même beaucoup plus dur en pareille circonstance.

Vincent fit une grimace.

– Écoutez, je suis d'accord pour vous parler aussi longtemps que vous voudrez. Mais j'espère que vous allez envoyer quelqu'un chercher l'homme que j'ai vu. Vous n'allez pas le laisser filer, tout de même ! C'est ça qui m'inquiète. J'ai voulu rendre service, et regardez ce qui m'arrive ! C'est toute l'histoire de ma vie.

Mais ce qu'il avait dit sur le moment à Kathryn Dance et aux autres policiers ne s'était pas révélé utile. On avait vainement fouillé, à la recherche de traces, le bâtiment dans lequel il prétendait avoir vu disparaître le suspect.

– Vous allez maintenant refaire le récit de ce qui s'est passé. Mais je voudrais, si vous le voulez bien, reprendre les faits à l'envers.

– Pardon ?

– En inversant l'ordre chronologique. C'est un bon moyen de se rafraîchir la mémoire. On part de l'événement le plus récent et on remonte le temps à partir de là. Donc le suspect s'engouffre dans ce vieil immeuble... Commençons par les détails. La couleur de la porte, par exemple ?

Vincent s'agita sur sa chaise, fronça les sourcils. Puis il fit son récit, en commençant par l'homme qui poussait la porte (dont il ne se rappelait pas la couleur) et s'engouffrait dans l'immeuble. Il décrivit ensuite ce qui s'était passé juste avant – l'homme courant dans la ruelle. Puis il leur dit comment il avait remarqué, dans

Barrow Street, cet individu qui regardait autour de lui d'un air inquiet et se mettait à courir.

– Bien, dit Kathryn Dance tout en prenant des notes. Merci, Vincent.

Relevant la tête, elle le regarda avec un léger froncement de sourcils.

– Mais pourquoi m'avez-vous dit que vous vous appeliez Tony Parsons ?

– Parce que j'avais peur. J'ai fait une bonne action. Je vous ai dit ce que j'avais vu. Mais j'avais peur que cet assassin me retrouve et me tue s'il apprenait mon nom. (Ses joues tremblaient.) J'aurais mieux fait de ne pas vous parler. Mais je l'ai fait et j'ai eu peur. Je vous ai dit que j'avais peur.

Le ton pleurnichard de l'homme agaçait Rhyme. Enfonce-le, dit-il silencieusement à Kathryn.

Pourtant elle reprit d'un ton aimable :

– Parlez-moi de ce couteau.

– D'accord, je n'aurais pas dû l'avoir sur moi. Mais j'ai été agressé il y a quelques années. Affreux. Tout de même... quel idiot je suis ! J'aurais dû le laisser chez moi. C'est ce que je fais d'habitude. Je l'ai pris sans réfléchir. Et maintenant j'ai des ennuis à cause de ça.

Elle fit glisser sa veste de ses épaules et la posa sur une chaise à côté d'elle.

Il poursuivit :

– N'importe qui, à part moi, aurait été assez malin pour ne pas se mouiller dans cette histoire. Moi, je parle, et voilà ce qui m'arrive !

Il fixait le sol à ses pieds, un pli d'amertume et d'écœurement au coin des lèvres.

Kathryn Dance lui fit dire, de façon détaillée, comment il avait appris ce qu'il savait des meurtres de l'Horloger et où il se trouvait au moment des autres agressions.

Rhyme trouvait les questions curieuses. Superficielles. Elle ne poussait pas l'interrogatoire comme il l'aurait fait lui-même, en exigeant de Vincent des alibis et en démolissant l'histoire qu'il racontait. On entrevoyait de bonnes pistes, mais elle les négligeait. Elle ne lui demanda pas une seule fois s'il n'avait pas une autre raison de l'amener dans cette ruelle, alors qu'ils pensaient tous qu'il voulait l'y assassiner – voire la torturer pour lui faire dire ce que la police savait de l'Horloger.

L'agent Dance continuait à prendre des notes sans manifester la moindre réaction aux réponses de Vincent. Puis elle se tourna vers Amelia Sachs, qui se tenait derrière lui.

– Amelia, vous pourriez me rendre un service ?

– Bien sûr.

– Voulez-vous montrer à Vincent l'empreinte de chaussure que nous avons trouvée ?

Amelia alla chercher l'image électrostatique et la tendit à Vincent.

– Et alors ? dit-il.

– C'est votre pointure, n'est-ce pas ?

– À peu près.

Elle le fixa un instant en silence. Rhyme sentit qu'elle était en train de tendre un piège. Il les regarda tous deux plus attentivement.

– Merci, dit Kathryn à Amelia, qui se rassit.

L'agent Dance se rapprocha un peu, en empiétant sur l'espace personnel de son interlocuteur.

– Vincent, je me demandais une chose : où vous êtes-vous procuré ces marchandises ?

Une brève hésitation.

– Au Food Emporium.

Rhyme comprit. Elle allait le faire parler de ces victuailles et lui demander pourquoi il les avait achetées à Manhattan alors qu'il habitait dans le New Jersey – et qu'on trouvait certainement plus près de chez lui, et sans doute moins cher, tout ce qu'il avait dans son Caddie. Elle se pencha en avant en ôtant ses lunettes.

Maintenant… elle allait le ferrer !

Kathryn Dance sourit et dit :

– Merci, Vincent. Je crois que ce sera tout. Vous n'avez pas soif ? Voulez-vous un soda ?

Vincent hocha la tête.

– Oui, merci.

Elle se tourna vers Rhyme.

– On peut lui apporter quelque chose ?

Rhyme battit des paupières et lança un regard perplexe à Amelia, qui fronçait les sourcils. À quoi, diable, pensait l'agent Dance ? Elle n'avait pas tiré de lui la moindre bribe d'information ! Et la voilà qui se mettait à jouer les hôtesses ? Rhyme appela Thom, qui apporta un Coca-Cola à Kathryn Dance.

Elle y plongea une paille et la tint pour permettre à l'homme menotté d'y boire. Il vida le verre en quelques secondes.

– Vincent, laissez-nous seuls quelques minutes, vous voulez bien ? Et je crois que nous allons régler cette affaire.

– D'accord. Bien sûr.

Les agents sortirent avec lui. Kathryn Dance referma la porte sur eux.

Dennis Baker la regardait en secouant la tête, l'air contrarié. Sellitto murmura :

– Un coup pour rien.

– Non, dit Kathryn. Non, on avance.

– Ah, bon ? s'étonna Rhyme.

– À grands pas… Voici où nous en sommes. J'ai d'abord établi son profil de base, puis je lui ai demandé de reprendre son récit en inversant la chronologie. C'est un bon moyen pour repérer les menteurs qui improvisent. Les gens peuvent toujours décrire une série d'événements *précis* dans l'ordre chronologique. Mais ils ne fabriquent ces événements que dans une direction – du début à la fin. Quand ils tentent de reconstituer la série à l'envers, ils n'ont plus les repères sur lesquels ils ont construit leur scénario, et ils trébuchent. J'ai donc appris très simplement que notre homme était le complice de l'Horloger.

– Vraiment ? dit Sellitto en riant.

– Oh, oui. C'était évident. Ses réactions étaient claires comme le jour. Et il ne craint pas pour sa propre sécurité, comme il le prétendait. Non. Il connaît l'Horloger et il est impliqué dans les meurtres, même si je ne comprends pas comment. Mais il ne s'est pas borné à lui servir de chauffeur.

– Mais vous ne lui avez rien demandé de tout ça, intervint Baker. Vous ne croyez pas qu'il aurait fallu le coincer au sujet des endroits où il prétend s'être trouvé au moment des tentatives d'agression contre la fleuriste et dans l'appartement de Greenwich Village ?

C'était aussi ce que pensait Rhyme.

– Oh, non. Ce serait la pire chose à faire. Si j'avais tenté d'aborder ces questions, il se serait immédiatement fermé. Ce Vincent est un être compliqué, il a en lui toutes sortes de conflits, et j'ai le sentiment qu'il en est au deuxième stade de réaction au stress, le stade de la dépression. C'est, pour l'essentiel, de la colère refoulée. Et c'est une barrière très difficile à briser. Étant donné son type de personnalité, j'aurais besoin de créer un lien de sympathie entre nous, mais il faudrait des jours, peut-être des semaines, pour parvenir à la vérité avec des méthodes d'interrogatoire classique. Or nous n'avons pas des jours. Notre seule chance, c'est de tenter quelque chose de radical.

– Quoi ?

Elle montra d'un hochement de tête la paille que Vincent venait d'utiliser pour boire.

– Pouvez-vous demander un test d'ADN ? demanda-t-elle à Rhyme.

– Oui. Mais ça prendra un certain temps.

– Peu importe, du moment que nous pouvons dire sans mentir qu'il a été demandé. (Elle sourit.) Ne jamais mentir, c'est la règle. Mais on n'est pas obligé de tout dire au suspect.

Rhyme propulsa son fauteuil vers la partie la plus large du laboratoire, où Cooper et Pulaski travaillaient encore sur les pièces à conviction. Il leur expliqua de quoi il avait besoin et Cooper emballa la paille dans une feuille de plastique avant de remplir un formulaire de demande d'analyse d'ADN.

– Voilà. La demande est faite, théoriquement. Même si le laboratoire ne le sait pas encore, dit-il en riant.

Kathryn Dance expliqua :

– Il me cache quelque chose. Il est très inquiet à cause de ça. Quand je lui ai demandé s'il avait déjà été arrêté, il a menti, mais sa réponse était soigneusement préparée. Je pense qu'il a effectivement été arrêté, mais il y a déjà un certain temps. Il n'y a pas de traces de condamnation dans les fichiers, ce qui veut dire qu'il a profité d'une faille du système ou qu'il était mineur à l'époque des faits. Mais je sais qu'il a déjà eu affaire à la justice. Et j'ai fini par me faire une idée là-dessus. C'est pourquoi j'ai retiré ma veste et j'ai fait passer Amelia devant lui sous prétexte de lui apporter à boire. Il nous dévore toutes les deux des yeux. Il voudrait bien s'en empêcher, mais c'est plus fort que lui. Ce qui me fait penser qu'il y a certainement une ou deux agressions sexuelles dans son passé. Je veux bluffer pour me servir de ça contre lui. Le problème, c'est qu'il peut me mettre au défi de le prouver. Dans ce cas, nous perdons notre capacité de marchandage et il faudra beaucoup de temps pour rétablir le contact et lui faire lâcher quelque chose d'utile.

Sellitto dit à Rhyme :

– Et je vois d'ici sur qui ça retombera.

On s'en fout, pensa Rhyme.

– Essayez.

– Qu'en dites-vous, Dennis ? demanda Sellitto.

– Je devrais d'abord prévenir les chefs. Mais on va se taper la tête contre les murs s'ils refusent. Allez-y.

– Autre chose, dit Kathryn Dance. Je dois me tenir moi-même hors de l'équation. Quelles qu'aient été ses intentions à mon égard quand il m'a attirée dans cette ruelle, nous devons laisser ça de côté. Si j'en fais état, la relation que j'ai établie entre nous se déplacera et il ne me dira plus rien ; il faudra tout reprendre de zéro.

– Mais vous savez quelles étaient ses intentions ?

– Oh, oui. Je sais exactement ce qu'il avait en tête à ce moment-là. Mais nous devons nous concentrer sur notre objectif : trouver l'Horloger. Il faut savoir, parfois, glisser sur certaines choses.

Sellitto regarda Baker et hocha la tête.

S'approchant d'un ordinateur, Kathryn Dance tapa sur quelques touches, puis composa un nom d'utilisateur suivi d'un code. La page d'accueil d'un site apparut à l'écran. Elle actionna encore quelques commandes. L'écran s'emplit de chiffres et des formules d'ADN d'un certain nombre de suspects.

Elle ouvrit son sac et remplaça les lunettes d'agneau par les lunettes de loup.

– C'est maintenant qu'on va s'amuser, dit-elle.

Puis elle se dirigea vers la porte, l'ouvrit et demanda qu'on ramène Vincent.

Le jeune géant retraversa la pièce d'un pas traînant, des auréoles de transpiration sous les bras, pour se laisser choir sur la chaise qui gémit en recevant son poids. Il était sur ses gardes.

– Vincent, nous avons un problème, j'en ai peur, commença Kathryn.

Il la regarda en fermant à demi les yeux.

Elle souleva le sachet en plastique contenant la paille avec laquelle il avait bu.

– Vous savez ce qu'est l'ADN, n'est-ce pas ?

– Quoi ?

Est-ce que ça va marcher ? se demandait Rhyme. Est-ce qu'il va tomber dans le piège ?

Vincent allait-il mettre fin à l'interrogatoire, se fermer et réclamer un avocat ? C'était son droit absolu. Dans ce cas, le coup de bluff s'achevait en désastre et ils risquaient de ne plus lui soutirer la moindre information jusqu'à ce que l'Horloger exécute sa prochaine victime.

– Avez-vous déjà vu votre analyse d'ADN, Vincent ? demanda calmement Kathryn Dance.

Elle fit pivoter l'écran d'ordinateur face à lui.

– Vous n'avez peut-être jamais entendu parler du fichier d'ADN du FBI. Nous l'appelons CODIS[1]. Chaque fois qu'il se produit un viol ou une quelconque agression sexuelle et que le coupable n'est pas pris, on relève sur la victime des échantillons de ses fluides, de sa peau ou de son système pileux. Même si l'agresseur a utilisé un préservatif, il reste toujours sur sa victime ou à proximité de quoi retrouver et analyser son ADN. Les résultats de cette analyse sont archivés dans un fichier national, et quand la police arrête un suspect, on soumet automatiquement son ADN à ce fichier. Regardez vous-même.

Sous l'en-tête de CODIS se trouvaient des dizaines de lignes de chiffres, de lettres, de signes incompréhensibles à toute personne étrangère au système.

1. *Combined DNA Index System (NdT).*

Vincent était parfaitement immobile sur sa chaise, mais on entendait son souffle précipité. Rhyme vit du défi dans son regard.

– Ça, c'est des conneries !

– Vous devez savoir, Vincent, que personne n'a jamais gagné un procès contre une analyse d'ADN. Et nous avons fait condamner des coupables pour des agressions qui remontaient à plusieurs années.

– Vous ne pouvez pas... Je sais que j'ai eu tort de faire ça.

Il regardait fixement la paille dans son sachet transparent.

– Vincent, dit doucement Kathryn Dance, vous voilà dans de sales draps.

Théoriquement, oui, songea Rhyme. Il avait été surpris en possession d'une arme mortelle.

Ne jamais mentir...

– Mais nous pouvons vous aider.

Kathryn Dance laissa passer un silence avant de poursuivre :

– Je connais mal les procédures dans l'État de New York, mais en Californie nos procureurs ont toute latitude pour travailler avec les prévenus qui acceptent de coopérer.

Elle se tourna vers Sellitto, qui enchaîna :

– Oui, Vincent. Ici c'est la même chose. Le procureur écoutera nos recommandations.

Les dents serrées, le regard perdu dans les hiéroglyphes de l'ordinateur, Vincent se taisait.

– Voici le marché qu'on vous propose, dit Baker. Si vous nous aidez à arrêter l'Horloger et si vous avouez les précédentes agressions sexuelles, on vous garantira l'immunité pour les agressions contre les victimes de l'autre jour. Nous ferons le nécessaire pour que vous ayez accès à un centre de traitement. Et vous serez isolé du reste de la population.

Kathryn Dance intervint d'un ton ferme :

– Mais il faut nous aider. Tout de suite, Vincent. Qu'en dites-vous ?

Il jeta un nouveau coup d'œil à l'écran, sur lequel se lisaient des résultats d'analyses qui n'avaient rien à voir avec son ADN. L'une de ses jambes tremblait, signe du débat qui l'agitait intérieurement.

Il tourna son regard de défi vers Kathryn Dance.

Oui ou non ?

Une minute entière passa. Rhyme n'entendait plus que le tic-tac des pendules de l'Horloger.

Une grimace crispa les traits de Vincent. Il avait maintenant un regard froid.

– C'est un homme d'affaires du Midwest. Il s'appelle Gerald Duncan. Il habite dans une église à Manhattan. Je peux avoir un autre Coca ?

CHAPITRE 27

– Où est-il maintenant ? aboya Dennis Baker.

– Il y avait quelqu'un d'autre qu'il devait...

La voix de Vincent s'étrangla.

– Tuer ?

Le suspect fit signe que oui.

– Où ?

– Je ne sais pas exactement. Il a parlé du centre-ville, il me semble. Il ne me l'a pas dit. Vraiment.

Les regards se tournèrent vers Kathryn Dance, qui n'avait apparemment pas perçu de signes de dissimulation et le fit comprendre d'un hochement de tête.

– Je ne sais pas s'il est maintenant là-bas ou à l'église.

Il leur indiqua l'adresse.

– Je la connais, dit Amelia Sachs. Elle est fermée depuis un certain temps.

Sellitto appela l'ESU et demanda à Haumann de former plusieurs équipes prêtes à entrer en action.

– Il devait me retrouver au Village d'ici une heure, à peu près. Dans la ruelle qui longe ce vieil immeuble.

Où, songea Rhyme, Vincent s'apprêtait à tuer et violer Kathryn Dance. Sellitto ordonna qu'on stationne des véhicules banalisés aux abords de l'immeuble.

– Qui est cette prochaine victime ? demanda Baker.

– Je ne sais pas. Il ne m'a rien dit à son sujet parce que...

– Pourquoi ? demanda Kathryn.

– Parce que je ne devais rien faire avec elle.

Rien faire...

Rhyme avait compris.

– Donc vous l'aidiez, et en échange il vous laissait disposer de ses victimes ?

– Seulement les femmes, dit Vincent très vite en secouant la tête d'un air dégoûté. Pas les hommes. Je ne suis pas pédé, ni rien... Et seulement une fois qu'elles étaient mortes, comme ça ce n'était pas du viol. *Absolument pas.* C'est Gerald qui me l'a dit. Il s'était renseigné.

Kathryn Dance et Lon Sellitto semblaient indifférents à ces révélations, mais Baker ouvrait de grands yeux. Amelia Sachs s'efforçait de rester calme.

– Pourquoi ne deviez-vous *rien faire* avec la prochaine ? demanda Baker.

– Parce que... il devait la tuer en la brûlant.

– Seigneur, murmura Baker.

– Est-il armé ? demanda Rhyme.

Vincent fit oui de la tête.

– Il a un revolver.

– Un calibre 32 ?

– Je ne sais pas.

– Et comme voiture ?

– Une Buick bleu foncé. Volée. Elle a deux ans.

– Le numéro d'immatriculation ?

– Je ne le connais pas. Il vient de la voler.

– Lancez une recherche sur le fichier des immatriculations, ordonna Rhyme.

Sellitto s'exécuta.

– Et quoi encore ? demanda vivement Kathryn Dance.

Elle avait pressenti quelque chose.

– Qu'est-ce que vous voulez dire ?

– Il y a quelque chose qui vous tracasse à propos de cette voiture. C'est quoi ?

Il baissa les yeux.

– Je crois qu'il a tué le propriétaire. Je ne savais pas qu'il allait faire ça. Vraiment, je ne le savais pas.

– Où ?

– Il ne me l'a pas dit.

Cooper lança une nouvelle recherche pour qu'on leur communique la liste des agressions contre des conducteurs et des vols de voitures avec ou sans homicide commis récemment.

– Et..., commença Vincent.

Sa voix s'étrangla à nouveau et il fit un effort pour déglutir. Sa jambe s'était remise à trembler.

– Quoi ? demanda Baker.

– Il a tué quelqu'un d'autre. Un étudiant, je crois, un jeune en tout cas. Dans une petite rue à l'angle de notre église, près de la 10e Avenue.

– Pourquoi ?

– Il nous avait vus sortir de l'église. Duncan l'a poignardé et a jeté son corps dans une benne à ordures.

Cooper appela le commissariat du quartier.

– Qu'il appelle Duncan, proposa Sellitto. On pourrait peut-être avoir son mobile.

– Son téléphone ne répondra pas. Il retire la batterie et la carte SIM quand on n'est pas... enfin, quand on ne travaille pas.

Quand on ne travaille pas...

– Il m'a dit que, comme ça, on ne pouvait pas le localiser.

– Le téléphone est à son nom ?

– Non. C'est un modèle prépayé. Il en achète un nouveau tous les deux ou trois jours et il jette l'ancien.

– Obtenez le numéro, dit Rhyme. Cherchez auprès des fournisseurs de services.

Mel Cooper appela les principales compagnies de téléphonie mobile de la zone et eut quelques brèves conversations. Il raccrocha et dit :

– East Coast Communications. Communications prépayées, comme il l'a dit. Tout a été réglé en liquide. Aucun moyen de le localiser s'il a retiré la batterie.

– Merde, lâcha Rhyme dans sa barbe.

Le téléphone de Sellitto sonna. C'était Bo Haumann, de l'ESU. Ses équipes étaient en route. Elles seraient à l'église dans quelques minutes.

– Ça semble être notre seul espoir, dit Baker.

Sachs, Baker et Pulaski partirent sur-le-champ pour rejoindre les hommes de Bo Haumann.

Rhyme, Dance et Sellitto restèrent dans le laboratoire afin de tenter d'en savoir plus sur Gerald Duncan en faisant parler Vincent, tandis que Cooper poursuivait ses recherches sur les fichiers et les bases de données.

– Pourquoi s'intéresse-t-il aux pendules, au temps et au calendrier lunaire ? demanda Rhyme.

– Il collectionne les montres et les pendules. Il connaît vraiment bien tout ce qui est horlogerie, vous savez… C'est son passe-temps. Il n'en fait pas le commerce.

– Mais il a peut-être travaillé pour un commerçant à un moment ou à un autre, dit Rhyme. Ou pour des collectionneurs.

Cooper recommença à pianoter sur son clavier d'ordinateur.

– Aux États-Unis seulement ? lança-t-il.

– Il est de quelle nationalité ? demanda Kathryn Dance à Vincent.

– Je crois qu'il est américain. Il n'a pas d'accent.

Après avoir parcouru un certain nombre de sites, Cooper dit :

– Il y a beaucoup de monde qui travaille dans ce domaine. Les principaux groupes semblent être l'Association genevoise des horlogers, orfèvres et joailliers, l'Association interprofessionnelle de la haute joaillerie en Suisse, l'Institut des horlogers américains, l'Association britannique des collectionneurs de montres et de pendules, l'Association des marchands de montres et de joaillerie, l'Institut horloger britannique, l'Association des employeurs de l'industrie horlogère suisse et la Fédération des industries horlogères suisses... plus quelques dizaines d'autres.

– Envoie-leur des e-mails, dit Sellitto. Qu'on sache si ce Duncan est connu. Comme horloger ou comme collectionneur.

– N'oubliez pas Interpol, ajouta Rhyme.

Puis, à Vincent :

– Comment avez-vous fait connaissance ?

L'homme parla d'une rencontre de hasard, mais son récit ne tenait pas debout. Kathryn Dance lui posa calmement quelques questions et déclara qu'il mentait.

– Il faut jouer franc jeu avec nous pour respecter notre accord, dit-elle, penchée vers lui.

Elle le fixait d'un regard glacial derrière ses lunettes d'oiseau de proie.

– D'accord, mais je voulais seulement, comment dire... résumer.

– Nous ne voulons pas de résumés, gronda Rhyme. Nous voulons savoir comment vous avez fait sa connaissance !

Le violeur avoua que si la rencontre avait bien eu lieu par hasard, elle n'avait pas été tout à fait innocente. Il raconta en détail les circonstances de leur prise de contact dans un restaurant proche de son lieu de travail. Duncan était revenu pour voir le cadavre de l'un des hommes tués la veille, et Vincent était sur les talons de la serveuse.

Quelle équipe, ces deux-là ! pensa Rhyme.

Mel Cooper s'arracha à son écran d'ordinateur.

– J'ai du nouveau ici... Il y a soixante-huit Gerald Duncan dans quinze États du Middle West. Je recense d'abord tous ceux qui ont fait l'objet d'un mandat d'arrêt, puis je croise avec le fichier des immatriculations, puis avec l'âge et la profession. Vous ne pourriez pas préciser un peu la localisation ?

– Je le ferais si je pouvais. Il ne m'a jamais parlé de lui.

Dance opina de la tête. Elle le croyait.

Lon Sellitto posa la question que Rhyme avait au bord des lèvres :

– On sait qu'il cible certaines victimes et les observe avant de passer à l'action. Pourquoi ? Que cherche-t-il ?

– Sa femme, répondit le violeur.

– Il est marié ?

– Il l'était.

– Racontez.

– Ils sont venus ensemble à New York il y a deux ans. Pendant qu'il assistait à un repas d'affaires, sa femme est allée toute seule à un concert. En rentrant à leur hôtel, elle a été renversée par une voiture ou par un camion dans une rue déserte. Le chauffeur a pris la fuite. Elle a appelé au secours, mais personne n'est venu. Personne ne s'est donné la peine d'alerter la police ou les pompiers. Le médecin a dit qu'elle avait sans doute mis un quart d'heure à mourir. Alors que quelqu'un – pas forcément un médecin, n'importe qui – aurait pu la sauver en arrêtant l'hémorragie. Il suffisait d'appuyer à un certain endroit. Mais personne ne s'est dérangé.

– Appelez tous les hôpitaux pour voir s'ils ont inscrit une femme du nom de Duncan dans leur registre des admissions pendant une période remontant de dix-huit à trente-six mois, ordonna Rhyme.

Mais Vincent dit :

– Ne vous fatiguez pas. Il est allé à l'hôpital l'an passé pour voler son dossier. Et le rapport de police. Il a acheté une employée pour faire ça. Ça faisait déjà un moment qu'il préparait son coup.

– Mais pourquoi choisit-il ces victimes en particulier ?

– Les policiers qui enquêtaient sur l'accident ont noté les noms de dix personnes qui se trouvaient dans les parages quand sa femme est morte. Est-ce qu'elles auraient pu la sauver, je n'en sais rien. Mais Gerald, lui, en est persuadé. Il a passé toute l'année dernière à chercher leurs adresses et à se renseigner sur leurs habitudes. Il tenait à les surprendre quand elles étaient seules pour les faire mourir lentement. Comme sa femme.

– Et cet homme sur le ponton, mardi ? Il est mort ?

– Sûrement. Duncan l'a forcé à se retenir au-dessus de l'eau, puis il l'a frappé à coups de lame sur les bras et sur les poignets pour qu'il lâche prise et il l'a regardé tomber dans le fleuve. Il m'a dit que le type avait essayé de nager pendant un moment, puis qu'il n'avait plus bougé et qu'il flottait sous le ponton.

– Comment s'appelait-il ?

– Je ne me souviens pas de son nom. Walter quelque chose... Je n'ai pas aidé Duncan pour les deux premiers. C'est vrai, ajouta Vincent en jetant un regard craintif à Kathryn.

– Que savez-vous encore sur Duncan ? demanda-t-elle.

– C'est tout. La seule chose dont il aimait vraiment parler, c'était le temps.

– Le temps ? De quoi parlait-il au sujet du temps ?

– De tout, de n'importe quoi. De l'histoire du temps, de la façon dont marchent les pendules, des calendriers, de la façon dont les gens perçoivent le temps. Par exemple, il m'a raconté comment on faisait pour que les pendules aillent plus vite ou plus lentement en remontant ou en abaissant le contrepoids... J'aurais trouvé ça assommant de la part de n'importe qui d'autre. Mais avec lui... il avait une façon de parler... bref, on ne pouvait pas faire autrement que l'écouter.

Cooper se redressa sur son siège face à l'écran.

– On a deux réponses des associations d'horlogers. Gerald Duncan inconnu... Attendez, voilà Interpol... Rien de ce côté-là non plus. Et je ne trouve rien au VICAP.

Le téléphone de Sellitto sonna. Il le prit et discuta quelques minutes. Tout en parlant, il regardait froidement le violeur. Puis il mit fin à la communication.

– C'était votre beau-frère, dit-il à Vincent.

– Qui ?

– Le mari de votre sœur.

– Non, dit Vincent en secouant la tête. Vous avez dû vous tromper de personne. Ma sœur n'est pas mariée.

– Mais oui, elle l'est.

Le violeur ouvrit de grands yeux.

– Sally Anne ? Mariée ?

Avec un regard dégoûté à Vincent, Sellitto expliqua à Rhyme et à Kathryn Dance :

– Elle était trop bouleversée pour répondre elle-même. Son mari l'a fait à sa place. Il y a maintenant treize ans, ce garçon l'a enfermée dans le sous-sol de leur maison toute une semaine pendant que leur mère et leur beau-père étaient en voyage de noces. Sa propre sœur... Il l'a ligotée et violée à de nombreuses reprises. Il avait quinze ans, elle treize. Il a passé un certain temps dans un centre de détention pour mineurs avant d'être libéré sur avis médical. Le verdict et l'ensemble du dossier ont été placés sous scellés, compte tenu de son âge. C'est pourquoi nous n'en avons retrouvé aucune trace.

– Mariée..., murmura Vincent, livide.

– Elle est, depuis, soignée pour dépression et anorexie. Comme on a surpris une dizaine de fois son frère à la harceler, elle a obtenu un jugement qui lui interdit de l'approcher. Ils n'ont pas eu d'autres contacts, depuis trois ans, que les lettres qu'il continue à lui adresser.

– Est-ce qu'il la menace ? demanda Kathryn Dance.

– Non, répondit Sellitto à voix basse. Ce sont des lettres d'amour. Il voudrait qu'elle vienne ici vivre avec lui.

– Oh, non ! laissa échapper le flegmatique Mel Cooper.

– Parfois, il met des recettes de cuisine dans les marges de ses lettres. D'autres fois, des dessins pornographiques. Le beau-frère m'a dit que s'ils pouvaient faire quoi que ce soit pour qu'il retourne en prison et n'en sorte plus, ils le feraient. (Sellitto se tourna vers les deux agents qui se tenaient derrière Vincent.) Sortez-le d'ici.

Les agents aidèrent le jeune géant à se mettre sur ses pieds et se dirigèrent vers la porte. Vincent Reynolds arrivait à peine à marcher tant il était secoué.

– Sally Anne mariée ? Comment c'est possible qu'elle m'ait fait une chose pareille ? On devait rester ensemble pour toujours... Pourquoi elle m'a fait ça ?

CHAPITRE 28

Comme si on avait donné l'assaut à un château du Moyen Âge.

Amelia Sachs, Baker et Pulaski avaient rejoint Bo Haumann à l'angle de l'église dans le quartier de Chelsea, cette partie de la ville qui ne ressemble à rien. Les hommes de l'ESU étaient déployés en silence dans les rues environnantes, sans se faire remarquer.

L'église avait juste ce qu'il fallait de portes pour satisfaire aux règlements anti-incendie, et des barreaux à la plupart des fenêtres. Ce qui ne pouvait que rendre plus difficile pour Duncan une tentative de fuite, mais ne facilitait pas non plus l'entrée à l'équipe de Bo Haumann. Et le tueur risquait en outre d'avoir piégé les accès, s'il ne les attendait pas avec une arme. Le danger était d'autant plus grand que les appareils de détection thermique et sonore des techniciens spécialisés étaient à peu près inopérants face à des murs de près d'un mètre d'épaisseur ; ils ne pouvaient pas dire s'il y avait quelqu'un à l'intérieur.

– Alors, qu'est-ce qu'on fait ? demanda Amelia Sachs, debout à côté de Bo Haumann dans la ruelle qui courait derrière l'église.

Dennis Baker se tenait à côté d'elle, la main tout près du revolver. Il ne cessait de regarder autour d'eux, dans les rues et sur le trottoir, ce qui fit penser à Amelia qu'il n'avait probablement pas participé depuis longtemps à une opération de ce genre – à supposer qu'il y ait jamais pris part. Elle lui en voulait toujours autant de l'avoir espionnée et le voyait transpirer abondamment sans le plaindre.

Ron Pulaski n'était pas loin, la main sur la crosse de son Glock. Lui aussi se balançait nerveusement sur les talons en scrutant l'imposant bâtiment noirci par la suie.

Haumann expliqua que les équipes allaient tout simplement entrer de force par toutes les portes, après les avoir fait sauter avec des charges explosives. On n'avait pas le choix – les portes étant trop massives pour qu'on les attaque au bélier –, mais les explosions préviendraient évidemment de leur présence, laissant à Duncan le temps de préparer sa défense à l'intérieur du bâtiment. Qu'allait-il faire en entendant les explosions et les bruits de pas des policiers se ruant à l'intérieur ?

Se rendre ?

C'est ce que font nombre de coupables en de telles circonstances.

Mais d'autres s'y refusent. Ils cèdent à la panique ou s'imaginent follement qu'ils seront capables de s'enfuir face à une douzaine d'hommes en armes. Rhyme avait parlé à Amelia de la mission vengeresse de Duncan ; elle ne pensait pas qu'un individu mû par une telle obsession était du genre à se rendre sans combattre.

Elle prit donc position avec une équipe qui devait entrer par une porte latérale, tandis que Baker et Pulaski restaient avec Haumann au poste de commandement.

Elle entendit dans son casque la voix d'Haumann :

– À mon signal… Cinq, quatre, trois, deux, un !

Il y eut trois craquements aigus et les portes s'ouvrirent simultanément, la triple déflagration déclenchant les alarmes sonores des voitures garées à proximité et secouant les fenêtres dans toute la rue. Les policiers s'engouffrèrent à l'intérieur.

Ils constatèrent que leur crainte de tomber sur des positions fortifiées et des accès piégés était vaine. Par contre, la fouille de l'église montra qu'ou bien l'Horloger était l'un des hommes les plus chanceux du monde, ou bien qu'il avait une fois de plus anticipé leurs mouvements. Il n'était pas là.

– Regarde ça, Ron.

Amelia Sachs était sur le seuil d'une petite pièce à l'étage.

– Il y a de quoi avoir la frousse, murmura le bleu.

Ce n'était pas faux.

Ils avaient devant eux, sur un mur de pierre, plusieurs pendules ornées d'un visage représentant la pleine lune. Des visages qui les regardaient d'un air énigmatique, ni tout à fait hostiles, ni tout à fait souriants – l'air de gens qui savent exactement ce qu'il vous reste à vivre et prennent plaisir à compter le passage du temps jusqu'à cette ultime seconde.

Et toutes les pendules scandaient les secondes en même temps, avec un bruit qu'Amelia Sachs trouva exaspérant.

Elle en compta cinq. Il en avait donc une avec lui.

La brûler à mort...

Pulaski, déjà, tirait sur la fermeture éclair de sa combinaison en Tyvek, après en avoir extrait son Glock. Amelia lui expliqua qu'elle allait inspecter l'étage, où Vincent leur avait dit qu'il logeait avec Duncan. Le bleu, lui, se chargerait du rez-de-chaussée.

Il acquiesça en hochant la tête, avec un regard hésitant vers les corridors obscurs. Après qu'il avait, l'année précédente, été gravement blessé à la tête, l'un de ses supérieurs avait voulu l'écarter du service actif et le mettre derrière un bureau. Pulaski s'était battu pour effacer toutes les séquelles de sa blessure et reprendre son activité. Amelia savait qu'il lui arrivait de prendre peur. Elle voyait à son regard qu'il lui fallait se convaincre à chaque instant qu'il était capable de mener sa tâche jusqu'au bout. Et même si sa décision était toujours de continuer, certains policiers, elle le savait aussi, refusaient de travailler avec lui à cause de cela. Amelia Sachs, quant à elle, préférait être avec quelqu'un qui luttait contre ses fantômes chaque fois qu'il devait passer à l'action. Pour elle, ça s'appelait avoir du cran.

Elle n'hésiterait pas à faire équipe avec lui.

Puis, se rendant compte de ce qu'elle venait de penser, elle ajouta mentalement : *au cas où* elle resterait elle-même dans la police.

Pulaski s'essuya les paumes – Amelia remarqua qu'elles étaient moites en dépit du froid – et enfila des gants en latex.

Tandis qu'ils se répartissaient le matériel avec lequel ils allaient collecter les pièces à conviction, elle dit :

– Il paraît qu'on t'a sauté dessus dans le garage pendant que tu examinais l'Explorer ?

– Oui.

– Brrr... C'est vraiment le genre de truc qui me fait peur.

Il rit, pour signifier qu'il entendait sa remarque comme une façon de lui dire qu'il avait de bonnes raisons d'être nerveux. Il se dirigea vers la porte.

– Hé, Ron ?

Il s'arrêta.

– Rhyme m'a dit que tu te débrouillais très bien.

– Il a dit ça ?

Ce n'était pas le plus mirobolant des compliments, mais il venait de Rhyme.

– Bien sûr qu'il l'a dit, insista Amelia. Et maintenant défonce-toi sur cette scène. Je veux qu'on chope cette ordure.

Il sourit.

– Et moi donc !

– C'est du boulot, dit Amelia. Pas un cadeau de Noël.

Et elle l'invita à descendre d'un signe de tête.

Elle ne découvrit rien indiquant qui serait la prochaine victime, mais au moins y avait-il dans l'église pas mal de pièces à conviction.

Elle trouva dans la chambre de Vincent Reynolds une douzaine d'échantillons d'aliments et de sodas, et des preuves de ses appétits moins avouables : préservatifs, ruban adhésif et chiffons apparemment destinés à bâillonner les victimes. La pièce était dans un désordre indescriptible. Une odeur de linge sale y stagnait.

Dans la chambre de Duncan, Amelia trouva des revues d'horlogerie (sans étiquette à l'adresse de l'abonné), des outils d'horloger et d'autres (dont les pinces qui avaient probablement servi à sectionner la chaîne sur la première scène), ainsi que des vêtements. Dans cette chambre, par contre, tout était propre et impeccablement rangé. Le lit était si bien fait qu'un sergent instructeur n'y aurait rien trouvé à redire. Les vêtements étaient suspendus dans la penderie (toutes les étiquettes arrachées, comme elle le nota), et les espaces entre les cintres étaient rigoureusement identiques. Sur le bureau, divers objets étaient disposés selon le même angle. Il avait pris soin de ne rien laisser de personnel ; deux programmes de musées, de Boston et Tampa, étaient cachés sous une poubelle. Mais s'ils semblaient montrer qu'il s'était rendu dans ces deux villes, ils ne provenaient pas, bien sûr, de la région où il habitait d'après les dires de Vincent – le Midwest. Il y avait aussi un rouleau adhésif, de ceux qu'on utilise sur les chiens et les chats pour recueillir leurs poils avant qu'ils ne les perdent.

À croire qu'il portait sa propre combinaison en Tyvek...

Elle découvrit également des objets qui provenaient peut-être des précédentes scènes de crime – un rouleau de ruban adhésif qui semblait correspondre à celui retrouvé dans l'impasse et avait pu servir à bâillonner la victime du quai de l'Hudson. Elle trouva un vieux balai avec de la terre et des particules de sel. Il avait peut-être servi à balayer autour de l'endroit où Teddy Adams avait été tué.

Il y avait aussi des pièces à conviction dont on pouvait espérer qu'elles révèlent l'endroit où il se trouvait à présent, ou qu'elles conduisent les enquêteurs jusqu'aux prochaines victimes. Dans un petit sachet en plastique, quelques pièces de monnaie, trois stylos à bille, des reçus en provenance d'un parking du centre-ville et du garage d'un drugstore de l'Upper West Side, et une pochette d'allumettes (il en manquait trois) offerte par un restaurant de l'Upper East Side. Aucun de ces objets ne portait d'empreintes digitales. Elle découvrit aussi, sur une paire de chaussures, de petites taches de peinture d'un vert criard et un bidon de quatre litres, vide, qui avait contenu de l'alcool de bois.

Il n'y avait pas d'empreintes, mais elle trouva une quantité de fibres de coton de la même couleur que celles collectées dans l'Explorer. Puis un sachet en plastique contenant une dizaine de paires de gants, sans étiquette ni ticket de caisse. Il n'y avait rien non plus d'inscrit sur le sachet.

Au rez-de-chaussée, Ron Pulaski ne vit pas grand-chose, mais fit tout de même une découverte intéressante : une couche de fine poudre blanche dans une cuvette de WC. Les tests diraient s'il s'agissait de ce qu'il pensait être un produit antifeu, pour avoir trouvé dans un sac à ordures près de la porte arrière l'emballage vide d'un extincteur. Le bleu l'avait examiné avec soin sans y dénicher le ticket ou le coup de tampon qui aurait permis de remonter jusqu'au magasin où il avait été acheté.

On ne voyait pas non plus où cet extincteur avait pu servir : il n'y avait aucune trace montrant que quelque chose avait brûlé dans la salle de bains.

Amelia fit appeler Vincent Reynolds, qui attendait dans une cellule, et il lui dit que Duncan avait acheté récemment un extincteur. Il ne savait pas où il l'avait vidé.

Après avoir rempli les formulaires de mise sous scellés, Amelia et Pulaski rejoignirent Baker, Haumann et les autres dans l'entrée de l'église, où ils avaient attendu pendant que les deux policiers inspectaient les lieux. Amelia appela Rhyme par radio et lui énuméra, ainsi qu'à Sellitto, tout ce qu'ils avaient découvert.

Pendant qu'elle parlait, elle entendait Rhyme indiquer à Sellitto ce qu'il devait ajouter sur les tableaux.

– Boston et Tampa ? demanda le criminologue à propos des programmes de musées. Vincent Reynolds doit se tromper. Attendez.

Il demanda à Mel Cooper de rechercher s'il y avait un Gerald Duncan dans ces villes, mais si Mel trouva effectivement des résidents répondant à ce nom, aucun ne se situait dans la tranche d'âge de l'Horloger.

Rhyme resta un moment silencieux. Puis il dit :

– Cet extincteur… Je parie qu'il s'en est servi pour fabriquer un engin incendiaire. Il aura utilisé l'alcool comme produit accélérant. Il y en avait un peu, aussi, sur la pendule retrouvée dans l'appartement de Lucy Richter. Voilà comment il va brûler à mort sa prochaine victime. Et qu'est-ce qui est important avec les extincteurs ?

– Je donne ma langue au chat, dit Amelia.

– On ne les voit pas. Il peut y en avoir un à côté de vous et vous ne le remarquerez même pas.

– Je propose qu'on se répartisse tout ce qui a été trouvé là-bas, en espérant que l'un de ces objets nous mettra sur la piste de la prochaine victime, dit Baker. Il y a ces reçus, ces allumettes, ces chaussures…

La voix de Rhyme leur parvint à nouveau par la radio :

– Quoi que vous fassiez, faites-le vite. D'après Vincent Reynolds, s'il n'est pas dans l'église, il est sur les traces de sa prochaine victime. Il l'a peut-être rattrapée à l'heure qu'il est.

L'HORLOGER

SCÈNE DE CRIME I

Localisation :
- Site de réparation navale, quai de l'Hudson, 22e Rue.

Victime :
- Non identifiée.
- Sexe masculin.
- 40-50 ans, voire plus. Possibilité d'insuffisance coronaire (présence d'anticoagulant dans le sang).
- Aucune trace d'autres drogues, d'infection ou de maladie dans le sang.
- Recherche du corps et des pièces à conviction en cours dans le port de New York par gardes-côtes et plongeurs de la police.
- Recherche sur le fichier des personnes disparues.
- Veste repêchée dans le port de New York. Sang sur les manches. Macy's, taille 44. Pas d'autres traces, corps introuvable.

Auteur du meurtre :
- Voir ci-dessous.

Mode opératoire :
- Le meurtrier a forcé la victime à se retenir au bord du quai au-dessus de l'eau, lui a coupé les doigts ou les poignets jusqu'à ce qu'il tombe.
- Heure : entre lundi 18 heures et mardi 6 heures.

Indices et pièces à conviction :
• Groupe sanguin AB positif.
• Fragment d'ongle arraché, non poli, grande largeur.
• Section de chaîne de clôture coupée avec des pinces de type courant, sans traçabilité.
• Pendule (voir ci-dessous).
• Poème (voir ci-dessous).
• Marques laissées par des ongles sur le bois du ponton.
• Aucune trace discernable, pas d'empreintes digitales, pas d'empreintes de pas, pas d'empreintes de pneus.

Scène de crime 2

Localisation :
• Impasse donnant sur Cedar Street, proximité Broadway, derrière trois bâtiments commerciaux (entrées de service fermées de 20 h 30 à 22 heures) et un bâtiment administratif (porte de service fermée à 18 heures).
• Impasse large de 4,5 m, longue de 31 m. Sol pavé. Corps retrouvé à 45 m de Cedar Street.

Victime :
• Theodore Adams.
• Domicilié à Battery Park.
• Rédacteur publicitaire indépendant.
• Pas d'ennemis connus.
• Objet d'aucune poursuite aux niveaux local ou fédéral.
• Recherche de liens avec les immeubles de l'impasse. Sans résultat.

Auteur du meurtre :
• L'Horloger.
• Sexe masculin.
• Inconnu au fichier du FBI.

Mode opératoire :
• Victime traînée de son véhicule à l'impasse. La gorge écrasée par une poutre métallique suspendue au-dessus de lui.
• Confirmation par le rapport médical en attente.
• Aucune trace d'activité sexuelle.
• Heure approximative de la mort : entre 22 h 15 et 23 heures lundi soir. Confirmation par le médecin légiste en cours.

Indices et pièces à conviction :
• Pendule.
• Pas d'explosif ni d'agents chimiques ou biologiques.
• Identique à la pendule trouvée sur le ponton.
• Pas d'empreintes digitales, minimum de traces.
• Arnold Products, Framington, Massachusetts.
• Vendue par Hallerstein's Timepieces, Manhattan.

• Poème laissé par l'assassin sur les deux scènes.
• Imprimante d'ordinateur, papier de type courant, imprimante HP à jet d'encre.
• Texte : *La pleine Lune Froide qui brille au ciel, / illuminant le corps de la terre, / indique l'heure de la mort / et la fin du voyage commencé à la naissance. / L'Horloger.*
• Inconnu des bases de données sur la poésie ; probablement de l'auteur du meurtre.
• Lune Froide = mois de la mort.
• 60 dollars dans la poche de la victime, pas de numéros de série ; pas d'empreintes.
• Sable fin utilisé comme « agent masquant ». Sable de type courant. Parce qu'il est revenu sur la scène ?
• Barre métallique, 40 kg, du type « poutre à chas d'aiguille ». Non utilisée sur le chantier proche. Provenance inconnue.
• Ruban adhésif, type courant, mais coupé avec une précision inhabituelle. Exactement à la même longueur.
• Sulfate de thallium (poison contre les rongeurs) trouvé dans le sable.
• Résidus de sol contenant des protéines de poisson – provenant de l'assassin, non de la victime.
• Peu de traces.
• Fibres brunes, provenant probablement d'un tapis de sol d'automobile.

Autres :
• Véhicule : probablement une Ford Explorer d'environ 3 ans d'âge. Tapis brun.
• Relevé des numéros d'immatriculation des véhicules garés dans la zone – pas de poursuites contre les propriétaires. Pas de contraventions délivrées lundi soir.
• Consultation de la police des mœurs au sujet des prostituées – témoin.
• Aucune piste.

INTERROGATOIRE D'HALLERSTEIN

Auteur du meurtre :
• Portrait-robot EFIT de l'Horloger : proche de la cinquantaine, visage rond, double menton, nez épaté, yeux bleus anormalement clairs. Plus de 1,80 m, mince, cheveux mi-longs, pas de bijoux, vêtements noirs. Pas de nom.
• Bonne connaissance des pendules, montres et pièces d'horlogerie vendues récemment aux enchères ou exposées en ville.
• A menacé le commerçant pour l'empêcher de parler.
• A acheté 10 pendules. Pour 10 victimes ?
• A payé en liquide.
• Voulait la face de la lune sur les pendules et un tic-tac sonore.

Pièces à conviction :
• Les pendules provenaient d'Hallerstein's Timepieces, Flatiron.
• Aucune empreinte sur les billets remis par l'acheteur. Aucun numéro de série enregistré. Aucune trace sur les pièces.
• A appelé depuis des cabines téléphoniques.

SCÈNE DE CRIME 3

Localisation :
• 481 Spring Street.

Victime :
• Joanne Harper.
• Aucun mobile apparent.
• Ne connaissait pas Adams, la deuxième victime.

Auteur du meurtre :
• L'Horloger.
• Complice. Probablement l'individu remarqué plus tôt par la victime devant son atelier. Blanc, grand et gros, avec lunettes de soleil, parka beige et casquette. Conduisait une Ford Explorer SUV.

Mode opératoire :
• A forcé la serrure pour entrer.
• Mode d'agression prévu inconnu. Pensait peut-être se servir de fil de fer trouvé sur place.

Pièces à conviction :
• Protéine de poisson provenant de l'atelier (fertilisant pour orchidées).
• Sulfate de thallium à proximité.
• Fil de fer de fleuriste, coupé en segments de même longueur (destiné à être l'arme du crime ?).
• Pendule. Identique aux autres. Pas de nitrates. Aucune empreinte.
• Pas de mot ni de poème.
• Pas d'empreintes de pas, d'empreintes digitales, d'arme ou autre objet laissés par le suspect.
• Particules noires : goudron pour l'étanchéité des toits. Demande à ASTER des images thermiques de New York pour repérer d'éventuelles sources de chaleur.

Autres :
• Le suspect observait la victime avant l'agression. L'a choisie pour une raison : laquelle ?
• Le suspect a un scanner pour capter les fréquences de la police.
• Véhicule : Ford Explorer SUV brun clair. Immatriculation inconnue. Enquête auprès des loueurs de véhicules. 423 possesseurs d'Explorer brun clair dans la zone. Croisement des fichiers, résultat négatif. Un possesseur trop âgé ; un autre détenu pour affaire de drogue. La Ford Explorer appartient à l'homme détenu.

Véhicule de l'Horloger

Localisation :
• Retrouvé dans garage, proximité de l'Hudson et d'Houston Street.

Indices et pièces à conviction :
• Ford Explorer, propriété d'un individu en détention. Saisie et volée sur le parking avant sa mise en vente.
• Stationnée en plein air. Éloignée de la sortie.
• Miettes de chips de maïs, chips de pomme de terre, bretzels, barres chocolatées. Fragments de biscuits au beurre de cacahuète. Taches de sodas sucrés.

• Boîte de balles Remington calibre 32 pour revolver automatique – sept balles manquantes. Le revolver pourrait être un Autauga MkII.
• Livre *Techniques extrêmes d'interrogatoire*. Utilisation prévue pour les meurtres ? Refus de coopérer de l'éditeur.
• Cheveu poivre et sel, provenant sans doute d'une femme.
• Aucune empreinte dans le véhicule.
• Fibres de coton beige provenant de gants.
• Sable identique à celui répandu dans l'impasse.
• Empreintes de pas, semelle lisse, pointure 48.

SCÈNE DE CRIME 4

Localisation :
• Barrow Street, Greenwich Village.

Victime :
• Lucy Richter.

Auteurs du meurtre :
• L'Horloger.
• Complice.

Indices et pièces à conviction :
• Pendule.
  – Identique aux précédentes.
  – Déposée dans la salle de bains.
  – Pas d'explosifs.
  – Taches d'alcool, pas d'autres traces.
• Pas de mot ni de poème.
• Pas de réfection de toit récente.
• Pas d'empreintes digitales ni d'empreintes de chaussures.
• Aucune trace caractéristique.
• Fibres de laine provenant d'un col amovible de veste ou de manteau.

INTERROGATOIRE DE VINCENT REYNOLDS ET INSPECTION DE L'ÉGLISE

Localisation :
• 10e Avenue et 24e Rue.

Auteurs des meurtres :
• L'Horloger.
  – Gerald Duncan.
  – Homme d'affaires du « Midwest », sans plus de détails.
  – Épouse morte par accident à New York ; tue pour se venger.
  – Armé d'un revolver et d'un cutter.
  – Téléphone impossible à localiser.
  – Collectionne montres et pendules.

- Recherche auprès des associations d'horlogers et fabricants de montres. Aucun résultat immédiat.
- Aucune information trouvée dans fichiers Interpol et justice.

• Complice :
- Vincent Reynolds.
- Employé de bureau intérimaire.
- Résidant dans le New Jersey.
- Antécédents d'agressions sexuelles.

Indices et pièces à conviction :
• 5 pendules supplémentaires, identiques aux autres. 4 + 5 = 9 : il en manque une.
• Dans la chambre de Vincent Reynolds :
- Miettes, sodas.
- Préservatifs.
- Ruban adhésif.
- Chiffons (pour bâillons ?).

• Dans la chambre de Duncan :
- Revues d'horlogerie.
- Outils.
- Vêtements.
- Programmes de musées de Boston et Tampa.
- Ruban adhésif.
- Balai usagé avec poussière, sable et sel.
- 3 stylos à bille.
- Pièces de monnaie.
- Reçus de parking en ville.
- Reçus de drugstore d'Upper West Side.
- Pochette d'allumettes d'un restaurant de l'Upper West Side.
- Chaussures avec taches de peinture vert vif.
- Bidon vide de 4 litres ayant contenu de l'alcool.
- Rouleau pour poils de chien et chat.
- Gants beiges.

• Pas d'empreintes digitales.
• Carton d'emballage d'extincteur, vide.
• Extincteur utilisé pour fabriquer un engin incendiaire ?

Autres :
• A tué un étudiant près de l'église – c'était un témoin.
- Le commissariat du quartier enquête.

• Le véhicule est une Buick bleu foncé, volée.
- Le tueur la conduit.
- Recherche : agressions contre automobilistes, homicides, personnes disparues.
- Localisation urgente de véhicules demandée. Pas encore de réponse.

Sarah Stanton marchait à vive allure sur le trottoir gelé pour rejoindre l'immeuble de bureaux du centre-ville où elle travaillait, en serrant son biscuit au chocolat – un plaisir défendu, mais un encouragement, aussi, pour la longue journée de travail qui s'annonçait.

Non qu'elle eût besoin d'encouragements pour rejoindre son bureau : elle adorait ce métier. Sarah était rédactrice de devis pour une grosse entreprise spécialisée dans la réfection des sols et l'aménagement intérieur. Mère d'un garçon de huit ans, elle s'était remise à travailler quelques années plus tôt que prévu à la suite d'un divorce difficile. Elle avait débuté comme réceptionniste et gravi les échelons jusqu'au poste de chef de service.

C'était un emploi exigeant, mais elle n'avait pas à se plaindre de l'entreprise, et elle aimait bien les gens avec lesquels elle était amenée à collaborer (enfin, presque tous). En outre, elle pouvait aménager son temps de travail, étant donné qu'elle se trouvait souvent sur le terrain pour rencontrer des clients. C'était important, car elle devait chaque jour préparer son fils pour l'école, puis l'accompagner à neuf heures jusqu'à la 95e Rue avant de rejoindre le centre en composant avec les caprices des horaires du métro. Ce jour-là elle allait travailler plus de dix heures d'affilée ; et le lendemain elle prendrait sa journée pour faire les courses de Noël avec son fils.

Sarah présenta sa carte au lecteur électronique et poussa la porte de service, et prit l'escalier à pied plutôt que l'ascenseur. L'entreprise occupait tout le deuxième étage et une partie du premier, où se trouvait son bureau. C'était un endroit calme, occupé par quatre employés seulement, ce qui lui convenait tout à fait. Les patrons y descendaient rarement et elle pouvait travailler sans être dérangée.

Parvenue au palier, elle souffla un instant. Puis elle tendit la main vers la poignée de porte, en pensant une fois de plus : Pourquoi ces portes ne s'ouvrent-elles pas sans poignée du côté de la cage d'escalier ? Ce serait bien plus commode pour quelqu'un qui…

Elle sursauta en entendant un léger bruit métallique. Puis elle fit volte-face et ne vit rien.

Et… cet autre bruit, n'était-ce pas celui d'une respiration ?

Quelqu'un s'était-il blessé ?

Devait-elle aller voir ? Ou appeler la sécurité ?

– Il y a quelqu'un ?

Silence.

Rien sans doute, se dit-elle. Et elle s'approcha de la porte du corridor qui menait à son bureau. Elle prit sa clé, ouvrit et s'avança dans le long corridor.

Après avoir rangé son manteau et posé le café et le biscuit sur sa table, elle s'assit en jetant un coup d'œil à l'ordinateur.

C'est bizarre, se dit-elle. L'écran affichait une fenêtre dans laquelle on lisait « Heure et date ».

C'était la commande de Windows HP utilisée pour régler l'heure, la date et la zone horaire dans laquelle opérait l'ordinateur. On y voyait un calendrier indiquant les jours et, à droite, une horloge analogique à aiguilles et une horloge digitale, tandis qu'on entendait pour les deux le tic-tac du passage des secondes.

Elle n'avait pas laissé cet écran allumé en sortant pour aller au Starbucks.

S'était-il allumé tout seul ? se demanda-t-elle. Pourquoi ? Quelqu'un s'était peut-être servi de l'ordinateur pendant son absence – mais elle ne voyait pas qui cela pouvait être, ni pourquoi.

Elle baissa les yeux. Qu'y avait-il, là ?

Sarah vit un extincteur sous son bureau. Il n'y était pas avant. Mais ce genre de choses se produisait fréquemment dans cette entreprise. On remplaçait l'éclairage, on affichait un nouveau plan d'évacuation, on changeait la disposition du mobilier, sans raison apparente.

Et maintenant des extincteurs !

C'est peut-être encore un truc pour nous protéger des terroristes...

Sarah jeta un coup d'œil à la photo de son fils, se sentit réconfortée par son sourire, posa son sac à main sur le bureau et sortit le biscuit de son emballage.

Le lieutenant Dennis Baker marchait lentement dans la rue déserte. Il se trouvait au sud d'Hell's Kitchen, dans une zone du West Side à dominante industrielle.

Comme il l'avait proposé, les policiers s'étaient partagé les recherches à partir des indices collectés dans l'église, avec l'espoir de débusquer l'Horloger. Il avait dit à Haumann et à Amelia Sachs qu'il se souvenait d'un entrepôt peint du même vert criard que les taches sur les chaussures trouvées dans la chambre de l'Horloger. Il était donc venu jusqu'ici pendant que ses collègues suivaient d'autres pistes.

L'immeuble s'étirait sur toute la longueur de la rue, sombre, abandonné, massif et d'aspect sinistre même en plein soleil. Les deux ou trois premiers mètres du mur de brique étaient couverts de graffiti, et une fenêtre sur deux était fracturée – on avait même tiré des balles dans certaines. Un grand panneau dressé sur le toit annonçait en caractères géants et démodés « Preston Moving and Storage » – une entreprise de déménagement et de garde-meuble.

La grande porte principale à deux battants, peinte d'un vert criard, était verrouillée et défendue par une chaîne, mais Baker trouva une entrée sur le côté, à demi cachée par une benne à ordures. C'était ouvert. Il parcourut la rue du regard, d'un côté puis de l'autre, et entra. Il s'avança dans la pénombre traversée par quelques rais de lumière obliques. L'air sentait le carton pourri, la moisissure et l'huile de moteur. Il sortit son revolver. L'objet, dans sa main, lui parut insolite. Il n'avait jamais tiré un coup de feu dans l'exercice de ses fonctions.

Il s'avança sans faire de bruit jusqu'à la zone de stockage, un immense espace au sol jonché de détritus et de flaques d'eau graisseuse. Il y avait aussi, remarqua-t-il avec dégoût, de très nombreux préservatifs. C'était probablement le site le moins romantique qui se puisse imaginer pour une rencontre amoureuse.

Une lumière brilla une fraction de seconde dans l'un des bureaux qui se trouvaient le long du mur, attirant son attention. Ses yeux s'étaient accoutumés à la pénombre, et il vit en s'approchant la lampe allumée à l'intérieur d'une petite pièce. Il vit autre chose.

L'une des pendules noires à face de lune – les cartes de visite de l'Horloger.

Baker continua à avancer.

C'est alors qu'il mit le pied dans une grande flaque d'huile qu'il n'avait pas remarquée et tomba si durement sur le flanc qu'il en eut le souffle coupé. Il lâcha son revolver, qui partit en glissade sur le ciment crasseux tandis qu'il grimaçait de douleur.

À cet instant, un homme sorti de l'une des galeries latérales arriva en courant derrière lui.

Baker releva la tête et son regard rencontra celui de Gerald Duncan, l'Horloger.

Le tueur se pencha.

– Tu ne t'es pas fait mal ? demanda-t-il en aidant Baker à se relever.

– Non. Ça m'a simplement coupé la respiration. J'aurais dû faire attention. Merci, Gerry.

Duncan s'éloigna de quelques pas pour ramasser le revolver de Baker et le lui tendit.

– Tu n'avais pas vraiment besoin de ça, dit-il en riant.

Baker remit l'arme dans son étui.

– Je ne savais pas sur qui je pouvais tomber, à part toi. Cet endroit n'est pas rassurant.

L'Horloger, d'un geste, lui indiqua le bureau.

– Entrons là-dedans. Je te dirai exactement ce qui va lui arriver.

Autrement dit, comment les deux hommes s'apprêtaient à commettre un assassinat.

Sur la personne d'une détective de la police de New York répondant au nom d'Amelia Sachs.

CHAPITRE 29

Assis dans le petit bureau de l'entrepôt, Dennis Baker regarda le pantalon qu'il avait taché dans sa chute.

Un pantalon italien. Cher. Merde.

– On a mis Vincent Reynolds en garde à vue et on est allés voir l'église, dit-il à Duncan.

Duncan le savait, évidemment, puisqu'il avait lui-même téléphoné à la police pour prévenir que le complice de l'Horloger circulait avec un Caddie dans les rues du Village. (Mais Baker avait été surpris et impressionné que Kathryn Dance ait fait épingler Vincent Reynolds avant même cette dénonciation par son « ami » Duncan.)

Et Duncan savait que le violeur, interrogé, donnerait l'église.

– Il a mis un peu plus longtemps que je ne l'aurais cru, dit Baker. Mais il a fini par craquer.

– Évidemment, dit Duncan. C'est un minable.

Duncan avait prévu dès le début l'arrestation de l'obsédé sexuel ; il le fallait pour fournir des informations aux policiers en leur faisant croire que l'Horloger était un psychopathe assoiffé de vengeance et non le meurtrier sous contrat qu'il était en réalité. Et Vincent était chargé, à son insu, d'égarer la police dans la direction souhaitée par Duncan, qui pourrait ainsi mettre son plan à exécution.

Un plan conçu avec la précision et l'élégance d'un mécanisme d'horlogerie. Il avait pour but de mettre fin à l'enquête d'Amelia Sachs sur le réseau d'extorsion de fonds que Dennis Baker dirigeait à partit du commissariat 118.

Dennis Baker appartenait à une famille de policiers. Son père, condamné à une retraite prématurée après une chute dans l'escalier d'une station de métro, n'était pas resté longtemps sous l'uniforme. Son frère aîné travaillait pour le bureau d'application des peines, et il avait un oncle policier dans une petite ville du comté de Suffolk, d'où sa famille était originaire. Au départ, il ne s'intéressait pas à ce métier – beau gosse et taillé en athlète, il pensait avant tout à gagner de l'argent. Mais après avoir perdu jusqu'à son dernier penny dans une affaire de retraitement de déchets, il avait décidé de s'engager. Il avait donc quitté Long Island pour s'installer à New York et tenter de s'y recycler en policier.

Mais le fait d'être venu à la profession sur le tard – et le genre effronté, flic de feuilleton télévisé, qu'il avait adopté – ne pouvait que le desservir et lui aliéner ses collègues aussi bien que sa hiérarchie. Même l'histoire de sa famille dans le maintien de l'ordre ne l'aidait pas : ni son frère, ni son père, ni son oncle n'étaient ou n'avaient été de grands flics. Baker pouvait gagner sa vie comme policier, mais il n'était pas destiné à occuper un bureau d'angle à l'étage noble de la Grande Maison.

Il avait donc décidé de s'enrichir malgré tout. Non pas en faisant des affaires, mais en se servant de son insigne.

Les premières fois qu'il avait secoué un riche commerçant pour en faire tomber de l'argent, il s'était demandé s'il se sentait coupable.

Ma foi, non. Pas le moins du monde.

Il n'avait en réalité qu'un problème : financer son style de vie fondé sur un goût prononcé pour le vin, les repas fins et les jolies filles. Il lui fallait plus que le petit millier de dollars qu'il pouvait espérer des boutiquiers coréens et des marchands de pizzas obèses du Queens. Baker, un ancien collègue et quelques policiers du 118 avaient donc mis sur pied un ambitieux projet d'extorsion de fonds. Avec ses acolytes, il volait dans les scellés du 118 de petites quantités de drogue, ou mettait de côté les doses d'héroïne et de cocaïne qu'ils saisissaient dans la rue. Ils repéraient ensuite des enfants de riches hommes d'affaires dans les boîtes de nuit de Manhattan, glissaient de la drogue dans leurs poches et les arrêtaient. Baker prenait alors contact avec les parents et leur expliquait qu'il consentirait, en échange d'une somme à six chiffres, à faire disparaître le procès-verbal d'arrestation. S'ils refusaient de payer, les gamins iraient en prison. Il lui arrivait aussi de « planter » de la drogue sur les hommes d'affaires eux-mêmes.

Avec le temps, le système s'était perfectionné : plutôt que de prendre l'argent, ils s'arrangeaient pour que la victime le perde dans une opération financière bidon, comme ils l'avaient fait avec Frank Sarkowski, ou dans une partie de poker truquée à Las Vegas ou Atlantic City, comme avec Ben Creeley. Ce qui offrait aux victimes une explication crédible pour la perte de 200 000 ou 300 000 dollars.

Mais Dennis Baker avait commis une erreur. Il avait cédé à la paresse. Trouvant trop fatigant de chercher sans cesse de nouvelles victimes, il était retourné auprès des anciennes pour exiger un nouveau versement.

Plusieurs s'étaient exécutées. Mais deux d'entre elles – Sarkowski et Creeley – étaient des durs à cuire qui avaient bien voulu payer une fois, mais pas deux. L'un avait menacé de prévenir la police et l'autre d'alerter les médias. Au début du mois de novembre, Baker et un policier du 118 avaient enlevé Sarkowski et l'avaient emmené dans une zone industrielle de Queens où un client de son entreprise possédait une usine. Sarkowski avait été abattu, et le meurtre maquillé en crime crapuleux. À quelques semaines de là, Baker et le même policier forçaient la porte de l'appartement de Benjamin Creeley, lui passaient une corde autour du cou et le pendaient à son balcon.

Ils avaient volé ou détruit tous les papiers personnels des deux hommes, leurs registres et leurs agendas, tout ce qui aurait pu mettre des enquêteurs sur la piste de Baker et de sa bande. Quant aux rapports de police, il n'y avait rien qui puisse faire penser à un crime dans celui concernant Creeley, mais le dossier Sarkowski contenait des références à certaines pièces à conviction propres à alerter un enquêteur perspicace. L'un des membres de la bande s'était donc arrangé pour le faire disparaître.

Baker avait pensé que ces deux morts passeraient inaperçues et ils avaient poursuivi leurs activités – jusqu'à l'arrivée d'une jeune détective. Amelia Sachs, doutant du suicide de Benjamin Creeley, s'était mise à enquêter sur sa mort.

Rien n'arrêterait cette fille. Ils n'avaient d'autre choix que de la supprimer. Une fois qu'elle serait morte ou hors d'état de nuire, pensait Baker, il n'y aurait plus personne pour poursuivre cette double enquête avec autant d'acharnement. Avec toutefois ce problème : si elle mourait, Lincoln Rhyme en déduirait immédiatement que sa disparition était liée à l'affaire du Saint James, et il n'en serait que plus acharné à poursuivre ses meurtriers, avec l'aide de Sellitto.

Il fallait donc qu'Amelia Sachs meure pour une raison complètement étrangère aux crimes de la bande du 118.

Baker avait tâté le terrain auprès des quelques membres de la mafia qu'il connaissait et n'avait pas tardé à entendre parler de Gerald Duncan, un tueur professionnel réputé pour son talent à maquiller les scènes de crime afin d'éviter des soupçons aux commanditaires de ses exécutions. « Le mobile est un moyen assuré de se faire prendre, avait-il coutume de dire. Éliminez le mobile, vous éliminez le soupçon. »

Ils s'étaient mis d'accord sur un prix – bon sang, le bonhomme n'était pas bon marché ! – et Duncan avait organisé l'opération.

Il avait entrepris de rechercher un pauvre type qu'il utiliserait pour fournir à la police des informations sur l'Horloger. Vincent Reynolds s'était révélé un parfait gogo, qui avait gobé sans difficulté l'histoire inventée par Duncan – le veuf éploré assassinant des citoyens coupables de n'avoir pas secouru sa femme.

Puis, la veille, Duncan avait mis son plan à exécution. L'Horloger avait tué ses deux premières victimes, choisies au hasard – un malheureux enlevé à Greenwich Village et exécuté au bord de l'Hudson, et un autre assassiné dans une impasse quelques heures plus tard. Baker avait fait le nécessaire pour qu'Amelia Sachs soit chargée de l'enquête. Le tueur s'était livré à deux autres tentatives de meurtre – le fait qu'elles avaient échoué était sans importance : l'Horloger était déjà connu comme un redoutable tueur qu'il fallait arrêter d'urgence.

Ensuite, Duncan était passé à l'étape suivante : il avait envoyé Vincent agresser Kathryn Dance, afin que la police croie que l'Horloger voulait tuer des policiers, que Vincent soit arrêté et dénonce l'Horloger aux enquêteurs.

C'était le moment d'enclencher la phase finale : l'Horloger tuerait un autre membre de la police, Amelia Sachs, et ce meurtre passerait sans problème pour l'œuvre d'un tueur ivre de vengeance – sans aucun rapport avec l'enquête sur le 118.

– Elle s'est aperçue que tu l'espionnais ? demanda Duncan.

– Oui, répondit Baker en hochant la tête. Elle est maligne, la garce. Mais j'ai fait ce que tu m'avais conseillé.

Duncan s'était douté qu'elle soupçonnerait tout le monde, sauf les gens qu'elle connaissait personnellement. Il avait donc expliqué à Baker que lorsqu'on vous soupçonnait, le mieux était de fournir une autre raison – moins répréhensible – à sa conduite. On avouait un crime sans gravité, on prenait des mines contrites, la victime était rassurée et on était lavé de tout soupçon.

Sur les conseils de Duncan, toujours, Baker était allé interroger quelques policiers au sujet d'Amelia. Il avait entendu des rumeurs d'après lesquelles elle avait fréquenté un flic corrompu, et avait exhibé pour se justifier un e-mail prétendument envoyé par quelqu'un du quartier général. Elle en avait été fortement contrariée, mais ne l'avait pas soupçonné de faire bien pire.

– Voici comment on va procéder, dit Duncan en montrant le plan d'un immeuble de bureaux à Manhattan. C'est là que travaille la dernière victime. Elle s'appelle Sarah Stanton. J'ai choisi cet endroit en raison de la disposition des lieux. C'est parfait.

Je n'ai pas pu y déposer une pendule, étant donné que la police a annoncé que j'agissais ainsi – mais j'ai affiché la fenêtre d'installation de l'heure et de la date sur l'écran de son ordinateur.

– Bonne idée.

– C'est ce que j'ai pensé, sourit Duncan.

Le tueur parlait d'une voix douce en choisissant ses mots avec précision, mais il y avait dans le ton le plaisir modeste de l'artisan qui montre le meuble ou l'instrument de musique dont il vient d'achever la fabrication. À moins qu'il ne s'agisse d'une montre, songea Baker.

Duncan lui expliqua qu'il s'était habillé comme un ouvrier de maintenance pour attendre que Sarah s'absente de son bureau et y déposer un extincteur chargé d'alcool hautement inflammable. Baker devait, dans quelques minutes, appeler Rhyme ou Sellitto pour leur dire qu'il savait où se trouvait l'extincteur transformé en bombe par l'Horloger. On enverrait aussitôt sur les lieux une équipe de la brigade des explosifs, et Amelia Sachs, bien sûr, l'accompagnerait.

– J'ai réglé l'extincteur pour que, si elle le déplace d'une certaine façon, il l'asperge d'alcool et s'enflamme. L'alcool brûle vraiment très vite. Ça la tuera ou la blessera, mais sans mettre le feu au bureau.

Il se pouvait même, poursuivit-il, que les policiers désarment l'engin et sauvent la femme. Peu importait : Duncan voulait avant tout qu'Amelia Sachs vienne sur les lieux pour examiner la scène.

La cellule de Sarah se trouvait à l'extrémité d'un étroit corridor. Amelia Sachs serait seule pour faire son travail, comme elle y tenait toujours. Baker, qui serait dans les parages, en profiterait pour l'abattre, ainsi que les autres personnes présentes s'il y en avait. Il utiliserait pour cela le 32 automatique de Duncan, chargé avec des balles en provenance de la boîte que celui-ci avait intentionnellement laissée dans l'Explorer pour que les policiers l'y trouvent. Après avoir tué Amelia Sachs, Baker briserait la vitre de la fenêtre la plus proche, qui s'ouvrait à moins de cinq mètres au-dessus d'une petite rue. Il jetterait son revolver, et on penserait que l'Horloger avait sauté par là en abandonnant son arme au passage. Comme ce revolver avait déjà tiré les balles manquantes dans la boîte retrouvée par la police, tout le monde penserait que le meurtrier était l'Horloger.

Amelia Sachs serait morte et l'enquête sur les faits de corruption au commissariat 118 ne tarderait pas à s'enliser.

– Laisse les autres policiers s'approcher les premiers de son cadavre, dit Duncan. Mais si tu pouvais les repousser pour tenter de la réanimer, ça ferait bien dans le tableau.

– Tu penses à tout, n'est-ce pas ? observa Baker.

– Ce qui est si miraculeux avec les mécanismes d'horlogerie, répondit Duncan en regardant le visage lunaire peint sur la pendule, c'est qu'ils ne comportent jamais ni plus ni moins de pièces qu'il en faut pour obtenir ce que veut l'horloger. Rien ne manque, mais il n'y a rien de superflu.

Et d'ajouter de sa voix douce :

– C'est cela, n'est-ce pas, la perfection ?

Amelia Sachs et Ron Pulaski progressaient à grand-peine dans les rues glaciales de Manhattan, et elle se disait que les pires obstacles, lors d'une enquête, n'étaient pas toujours les criminels mais les badauds, les témoins et les victimes.

Ils suivaient les une après les autres les pistes ouvertes par ce qu'ils avaient découvert dans l'église. D'abord les reçus d'un parking couvert proche du quai où la première victime était morte. Mais le gardien auquel ils avaient montré le portrait-robot n'avait pas pu les aider. *Non, madame, non, je le connais pas. Je vois personne qui lui ressemble. Peut-être qu'Ahmed l'a vu… Mais il est pas là aujourd'hui. Non, j'ai pas son téléphone…*

Et ainsi de suite.

Amelia, déçue, montra du doigt un restaurant voisin du parking.

– Il y est peut-être allé, dit-elle. Essayons.

À cet instant, sa radio se mit à grésiller. Elle reconnut la voix de Sellitto.

– Amelia, tu me reçois ?

Prenant Pulaski par le bras, elle augmenta le volume pour qu'ils entendent tous les deux.

– J'écoute.

– Où êtes-vous ?

– Au centre. Ça n'a rien donné au parking couvert. On va voir du côté des restaurants du coin.

– Laissez tomber. Foncez à l'angle de la 2ᵉ Rue et de la 7ᵉ Avenue. Vite ! Dennis Baker a trouvé quelque chose. Apparemment, c'est là qu'est la victime suivante. Dans un bureau.

– Qui est-ce ?

– On ne le sait pas très bien. Il faudra sans doute ratisser tout l'immeuble. La brigade criminelle et la brigade des explosifs sont sur le coup. C'est celle qu'il doit brûler à mort. J'espère qu'on va arriver à temps. Allez-y immédiatement.

– On y sera dans un quart d'heure.

Le service de lutte contre les incendies envoyait deux dizaines d'homme et de femmes dans l'immeuble de vingt-sept étages. Et Bo Haumann formait cinq équipes d'assaut – chacune de six hommes, au lieu des quatre habituels – pour mener une fouille étage par étage.

Amelia Sachs avait mis près d'une demi-heure pour arriver sur les lieux, à cause de la circulation en cette période de vacances. Ce n'était pas un grand retard, mais ces quinze minutes supplémentaires faisaient une sérieuse différence. Elle ne pourrait pas entrer avec l'une des équipes d'assaut. Amelia était officiellement une détective, mais elle était aussi de tout cœur avec les équipes opérationnelles, celles qui arrivaient les premières au contact des criminels.

S'ils trouvaient l'Horloger ici, ce serait sa dernière chance d'opérer une arrestation avant de quitter la police. Elle trouverait probablement des raisons de se passionner pour son nouveau travail chez Argyle, mais il y aurait toujours des policiers sur place pour se charger de la partie la plus excitante – l'action.

Amelia et Pulaski abandonnèrent leur voiture en courant pour rejoindre le poste de commandement installé devant une entrée de service à l'arrière de l'immeuble.

– Vous l'avez repéré ? demanda-t-elle à Haumann.

– Non, répondit le vieux flic grisonnant en secouant la tête. Pas encore. On a vu sur l'enregistrement d'une caméra placée dans l'entrée quelqu'un qui ressemble vaguement au portrait-robot. Le type portait un sac. Mais on ne sait pas s'il est encore là. Il y a deux portes à l'arrière et deux sur les côtés qui n'ont ni alarme ni caméra.

– Vous faites évacuer ? demanda une voix d'homme.

Amelia se retourna. C'était le détective Dennis Baker.

– On vient de commencer, répondit Haumann.

– Comment l'avez-vous trouvé ? demanda Amelia.

– Cet entrepôt peint en vert, expliqua Baker. Il s'en servait pour préparer ses coups. J'y ai découvert des notes et un plan de l'immeuble.

Elle en voulait toujours à Baker de l'avoir espionnée, mais un bon travail de police mérite qu'on le reconnaisse.

– Bravo, dit-elle avec un hochement de tête.

– Rien de génial, répondit Baker en souriant. La routine. Et un peu de chance.

Il leva les yeux vers l'immeuble en enfilant ses gants.

CHAPITRE 30

Assise dans son box, Sarah Stanton entendit au-dessus de sa tête un nouveau couac en provenance du système de sonorisation de l'immeuble.

On disait en plaisantant, dans les bureaux, que la direction avait fait installer sur les haut-parleurs des filtres qui rendaient les annonces complètement inintelligibles. Elle se retourna vers l'écran de son ordinateur.

– Qu'est-ce qu'ils racontent ? lança-t-elle à la cantonade.

– C'était une annonce, répondit l'un de ses collègues.

– Ils n'arrêtent pas de faire ça. C'est gonflant à la fin ! C'est une alerte incendie ?

– Aucune idée !

Un instant plus tard, elle entendit la sirène.

C'est bien ça.

Depuis le 11 Septembre, l'alarme se déclenchait à peu près une fois par mois. Les deux premières fois elle avait suivi les consignes et avait rejoint tous les autres au rez-de-chaussée. Mais aujourd'hui la température était bien au-dessous de zéro et elle avait beaucoup trop à faire. D'ailleurs, si c'était vraiment un incendie et si les sorties étaient bloquées, elle pourrait toujours sauter par la fenêtre. Son bureau n'était qu'au premier étage.

Elle revint à son écran.

Mais à ce moment Sarah entendit des voix tout au fond du corridor qui menait à son box. Apparemment, il y avait une urgence. Puis un fracas de métal… Les pompiers avec leur matériel ? se demanda-t-elle.

Peut-être qu'il se passait bel et bien quelque chose.

Un pas lourd approchait derrière elle. Elle pivota sur son siège et vit des policiers en uniforme, avec des revolvers. La police ? Oh, mon Dieu, un attentat terroriste ? Elle pensa à son fils, qui était à l'école. Il fallait qu'elle aille le chercher.

– On évacue l'immeuble, annonça le policier.

– Ce sont des terroristes ? demanda quelqu'un. Il y a encore eu un attentat ?

– Non, répondit laconiquement le même policier. Tout le monde sort, en bon ordre. Prenez vos manteaux et laissez tout le reste.

Sarah se détendit. Elle n'avait pas à s'inquiéter pour son fils.

– Nous cherchons des extincteurs, annonça un autre policier. Il y en a par ici ? N'y touchez pas. Prévenez-nous seulement. Je répète, n'y touchez pas !

C'est donc bien qu'il y a le feu, pensa-t-elle en enfilant son manteau.

Puis elle se dit : Comme c'est étrange que les pompiers se servent des extincteurs de la boîte pour combattre un incendie… Ils n'ont pas les leurs ? Et qu'est-ce que ça peut leur faire si nous en utilisons un nous-mêmes ? On n'a pas besoin d'une formation spéciale pour ça !

Je répète : n'y touchez pas !

Le policier inspectait un bureau voisin de celui de Sarah.

– Hé, monsieur l'agent ! Vous voulez un extincteur ? J'en ai justement un ici, dit-elle.

Et de soulever le lourd cylindre rouge.

– Non ! hurla l'homme en se jetant sur elle.

Amelia Sachs fit une grimace. La sono tonnait dans son casque.

– Équipes au feu et équipes d'évacuation, premier étage, angle sud-ouest, bureau K. Compagnie Lanam Sols et Aménagement. Vite ! Vite ! Vite !

Une douzaine de pompiers et d'hommes de la brigade des explosifs, leur matériel à l'épaule ou sur le dos, se précipitèrent vers la porte arrière.

– Qu'est-ce que vous voyez ? hurla Haumann dans son micro.

Ils n'entendirent qu'un brouhaha de voix couvert par le hululement de l'alerte incendie.

– Avez-vous une détonation ? répéta le chef de l'ESU.

– Je ne vois pas de fumée ! dit Pulaski.

Dennis Baker regarda vers le premier étage. Il secoua la tête.

– Si c'est de l'alcool, expliqua l'un des chefs pompiers, il n'y aura pas de fumée tant que le matériau secondaire ne se sera pas enflammé. Ou ses cheveux et sa peau, ajouta-t-il d'un ton égal.

Amelia scrutait les fenêtres, les poings serrés. Cette femme était-elle en train de mourir ? Avec des policiers et des pompiers auprès d'elle ?

– Allons..., murmura Baker.

Puis une voix à la radio :

– On a l'engin... On a... Oui, c'est bien ça ! Il n'a pas explosé.

Amelia ferma les yeux.

– Dieu soit loué, dit Baker.

Les gens évacuaient l'immeuble en foule, sous le regard des hommes de l'ESU et des policiers qui cherchaient Duncan en comparant les visages au portrait-robot.

Un policier conduisit une femme jusqu'à Amelia, Baker et Pulaski, au moment où Sellitto arrivait à son tour.

Sarah Stanton, la victime potentielle, expliqua qu'elle avait trouvé un extincteur sous son bureau. Il n'y était pas quand elle en était sortie un peu plus tôt, et elle n'avait pas vu la personne qui était venue le déposer. L'un de ses collègues se rappelait avoir aperçu un ouvrier en tenue de travail, mais ne savait pas où il était allé et ne reconnaissait pas le portrait-robot.

– Comment est cet engin ? demanda Baker.

– Je n'ai pas vu de mécanisme d'horlogerie, répondit un policier, mais le manomètre placé au sommet indiquait une pression zéro. C'était peut-être le détonateur. Et j'ai senti une odeur d'alcool. Les collègues de la brigade des explosifs l'ont placé dans un caisson blindé. Ils l'emportent pour expertise. On continue à ratisser pour voir si le suspect est encore dans les lieux.

– Aucun indice de sa présence ? demanda Baker.

– Négatif. Il y a deux escaliers de secours et les ascenseurs. Il a pu s'enfuir par là. Et on a quatre ou cinq autres entreprises à cet étage. Il est peut-être planqué dans un bureau. On va les inspecter d'ici quelques minutes, dès qu'on aura une autorisation.

Dix minutes plus tard, les policiers annoncèrent qu'il n'y avait pas d'autre engin suspect dans l'immeuble.

Amelia Sachs interrogea Sarah, puis appela Rhyme pour le mettre au courant des derniers événements. Sarah Stanton ne connaissait pas les autres victimes de l'Horloger et n'avait jamais entendu parler de Gerald Duncan. Elle fut très impressionnée d'apprendre que la femme de celui-ci avait peut-être été tuée près de chez elle, bien qu'elle n'eût aucun souvenir d'un accident mortel survenu dans son quartier.

Haumann annonça que tous ses hommes avaient achevé leur fouille de l'immeuble. L'Horloger s'était volatilisé.

– Quel malheur ! s'exclama Baker. On était à deux doigts de l'avoir !

– Eh bien, dit Rhyme, un rien découragé, quadrillez soigneusement la scène et dites-moi ce que vous aurez trouvé.

Ils se séparèrent. Haumann envoya deux équipes garder l'entrepôt qui avait servi de base opérationnelle à Duncan, au cas où le tueur y reviendrait, tandis qu'Amelia enfilait sa combinaison blanche en Tyvek et prenait une valise métallique contenant le matériel de base pour la collecte et la préservation des pièces à conviction.

– Je vais t'aider, dit Pulaski en enfilant une combinaison à son tour.

Elle lui passa la valise et en prit une autre.

Au premier étage, elle s'arrêta et parcourut le hall du regard. Après l'avoir photographié, elle entra chez Lanam et rejoignit le bureau de Sarah Stanton.

Ils ouvrirent les valises et en sortirent les outils et accessoires habituels : sachets, éprouvettes, rouleaux de ruban adhésif, feuilles électrostatiques pour les relevés d'empreintes de pas, outils et produits chimiques pour les relevés d'empreintes invisibles à l'œil nu.

– Qu'est-ce que je fais ? demanda Pulaski. Je m'occupe des escaliers ?

Elle hésita. Il faudrait effectivement les passer au crible, mais elle se dit qu'elle préférait le faire elle-même. C'était la voie d'entrée et de sortie la plus probable, et si l'Horloger l'avait empruntée, elle voulait être certaine qu'on ne laisserait rien passer. Elle étudia la disposition des meubles et des objets contenus dans le box de Sarah Stanton, et remarqua un box vide à côté. L'Horloger s'y était peut-être caché pour attendre le moment où il pourrait déposer sa bombe. Elle demanda à Pulaski de l'examiner.

– C'est comme si c'était fait, répondit le bleu.

Il pénétra dans le box, alluma sa torche électrique et se mit à la tâche en respectant scrupuleusement les règles. Elle le surprit en train de humer l'air, aussi, comme le recommandait Lincoln Rhyme. Ce garçon ferait son chemin, se dit-elle.

Elle entra à son tour dans le box où on avait trouvé l'engin incendiaire. Se retourna en entendant du bruit. C'était Dennis Baker. Il longea le corridor et s'arrêta à cinq ou six mètres des deux box – assez loin pour ne pas risquer de contaminer la scène.

Elle ne savait pas très bien pourquoi il était là, mais comme ils ne savaient pas non plus si l'Horloger y était encore ou non, elle lui en fut reconnaissante.

Cherchez, cherchez attentivement, mais surveillez toujours vos arrières...

C'était toute la différence :

Le détective Dennis Baker avait – avec un autre policier du 118 – assassiné Benjamin Creeley et Frank Sarkowski. Une tâche pénible s'il en fut, mais dont ils s'étaient acquittés sans une hésitation. Et il était prêt à tuer tout civil qui mettrait en péril leur petite affaire d'extorsion de fonds. La chose ne lui posait pas le moindre problème. 4 millions de dollars en liquide – ce qu'ils avaient récolté jusque-là – suffisent à effacer toute culpabilité.

Mais Baker n'avait jamais tué un collègue policier.

Les traits crispés, les mains agitées de mouvements convulsifs, il observait Amelia Sachs et Ron Pulaski, qui lui offraient des cibles faciles.

C'était comme tuer des membres de sa famille.

Mais, en vérité, Amelia Sachs et Ron Pulaski risquaient de détruire tout ce qui était sa vie.

Donc il n'y avait pas à hésiter.

Il examina la scène. Oui, Duncan avait tout planifié à la perfection. Il y avait cette fenêtre. Il regarda au-dehors. La petite rue, cinq mètres plus bas, était déserte. Et il y avait à côté de lui cette chaise en fer dont le tueur lui avait parlé, celle qu'il allait jeter à travers la vitre après avoir abattu les deux policiers. Il y avait cette niche d'admission d'air du système de climatisation, dont il retirerait la grille pour faire croire que le tueur s'y était caché.

Inspirer un grand coup...

Voilà. Maintenant ! Il fallait agir vite, avant que quelqu'un arrive. Amelia Sachs avait envoyé les autres policiers dans le grand hall d'entrée, mais l'un d'eux pouvait revenir à tout instant.

Il prit le 32 et fit jouer la glissière pour s'assurer qu'il y avait bien une balle dans la chambre. Tenant le revolver dans son dos, il s'approcha. Il regarda Amelia se déplacer sur la scène de crime. Sa concentration, la précision et la fluidité de ses mouvements faisaient penser à une danseuse. C'était magnifique à voir.

Baker se secoua pour sortir de sa rêverie.

Pulaski était le plus proche et il aurait fallu, logiquement, commencer par lui. Mais Baker avait entendu Lincoln Rhyme vanter l'adresse d'Amelia au tir. Elle pouvait dégainer et tirer en cinq secondes. Le bleu n'avait probablement jamais tiré sur quelqu'un. Il aurait peut-être la main sur son revolver quand Baker aurait tué Amelia, mais il mourrait avant d'avoir dégainé.

Il respira encore longuement.

Amelia Sachs coopérait malgré elle. Elle s'accroupit un instant et se redressa. Son dos offrait une cible idéale. Baker pointa son arme sur sa colonne vertébrale et pressa la détente.

CHAPITRE 31

La plupart des gens n'auraient entendu qu'un petit bruit métallique perdu dans la dizaine d'autres bruits ambiants de ce grand immeuble de bureaux.

Mais pour Amelia Sachs c'était sans aucun doute le bruit que fait le percuteur d'une arme automatique frappant la tête d'amorce d'une cartouche défectueuse, ou quelqu'un qui tire à blanc. Elle avait entendu cent fois ce bruit-là – produit par son propre revolver ou par celui d'un collègue policier.

Un autre bruit suivait – quand le tireur poussait la glissière pour éjecter le mauvais projectile et en amener un autre dans le chargeur. Dans de nombreux cas – comme à cet instant – la manœuvre était ultra-rapide, le tireur ayant besoin de recharger sans perdre de temps. Ce pouvait être une question de vie ou de mort.

Ayant enregistré tout cela en une fraction de seconde, Amelia lâcha le rouleau adhésif qu'elle tenait à ce moment-là pour relever une trace. Sa main droite vola vers sa hanche – elle savait toujours exactement où se trouvait l'étui – tandis qu'elle pivotait sur elle-même, accroupie en position de combat, le Glock pointé vers l'endroit précis où elle avait entendu le bruit.

Elle vit du coin de l'œil, à sa droite, Ron Pulaski debout dans le box voisin, qui regardait son arme, effrayé, en se demandant ce qu'elle faisait.

Dennis Baker, à quelques mètres de là, ouvrait de grands yeux. Il pointait sur elle de sa main gantée un minuscule pistolet – calibre 32, pensa-t-elle – tandis qu'il poussait la glissière. Elle nota qu'il s'agissait d'un Autauga MkII, le type d'arme que Rhyme soupçonnait l'Horloger d'utiliser.

Baker cligna des yeux. Il resta un moment sans pouvoir parler.

– J'ai entendu quelque chose, dit-il enfin, très vite. J'ai cru qu'il était revenu... L'Horloger.

– Vous avez appuyé sur la détente.

– Non, je chargeais une balle, c'est tout.

Elle regarda par terre, où gisait la cartouche. Il n'y avait qu'une raison pour qu'elle se trouve là : il avait tenté de tirer, puis l'avait éjectée.

Baker laissa retomber son bras sans lâcher le petit pistolet, qu'il laissa pendre contre sa hanche.

– Il faut faire attention. Je crois qu'il est revenu.

Amelia braqua directement son Glock sur la poitrine de Baker.

– Ne faites pas ça, Dennis, dit-elle avec un hochement de tête en direction de sa hanche. *Je tirerai.* Je suppose que vous portez un gilet pare-balles sous votre complet. Ma première balle sera pour votre poitrine, mais les deux suivantes frapperont plus haut. Ce ne sera pas joli.

– Je... Vous ne comprenez pas. (Il avait une lueur panique dans le regard.) Il faut me croire !

N'était-ce pas l'une de ces phrases qui trahissent le menteur d'après Kathryn Dance ?

– Que se passe-t-il ? demanda Pulaski.

– Reste où tu es, Ron, ordonna Amelia. Ne crois pas un mot de ce qu'il dit. Sors ton arme.

– Pulaski, dit Baker. Elle est folle ! Ça ne va plus du tout !

Mais elle vit du coin de l'œil Pulaski qui dégainait son arme et la pointait sur Baker.

– Dennis, posez ce pistolet sur le bureau. Puis, de la main gauche, prenez votre arme de service – le pouce et l'index seulement. Posez-la à côté, reculez de cinq pas et couchez-vous à plat ventre. C'est compris ?

– C'est vous qui ne comprenez pas.

– Je n'ai pas besoin de comprendre, dit-elle calmement. J'ai besoin que vous fassiez ce que je vous dis.

– Mais…

– Immédiatement.

– Vous êtes folle, dit Baker. Vous m'avez pris en grippe depuis que j'ai enquêté sur vous et votre ancien copain. Vous essayez maintenant de me discréditer… Pulaski, elle va me tuer ! Elle veut se faire justice elle-même ! Ne vous laissez pas embarquer là-dedans !

– Vous avez entendu les ordres de la détective Sachs, dit Pulaski. Je vous désarmerai si c'est nécessaire. Alors, monsieur, que décidez-vous ?

Plusieurs secondes passèrent. Une éternité. Personne ne bougeait.

– Et puis merde ! dit Baker.

Il posa les deux armes à l'endroit indiqué et se baissa.

– Vous allez avoir tous les deux de sérieux ennuis !

– Les menottes, dit Amelia à Pulaski.

Elle maintint son revolver pointé sur Baker pendant que Pulaski lui passait les menottes.

– Fouille-le.

Pendant que le bleu s'exécutait, elle prit sa radio.

– Détective 5885 pour Haumann. Répondez.

– Parlez. J'écoute.

– Il y a du nouveau ici. J'ai un homme menotté et j'ai besoin d'une escorte pour descendre.

– Que se passe-t-il ? demanda le chef de l'ESU. C'est notre homme ?

– Bonne question, répondit Amelia en remettant son arme dans l'étui.

Avec le tour inopiné que prenait l'affaire, une nouvelle personne était présente face à l'immeuble de bureaux dans lequel le détective Baker avait apparemment tenté de tuer Amelia Sachs et Ron Pulaski.

À l'aide de sa console à touches digitales, Lincoln Rhyme manœuvrait le fauteuil Storm Arrow rouge sur le trottoir, devant l'entrée de l'immeuble. Baker était assis non loin de là, à l'arrière d'un véhicule de police, menottes aux poignets et les chevilles entravées. Il était blême et regardait fixement droit devant lui.

Il avait commencé par clamer qu'Amelia Sachs cherchait à lui nuire à cause de l'affaire Nick Carelli. Puis Rhyme décida de prévenir sa hiérarchie. Il demanda à parler au haut responsable de la police de New York, signataire de l'e-mail qui s'y référait. On s'aperçut que c'était Baker qui avait fait état de ses inquiétudes quant à une possible relation entre Amelia et l'ex-flic corrompu, et que le responsable en question n'avait jamais rédigé le moindre message à ce sujet. Baker l'avait écrit lui-même. Il avait tout manigancé pour se couvrir au cas où Amelia s'apercevrait qu'il la suivait et prenait des renseignements sur elle.

Rhyme se rapprocha de l'immeuble, où Sellitto et Haumann avaient installé leur poste de commandement. Il s'y arrêta et Sellitto lui fit le récit de ce qui s'était passé au premier étage.

– Mais je n'y comprends rien ajouta-t-il. Vraiment, je n'y comprends rien.

Le gros détective se frottait les mains en regardant le ciel balayé par le vent, comme s'il venait de s'apercevoir que décembre était l'un des mois les plus froids. Quand il était sur une affaire, il ne sentait plus ni le chaud ni le froid.

– On a trouvé quelque chose sur lui ? demanda Rhyme.

– Le calibre 32 et des gants en latex, c'est tout, répondit Pulaski. Et quelques effets personnels.

Amelia Sachs les rejoignit un instant plus tard. Elle portait un carton contenant une dizaine de sachets en plastique. Elle venait de fouiller la voiture de Baker.

– C'est de mieux en mieux, Rhyme, dit-elle. Regardez ça !

Elle montra, l'un après l'autre, les sachets à Rhyme et à Sellitto. Il y avait de la cocaïne, 50 000 dollars en liquide, quelques vieux vêtements, des tickets de caisse en provenance de divers night-clubs et bars de Manhattan, dont le Saint James. Elle finit par un sachet vide. Mais en y regardant de près, on distinguait des fibres à l'intérieur.

– Tapis de sol ? demanda Rhyme.

– Oui. Brun.

– Je parie qu'elles correspondent à celui de l'Explorer.

– C'est ce que je pense aussi.

Rhyme hocha la tête en regardant le sachet transparent qui se froissait au vent. Il sentit monter en lui la bouffée de satisfaction qui l'envahissait quand les pièces du puzzle finissaient par s'assembler. Se tournant vers la voiture dans laquelle se trouvait Baker, il lança par-dessus la vitre à demi descendue :

– De quand date votre mutation au 118 ?

– Va te faire foutre, répondit Baker en toisant le criminologue. Tu t'imagines que je vais parler à une bande de connards comme vous ? C'est n'importe quoi ! Un coup monté !

– Appelle le service du personnel, dit Rhyme à Sellitto. Je veux savoir où il était avant.

Sellitto appela et, après un bref échange, annonça :

– Bingo ! Il est resté deux ans au 118. Narcotiques et homicides. Puis il a été promu à la direction il y a trois ans.

– Comment avez-vous fait la connaissance de Duncan ?

Baker se rencogna sur son siège en regardant droit devant lui.

– Eh bien, voilà une bien jolie confluence de nos deux affaires, dit Rhyme, visiblement de bonne humeur.

– Une quoi ? grogna Sellitto.

– Une confluence. C'est le fait de se rejoindre, Lon. Tu ne fais jamais de mots croisés ?

– Quelles affaires ? demanda Sellitto toujours sur le même ton.

– À l'évidence, l'enquête d'Amelia sur le 118 et l'affaire de l'Horloger. Elles n'étaient absolument pas distinctes. Les deux faces d'une même lame, dirai-je.

Il semblait satisfait de sa métaphore.

« Son affaire » et « l'autre affaire ».

– Tu peux m'expliquer ça ?

Était-ce vraiment nécessaire ?

– Baker faisait partie de la bande de ripoux du 118, dit Amelia. Il a engagé l'Horloger – enfin, Duncan – pour m'éliminer parce que je m'approchais trop de lui.

– Ce qui montre qu'il y a quelque chose de pourri au royaume du Danemark.

C'était au tour de Pulaski :

– Au Danemark ? En Europe ?

– Non, dans Shakespeare, Ron, répondit le criminologue avec un zeste d'impatience.

Et comme le jeune policier le fixait avec de grands yeux, il renonça à expliquer plus avant.

Amelia Sachs prit le relais :

– C'est la preuve qu'il y a eu au 118 des faits de corruption très graves. Il est clair qu'ils ne se sont pas contentés de s'asseoir sur des enquêtes concernant quelques malfrats venus de Bay Ridge ou de Baltimore.

Rhyme hocha la tête d'un air absent, le regard perdu vers les hauteurs de l'immeuble, oublieux du vent et du froid. Il y avait encore, bien sûr, des questions sans réponses. Rhyme se demandait par exemple si Vincent Reynolds était réellement un complice ou un simple pantin manipulé depuis le début.

Il s'agissait ensuite de savoir de façon précise où avaient eu lieu les extorsions de fonds.

– Qui est dans le Maryland ? demanda-t-il. Avec qui travaillez-vous ? Avec la mafia ou avec une autre organisation ?

– Putain, mais vous êtes sourd ou quoi ? rétorqua Baker. J'ai dit : plus un mot !

– Emmenez-le, dit Rhyme à l'un des agents qui se tenaient à côté de la voiture. Et qu'on le coffre pour agression avec préméditation, en attendant mieux.

– Seigneur, murmura Sellitto tandis qu'ils regardaient la voiture s'éloigner. On a eu de la chance.

– De la chance ? grommela Rhyme, qui se rappelait avoir dit quelque chose d'approchant un peu plus tôt.

– Oui, ce Duncan n'a pas fait de nouvelle victime. Et ici également – avec Amelia plantée devant lui comme à l'exercice. Si son flingue avait marché...

Sa voix s'étrangla sans lui laisser le temps de décrire le drame qui avait failli se produire.

Lincoln Rhyme ne croyait pas plus à la chance qu'aux fantômes et aux soucoupes volantes. Il voulut demander ce que la chance avait à voir dans tout ça, mais les mots lui restèrent dans la gorge.

La chance...

Une bonne dizaine de pensées bourdonnaient soudain autour de lui, telles des abeilles échappées de leur ruche. Il fronçait les sourcils.

– C'est bizarre... (Sa voix n'était plus qu'un murmure.) Ce Duncan...

– Ça ne va pas, Linc ? Qu'y a-t-il ?

– Rhyme ? appela Amelia.

– Chut.

Son doigt valide sur la console tactile, il fit lentement décrire un cercle à son fauteuil en regardant la ruelle proche, puis les sachets et les boîtes d'indices recueillis par Amelia. Il laissa fuser un petit rire et dit :

– Je veux le pistolet de Baker.

– Son arme de service ? demanda Pulaski.

– Mais non, bien sûr ! L'autre ! Le calibre 32. Où est-il ? Allons, dépêchez-vous !

Pulaski trouva le pistolet dans un sachet en plastique.

– Démontez-le.

– Moi ?

– Non. Elle, dit Rhyme, en désignant Amelia de la tête.

Elle étala une feuille de plastique sur le trottoir, remplaça ses gants de cuir par des gants de latex, et en quelques secondes l'arme fut démontée et ses différentes pièces alignées sur le plastique.

– Prends les pièces une par une.

Elle fit ce qu'il lui disait. Leurs regards se croisèrent. Elle dit :

– Intéressant.
– Bien. Vous, le bleu !
– Oui, chef ?
– Il faut que je parle au médecin légiste. Trouvez-le-moi.
– Oui. Où dois-je appeler ?
Le soupir de Rhyme fut bruyant et parut venir de très loin.
– Vous *pourriez* essayer avec un télégramme. Vous *pourriez* aller frapper, frapper et frapper encore à sa porte. Mais le mieux est d'utiliser... votre... téléphone ! Et ne venez pas me dire qu'il ne peut pas me prendre. *Il me le faut.*
Le bleu se mit instantanément à pianoter sur son portable.
– Linc, dit Sellitto, qu'est-ce que...
– Et j'ai quelque chose à te demander, à toi aussi, Lon.
– Quoi ?
– Ce type qui nous regarde sur le trottoir d'en face – tu le vois ?
Sellitto se retourna.
– Oui.
Un homme mince, en jean et blouson de cuir. Avec des lunettes de soleil malgré le peu de lumière de cette fin d'après-midi.
– Il a une tête qui me dit quelque chose.
– Va le chercher. J'aurai quelques questions à lui poser.
Sellitto se mit à rire.
– Décidément, Kathryn Dance a de l'effet sur toi. Je croyais que tu ne faisais pas confiance aux témoins.
– Bah... je crois que pour cette fois je ferai une exception.
Le gros détective haussa les épaules.
– C'est qui ?
– Je peux me tromper, répondit Rhyme du ton d'un homme sûr de ce qu'il va dire. Mais quelque chose me fait penser que c'est l'Horloger.

CHAPITRE 32

Gerald Duncan était assis sur le trottoir, encadré par Amelia et Sellitto. Il était menotté, sans son chapeau et ses lunettes de soleil, et on lui avait pris son portefeuille, plusieurs paires de gants et une boîte contenant un cutter maculé de sang.

Contrairement à Dennis Baker, il se montrait aimable et coopératif après avoir été jeté au sol, fouillé et ligoté par trois policiers, dont Amelia Sachs – on savait qu'elle n'avait pas la main douce en cas d'arrestation, surtout avec ce genre d'individus.

Son permis de conduire du Missouri confirma son identité et livra son adresse à Saint Louis.

– Mais enfin, dit Sellitto, tu as fait comment pour le repérer ?

La chose ne tenait pas du miracle, quoi qu'on en pense. Rhyme se doutait déjà, avant de l'apercevoir, que l'homme n'avait peut-être pas quitté les lieux.

– J'ai le médecin légiste ! annonça Pulaski.

Rhyme s'approcha du téléphone que le bleu lui tendait et échangea quelques mots rapides avec le médecin. Celui-ci lui donna quelques informations fort utiles. Rhyme le remercia et hocha la tête ; Pulaski mit fin à la communication. Le criminologue fit manœuvrer son fauteuil pour s'approcher de Duncan.

– C'est vous Lincoln Rhyme ? dit le prisonnier comme s'il était honoré de le rencontrer.

– Eh oui. Et c'est vous qu'on appelle l'Horloger.

L'homme opina avec un petit rire entendu.

Rhyme le regarda. Il avait l'air fatigué, mais il y avait dans son expression quelque chose comme de la satisfaction, voire de la sérénité.

Avec l'un de ses rares sourires, Rhyme lui demanda :

– Alors ? Qui était-il réellement ? Celui de l'impasse. On peut toujours interroger les fichiers sur Theodore Adams, mais ce serait une perte de temps, n'est-ce pas ?

Duncan le regarda en inclinant la tête de côté.

– Vous avez deviné ça aussi ?

– Quoi, Adams ? demanda Sellitto.

Puis, se rendant compte qu'il y avait des questions autrement importantes à poser, il ajouta :

– Que se passe-t-il, Rhyme ?

– Je demandais à notre suspect qui était l'homme qu'on a trouvé mort hier matin, avec le cou broyé. Je voudrais savoir qui il était et comment il est mort.

– C'est ce salaud qui l'a tué, dit Sellitto.

– Non, justement. Je viens d'avoir le médecin légiste. Il doit nous remettre son rapport d'autopsie définitif, mais il m'a déjà donné quelques informations. La victime est morte lundi vers cinq ou six heures de l'après-midi, et non à onze heures du soir. Et elle est morte de graves lésions internes causées par un accident automobile ou une chute. Le cou broyé n'a rien à voir avec ça. Comme le corps était complètement gelé quand on l'a trouvé le lendemain matin, le médecin légiste présent sur les lieux n'a pas pu estimer avec précision les causes et l'heure du décès.

Puis Rhyme se tourna vers Duncan.

– Alors dites-moi, monsieur Duncan. Qui et comment ?

– Un pauvre type mort dans un accident de voiture du côté de Westchester, expliqua Duncan. Il s'appelait James Pickering.

– Continuez, dit Rhyme. Et sachez que nous attendons vos réponses avec impatience.

– J'ai appris que cet accident venait d'avoir lieu en me branchant sur les fréquences de la police. Une ambulance a transporté le corps à la morgue de l'hôpital du comté. C'est là que je l'ai dérobé.

Rhyme se tourna vers Amelia.

– Appelle l'hôpital.

Ce qu'elle fit. Après une brève conversation, elle expliqua :

– Un homme de trente et un ans a perdu le contrôle de son véhicule lundi vers cinq heures de l'après-midi sur le Brinx River Parkway en dérapant sur une plaque de verglas. Il est mort sur le coup. Il s'appelait James Pickering. Le corps a été enregistré à la morgue de l'hôpital, mais il a disparu. On a pensé qu'il avait peut-être été transféré par erreur dans un autre hôpital, mais on ne l'a pas retrouvé. La famille n'a pas très bien pris la chose, comme vous vous en doutez.

– Je suis désolé pour ces gens, dit Duncan (et il semblait l'être). Mais je n'avais pas le choix. J'ai gardé ses effets personnels et je les leur restituerai. Et je suis prêt à payer pour les funérailles.

– *Quid* des papiers et du portefeuille que nous avons trouvés sur lui ? demanda Amelia.

– Des faux. Ils ne résisteraient pas à un examen sérieux, mais j'avais seulement besoin de maintenir l'illusion pendant quelques jours.

– Vous avez volé le corps, vous l'avez transporté dans l'impasse et vous avez mis cette poutre d'acier dessus pour faire croire qu'il était mort lentement ?

Un hochement de tête.

– Puis vous avez laissé la pendule et le mot ?

– En effet.

– Et le quai de l'Hudson ? demanda Sellitto. Qu'est devenu le type que vous avez tué là-bas ?

Rhyme regarda Duncan.

– Êtes-vous du groupe sanguin AB positif ?

– Vous êtes décidément très fort ! répondit Duncan en riant.

– Il n'y a jamais eu de victime au bord de l'Hudson, Lon. C'était son propre sang.

S'adressant à nouveau au suspect, Rhyme ajouta :

– Vous avez laissé une pendule et un poème sur le quai, et vous avez répandu votre sang tout autour et sur la veste que vous avez ensuite jetée dans le fleuve. Vous avez fait vous-même des marques avec vos ongles. Où avez-vous pris le sang ? Sur vous ?

– Non, je me suis rendu dans une clinique du New Jersey où j'ai dit que j'avais besoin d'en mettre de côté en vue d'une opération.

– D'où la présence d'anticoagulants. On en met toujours dans le sang qui doit être conservé.

– Je me demandais si vous auriez découvert ça, dit Duncan.

– Et le morceau d'ongle arraché ? demanda Rhyme.

Duncan leva la main pour montrer son annulaire. Il manquait une partie de l'ongle. Il l'avait arraché lui-même.

– Et je suis certain que Vincent vous aura parlé du jeune homme que je suis censé avoir tué près de l'église, enchaîna-t-il. Je n'ai rien fait de tel. Il y a du sang sur le cutter, et sur du papier journal que j'ai jeté dans la benne à ordures qui se trouve non loin de là, mais c'est toujours le mien.

– Que s'est-il passé, alors ? demanda Rhyme.

– La situation était un peu délicate. Vincent pensait que ce gamin avait vu son couteau. Je lui ai donc fait croire que je l'avais tué. Sinon, Vincent m'aurait peut-être soupçonné. J'ai donc suivi ce jeune homme au coin de la rue, je me suis coupé au bras avec mon couteau et j'ai mis du sang sur le cutter. (Il montra une coupure récente sur son avant-bras.) Vous pouvez faire un test d'ADN.

– Soyez certain que nous le ferons... Et le vol de voiture dont nous a aussi parlé Vincent ? Vous n'avez tué personne pour vous emparer de cette Buick, n'est-ce pas ?

On n'avait pas signalé d'étudiant disparu à Chelsea, ni de conducteur assassiné au volant de sa voiture.

Lon Sellitto ne put s'empêcher de revenir à la charge :

– Bon sang, mais qu'est-ce qui se passe ?

– Notre ami n'est pas un tueur en série, répondit Rhyme. Ni un tueur du tout. Il a organisé toute une mise en scène pour le faire croire.

– Il n'a pas perdu sa femme dans un accident ? demanda Sellitto.

– Il n'a jamais été marié.

– Comment savez-vous tout ça ? demanda Pulaski à Rhyme.

– À cause de quelque chose que Lon a dit.

– Moi ?

– D'abord, parce que tu as dit son nom, Duncan.

– Et alors ? On le connaissait !

– Justement. Parce que Vincent Reynolds nous l'avait dit. Mais M. Duncan est un homme qui porte des gants vingt-quatre heures par jour et sept jours par semaine pour ne pas laisser d'empreintes. Il est bien trop prudent pour donner son nom à quelqu'un comme Vincent Reynolds. Ou alors il ne craignait pas que nous l'apprenions.

« Ensuite, tu t'es félicité qu'il n'ait pas tué Mme Stanton, sa dernière victime désignée, et qu'il n'ait pas tué non plus Amelia. Ça m'a énervé d'entendre ça. Mais ça m'a fait réfléchir. Tu avais raison. À vrai dire, nous n'avions sauvé personne. Joanne, la fleuriste ? J'avais compris que c'était elle qu'il visait, d'accord, mais c'est elle qui a appelé le 911 après avoir entendu du bruit dans son atelier – du bruit qu'il avait sans doute fait intentionnellement.

– C'est vrai, dit Duncan. Et j'ai laissé une bobine de fil de fer par terre pour qu'elle sache que quelqu'un était entré.

– Et Lucy Richter, à Greenwich Village ! dit Amelia. On a reçu un appel anonyme d'un témoin qui avait vu quelqu'un entrer par l'escalier de secours. Mais il n'y avait pas de témoin, n'est-ce pas ? C'était vous qui aviez appelé !

– J'ai dit à Vincent qu'un passant m'avait aperçu et avait prévenu le 911. Mais c'était moi qui avais appelé d'une cabine.

Rhyme regarda l'immeuble qui se dressait au-dessus d'eux.

– Et ici l'extincteur était factice, je présume ?

– Inoffensif. J'avais fait couler un peu d'alcool dessus, mais il était plein d'eau.

Sellitto était déjà au téléphone avec la brigade des explosifs de la police de New York, qui avait emporté l'engin pour l'expertiser.

– Exact, dit-il en raccrochant. C'était de l'eau du robinet.

– Même chose pour le pistolet que vous avez donné à Baker, celui qui devait lui servir à tuer Amelia Sachs, dit Rhyme en regardant l'arme démontée dont les pièces gisaient sur le trottoir. Je viens de l'examiner. Le percuteur a été cassé.

– J'ai aussi obturé le canon, dit Duncan à Amelia. Vous pouvez vérifier. Et je savais qu'il ne pouvait pas vous tirer dessus avec son arme de service parce qu'il aurait été accusé.

– Bon ! s'écria Sellitto. Ça suffit ! Que quelqu'un m'explique !

– Tout ce que je peux faire, dit Rhyme, c'est rentrer chez nous, Lon. C'est à M. Duncan de compléter notre information. Je soupçonne qu'il l'a prévu depuis le début. Et c'est pourquoi il se régalait du spectacle depuis le trottoir d'en face.

– Vous avez tapé dans le mille, détective Rhyme, dit Duncan en opinant du chef.

– Je ne suis plus détective, rectifia le criminologue.

– Tout ce que j'ai fait devait aboutir aux instants que nous venons de vivre, poursuivit Duncan. Et, oui, j'ai pris beaucoup de plaisir à voir ce salaud de Dennis Baker se faire arrêter et emmener en prison.

– Continuez.

Les traits de Duncan se figèrent.

– Il y a un an, je suis venu ici pour affaires – je possède une entreprise qui fait de la location-vente de matériel industriel. Je travaillais avec un ami – mon meilleur ami. Il m'a sauvé la vie quand nous étions tous deux dans l'armée, il y a vingt ans. Nous avons travaillé toute la journée pour préparer des documents, puis chacun est parti se changer à son hôtel et nous devions nous retrouver pour dîner. Mais je l'ai attendu en vain. Il avait été abattu. Les policiers ont conclu à un meurtre crapuleux. Pourtant quelque chose clochait dans cette explication. Depuis quand les voyous qui agressaient les gens dans la rue pour les dépouiller les tuaient-ils de deux balles en plein front ?

– Les meurtres crapuleux par balles sont extrêmement rares d'après les dernières…

Pulaski se tut, arrêté par un regard glacial du criminologue.

– Mais mon ami m'avait dit peu avant de mourir quelque chose qui m'avait intrigué. La veille au soir, il était allé dans un night-club en ville. À la sortie, deux agents l'avaient pris à part en disant qu'ils l'avaient vu acheter de la drogue. Ce qui était tout à fait invraisemblable. Il ne se droguait pas. Je le savais. Comprenant qu'il s'agissait d'une tentative de racket, il avait demandé à voir un supérieur. Mais quelqu'un était sorti du night-club à ce moment-là et les deux agents l'avaient laissé partir. Le lendemain, il était abattu.

« Je ne croyais pas au hasard. Je suis retourné plusieurs fois dans ce night-club et je me suis mis à poser des questions. Ça m'a coûté 5 000 dollars, mais j'ai fini par trouver quelqu'un qui a bien voulu me dire qu'un certain Dennis Baker et plusieurs de ses collègues de la police se livraient à du racket dans les établissements de la ville.

Duncan expliqua comment les flics corrompus « plantaient » de la drogue sur de riches hommes d'affaires ou sur leurs enfants pour les faire chanter.

– La drogue qui manquait au 118, dit Pulaski.

– Pas assez pour en vendre, mais assez pour forger des preuves, précisa Amelia.

Et Duncan de préciser :

– Ils avaient leur QG dans un bar de Manhattan, à ce qu'on m'a dit.

– Le Saint James ?

– C'est ça. Ils s'y retrouvaient après leur service au commissariat.

– Mais votre ami, demanda Rhyme, celui qui a été tué, comment s'appelait-il ?

Duncan leur indiqua un nom et Sellitto appela la Criminelle. C'était vrai. L'homme avait été victime d'une agression crapuleuse et on n'avait pas retrouvé le meurtrier.

– Je me suis servi de mon contact au night-club – que j'ai grassement payé – pour rencontrer des gens qui connaissaient Baker. Je me suis fait passer pour un tueur professionnel et je lui ai offert mes services. Je n'ai plus eu de nouvelles un certain temps. Je pensais qu'il avait été arrêté ou qu'il s'était rangé, et que je n'entendrais plus jamais parler de lui. J'étais bien embêté. Mais Baker a fini par m'appeler, et on s'est rencontrés. Il ne m'a pas donné beaucoup de détails, mais il m'a parlé d'une affaire qui avait mal tourné après qu'il avait voulu, avec un autre flic, « régler un problème ».

– Creeley ou Sarkowski ? demanda Amelia.

– Il ne m'a pas cité de noms, mais m'a fait clairement comprendre qu'il y avait eu meurtre.

Amelia secoua la tête. Son regard s'était fait dur.

– J'étais déjà effarée à l'idée que des flics du 118 touchaient des pots-de-vin de la mafia, mais en réalité j'avais affaire à des tueurs.

Rhyme lui jeta un regard en coin. Il avait compris qu'elle pensait à Nick Carelli. Et à son père.

– Baker m'a parlé d'un autre problème. Ils avaient besoin d'éliminer quelqu'un, une détective de la police de New York. Mais ils ne pouvaient pas faire ça eux-mêmes, parce que si elle mourait, on comprendrait que c'était à cause de son enquête. C'est alors que j'ai eu l'idée : j'allais me faire passer pour un tueur en série. Et j'ai trouvé un nom : « l'Horloger ».

– Voilà pourquoi on n'a trouvé personne du nom de Duncan dans les associations d'horlogers, dit Sellitto.

– Exact. Ce personnage était de mon invention. Mais il me fallait aussi quelqu'un pour vous fournir des informations et vous faire croire que j'étais réellement un malade mental, alors j'ai trouvé Vincent Reynolds. Et les agressions ont commencé. J'ai simulé les deux premières pendant que Vincent n'était pas là. Et je me suis arrangé pour faire échouer les suivantes alors qu'il était avec moi.

« J'avais besoin d'être certain que vous trouveriez la boîte de cartouches qui permettrait d'établir un lien entre l'Horloger et Baker. Je m'apprêtais à la déposer quelque part à votre intention. Mais… (Duncan s'interrompit quelques secondes pour rire.) Finalement, ça n'a pas été nécessaire. Vous avez découvert l'Explorer et vous avez failli nous attraper.

– Vous avez donc laissé la boîte de cartouches dans la voiture.

– Oui. Ainsi que le livre.

Rhyme continuait à réfléchir en écoutant.

– Et, dit-il, les policiers qui ont fouillé le parking ont trouvé bizarre que vous ayez stationné l'Explorer aussi loin d'une sortie. Vous vouliez être certain qu'on la découvrirait.

– Exactement. Et tous ces prétendus meurtres ne visaient qu'à vous amener ici – pour vous permettre de prendre Baker sur le fait quand il tenterait de tuer la détective Sachs. Ainsi vous auriez une bonne raison pour fouiller sa voiture et son domicile et découvrir assez de preuves pour le mettre à l'ombre.

– Et ce poème ? La pleine lune…

– Il est de moi, dit Duncan en souriant. Je suis meilleur homme d'affaires que poète. Mais il m'a paru assez effrayant pour servir mon objectif.

– Pourquoi avez-vous choisi ces personnes plutôt que d'autres pour en faire vos « victimes » ?

– Je n'ai pas choisi les personnes. J'ai choisi des *endroits*, parce qu'ils offraient des possibilités de fuite. La dernière, cette Mme Stanton, je l'ai choisie parce que la disposition des lieux allait me permettre de piéger Baker.

– Tout ça pour venger votre ami ? intervint Amelia. Beaucoup de gens se seraient contentés de le faire exécuter sans plus attendre.

– Je n'ai jamais fait de mal à quiconque, répondit Duncan avec un accent de sincérité. Je n'aurais pas pu faire ça. Je pouvais risquer une petite entorse à la loi par-ci, par-là – je reconnais que j'ai commis certains actes répréhensibles. Mais sans faire de victimes. Je n'ai même pas volé les voitures. C'est Baker qui me les a procurées en les prenant dans un parking de la police.

– Et cette femme qui était soi-disant la sœur de la première victime ? De qui s'agissait-il en réalité ? demanda Amelia.

– D'une amie à qui j'ai demandé de me rendre service. Je lui ai prêté une grosse somme d'argent il y a quelques années et elle n'a jamais pu me rembourser. Elle a donc accepté de m'aider.

– Et la jeune fille qui était avec elle dans la voiture ?

– C'était sa vraie fille.

– Son nom ?

Un sourire rusé.

– Je le garde pour moi. Je le lui ai promis, comme je l'ai promis, au night-club, à celui qui m'a mis en contact avec Baker. Nous avons passé un accord et je m'y tiendrai.

– Qui faisait partie de la bande de racketteurs du 118, à part Baker ?

– Je voudrais pouvoir vous répondre, dit Duncan, l'air désolé. Je voudrais qu'ils soient tous pris comme Baker. J'ai essayé de le savoir. Il n'a pas voulu me dire comment ils étaient organisés. Tout de même, j'ai eu l'impression qu'il n'y avait pas que des policiers du 118 sur ce coup-là.

– Qui d'autre ?

– Quelqu'un de haut placé.

– Habitant dans le Maryland ou y possédant quelque chose ? demanda Amelia.

– Il n'en a jamais parlé devant moi. Il me faisait confiance, mais jusqu'à un certain point. Je ne crois pas qu'il craignait que je le trahisse. Mais il semblait avoir peur que je devienne trop gourmand et que je me pose en concurrent. Il y avait beaucoup d'argent en jeu.

Une voiture municipale de couleur sombre s'arrêta à côté du ruban jaune tendu par la police devant l'entrée de l'immeuble, et un homme mince et chauve, vêtu d'un manteau léger, en sortit. Il rejoignit Rhyme et les autres. Il était premier assistant au bureau du district attorney. Rhyme avait témoigné dans plusieurs procès où il conduisait l'accusation. Le criminologue le salua d'un hochement de tête et Sellitto lui fit part des derniers événements.

Le procureur écouta, intrigué par le cours bizarre que prenait l'affaire. Il était confronté dans la majorité des cas à des troisièmes couteaux à la mentalité fruste du type Tony Soprano ou à des voyous et à des camés encore plus stupides. Il parut amusé de tomber sur un criminel intelligent – dont les crimes, finalement, n'étaient pas aussi graves qu'on avait pu le croire. Et, bien plus que par un tueur en série, il était intéressé par les perspectives brillantes qui s'offriraient à sa carrière s'il devait instruire une affaire de corruption au sein de la police.

– Les Affaires internes sont sur le coup ? demanda-t-il à Amelia Sachs.

– Non. C'est moi qui enquête.

– Sur ordre de qui ?

– Flaherty.

– L'inspecteur ? Celle qui dirige la division des opérations ?

– Oui.

Après cinq minutes à poser des questions en prenant des notes de son écriture appliquée, il s'arrêta.

– Bon. Nous avons des violations de domicile et des entrées par effraction, mais sans intention de tuer ou de voler. Et il y a eu substitution de restes humains.

– Emprunt. Je n'ai pas cherché à garder le corps, intervint Duncan.

– Ce sera aux magistrats de Westchester de décider sur ce point. Mais nous avons aussi obstruction à la justice, entrave aux procédures policières…

Duncan fronça les sourcils.

– On peut considérer que dès lors qu'il n'y avait pas eu meurtre, les procédures policières n'étaient pas nécessaires et que le délit d'entrave ne tient plus.

Rhyme laissa échapper un discret gloussement.

L'assistant du district attorney choisit de ne pas l'entendre.

– Détention d'une arme à feu…

– Le canon était obturé, objecta Duncan. Elle était inutilisable.

– Et les voitures volées ? D'où venaient-elles ?

Duncan expliqua comment Baker allait dans le Queens pour se servir dans un parking de la police. Il montra la pile de ses effets personnels, parmi lesquels figuraient des clés de voiture.

– La Buick qui est stationnée un peu plus loin dans cette rue, devant le numéro 31, Baker l'a trouvée au même endroit que l'Explorer.

– Comment avez-vous pris possession de ces véhicules ? Y avait-il quelqu'un d'autre avec vous ?

– Nous sommes allés les chercher ensemble, Baker et moi. Elles étaient dans une fourrière à côté d'un snack. Baker m'a dit qu'il y avait des connaissances.

– Vous avez des noms ?

– Non.

– Quel était ce snack ?

– Je ne sais plus comment il s'appelait. Un nom grec. On prenait la 495 pour y aller. Je ne me rappelle pas où on sortait, mais on tournait à gauche après le tunnel, on prenait le *freeway* et on y était en dix minutes.

– C'est au nord de la ville, dit Sellitto. On va envoyer quelqu'un. Peut-être que Baker faisait aussi du trafic de voitures saisies.

Le procureur regardait Duncan.

– J'espère que vous comprenez les conséquences de tout cela. Outre les délits que j'ai déjà mentionnés, vous pouvez vous attendre à des amendes pour détournement de véhicules appartenant à la Ville et aux services d'urgence. Je parle de dizaines, voire de centaines de milliers de dollars.

– Ce n'est pas un problème. J'ai étudié les lois et la jurisprudence avant de me lancer. J'ai décidé que, pour faire tomber Baker, je pouvais prendre le risque d'aller en prison. Mais je n'aurais jamais fait tout ça s'il y avait eu la moindre éventualité de nuire gravement à un innocent.

– Vous avez tout de même mis des gens en danger, intervint Sellitto. Pulaski a été agressé dans le garage où vous aviez laissé l'Explorer. Il aurait pu être tué.

Duncan éclata de rire.

– Mais non, non ! C'est *moi* qui lui ai sauvé la vie ! Au moment où on sortait en courant du garage après y avoir abandonné l'Explorer, j'ai vu ce clochard. Je lui ai trouvé une mine patibulaire. Il avait une matraque ou un démonte-pneu à la main. Je suis revenu sur mes pas pour voir ce qu'il faisait. Quand j'ai compris qu'il se dirigeait vers vous (Duncan s'adressait maintenant à Pulaski), j'ai trouvé un enjoliveur sur un tas de détritus et je l'ai accroché au mur pour être certain que vous le verriez arriver s'il vous agressait.

– C'est ce qui s'est passé, confirma le bleu. Je crois que le type a fait du bruit en trébuchant. En tout cas, j'étais prêt à le recevoir. Et il y avait effectivement un enjoliveur pas loin de là.

– Et Vincent ? reprit Duncan. J'ai veillé à ce qu'il ne se trouve jamais trop près d'une femme et puisse lui faire du mal. Et c'est moi qui l'ai fait prendre. J'ai appelé le 911 pour le dénoncer. Je peux le prouver.

Il donna des détails sur le lieu et le moment où le violeur avait été arrêté – suffisamment de précisions pour confirmer que c'était bien lui qui avait prévenu la police.

Le procureur semblait avoir besoin d'une pause. Il jeta un coup d'œil à ses notes, puis à Duncan, et passa la main sur son crâne luisant. Il avait les oreilles écarlates à cause du froid.

– Il faut que je parle de cette affaire au district attorney, annonça-t-il.

Puis, se tournant vers deux détectives du Police Plaza qui l'avaient rejoint, il ajouta en montrant Duncan :

– Emmenez-le. Et faites-le surveiller de près. Il accuse des policiers corrompus, ne l'oubliez pas. Il y a des gens qui pourraient lui en vouloir.

On aida Duncan à se relever.

Amelia Sachs avait encore une question :

– Pourquoi n'êtes-vous pas venu nous voir, tout simplement, pour nous dire ce qui s'était passé ? Ou pourquoi n'avez-vous pas enregistré une conversation avec Baker ? Vous auriez évité tout ce tintouin.

Duncan éclata d'un rire amer.

– Et à qui vouliez-vous que je fasse confiance ? À qui fallait-il que j'envoie cet enregistrement ? Comment vouliez-vous que je sache qui était honnête et qui travaillait avec Baker ? C'est quelque chose qui se voit tous les jours, vous le savez bien.

– Quoi ?

– Des flics ripoux !

Rhyme nota qu'Amelia ne laissait rien paraître à cette remarque, tandis que deux agents en uniforme entraînaient Duncan vers une voiture de police.

Ils formaient à nouveau, en tout cas pour le moment, une équipe.

Toi et moi, Sachs...

L'affaire de Lincoln Rhyme était désormais celle d'Amelia Sachs, et si l'Horloger s'était finalement révélé inoffensif, il restait du travail à faire. Le scandale de la corruption au 118 était désormais avéré et l'équipe de flics ripoux « cramée », comme l'annonça Sellitto en s'attirant une remarque sardonique de Rhyme :

– Voilà un mot qu'on n'entend pas tous les jours !

Il fallait maintenant identifier le ou les assassins de Benjamin Creeley et Frank Sarkowski parmi les policiers soupçonnés de complicité. Il fallait aussi monter le dossier d'accusation contre Baker en retrouvant ses liens avec le mystérieux commanditaire du Maryland et, bien sûr, les sommes extorquées.

Kathryn Dance se proposa pour interroger Duncan, mais il refusait désormais de dire un mot et l'équipe dut se rabattre sur les méthodes classiques d'examen et d'analyse de scènes de crime.

Sur les instructions de Rhyme, Pulaski s'était plongé dans la liste des appels téléphoniques de Baker, et il épluchait ses papiers et son agenda électronique pour tenter de savoir qui il fréquentait au 118 et ailleurs, mais ces recherches ne donnaient aucun résultat. Mel Cooper et Amelia Sachs analysaient les indices relevés dans la voiture de Baker, dans sa maison de Long Island et son bureau au Police Plaza, ainsi que dans les logis de plusieurs petites amies avec lesquelles il était sorti récemment (aucune ne connaissait l'existence des autres, comme on le constata). Amelia avait fouillé partout avec sa diligence coutumière et avait rapporté à Rhyme des cartons de vêtements, d'outils, de chéquiers, de documents divers, de photos, d'armes et de particules prélevées sur les pneus de sa voiture.

Après plusieurs heures passées à examiner ce bric-à-brac, Cooper annonça :

– Hé ! J'ai quelque chose.

– Quoi ? demanda Rhyme.

– J'ai trouvé de la cendre dans la malle arrière de la voiture de Baker, dit Amelia.

– Et alors ? demanda Sellitto.

– Et alors, c'est la même cendre que celle trouvée dans la cheminée de Creeley, répondit Cooper. C'est donc qu'il est allé dans cette maison.

Ils trouvèrent aussi une fibre en provenance du garage de Baker identique à celles de la corde utilisée pour simuler le suicide de Benjamin Creeley.

– Je veux savoir ce qui relie entre elles les morts de Sarkowski et de Creeley, dit Rhyme. Envoyez Nancy Simpson et Frank Rettig dans le Queens, à l'endroit où on a trouvé le corps de Sarkowski. Qu'ils prennent des échantillons. On découvrira peut-être de quoi prouver que Baker y est allé, ou l'un de ses copains.

– La terre que j'ai trouvée chez Creeley devant la cheminée contenait des substances chimiques, fit observer Amelia. Comme si elle provenait d'un site industriel. Il se pourrait qu'elle corresponde.

– Bien.

Sellitto appela les policiers de la brigade des scènes de crime dans le Queens pour leur communiquer les instructions.

Amelia et Cooper avaient aussi collecté du sable, et des débris végétaux qui s'avérèrent être des particules d'algues. Et on trouva les mêmes dans la voiture de Baker, ainsi que dans son garage.

– Du sable et des algues..., commenta Rhyme. Ça pourrait provenir d'une maison de vacances... où l'on retrouve le Maryland. Baker en possède peut-être une, à moins que ce ne soit l'une de ses petites amies.

Mais une recherche sur les bases de données de biens immobiliers ne donna aucun résultat.

Amelia alla chercher le tableau de « l'autre affaire » dans la salle d'exercice de Rhyme, le ramena dans la pièce sur ses roulettes et y nota les derniers indices. Visiblement contrariée, elle recula d'un pas pour se relire.

– Il faut trouver cette connexion dans le Maryland, dit-elle. S'ils ont tué deux personnes, et s'ils nous ont ratés de peu, Ron et moi, ils essaieront encore. Ils savent qu'on se rapproche et ils ne veulent pas de témoins. Et ils sont probablement en train de détruire tous les indices.

Elle se tut. Elle semblait très énervée.

Pas facile d'avoir son amant comme associé. Mais Lincoln Rhyme était incapable de dissimuler ses sentiments, surtout avec Amelia. Il dit calmement, en baissant la voix :

– C'est ton affaire, Sachs. Tu es dessus depuis le début. Pas moi. Que disent tous ces indices ?

– Je n'en sais rien.

Elle s'enfonça un ongle dans le gras du pouce. Elle regardait fixement le tableau en secouant la tête, les lèvres serrées.

– Ça ne mène à rien. On manque d'indices.

– On manque *toujours* d'indices, lui rappela Rhyme. Mais ce n'est pas une excuse. On est là pour ça, Sachs. À nous d'examiner quelques briques dégueulasses et de reconstituer le château.

– Je ne vois pas.

– Je ne peux rien pour toi, Sachs. Il va falloir y arriver toute seule. Réfléchis à ce que tu as déjà. Quelqu'un avec une connexion dans le Maryland… quelqu'un qui te suit en Mercedes… du sable et des algues… de l'argent, beaucoup d'argent. Des flics ripoux.

– Je ne vois pas ! répéta-t-elle, sa voix s'élevant d'un ton vers l'aigu.

Mais il ne cédait pas d'un pouce.

– Tu n'as pas le choix. Tu *dois* voir.

Elle le fusilla du regard – lui et le message impitoyable qui se cachait sous les mots et qu'elle avait bien entendu : Tu peux franchir cette porte demain et jeter ta carrière aux orties si tu le veux. Mais, en attendant, tu es toujours flic et tu as un boulot à terminer.

L'ongle s'enfonçait maintenant dans le cuir chevelu.

– Il y a autre chose et tu ne le vois pas, murmura Rhyme en regardant avec elle la liste d'indices.

– Vous dites toujours qu'il faut réfléchir en dehors de la boîte, dit Ron Pulaski.

– Ah, ces clichés ! lâcha Rhyme. Bon, d'accord, quand on est dans une boîte, c'est peut-être qu'il y a une raison. Là, je dis : Ne réfléchissez pas en dehors de la boîte. Je dis : Regardez plus attentivement ce qu'il y a dedans avec vous… Alors, Sachs, que vois-tu là-dedans ?

Elle resta encore un moment à regarder les listes d'indices.

Puis elle sourit et dit doucement :

– Le Maryland.

HOMICIDE DE BENJAMIN CREELEY

• Creeley, 56 ans. Apparemment, suicide par pendaison. Corde à linge. Mais pouce fracturé : ne pouvait faire un nœud.
• Lettre composée sur ordinateur expliquant le suicide pour dépression. Mais le sujet, sans antécédents psychiatriques ni problèmes sentimentaux, ne semblait pas suicidaire.
• Dans la période de Thanksgiving, 2 hommes sont entrés par effraction dans sa maison et ont peut-être brûlé des pièces à conviction. Des Blancs, mais on n'a pas vu leurs visages. L'un plus grand que l'autre. Sont restés environ une heure à l'intérieur.
• Pièces à conviction dans la maison de Westchester :
  – Serrure forcée avec habileté.
  – Particules de cuir sur les ustensiles de cheminée et sur le bureau de Creeley.
  – Terre devant la cheminée, de composition plus acide que la terre du jardin et contenant certains polluants. En provenance d'un site industriel ?
  – Traces de cocaïne brûlée dans la cheminée.
  – Résidus de papiers brûlés dans la cheminée : relevés de compte, tableau de chiffres, millions de dollars mentionnés ; examen du logo figurant sur les documents par expert-comptable légiste ; agenda : vidange voiture, rendez-vous coiffeur, Saint James.
  – Analyse des résidus par le labo de police : logo de logiciel utilisé par les experts-comptables ; expert-comptable de la police – registre des salaires et traitements, type courant. Brûlés pour effacer des preuves ou pour égarer les enquêteurs ?
• Bar Saint James :
  – Creeley s'y est rendu plusieurs fois.
  – Ne semble pas y avoir pris de drogue.
  – Pas de certitude sur l'identité des personnes qu'il y rencontrait, mais il pourrait s'agir de policiers du commissariat 118, proche du bar.
  – S'est disputé avec une personne non identifiée la dernière fois qu'il est venu – juste avant sa mort.
  – Vérification des billets remis au Saint James par les policiers : aucun numéro de série enregistré, mais traces de cocaïne et d'héroïne. Volées au commissariat ? Quantité négligeable de drogue manquant au commissariat.
• Affaires liées au crime organisé anormalement rares dans les registres du 118, mais rien ne prouve des actions délibérées des policiers pour les étouffer.
• Deux gangs de l'East Village possibles suspects, mais peu probable.
• Interrogatoire de Jordan Kessler, associé de Creeley, puis interrogatoire de Mme Creeley :
  – Confirmation : la victime ne se droguait pas.
  – Ne semblait pas en rapport avec des criminels.
  – Creeley buvait plus que de coutume, s'était mis au jeu ; séjours à Las Vegas et Atlantic City. Pertes importantes, mais sans gravité pour lui.
  – Incertitude sur les raisons de sa dépression.
  – Kessler ne reconnaît pas les documents brûlés.
  – Kessler ne semble pas tirer profit de la mort de Creeley.
• Sachs et Pulaski suivis par Mercedes noire.

HOMICIDE DE FRANK SARKOWSKI

• Sarkowski, 57 ans. Inconnu des services de police. Décédé le 4 novembre dernier. Une femme et deux enfants adolescents.
• Propriétaire d'un immeuble et d'une société d'entretien à Manhattan, travaillant pour de grosses compagnies et des administrations.
• Art Snyder, détective chargé de l'enquête.
• Pas de suspects.
• Meurtre crapuleux ?
  – Tué par balle au cours de ce qui aurait été une agression. Arme retrouvée sur la scène : Smith & Wesson 38 spécial ; pas d'empreintes, pas de numéro de série. D'après Snyder, peut-être un meurtre exécuté par un professionnel.
• Problèmes en affaires ?
• Trouvé mort dans le Queens, mais on ignore pourquoi il s'y trouvait.
  – Zone déserte du quartier, près des réservoirs de gaz naturel.
• Dossier et pièces à conviction disparus.
  – Dossier et relevé des indices transmis au commissariat 158 vers le 28 novembre. Introuvables depuis. Pas de nom du policier ayant demandé communication.
  – Pas de mention de la destination du dossier au commissariat 158.
  – Refus de coopérer de l'inspecteur Jefferies.
• Aucun lien connu avec Creeley.
• Aucun antécédent délictueux – ni Sarkowski, ni son entreprise.
• Rumeur : argent versé à des policiers du commissariat 118, destiné à une personne ou un établissement en rapport avec le Maryland. Gang de Baltimore dans le coup ?
  – Aucune piste.
  – Aucun indice de l'implication d'un gang.
  – Aucun autre lien avec le Maryland découvert.

L'HORLOGER

Scène de crime 5

Localisation :
• Immeuble de bureaux, 32e Rue et 7e Avenue.

Victimes :
• Amelia Sachs/Ron Pulaski.

Auteur :
• Dennis Baker.

Mode opératoire :
• Tir par balles (tentative).

Indices et pièces à conviction :
• Revolver Autauga MkII calibre 32.
• Gants en latex.

• Trouvé chez Baker (domicile, voiture, bureau) :
  – Cocaïne.
  – 50 000 dollars en espèces.
  – Vêtements.
  – Tickets de caisse de night-clubs et bars, dont le Saint James.
  – Fibres de tapis de sol en provenance de l'Explorer.
  – Fibres correspondant à la corde utilisée pour tuer Creeley.
  – Cendre identique à celle trouvée dans la cheminée chez Creeley.
  – Collecte d'échantillons de sol en cours sur le site où Sarkowski a été tué.
  – Sable et particules d'algues. Lien avec la côte du Maryland ?

Autres :
• Coup monté par Gerald Duncan pour impliquer Dennis Baker et ses complices, meurtriers de l'ami de Duncan. 8 ou 10 autres policiers du 118 impliqués – on ignore lesquels. D'autres personnes impliquées. Duncan n'est plus soupçonné de meurtre.

CHAPITRE 33

Amelia Sachs entra dans une épicerie minuscule et déserte de Little Italy, la partie sud de Greenwich Village. Une couche de peinture recouvrait la vitrine et une ampoule nue brûlait à l'intérieur. La porte de l'arrière-boutique plongée dans la pénombre s'ouvrait sur un énorme tas de détritus, d'anciennes étagères et de boîtes de sauce tomate poussiéreuses.

L'endroit faisait penser au QG d'une bande de petits malfrats, ce qu'il avait effectivement été jusqu'à la descente de police qui s'était soldée par sa fermeture un an auparavant. La Ville, qui en était propriétaire à titre temporaire, cherchait à s'en débarrasser, mais aucun acquéreur ne s'était encore fait connaître. Sellitto y avait vu un lieu idéal pour abriter ce genre de rencontre à risque.

Robert Wallace, l'adjoint au maire, et un jeune policier à la coupe de cheveux militaire du nom de Toby Henson, détective aux Affaires internes, étaient assis à la table branlante. Henson gratifia Amelia Sachs d'une vigoureuse poignée de main et d'un regard signifiant clairement que si elle acceptait de sortir avec lui, il était décidé à lui offrir la soirée de sa vie.

Elle lui décerna un hochement de tête peu amène, uniquement préoccupée de la tâche plus que délicate qui l'attendait.

– Vous avez parlé d'un problème, lui dit Wallace. Mais vous n'avez pas voulu en dire plus au téléphone…

Elle fit aux deux hommes le récit des événements concernant Gerald Duncan et Dennis Baker. Wallace était déjà en partie au courant, mais Henson se mit à rire, stupéfait.

– Ce Duncan, c'est un civil ordinaire ? Et il voulait faire tomber un flic ripoux ? C'est pour cette raison qu'il a fait tout ça ?

– Oui.

– Il a des noms à nous donner ?

– Celui de Baker, c'est tout. Il y a encore huit à dix flics du 118 dans le coup. Mais il y a aussi quelqu'un d'autre, apparemment un gros bonnet.

– Quelqu'un d'autre ? s'étonna Wallace.

– Oui. Nous cherchons depuis le début cette connexion dans le Maryland… Vous croyez qu'on s'est trompés là-dessus ?

– Le Maryland ? répéta l'homme des Affaires internes.

– Vous avez déjà joué au téléphone chinois ? demanda Amelia avec un sourire glacial.

– Vous voulez parler de ce truc auquel jouent les gamins, quand le premier dit quelque chose à l'oreille du deuxième, qui le répète à un troisième, ainsi de suite, et à l'arrivée le message n'est plus le même ?

– Exactement. Mon informateur a entendu « Maryland ». Je crois finalement que c'était « Marilyn ».

- Un prénom ?

En la voyant opiner de la tête, Wallace se raidit.

– Attendez… Vous ne pensez tout de même pas à..

– Si, justement. À l'inspecteur Marilyn Flaherty.

– C'est impossible !

– Absolument ! renchérit le détective Henson en secouant la tête.

– Je voudrais bien m'être trompée. Mais nous avons des indices. On a trouvé du sable et des traces de sel dans la voiture de Baker. Elle possède une maison dans le Connecticut, près de la plage. Et j'ai été suivie par quelqu'un qui conduisait une Mercedes AMG.

J'ai d'abord pensé à une bande du New Jersey ou de Baltimore. Mais cette voiture était en fait celle de Marilyn Flaherty.

– Ils ont des Mercedes AMG, les flics à ce niveau ? demanda, incrédule, le jeune détective.

– L'inspecteur Flaherty se fait illégalement dans les 200 000 dollars par an, ne l'oubliez pas, dit Amelia. Et on a trouvé un cheveu poivre et sel de la longueur des siens à l'intérieur de la Ford Explorer volée par Baker dans un parking de la police. Un dernier détail : elle ne voulait surtout pas que les Affaires internes soient chargées de cette enquête.

– Oui, c'était bizarre, convint Wallace.

– Parce qu'elle s'apprêtait à enterrer toute l'affaire. Si elle l'avait pu, elle l'aurait confiée à l'une de ses créatures et on n'en aurait plus entendu parler.

– Merde alors, un inspecteur…, murmura Henson.

– Elle est en garde à vue ? demanda Wallace.

Amelia fit non de la tête.

– Le problème, c'est qu'on ne retrouve pas l'argent. Nous n'avons aucun motif pour saisir ses relevés de banque ou perquisitionner à son domicile. C'est pourquoi j'ai besoin de vous.

– Que puis-je faire ? demanda Wallace.

– Je lui ai demandé de venir nous rejoindre ici. Je vais lui faire un récit – édulcoré – de ce qui s'est passé. Je vous demande de lui dire que nous avons découvert que Baker était associé avec quelqu'un. Que le maire a désigné une commission spéciale avec tous pouvoirs pour élucider cette affaire et traquer les complices. Dites-lui que les Affaires internes sont engagées à fond aux côtés de cette commission spéciale.

– Vous pensez qu'elle va s'affoler, se précipiter pour planquer l'argent, et que vous pourrez la coincer ?

– C'est ce que nous espérons. Mes collègues vont placer un mouchard sur sa voiture pendant qu'elle sera ici et on la prendra en filature quand elle repartira… Bon, vous êtes d'accord pour lui raconter un bobard ?

– Plus ou moins…, dit Wallace en fixant le bois usé de la table devant lui. Mais allons-y.

Le détective Toby Henson avait apparemment renoncé à ses rêves d'avenir avec Amelia Sachs. Il poussa un gros soupir, assorti d'une réflexion qu'elle ne pouvait que partager :

– Mais ça va être dur.

Alors, qu'avons-nous appris ?

Ron Pulaski, que le travail en binôme avait habitué à penser *nous*, se posait la question à lui-même.

Autrement dit : Qu'ai-je appris depuis que je travaille sur cette affaire avec Lincoln Rhyme et Amelia Sachs ?

Il était décidé à être le meilleur des flics possibles et passait beaucoup de temps à se demander ce qu'il avait fait de bien et de moins bien. Sur le chemin de l'ancienne épicerie où Amelia Sachs avait rendez-vous avec l'adjoint au maire Wallace, il cherchait vainement ce qu'il avait raté. Bien sûr, il aurait pu faire mieux dans le quadrillage de la scène de crime de l'Explorer. Et on ne le reprendrait plus à laisser son arme sous sa combinaison en Tyvek – ni à faire des clés à la gorge d'un agresseur, sauf absolue nécessité.

Mais à part ça et d'une manière générale ? Il s'en sortait plutôt bien.

Pourtant il n'était pas tout à fait content de lui. C'était sans doute parce qu'il faisait équipe avec la détective Sachs. Cette fille avait un tel niveau d'exigence… Il y avait toujours autre chose à vérifier, une nouvelle piste à investiguer, une heure de plus à passer sur la scène.

De quoi vous rendre fou.

Ou faire de vous un super-flic.

Et il faudrait encore plus se défoncer, maintenant, si elle s'en allait. Pulaski avait entendu parler de ce départ, bien sûr, et ça ne le réjouissait guère. Mais il ferait ce qu'il y aurait à faire. Il se demandait toutefois s'il serait capable de mettre la même énergie et la même détermination dans son travail. À cet instant, alors qu'il se hâtait dans la rue glaciale, il pensait à sa femme et à ses enfants. Il aurait tellement préféré être chez lui. Demander à Jenny comment s'était passée la journée – il ne dirait rien de la sienne, ça non ! –, puis jouer avec les gosses. C'était tellement formidable d'observer son fils, ce regard qui changeait tout à coup lorsqu'il remarquait quelque chose qu'il n'avait encore jamais vu, ou découvrait qu'il y avait un lien entre telle chose et telle autre, lorsqu'il riait... Jenny et lui s'assiéraient par terre avec lui, et Brad explorerait à quatre pattes, s'agrippant de ses doigts minuscules au pouce de son père...

Et la petite dernière, à peine née ? Toute ronde, tout en plis et en fossettes, elle reposerait près d'eux dans son couffin, heureuse et tranquille.

Mais le bonheur attendrait. Après ce qui allait se passer, la soirée promettait d'être longue.

Il regarda les numéros. Il était à deux pâtés d'immeubles de la boutique où Amelia lui avait fixé rendez-vous. Qu'avait-il appris ?

Une chose : il valait mieux, à l'avenir, éviter les impasses.

Un an plus tôt, il avait été frappé et laissé pour mort parce qu'il était resté trop près d'un mur. L'homme qui l'attendait à l'angle du bâtiment n'avait eu qu'un pas à faire pour lui assener un coup de matraque sur la tête.

Imprudent et stupide.

Comme l'avait dit la détective Sachs : « Tu ne savais pas. Maintenant tu sais. »

Alors qu'il approchait justement d'une ruelle, Pulaski obliqua vers la gauche en longeant la bordure du trottoir, pour le cas fort improbable où un voyou, peut-être un drogué, serait caché à l'angle et prêt à se jeter sur lui pour le détrousser.

Il se retourna pour regarder par-dessus son épaule, ne vit que les pavés déserts. Mais on ne la lui faisait pas, désormais. C'était ça, devenir un flic : retenir chaque petite leçon et en faire...

La main l'attrapa par-derrière.

– Seigneur, murmura-t-il, le souffle coupé, tandis qu'on le précipitait vers la portière ouverte du van stationné au bord du trottoir, qu'il n'avait pas remarqué parce qu'il regardait vers la ruelle.

Il ouvrit la bouche pour appeler à l'aide.

Mais son agresseur – l'inspecteur adjoint Halston Jefferies, au regard plus froid que la lune qui brillait au ciel – frappa violemment de la main la bouche du bleu. Quelqu'un s'empara de son revolver et il disparut en quelques secondes à l'arrière du véhicule.

La portière claqua.

La porte de l'ancienne épicerie s'ouvrit. Marilyn Flaherty entra et referma derrière elle.

Elle parcourut des yeux, sans un sourire, le triste décor du magasin abandonné, salua d'un bref hochement de tête Wallace et les policiers. Amelia lui trouva l'air encore plus tendu que d'habitude.

L'adjoint au maire, jouant la décontraction, lui présenta le détective des Affaires internes. Elle lui serra la main et s'assit à la table branlante, à côté d'Amelia Sachs.

– Toujours le secret, n'est-ce pas ?

– On est tombés sur un nœud de vipères, répondit Amelia sans quitter des yeux le visage de l'inspecteur Flaherty pendant qu'elle lui exposait la situation.

Marilyn Flaherty écoutait, impassible. Amelia se demanda comment Kathryn Dance aurait interprété ce dos raide, ces lèvres serrées, ce regard vif et glacial, et cette immobilité absolue.

Elle parla de l'associé de Baker. Puis elle ajouta :

– Je sais que vous ne vouliez pas mettre les détectives des Affaires internes sur cette enquête. Mais, avec tout le respect que je vous dois, j'ai décidé de faire appel à eux.

– Je...

– Désolée, inspecteur.

En prononçant ces mots, Amelia s'était tournée vers Wallace.

Mais l'adjoint au maire ne dit rien. Il se borna à secouer la tête en soupirant, et se tourna à son tour vers l'homme des Affaires internes. Le jeune policier sortit son arme.

Amelia Sachs le regarda en clignant des yeux.

– Mais que... Hé, que faites-vous ?

Il pointa son arme entre elle et Flaherty.

– Que se passe-t-il ici ? souffla l'inspecteur.

– C'est une sale embrouille, dit Wallace presque à regret. Une très sale embrouille. Laissez toutes deux vos mains sur la table.

L'adjoint au maire ne les quitta pas des yeux pendant que Toby Henson lui passait son propre revolver, pointé sur les deux femmes.

Henson ne faisait pas partie des Affaires internes ; affecté au 118 et membre de la bande des racketteurs, il avait aidé Dennis Baker à tuer Creeley et Sarkowski. Il enfila des gants de cuir et tira le Glock d'Amelia de son étui. Puis il la palpa des pieds aux épaules, à la recherche d'une deuxième arme. Il n'y en avait pas. Il prit le sac de Marilyn Flaherty et son arme de service.

– Comme vous l'aviez compris, détective, dit Wallace à Amelia, nous avons... un problème.

Prenant son portable, il appela l'un des policiers restés dehors, qui faisait partie du complot :

– Tout va bien ?

– Oui.

Il coupa la communication.

– Vous ? dit Amelia. C'était vous ? Mais...

Elle se tourna vivement vers Marilyn Flaherty, qui lança :

– Mais enfin, de quoi s'agit-il ?

– Vous vous êtes gravement trompée, dit l'adjoint au maire en regardant Amelia. Elle n'y est pour rien. Dennis Baker et moi étions associés, mais associés *en affaires*. À Long Island. Nous en sommes tous deux originaires. Nous avions une entreprise de recyclage. L'entreprise a fait faillite, et il est entré à l'académie de police. J'avais une autre boîte qui marchait bien. Puis je me suis lancé dans la politique et on est restés en contact. Au sein de la municipalité, je suis devenu chargé de liaison avec la police, et j'ai compris quelles sortes de combines marchaient et lesquelles ne marchaient pas. J'en ai monté une avec Dennis qui s'est avérée particulièrement juteuse.

– Robert ! s'écria Flaherty. Non, non...

– Ah, Marilyn..., commença l'adjoint à la crinière argentée.

– Alors, dit Amelia Sachs en haussant les épaules d'un air aussi las qu'impatienté, quel scénario avez-vous en tête pour ce soir ? (Elle laissa échapper un petit rire amer sans quitter Wallace des yeux.) L'inspecteur Flaherty me tue, puis se suicide. Vous mettez de l'argent chez elle et...

– Et Dennis Baker meurt en prison – dans une bagarre avec un codétenu, en tombant dans un escalier ou pour une autre raison.

Triste fin, n'est-ce pas ? Mais il n'avait qu'à être prudent. À partir de là, il n'y a plus de témoin et donc plus d'affaire.

– Vous croyez que tout le monde va gober cette histoire à dormir debout ? Les types du 118 ne vous lâcheront pas comme ça. Ils finiront par vous avoir.

– Excusez-moi, détective, mais quand le feu prend, on l'éteint comme on peut, n'est-ce pas ? Pour l'heure, nous avons un putain de feu à éteindre, et c'est vous deux.

– Écoutez, Robert, dit Marilyn Flaherty d'un ton sec. Vous vous êtes mis dans une sale situation, mais il n'est pas trop tard.

Wallace enfila des gants.

– Allez jeter encore un coup d'œil dehors. Et dites-leur d'être prêts avec la voiture.

L'adjoint prit le Glock d'Amelia.

Henson sortit.

Wallace fixa froidement Amelia. Il tenait le Glock d'une main ferme.

Elle le regarda dans les yeux.

– Attendez !

Il fronça les sourcils.

Elle soutint son regard. Elle était, songea-t-il, d'un calme irréel en de telles circonstances.

Puis elle dit :

– ESU 1, allez-y.

Wallace battit des paupières.

– Qu'est-ce... ?

À la surprise de l'adjoint au maire, une voix masculine lança dans la pénombre de l'arrière-boutique :

– Personne ne bouge ou on tire !

Wallace, le souffle coupé, regarda vers la porte, où le policier de l'ESU se tenait, le canon de sa mitraillette visant tour à tour le politicien et Henson devant l'entrée.

Sachs tendit la main sous la table. Elle en ramena un autre Glock – elle l'y avait sans doute planqué avant – et pivota brusquement pour se placer face à l'entrée en visant Henson.

– Lâchez votre arme ! Couchez-vous par terre !

Le policier de l'ESU se tourna pour braquer l'adjoint au maire.

Seigneur, c'était une souricière, pensa Wallace, affolé.

– Tout de suite ! cria Sachs.

– Merde, murmura Henson en s'exécutant.

Wallace n'avait pas lâché le Glock d'Amelia Sachs. Il le regarda.

Sans quitter Henson des yeux, elle se tourna légèrement vers lui.

– L'arme que vous tenez n'est pas chargée. Vous allez mourir pour rien.

Dégoûté, l'adjoint au maire laissa tomber le Glock sur la table et leva les mains.

L'inspecteur Flaherty, incrédule, avait repoussé sa chaise et se levait avec prudence.

– Équipes d'assaut, entrez ! dit Amelia dans le col de son blouson.

La porte s'abattit avec fracas pour laisser passer une demi-douzaine d'hommes de l'ESU. Ils étaient suivis par l'inspecteur adjoint Halston Jefferies et le capitaine Ron Scott, chef de la division des affaires internes. Un jeune agent blond entra également.

Les policiers de l'ESU jetèrent Wallace à terre pour le neutraliser. Ils passèrent également les menottes à Henson. L'adjoint au maire regarda dehors par l'entrée béante et vit deux autres policiers du 118, ceux qui avaient monté la garde devant l'épicerie. Ils gisaient sur le bitume glacé, menottes aux poignets.

– Tout ça pour découvrir enfin la vérité ! dit Amelia à personne en particulier, tout en rechargeant son Glock. Mais cette fois, au moins, nous avons les réponses à toutes nos questions.

La question à laquelle elle pensait d'abord ne concernait pas Wallace – ils savaient déjà qu'il était le complice de Baker –, mais Marilyn Flaherty : était-elle impliquée ?

Ils avaient tout organisé pour en avoir le cœur net et obtenir du même coup les aveux enregistrés de Wallace.

Lon Sellitto, Ron Scott et Halston Jefferies avaient établi un poste de commandement dans un van stationné dans la rue, et caché un homme de l'ESU dans l'arrière-boutique au cas où Wallace et son jeune complice ouvriraient le feu avant qu'Amelia Sachs ait le temps d'enregistrer la discussion. Pulaski devait prendre la porte principale avec une équipe, et une autre entrerait par l'arrière. Mais ils avaient appris au dernier moment que Wallace avait d'autres agents avec lui, des policiers du 118 qui pouvaient faire partie des corrompus, et ils avaient légèrement modifié leur plan.

Pulaski, en fait, avait failli tomber sur les hommes de Wallace devant l'épicerie, ce qui aurait fait capoter toute l'opération.

– C'est l'inspecteur Jefferies qui m'a tiré dans le van juste avant que ces types m'aperçoivent, expliqua-t-il.

– Il descendait la rue comme un crétin de boy-scout en balade ! dit Jefferies. Si tu ne veux pas y laisser ta peau, mon gars, faut ouvrir l'œil quand tu es dans la rue !

L'inspecteur semblait presque de bonne humeur, songea Amelia en pensant à l'explosion de colère qu'elle avait essuyée la veille. Au moins il ne postillonnait pas.

– Oui, chef. Je ferai plus attention à l'avenir, chef.

– Bon Dieu de bon Dieu, on prend n'importe qui à l'académie de nos jours !

Amelia s'efforça de ne pas sourire. Elle se tourna vers Flaherty.

– Désolée, inspecteur. On voulait être certains que vous n'étiez pas dans le coup.

Elle expliqua ses soupçons et les indices qui l'avaient amenée à penser que l'inspecteur était peut-être de mèche avec Baker.

– La Mercedes ? dit Flaherty. C'était bien la mienne. Et vous avez bien été suivie. J'avais chargé l'un de mes agents de garder un œil sur vous et Pulaski. Vous étiez tous deux jeunes et nouveaux dans le métier, et on craignait que vous ne fassiez pas le poids. Je lui avais donné ma voiture, sachant que vous auriez repéré au premier coup d'œil un véhicule de patrouille.

La luxueuse Mercedes avait effectivement trompé Amelia, pour finalement l'aiguiller sur une fausse piste. Si le milieu n'était pas impliqué, elle commençait à se dire que Pulaski s'était peut-être trompé au sujet de Jordan Kessler, l'associé de Creeley, et que cet homme d'affaires n'était peut-être pas étranger aux deux assassinats. Se pouvait-il que Creeley et Sarkowski aient été inquiétés dans le cadre de l'une des nombreuses enquêtes financières en cours à la suite du scandale Enron, et qu'on les ait tués parce qu'ils en savaient trop sur les malversations d'un client de leur entreprise ? Kessler semblait, de tous les acteurs, le seul capable de s'offrir un véhicule comme la Mercedes AMG.

Mais elle savait désormais qu'il s'agissait uniquement d'une affaire de policiers corrompus, et que les cendres dans la cheminée de Creeley n'étaient pas celles de documents comptables truqués, mais prouvaient simplement la volonté des ripoux de détruire toute trace de leurs opérations d'extorsion de fonds, comme elle l'avait pensé d'abord.

L'inspecteur Flaherty reporta son attention sur Wallace.

– Comment l'avez-vous soupçonné ? demanda-t-elle.

– Expliquez-le-lui, dit Amelia à Pulaski.

– La détective Sachs, ici présente..., commença le bleu. (Il se tut et reprit après un silence :) Amelia a trouvé dans le véhicule de Baker et à son domicile une série d'indices qui nous ont fait penser, enfin, qui ont fait penser aux détectives Sachs et Rhyme que l'autre personne impliquée habitait à proximité d'une plage ou d'une marina.

– Je ne pensais pas que le détective Jefferies était impliqué, enchaîna Amelia, parce qu'il n'aurait pas demandé le transfert d'un dossier dans son propre commissariat s'il avait eu l'intention de le détruire. Quelqu'un d'autre l'y avait fait transférer et l'avait intercepté avant qu'on l'enregistre. Je suis retournée le voir pour lui demander si quelqu'un s'était trouvé récemment dans la salle des archives, quelqu'un qui aurait pu avoir un lien avec l'affaire. Il m'a donné un nom. (Se tournant vers Wallace :) Le vôtre. J'ai alors posé, logiquement, la question suivante : aviez-vous une connexion dans le Maryland ? Et vous en aviez une. Simplement, elle n'était pas évidente.

Réfléchir à l'intérieur de la boîte...

– Seigneur, murmura l'adjoint au maire. Baker m'a bien dit que vous aviez parlé du Maryland. Mais je n'aurais jamais cru que vous trouveriez.

Ron Scott, le patron des Affaires internes, dit à Flaherty :

– Wallace avait un bateau à la marina de Long Island. Immatriculé à New York, mais construit à Annapolis et baptisé le *Maryland Monroe*.

– Le sable, les particules d'algues et les traces de sel trouvés dans la voiture de Baker correspondaient à ceux de la marina, dit Amelia. On a obtenu un mandat de perquisition pour fouiller le bateau et on y a trouvé quelques indices. Des numéros de téléphone, des papiers, des traces. Plus de 4 millions en espèces – et des quantités de drogues. Sans compter l'alcool, probablement de contrebande, mais je dirai que c'était le dernier de nos problèmes.

Ron Scott se tourna vers les deux agents de l'ESU.

– Embarquez-le. Commissariat central.

Tandis qu'on l'entraînait, Wallace se retourna.

– Je ne dis rien ! Si vous croyez que je vais parler et donner des noms, vous vous trompez. Ne comptez pas sur des aveux !

Amelia Sachs entendit rire Marilyn Flaherty pour la première fois depuis qu'elle la connaissait.

– Vous n'êtes pas fou, Robert ? Ils ont visiblement assez de preuves pour vous expédier à l'ombre jusqu'à la fin de vos jours. On se passera bien de vos aveux. Alors fermez-la une fois pour toutes !

III

Jeudi, 8 h 32

Le temps est un grand professeur, malheureusement il tue ses élèves.

Hector Berlioz.

CHAPITRE 34

Restés seuls, Rhyme et Amelia Sachs étudiaient sur les tableaux les listes d'indices collectés pour les deux enquêtes, celle du scandale de la corruption de la bande du Saint James et celle de l'Horloger.

Amelia faisait un effort de concentration, mais Rhyme la savait distraite. Ils s'étaient couchés tard et avaient discuté des événements de la journée. La corruption était un grave délit, mais le fait que des policiers avaient tenté de tuer d'autres policiers la choquait encore plus.

Même si elle lui avait dit qu'elle n'avait pas encore pris de décision définitive concernant son départ de la police, un regard avait suffi à Rhyme pour comprendre qu'elle allait bel et bien partir. Il savait aussi qu'elle avait reçu deux appels téléphoniques d'Argyle, l'agence de sécurité.

Il n'y avait aucun doute.

Rhyme regarda le petit rectangle de papier posé dans le sac qu'elle avait laissé ouvert sur une table du laboratoire : l'enveloppe contenant sa lettre de démission. Elle était d'une blancheur aussi aveuglante que la pleine lune dans un ciel noir. Si aveuglante qu'on ne la voyait pas clairement. On ne voyait rien clairement d'ailleurs.

Il se força à ne plus y penser et reporta son attention sur les indices.

Gerald Duncan – surnommé le « coupable allégé » par le spirituel Thom – attendait son inculpation pour les délits mineurs qu'il avait commis (l'analyse d'ADN avait confirmé que le sang sur le cutter, sur la veste repêchée dans le port et sur le ponton était celui de Duncan, et le fragment d'ongle retrouvé sur le ponton correspondait bien au sien).

L'enquête sur la corruption au 118 progressait lentement.

Il y avait assez d'éléments à charge pour traduire Baker, Wallace et aussi Toby Henson en justice. Les échantillons de sol collectés dans la maison de Creeley à Westchester correspondaient aux traces relevées aux domiciles de Baker et d'Henson. Ils avaient aussi, bien sûr, une fibre de corde qui impliquait Baker dans le meurtre de Creeley, mais on avait trouvé des fibres similaires sur le bateau de Wallace. Henson possédait des gants de cuir dont les particules étaient les mêmes que celles trouvées à Westchester.

Mais ce trio ne se montrait pas coopératif. Les trois hommes refusaient tout arrangement aux termes duquel ils auraient pu, en échange d'une coopération avec les enquêteurs, voir leurs chefs d'inculpation revus à la baisse. Et il n'y avait aucun indice pour permettre d'identifier d'autres membres de la bande du 118, par exemple les deux agents qui étaient intervenus à l'East Village Social Club pour faire chanter Creeley et qui se prétendaient innocents. Rhyme avait bien tenté de lâcher Kathryn Dance sur ces deux-là, mais ils avaient purement et simplement refusé de parler.

Rhyme, pourtant, était confiant. Il ne doutait pas qu'il finirait par identifier tous les ripoux du 118 et les livrer à la justice. Mais il voulait en finir tout de suite. Comme Amelia le lui avait fait remarquer, les membres de la bande qui leur avaient échappé jusque-là s'apprêtaient peut-être à exécuter d'autres témoins, et il y avait le risque d'une nouvelle tentative contre elle et Pulaski. Il se pouvait aussi que l'un ou plusieurs d'entre eux forcent Baker, Henson et Wallace à garder le silence en les menaçant de représailles sur leurs proches.

Rhyme était, en outre, sollicité pour d'autres dossiers. On l'avait appelé pour lui parler d'une nouvelle affaire. Fred Dellray, agent du FBI temporairement libéré de l'enfer de la délinquance financière, lui avait raconté l'intrusion suivie d'un incendie criminel qui s'était produite au siège du National Institute of Standards and Technology, à Brooklyn. Les dégâts étaient mineurs, mais l'auteur des faits avait déjoué un système de sécurité hautement sophistiqué, et, le terrorisme étant désormais dans tous les esprits, la moindre intrusion dans un bâtiment officiel attirait automatiquement un surcroît d'attention : les fédéraux voulaient l'aide de Rhyme pour le volet scientifique des investigations. Il ne demandait qu'à les épauler, mais devait d'abord boucler l'enquête sur l'affaire de corruption Baker-Wallace.

Un coursier arriva avec le dossier du meurtre de l'homme d'affaires ami de Duncan, organisé par Baker après qu'il ait refusé de céder au chantage. L'enquête restait ouverte – il n'y a pas de limite de temps en cas de meurtre –, mais aucun élément nouveau n'était apparu depuis un an. Rhyme espérait trouver dans cette affaire ancienne de quoi démasquer d'autres membres de la bande du 118.

Il commença par consulter les archives du *New York Times* pour lire le bref article relatant la mort d'Andrew Culbert, la victime. On y apprenait seulement qu'il s'agissait d'un homme d'affaires de Duluth et qu'il avait apparemment été victime d'un crime crapuleux dans le centre-ville. On ne citait aucun suspect. Il n'y avait pas eu d'autre article.

Rhyme demanda à Thom d'installer le rapport d'enquête sur son appareil à tourner les pages et se plongea dans sa lecture. Comme c'était souvent le cas pour les enquêtes qui n'avançaient pas, les notes étaient de divers auteurs, car le dossier, au fil du temps, était passé de main en main – avec de moins en moins d'énergie. D'après le rapport d'examen de la scène de crime, on avait trouvé peu de traces, pas d'empreintes digitales ou d'empreintes de pas, aucune douille (la victime avait reçu deux balles en plein front, tirées par un 38 spécial ; le test auquel on avait soumis les armes saisies chez Baker et les autres policiers du 118 n'avait révélé aucune équivalence balistique).

– Tu as l'inventaire de la scène de crime ? demanda-t-il à Amelia Sachs.

– Voyons… Ici, dit-elle en appelant la page. Je vais le lire.

Il ferma les yeux pour mieux imaginer les objets.

– Un portefeuille. La clé d'une chambre de l'hôtel Saint Regis, une clé du minibar, un stylo de marque Cross, un agenda électronique, un paquet de chewing-gum, un petit bloc de papier avec les mots « Toilettes hommes » en haut de la première feuille et « Chardonnay » sur la seconde. C'est tout. Le détective chargé de l'enquête était John Repetti.

Rhyme fixait le vide, l'esprit ailleurs. Il la regarda.

– Tu disais… ?

– Je disais que le chargé d'enquête était un certain Repetti, à Midtown North. Tu veux que je l'appelle ?

Lincoln Rhyme mit un moment à répondre :

– Non. J'ai besoin de toi pour autre chose.

C'est diabolique, tout de même !

Tout en écoutant grâce à son iPod un vieil enregistrement de *See That My Grave Is Kept Clean* par le bluesman Blind Lemon Jefferson, Kathryn Dance regarda sa valise qui refusait de se fermer.

Je n'ai acheté que deux paires de chaussures, quelques cadeaux de Noël… D'accord, *trois* paires de chaussures, mais il y a des tennis dans le lot. Elles ne comptent pas. Ah, et le sweater ! Le problème, c'est ce sweater.

Elle le sortit. Essaya à nouveau. Les fermoirs restèrent bloqués à quelques centimètres les uns des autres.

Diabolique…

Tant pis pour l'élégance. Prenant le sac en plastique de la blanchisserie, elle y jeta un jean, un tailleur, des rouleaux à mise en plis et le volumineux sweater. Puis elle rabattit le couvercle de la valise.

Clic.

Ce n'était pas sorcier finalement.

Le téléphone sonna. On la prévenait depuis la réception qu'elle avait une visiteuse.

Pile à l'heure.

– Dites-lui de monter, répondit Kathryn.

Cinq minutes plus tard, Lucy Richter s'asseyait sur son lit.

– Vous voulez boire quelque chose ?

– Non, merci. Je ne pourrai pas rester très longtemps.

Il y avait un petit réfrigérateur dans la chambre d'hôtel.

– Celui qui a inventé ces minibars était un envoyé du diable, dit Kathryn. Des barres chocolatées et des chips... Ma perdition !

Lucy, qui, à la voir, n'avait jamais eu un gramme de graisse ni une calorie de trop, se mit à rire. Puis elle dit :

– Il paraît qu'on l'a arrêté. C'est ce que m'a dit l'agent posté devant chez moi. Mais il n'en savait pas plus.

Kathryn Dance lui parla de Duncan, qui s'était révélé innocent depuis le début, et du scandale de la corruption au commissariat 118.

Lucy secoua la tête en apprenant ces nouvelles. Puis elle fit quelques commentaires sans grand intérêt sur les cadres qui décoraient les murs et sur la vue qu'on avait de la fenêtre. La suie, la neige et un conduit de ventilation composaient l'essentiel du paysage.

– Je suis venue simplement pour vous remercier.

Non, pensa Kathryn. Mais elle dit :

– Ne me remerciez pas. Je n'ai fait que mon travail.

Elle nota que Lucy avait décroisé les bras et adopté une position plus confortable, légèrement renversée en arrière et les épaules basses, mais pas tout à fait détendue. Un aveu ou quelque chose d'approchant s'annonçait.

Kathryn laissa le silence s'installer.

– Vous êtes conseillère ? demanda Lucy.

– Non. Flic seulement.

Mais lors des interrogatoires il n'était pas rare que des suspects continuent à parler après leurs aveux pour évoquer d'autres fautes de conduite, des parents détestés, des jalousies entre frères et sœurs, des maris ou des épouses infidèles, des moments de colère, de bonheur ou d'espoir. Se confiant, demandant conseil. Non, elle n'était pas conseillère. Mais elle était flic, et mère, et spécialiste de kinésique, trois rôles qui exigeaient pareillement qu'elle se montre experte dans l'art largement oublié de l'écoute.

– Ma foi, avec vous on n'a pas peur de parler. Je me disais que je pourrais peut-être vous demander votre avis sur quelque chose.

– Allez-y, l'encouragea Kathryn.

– Je me demande ce que je dois faire, dit la femme soldat. C'est aujourd'hui que je vais recevoir cette citation, celle dont je vous ai parlé. Mais il y a un problème.

Elle entreprit de lui décrire ce qu'elle faisait dans l'armée, comment elle gérait toute une flotte de camions-citernes pour approvisionner les troupes en carburant et en nourriture.

Kathryn Dance ouvrit le minibar, en sortit deux bouteilles de Perrier et la regarda en haussant les sourcils.

– Bon, d'accord, dit Lucy après une hésitation.

Kathryn décapsula une bouteille et la lui tendit. Des mains occupées aident à réfléchir et à parler.

– Il y avait dans mon équipe un caporal, un certain Pete. Un type marrant. Très marrant. Il entraînait une équipe de foot dans le civil et travaillait dans le bâtiment. Il m'a beaucoup aidée quand je suis arrivée. Un jour, il y a environ un mois, on a eu un inventaire des véhicules à faire ensemble. Il y en avait certains à renvoyer par bateau à Fort Hood pour réparation, d'autres qu'on pouvait réparer nous-mêmes sur place et d'autres qui n'avaient que leur carrosserie d'abîmée.

« J'étais dans le bureau et il était allé au mess. Je devais l'y retrouver avant de prendre la route. Je suis allée le chercher en Jeep. J'ai vu Peter qui m'attendait, et à cet instant un IED a explosé. Un IED, c'est une bombe.

Kathryn Dance le savait, bien sûr.

– J'étais à dix ou douze mètres. Peter m'a fait un signe de la main, il y a eu un éclair et tout a changé d'un coup. Imaginez que vous clignez des yeux et qu'en les rouvrant vous vous retrouvez ailleurs. La façade du mess avait disparu, les palmiers… il n'y avait plus rien. Quant aux quelques soldats et aux deux civils qui se trouvaient là… ils s'étaient volatilisés.

Elle parlait avec un calme étrange. Kathryn Dance connaissait ce ton de voix. C'était celui des sujets auxquels un meurtre avait enlevé des personnes qu'ils aimaient. (Les interrogatoires les plus pénibles à conduire, infiniment plus durs que lorsqu'on avait en face de soi quelque criminel dénué de sens moral.)

– Peter avait été déchiqueté… Il n'y a pas d'autre mot pour le décrire. (Sa voix s'étrangla.) Ce n'était plus qu'une bouillie sanglante, des os brisés… J'en ai vu de toutes les couleurs là-bas. Mais ça… Affreux.

Elle but une gorgée d'eau et serra la bouteille entre ses mains, comme une enfant sa poupée.

Kathryn ne chercha pas à exprimer sa sympathie par des mots. Ils auraient été inutiles. Elle hocha la tête pour inviter la jeune femme à poursuivre. Lucy poussa un profond soupir. Ses doigts s'entrelaçaient sur la bouteille. Pour Kathryn, ce geste – souvent observé – révélait l'effort du sujet pour refouler une tension insupportable née de la honte, de la culpabilité ou de la souffrance.

– La vérité, c'est que… j'étais en retard. J'étais dans le bureau. J'ai regardé la pendule. Il était midi cinquante-cinq, mais il me restait une demi-canette de soda. J'ai pensé à la jeter avant de partir – il me fallait cinq minutes pour rejoindre le mess –, puis j'ai décidé de la finir. J'ai eu envie de m'asseoir un instant pour la boire, et voilà. J'ai donc quitté le bureau trop tard. Si j'avais été à l'heure, il ne serait pas mort. Je l'aurais emmené dans ma Jeep et on se serait trouvés à plusieurs centaines de mètres de là au moment de l'explosion.

– Vous avez été blessée ?

– Légèrement. (Elle remonta sa manche pour montrer la grande cicatrice qui lui plissait la peau de l'avant-bras.) Rien de grave. (Elle contempla un instant la cicatrice, but une gorgée d'eau.) Si je n'avais eu qu'*une* minute de retard, il aurait été dans la Jeep. Soixante secondes… À soixante secondes près il pouvait vivre ou mourir. Tout ça pour un soda. Parce que j'avais voulu finir ce putain de soda ! (Un rire amer s'échappa de ses lèvres.) Et là-dessus qui s'amène pour essayer de me tuer ? Un type qui se fait appeler l'Horloger et laisse une saleté de pendule dans ma salle de bains ! Depuis des semaines je ne pense qu'à cette minute qui peut, d'une façon ou d'une autre, faire la différence entre la vie et la mort, et voilà que cet abruti me la renvoie à la figure !

– Et après ? Il y a autre chose, n'est-ce pas ? demanda Kathryn.

– Oui, dit Lucy avec un faible rire. Voilà le problème. En principe, mon temps de service s'achève le mois prochain. Mais je me suis sentie tellement coupable à cause de Pete que j'ai annoncé à mon commandant que je voulais renouveler mon engagement.

Kathryn hocha la tête et ne dit rien pour la laisser continuer.

– En fait, c'est la raison de cette cérémonie. Ce n'est pas parce que j'ai reçu une blessure. Il y a tous les jours des blessés parmi nous. C'est l'occasion de nous réengager. L'armée a beaucoup de difficultés à trouver de nouvelles recrues. On veut se servir des réengagés pour une campagne de recrutement. Ça nous plaît tellement que nous y retournons. Ce genre de trucs.

– Et vous hésitez ?

– Ça me rend folle. Je n'en dors plus. Je ne peux plus faire l'amour avec mon mari. Je ne peux plus rien faire… Je me sens seule. J'ai peur. Ma famille me manque. Mais je sais aussi que nous faisons là-bas quelque chose de super-important, quelque chose de bien pour une foule de gens. Je n'arrive pas à me décider. Je bloque.

– Que se passerait-il si vous leur disiez que vous avez changé d'avis ?

– Je n'en sais rien. Ils seraient sans doute furieux. Mais je ne risque pas la cour martiale. C'est d'abord *mon* problème. Si je devais revenir sur cette décision, je décevrais des gens. Je reculerais, ce que je n'ai jamais fait de ma vie. Je trahirais une promesse.

Kathryn réfléchit un moment avant de répondre :

– Je ne peux pas vous dire ce que vous devez faire. Mais je vais vous dire une chose. Mon métier consiste à trouver la vérité. La plupart de ceux à qui j'ai affaire sont des suspects, des criminels.

Mais je vois aussi beaucoup de gens qui se mentent à eux-mêmes. Et la plupart du temps ils n'en sont même pas conscients.

« Mais qu'on mente à la police, à sa mère, à son mari, à ses amis ou à soi-même, les symptômes sont toujours les mêmes. On est stressé, furieux, déprimé. Les mensonges vous enlaidissent. La vérité produit l'effet contraire... Il arrive, évidemment, que la vérité soit la dernière des choses qu'on souhaite affronter. Mais vous ne pouvez pas savoir combien de fois j'ai vu un immense soulagement dans le regard d'un suspect que j'avais amené à avouer. C'est extraordinaire. Parfois, même, ils me remercient.

– Vous voulez dire que *je* connais la vérité ?

– Oh, oui, vous la connaissez. Elle est là. Bien cachée. Et elle ne vous plaira peut-être pas quand vous l'aurez découverte. Mais elle est là.

– Comment la trouver ? En me posant des questions à moi-même ?

– Je ne vous le fais pas dire. Ça revient à chercher ce que je cherche moi aussi : la colère, la dépression, le déni, les excuses, l'autojustification. Quand ressentez-vous ça et pourquoi ? Qu'y a-t-il derrière tel ou tel sentiment ? Et ne vous autorisez aucune échappatoire. Soyez intraitable. Vous trouverez ce que vous voulez vraiment.

Lucy Richter, la femme soldat, se pencha en avant pour serrer Kathryn Dance dans ses bras – un geste rarissime de sa part.

Et elle sourit.

– Dites donc, on pourrait faire un livre toutes les deux. *Le guide de l'auto-interrogatoire à l'usage des filles*. Ça serait un best-seller !

– Pour occuper vos loisirs ! dit Kathryn, riant à son tour.

Et les deux femmes de trinquer en entrechoquant leurs bouteilles de Perrier.

Un quart d'heure plus tard, elles avaient expédié la moitié des petits pains aux myrtilles et le café qu'elles s'étaient fait apporter quand le téléphone de l'agent du FBI se mit à sonner. Kathryn Dance regarda l'écran pour savoir qui l'appelait et secoua la tête en riant.

La sonnette de la porte d'entrée retentit chez Lincoln Rhyme. Un instant plus tard, Thom entra dans le laboratoire, accompagné de Kathryn Dance. Elle avait les cheveux dénoués et non plus tressés et tirés en arrière comme précédemment, et les oreillettes de l'iPod pendaient à son cou. Elle retira son manteau léger et salua Sachs et Mel Cooper qui venaient tout juste d'arriver.

Puis elle se pencha pour une caresse à Jackson, le chien.

– Hum, que diriez-vous d'un petit cadeau d'adieu ? demanda Thom en regardant le havanais.

– Il est adorable, répondit-elle en riant. Mais le cheptel, chez moi, est au complet – pour les quatre pattes comme pour les deux pattes.

Elle était là à la suite d'un appel téléphonique de Rhyme – « S'il vous plaît, pourriez-vous nous donner un coup de main une fois encore ? ».

– Je vous ai juré que c'était la dernière fois, dit-il comme elle s'asseyait à côté de lui.

– Que se passe-t-il ?

– Il y a quelque chose qui cloche dans notre affaire. Et j'ai besoin de votre aide.

– Que puis-je faire ?

– Je me suis rappelé ce que vous m'aviez dit à propos de l'affaire Hanson en Californie, et du fait qu'en lisant le compte rendu de ses déclarations vous vous étiez doutée de ce qu'il était en réalité.

Elle opina.

– Je voudrais que vous fassiez la même chose pour nous.

Il lui expliqua comment le meurtre d'un certain Andrew Culbert, ami de Duncan, avait amené ce dernier à traquer et à faire tomber Baker et Wallace.

– Mais nous avons découvert quelque chose de bizarre dans le dossier. Culbert avait un agenda électronique mais pas de téléphone portable. Curieux. Tout homme d'affaires, aujourd'hui, a un portable. Et il avait un bloc de papier portant deux inscriptions. La première était le mot « Chardonnay », ce qui peut signifier qu'il l'avait noté pour se rappeler d'acheter du vin. Mais l'autre était « Toilettes hommes ». Pourquoi écrire cela ? J'y ai bien réfléchi, et j'ai fini par me dire que c'était le genre de choses qu'écrivent les gens qui ont un problème de langue ou d'audition. Pour commander du vin dans un restaurant ou demander les toilettes. Et cette absence de téléphone… Je me suis demandé s'il n'était pas sourd.

– Et ainsi, dit Kathryn Dance, l'ami de Duncan aurait été tué parce que son agresseur avait perdu patience face à une victime qui ne comprenait pas ce qu'on lui demandait ou tardait trop à sortir son portefeuille ? Duncan aurait cru que Baker l'avait tué, alors qu'il ne s'agissait que d'une coïncidence.

– Ça se complique, dit Sachs.

– J'ai retrouvé la veuve de Culbert à Duluth, reprit Rhyme. Elle m'a confirmé qu'il était sourd de naissance.

– Mais Duncan nous a dit que Culbert lui avait sauvé la vie quand ils étaient tout deux dans l'armée, dit Sachs. On ne l'aurait jamais recruté s'il avait été sourd.

– Je pense, répondit Rhyme, que Duncan avait simplement lu l'histoire d'un type tué lors d'une agression crapuleuse et qu'il a prétendu que c'était son ami afin de donner de la crédibilité à son plan pour impliquer Baker.

Le criminologue marqua une pause avant de poursuivre en haussant les épaules :

– Ce n'est pas forcément un problème. Après tout, nous avons arrêté un flic corrompu. Mais ça pose tout de même quelques questions. Pourriez-vous revoir l'enregistrement de l'interrogatoire de Duncan et nous dire ce que vous en pensez ?

– Bien sûr.

Cooper pianota sur son clavier.

Au bout d'un moment, le visage en gros plan de Gerald Duncan apparut à l'écran. Il était confortablement assis dans une cellule d'interrogatoire tandis que Sellitto énonçait son identité, la date et l'intitulé de l'affaire. Puis l'interrogatoire commençait. Duncan répétait pour l'essentiel ce qu'il avait dit à Rhyme alors qu'il était assis au bord du trottoir devant la dernière « scène de crime ».

Kathryn Dance regardait avec beaucoup d'attention en hochant la tête tandis qu'il exposait les détails de son plan. Quand ce fut terminé, Cooper mit le moniteur sur « pause », figeant le visage de Duncan sur l'écran.

Kathryn Dance se tourna vers Rhyme.

– Tout est là ?

– Oui.

Devant ses traits figés et la gravité de son expression, le criminologue ajouta :

– Alors, qu'en pensez-vous ?

Elle hésita avant de répondre :

– Je dois dire que… j'ai l'impression que l'histoire de son ami assassiné n'est pas le seul problème. Je crois que pratiquement tout ce qu'il dit dans cet enregistrement n'est que mensonge.

Silence dans la maison de Rhyme.

Un silence total.

Se détournant enfin de l'image immobile de Gerald Duncan sur l'écran du moniteur, Rhyme dit :

– Expliquez-nous…

– J'ai eu son profil de base pendant qu'il donnait les détails de son plan pour faire arrêter Baker. Nous savons que certains aspects sont vrais. Aussi, quand les niveaux de stress changent, je sais qu'il cherche à tromper. J'ai vu des déviations majeures quand il a parlé de son prétendu ami. Et je ne crois pas que « Duncan » soit son vrai nom. Ou qu'il vive dans le Midwest. Par ailleurs, il se fiche complètement de Dennis Baker. L'arrestation de cet homme ne lui a fait ni chaud ni froid. Et il y a autre chose. (Elle jeta un bref regard à l'écran.) Pouvez-vous retourner vers le milieu de l'enregistrement ? Il y a un moment où il se touche la joue.

Cooper fit défiler la vidéo en marche arrière.

– Là ! Repassez ça.

Je n'ai jamais fait de mal à quiconque. Je n'aurais pas pu faire ça. Je pouvais risquer une petite entorse à la loi par-ci, par-là…

Kathryn Dance secoua la tête, les sourcils froncés.

– Eh bien ? demanda Sachs.

– Ses yeux…, murmura Kathryn. Ah, il y a un problème…

– Pourquoi ?

– Je crois que cet homme est dangereux, très dangereux. J'ai passé des mois à étudier les enregistrements d'interrogatoires de Ted Bundy, le tueur en série. C'était un pur sociopathe, capable de tromper son monde sans que le moindre signe le trahisse. Mais j'ai pu détecter une réaction à peine perceptible dans son regard quand il disait qu'il n'avait jamais tué personne. Cette réaction n'était pas un signe caractéristique de dissimulation ; elle révélait la tromperie et la trahison. Il était dans le déni par rapport à quelque chose qui se trouvait au centre de son être. Exactement comme Duncan dans ce qu'on vient de voir.

– Vous en êtes sûre ? demanda Sachs.

– Pas à 100 %, non. Mais je crois qu'on ferait bien de lui poser encore quelques questions.

– Je ne sais pas ce qu'il nous réserve encore, dit Rhyme, mais il vaudrait mieux le faire passer en détention de niveau 3 jusqu'à ce qu'on en ait le cœur net.

Comme il avait été arrêté pour des délits mineurs et non violents, Gerald Duncan était détenu à Center Street dans des conditions de sécurité minimales. Une évasion était peu probable, mais pas impossible. Rhyme lança l'ordre à son téléphone d'appeler le responsable. Il se présenta et donna des instructions pour qu'on transfère Gerald Duncan dans une cellule mieux sécurisée.

Le directeur ne fit pas de commentaire. Rhyme comprit qu'il refusait de recevoir des injonctions d'un civil.

Il fit une grimace et demanda à Sachs de venir au téléphone pour donner l'ordre de transfert. C'est alors que la raison du silence du directeur leur apparut clairement.

– C'est que… détective, dit l'homme d'un ton embarrassé, il n'est resté ici que quelques minutes. Nous n'avons même pas eu le temps de l'enregistrer.

– Quoi ?

– C'est le procureur… Il a certainement passé un accord avec ce Duncan hier soir et il l'a relâché. Je croyais que vous étiez au courant.

CHAPITRE 35

Lon Sellitto, de retour dans le laboratoire de Rhyme, faisait nerveusement les cent pas. L'avocat de Duncan s'était, apparemment, entretenu avec l'adjoint du district attorney et en échange d'une déclaration de culpabilité, du paiement de 100 000 dollars pour préjudice causé aux forces de police et aux pompiers, ainsi que d'une promesse de témoigner contre Baker, tous les chefs d'accusation avaient été levés.

Le gros détective, les cheveux ébouriffés, les mains sur les hanches, fusilla le téléphone du regard comme s'il voyait à la place l'imbécile incompétent qui venait de relâcher un tueur potentiel dans la nature.

On sentait dans la voix du procureur qu'il était sur la défensive :

– C'était le seul moyen de l'amener à coopérer. Il avait un avocat du cabinet Reed, Prince. Il nous a remis son passeport. Il était authentique. Il s'est engagé à ne pas quitter la juridiction jusqu'au procès de Baker. Je l'ai logé en ville dans un hôtel, avec un agent qui le garde. Il n'ira nulle part. Où est le problème ? J'ai déjà fait ça une centaine de fois.

– Et Westchester ? tonna Rhyme dans le téléphone. Le cadavre volé ?

– Ils ont accepté de ne pas poursuivre. J'ai promis de les aider dans quelques affaires pour lesquelles ils ont besoin de notre coopération.

Le procureur voyait la chose comme une étape importante dans sa carrière. Démanteler un gang allait faire de lui une star.

Rhyme secoua la tête. Il avait blêmi. L'incompétence et l'ambition égoïste le mettaient toujours en fureur. Le métier de policier n'est pas facile à exercer sans interférences avec les politiciens. Pourquoi ne l'avait-on pas appelé avant de relâcher Duncan ? Avant même que Kathryn Dance se soit prononcée sur l'enregistrement de ses déclarations, il y avait trop de questions sans réponses pour qu'on le laisse sortir.

– Où est-il ? aboya Sellitto.

– De toute façon, quelle preuve…

– Mais il est où, bon sang ? répéta Sellitto, rageur.

Le procureur hésita et leur donna le nom d'un hôtel du centre-ville, ainsi que le numéro de téléphone de l'agent affecté à la garde de Duncan.

– Et qui était cet avocat ? poursuivit Sellitto.

L'adjoint du district attorney leur donna un nom.

– Je ne vois vraiment pas pourquoi vous en faites toute une histoire…

Sellitto raccrocha. Il se tourna vers Kathryn Dance.

– Cette fois je vais taper très haut. Vous voyez ce que je veux dire ?

– En Californie aussi nous avons des nullités. Mais je maintiens mon opinion. Faites tout votre possible pour le retrouver. Je dis bien : tout. Je suis prête à répéter ce que je pense de lui à qui vous voudrez. Le chef de la police, le maire, le gouverneur s'il le faut.

– Vois ce que cet avocat sait de lui, dit Rhyme à Amelia.

Elle prit le nom et lança la recherche sur son téléphone. Rhyme, bien sûr, connaissait Reed et Prince. C'était un important cabinet jouissant d'une solide réputation. Ses avocats assuraient la défense de quelques prestigieux délinquants du monde des affaires.

Cooper annonça d'un ton sinistre :

– On a un problème. L'agent qui gardait Duncan à son hôtel. Il vient d'aller voir dans sa chambre. Duncan a filé, Lincoln.

– Quoi ?

– Hier soir, il a dit à l'agent qu'il ne se sentait pas bien, qu'il allait se coucher de bonne heure et passerait la journée au lit. Il semble avoir forcé la serrure de la chambre mitoyenne. L'agent ne sait pas quand il a fait ça. Peut-être hier soir.

Amelia referma son téléphone d'une chiquenaude.

– Il n'y a pas au cabinet Reed d'avocat répondant au nom qu'il a donné au procureur. Et Duncan n'y est pas client.

– Merde alors ! gronda Rhyme.

– Bien, dit Sellitto. Il faut faire donner la cavalerie.

Il appela Bo Haumann à l'ESU et lui annonça qu'il devait à nouveau arrêter leur suspect.

– Seulement, on ne sait pas très bien où il se trouve.

Il donna les quelques détails dont ils disposaient. Rhyme n'entendit pas la réaction d'Haumann, mais il était facile de la deviner en voyant l'expression de Sellitto répondant à leur collègue de l'ESU :

– Ça ne sert à rien de me dire ça, *à moi*, Bo.

Sellitto laissa un message pour le district attorney lui-même, puis appela le quartier général afin d'informer la hiérarchie du problème.

– Je veux en savoir plus sur ce type, dit Rhyme à Cooper. Nous sommes trop complaisants, bon sang ! Nous n'avons pas posé assez de questions ! (Il se tourna vers Kathryn Dance.) Kathryn, pardonnez-moi de vous demander ça…

– Je viens d'annuler mon vol, dit-elle en posant son téléphone.

– Désolé. Ce n'est pas vraiment votre affaire.

– C'est mon affaire depuis que j'ai interrogé Cobb mardi, répondit l'agent du FBI, les lèvres serrées, un regard froid dans ses yeux verts.

Cooper s'était plongé dans les informations qu'ils avaient recueillies sur Gerald Duncan. Il dressa une liste de numéros de téléphone et se mit à les appeler. Après plusieurs échanges avec ses correspondants, il dit :

– Écoutez ça. Ce type n'est pas Duncan. La police du Missouri a envoyé une voiture à l'adresse qui figure sur son permis de conduire. C'est bien celui d'un Gerald Duncan, mais pas de notre Gerald Duncan. Le type qui habitait là a été muté pour six mois à Anchorage. Sa maison est vide et à louer. Voici sa photo.

Ce qu'on voyait sur le permis de conduire ne ressemblait en rien à l'homme arrêté la veille.

– Très malin, dit Rhyme. Il a consulté dans un journal la liste des maisons à louer, en a trouvé une qui était sur le marché depuis un certain temps et s'est dit qu'elle serait disponible pour quelques semaines en raison des fêtes de Noël. Même chose pour l'église. Et il a maquillé le permis de conduire que nous avons vu. Comme le passeport. Nous ne cessons, depuis le début, de sous-estimer ce personnage.

Cooper, sans quitter son écran des yeux, annonça :

– Le propriétaire – le véritable Gerald Duncan – a eu des problèmes avec sa carte de crédit. On la lui a volée.

Lincoln Rhyme éprouva une sensation de froid au centre de son être, à un endroit où, en principe, il ne sentait plus rien. Avec le sentiment qu'une catastrophe était imminente.

Kathryn Dance contemplait le visage figé de Duncan sur l'écran avec la même intensité que Rhyme mettait à étudier les tableaux d'indices.

– Qu'est-ce qu'il nous mijote ? dit-elle, comme pour elle-même.

À cette question nul ne pouvait répondre.

Dans le métro, Charles Vespasian Hale, l'homme qui s'était fait passer pour Gerald Duncan, l'Horloger, consulta sa montre-bracelet (la Breguet de poche qu'il affectionnait tout particulièrement n'aurait pas convenu à son nouveau personnage).

Tout se passait exactement comme prévu. Il venait de quitter le quartier de Brooklyn où il avait établi sa première planque. Il était follement excité, et inquiet aussi, mais se sentait tout de même plus près de l'harmonie qu'il ne l'avait jamais été.

Il y avait très peu de vrai, bien sûr, dans tout ce qu'il avait dit de son passé à Vincent Reynolds. Il ne pouvait pas en être autrement. Il avait planifié une longue carrière et savait que le minable obsédé sexuel lâcherait tout ce qu'il savait à la police dès la première menace.

Natif de Chicago, Hale était le fils d'un professeur de latin (d'où son deuxième prénom emprunté à un célèbre empereur romain) et d'une femme chef de rayon dans un supermarché de banlieue. Le couple ne parlait guère, ne faisait pas grand-chose. Chaque soir, après un calme dîner en famille, le père retournait à ses livres, la mère à sa machine à coudre. La principale activité familiale consistait à s'asseoir chacun dans son fauteuil face au petit écran de télévision pour regarder de mauvais feuilletons et des séries policières au dénouement toujours prévisible, ce qui fournissait aux Hale leur unique support de communication : à travers des commentaires sur ces programmes, ils pouvaient exprimer les désirs et les griefs dont ils n'auraient pas eu le courage de parler directement.

Calme…

Le garçon avait vécu en solitaire la plus grande partie de sa vie. Sa naissance avait été ce qu'on appelait un « accident ». Ses parents le traitaient avec un mélange de raideur et d'apathie, comme on traite les plantes dont on ne sait pas très bien comment et à quelle fréquence il faut les arroser ou leur donner de l'engrais. Il en était venu à vivre dans la souffrance ces heures de solitude à trois, et il éprouvait un besoin désespéré d'occuper son temps pour fuir le calme et le silence intolérables de ce foyer dans lequel il étouffait.

Il passait de longs moments hors de chez lui. Dehors, on supportait mieux d'être seul. Il y avait toujours quelque chose pour vous distraire, quelque chose qu'on allait peut-être trouver sur la prochaine colline, sur la branche d'un érable. Il était membre du club de sciences naturelles de son lycée, participait à des sorties et était le premier à franchir le pont de cordes, à plonger du haut de la falaise, à descendre en rappel le long de la paroi rocheuse.

Quand il était forcé de rester chez lui, Hale avait pris l'habitude de passer le temps en mettant de l'ordre. En rangeant les placards à provisions dans la cuisine, et les livres, il pouvait s'occuper indéfiniment, meubler les heures douloureuses. Il n'était plus seul quand il le faisait, il ne ressentait plus la morsure de l'ennui, n'avait plus peur du silence.

Sais-tu, Vincent, que le mot « méticuleux » vient du latin meticulosus, *qui signifie « craintif » ?*

Si les choses n'étaient pas rangées et ordonnées avec précision, il s'énervait, même pour des rails mal alignés ou un cadre de bicyclette déformé. Tout ce qui clochait lui mettait les nerfs à vif, exactement comme un raclement d'ongles sur un tableau noir fait tressaillir certaines personnes.

Le mariage de ses parents, par exemple. Après le divorce, il ne leur avait plus adressé la parole – ni à l'un ni à l'autre. La vie devait être ordonnée et parfaite. Dans le cas contraire, on avait le droit d'éliminer radicalement les facteurs de désordre. Il ne priait jamais (faute d'une preuve empirique susceptible de le convaincre qu'il était possible de mettre sa vie en ordre et de réaliser ses aspirations *via* une divine communication), mais s'il l'avait fait, Charles aurait prié pour qu'ils meurent.

Il était resté deux ans à l'armée, deux riches années dans une ambiance d'ordre et de discipline. À l'école des officiers, il avait été remarqué par ses professeurs qui, après sa promotion, l'avaient chargé d'enseigner l'histoire militaire, ainsi que les méthodes de planification tactique et stratégique, matières dans lesquelles il excellait.

Après l'armée, il avait passé un an à faire des randonnées et de l'alpinisme en Europe, avant de revenir en Amérique pour se lancer dans les affaires en tant que conseiller en investissements. Le soir, il étudiait le droit.

Il avait exercé quelque temps le métier d'avocat et avait fait preuve de talent pour négocier des accords commerciaux. Il gagnait beaucoup d'argent, mais le sentiment de solitude ne l'avait pas quitté. Il fuyait les contacts parce qu'ils demandaient de l'improvisation et étaient faits de comportements illogiques. Sa passion pour l'ordre et l'organisation prenait peu à peu la place d'un être aimé. Et comme il arrive toujours quand on substitue une obsession à une relation véritable, Hale cherchait des moyens de se satisfaire de plus en plus intenses.

Il avait trouvé, six ans auparavant, une solution idéale : il avait tué pour la première fois.

À San Diego, où il habitait, Hale avait appris que l'un de ses associés avait été gravement blessé. Un chauffard ivre lui avait brisé les deux jambes et il avait dû être amputé. Le chauffard n'avait pas exprimé le moindre remords et s'était obstiné à nier toute faute, allant jusqu'à accuser la victime elle-même d'avoir causé l'accident. L'homme avait été jugé, mais s'en était tiré avec une peine symbolique. Et il s'était mis à harceler l'associé d'Hale avec des demandes d'argent.

Là, c'en était trop, avait décidé Hale. Il avait imaginé un plan compliqué pour que le garçon prenne peur et cesse son chantage. Mais en examinant ce plan de près, il ne s'était pas senti bien : il n'était pas aussi rigoureux qu'il l'aurait voulu. La victime en sortirait terrifiée, mais vivante. Si elle mourait, tout serait parfait et rien ne permettrait de remonter jusqu'à Hale et à son malheureux associé.

Mais pouvait-il tuer un être humain ? Cette idée semblait ridicule.

Oui ou non ?

Par une soirée pluvieuse d'octobre, il avait pris sa décision.

Le meurtre s'était déroulé à la perfection et la police ne s'était jamais doutée que l'homme était mort d'autre chose que d'une électrocution – un regrettable accident domestique.

Hale s'attendait à éprouver du remords. Mais il n'y en avait pas. Il était au contraire heureux comme jamais. Le plan avait été si parfaitement exécuté que le fait d'avoir tué quelqu'un était sans importance.

Il avait goûté à la drogue. Il lui en fallait encore, et plus.

À quelque temps de là, Hale s'était lancé dans une importante opération immobilière à Mexico City : la construction d'un ensemble d'haciendas de luxe. Mais un politicien corrompu avait entrepris de faire capoter l'affaire, et l'associé mexicain d'Hale l'avait prévenu qu'il était tout près d'y parvenir. L'homme, avait-il expliqué, n'en était pas à son coup d'essai.

– Quel malheur qu'on ne puisse pas s'en débarrasser ! avait dit Hale.

– Oh, on ne pourra jamais se débarrasser de lui. Il est, dirais-je, invulnérable.

– Pourquoi ? avait demandé Hale, intrigué par cette remarque.

Le Mexicain lui avait expliqué que ce politicien, qui avait la haute main sur la délivrance des permis de construire, était obsédé par sa propre sécurité. Il se déplaçait à bord d'un énorme van, une Cadillac spécialement customisée pour lui, et toujours flanqué de gardes du corps armés. L'agence de sécurité qu'il avait chargée de sa protection modifiait sans cesse les itinéraires qu'il empruntait pour circuler entre ses différents domiciles, ses bureaux et ses rendez-vous. Il transférait sans cesse sa famille d'une maison à une autre et n'habitait pas toujours dans celles qu'il possédait, préférant se faire héberger chez des amis ou louer des appartements. Et il était souvent accompagné par son jeune fils – on disait qu'il le gardait auprès de lui en guise de bouclier humain. Il jouissait en outre de la protection d'un haut fonctionnaire du ministère de l'Intérieur.

– Voilà pourquoi on dit qu'il est invulnérable, avait conclu le Mexicain en servant deux verres de tequila Patron – la plus chère.

– Invulnérable…, avait répété Hale, rêveur, dans un murmure.

Il avait hoché la tête.

Peu de temps après cet entretien avec l'associé mexicain, cinq articles qui semblaient sans rapport les uns avec les autres étaient parus dans un même numéro de l'*El Heraldo de Mexico*, le 23 octobre :

– Un incendie au siège de Mexicana Seguridad Privado, une agence de sécurité locale, avait entraîné l'évacuation de tout le personnel. Il n'y avait pas eu de blessés et seulement des dégâts mineurs.

– Un pirate informatique s'était introduit dans l'ordinateur d'une société de téléphonie mobile, provoquant une interruption d'environ deux heures de toutes les communications dans une large partie de Mexico City et de ses banlieues sud.

– Un camion avait pris feu au milieu de l'autoroute 160, au sud de Mexico City, bloquant complètement la circulation en direction du nord.

– Henri Porfirio, directeur du bureau fédéral de l'urbanisme et du logement, avait trouvé la mort dans un accident. Sa Cadillac SUV avait enfoncé le garde-fou d'un pont pour s'écraser quinze mètres plus bas sur un camion à l'arrêt chargé de propane, qui avait explosé sous le choc. L'accident s'était produit alors que les véhicules étaient détournés vers une voie latérale moins embouteillée par un homme agitant un drapeau. D'autres voitures étaient déjà passées, mais la Cadillac de Porfirio, avec son épais blindage d'acier, était trop lourde pour la structure déjà ancienne de ce pont, malgré le panneau indiquant une charge maximale supérieure. Le responsable de la sécurité de Porfirio savait qu'il y avait un embouteillage et avait tenté de le contacter pour lui conseiller un itinéraire plus sûr, mais en avait été empêché par la coupure des communications téléphoniques. La voiture de Porfirio avait été la seule à tomber. Son fils ne se trouvait pas à bord de la grosse Cadillac, ayant été victime la veille d'une intoxication alimentaire qui l'avait obligé à rester chez lui avec sa mère.

– Erasmo Saleno, haut fonctionnaire du ministère de l'Intérieur, avait été arrêté à la suite d'une perquisition dans sa maison de campagne. Les policiers, agissant sur renseignement, y avaient découvert tout un arsenal et de la cocaïne. (Fait curieux, leur informateur avait aussi prévenu les journalistes, parmi lesquels un photographe du *Los Angeles Times*.)

Tout cela en l'espace de vingt-quatre heures.

Un mois plus tard, le projet immobilier d'Hale voyait le jour et il recevait de ses associés mexicains une prime de 500 000 dollars en liquide.

L'argent lui avait fait plaisir. Ce qui lui faisait encore plus plaisir, toutefois, c'étaient les relations nouées grâce à l'entremise de l'homme d'affaires mexicain. Celui-ci ne tarda pas à le mettre en contact avec quelqu'un qui avait besoin du même genre de service.

Il se chargeait désormais plusieurs fois par an, entre deux projets d'affaires, d'une mission similaire. Il s'agissait en général d'un meurtre, mais il pratiquait également l'escroquerie, la fraude à l'assurance et le cambriolage haut de gamme. Hale travaillait pour n'importe qui et quels que soient les motifs de ses commanditaires, car ils lui étaient totalement indifférents. Peu lui importait de savoir ou non pourquoi tel ou tel voulait faire assassiner quelqu'un. Il avait tué à deux reprises des maris violents. Il avait tué un homme qui brutalisait un enfant et, la semaine suivante, une femme connue comme l'une des plus généreuses donatrices de l'association caritative United Way.

Les mots « bien » et « mal » avaient pour Charles Vespasian Hale une signification particulière. « Bien » signifiait stimulation mentale. « Mal », ennui. « Bien » s'appliquait à un plan élégant et parfaitement exécuté. « Mal », à un plan bancal ou maladroitement réalisé.

Mais le projet auquel il travaillait à l'heure actuelle – sans aucun doute l'un des plus ingénieux et des plus ambitieux – se déroulait à la perfection.

Dieu a créé l'univers comme un mécanisme d'horlogerie et l'a remonté pour le mettre en mouvement...

Hale sortit du métro. Le froid lui piquait le nez et le faisait larmoyer. Il s'éloigna sur le trottoir. Il s'apprêtait à presser le bouton qui mettrait en mouvement les aiguilles de son véritable chronographe.

Le téléphone de Lon Sellitto sonna. Il fronça les sourcils. L'échange fut bref.

– Je vais voir ça, dit-il.

Rhyme lui jeta un regard interrogateur.

– C'était Haumann. Il vient de recevoir un appel du patron d'un service de livraisons du centre-ville qui se trouve dans l'immeuble où l'Horloger est entré hier avec un faux extincteur, au même étage. Un paquet qu'ils devaient livrer hier a disparu. À croire que quelqu'un s'est glissé à l'intérieur pour le voler pendant qu'on ratissait les locaux à la recherche de notre ami l'Horloger. Le patron a demandé si on savait quelque chose au sujet de ce paquet.

Rhyme parcourut des yeux les clichés de l'entrée et du corridor pris par Amelia Sachs. Puis ceux des bureaux – bravo, elle avait tout photographié. Sous le nom du service de livraison, on lisait « Haute sécurité – livraisons d'objets précieux. Entreprise sous licence. Personnel assermenté ».

Rhyme entendait la rumeur d'une conversation à plusieurs qui roulait autour de lui. Le bruit, mais pas les mots. Il regardait les clichés. Puis il reporta son attention sur les autres indices.

– Les accès, dit-il à voix basse.

– Pardon ? demanda Sellitto.

– Nous étions tellement concentrés sur l'Horloger et ses simulacres de meurtres – puis sur ses manigances pour faire tomber Baker – que nous n'avons pas prêté la moindre attention à ce qui se passait par ailleurs.

– C'est-à-dire ? demanda Amelia.

– Une intrusion et une visite des lieux. Voilà le véritable délit qu'il a commis. Une intrusion. Tous les bureaux de cet étage sont restés un certain temps sans surveillance. Quand les policiers ont fait évacuer l'immeuble, ils n'ont pas verrouillé les entrées, n'est-ce pas ?

– Je crois bien que non, répondit le gros détective.

– De sorte que, pendant qu'on s'occupait de l'entreprise de revêtements de sols, enchaîna Amelia, l'Horloger a pu mettre un uniforme ou se munir d'un simple insigne de la police et pénétrer dans les locaux de la société de livraisons pour prendre ce colis.

Les accès…

– Appelez-les immédiatement. Il faut savoir ce qu'il y avait dans ce colis, qui l'avait envoyé et à qui il était destiné. Vite !

CHAPITRE 36

Un taxi s'arrêta sur la 5e Avenue devant le Metropolitan Museum. Le monumental bâtiment, décoré pour Noël, se parait d'une magnificence victorienne du meilleur goût, comme il convient dans l'Upper East Side. Festif, mais pas trop.

Charles Vespasian Hale sortit du véhicule, examina avec soin les alentours pour le cas où la police serait sur ses talons. Cette probabilité était extrêmement faible. Hale n'en prit pas moins le temps de regarder quiconque lui prêtait la moindre attention. Il ne vit rien d'inquiétant.

Penché à la portière du taxi par-dessus la vitre ouverte, il paya sa course au chauffeur – en tendant l'argent de ses mains gantées – et, un sac de toile noir jeté sur l'épaule, gravit les marches pour pénétrer dans le hall d'entrée aux dimensions de cathédrale où résonnaient des bruits de voix, jeunes pour la plupart. Il y avait là toute une population de gamins sortis de l'école. Partout des sapins, de l'or, du tulle et des ornements de toutes sortes. Dans cette immense grotte, une musique de harpe enregistrée égrenait des notes de Bach.

C'est la saison...

Hale présenta le sac noir au contrôle du vestiaire, mais garda son manteau et son chapeau. Le préposé jeta un coup d'œil à l'intérieur du sac, remarqua les quatre livres d'art, referma la fermeture éclair et souhaita une bonne journée à Hale. Celui-ci acheta un ticket, sourit aux gardiens qui se tenaient à l'entrée et pénétra dans le musée.

– Le Mécanisme de Delphes ? (Rhyme parlait dans un micro au directeur du Metropolitan Museum.) Est-il encore exposé ?

– Oui, détective, répondit l'homme, sur l'expectative. Nous l'avons depuis deux semaines. Il fait partie d'une exposition qui...

– Bien, bien. Est-il gardé ?

– Gardé ? Oui, bien sûr ! Je...

– Il se pourrait qu'un voleur tente de s'en emparer.

– S'en emparer ? Vous en êtes sûr ? C'est un objet unique. Celui qui le posséderait ne pourrait jamais le montrer.

– Il n'a pas l'intention de le montrer ni de le vendre. Je crois qu'il le veut pour lui-même.

Et le criminologue d'expliquer : le colis volé au service de livraisons de l'immeuble de la 32e Rue venait d'un riche mécène et était destiné au Metropolitan Museum. Il contenait un large portfolio de documents anciens offerts à la collection du musée.

Le Metropolitan ? s'était demandé Rhyme. Puis il s'était souvenu des programmes de musées découverts dans l'église. Il avait demandé à Vincent Reynolds et à Victor Hallerstein, le vendeur des pendules, si l'Horloger ne leur avait pas parlé du Met. Ce qu'il avait fait, apparemment – il y passait beaucoup de temps –, en insistant sur l'intérêt tout particulier qu'il portait au Mécanisme de Delphes.

– Nous pensons, disait maintenant Rhyme au directeur, qu'il a pu dérober ce colis pour introduire clandestinement quelque chose dans le musée. Des outils, peut-être, ou du matériel électronique pour débrancher les alarmes. On ne sait pas... Mais je crois que nous devons être prudents.

– Mon Dieu... Qu'allons-nous faire ?

Rhyme regarda Cooper, qui frappa quelques touches sur son clavier et fit un signe des deux pouces pour dire « OK ».

– Nous vous envoyons à l'instant sa photo par e-mail, poursuivit le criminologue dans son micro. Vous voudrez bien la photocopier et la distribuer à tous vos collaborateurs, au personnel de surveillance et aux préposés au contrôle des entrées ?

– Je fais ça tout de suite. Vous pouvez attendre cinq minutes ?

– Bien sûr.

Le directeur revint rapidement sur la ligne.

– Détective Rhyme ? (Il était essoufflé.) Il est ici ! Il a laissé un sac au vestiaire il y a environ dix minutes. Le préposé l'a reconnu sur la photo !

– Le sac est encore là ?

– Oui. Son propriétaire n'est pas ressorti.

Rhyme fit un signe de la tête à Sellitto, qui prit le téléphone pour appeler Bo Haumann à l'ESU. Les équipes de ce dernier étaient déjà en route pour le musée, et Sellitto le mit au courant des dernières nouvelles.

– Le gardien qui veille sur le Mécanisme, dit Rhyme. Il est armé ?

– Non. Vous croyez que le voleur l'est ? Nous n'avons pas de détecteur de métal à l'entrée.

– C'est possible, dit Rhyme, qui se tourna vers Sellitto en haussant les sourcils.

– On fait entrer une équipe en douce ? suggéra le gros détective. Des flics en civil ?

– Il a fait contrôler un sac… et il connaît les mécanismes d'horlogerie, dit Rhyme. (S'adressant au directeur :) On a regardé ce que contenait son sac ?

– Je m'en assure. Ne quittez pas… Oui. Des livres. Il y a des livres d'art dedans. Mais l'employé qui contrôle les manteaux ne les a pas examinés.

– Une bombe pour faire diversion ? demanda Sellitto, qui avait suivi l'échange.

– Ça se pourrait. Ou bien pas grand-chose, mais les gens s'affolent pour un rien. Dans un cas comme dans l'autre, on peut avoir des morts.

Haumann appela par radio.

– On a des équipes qui s'approchent de toutes les entrées, publiques et de service, annonça sa voix dans le crépitement des parasites.

– Vous êtes persuadée qu'il veut tuer, n'est-ce pas ? dit Rhyme à Kathryn Dance.

– Oui.

Il pensait à l'étonnante habileté de l'Horloger pour organiser des traquenards. Avait-il imaginé quelque plan diabolique au cas où il serait repéré au musée ? Rhyme prit une décision :

– Faites évacuer.

– Tout le musée ? demanda Sellitto.

– Je crois que c'est nécessaire. Il faut avant tout sauver des vies. Faites dégager le vestiaire et le hall d'entrée, et refoulez tout le monde dehors. Que les hommes d'Haumann contrôlent tous ceux qui sortiront. Vérifiez qu'ils ont bien la photo.

Le directeur du musée avait entendu.

– Vous pensez que c'est indispensable ?

– Oui. Faites-le immédiatement.

– D'accord, mais je ne vois pas comment on pourrait voler ça. Le Mécanisme se trouve derrière une vitre à l'épreuve des balles, épaisse de trois centimètres. Et la vitrine ne peut être ouverte avant le jour où l'exposition doit s'achever. Mardi prochain.

– Que voulez-vous dire ?

– C'est l'une de nos vitrines spécialement équipées.

– Mais pourquoi ne s'ouvrirait-elle pas avant mardi ?

– Parce qu'elle est dotée d'un verrou électronique, relié par satellite à une horloge de l'administration. On m'a assuré que personne ne pourrait violer ce dispositif. Il nous sert pour exposer les pièces de très grande valeur.

Le directeur continua à parler, mais le regard de Rhyme s'était perdu dans le vide et il ne l'écoutait plus. Quelque chose le tracassait, une idée qui cherchait à se faire jour dans son esprit. Puis il trouva.

– Ce cambriolage avec effraction dont Fred Dellray voulait qu'on s'occupe, où s'est-il produit ?

– Dans un bureau de l'administration, répondit Amelia en fronçant les sourcils. Le National Institute of Standards and Technology. Pourquoi ?

– Allez voir ça, Mel.

Le technicien lança une recherche. Une fois sur le site, il annonça :

– Le NIST est le nouveau nom du National Bureau of Standards and...

– Bureau of Standards ? l'interrompit Rhyme. C'est là que se trouve l'horloge atomique du pays... C'est ça qu'il veut ? Le verrou électronique de la vitrine du Met est relié au NIST. Duncan cherche à changer l'heure, pour faire croire à l'horloge qu'on est mardi prochain. Alors la vitrine blindée s'ouvrira toute seule.

– Vous le croyez capable de faire ça ? demanda Kathryn Dance.

– Je n'en sais rien. Mais si c'est possible, il trouvera un moyen... L'incendie qui s'est déclaré au NIST n'était, je pense, qu'une couverture...

Rhyme se tut, comme si les implications du plan échafaudé par l'Horloger lui apparaissaient soudain dans toute leur gravité.

– Oh, non...

– Quoi ?

Rhyme pensait à la remarque de Kathryn Dance : pour l'Horloger, les vies humaines ne comptaient pas.

– C'est l'horloge atomique américaine qui donne l'heure au pays tout entier. Compagnies aériennes, trains, défense nationale, production d'énergie, ordinateurs... tout. Vous imaginez ce qui peut arriver s'il la dérègle ?

Dans un hôtel minable de Midtown, un homme et une femme d'âge moyen étaient assis sur un petit canapé qui sentait le moisi et les aliments avariés. Ils regardaient un écran de télévision.

Charlotte Allerton était la femme à la silhouette épaisse qui s'était fait passer pour la sœur de Theodore Adams, la première « victime » de l'Horloger, dont on avait retrouvé le corps dans une impasse le mardi précédent. Son mari, Bud Allerton, assis à côté d'elle, n'était autre que le faux avocat de Gerald Duncan, qui était parvenu à faire relâcher son client en promettant qu'il apporterait un témoignage décisif dans le scandale des policiers corrompus. De fait, Allerton était bien avocat, mais n'exerçait plus depuis des années. Il avait fait appel à ses anciens talents pour venir en aide à Duncan en se prétendant associé de Reed, le prestigieux cabinet new-yorkais. Le procureur avait gobé cette fable sans même prendre la précaution d'appeler le cabinet pour vérification. Gerald Duncan avait prévu à juste titre que l'homme, appâté par la perspective de se faire un nom grâce à une grave affaire de corruption policière, croirait ce qu'il avait envie de croire. Et, d'ailleurs, est-ce qu'on demande sa carte d'identité à un avocat ? Les Allerton étaient pratiquement concentrés à 100 % sur l'émission en cours. Il s'agissait de la sécurité des arbres de Noël. Attention à ceci, attention à cela... Le regard de Charlotte dévia une seconde vers la chambre de leur suite, où leur fille, une adolescente mince et jolie, était assise avec un livre. Elle leva les yeux vers son père et sa mère à travers la porte ouverte, avec le regard sombre et triste qui était le sien depuis quelques mois.

Cette fille...

Charlotte fronça les sourcils en reportant son attention sur la télévision.

– Ça ne prend pas trop longtemps ?

Bud ne répondit pas. Ses doigts épais entrelacés, il se penchait en avant, les épaules aux genoux. Elle se demanda s'il priait.

Un instant plus tard, le journaliste qui avait pour mission de sauver les familles du fléau des incendies d'arbres de Noël disparaissait de l'écran, brusquement remplacé par les mots « Flash spécial d'information ».

CHAPITRE 37

Au cours des recherches sur l'horlogerie qui devaient faire de lui un parfait tueur, Charles Hale avait appris le concept de « complication ».

On appelle « complication », concernant une montre, toute fonction autre que le fait de donner l'heure. Comme par exemple les petits cadrans qu'on voit sur les montres de luxe et qui indiquent le jour de la semaine, le mois, l'année et l'heure en divers endroits du globe, et certaines fonctions répétitives (des sonneries à intervalles). Les horlogers se sont toujours plu à doter leurs créations du plus grand nombre de complications possible. C'est le cas de la Patek Philippe Star calibre 2000, une montre composée de plus de mille pièces. Ses complications renseignent celui qui la possède sur les heures du coucher et du lever du soleil, un calendrier perpétuel, le jour, le mois et l'année, la saison, les phases de la lune, l'orbite lunaire et l'état des réserves d'énergie qui alimentent ses divers mouvements et sonneries.

Le problème avec les complications, c'est, toutefois, qu'elles portent bien leur nom : elles tendent à vous distraire de ce qui est l'objet ultime d'une montre : donner l'heure. Breitling réalise de superbes pièces, mais certains modèles comme le Professional et le Navigator ont tellement de cadrans, d'aiguilles et de fonctions annexes (ils servent de chronomètres ou calculent des logarithmes) qu'on finit par ne plus voir l'aiguille des heures et celle des minutes.

Mais il fallait des complications, justement, à Charles Hale pour exécuter son plan à New York en détournant l'attention de la police de son véritable objectif. Car il y avait de fortes probabilités pour que Rhyme et son équipe aient découvert qu'il n'était plus en garde à vue et qu'il n'était pas Gerald Duncan, et deviné qu'il avait autre chose en tête que l'arrestation d'un flic ripoux.

Il lui fallait donc une autre complication pour fixer ailleurs l'attention des policiers.

Son portable se mit à vibrer. Il jeta un coup d'œil au message, qui venait de Charlotte Allerton : « Flash spécial à la télé. Musée fermé. La police t'y cherche. »

Charles Vespasian Hale remit le téléphone dans sa poche et connut un instant de pure et quasiment sexuelle exaltation.

Ce message lui disait que si Rhyme avait compris qu'il n'était pas celui qu'il semblait être, la police était toujours dans l'erreur et s'obnubilait sur la complication du Metropolitan Museum. Il lui avait montré du doigt ce qui avait l'air d'être un plan pour dérober le fameux Mécanisme de Delphes. Il avait volontairement laissé dans l'église des prospectus sur des expositions d'horlogerie à Boston et à Tampa. Il avait encore perfectionné le dispositif en parlant à Vincent Reynolds des antiquaires spécialisés qu'il connaissait et de sa passion pour les montres anciennes, sans oublier de mentionner le Mécanisme de Delphes et le fait qu'il était visible au Metropolitan Museum. Le petit incendie qu'il avait provoqué au National Institute of Standards and Technology leur ferait croire qu'il projetait de dérégler l'horloge au césium du pays pour tromper le système de sécurité du Met et s'emparer du Mécanisme.

En prêtant pour mobile à Charles Hale une machination pour voler cette pièce rare, la police semblait avoir fait la plus adroite et la plus subtile des déductions. Ses agents allaient passer des heures à fouiller le musée, et Central Park tout proche, pour tenter de l'y trouver, et à examiner le sac de toile qu'il avait laissé. Le sac contenait quatre livres dont il avait effacé toute trace, deux sachets de soda en poudre, un petit scanner et, bien sûr, un réveil. Autant d'objets anodins, mais qui ne manqueraient pas d'occuper les policiers pendant quelques heures.

Les complications de son plan n'étaient pas nombreuses, mais élégantes, comme celles qui avaient fait la gloire de la montre la plus perfectionnée du monde fabriquée par Gerald Genta.

Mais pour le moment Hale était loin du musée, qu'il avait quitté depuis une demi-heure. Peu après y être entré et y avoir déposé son sac, il s'était rendu aux toilettes, où il avait retiré son manteau pour apparaître en uniforme militaire avec le grade d'officier. Il avait chaussé des lunettes et s'était coiffé d'une casquette avant de sortir rapidement du musée. Il se trouvait maintenant dans le centre de Manhattan et se dirigeait sans hâte vers le cordon de policiers disposé autour du siège du ministère de l'Urbanisme et du Logement.

D'ici peu, un certain nombre de soldats accompagnés de leurs familles devaient assister à une cérémonie en leur honneur organisée par le ministère de la Défense. Les autorités accueilleraient les militaires rentrés depuis peu de leurs missions de combat à l'étranger, leur remettraient des lettres de citation pour services rendus dans divers conflits à travers le monde, et les remercieraient de s'être réengagés. Après la cérémonie et la traditionnelle séance de photos avec la presse, les invités se retireraient, tandis que les généraux et les autres représentants du gouvernement tiendraient réunion afin de débattre des efforts à venir pour répandre la démocratie sur toute la planète.

Les autorités, comme les soldats, leurs familles et tous les représentants des médias qui se trouveraient là, constituaient le véritable objectif de la mission de Charles Vespasian Hale à New York.

On l'avait engagé pour, tout simplement, en tuer le plus grand nombre possible.

Assise dans leur voiture conduite en douceur et toujours avec le sourire par Bob, Lucy Richter franchit la haie d'honneur devant le siège du ministère de l'Urbanisme et du Logement, où la parade venait de s'achever.

Une main posée sur la cuisse musclée de son mari, Lucy se taisait.

La Honda se frayait un chemin dans la circulation particulièrement dense à cette heure, tandis que Bob parlait calmement de la réception qui allait avoir lieu. Lucy répondait un peu machinalement. Elle était de nouveau aux prises avec le Grand Conflit – ce qu'elle avait avoué à Kathryn Dance. Devait-elle maintenir ou non sa décision de se réengager ?

S'interroger soi-même...

En donnant son accord un mois plus tôt, était-elle de bonne foi ou malhonnête vis-à-vis d'elle-même ?

Elle cherchait en elle ce dont l'agent Dance lui avait parlé : colère, dépression... Suis-je en train de mentir ?

Elle fit un effort pour échapper à ce débat.

Ils étaient près de l'immeuble maintenant, et elle aperçut les manifestants de l'autre côté de la rue. Ils protestaient contre les divers conflits dans lesquels l'Amérique était engagée hors de ses frontières. Ses amis et ses collègues, là-bas, étaient furieux contre ceux qui manifestaient, mais Lucy, bizarrement, voyait les choses tout autrement. Elle se disait que le fait même que ces gens pouvaient manifester sans qu'on les jette en prison justifiait ce qu'elle faisait.

Le couple arriva près du poste de contrôle. Deux soldats s'approchèrent pour vérifier leur identité et jeter un coup d'œil dans la malle arrière.

Lucy se raidit.

– Qu'y a-t-il ? demanda son mari.

– Regarde, dit-elle.

Elle avait la main droite sur la hanche, dans la position qu'elle adoptait quand elle était en service.

– Prête à dégainer ? plaisanta Bob.

– C'est instinctif. Surtout aux postes de contrôle.

Elle laissa échapper un petit rire, qui n'avait rien de joyeux.

La brume qui vous pique les yeux...

Bob salua les deux soldats d'un signe de tête et sourit à sa femme.

– Je crois qu'on n'a pas grand-chose à craindre. Pas comme si on était à Bagdad ou à Kaboul.

Sa main recouvrit un instant celle de son mari tandis qu'ils se dirigeaient vers le parking réservé aux invités.

Charles Hale n'était pas tout à fait apolitique. Il avait quelques idées générales sur la démocratie, contre la théocratie, contre le communisme et contre le fascisme. Mais il savait que ces idées simplistes le classaient dans une sorte de majorité silencieuse sensible aux discours conservateurs et populistes. C'est pourquoi ce jour du mois d'octobre précédent, en s'entendant proposer un contrat pour « adresser un message » aux plus hautes autorités du gouvernement à propos de la malencontreuse intervention américaine au Moyen-Orient, Hale avait bâillé mentalement.

Mais le défi l'intéressait.

– Nous avons déjà contacté six personnes, et pas une seule n'a voulu s'en charger, avait dit Bud Allerton. C'est à la limite de l'impossible.

Ce mot plaisait à Charles Vespasian Hale. On ne pouvait pas s'ennuyer dans l'impossible. C'était comme « invulnérable ».

Charlotte et Bud – son deuxième mari – faisaient partie d'un groupuscule d'extrême droite qui s'en était déjà pris à des fonctionnaires et des bâtiments de l'administration fédérale et à des locaux des Nations unies au cours des années précédentes. Ils étaient passés un moment dans la clandestinité, mais plus récemment, furieux contre les incursions du gouvernement américain dans les affaires du monde, Charlotte, Bud et leurs camarades de cette organisation anonyme avaient décidé que le moment était venu de frapper un grand coup.

Non seulement cette opération enverrait leur précieux message aux foules, mais elle ferait aussi du mal à leurs ennemis : ils allaient tuer ces généraux et ces politiciens qui avaient trahi les principes fondateurs de l'Amérique en envoyant nos garçons et – Seigneur ! – nos filles mourir en terre étrangère pour des populations arriérées, cruelles et sans foi.

Fuyant ses clients ivres de rhétorique, Hale s'était mis au travail. Pour Halloween, il était venu à New York, s'était installé dans son refuge de Brooklyn et y avait passé six semaines entièrement consacrées à la préparation de son opération – achetant des provisions, trouvant des complices qu'il abuserait sur ses propres activités (Dennis Baker et Vincent Reynolds), apprenant tout ce qu'il pouvait sur les supposées victimes de l'Horloger et surveillant le siège du ministère de l'Urbanisme et du Logement.

Dont il s'approchait à cet instant dans le froid matinal qui lui piquait les yeux.

On n'avait pas choisi cet immeuble pour y organiser des réunions et des cérémonies en raison des missions du ministère, qui n'avaient évidemment rien à voir avec les activités militaires, mais parce qu'il offrait de meilleures conditions de sécurité que tous les autres bâtiments officiels de la partie sud de Manhattan. Les murs en pierre de taille étaient épais ; au cas où un terroriste parviendrait à franchir dans une voiture chargée d'explosif les barrages qui le protégeaient, l'explosion y causerait beaucoup moins de dégâts qu'à la façade vitrée d'une structure moderne. Le bâtiment étant par ailleurs nettement moins haut que la plupart des immeubles de bureaux environnants, il constituait une cible moins évidente pour des attaques-suicides par avion. Il comportait un nombre limité d'entrées et de sorties, ce qui facilitait les contrôles, et comme la salle qui allait abriter la cérémonie, puis les réunions stratégiques, faisait face au mur aveugle de l'immeuble qui se dressait de l'autre côté de la rue, on n'avait pas à craindre l'action de tireurs isolés.

Avec une bonne vingtaine de soldats et de policiers supplémentaires disposés dans les rues et sur les toits des immeubles environnants, le siège du MUL était virtuellement inattaquable.

De l'extérieur, en tout cas.

Mais personne n'avait pensé que le véritable danger ne viendrait pas de l'extérieur.

Charles Hale montra une carte d'identité délivrée par l'armée et deux invitations officielles. On lui indiqua d'un signe le portique détecteur de métal, puis un agent tâta ses vêtements.

Un deuxième garde, un caporal, vérifia à nouveau son identité et le salua. Hale lui rendit son salut et entra.

L'immeuble était un véritable labyrinthe, mais Hale se dirigea rapidement vers le sous-sol. Il connaissait parfaitement le plan des lieux, car Sarah Stanton, la cinquième victime supposée de l'Horloger, avait été chargée par son entreprise d'établir un devis pour la réfection des sols, comme il l'avait appris en consultant les appels d'offres de l'administration. Il avait donc trouvé dans le bureau de la jeune femme le plan précis de l'intérieur du bâtiment. (L'entreprise de Sarah Stanton était voisine d'une entreprise de livraison qu'il avait appelée auparavant pour protester contre la perte d'un colis qui devait être livré au Metropolitan Museum et n'y était pas parvenu – pour donner du corps à l'idée d'un projet de vol du Mécanisme de Delphes.)

En fait, toutes les « agressions » de l'Horloger au cours de la semaine avaient constitué autant d'étapes dans la préparation de l'opération qu'il s'apprêtait maintenant à conclure : l'entreprise de réfection des sols, l'appartement de Lucy Richter, l'impasse sur Cedar Street et l'atelier de la fleuriste.

Il s'était introduit chez Lucy pour photographier et ensuite reproduire le passe que les militaires devaient obligatoirement produire pour assister à la cérémonie (il avait lu son nom dans un article de journal qui en parlait). Il avait aussi copié et appris par cœur la note confidentielle qu'elle avait reçue du ministère de la Défense au sujet de l'événement et des mesures de sécurité en vigueur à cette occasion.

Le meurtre fictif du prétendu Teddy Adams avait également servi au projet. L'impasse dans laquelle l'Horloger avait déposé le corps de l'homme victime d'un accident de voiture se trouvait à l'arrière de l'immeuble du ministère. À l'arrivée de Charlotte Allerton jouant la sœur éplorée de la victime, les gardiens l'avaient fait entrer, sans la fouiller, pour la conduire aux toilettes, où elle avait caché sous le conduit d'un vide-ordures ce qu'Hale récupérait maintenant : un revolver de calibre 22 muni d'un silencieux et deux disques métalliques. C'était le seul moyen d'introduire ces objets dans un bâtiment protégé par une série de détecteurs de métal et où les visiteurs étaient systématiquement fouillés. Il fourra le tout dans ses poches et se dirigea vers la salle de conférences du sixième étage.

Une fois là, Hale vit tout de suite ce qu'il considérait comme la pièce maîtresse de son dispositif : à chaque extrémité de la salle, deux grandes compositions florales réalisées par Joanne Harper, spécialement pour la cérémonie. Il savait, pour s'être renseigné auprès du service administratif des commandes, qu'elle avait passé un contrat pour la décoration de la salle et la fourniture de plantes vertes. Il s'était introduit dans son atelier de Spring Street pour dissimuler dans les vases quelque chose qui, d'après ses prévisions, passerait sans encombre les contrôles de sécurité car Joanne était depuis des années un fournisseur attitré auquel on faisait confiance. Il avait avec lui lors de sa visite à l'atelier, dans le sac qu'il portait en bandoulière, quelque chose de plus que ses outils et l'habituelle pendule à face de lune : deux boîtes d'un explosif connu sous le nom d'« astrolite ». Plus puissant que le TNT ou la nitroglycérine, l'astrolite était un liquide clair qui conservait son pouvoir explosif lorsqu'il était absorbé par une autre substance. Hale l'avait versé au fond des vases.

Il aurait pu, évidemment, pénétrer dans ces quatre endroits sans la couverture que lui offrait le personnage de l'Horloger, mais si quelqu'un avait aperçu un voleur ou remarqué que quelque chose manquait ou était détraqué, la question se serait inévitablement posée : que cherchait-il à faire ? Il avait donc forgé des mobiles pour ses intrusions. À l'origine, il voulait seulement se faire passer pour un tueur en série afin d'accéder aux quatre lieux dans lesquels il lui fallait intervenir, et il avait prévu de sacrifier Vincent Reynolds, son infortuné complice, pour convaincre les policiers que l'Horloger n'était que ce qu'il semblait être. Mais vers la mi-novembre l'un de ses contacts mafieux l'avait appelé pour lui dire qu'un flic de la police de New York, un certain Dennis Baker, cherchait quelqu'un pour éliminer une détective de la maison. Pour la mafia, il n'était pas question de tuer un policier. Hale serait-il intéressé par un tel contrat ? Il ne l'était pas, mais s'était tout de suite rendu compte qu'il pourrait utiliser ce Baker comme une deuxième complication de son plan : la fable d'un citoyen cherchant à se venger d'un flic ripoux. Et il avait ajouté pour finir, comme un paraphe, une ultime fioriture, le vol du Mécanisme de Delphes.

Le mobile est un moyen assuré de se faire prendre. Éliminez le mobile, vous éliminez le soupçon...

Hale s'approcha de l'un des grands vases et rectifia l'arrangement des fleurs d'une main légère et empressée, comme le ferait un soldat fier de prendre part à cet important événement. Comme personne ne regardait, il glissa l'un des disques métalliques qu'il venait de récupérer au rez-de-chaussée – des détonateurs informatiques – à côté de l'explosif, pressa le bouton de mise sous tension et recouvrit le tout avec de la mousse. Il fit de même dans l'autre vase, qui devait exploser sur un signal radio émis par le premier détonateur.

Ces deux élégants dispositifs constituaient de redoutables bombes, dont la charge explosive était suffisante pour détruire la salle tout entière.

Une ambiance électrique régnait dans le laboratoire de Rhyme.

Tout le monde – sauf Pulaski, envoyé en mission – fixait le criminologue, qui regardait les listes d'indices dressées devant lui comme autant de bataillons attendant ses ordres.

– Il reste trop de questions sans réponses, dit Sellitto. Tu sais ce qui va se passer si on appuie sur ce bouton-là.

– Qu'en penses-tu ? demanda Rhyme à l'adresse d'Amelia Sachs.

Les lèvres charnues de la jeune femme se serrèrent.

– Je crois qu'on n'a pas le choix. Je suis pour.

– Putain ! souffla Sellitto.

– Vas-y, appelle, dit Rhyme à son lieutenant.

Lon Sellitto composa un numéro connu d'un tout petit nombre de personnes, qui le mit aussitôt en contact avec le téléphone posé sur le bureau du maire de New York.

Dans la salle de conférences qui s'emplissait peu à peu avec l'arrivée des militaires et de leurs invités, Charles Hale sentit son téléphone vibrer. Il le prit dans sa poche pour lire le nouveau message de Charlotte Allerton : « L'administration de l'aviation fédérale interdit tous les vols. Trains arrêtés. Équipe spéciale examine l'horloge atomique. Vas-y. Dieu te bénisse. »

Parfait, songea Hale. La police croyait à la complication du Mécanisme de Delphes et à son simulacre de plan pour dérégler l'horloge nationale au césium.

Il recula de quelques pas pour embrasser la salle du regard, et un sourire satisfait éclaira ses traits austères. Puis il sortit et prit un ascenseur pour rejoindre le hall d'entrée. En quittant l'immeuble, il vit les limousines des hôtes de marque qui arrivaient sous haute garde. Il se glissa dans la foule massée derrière des barrières. Quelques personnes agitaient des drapeaux, d'autres applaudissaient.

Il vit les manifestants, aussi. Des boutonneux, des hippies sur le retour, des professeurs et leurs épouses, pensa-t-il. Ils brandissaient des pancartes et martelaient des slogans qu'Hale n'entendit pas. Il s'agissait, en gros, d'accusations à l'égard de la politique étrangère américaine.

Restez donc là, leur dit-il en pensée.

Vous allez bientôt avoir ce que vous demandez.

CHAPITRE 38

En pénétrant dans la salle de conférences du sixième étage avec dix-sept autres soldats appartenant à toutes les branches du service armé, le sergent Lucy Richter adressa un discret sourire à son mari et un clin d'œil aux membres de sa famille – ses parents et sa tante – assis dans l'assistance.

C'était peut-être un peu sec, un peu distant comme façon de saluer leur présence. Mais elle n'était pas là en tant qu'épouse, fille ou nièce. Elle était là en tant que soldat appelé à recevoir une récompense, avec ses officiers supérieurs et ses compagnons d'armes.

Les soldats s'étaient rassemblés à un étage inférieur pendant que leurs familles et leurs amis prenaient place dans la salle. Tandis qu'ils attendaient pour faire leur entrée en bon ordre, Lucy avait bavardé avec un jeune aviateur du Texas revenu aux États-Unis pour se soigner (une de ces saletés de grenades propulsées par une fusée avait ricoché sur son paquetage de poitrine avant d'exploser quelques mètres plus loin). Il lui avait dit qu'il lui tardait de rentrer chez lui.

– Chez toi ? Mais je croyais que tu te réengageais ?

Il l'avait regardée en clignant des yeux.

– Bien sûr ! Je parlais de mon unité. C'est là, chez moi.

En attendant debout, vaguement embarrassée, devant son fauteuil, elle observa les journalistes. Leur façon de jeter des regards de tous côtés en cherchant avidement quelque chose à rapporter, tels des tireurs d'élite en quête d'une cible, la mit mal à l'aise. Elle les chassa de son esprit et regarda les agrandissements photographiques exposés pour l'occasion. Des images patriotiques. Elle n'éprouvait pas grand-chose à voir le drapeau américain, les tours du World Trade Center, les fanions et autres emblèmes militaires, et les officiers dont les poitrines bardées de décorations disaient depuis combien de temps ils servaient sous les drapeaux.

Et, pendant tout ce temps, le débat se poursuivait. Elle se rappelait les paroles de Kathryn Dance et se disait : Quelle est ma vérité ?

Repartir au pays des brumes amères qui vous piquent les yeux ?

Ou rester ici ?

Oui, non…

Les portes s'ouvrirent sur un côté de la salle pour laisser entrer deux soldats au regard vif – les services secrets – suivis d'une douzaine d'hommes et de femmes en tenues civiles et militaires, mais arborant tous une profusion de galons et de médailles. Lucy reconnut quelques grosses légumes de Washington et de New York, mais elle fut surtout impressionnée par la présence des hauts responsables du Pentagone, dont elle se sentait plus proche.

Et le débat se poursuivait, épuisant.

Oui, non…

La vérité… Quelle est la vérité ?

Quand les officiels furent assis, un général du New Jersey vint dire quelques mots et présenter un homme à la belle prestance dans son uniforme bleu foncé. Le général Roger Poulin, le chef d'état-major des armées, se leva pour s'approcher du micro.

Poulin remercia son collègue d'un hochement de tête et salua le reste de l'assistance.

– Généraux, dit-il d'une voix forte, mesdames et messieurs les représentants du ministère de la Défense, de l'État et de la Ville de

New York, mes chers compagnons, mesdames et messieurs leurs invités… j'ai le plaisir de vous recevoir ici aujourd'hui pour honorer dix-huit soldats courageux, qui ont risqué leur vie, n'ont pas craint d'affronter le sacrifice suprême dans le combat pour la liberté que mène notre pays, et ont défendu la cause de la démocratie à travers le monde.

Les applaudissements éclatèrent tandis que les invités se levaient.

Le bruit retomba et le général Poulin reprit son discours. Lucy Richter commença par écouter, puis son attention faiblit. Elle regardait les civils – parents et invités des soldats qu'on décorait ce jour-là. Des gens comme son père, sa mère, son mari et sa tante, les enfants, les parents et les grands-parents, les amis…

Ils repartiraient après la cérémonie vers leur travail ou leur foyer, leur vie de tous les jours. La circonstance lui interdisait, bien sûr, de sourire, mais Lucy sentit ses traits se détendre et la tension qui lui contractait les épaules se dissiper comme les brumes amères emportées par un vent brûlant. La colère, la dépression, le déni – tout ce que Kathryn Dance lui avait dit de traquer – avaient brusquement disparu.

Elle ferma un instant les yeux, puis reporta son attention sur l'homme qui était, après le président des États-Unis, son supérieur direct, avec la certitude que quoi qu'il lui arrive désormais, sa décision était prise et elle était satisfaite.

Charles Hale était dans les toilettes pour hommes d'un petit *coffee shop* proche de l'immeuble du MUL. Enfermé dans une cabine malpropre, il sortit un sac-poubelle dissimulé sous sa chemise. Il retira son uniforme militaire, passa un jean et un sweat-shirt, enfila des gants et le blouson qu'il venait d'acheter. Il fourra l'uniforme et la casquette dans son sac, mais pas le revolver. Il retira la batterie et la carte de son téléphone et les mit également dans le sac. Puis, après s'être assuré qu'il était seul, il fourra le sac dans la poubelle et sortit.

Dans la rue, il acheta un nouveau téléphone et une carte, et longea trois blocs d'immeubles du côté où le trottoir était à l'ombre avant de s'arrêter. De l'endroit où il se trouvait maintenant, il voyait l'arrière du ministère et l'impasse dans laquelle on avait trouvé la première « victime » de l'Horloger. Et il apercevait les fenêtres de la salle du sixième étage où se déroulait la cérémonie.

Le blouson n'était pas épais et il aurait, normalement, dû avoir froid, mais il était dans un tel état d'excitation qu'il se sentait bien. Il regarda sa montre digitale, qui était synchronisée avec les détonateurs des bombes.

Il était douze heures, quatorze minutes et dix-neuf secondes. La cérémonie avait commencé à midi. Avec les bombes, comme il l'avait appris au fil de ses recherches approfondies, il faut toujours laisser aux gens le temps de s'installer, aux retardataires celui d'arriver, aux gardes celui de relâcher leur attention.

Douze heures, quatorze minutes et vingt-neuf secondes.

Ces bombes, pensa-t-il, offraient un avantage imprévu : Joanne, la fleuriste, avait placé dans les vases des centaines de petites billes de verre. Tous ceux que l'explosion proprement dite ne tuerait pas ou ne blesserait pas gravement en seraient criblés.

Douze heures, quatorze minutes et quarante-quatre secondes.

Hale s'aperçut qu'il se penchait en avant, en appui sur la pointe des pieds. Il était toujours possible que quelque chose ne marche pas – la sécurité pouvait faire une dernière tournée d'inspection et détecter les explosifs, quelqu'un avait pu le voir, grâce à une caméra de surveillance, pénétrer dans l'immeuble et en ressortir très peu de temps après, ce qui aurait éveillé les soupçons.

Douze heures, quatorze minutes et cinquante-deux secondes.

Mais le risque d'échec ne rendait que plus délicieuse l'attente de cette victoire sur l'ennui. Charles Hale ne quittait plus l'impasse des yeux.

Douze heures, quatorze minutes et cinquante-cinq secondes.

Douze heures, quatorze minutes et cinquante-six secondes.

Douze heures, quatorze minutes et cinquante-sept secondes.

Douze heures, quatorze minutes et cinquante-huit secondes.

Douze heures, quatorze minutes et cinquante-neuf secondes.

Douze heures, quinze minutes.

Une haute flamme s'éleva en silence à travers les vitres brisées de la salle de conférences. Le bruit assourdissant de l'explosion n'arriva qu'une demi-seconde plus tard.

Des voix autour de lui :

– Oh, mon Dieu ! Qu'est-ce… ?

Des cris :

– Regardez là-bas ! Qu'est-ce que c'est ?

– Mon Dieu, non, non !

– Appelez le 911 ! Vite, quelqu'un !

Des piétons s'amassaient sur le trottoir.

– Une bombe ? Un avion ?

La mine inquiète, Charles Hale secouait la tête. Il s'attarda un instant pour savourer sa réussite. L'explosion lui avait paru plus violente que prévu. Elle avait sans doute fait plus de morts que Charlotte et Bud s'y attendaient. On voyait mal comment il pourrait y avoir des survivants.

Il fit demi-tour et remonta la rue à pas lents jusqu'à la station de métro, où il monta dans la première rame. En sortant, il rejoignit l'hôtel des Allerton, où l'attendait le reste de son salaire.

Charles Hale était content. Il avait terrassé l'ennui et gagné un bon paquet d'argent.

Mais le plus important, c'était la stupéfiante élégance de ce qu'il venait d'accomplir. Le plan qu'il avait élaboré avait fonctionné à la perfection – comme un mécanisme d'horlogerie, pensa-t-il en souriant sans s'en rendre compte.

CHAPITRE 39

– Ah, merci, murmura Charlotte en s'adressant à Dieu et à l'homme auquel ils devaient la réussite de leur mission.

Elle était assise, penchée vers l'écran de la télévision. Le flash spécial sur l'évacuation du Metropolitan Museum et le bouclage du quartier interdit à la circulation avait été remplacé par un autre, sur un attentat à la bombe au siège du ministère de l'Urbanisme et du Logement. Charlotte prit la main de son mari et la serra très fort. Bud se pencha pour l'embrasser. Il souriait comme un gamin.

La présentatrice affichait un air désolé, malgré l'intense plaisir qu'elle éprouvait d'être de service le jour où se produisait un événement aussi sensationnel, en communiquant les quelques éléments d'information disponibles pour le moment : une bombe venait d'exploser à Manhattan dans les locaux du ministère de l'Urbanisme et du Logement, où de hautes autorités civiles et militaires assistaient à une cérémonie. Un sous-secrétaire d'État et le chef d'état-major des armées étaient présents. Les caméras montraient de la fumée sortant des fenêtres d'une salle de conférences. Le plus important – le nombre de victimes – n'était pas connu, mais on savait qu'une cinquantaine de personnes se trouvaient dans la salle au moment de l'explosion.

Une tête parlante apparut brusquement à l'écran. Son manque total de connaissance de l'événement ne l'empêcha pas de conclure à un attentat terroriste perpétré par des fondamentalistes musulmans.

On ne tarderait pas à savoir qu'il s'agissait de tout autre chose.

– Écoute ça, ma chérie ! lança Charlotte à l'adresse sa fille, qui lisait toujours (les aventures du diabolique Harry Potter, dont Charlotte avait déjà jeté deux volumes – comment la petite s'en était-elle procuré un nouveau ?). On a réussi !

La gamine se contenta de pousser un profond soupir, sans même lever les yeux.

Charlotte se sentit furieuse un instant, avec l'envie de se précipiter dans la chambre de sa fille pour la gifler de toutes ses forces. Ils venaient de remporter une victoire spectaculaire et cette fille ne savait que leur manquer de respect. Bud avait demandé à plusieurs reprises l'autorisation d'appliquer un bâton de noyer sur ses fesses nues. Charlotte s'y était opposée, mais elle se demandait maintenant si elle avait bien fait.

Pourtant sa colère retomba tandis qu'elle pensait à l'exploit du jour.

– On ferait mieux de s'en aller, dit-elle.

Elle éteignit la télévision et se remit aux bagages. Bud passa dans la chambre pour en faire autant. Ils iraient en voiture jusqu'à Philadelphie, où ils prendraient un avion qui les ramènerait à Saint Louis. Duncan leur avait dit d'éviter les aéroports de New York. Ils retourneraient donc se terrer dans quelque trou perdu du Missouri et replongeraient dans la clandestinité en attendant une nouvelle occasion de servir leur cause.

Gerald Duncan ne tarderait pas à être là. Il prendrait son dû et quitterait la ville, lui aussi. Elle se demanda si elle pourrait le convertir à la cause. Elle avait tenté de lui parler, mais il n'avait guère manifesté d'intérêt, tout en affirmant qu'il serait très content de leur donner à nouveau un coup de main le jour où ils auraient une cible précise et si le prix lui convenait.

Des coups à la porte.

Duncan était juste à l'heure.

Charlotte se leva en riant et ouvrit à la volée.

– Tu as réussi ! s'écria-t-elle.

Mais sa voix s'étrangla et son sourire disparut. Le policier, coiffé d'un casque noir sur sa tenue de combat, était déjà à l'intérieur. Il avait sur ses talons Amelia Sachs, qui tenait un gros revolver noir et inspecta la pièce, l'air furieux.

Une demi-douzaine d'hommes entra à leur suite.

– Police ! Plus un geste !

– Non ! hurla Charlotte.

Elle voulait fuir, mais ne fit qu'un pas avant d'être brutalement plaquée au sol.

Bud Allerton, dans la chambre, retint sa respiration en entendant le cri de sa femme, les voix dures des policiers et le martèlement de leurs bottes. Il claqua la porte, prit son automatique et l'arma.

– Non ! cria sa belle-fille en lâchant son livre pour se précipiter vers la porte.

– Du calme, dit-il d'un ton mauvais.

Il lui avait pris le bras. Elle poussa un cri quand il la jeta sur le lit. Sa tête heurta le mur et elle resta assommée. Bud n'avait jamais aimé cette fille, son attitude, son caractère moqueur et rebelle. Si on mettait des enfants au monde, c'était pour qu'ils obéissent – surtout les filles –, sinon ils devaient en subir les conséquences.

Il s'approcha de la porte pour écouter. Au bruit, il y avait bien dix ou douze policiers dans le living-room de la suite. Bud n'avait guère de temps pour une prière, mais ceux que Dieu a élus pour qu'ils portent Sa parole trouvent en toute circonstance les moyens d'entrer en communication avec Lui.

Vénéré Dieu, mon Sauveur Jésus-Christ, merci pour la gloire dont Tu nous as comblés, nous, les vrais croyants. Je Te prie de me donner la force de mettre fin à mes jours pour arriver plus vite auprès de Toi. Et permets-moi d'envoyer en enfer tous ces mécréants qui transgressent la Loi divine !

Il y avait quinze balles dans son chargeur. Il ne partirait pas seul s'il tenait bon et si Dieu lui donnait la force d'ignorer les blessures qu'il allait recevoir. Mais, à douze, ils disposaient tout de même d'une sacrée puissance de feu. Il avait besoin de quelque chose qui lui donne un avantage.

Bud se retourna vers sa belle-fille qui sanglotait en tenant à deux mains sa tête ensanglantée, recroquevillée sur le lit. Il ajouta une phrase à sa prière, avec une bonté qu'il trouva éminemment louable en la circonstance :

Et quand Tu recevras cette enfant au paradis, pardonne les péchés dont elle s'est rendue coupable envers Toi. Elle ne savait pas ce qu'elle faisait.

Se redressant, il s'approcha de sa belle-fille et la prit par les cheveux.

– Allerton est là ? cria Amelia Sachs aux oreilles de Charlotte en montrant la porte de la chambre.

Pas de réponse.

– Et la fille ?

Le réceptionniste de l'hôtel, en bas, leur avait indiqué la suite occupée par les Allerton et leur fille, et avait tracé un plan sommaire des lieux. Il était certain qu'ils s'y trouvaient. Il avait par ailleurs reconnu l'Horloger sur sa photo et leur avait dit qu'il était venu à plusieurs reprises, mais pas ce jour-là à sa connaissance.

– Où est Allerton ? demanda Amelia fermement en refrénant son envie de saisir cette femme par les épaules et de la secouer.

Charlotte décocha pour toute réponse un regard noir à la détective.

– Personne dans la salle de bains ! lança un policier de l'ESU.

– Personne dans la deuxième chambre !

– Personne dans le placard ! annonça à son tour Ron Pulaski, dont la minceur flottait de façon presque comique sous l'épais gilet pare-balles et le casque trop grands pour lui.

Il restait la troisième chambre et sa porte fermée. Amelia s'approcha en se plaquant de côté contre la cloison et en ordonnant d'un geste aux autres policiers de se tenir à l'écart de la ligne de tir.

– Vous, là-dedans, écoutez ! Je suis officier de police. Ouvrez cette porte !

Elle essaya la poignée. Ce n'était pas fermé à clé. Elle prit une profonde inspiration en levant son arme. Puis elle ouvrit brutalement la porte et, du même mouvement, s'accroupit en position de tir. Elle vit la fille – celle qu'elle avait aperçue une fois dans la voiture de Charlotte sur la première scène de crime de l'Horloger. Elle avait les poignets attachés, du ruban adhésif sur la bouche et le nez. Son visage avait déjà bleui et elle luttait pour trouver de l'air, au bord de l'étouffement.

– Regarde, la fenêtre est ouverte ! cria Pulaski. Le type s'est tiré !

Il voulut avancer. Amelia le retint par son gilet pare-balles.

– Pourquoi ? protesta-t-il.

– Parce que ce n'est pas sécurisé, rétorqua-t-elle sèchement.

Elle lui indiqua le living-room.

– Va jeter un coup d'œil à l'escalier de secours, là-bas, et regarde si tu ne le vois pas dehors. Et méfie-toi, il peut viser la fenêtre.

Le bleu se précipita vers la fenêtre et regarda brièvement dehors.

– Rien ! Il a dû filer !

Il appela par radio les hommes de l'ESU qui étaient restés à l'extérieur pour qu'ils inspectent la ruelle derrière l'hôtel.

Amelia hésita. Mais elle ne pouvait plus attendre. Il fallait secourir cette gamine. Elle fit un pas en avant.

Puis elle se figea sur place. La fille de Charlotte, en proie aux affres de la suffocation, lui adressait pourtant un message. Elle secouait la tête comme pour dire non. Amelia pensa instantanément à une embuscade. L'adolescente regardait maintenant vers sa droite, comme pour dire qu'Allerton ou un autre s'y cachait, sans doute prêt à tirer.

Amelia s'accroupit.

– Qui que vous soyez, lâchez votre arme ! Couchez-vous la face contre le sol, au centre de la pièce. Vite !

Silence.

La malheureuse fillette se tordait, les yeux exorbités.

– Lâchez votre arme immédiatement !

Silence.

Plusieurs agents de l'ESU étaient montés. L'un d'eux tenait une grenade destinée à neutraliser les agresseurs en les désorientant. Mais on peut encore tirer si on est assourdi ou même aveuglé. Amelia craignait que l'homme atteigne sa belle-fille s'il se mettait à tirer de tous côtés. Elle fit non de la tête à l'agent de l'ESU et entra dans la chambre. Il fallait en finir. La gamine n'avait plus beaucoup de temps à vivre.

Mais celle-ci secouait à nouveau la tête. Luttant contre les convulsions, elle fixa un point à la droite d'Amelia, puis plus bas.

Mourante, elle s'adressait encore à elle pour lui indiquer la cible.

La détective ajusta donc son tir – beaucoup plus à droite qu'elle l'aurait cru. Si elle avait tiré dans cette direction, elle aurait révélé sa position, et l'homme l'aurait peut-être abattue en répliquant.

L'adolescente hocha la tête.

Mais Amelia hésitait encore. Était-ce vraiment un message ? Cette gamine faisait preuve d'un sang-froid dont peu d'adultes auraient été capables, et Amelia craignait de mal l'interpréter. Le risque de blesser un innocent était grand.

Puis elle se souvint de son regard, la première fois, dans l'impasse donnant sur Cedar Street. Elle y avait vu de l'espoir. Maintenant elle y voyait du courage.

D'une main ferme elle tira six balles dans la direction indiquée en décrivant un arc de cercle. Et, sans attendre de savoir si elle avait touché quelqu'un, elle bondit dans la chambre, les agents de l'ESU sur ses talons.

– Prenez la fille ! cria-t-elle en couvrant de son Glock la partie droite de la pièce, la salle de bains et le placard. L'un des hommes couvrit la pièce avec sa mitraillette MP-5, tandis que les autres se saisissaient de la fillette pour l'emmener à l'abri et arrachaient le ruban adhésif de son visage. Amelia entendit le bruit rauque de sa respiration, puis des sanglots.

Elle ouvrit la porte du placard à la volée et s'écarta pour laisser tomber le corps de l'homme – atteint de quatre balles. Repoussant son arme d'un coup de pied, elle inspecta rapidement le placard et la salle de bains, puis – soucieuse de ne prendre aucun risque – la cabine de douche, sous le lit et l'escalier de secours.

En une minute, la suite avait été entièrement visitée. Charlotte, rouge de colère et secouée de pleurs, était sur le canapé, menottes aux poignets, et dans le couloir l'équipe médicale administrait de l'oxygène à sa fille. Elle n'avait pas été sérieusement blessée.

Charlotte refusa de parler de l'Horloger, et une première fouille de la suite n'apporta aucune indication quant au lieu où il pouvait être. Amelia Sachs trouva une enveloppe contenant 250 000 dollars en espèces, ce qui signifiait peut-être qu'il viendrait recevoir son salaire. Elle appela donc Sellitto pour lui demander de planquer tous les véhicules de police et tous les policiers, et de disposer des équipes prêtes à se saisir de lui s'il se montrait.

Rhyme était déjà en route à bord de son van, et Amelia l'appela pour lui dire de passer par l'arrière de l'hôtel. Puis elle entreprit de quadriller la scène en commençant par le couloir.

– Comment ça va ? demanda-t-elle à l'adolescente.

– Ça va. J'ai un peu mal à la figure.

– On a retiré le ruban adhésif trop vite, je crois.

– Oui.

– Merci pour ce que tu as fait. Tu as sauvé des vies. Tu *m'as* sauvé la vie.

La gamine lui lança un regard étonné, puis baissa les yeux. La détective lui tendit le livre qu'elle venait de ramasser dans la chambre et lui demanda si elle savait quelque chose au sujet d'un certain Gerald Duncan.

– Il me faisait peur. Il était effrayant. Il vous regardait comme si vous étiez un caillou ou une table. Pas un être humain.

– As-tu une idée de l'endroit où il se trouve ?

Elle fit non de la tête.

– Tout ce que je sais, c'est que maman a dit qu'il louait une chambre quelque part à Brooklyn. Je ne sais pas où. Il ne l'a pas dit. Mais il doit revenir chercher de l'argent.

Amelia prit Pulaski à part pour lui demander de se procurer les relevés d'appels téléphoniques depuis les portables de Bud et Charlotte Allerton, et de ceux passés dans leur chambre d'hôtel.

– Et le téléphone de la réception aussi ? Il y a une cabine en bas Et une autre dans la rue, pas loin d'ici.

Elle le regarda en haussant le sourcil.

– Bonne idée.

Le bleu sortit. Amelia trouva un soda, qu'elle donna à la fillette. Celle-ci décapsula la boîte et en vida goulûment la moitié. Elle regarda Amelia d'un drôle d'air. Puis elle se mit à rire.

– Qu'y a-t-il ? lança Amelia.

– Vous ne vous souvenez pas de moi, n'est-ce pas ? Je vous ai déjà vue.

– Dans l'impasse, mardi. Bien sûr.

– Non, non. C'était bien avant ça, il y a longtemps !

Amelia fronça les sourcils. Elle se rappelait avoir eu une vague impression de déjà-vu en l'apercevant dans la voiture de sa mère. Et cette impression était de plus en plus forte maintenant. Mais elle ne pouvait pas se rappeler où elle l'avait rencontrée avant le mardi précédent.

– Je crains de ne pas m'en souvenir.

– Vous m'avez sauvé la vie. Quand j'étais toute petite.

Bien avant… Longtemps avant…

Amelia la scruta du regard, puis se tourna vers sa mère pour la dévisager plus attentivement.

– Oh, mon Dieu ! souffla-t-elle.

CHAPITRE 40

Dans la mauvaise chambre d'hôtel, Lincoln Rhyme secoua la tête, incrédule, en écoutant Amelia Sachs lui faire part de ce qu'elle venait d'apprendre : ils avaient déjà rencontré Charlotte plusieurs années auparavant lors de sa venue à New York sous le nom de Carol Ganz avec sa fille – qui s'appelait Pammy. Elle était alors victime, avec Pammy, dans la première affaire sur laquelle Rhyme et Amelia Sachs avaient travaillé ensemble pour traquer un kidnappeur obsédé par les os humains, ce Désosseur aussi habile et impitoyable que l'Horloger.

Rhyme avait recruté Amelia pour qu'elle soit ses yeux, ses oreilles et ses jambes sur les scènes de crime, et ils avaient réussi ensemble à sauver cette femme et sa petite fille… pour s'apercevoir ensuite que cette Carol était en réalité Charlotte Willoughby, militante d'un mouvement d'extrême droite qui abhorrait le gouvernement fédéral et sa politique étrangère. Après qu'ils l'avaient secourue, la femme s'était débrouillée pour introduire une bombe au siège des Nations unies à Manhattan. L'explosion avait tué six personnes.

Lincoln Rhyme et Amelia Sachs avaient été chargés de cette nouvelle enquête, mais Charlotte avait disparu avec sa fille tandis que son mouvement passait à la clandestinité, probablement dans le Midwest, et leur piste s'était perdue.

Ils lançaient de temps à autre une recherche auprès du FBI, de la police fédérale et des polices locales sur les diverses milices et groupes politiques d'extrême droite, mais n'avaient pas encore retrouvé la trace de Charlotte. Amelia n'avait pas pu oublier la fillette et parfois, le soir, alors qu'elle reposait au côté de Rhyme, elle se demandait tout haut ce qu'elle était devenue et s'il était encore temps de la sauver. Amelia, qui avait toujours voulu des enfants, était horrifiée en pensant au genre d'existence que sa mère devait imposer à la fillette – se cacher en permanence, ne pas avoir d'amis de son âge, ne pas aller à l'école – au nom d'une cause détestable.

Et voici que Charlotte était revenue en ville – avec Bud Allerton, son mari actuel – pour commettre un autre attentat terroriste et croiser une nouvelle fois le chemin de Lincoln Rhyme et Amelia Sachs...

Charlotte, entre haine et désespoir, fusillait Rhyme du regard à travers ses larmes.

– Vous avez assassiné Bud ! (Elle éclata d'un rire sardonique.) Mais on a tout de même gagné ! On a fait combien de morts ce soir ? Cinquante ? Soixante-quinze ? Et combien de gros bonnets du Pentagone parmi eux ?

Sachs la regarda bien en face.

– Vous saviez qu'il y aurait des enfants dans la salle de conférences ? Les maris et les femmes des militaires ? Leurs parents ? Leurs grands-parents ? Vous le saviez ?

– Évidemment !

– Et ils étaient tous bons pour le sacrifice, c'est ça ?

– Pour un monde meilleur, rectifia Charlotte.

C'était peut-être le slogan qu'elle répétait avec son groupe dans les rassemblements ou les manifestations.

– On devrait peut-être lui montrer des vues du carnage, dit Rhyme en regardant Amelia.

Elle opina de la tête et alluma la télé.

Une journaliste apparut à l'écran... pour parler d'« un attentat sans gravité. Un policier de la brigade antiterroriste a été légèrement blessé par un éclat lors d'une tentative pour désamorcer la bombe. Les dégâts matériels sont estimés à 500 000 dollars. D'après les premières informations, ni Al-Qaïda ni aucun autre mouvement terroriste ne sont impliqués dans l'attentat. Un porte-parole de la police de New York a évoqué la responsabilité d'un groupuscule d'extrême droite. Sachez, si vous nous rejoignez maintenant, que deux bombes ont éclaté aujourd'hui au siège du ministère de l'Urbanisme et du Logement, mais qu'il n'y a pas eu de morts et seulement quelques blessés légers. Un sous-secrétaire d'État et le chef d'état-major des armées faisaient partie des personnalités visées... ».

Amelia coupa le son et se tourna vers Charlotte, l'air amusé.

– Non, dit la femme, le souffle coupé. Oh non !... Que... ?

– Évidemment, dit Rhyme, nous avions tout prévu et fait évacuer les lieux *avant* l'explosion.

Charlotte était abasourdie.

– Mais... c'est impossible ! Non... Les aéroports étaient fermés, les trains...

– Oh, ça..., lança Rhyme d'un ton léger. Il nous fallait simplement gagner un peu de temps. Au début, bien sûr, j'ai pensé qu'il voulait voler le Mécanisme de Delphes, puis j'ai compris qu'il ne s'agissait que d'une feinte. Mais ça ne voulait pas dire qu'il n'avait pas touché à l'horloge du NIST. Alors, pendant que nous cherchions à comprendre ce qu'il projetait vraiment de faire, nous avons appelé le maire de New York pour qu'il fasse interdire tous les vols et arrêter la circulation des trains et du métro.

Tu sais ce qui va se passer si on appuie sur ce bouton-là...

Charlotte regarda vers la chambre, où son mari était mort pour rien. Puis l'idéologue en elle reprit le dessus et elle dit d'un ton égal :

– Vous n'en finirez jamais avec nous. Vous gagnerez peut-être une ou deux batailles. Mais nous reprendrons notre pays. Nous...

– Hé, ma sœur, arrête ce baratin !

La voix était celle d'un grand Noir à la silhouette dégingandée qui venait d'entrer dans la pièce. Fred Dellray, agent spécial du FBI. Informé du volet terroriste de l'affaire, il s'était déchargé sur un collègue de l'enquête pour fraude fiscale à laquelle il travaillait (c'était à crever d'ennui de toute façon) et avait annoncé qu'il voulait assurer la liaison entre la police fédérale et ses collègues de la police de New York.

Dellray portait un complet bleu pastel et un chandail vert cru sous un pardessus marron à chevrons qui devait dater de 1975. Ses manières étaient aussi culottées que sa façon de s'habiller. Il examina Charlotte de toute sa hauteur.

– Eh bien, eh bien, voyez un peu ce qu'on a attrapé !

La femme leva vers lui un regard méfiant. Il se mit à rire.

– Si c'est pas dommage ! Vous allez vous retrouver en prison pour... pour toujours, ma foi, alors que vous n'avez même pas accompli ce que vous aviez mijoté. Ça fait quoi, de nager dans une piscine sans eau ?

Dellray avait, en matière d'interrogatoire, une approche radicalement différente de celle que pratiquait Kathryn Dance. Rhyme se dit que cette dernière ne serait certainement pas d'accord.

Amelia Sachs avait arrêté Charlotte pour des délits relevant de la juridiction locale, et c'était maintenant au tour de Dellray de l'arrêter pour des crimes fédéraux – l'événement du jour et le précédent attentat à la bombe contre le siège de l'ONU, sans compter son implication lors d'une fusillade dans un tribunal de Washington et quelques faits de moindre importance.

Charlotte dit qu'elle connaissait ses droits et se lança dans une nouvelle diatribe.

Dellray la stoppa d'un doigt brandi sous son nez.

– Minute, ma jolie ! (Se tournant vers Rhyme :) Comment t'as fait pour démêler tout ça, Rhyme ? On a entendu parler de flics en uniforme qui rackettaient le bourgeois, puis d'un drôle de zigue qui laissait des pendules en guise de cartes de visite, puis on a appris que les aéroports étaient fermés et qu'il y avait une alerte au ministère de l'Urbanisme... Et adieu ma sieste !

Rhyme retraça dans le détail leur recherche fiévreuse avec l'aide de la kinésique et des méthodes scientifiques pour finalement comprendre l'objectif réel de l'Horloger. Kathryn Dance le soupçonnait d'avoir menti sur sa véritable mission à New York. Ils avaient donc étudié une fois de plus tous les indices. Certains semblaient indiquer l'intention de voler une pièce rare exposée au Metropolitan Museum.

Mais plus il y réfléchissait, plus Rhyme trouvait la chose improbable. Il s'était dit que Duncan avait inventé l'histoire du colis destiné au Met et jamais livré dans le seul but d'attirer l'attention sur le musée. Quelqu'un d'aussi prudent que l'Horloger n'aurait jamais offert aux enquêteurs une piste aussi évidente. Il leur avait livré Vincent en sachant que le violeur les conduirait à l'église où il avait laissé d'autres brochures éditées par des musées et se référant au Mécanisme de Delphes. Il en avait parlé à Vincent et à Hallerstein. Non, il préparait autre chose. Mais quoi ? Kathryn Dance s'était repassé les enregistrements de ses interrogatoires à plusieurs reprises, pour conclure qu'il avait peut-être menti en disant qu'il choisissait ses prétendues victimes parce qu'on pouvait facilement s'enfuir des lieux où il s'attaquait à elles.

– Ce qui signifiait, dit Rhyme à Dellray, qu'il les choisissait pour une autre raison. Donc, qu'avaient-elles en commun ?

Rhyme s'était rappelé une remarque de Kathryn Dance après le premier interrogatoire. Ari Cobb avait dit que la Ford Explorer était garée au fond de l'impasse et que l'Horloger était retourné à l'entrée pour déposer le corps. Pourquoi ? Peut-être parce qu'il fallait que ce corps se trouve là et pas ailleurs. De quoi était-il proche ? De l'entrée de service du ministère de l'Urbanisme et du Logement.

Rhyme s'était également procuré la liste des clients de l'entreprise de réfection de sols dans les bureaux de laquelle Baker avait déposé un extincteur piégé, et il avait appris que cette entreprise avait récemment changé la moquette du ministère.

– J'ai envoyé notre bleu y jeter un coup d'œil. Il a trouvé de l'autre côté de Cedar Street un immeuble en cours de rénovation. Les ouvriers avaient refait l'étanchéité du toit une semaine plus tôt, avant l'arrivée du froid. Le goudron utilisé correspondait aux particules trouvées sous les chaussures de notre suspect. Ce toit offrait un poste d'observation idéal sur le ministère.

Cela expliquait aussi pourquoi il avait répandu du sable par terre sur les scènes de crime avant de le balayer – afin d'être absolument certain de ne pas laisser la moindre trace permettant de l'identifier par la suite, quand il reviendrait poser ses bombes et les faire exploser.

Rhyme s'était également aperçu que toutes les autres victimes avaient un lien avec l'immeuble. Lucy Richter y était connue en tant que détentrice d'un passe spécial qui lui permettait de circuler librement dans les locaux. Elle possédait également un document classé « secret défense » sur la sécurité et les procédures d'évacuation.

Joanne Harper avait composé la décoration florale pour la cérémonie – un bon moyen d'introduire quelque chose dans l'immeuble.

– J'ai pensé à une bombe. Nous avons mis le maire dans le coup et il a pris contact avec les médias afin qu'ils passent momentanément sous silence l'évacuation de la salle, pour éviter d'alerter notre gibier et de provoquer sa fuite. Mais le truc a sauté avant que la brigade des explosifs ait le temps de le désamorcer. J'ai tout simplement *horreur* de voir des indices voler en éclats. Tu sais ce qu'il en coûte quand on prétend examiner des bouts de ferraille qui se sont envolés à la vitesse de mille mètres par seconde ?

– Mais comment t'as fait pour amener Miss Sourire ici ? demanda Dellray en montrant Charlotte.

– Facile, répondit Rhyme de son ton le plus léger. Elle s'est montrée imprudente. À partir du moment où Duncan était un imposteur, la femme qui l'avait aidé sur la première scène de crime l'était aussi. Notre bleu avait relevé les immatriculations de tous les véhicules stationnés dans l'impasse et à proximité. La voiture de la sœur d'emprunt avait été louée chez Avis à une dénommée Charlotte Allerton. On a fait les hôtels jusqu'à ce qu'on la trouve.

– Et votre homme, le type aux pendules ? demanda Dellray.

– L'Horloger ? Ça, c'est une autre histoire...

Rhyme expliqua que Pammy, la fille de Charlotte, avait entendu sa mère parler d'un logement à Brooklyn, mais qu'elle ne connaissait pas l'adresse.

– Et il n'y avait pas d'autre piste.

– Où, à Brooklyn ? demanda Dellray en se penchant vers Charlotte. Il faut que je le sache. Et tout de suite !

– Vous faites pitié ! répondit-elle d'un air de défi. Tous tant que vous êtes ! Vous n'êtes que des larbins de la bureaucratie qui règne à Washington. Vous êtes en train de brader le cœur de notre patrie, et vous...

Dellray se pencha encore, effleurant son visage. Il fit claquer sa langue.

– Dis donc, ma sœur ! Pas de politique. Pas de philosophie... On veut des réponses à des questions. D'accord ?

– Va te faire foutre !

Dellray souffla en gonflant ses joues pour émettre un son de trompette et gémit.

– Là, ça devient trop intellectuel pour moi !

Rhyme aurait voulu que Kathryn Dance soit là pour interroger cette femme, tout en se doutant qu'il faudrait longtemps pour lui soutirer des informations. Il approcha son fauteuil roulant et dit dans un souffle pour que Pammy n'entende pas :

– Je peux vous promettre que si vous nous aidez, je ferai le nécessaire pour vous permettre de voir votre fille de temps en temps quand vous serez en prison. Si vous refusez de coopérer, je vous assure que vous ne la reverrez plus jamais.

Charlotte se retourna vers le couloir où Pammy était assise, cramponnée à son livre, et la regardait d'un air de défi. L'adolescente était brune et jolie, avec des traits fins, mais très maigre. Elle frottait ses ongles les uns contre les autres d'un geste convulsif. On sentait qu'elle manquait de beaucoup de choses et avait terriblement besoin qu'on s'occupe d'elle.

– Eh bien, je ne la reverrai plus, dit calmement Charlotte.

Dellray cligna des paupières, ses traits toujours impassibles crispés en une expression de dégoût qu'on lui voyait rarement.

Rhyme lui-même resta sans voix.

À cet instant, Ron Pulaski entra en trombe dans la pièce. Il s'immobilisa pour reprendre son souffle.

– Eh bien ? dit Rhyme.

Le bleu mit encore un moment à pouvoir parler.

– Les numéros de téléphone... L'Horloger...

– Accouchez, Ron !

– Excusez-moi... (Il reprit sa respiration.) On n'a pas pu retrouver son portable, mais un employé de l'hôtel a vu cette femme, Charlotte Allerton, qui passait des coups de fil tous les soirs vers minuit depuis quatre ou cinq jours. J'ai joint la compagnie de téléphone. J'ai eu le numéro qu'elle appelait. C'est celui d'une cabine à Broadway. À ce carrefour.

Il tendit une feuille à Sellitto, qui la passa à Bo Haumann.

– Bravo, dit Sellitto à Pulaski.

Il appela l'inspecteur qui dirigeait le commissariat du quartier où on avait localisé la cabine. Les policiers commenceraient à ratisser les alentours dès que Mel Cooper leur aurait transmis le portrait-robot.

Rhyme pensait que l'Horloger ne logeait pas forcément à proximité de cette cabine – le criminologue n'en aurait pas été surpris –, mais une demi-heure plus tard un message leur apprit qu'un agent avait identifié l'homme du portrait-robot grâce à plusieurs habitants du quartier qui l'avaient reconnu.

Sellitto prévint Haumann.

– Je t'appellerai de là-bas ! annonça Amelia en attrapant son blouson.

– Une seconde, dit Rhyme. Si tu laissais plutôt Bo s'en occuper ?

– Pourquoi ?

– Ils vont donner l'assaut.

Rhyme avait en tête une vieille superstition : le risque de se faire tuer ou blesser est plus grand pour les flics qui s'apprêtent à quitter la police. Rhyme n'était pas superstitieux. Mais tout de même. Il ne voulait pas qu'elle y aille.

Amelia pensait comme lui, peut-être. Elle semblait hésiter. Puis il vit le regard qu'elle posait sur Pammy Willoughby. Elle se retourna vivement vers lui. Leurs regards se croisèrent. Elle hocha la tête avec un petit sourire, enfila son blouson de cuir et sortit.

Dans une zone tranquille de Broadway, une douzaine de policiers de l'ESU avançaient à pas lents sur le trottoir, tandis que six autres passaient à l'arrière d'une maison délabrée.

Il n'y avait tout autour que des habitations modestes entourées de petits jardins amplement décorés pour Noël. Leur taille minuscule n'empêchait pas les propriétaires d'y entasser toute une population de Santa Claus, de rennes et de lutins.

Amelia avançait lentement à la tête de la section d'assaut. Elle communiquait avec Rhyme par radio.

– On y est, dit-elle à voix basse.

– Description ? répondit Rhyme.

– On a fait évacuer les maisons, de chaque côté et derrière. Personne en face.

Il y avait de l'autre côté de la rue un potager collectif. Un épouvantail en lambeaux se dressait au centre, la poitrine couverte de graffiti.

– Ça se présente assez bien pour une arrestation. On... Une seconde, Rhyme !

La lumière venait de s'éteindre dans l'une des pièces de façade. Les policiers, autour d'Amelia, s'étaient aussitôt arrêtés pour s'accroupir.

– Il est encore là... Je coupe.

– Chope-le, Amelia !

Il y avait dans la voix du criminologue une détermination inhabituelle. Il craignait, elle le savait, que l'homme leur échappe une nouvelle fois. Ils avaient sauvé des vies humaines dans l'immeuble du ministère, arrêté Charlotte Allerton, et c'était très bien. Mais Rhyme voulait voir tous les coupables sous les verrous.

Sa détermination, pourtant, était moins forte que celle d'Amelia Sachs. Elle voulait lui offrir l'Horloger comme un trophée, en souvenir de leur dernière enquête commune.

Elle régla sa radio sur une autre fréquence.

– Détective 5885 à ESU 1.

Bo Haumann, à un pâté de maisons de là, répondit aussitôt.
– Allez-y !
– Il est là. Je viens de voir la lumière s'éteindre.
– Reçu. Équipe B, vous entendez ?
C'était celle des policiers qui avançaient par l'arrière.
– Équipe B à chef ESU 1. Reçu. On... attendez. Oui, il est à l'étage. La lumière vient de s'allumer. Ça semble être la chambre.
– Il n'est peut-être pas seul, intervint Amelia. Il peut y avoir quelqu'un de la bande de Charlotte avec lui. Ou un nouveau complice.
– Reçu, détective, dit la voix grave d'Haumann, et vous, RS, vous avez quelque chose ?
Les équipes de la brigade de recherche et surveillance étaient en train de prendre position sur le toit d'un immeuble d'appartements situé derrière le jardin de la maison de l'Horloger, sur laquelle les hommes braquaient leurs jumelles.
– RS à ESU 1. Reçu. Tous les stores sont baissés. On ne voit rien. Il y a une source de chaleur en haut. Mais il ne bouge plus. Il y a une lumière dans le grenier, mais on ne voit pas à l'intérieur. Pas de volets.
– RS 2. Même chose ici. Rien en vue. Chaleur à l'étage, rien au rez-de-chaussée. Entendu un bruit métallique à l'étage.
– Une arme ?
– Possible. Ou peut-être une pièce du poêle. Terminé.
L'officier de l'ESU qui suivait Amelia déployait ses hommes, auxquels il donnait ses ordres par signes. Un petit groupe de quatre – lui, Amelia et deux autres policiers – se tapit contre la porte d'entrée de la maison, tandis qu'un autre groupe de quatre approchait derrière eux. Un homme portait le bélier. Les trois autres couvrirent les fenêtres du rez-de-chaussée et de l'étage.
– Équipe B à 1. Sommes en position. Avons une échelle à côté de la pièce éclairée à l'étage. Terminé.
– Équipe A en position, annonça un autre policier dans un murmure.
– Tous ensemble, dit Haumann aux équipes. À trois, grenades assourdissantes dans toutes les pièces éclairées. Lancez-les fort, à

travers les stores. À un, entrée dynamique simultanée porte avant et porte arrière. L'équipe B se divise pour couvrir rez-de-chaussée et sous-sol. Équipe A direct à l'étage. N'oubliez pas, ce type sait se servir des explosifs. Regardez si vous ne voyez pas un engin.

– Équipe B, reçu.

– A, reçu.

Malgré un froid très vif, Amelia transpirait des paumes sous les gants en Nomex très serrés. Elle retira le droit pour souffler dedans ; fit de même avec le gauche. Puis elle rajusta son gilet pare-balles et libéra le rabat de sa cartouchière de secours. Les autres avaient des mitraillettes, mais elle n'en voulait jamais. Elle préférait l'élégance d'une balle bien placée à une giclée de plombs.

Amelia et les trois hommes de la première équipe d'assaut échangèrent un bref hochement de tête.

La voix de Bo Haumann commença son compte à rebours :

– Six… cinq… quatre… trois…

Des bruits de verre brisé emplissaient l'air glacé. Les policiers avaient lancé leurs grenades à travers les fenêtres.

Haumann continuait calmement :

– Deux… un !

La violente détonation des grenades secoua les fenêtres et la maison en fut brutalement illuminée pendant un instant. Le policier à la stature monumentale qui tenait le bélier le lança contre la porte d'entrée. Celle-ci s'abattit sans trop de résistance, et il ne fallut que quelques secondes aux autres pour se répartir entre le sous-sol et les pièces du rez-de-chaussée, toutes chichement meublées.

Tenant sa torche d'une main et son arme de l'autre, Amelia s'engagea dans l'escalier avec son groupe.

La première chambre était vide, la suivante aussi.

Puis toutes les chambres furent déclarées vides.

– Mais il est où, bon sang ? dit Amelia à mi-voix.

– L'aventure continue, hein ? lâcha quelqu'un derrière elle.

– C'est un putain d'homme invisible qu'on cherche, dit un autre.

Puis elle entendit dans son oreillette :

– Ici RS 1. La lumière vient de s'allumer dans le grenier. Il y est.

Ils trouvèrent dans une petite pièce à l'arrière de la maison une trappe qui s'ouvrait dans le plafond. Une grosse corde pendait. Elle commandait une échelle télescopique. Un policier éteignit la lumière pour le cas où on voudrait leur tirer dessus. Ils reculèrent, leurs armes braquées sur l'ouverture de la trappe, tandis que Sachs empoignait la corde et tirait énergiquement dessus. L'échelle se déplia jusqu'au sol.

– Vous, dans le grenier ! Descendez immédiatement ! Vous entendez ? C'est votre dernière chance !

Silence.

– Grenades !

Un policier défit sa ceinture.

Le chef d'équipe posa la main sur l'échelle, mais Amelia l'arrêta d'un geste.

– Il est pour moi !

– Vraiment ?

Elle hocha la tête.

– Prêtez-moi simplement un casque.

Elle le prit et s'en coiffa.

– On est prêts, détective.

Elle grimpa presque jusqu'en haut de l'échelle et prit la grenade assourdissante. Elle tira sur la goupille et ferma les yeux pour ne pas être aveuglée par le flash et permettre à ses yeux de s'accoutumer à la semi-pénombre du grenier.

– On y va !

Elle lança la grenade et baissa la tête.

La grenade explosa trois secondes après et Amelia, ouvrant les yeux, franchit les derniers barreaux de l'échelle pour déboucher dans un petit espace où stagnaient la fumée légère et l'odeur de l'explosif. Elle s'écarta de la trappe en roulant sur elle-même, sans lâcher sa torche et en décrivant un arc de cercle avec son arme pour s'approcher d'un poteau – le seul endroit où il lui semblait possible de se couvrir.

Rien à droite, rien devant, rien…

C'est alors qu'elle tomba la face contre le sol.

Ce n'était pas un plancher, mais du carton recouvrant un matériau d'isolation. Sa jambe droite passa à travers le faux plafond de la chambre à coucher et elle resta coincée. Elle avait poussé un cri de douleur.

– Détective ! cria quelqu'un.

Elle braqua sa torche dans la seule direction où elle pouvait voir quelque chose – droit devant elle. Le tueur n'était pas là.

Il était donc derrière.

L'ampoule qui pendait du toit s'éclaira à cet instant au-dessus de l'endroit où elle se trouvait, faisant d'elle une cible parfaite.

Elle lutta pour se retourner, s'attendant à la détonation sèche d'une arme à feu, au choc d'une balle dans sa tête ou sa nuque.

Elle pensa à son père.

Elle pensa à Rhyme.

Toi et moi, Sachs…

Puis elle se dit qu'il n'était pas question de mourir sans lui régler son compte. Prenant le revolver entre ses dents, elle se souleva à deux mains pour se retourner et trouver une cible.

Les policiers lourdement chaussés se précipitèrent à son secours. Mais bien sûr ! C'était exactement ce qu'avait voulu l'Horloger – l'occasion d'en tuer le plus possible. Il avait fait d'elle un appât pour les piéger à mort et en profiter pour prendre la fuite.

– Attention ! hurla-t-elle en serrant le revolver dans sa main. Il…

– Où est-il ? demanda le chef de l'équipe A.

Il ne l'avait pas entendue – ou pas écoutée – et entrait à son tour, suivi par deux autres policiers. Ils se mirent à examiner la pièce, y compris la partie qui se trouvait derrière Amelia.

Le cœur battant à se rompre, elle parvint à regarder par-dessus son épaule.

– Vous ne le voyez pas ? Il est forcément là !

– Que dalle !

Deux hommes se penchèrent pour la saisir par son gilet pare-balles et la tirer de son piège. Elle fit aussitôt volte-face en position accroupie.

Le grenier était vide.

– Comment est-il sorti ? murmura l'officier de l'ESU. Il n'y a ni porte ni fenêtre.

Sachs remarqua quelque chose à l'autre extrémité de la pièce. Elle partit d'un rire amer.

– Il n'a jamais été ici. Ni en haut, ni en bas. Il a probablement filé depuis des heures.

– Mais les lumières ? Il y avait quelqu'un pour éteindre et pour allumer ?

– Mais non. Regardez plutôt.

Elle leur montrait un petit coffre beige relié à la boîte à fusibles.

– Il nous a fait croire qu'il était ici. Pour se tirer plus facilement.

– Qu'est-ce que c'est ?

– À votre avis ? Un minuteur.

CHAPITRE 41

Amelia Sachs acheva l'examen de la scène de crime dans la maison de Broadway et envoya à Rhyme les quelques indices qu'elle y avait relevés.

Elle retira la combinaison en Tyvek, passa son blouson et se hâta de rejoindre, dans le froid coupant, la voiture de Sellitto. Sur le siège arrière, Pam Willoughby, toujours cramponnée à son *Harry Potter*, buvait à petites gorgées le chocolat chaud que lui avait offert le gros détective. Il était encore dans la maison, pour s'occuper des papiers à remplir. Sachs s'assit à côté de l'adolescente. Kathryn Dance leur avait suggéré de l'amener avec eux chez l'Horloger, en espérant que ce qu'elle y verrait lui rappellerait peut-être un élément utile à l'enquête. Mais l'homme n'avait pas laissé grand-chose derrière lui.

Amelia lui sourit, se remémorant l'étrange expression d'espoir qu'elle lui avait vue dans la voiture de location de sa mère. Elle dit :

– J'ai souvent pensé à toi ces dernières années.

– Moi aussi, répondit Pam en lorgnant au fond de sa tasse.

– Où êtes-vous allées, ta mère et toi, après New York ?

– On est retournées dans le Missouri pour se cacher dans la forêt. Maman me laissait souvent à des gens. Mais le plus souvent je restais seule et je lisais. Je n'aimais pas beaucoup ces gens. Je les trouvais tous nuls. Si vous ne pensiez pas comme eux – et il fallait voir ce qu'ils pensaient –, ils se moquaient de vous. Il y en avait beaucoup qui faisaient la classe à la maison pour leurs enfants. Mais moi, je voulais aller à l'école publique et je les ai bien embêtés pour ça. Ils ne voulaient pas, mais maman a fini par céder. Mais elle m'a dit que si je parlais d'elle à quelqu'un, de ce qu'elle avait fait, j'irais en prison comme complice... et que là-bas les hommes me feraient des trucs... Vous voyez ce que je veux dire.

– Ma chérie...

Amelia lui avait pris la main pour la presser dans la sienne. Amelia Sachs voulait absolument des enfants et savait que, d'une manière ou d'une autre, il y en avait dans son avenir. Qu'une mère ait fait subir tout cela à sa fille l'atterrait.

– Et quelquefois, quand ça allait vraiment mal, je pensais à vous et j'imaginais que vous étiez ma mère. Je ne savais pas comment vous vous appeliez. J'avais peut-être entendu votre nom, mais je ne pouvais pas me le rappeler. Alors je vous en ai donné un : Artémis. Je l'ai trouvé dans un livre sur la mythologie. C'était la déesse de la chasse. Et vous, vous aviez tué ce chien méchant – celui qui m'attaquait. (Elle baissa les yeux.) C'est idiot, comme nom.

– Mais non, c'est un très beau nom ! Il me plaît... Tu m'as reconnue mardi, dans l'impasse, n'est-ce pas ? Quand tu étais dans la voiture ?

– Oui. J'ai pensé que c'était le destin qui vous envoyait. Pour me sauver encore une fois. Vous n'y croyez pas, à ces choses ?

Non, Amelia Sachs n'y croyait pas. Mais elle dit :

– La vie est bizarre parfois...

Une voiture s'arrêta non loin de la leur. Une employée des services sociaux en sortit et vint vers elles.

La femme, qui était noire et jolie, s'assit à l'avant et tendit les mains devant la bouche du chauffage.

– Et dire qu'officiellement on n'est pas encore en hiver ! s'exclama-t-elle. Ce n'est pas juste !

Elle leur expliqua ce qu'elle avait prévu pour la fillette :

– J'ai trouvé deux familles d'accueil vraiment bien. Il y en a une à Riverdale – des gens que je connais depuis des années. Tu resteras quelques jours chez eux, jusqu'à ce qu'on trouve d'autres membres de ta famille.

Pammy écoutait en fronçant les sourcils.

– Je pourrais prendre un autre nom ?

– Un autre... ?

– Je ne veux plus être moi. Et je ne veux plus que ma mère m'adresse la parole. Et je ne veux pas que les gens avec lesquels elle est me retrouvent.

Amelia ne laissa pas le temps à l'autre femme de répondre :

– On va faire ce qu'il faut pour qu'il ne t'arrive plus rien de mal. Je te le promets.

Pammy se blottit contre elle.

– Donc on va se revoir ? demanda Amelia.

– Oui, je crois. Si vous voulez, dit la fillette en s'efforçant de contenir sa joie.

– Que dirais-tu d'un petit shopping demain ?

– Oh, oui, bien sûr !

– Très bien, c'est décidé, dit Amelia.

Elle eut une idée.

– Dis-moi, tu aimes les chiens ?

– Oui. J'ai habité chez des gens qui en avaient un, dans le Missouri. Je l'aimais bien plus qu'eux.

Amelia prit son téléphone pour appeler Thom chez Rhyme.

– Vous avez trouvé quelqu'un pour Jackson ?

– Non. Il est toujours candidat à l'adoption.

– Retirez-le du marché.

Elle se tourna vers Pammy.

– J'ai un cadeau pour toi, en avance sur Noël.

Il arrive que les montres les mieux conçues ne marchent pas.

Leurs mécanismes sont, à vrai dire, assez fragiles quand on y réfléchit. Cinq cents, mille pièces minuscules qui se meuvent, des vis quasiment microscopiques, des ressorts et des pierres précieuses, le tout assemblé avec précision, des dizaines de mouvements différents marchant en même temps… Songez à tout ce qui peut *ne pas* marcher… Parfois c'est l'horloger qui s'est trompé dans ses calculs, parfois un petit bout de métal qui est défectueux, parfois la faute du propriétaire qui remonte trop brutalement le mécanisme. Il arrive qu'il laisse tomber la montre. Ou que de la moisissure s'insinue sous le cristal.

Il arrive aussi que la montre marche à la perfection dans un milieu donné et non dans un autre. La célèbre Oyster Perpetual de Rolex elle-même, connue comme la première montre de luxe pour plongeur, ne supporte pas une pression sous-marine illimitée.

Charles Vespasian Hale était à ce moment non loin de Central Park, dans sa propre voiture qu'il avait ramenée de San Diego – aucun risque de laisser une piste du moment qu'on paie en liquide aux stations-service et qu'on évite les routes à péage –, et il s'interrogeait sur ce qui n'avait pas marché dans son plan.

Il avait une idée de la réponse de la police à cette question, en particulier celle de Lincoln Rhyme. Hale avait tout fait pour anticiper ses mouvements, mais l'ancien flic avait pris juste ce qu'il fallait d'avance. Il avait fait exactement ce qu'Hale redoutait : après avoir vu quelques pièces, il avait extrapolé tout le mécanisme imaginé par l'Horloger.

Hale aurait tout le temps de réfléchir à ce qui n'avait pas fonctionné pour éviter des problèmes analogues à l'avenir. Il s'apprêtait à se mettre en route pour la Californie. Il se regarda dans le rétroviseur. Il s'était teint les cheveux pour retrouver leur couleur d'origine et ne portait plus ses lentilles au bleu intense, mais le collagène lui épaississait le nez, lui gonflait les joues et lui faisait un double menton. Et il mettrait des mois à reprendre les vingt kilos qu'il avait perdus pour exécuter ce contrat et redevenir lui-même. Il se sentait ramolli et vaseux après tout ce temps passé en ville et avait besoin de retrouver la nature sauvage de ses montagnes.

Oui, il avait échoué. Mais, comme il l'avait dit à Vincent Reynolds, un échec comptait pour bien peu dans le grand ordre des choses. L'arrestation de Charlotte Allerton et la mort de son mari ne l'affectaient nullement. Le couple ignorait sa véritable identité (ils ne l'avaient connu qu'en tant que Gerald Duncan) et ils avaient été mis en contact par des individus d'une grande discrétion.

Il y avait d'ailleurs un aspect positif dans cet échec. Hale avait appris quelque chose qui avait changé sa vie. Il avait créé l'Horloger pour la simple raison que le personnage faisait assez peur pour retenir l'attention de la populace et des policiers accros aux exploits des criminels de pacotille de la télévision.

Mais en se coulant dans ce rôle, il avait découvert à son grand étonnement que cet Horloger était l'incarnation de sa propre personnalité. Il se sentait chez lui. Il s'était effectivement pris d'une véritable fascination pour les montres, les pendules et tout ce qui parlait du temps. (Comme ce Mécanisme de Delphes, dont il n'abandonnait pas l'idée de s'emparer un jour prochain.)

L'Horloger...

Charles Hale n'était lui-même qu'un mécanisme d'horlogerie. On peut se servir d'une montre pour se livrer à une occupation heureuse, comme mesurer les intervalles entre les contractions lors d'une naissance. Ou mauvaise : coordonner dans le temps le déroulement d'une attaque destinée à massacrer des femmes et des enfants.

Le temps transcende la morale. Il regarda, posée à côté de lui, la montre de poche en or de Breguet. Il la prit entre ses doigts gantés, la remonta avec lenteur – mieux vaut aller lentement que trop vite – et la glissa avec précaution entre deux feuilles de papier à bulles dans une grande enveloppe blanche.

Hale cacheta l'enveloppe et fit démarrer la voiture.

Il n'y avait aucune piste évidente.

Rhyme, Sellitto, Cooper et Pulaski discutaient, dans le laboratoire donnant sur Central Park, du peu de chose qu'on avait trouvé dans la maison de Brooklyn.

Amelia Sachs n'était pas là. Elle avait prévenu. Mais ce n'était pas nécessaire. Elle avait dit à Thom qu'elle ne serait pas loin au cas où ils auraient besoin d'elle. Elle avait rendez-vous à l'angle de la 57e Rue et de la 6e Avenue. Rhyme avait cherché dans l'annuaire. C'était le siège de l'agence de sécurité Argyle.

Rhyme ne voulait pas y penser, et il se concentrait sur la traque de l'Horloger. En faisant un retour en arrière, il avait élaboré un scénario sommaire des événements. La cérémonie en l'honneur des militaires ayant été annoncée le 15 octobre, Charlotte et Bud avaient pris contact avec l'Horloger autour de cette date. Il était venu à New York vers le 1er novembre, jour où il avait signé le contrat de location de sa planque à Brooklyn. Amelia Sachs avait commencé quelques semaines plus tard à enquêter sur la mort de Creeley, et à peu de temps de là Baker et Wallace avaient décidé de l'éliminer.

– C'est alors qu'ils se sont acoquinés avec l'Horloger. Que nous a-t-il dit au moment où nous le prenions pour Duncan ? Au sujet de leur rencontre ?

– Seulement que quelqu'un les avait fait se rencontrer au night-club, répondit Sellitto. Le night-club où Baker avait piégé son copain pour le faire chanter.

– Mais il mentait. Il n'y a jamais eu de night-club…, dit Rhyme en secouant la tête. Quelqu'un les a mis en contact, quelqu'un qui connaît l'Horloger et qui est sans doute du quartier. Si nous pouvons le trouver, nous aurons une piste. Est-ce que Baker parle ?

– Non. Pas un mot. Personne ne parle.

– Ça ne va pas être facile, dit le bleu, qui avait jusque-là écouté en silence. Je veux dire : il y a combien de bandes de mafieux dans cette ville ? On risque d'y passer un temps fou avant de tomber sur la bonne. Ils ne se bousculeront pas pour nous aider.

– Qu'entendez-vous par là ? demanda le criminologue en fronçant les sourcils. Qu'est-ce qu'une bande de mafieux viendrait faire là-dedans ?

– Eh bien, j'ai pensé que la personne qui les avait mis en contact devait avoir un lien avec le crime organisé.

– Pourquoi ?

– Baker veut faire exécuter un flic, d'accord ? Mais il ne peut pas prendre le risque d'attirer les soupçons sur lui. Il est donc obligé d'embaucher quelqu'un. Il fait appel à une connexion de la mafia. Mais comme la mafia ne veut pas toucher à un policier, on lui trouve quelqu'un qui est prêt à le faire : l'Horloger.

Dans le silence qui suivit, Pulaski baissa la tête et rougit.

– Je ne sais pas... Une idée, comme ça.

– Et une sacrée bonne idée, dit Sellitto.

– Vraiment ?

Rhyme hocha la tête.

– Pas mal... Appelons la section antimafia en ville et voyons si leurs mouchards peuvent nous dire quelque chose. Appelez aussi Dellray... Et maintenant revenons à nos indices.

Ils avaient trouvé quelques traces de frottement dans la planque de Brooklyn, mais la banque de données du FBI n'avait reconnu aucune des empreintes digitales, et aucune ne correspondait à celles des scènes antérieures. La maison avait été louée sous un faux nom et l'homme avait indiqué une fausse adresse pour son domicile précédent. Et il avait payé en liquide. Une recherche très poussée des échanges sur Internet dans la zone environnante révéla qu'il avait apparemment été sur un certain nombre de sites. Il n'y avait pas de traces d'e-mails, mais le site le plus souvent visité était celui d'une librairie spécialisée dans les cours d'éducation continue pour certaines spécialités médicales.

– Merde, dit Sellitto. Il a peut-être été engagé par quelqu'un d'autre.

Je ne te le fais pas dire, pensa Rhyme.

– Il va chercher une autre victime – ou plusieurs, lança-t-il. Et il est probable qu'il a déjà un plan. Songez aux dégâts qu'il pourrait faire en se présentant comme médecin.

Si on ne l'arrêtait pas.

L'examen des indices collectés par Amelia Sachs mit seulement en évidence quelques fibres et quelques débris végétaux contenant des résidus d'eau de mer évaporée – qui ne correspondaient pas à l'eau de l'océan et aux particules d'algues trouvées autour du bateau de Wallace à Long Island.

L'inspecteur qui dirigeait le commissariat de Brooklyn appela pour dire que le quadrillage du voisinage n'avait rien donné. Cinq ou six personnes se souvenaient d'avoir vu l'Horloger, mais ne savaient rien de lui.

Concernant Charlotte Allerton et Bud, son défunt mari, les efforts des enquêteurs furent plus fructueux. Le couple n'avait pas été, et de loin, aussi prudent que l'Horloger. Amelia Sachs avait découvert de nombreux indices sur les milices clandestines qui les avaient hébergés, parmi lesquelles se trouvait un groupe important installé dans le Missouri, et la tristement célèbre Patriot Assembly, à laquelle Rhyme et Amelia avaient déjà eu affaire par le passé. Les relevés d'appels téléphoniques, les empreintes digitales et les e-mails allaient fournir toutes sortes de pistes au FBI et à la police locale.

La sonnerie de l'entrée retentit et Thom sortit pour ouvrir. Un instant après, une femme en uniforme entra. Lucy Richter, la quatrième « victime » de l'Horloger. Rhyme nota qu'elle était plus surprise par la découverte de ce laboratoire de police scientifique en pleine activité dans la maison d'un particulier que par son infirmité. Il se dit que cette femme, engagée dans un combat où les bombes étaient l'arme la plus courante, était forcément habituée à voir des amputés et toutes sortes de handicapés. La vue du criminologue dans son fauteuil n'avait rien pour la perturber.

Elle expliqua qu'elle avait téléphoné à Kathryn Dance, un peu plus tôt, pour lui dire qu'elle voulait voir les enquêteurs. La détective californienne lui avait conseillé d'appeler Rhyme ou de passer chez lui.

Thom, qui s'était éclipsé, revint pour lui proposer du thé ou du café. Rhyme, d'ordinaire réticent à donner aux visiteurs un prétexte pour s'attarder, lança un regard sévère à son aide.

– Elle a peut-être faim, Thom ! À moins qu'elle ne veuille boire quelque chose de plus costaud. Un scotch, par exemple ?

– Avec vous on ne sait jamais, dit Thom. J'ignorais qu'il y avait un règlement particulier pour l'accueil des forces armées à la pension Rhyme.

– Merci, mais je ne prendrai rien, dit Lucy. Je ne peux pas rester très longtemps. Je voulais vous remercier. De m'avoir sauvé la vie. Deux fois.

– À vrai dire, lui fit remarquer Sellitto, la première fois vous ne couriez aucun danger. Il ne vous aurait pas fait de mal, pas plus qu'à aucune autre de ses victimes. Et la deuxième fois... D'accord, remerciements acceptés, vu qu'il avait l'intention de pulvériser la salle de conférences et tous ceux qui s'y trouveraient.

– Mes parents étaient là, eux aussi. Je ne vous serai jamais assez reconnaissante.

Rhyme hochait la tête pour faire ce qui lui semblait être une mimique d'acceptation, mais il était toujours affreusement gêné par les manifestations de gratitude.

– Par ailleurs, j'ai découvert quelque chose qui pourra peut-être vous être utile. J'ai discuté avec mes voisins après l'intrusion de cet individu chez moi. L'un d'eux, qui habite trois immeubles plus loin, m'a dit qu'hier, en allant chercher un colis qui lui était livré à la porte de service, il avait remarqué une corde qui pendait dans la ruelle. Comme il est facile de passer de mon immeuble au sien par les toits, je pense que c'est peut-être par là que l'homme s'est enfui.

– Intéressant dit Rhyme.

– Autre chose. Bob, mon mari, est allé y jeter un coup d'œil. Il vient de servir deux ans dans une unité de nageurs de combat de la marine.

– Dans la marine ? Et vous, dans l'armée de terre ? demanda Pulaski en riant.

Elle sourit.

– On a des... discussions intéressantes de temps en temps. Surtout pendant la saison du football. En tout cas, il a examiné la corde et m'a dit que la personne qui avait fait ce nœud s'y connaissait bien. C'est un nœud qu'on fait très rarement et qui est utilisé par les alpinistes pour leurs cordes de rappel. On l'appelle le « nœud du mort ». On le voit très peu chez nous, plutôt en Europe. Votre homme connaît bien la montagne et il a certainement pratiqué l'alpinisme à l'étranger.

– Ah, voilà une information concrète ! s'exclama Rhyme. (Il lança un regard noir à Pulaski.) C'est une honte, vous ne croyez pas, que ce soit *la victime* qui trouve des indices ? Ça fait tout de même partie de notre boulot ! (Puis, se tournant vers Lucy :) La corde y est toujours ?

– Oui.

– Bien… Vous êtes à New York pour quelque temps ? Si nous l'arrêtons, nous risquons d'avoir besoin de vous pour témoigner à son procès.

– Je ne vais pas tarder à repartir. Mais je pourrai revenir, bien sûr, pour un procès. J'aurai une permission spéciale.

– Combien de temps comptez-vous rester à l'étranger ?

– Je viens de resigner pour deux ans.

– Vous avez fait ça ? s'étonna Sellitto.

– *A priori*, ce n'était pas mon intention. C'est dur là-bas. Mais j'ai décidé de repartir.

– Après cet attentat à la bombe ?

– Non, un peu avant. Je regardais les familles et les autres soldats qui étaient là, et je me suis dit que décidément la vie vous amène dans des endroits où vous n'auriez jamais pensé aller un jour. Mais une fois qu'on y est et qu'on a le sentiment de s'y rendre utile, on se sent bien, tout simplement. Bon… (Elle enfila son blouson.) Si vous avez besoin de moi, je demanderai une permission.

Ils prirent congé et Thom la raccompagna à la porte.

Quand l'aide revint, Rhyme lui dit :

– Ajoutez ça au profil. Un alpiniste, un montagnard, peut-être entraîné en Europe. (Et à Pulaski :) Envoyez quelqu'un chercher cette corde qui vous a échappé.

– En fait, ce n'était pas vraiment moi qui examinais la scène…, commença le bleu.

– Et trouvez-moi un expert en alpinisme. Je veux savoir où il a pu s'entraîner. Et occupez-vous aussi de la corde ! À savoir : où et quand l'a-t-il achetée ?

– Oui, chef.

Un quart d'heure plus tard, la sonnerie de l'entrée retentit à nouveau et Thom revint avec Kathryn Dance. Les oreillettes blanches de son iPod pendant sur ses épaules, elle salua à la cantonade. Elle avait à la main une enveloppe blanche de grand format.

– Salut ! lança Pulaski.

Rhyme haussa un sourcil.

– Je vais prendre mon avion, dit Kathryn. Mais je voulais vous dire au revoir avant. Ah, j'ai ramassé ceci par terre devant la porte.

Elle tendit la grande enveloppe à Thom.

L'aide y jeta un coup d'œil.

– Pas d'adresse d'expéditeur, fit-il en fronçant les sourcils.

– Soyons prudents, dit Rhyme. La corbeille.

Sellitto prit l'objet et s'approcha d'une grande corbeille faite de rubans d'acier tressés – une version métallique de la corbeille à linge. Il posa l'enveloppe à l'intérieur et rabattit le couvercle. La corbeille contenait des capteurs aériens capables de détecter toute trace de nitrate ou d'autres substances entrant dans la fabrication des explosifs les plus courants.

L'ordinateur renifla les vapeurs invisibles qui sortaient de l'enveloppe et annonça qu'il ne s'agissait pas d'une bombe.

Cooper, qui avait enfilé des gants en latex, la reprit pour l'examiner. Elle portait, imprimé à l'ordinateur, « Lincoln Rhyme ».

– Fermeture autocollante, dit le technicien avec une grimace.

Les criminologues préféraient les enveloppes à l'ancienne, qu'on cachetait en les léchant et dont la colle contenait une bonne dose d'ADN. Cooper ajouta qu'il connaissait bien cette marque d'enveloppes, qui se vendait dans tout le pays et dont on ne pouvait pratiquement pas retrouver l'origine.

Rhyme approcha son fauteuil et, avec Kathryn Dance qui se tenait à côté de lui, regarda Cooper extraire une montre de poche et un mot sorti lui aussi d'une imprimante d'ordinateur.

– C'est de lui, annonça le technicien.

Il y avait, au plus, un quart d'heure que l'enveloppe était devant la porte – le temps qui s'était écoulé entre le départ de Lucy Richter et l'arrivée de Kathryn. Cooper appela le central pour que des véhicules du commissariat voisin patrouillent dans le quartier. Cooper leur envoya le portrait-robot de l'Horloger.

La montre marchait et donnait l'heure juste. Elle était en or et dotée de plusieurs petits cadrans.

– Elle pèse lourd, dit Cooper. (Il chaussa des verres grossissants pour l'étudier de près.) Elle paraît ancienne... Elle n'est pas gravée aux initiales du propriétaire.

Il prit une brosse en poils de chameau pour l'épousseter au-dessus d'une feuille de journal. Et fit de même avec l'enveloppe. Il ne recueillit aucune particule.

– Voici le mot, dit Rhyme.

Il le posa sur un projecteur.

> Cher Monsieur Rhyme,
> Je ne serai plus là quand vous recevrez ceci. Je sais maintenant, bien sûr, qu'aucun des participants à la cérémonie n'a été blessé. J'en ai conclu que vous aviez anticipé mes plans. J'ai anticipé les vôtres et différé ma visite à l'hôtel de Charlotte, ce qui m'a permis de repérer vos agents. Je suppose que vous avez secouru sa fille, ce qui me fait plaisir. Elle mérite mieux que ces deux parents-là.
> Félicitations, donc. Je croyais ce plan parfait. Apparemment, je me trompais.
> La montre de poche est une Breguet. C'est celle que je préfère à toutes les autres. Elle a été fabriquée dans les années 1800 et comprend un échappement cylindrique de rubis, un calendrier perpétuel et un dispositif antichoc de type parachute. J'espère que vous apprécierez, à la lumière de vos récentes aventures, la fenêtre qui donne les phases de la lune. Il existe un très petit nombre d'exemplaires de cette montre dans le monde. Je vous l'offre, en signe de respect. Personne ne m'a jamais arrêté dans l'une de mes opérations. Vous êtes aussi fort qu'il est possible. (J'allais dire aussi fort que moi, mais ce n'est pas tout à fait vrai. Après tout, vous ne m'avez pas attrapé.) N'oubliez pas de remonter la Breguet (en douceur, toujours) ; elle comptera les heures et les secondes jusqu'à notre prochaine rencontre.
> Un conseil : si j'étais vous, je profiterais au maximum de chacune de ces secondes.
>
> *L'Horloger.*

Sellitto fit une grimace.

– Qu'y a-t-il ? demanda Rhyme.

– Tu reçois des menaces plus chic que celles auxquelles j'ai droit, Linc. Moi, ils me disent : « Je vais te tuer ! » Et c'est quoi, là ? (Le doigt pointé sur la feuille.) Un point-virgule ? Il te menace avec des points-virgules ? C'est trop, ça !

Rhyme ne rit pas. Il était encore furieux que l'homme se soit échappé, et furieux parce qu'il ne semblait pas décidé à se calmer.

– Quand tu auras fini de plaisanter, Lon, tu voudras bien remarquer que la grammaire et la syntaxe sont parfaites. Ce qui nous en dit un peu plus à son sujet. Bon niveau d'instruction. École privée ? Formation classique ? Major de promotion ? Inscrivez tout ça sur nos tableaux, Thom.

Sellitto ne se laissa pas troubler :

– Avec ses points-virgules à la con !

– On a quelque chose, là, dit Cooper devant son écran. Les débris végétaux qu'on a ramassés dans la maison de Brooklyn, vous savez ? Je suis à peu près certain que c'est de la *Caulerpa taxifolia*. Une mauvaise herbe.

– C'est-à-dire ?

– Elle envahit tout et on a du mal à s'en protéger. Elle fait beaucoup de dégâts. Les États-Unis l'ont bannie.

– Et si jamais elle se répand, je suppose qu'on en retrouve partout, compléta Rhyme. Autant dire que comme indice, ça ne vaut rien.

– Non, répondit Cooper. Jusqu'ici il n'y en a que sur la côte du Pacifique en Amérique du Nord.

– Du Mexique au Canada ?

– Oui, en gros.

– On a donc son adresse, dit Rhyme, sarcastique. Appelez vite le fichier national !

Mais Kathryn Dance avait écouté en fronçant les sourcils.

– La côte ouest ?

Elle parut réfléchir un instant. Puis elle dit :

– Où est l'enregistrement de son interrogatoire ?

Mel Cooper le trouva aussitôt. Il pressa la touche *« play »* et ils regardèrent pour la énième fois le tueur qui leur mentait en fixant la caméra. Kathryn Dance était penchée en avant, totalement concentrée. Rhyme pensa qu'elle lui ressemblait lorsqu'il regardait les listes de pièces à conviction.

Il s'était repassé tant de fois cet interrogatoire que les mots ne lui disaient plus rien. Et il n'y avait plus rien à glaner pour lui dans cette séance de questions-réponses. Mais Kathryn Dance se mit soudain à rire.

– J'ai une idée !

– Laquelle ?

– Eh bien, je ne peux pas vous donner une adresse, mais je peux vous indiquer un État. Je pense qu'il vient de Californie. Ou qu'il y a vécu assez longtemps.

– Qu'est-ce qui vous le fait dire ?

Elle prit la télécommande pour faire un retour en arrière. Puis elle repassa une partie de l'interrogatoire – dans laquelle Duncan disait être allé à Long Island pour prendre livraison de la Ford Explorer.

Elle arrêta l'enregistrement.

– J'ai étudié les dialectes locaux. En Californie, quand les gens parlent de leurs autoroutes, ils disent « la », suivi du numéro. « La 405 » à Los Angeles, par exemple. Au cours de l'interrogatoire, il cite « la 495 » à New York. Et vous avez remarqué qu'il emploie le mot *freeway* ? C'est typiquement californien. On l'entend beaucoup plus souvent qu'*expressway* ou *interstate* sur la côte ouest.

Ça pourra peut-être servir, songea Rhyme. Une brique de plus dans le mur des indices.

– Sur le tableau ! ordonna-t-il.

– En rentrant, je vais lancer de mon bureau une enquête officielle sur tout l'État, dit Kathryn. On verra ce qu'on peut trouver. Bon, il faut que j'y aille… J'espère vous voir bientôt tous les deux en Californie.

– Il aurait besoin de voyager plus souvent, soupira Thom en regardant Rhyme. Il dit toujours qu'il n'aime pas ça, mais en fait, quand il va quelque part, il est content. Du moment qu'il y a du scotch et quelques bons crimes à se mettre sous la dent.

– Il s'agit de la Californie du Nord. On y produit surtout du vin, mais on ne manque pas de crimes.

– Nous verrons, dit Rhyme sans s'engager. Mais vous voulez me rendre un service ?

– Bien sûr.

– Laissez la ligne de votre téléphone libre. Au cas où je voudrais vous appeler s'il se passe quelque chose d'ici au décollage de votre avion.

– Si je n'avais pas mes enfants à la maison, je ne dirais pas non.

Sellitto la remercia à nouveau et Thom la raccompagna à la porte.

– Ron, dit Rhyme, rendez-vous utile.

Le bleu regarda les tableaux d'indices,

– J'ai déjà ajouté la corde, si c'est de ça que vous parlez.

– Non, ce n'est pas de ça, dit Rhyme, bougon. J'ai dit *utile*.

Il montrait de la tête la bouteille de scotch posée sur une étagère à l'autre bout de la pièce.

– Ah ! Bien sûr !

– Servez-en deux, marmonna Rhyme. Et ne soyez pas radin.

Pulaski versa le scotch et leur tendit deux verres. Cooper refusa. Rhyme dit au bleu :

– Ne vous oubliez pas !

– Oh… Je suis en uniforme.

Sellitto se retint de rire.

– D'accord. Un peu, alors.

Il se servit à son tour et but une gorgée de la liqueur forte – et très chère.

– J'aime bien ça. (Mais ses yeux disaient autre chose.) Vous n'y mettez jamais une goutte de Sprite ou de ginger ale ?

CHAPITRE 42

Avant et Après.

Les gens avancent.

Pour une raison ou pour une autre ils avancent, et l'Avant devient l'Après.

Lincoln Rhyme croyait entendre ces mots chaque fois qu'ils lui venaient à l'esprit – et ils revenaient sans cesse. Les gens avancent.

Il les avait d'ailleurs employés lui-même le jour où il avait annoncé à sa femme son intention de divorcer, peu après l'accident. Leur relation était chaotique depuis un certain temps et il avait décidé que, dût-il ou non survivre à un cou brisé, il ne lui imposerait pas l'existence pénible d'une épouse d'infirme.

Mais à cette époque « avancer » signifiait autre chose que ce qu'il lui fallait affronter maintenant. La vie qu'il s'était construite depuis quelques années était précaire et allait changer du tout au tout. Le problème étant, bien sûr, qu'en s'en allant chez Argyle Amelia n'avançait pas vraiment. Elle reculait.

Sellitto et Cooper étaient partis, laissant Rhyme et Pulaski seuls dans le laboratoire, face aux indices recueillis dans l'enquête sur le scandale du commissariat 118. Devant les preuves qui les accablaient – et le fait qu'ils avaient engagé un terroriste sans le savoir –, Baker, Wallace et Henson avaient passé des accords avec le procureur et balançaient avec zèle tous les ripoux du 118. (Personne, toutefois, ne se rappelait qui avait mis en contact l'Horloger et Baker. Compréhensible. On ne donne pas le nom d'un chef de la mafia quand on est en route pour une prison où il risque de se retrouver, lui aussi, grâce à ce témoignage.)

En se préparant au départ d'Amelia Sachs, Rhyme avait fini par se dire que Ron Pulaski ferait un bon policier de scènes de crime. Il avait l'intelligence et l'ingéniosité requises, et savait se montrer aussi tenace que Lon Sellitto. Rhyme se donnait de huit mois à un an pour achever de le dégrossir. Ensemble, le bleu et lui quadrilleraient des scènes, analyseraient les indices et traqueraient des coupables qui finiraient en prison ou mourraient pour avoir tenté d'y échapper. Le système continuerait à marcher. L'activité policière ne dépendait pas d'un homme ou d'une femme. Elle était nécessaire.

Oui, le système continuerait... Mais il était affreusement difficile de l'imaginer sans Amelia Sachs.

Alors, merde aux sentiments, se dit Rhyme, et au boulot ! Il regarda le tableau des indices. L'Horloger court toujours. Je vais le trouver. Il... ne... m'échappera pas.

– Pardon ? demanda Pulaski.

– Je n'ai rien dit, rétorqua sèchement le criminologue.

– Mais si, vous avez...

Un regard noir l'arrêta net. Il se remit à la tâche. Puis il dit :

– Les notes que j'ai trouvées dans le bureau de Baker sont sur du mauvais papier. Vous croyez que je peux prendre de la ninhydrine pour révéler les empreintes latentes ?

Comme il s'apprêtait à répondre, une voix féminine s'éleva :

– Non. Il faut d'abord essayer l'iode concentré. *Puis* la ninhydrine. *Puis* le nitrate d'argent. Et procéder dans cet ordre.

Levant les yeux, Rhyme vit Amelia sur le seuil de la pièce. Il prit l'air détaché. Fais bonne figure, s'intima-t-il. Montre-toi généreux. Adulte !

– Sinon, il peut y avoir une réaction chimique et on risque de détruire toute trace.

Cette situation est embarrassante, songea le criminologue, contrarié. Il se remit à étudier les indices tandis que le silence grondait entre eux comme le vent de décembre qui faisait rage au-dehors.

Puis elle dit :

– Excuse-moi.

On n'entendait pas souvent ces mots-là dans sa bouche. Elle s'excusait aussi rarement que Rhyme lui-même. Autant dire jamais, ou presque.

Rhyme ne répondit pas. Il regardait les listes.

– Vraiment. Je suis désolée.

Agacé par les sentiments à bon marché qui l'assaillaient, il regarda ailleurs en s'efforçant avec peine de retenir sa fureur.

Puis il comprit qu'elle ne s'adressait pas à lui.

Elle regardait Pulaski.

– Je te revaudrai ça d'une manière ou d'une autre. Tu t'occuperas de la prochaine scène. Je serai ton copilote. La prochaine, et la suivante si tu veux.

– Comment ça ?

– Je sais que tu as entendu dire que j'allais partir.

Il opina.

– Mais j'ai changé d'avis.

– Tu ne pars plus ?

– Non.

– Eh bien, ce n'est pas un problème, dit Pulaski. Je n'ai rien contre le fait de partager le travail pendant quelque temps encore.

Le soulagement que lui procurait l'idée de ne plus être la seule fourmi sous la loupe de Rhyme l'emportait largement sur la déception qu'il aurait pu ressentir à se voir rétrogradé au statut d'assistant.

Amelia tira une chaise pour s'asseoir face à Rhyme.

– Je te croyais chez Argyle, dit-il.

– J'y étais. J'ai refusé leur proposition.

– Puis-je savoir pourquoi ?

– Quelqu'un m'a appelée. Suzanne Creeley, la veuve de Benjamin Creeley. Elle m'a remerciée de l'avoir crue et d'avoir découvert la vérité sur la mort de son mari. Elle était en larmes. Elle m'a dit qu'elle ne pouvait pas supporter l'idée que son mari s'était suicidé. Qu'il soit mort assassiné, c'était terrible, mais le suicide aurait gâché les souvenirs des années qu'ils avaient vécues ensemble.

« Une corde nouée et un pouce fracturé... Je me suis rendu compte que c'était ça, mon métier. Pas la boue dans laquelle j'avais pataugé avec la politique, mon père, Baker et Wallace... Ce n'est pas si compliqué que ça. Être un flic, c'est trouver la vérité qui se cache derrière le nœud d'une corde et un pouce fracturé. Rien de plus.

Toi et moi, Sachs...

– Alors, dit-elle d'un ton léger, où en est-on avec notre salopard ? Il n'y a rien de nouveau de ce côté-là ?

Rhyme lui parla du cadeau qu'il avait reçu – la montre Breguet – et résuma :

– Un randonneur ou un alpiniste, qui s'est peut-être entraîné en Europe. Il a séjourné en Californie, près de la mer. Et il y est allé récemment. C'est peut-être là qu'il se trouve à cette heure. Bon niveau d'instruction. Bon usage de la grammaire, de la syntaxe et de la ponctuation. Et je veux reprendre l'une après l'autre les pièces de ce mécanisme. Il *fabrique* des mécanismes d'horlogerie, n'est-ce pas ? Ce qui signifie qu'il va sans doute revenir traîner dans les parages. S'il n'y a qu'un atome de trace, je le veux. (Rhyme montra le mot que lui avait adressé Duncan.) Il dit qu'il observait l'hôtel de Charlotte au moment où on l'a arrêtée. Je veux qu'on visite tous les endroits d'où on voit cet hôtel. C'est un travail pour vous, Ron.

– Compris.

– Et n'oubliez pas ce qu'on sait de lui. Il est peut-être parti, et il est peut-être encore là. Ayez toujours votre arme à portée de la main. À l'*extérieur* de la combinaison en Tyvek, n'est-ce pas ?

– Bien chercher et toujours surveiller ses arrières ?

– 20 sur 20 pour avoir retenu la leçon, dit le criminologue. Et maintenant, au travail !

IV

Lundi, 12 h 48

Mais alors, qu'est-ce que le temps ? Quand on ne me le demande pas, je le sais. Si je veux l'expliquer à celui qui le demande, je ne le sais plus.

Saint Augustin.

CHAPITRE 43

Décembre était particulièrement froid, mais l'antique chaudière de Rhyme ne marchait pas, une fois de plus, et ils étaient tous emmitouflés dans le laboratoire du rez-de-chaussée. Des nuages de vapeur s'échappaient de leurs bouches à chaque expiration, et ils avaient le nez et les oreilles rouge vif. Amelia portait deux pull-overs, et Pulaski une parka verte molletonnée d'où les tickets de téléski pendaient comme autant de médailles à la vareuse d'un ancien combattant.

Un vrai flic des neiges, songea Rhyme. La chose paraissait étrange, même s'il ne savait pas très bien pourquoi. Peut-être parce qu'il se voyait mal dévaler une pente neigeuse avec un calibre de 9 mm sous cet accoutrement.

– Que fait le réparateur ? demanda-t-il à son aide.

– Il a dit qu'il serait ici entre une heure et cinq heures de l'après-midi.

Thom avait une veste en tweed que Rhyme lui avait donnée au Noël précédent, et son écharpe violet foncé était un cadeau d'Amelia.

– Ah, entre une heure et cinq heures. Eh bien, rappelez-le et…

– C'est ce qu'il a promis.

– Non, rappelez-le ! Dites-lui qu'on nous a signalé un tueur psychopathe dans son quartier et que nous viendrons l'arrêter entre une heure et cinq heures, et on verra s'il est content !

– Lincoln, dit Thom, toujours patient. Je ne…

– Sait-il seulement ce que nous faisons ici ? Sait-il que nous assurons aux gens comme lui aide et protection ? Appelez-le pour le lui dire !

Pulaski vit que Thom se gardait bien de décrocher le téléphone.

– Vous voulez que je l'appelle, moi ? proposa-t-il.

Ah, la candeur de la jeunesse…

– Ne vous occupez pas de lui, dit Thom au jeune policier. Il est comme un chien qui vous saute dessus pour jouer. Ignorez-le et il se calmera.

– Un chien ? dit Rhyme. Je suis un *chien* ! Il y a quelque ironie, Thom, à vous voir mordre la main qui vous nourrit.

Assez content de sa réplique, il ajouta :

– Dites à ce réparateur que je souffre d'hypothermie. Je crois que c'est vrai d'ailleurs.

– Mais alors, si vous sentez quelque chose…

Le bleu s'interrompit brusquement sans finir sa phrase.

– Mais oui, bon Dieu, je me *sens* mal, Pulaski !

– Excusez-moi, j'ai parlé sans réfléchir.

– Hé, dit Thom en riant. Félicitations !

– Pourquoi ? demanda le bleu.

– Pour votre promotion. Il vous appelle par votre nom, c'est donc qu'il commence à vous voir autrement qu'un insecte… C'est comme ça qu'il appelle les gens qu'il aime vraiment. Moi, par exemple, je ne suis que Thom. À jamais, Thom.

– Mais, intervint Amelia, excuse-toi encore une fois et tu seras rétrogradé.

La sonnerie de l'entrée retentit et le dénommé Thom sortit pour répondre.

Rhyme jeta un coup d'œil à la pendule. Il était treize heures, deux minutes. Se pouvait-il que le réparateur soit aussi empressé ?

Il n'en était rien, évidemment. C'était Lon Sellitto, qui entra, fit mine de retirer sa veste, puis se ravisa. Il regarda d'un œil étonné la vapeur qui lui sortait de la bouche.

– Mais enfin, Linc, avec ce que tu soutires à la Ville de New York, tu pourrais tout de même régler tes factures de chauffage ! C'est un café que je vois là ? Il est chaud ?

Thom lui versa une tasse, qu'il prit d'une main tout en ouvrant sa serviette de l'autre.

– J'ai fini par l'avoir, dit-il en exhibant un dossier dont la couverture fatiguée portait des inscriptions à l'encre rouge décolorée par le temps et de nombreuses ratures pour avoir trop souvent servi et resservi dans les bureaux de l'administration.

– Le dossier Luponte ? demanda Rhyme.

– C'est ça.

– C'est la semaine dernière que je l'aurais voulu, grommela le criminologue.

Le froid lui piquait le nez. Il pourrait peut-être dire à ce réparateur d'attendre d'un à cinq mois pour être payé ? Il regarda le dossier.

– J'avais presque renoncé. Franchement, Lon, tu arrives un peu tard.

– Rends service à ton chien, il te mord la main, dit le gros détective d'un ton aimable. En plus, tu ne m'avais pas dit à quel point c'était top secret. J'ai dû faire appel à Ron Scott pour le retrouver.

Rhyme regarda Sellitto ouvrir le dossier et le feuilleter. Il se sentait profondément mal à l'aise et inquiet de ce qu'il allait découvrir. Le pire ou le meilleur.

– Il y doit y avoir un rapport officiel. Cherche-le.

Sellitto chercha, trouva le document contenu dans une enveloppe cachetée qu'il lui tendit. On lisait sur la couverture, en vieux caractères de machine à écrire : « Anthony C. Luponte, adjoint du préfet de police. Confidentiel ».

– Tu veux que je l'ouvre ? demanda Sellitto.

Rhyme leva les yeux au ciel.

– Hé, Linc, n'oublie pas de me prévenir quand ta bonne humeur sera de retour.

– Posez-le sur le tourne-pages. S'il vous plaît et merci.

Sellitto déchira l'enveloppe et passa la liasse de feuilles à Thom. L'aide l'installa sur l'appareil, une sorte de porte-livre doté d'une armature en caoutchouc que Rhyme commandait avec d'imperceptibles mouvements de l'index sur sa console digitale. Il se mit à feuilleter le rapport en luttant contre la tension qu'il sentait en lui.

– Luponte ? demanda Amelia, campée devant les tableaux d'indices.

Une page tourna.

– Oui.

Il continua à lire, paragraphe après paragraphe, le texte rédigé dans le style dense de l'administration municipale.

– Allons, au fait ! murmura-t-il rageusement.

Fallait-il s'attendre au pire ou au meilleur ?

– Ça concerne l'Horloger ? demanda Amelia.

Ils n'avaient toujours pas la moindre piste, ni à New York ni en Californie, où Kathryn Dance avait lancé sa propre enquête.

– Ça n'a rien à voir avec lui, répondit Rhyme.

– Mais c'est pour ça que tu le voulais ?

– Non, tu as *cru* que c'était pour ça.

– C'est à quel sujet alors ? Une autre affaire ?

Elle n'avait pas quitté des yeux les tableaux, qui indiquaient aussi les progrès de plusieurs enquêtes sur lesquelles ils avaient travaillé et qui n'étaient pas encore bouclées.

– Aucune de celles-ci.

– C'est quoi alors ?

– Je ne tarderai pas à te le dire si tu cesses de m'interrompre.

Amelia poussa un soupir.

Il parvint enfin au passage qu'il cherchait. Il s'arrêta, regarda par la fenêtre la forêt d'arbres dénudés de Central Park. Il croyait du fond du cœur que ce rapport allait lui dire ce qu'il voulait entendre, mais Lincoln Rhyme était avant tout un scientifique qui se méfiait des mouvements du cœur.

La vérité est l'unique objectif...

Quelle vérité les mots allaient-ils lui révéler ?

Il lut rapidement. Puis une deuxième fois.

Puis il dit à Amelia :

– Je voudrais te lire quelque chose.

Son doigt se déplaça sur la console et il revint plusieurs pages en arrière.

– Voici ce qu'il y a sur la première page. Tu m'écoutes ?

– Je t'ai dit que j'écoutais.

– Bien. « Ceci doit rester confidentiel. Du 18 au 29 juin 1974, une douzaine d'officiers de la police de New York ont été inculpés par un grand jury pour extorsion de fonds à des commerçants et à des hommes d'affaires de Manhattan et de Brooklyn, et pour avoir reçu des sommes en espèces afin d'arrêter des enquêtes criminelles. Quatre officiers de police ont été en outre inculpés pour des agressions en liaison avec ces délits d'extorsion de fonds. Ces douze officiers de police étaient tous membres d'un établissement connu sous le nom de Club de la 16e Avenue, un nom devenu synonyme de la plus odieuse des corruptions policières. »

Rhyme entendait le souffle précipité d'Amelia. En levant les yeux, il la vit qui fixait le texte avec le regard horrifié d'un enfant qui découvre un serpent dans son jardin.

Il reprit sa lecture :

– « Il n'est pas de plus grande confiance que celle que vouent les citoyens des États-Unis aux policiers chargés de les protéger. Les policiers du Club de la 16e Avenue ont porté une atteinte impardonnable à cette confiance. Non contents de commettre de graves délits qu'ils étaient censés réprimer, ils ont par ces actions jeté l'opprobre sur leurs courageux collègues. C'est pourquoi, en tant que maire de la Ville de New York, je décerne la médaille du mérite aux officiers qui ont, par leur action, livré ces coupables à la justice : l'agent Vincent Pazzini, l'agent Herman Sachs et le détective de troisième classe Lawrence Koepel. »

– Quoi ? murmura Amelia.

Rhyme poursuivit :

– « Chacun de ces officiers a risqué plusieurs fois sa vie en travaillant dans le secret pour fournir des renseignements qui ont permis d'identifier les coupables et de rassembler les preuves nécessaires à leur inculpation. En raison du caractère dangereux de cette mission, l'attribution de ces médailles du mérite fait l'objet d'une procédure confidentielle et ce dossier sera classé secret afin de préserver la sécurité des courageux officiers et de leurs familles. Mais qu'ils soient assurés que, si elle n'est pas rendue publique, la gratitude de la Ville de New York n'en est pas moins grande. »

– Il… ? commença Amelia en le regardant fixement.

– Ton père était un type bien, Sachs. Il a fait partie des trois qui ont prétendument échappé à la justice, et nous savons maintenant pourquoi. Ces trois-là n'étaient pas coupables, ils travaillaient pour les Affaires internes. Il s'est rendu au Club de la 16e Avenue comme tu t'es rendue toi-même au Saint James, à ceci près qu'il était, lui, en mission secrète.

– Comment le savais-tu ?

– Je ne le savais pas. J'avais un vague souvenir de ce rapport Luponte et des procès pour corruption, mais j'ignorais que ton père y avait été impliqué. C'est pourquoi j'ai voulu me procurer ce document.

– Ça, alors…, lâcha Sellitto, la bouche pleine.

– Continue à chercher, Lon. Il y a autre chose.

Le détective fouilla dans la chemise et trouva un certificat et une médaille. C'était une médaille du mérite de la police de New York, l'une des plus hautes décorations attribuées par la Ville. Sellitto la tendit à Amelia. Le souffle court, ses lèvres charnues entrouvertes, elle scruta le certificat sur papier parcheminé au nom de son père. La décoration se balançait au bout de ses doigts tremblants.

– Dites donc, c'est chouette, ça, s'exclama Pulaski en montrant le certificat. Regardez comme c'est joliment décoré !

Rhyme indiqua de la tête le dossier sur le tourne-pages.

– Tout est là-dedans, Sachs. Le patron des Affaires internes qui lui avait confié cette mission a fait ce qu'il fallait pour que les autres flics croient qu'il se sucrait lui aussi. Il a donné 2 000 dollars à ton père afin qu'il les distribue autour de lui. Il fallait absolument qu'il soit crédible. Si on s'était douté que c'était un informateur, il risquait d'être tué – surtout quand on sait qu'il y avait Tony Gallante dans le coup. C'est aussi pourquoi les collègues des Affaires internes ont ouvert une enquête bidon sur lui. Et c'est ce qui explique pourquoi il a été, à la fin, disculpé faute de preuves. Ils s'étaient mis d'accord avec la brigade des scènes de crime pour qu'on perde les formulaires de mise sous scellés.

Amelia baissa la tête. Puis elle se mit à rire doucement.

– Papa a toujours été modeste. Ça lui ressemble tellement, d'avoir gardé le secret sur cette décoration ! Il n'en a jamais dit un mot.

– Tu liras les détails là-dedans. Ton père a déclaré que s'il pouvait le faire par téléphone, il donnerait à ses collègues tous les renseignements dont ils avaient besoin sur Gallante et les autres. Mais il n'a pas témoigné au tribunal. Il ne voulait pas vous mettre en danger, ta mère et toi.

Elle continuait à regarder la médaille, qui oscillait comme un pendule – ou comme le balancier d'une pendule, pensa Rhyme.

– Écoutez, dit Lon Sellitto en se frottant les mains. Je suis enchanté d'entendre ces bonnes nouvelles. Mais si on allait chez Manny manger quelque chose ? C'est l'heure du déjeuner. Et je suis sûr qu'ils paient leur facture de chauffage là-bas !

– J'aimerais bien y aller, répondit Rhyme avec une sincérité forcée qui cachait mal son peu d'envie de sortir pour se risquer en fauteuil roulant sur les trottoirs verglacés. Mais je prépare une tribune libre destinée au *Times*. Et j'attends ce réparateur pour la chaudière. (Il secoua la tête.) Entre une heure et cinq heures !

Thom s'apprêtait à parler – sans aucun doute pour pousser Rhyme à sortir –, mais Amelia ne lui en laissa pas le temps :

– Désolée, j'ai autre chose de prévu.

– La neige et la glace, très peu pour moi, dit Rhyme.

Il pensait qu'elle voulait sortir avec la jeune Pammy Willoughby et Jackson le havanais, le nouveau compagnon que celle-ci avait adopté.

Mais Amelia avait apparemment d'autres projets.

– En effet, je vais affronter la neige et la glace, dit-elle en riant, penchée pour embrasser Rhyme sur la bouche. Mais sans toi.

– Dieu soit loué, lança-t-il avec un soupir qui projeta un mince jet de vapeur vers le plafond, en faisant pivoter son fauteuil face à l'écran de l'ordinateur.

– Vous !

– Bonjour, détective, comment allez-vous ?

Art Snyder la regarda sur le seuil de sa petite villa. Il semblait en meilleure forme qu'à leur première rencontre – le jour où elle l'avait trouvé affalé sur le siège arrière de son van. Mais toujours aussi furieux. Ses yeux rougis ne quittaient pas ceux de la jeune femme.

Cependant, quand votre profession vous amène à essuyer un coup de feu de temps en temps, vous ne craignez pas de vous faire fusiller du regard. Elle lui décocha son plus beau sourire.

– Je suis venue vous remercier, c'est tout.

– Ah ? Et de quoi ?

Il tenait une tasse à café qui ne contenait pas de café. Elle vit que de nombreuses bouteilles avaient fait leur réapparition sur le buffet. Et aussi que les projets de rénovation n'avaient guère avancé.

– On a bouclé l'enquête sur le Saint James.

– Ouais, j'ai appris ça.

– Il fait plutôt froid là-dehors, détective.

– Chéri ?

Une femme à la forte carrure et aux cheveux bruns très courts se tenait dans l'embrasure de la porte donnant sur la cuisine.

– C'est une collègue.

– Eh bien, offre-lui quelque chose ! Je suis en train de faire du café.

– C'est une personne très occupée, dit Snyder d'un ton revêche. Elle court partout pour faire toutes sortes de choses, poser toutes sortes de questions. Elle n'a pas le temps de rester.

– Franchement, je me gèle…

– Enfin, Art ! Fais-la entrer !

Art soupira, tourna les talons et rentra, en la laissant le suivre et refermer la porte. Elle jeta son blouson sur une chaise.

La femme de Snyder les rejoignit. Elles échangèrent une poignée de main.

– Donne-lui donc le fauteuil relax, Art ! gronda-t-elle.

Amelia s'assit dans le vieux Barcalounger et Snyder sur le canapé qui s'affaissa sous son poids. Il coupa le son de la télé, qui diffusait un match de basket acharné.

Sa femme apporta deux tasses.

– Rien pour moi, dit Snyder en regardant la sienne.

– C'est servi ! Tu veux que je le jette ? Que je gaspille un aussi bon café ?

Laissant la tasse sur la table basse, elle retourna dans la cuisine, où elle avait mis de l'ail à frire.

Amelia Sachs but le café corsé en silence tandis que Snyder regardait l'écran. Il suivait des yeux les déplacements du ballon en serrant les poings quand il s'envolait vers le panier.

Un spot publicitaire interrompit la retransmission. Il changea de chaîne et tomba sur un tournoi de poker.

Amelia se rappelait ce qu'avait dit Kathryn Dance sur le bon usage du silence pour amener quelqu'un à parler. Elle continua donc à boire à petites gorgées, immobile et sans rien dire.

– Alors, l'histoire du Saint James ? finit par lâcher Snyder, énervé.

– Oui ?

– J'ai lu dans le journal qu'il y avait Dennis Baker dans le coup. Et l'adjoint au maire.

– Oui.

– Je l'ai rencontré deux ou trois fois, ce Baker. Il n'avait pas l'air mal. Ça m'a étonné, qu'il tombe pour une affaire de corruption. (Sérieux.) Il y a eu des meurtres, aussi ? Sarkowski et un autre type ?

Elle opina.

– Et une tentative.

Elle s'abstint de dire qu'elle en avait été l'objet.

Il secoua la tête.

– L'argent, c'est une chose. Mais descendre des gens… c'est une autre paire de manches.

Amen.

– Et ce type dont je vous ai parlé, il était dans le coup, lui aussi ? Celui qui avait une baraque dans le Maryland ?

Elle se dit qu'elle lui devait un minimum de reconnaissance.

– C'était Wallace. Mais il n'avait pas une baraque. C'était un bateau.

Il partit d'un rire amer

– Sans blague ! Le *Maryland Monroe* ? Ça, alors, ça me la coupe !

– Sans votre aide, on n'y serait peut-être pas arrivés.

Snyder eut un millième de seconde de satisfaction. Puis il se rappela qu'il était furieux. Il se leva avec un soupir théâtral pour verser du whisky dans sa tasse. Puis se rassit. Il n'avait pas touché au café. Il siffla encore un peu d'alcool.

– Vous me permettez de vous poser une question ?

– Comme si je pouvais vous en empêcher ! grogna-t-il.

– Vous m'avez dit que vous connaissiez mon père. Il ne reste plus grand monde parmi ceux qui l'ont connu. Je voudrais qu'on parle de lui.

– Et du Club de la 16e Avenue ?

– Non. Ça, je ne veux rien en savoir.

– Il s'en est bien tiré, il a eu de la chance.

– Parfois on passe entre les gouttes – ou entre les balles.

– En tout cas, il s'est tenu à carreau par la suite. On m'a dit qu'il n'avait plus jamais eu d'ennuis.

– Vous m'avez dit que vous aviez travaillé ensemble. Il ne m'a jamais beaucoup parlé de son métier. Je me demande comment c'était à l'époque. Je pensais écrire une ou deux choses là-dessus.

– Pour ses petits-enfants ?

– Oui, si on veut.

– On n'a jamais fait équipe, dit Snyder à contrecœur.

– Mais vous le connaissiez.

Une hésitation.

– Oui.

– Dites-moi, cette histoire du commissaire... celui qui était cinglé... Ça m'a toujours intriguée.

– *Quel* cinglé ? demanda Snyder, méprisant. Il y en avait beaucoup.

– Vous savez bien, celui qui a donné l'assaut avec son équipe en se trompant d'appartement !

– Ah, Caruthers ?

– Oui, je crois. Mon père faisait partie de ceux qui ont attendu avec le preneur d'otage que l'ESU trouve la bonne adresse.

– Oui, oui. J'étais sur ce coup, moi aussi. Quel crétin, ce Caruthers ! Quel abruti ! Et ce jour-là, en plus, il avait oublié de mettre des piles dans son porte-voix… Et vous savez ce qu'il faisait, aussi ? Il faisait cirer ses bottes par les bleus. Et il leur filait un pourboire, une petite pièce. Filer la pièce à des flics, déjà, ça la fout mal. Mais 5 *cents*, c'est carrément la honte !

Le son de la télé baissa de quelques décibels. Snyder se mit à rire.

– Hé, tu veux que je t'en raconte une autre ?

– Mais oui !

– Un jour, avec ton père et quelques copains du commissariat, on était allés à Madison Garden pour un combat de boxe ou un truc comme ça. Et voilà un gamin qui s'amène avec un *zip gun* – tu sais ce que c'est, un *zip gun* ?

Elle le savait. Mais elle répondit non.

– Ça ressemble à une pétoire qu'on aurait bricolée soi-même. Ça prend vingt-deux cartouches. Donc, voilà le gars qui nous braque, planté au beau milieu de la 34e Rue. On lui tend nos portefeuilles. Ton père laisse tomber le sien, comme par maladresse, si tu vois ce que je veux dire. Et tu sais ce qu'il fait, le gamin ? Il se baisse pour le ramasser ! Et quand il se relève, il voit les gueules de nos Smith & Wesson prêtes à tirer. T'aurais vu sa tête ! « Eh bien, faut croire que c'était pas mon jour », il a dit. On en a rigolé toute la soirée !

Un sourire éclaira brusquement le visage du vieux flic.

– Attends, j'en ai une autre…

Et de raconter, encouragé par Amelia. Elle connaissait déjà un grand nombre de ces histoires. Herman Sachs ne s'était jamais fait prier pour parler de son métier à sa fille. Ils avaient passé des heures dans le garage, à réparer la pompe à mazout ou la boîte de vitesses de la voiture, tandis qu'il égrenait les anecdotes et les souvenirs d'une vie de policier, et qu'elle voyait se dessiner son avenir.

Mais elle n'était pas là, bien sûr, pour entendre l'histoire de sa famille. Non, c'était plutôt une mission d'assistance. Elle avait décidé d'arrêter l'ancien détective Art Snyder dans sa dégringolade. Si ses prétendus amis ne voulaient plus le voir parce qu'il avait aidé à coincer la bande du Saint James, elle en connaissait beaucoup qui ne lui tourneraient pas le dos : elle-même, bien sûr, mais aussi Lon Sellitto, Lincoln Rhyme et Ron Pulaski, Fred Dellray, Roland Bell, Nancy Simpson, Frank Rettig et une dizaine d'autres...

Elle lui posa d'autres questions auxquelles il répondit, tantôt volontiers, tantôt irrité et parfois distrait, mais sans jamais se dérober. Il se leva deux ou trois fois pour remplir sa tasse. Il jetait de fréquents coups d'œil à sa montre comme pour dire : Tu n'as pas d'autre endroit où aller ?

Mais elle était bien dans le vieux fauteuil relax pour poser des questions et raconter, même, une ou deux de ses propres histoires d'ancien combattant. Amelia Sachs n'allait nulle part ce jour-là. Elle avait tout son temps.

Note de l'auteur

La valeur d'un écrivain se mesure aussi à celle des amis et des professionnels qui l'entourent, et j'ai la chance d'avoir autour de moi un groupe de gens formidables : Will et Tina Anderson, Alex Bonham, Louise Burke, Robby Burroughs, Britt Carlson, Jane Davis, Julie Reece Deaver, John Gilstrap, Cathy Gleason, Jamie Hodder-Williams, Kate Howard, Emma Longhurst, Diana Mackay, Joshua Martino, Carolyn Mays, Tara Parsons, Seba Pezzani, Carolyn Reidy, Ornella Robbiati, David Rosenthal, Marysue Rucci, Deborah Schneider, Vivienne Schuster, Brigitte Smith, Kevin Smith et Alexis Taines.

Un merci tout spécial, comme toujours, à Madelyn Warcholik.

Tous les collectionneurs et tous ceux qui s'intéressent à la fabrication des montres et des pendules pourront lire *Marking Time*, l'ouvrage à la fois riche et lyrique de Michael Korda.

Titre original : *The Sleeping Doll*
Éditeur d'origine : Simon & Schuster, États-Unis

CHAPITRE 1

L'interrogatoire commença comme n'importe quel interrogatoire.

En pénétrant dans la cellule, Kathryn Dance trouva le type de quarante-trois ans assis derrière une table métallique, menottes aux poignets. Il leva les yeux et l'examina attentivement. Les sujets faisaient toujours ça, bien sûr, mais elle n'avait jamais vu des yeux comme ceux-là. Leur bleu n'était ni celui du ciel, ni celui de l'océan, ni celui du diamant quand il est bleu.

« Bonjour », dit-elle, en s'asseyant face à lui.

« Bonjour à vous », répliqua Daniel Pell, qui avait huit ans auparavant assassiné à coups de couteau quatre membres d'une même famille, pour des raisons qu'il n'avait jamais explicitées. Il avait une voix douce.

Un imperceptible sourire sur son visage barbu, l'homme de petite taille, mais musclé, se laissa retomber contre le dossier de son siège et se détendit. Il penchait de côté sa tête couverte de longs cheveux poivre et sel. Les interrogatoires en prison se déroulaient le plus souvent sur fond de tintement métallique produit par les menottes, les prévenus ayant tendance à faire de grands gestes, toujours les mêmes, en clamant leur innocence. Mais Daniel Pell était parfaitement calme.

Pour Kathryn Dance, spécialiste de l'interrogatoire et du langage du corps, l'attitude de Pell et sa position indiquaient la prudence, mais aussi l'assurance et, curieusement, l'amusement. Il portait le survêtement orange des détenus avec sur la poitrine l'inscription « Capitola Correctional Facility » et dans le dos le mot « Détenu » apportait une précision bien superflue.

À cet instant, toutefois, Kathryn Dance et Pell ne se trouvaient pas à Capitola mais à une trentaine de kilomètres de là dans une cellule d'interrogatoire sécurisée du tribunal de Salinas.

Pell poursuivit son examen. Il regarda d'abord les yeux de Kathryn – d'un vert complémentaire de son bleu derrière la monture noire des lunettes. Puis la tresse de cheveux blonds, la veste noire et le sévère chemisier blanc qu'elle portait dessous. Il remarqua aussi l'étui de revolver vide qu'elle avait à la hanche. Il enregistrait ce qu'il voyait de façon méticuleuse, mais sans hâte. (Ceux qui interrogeaient et ceux qui étaient interrogés partageaient une même curiosité. Lors de ses séminaires, elle disait aux étudiants : « Ils vous examinent avec autant d'attention que vous – et même plus, en général, car ils ont plus à perdre. »)

Elle plongea dans son sac bleu à la recherche de sa carte professionnelle, sans sursauter en découvrant la minuscule chauve-souris, souvenir de la dernière fête d'Halloween, que Wes, douze ans, ou sa petite sœur Maggie, et peut-être les deux unis dans la même conspiration, y avaient glissée le matin même pour lui faire une farce. Comment mieux illustrer une vie pleine de contrastes ? se dit Kathryn Dance. Il n'y avait pas une heure qu'elle avait pris son petit déjeuner avec les enfants dans la cuisine de leur maison confortable et chaleureuse au style victorien du quartier chic de Pacific Grove, deux chiens exubérants mendiant du bacon à ses pieds, et elle était maintenant dans une tout autre ambiance, face à un homme condamné pour meurtre.

Elle trouva la carte et la lui montra. Il la regarda longuement, penché en avant.

« Dance. C'est intéressant, comme nom. Je me demande d'où ça vient. Et le California Bureau… C'est quoi ? »

« California Bureau of Investigation. Le FBI de l'État, disons. Donc, Mr. Pell, vous savez que cet entretien est enregistré, n'est-ce pas ? »

Il jeta un coup d'œil au miroir, derrière lequel une caméra bourdonnait faiblement. « Vous ne pensez tout de même pas qu'on croit que ce truc est là pour nous aider à nous recoiffer ? »

En fait, on ne plaçait pas des miroirs dans les cabines d'interrogatoire pour cacher des caméras ou des témoins – la technologie offrait des moyens beaucoup plus sûrs – mais parce que les gens ont moins tendance à mentir quand ils se voient eux-mêmes.

Kathryn Dance esquissa un sourire. « Et vous savez également que vous pouvez mettre fin à cet entretien quand vous voulez, et que vous avez le droit de vous faire assister d'un avocat ? »

« Je connais mieux les règles de procédure que tous les étudiants de la fac de droit de Hastings réunis. »

Il s'exprime bien, songea Kathryn. Et il est aussi plus intelligent que je m'y attendais.

Une semaine auparavant, Daniel Raymond Pell, condamné à une peine de prison à vie pour les meurtres de William Croyton, de son épouse et de deux de leurs enfants, avait approché l'un de ses codétenus en fin de peine pour lui proposer de l'argent en échange d'un service à lui rendre quand il serait libre. Pell lui avait parlé de pièces à conviction qu'il avait jetées dans un puits, à Salinas, quelques années auparavant parce qu'elles risquaient de l'impliquer dans le meurtre d'un riche fermier. Or il avait appris récemment que Salinas s'apprêtait à restaurer son système d'alimentation en eau, et craignait que ces objets soient découverts. Il voulait donc que ce détenu les récupère et les fasse disparaître.

Mais il avait joué le mauvais cheval. L'homme avait tout répété à un surveillant, qui avait informé le directeur de la prison, qui avait prévenu le Bureau du Shérif de Monterey. Les policiers se demandaient si Pell parlait du meurtre du fermier Robert Herron, battu à mort une dizaine d'années auparavant, sur lequel ils avaient enquêté sans résultat. L'arme du crime, probablement un pied-de-biche, n'avait pas été retrouvée. Le shérif avait donc chargé une équipe d'inspecter tous les puits de cette partie de la ville. Ses hommes avaient découvert un T-shirt maculé de sang, un pied-de-biche et un portefeuille marqué des initiales R.H. Deux empreintes prélevées sur le manche du pied-de-biche étaient celles de Daniel Pell.

Le procureur du comté de Monterey avait donc décidé de porter l'affaire devant le grand jury de Salinas, et demandé à l'agent du CBI Kathryn Dance d'interroger Pell, dans l'espoir d'un aveu.

« Pendant combien de temps avez-vous habité à Monterey ? » demanda Kathryn.

Il parut surpris qu'elle n'attaque pas directement. « Quelques années. »

« Où ? »

« À Seaside. » Une commune située à une quarantaine de kilomètres au nord de Monterey sur la route 1, où résidaient principalement des familles de jeunes ouvriers et de retraités. « Quand on travaille dur, c'est là qu'on en a le plus pour son argent », expliqua-t-il. « Plus que dans votre quartier rupin de Carmel. » Il tenait le visage de Kathryn sous son regard.

Il parlait un anglais correct, nota-t-elle, en ignorant la tentative pour en savoir plus sur son lieu de résidence.

Elle poursuivit avec des questions sur sa vie à Seaside, puis en prison, sans cesser de l'observer, en enregistrant ses attitudes pendant qu'elle posait les questions et quand il y répondait. Il ne s'agissait pas de recueillir des informations car elle avait préparé l'interrogatoire en étudiant de près le dossier, mais d'établir son profil comportemental de base.

Pour détecter les mensonges, les spécialistes de l'interrogatoire considèrent trois facteurs : le comportement non verbal (langage du corps, ou synergologie), la qualité verbale (variations de ton de la voix ou poses avant de répondre) et contenu verbal (ce que le sujet dit). Les deux premiers facteurs sont, de loin, ceux qui permettent le mieux de repérer la tromperie et la dissimulation, dans la mesure où chacun de nous contrôle beaucoup plus facilement *ce qu'il dit* que *la façon dont il le dit*, et les réactions instinctives de son corps pendant ce temps.

Le profil comportemental de base est un catalogue des attitudes manifestées par le sujet quand il dit la vérité. C'est l'étalon auquel la personne qui l'interroge pourra ensuite comparer son attitude quand elle estimera qu'il a des raisons de mentir. Toute différence entre les deux sera un signe de tromperie.

Jugeant qu'elle disposait d'un bon profil du véritable Daniel Pell, Kathryn Dance décida d'aborder le point crucial de sa mission dans ce tribunal moderne et aseptisé. On était en juin, et un temps brumeux régnait en ce début de matinée.

« Je voudrais vous poser quelques questions au sujet de Robert Herron. »

Lâchant les yeux de la jeune femme, le regard de Pell poursuivit son examen, détail après détail : le collier de coquillages confectionné par sa mère. Puis ses ongles courts passés au vernis rose. Il s'attarda sur la perle qui ornait son alliance.

« Où étiez-vous domicilié en janvier 1996 ? »

« À Monterey. »

« Dans quelle rue ? »

Une moue. « Je ne sais plus... Dans un quartier nord, il me semble. »

Intéressant. Les dissimulateurs évitent souvent de fournir des réponses précises, qu'on peut vérifier et leur rappeler, ensuite, quand ils font des déclarations contradictoires au cours du procès. Et il était rare qu'on ne se rappelle pas où on avait habité. Ses réactions kinésiques, toutefois, n'indiquaient pas la tromperie.

« Comment avez-vous connu Robert Herron ? »

« Vous supposez que je l'ai connu. Mais non. Je ne l'ai jamais vu de ma vie. Je le jure. »

La dernière phrase était un signe éclatant de tromperie. Mais son corps n'en disait toujours rien.

« Mais vous avez demandé à ce détenu sur le point d'être libéré, à Capitola, d'aller récupérer le pied-de-biche et le portefeuille dans un puits. »

« Non. Ça, c'est ce qu'*il* a dit au surveillant », rétorqua Pell avec, à nouveau, un sourire amusé. « Pourquoi ne l'interrogez-vous pas ? Vous avez de bons yeux, Officier Dance. Je l'ai bien vu à votre façon de me regarder pour savoir si j'étais franc avec vous. Je suis sûr que vous verriez tout de suite que ce type a menti. »

Elle ne laissa rien paraître de sa réaction, mais se dit qu'on rencontrait très rarement un suspect capable de comprendre – et aussi vite – qu'il était l'objet d'une analyse synergologique.

« Mais alors, comment connaissait-il la présence de ces pièces à conviction dans le puits ? »

« Oh, ça, je l'ai compris. Quelqu'un m'a fauché ce pied-de-biche, a tué Herron avec et l'a mis là pour me faire accuser. Avec des gants. Vous savez, ces gants en caoutchouc qu'ils ont tous, à la télé, dans *Les Experts.* »

Toujours aussi détendu. Le langage du corps ne s'écartait pas de son profil de base. Il n'affichait que des « emblèmes » – les gestes banals qui tendent à remplacer des mots, comme des haussements d'épaules ou un doigt tendu. Il n'y avait pas de ces « adaptateurs » qui trahissent la tension, ou la manifestation d'un affect. Autrement dit, il n'éprouvait aucune émotion.

« Mais si c'était son intention », fit observer Kathryn Dance, « pourquoi le meurtrier n'a-t-il pas appelé la police, tout simplement, pour dire où se trouvaient le pied-de-biche et le portefeuille ? Et pourquoi avoir attendu dix ans ? »

« C'est malin de sa part, je trouve. Il avait intérêt à attendre le bon moment pour tendre son piège. »

« Mais pourquoi s'est-il adressé à ce détenu de Capitola, plutôt que directement à la police ? »

Une hésitation. Puis un petit rire. Les yeux bleus brillaient d'une excitation qui ne semblait pas feinte. « Parce qu'*ils* sont dans le coup eux aussi, les flics ! C'est sûr... Il savent bien que l'affaire Herron n'a pas été élucidée et ils veulent quelqu'un à accuser. Pourquoi pas *moi* ? Ils m'ont sous la main puisque je suis déjà en taule. Je suis certain que ce sont les flics eux-mêmes qui ont mis le pied-de-biche dans le puits. »

« Voyons. Il y a deux choses distinctes dans ce que vous dites. D'abord, quelqu'un vole votre pied-de-biche *avant* qu'Herron soit assassiné, s'en sert pour le tuer et, ces jours derniers, après tout ce temps, tente de vous faire passer pour le coupable. Mais d'après votre deuxième version, des policiers auraient eu votre pied-de-biche *après* l'assassinat d'Herron par quelqu'un d'autre et l'auraient mis dans le puits pour vous piéger. Ces deux versions se contredisent. Laquelle est la bonne ? »

« Hum. » Pell resta silencieux quelques secondes. « D'accord, j'opte pour la deuxième. La police. C'est un coup monté. Je suis certain que ça s'est bien passé comme ça. »

Elle le regarda dans les yeux – le vert contre le bleu – en hochant la tête d'un air aimable. « Réfléchissons un peu. Premièrement, où les policiers se seraient-ils procuré le pied-de-biche ? »

Il prit à nouveau le temps de réfléchir. « Quand ils m'ont arrêté pour l'affaire de Carmel. »

« Le massacre des Croyton en 1999 ? »

« Oui. Ils ont pris toutes les pièces à conviction chez moi, à Seaside. »

« J'ai peine à le croire », dit Kathryn Dance, en fronçant les sourcils. « Les pièces à conviction sont répertoriées avec beaucoup de soin. Non, je pencherais pour un scénario beaucoup plus crédible : ce pied-de-biche a été volé récemment. Mais où a-t-on pu trouver un outil vous appartenant ? Vous êtes propriétaire quelque part dans cet État ? »

« Non. »

« Vous avez des parents ou des amis qui auraient pu détenir des outils à vous ? »

« Pas vraiment. »

Ce qui n'était ni un oui ni un non ; encore plus évasif qu'un « Je ne me rappelle pas. » Kathryn Dance nota que Pell avait posé ses mains aux ongles longs et soigneusement nettoyés sur la table, au mot « parents ». C'était un écart par rapport à son profil de base. Ça ne voulait pas dire qu'il mentait, mais c'était un signe de tension. Les questions le mettaient mal à l'aise.

« Daniel, avez-vous de la famille en Californie ? »

Il hésita, pensa probablement qu'elle était du genre à vérifier le moindre de ses dires – c'était le cas – et dit : « La seule personne qui me reste, c'est ma tante. À Bakersfield. »

« Comment s'appelle-t-elle ? Pell, comme vous ? »

Une pause, à nouveau. « Oui... Bien vu, Officier Dance. Je parie que les flics qui ont monté le coup ont volé le pied-de-biche chez elle. C'est eux qui sont derrière tout ça. Pourquoi vous ne les interrogez pas ? »

« Très bien. Parlons maintenant du portefeuille. D'où venait-il, d'après vous ? J'ai une idée. Si ce n'était pas le portefeuille de Robert Herron ? Si ce flic malhonnête dont vous parlez s'était contenté d'en acheter un et de le faire marquer RH avant de le jeter dans le puits avec le pied-de-biche ? Il a pu faire ça le mois dernier. Ou même la semaine dernière. Qu'en pensez-vous, Daniel ? »

Pell baissa la tête – elle ne vit plus ses yeux – et ne répondit pas.

Tout se passait comme elle l'avait prévu.

Elle l'avait amené à donner la plus vraisemblable des deux explications pour établir son innocence... avant de lui démontrer qu'elle ne tenait pas debout. Aucun jury sain d'esprit ne croirait jamais que la police avait forgé des preuves en dérobant des outils dans une maison située à plusieurs centaines de kilomètres de la scène de crime. Pell comprenait maintenant l'erreur qu'il avait commise. Et voyait le piège près de se refermer.

Échec et mat...

Kathryn Dance sentit son cœur battre plus fort et se dit que les prochains mots qui sortiraient de sa bouche avaient de bonnes chances d'être une proposition de plaider coupable.

Elle se trompait.

Pell ouvrit brusquement les yeux pour braquer sur elle un regard de pure méchanceté. Il se pencha en avant, autant qu'il le put. Les chaînes fixées à son siège, lui-même retenu au sol par des écrous métalliques, l'empêchèrent de planter les dents dans le visage de Kathryn.

Elle se recula d'un bond.

« Espèce de garce ! Ah, je comprends maintenant ! Vous faites partie de la bande, vous aussi ! C'est ça, mettez tout sur le dos de Daniel ! C'est toujours de ma faute ! Je suis le coupable idéal ! Et vous vous amenez comme une copine pour me poser des questions. Bon Dieu, vous êtes comme les autres ! »

Le cœur de Kathryn battait maintenant à se rompre, et elle avait peur. Mais elle nota très vite que les chaînes étaient solides et qu'il ne pouvait pas l'atteindre. Elle se tourna vers le miroir, derrière lequel le policier qui maniait la caméra s'était sans doute levé pour lui porter secours, et elle secoua imperceptiblement la tête à son intention. Il fallait qu'elle sache où tout cela allait aboutir.

Mais la fureur de Pell retomba soudain, remplacée par un calme glacial. Il recula sur son siège, reprit sa respiration et la regarda à nouveau. « Vous avez un peu plus de trente ans, Officier Dance. Vous êtes plutôt jolie. Vous me paraissez normale, alors je suis sûr qu'il y a un homme dans votre vie. Ou il y en a eu un. »

Nouveau coup d'œil au collier de Kathryn.

« Si vous n'êtes pas d'accord avec mon hypothèse, Daniel, essayons d'en formuler une autre. Sur ce qui est réellement arrivé à Robert Herron. »

« Et vous avez des enfants, n'est-ce pas ? » poursuivit Pell, comme s'il n'avait pas entendu. « Bien sûr. Je le vois. Parlez-moi de ces petits. Je suis sûr qu'ils ne sont pas grands, et qu'ils n'ont pas une grande différence d'âge. »

Elle se sentit décontenancée et pensa immédiatement à Maggie et Wess. Mais elle s'efforça de ne rien laisser paraître. Il ne *sait pas* que j'ai des enfants, bien sûr. Il ne peut pas le savoir. Mais il fait semblant. A-t-il remarqué quelque chose dans mon comportement ? Quelque chose qui le lui a fait comprendre ?

Ils vous observent aussi intensément que vous les observez...

« Écoutez, Daniel », dit-elle, calmement. « Ça ne sert à rien de s'énerver. »

« J'ai des amis dehors, vous savez. Ils me doivent des services. Ils adoreraient vous faire une petite visite. Ou emmener votre mari et vos enfants pour une balade. Eh oui, c'est un métier risqué, d'être flic. Ils sont souvent seuls, ces gamins, pas vrai ? Ils seraient peut-être contents si des copains à moi venaient s'amuser un peu avec eux… »

Elle soutint son regard, sans ciller. « Pouvez-vous me dire quelles étaient vos relations avec ce détenu, à Capitola ? »

« Je le pourrais. Mais je ne vous le dirai pas. »

Ce ton détaché était une façon de se moquer d'elle, de lui dire qu'en tant que professionnelle de l'interrogatoire elle avait mal posé sa question. Et il ajouta, d'une voix douce : « Il est temps que je retourne à ma cellule, je crois. »

CHAPITRE 2

Alonzo « Sandy » Sandoval, le procureur de Monterey, était un bel homme au physique légèrement enrobé, doté d'une épaisse tignasse brune et d'une grosse moustache. Il était dans son bureau, deux étages au-dessus des cellules, derrière une table encombrée de dossiers. « Salut, Kathryn. Alors, notre lascar… Est-ce qu'il s'est frappé la poitrine en gémissant *Mea culpa* ? »

« Pas vraiment. »

Elle s'assit, jeta un coup d'œil au gobelet de café qu'elle avait laissé sur la table trois quarts d'heure plus tôt. La crème basses calories s'était figée à la surface. « Je dirais que c'était, hum, l'un des interrogatoires les plus ratés de tous les temps. »

« Vous avez l'air secouée, chef », dit un jeune homme en jean, de petite taille, aux cheveux roux et aux joues semées de taches de rousseur.

La tenue de TJ semblait plutôt originale pour un agent enquêteur du CBI – l'institution policière la plus conservatrice de l'État de Californie – mais tout, chez lui, était hors norme. Âgé d'une trentaine d'années, célibataire, TJ Sconlon habitait sur les hauteurs de Carmel dans une vieille maison dont l'intérieur était un véritable musée vivant de la contre-culture dans la Californie des années 60. Il préférait travailler seul et en civil, la plupart du temps pour des missions de surveillance et de filature, plutôt que de faire équipe avec un collègue du CBI conformément à la procédure habituelle. Mais le collègue avec lequel Kathryn Dance travaillait habituellement se trouvait à Mexico pour une extradition, et TJ avait sauté sur l'occasion de voir le Fils de Manson.

« Pas secouée. Intriguée, seulement. » Elle raconta comment l'interrogatoire s'était bien passé jusqu'au moment où Pell s'en était brusquement pris à elle. Et finit par admettre, devant le regard sceptique de TJ : « D'accord, je suis un peu secouée. J'ai déjà été menacée. Mais les menaces qu'il a proférées étaient les pires qui soient. »

« Les pires ? » demanda Juan Millar, un grand détective à la peau sombre qui officiait au Service des Enquêtes du Bureau du Shérif, dont le siège se trouvait à deux pas du tribunal.

« Des menaces proférées avec *calme* », précisa Kathryn.

« On sait qu'on peut commencer à s'inquiéter quand ils cessent de crier pour parler à voix basse », remarqua TJ.

Ils sont souvent seuls, ces gamins...

« Que s'est-il passé ? » demanda Sandoval, qui semblait plus préoccupé par l'état du dossier que par les menaces à l'encontre de Kathryn.

« Quand il a nié qu'il connaissait Herron, il n'y a pas eu de réaction de stress. C'est seulement quand je l'ai fait parler d'un coup monté par la police qu'il est devenu agressif. Avec des mouvements convulsifs qui ne correspondaient pas à son profil. »

On disait souvent de Kathryn Dance qu'elle était un détecteur de mensonge, mais ce n'était pas exact ; elle était en réalité, comme tous les bons synergologues, un détecteur de *stress*. Le stress étant dans bien des cas un signe de tromperie. Une fois qu'elle l'avait détecté, elle s'attachait au sujet qui l'avait provoqué et creusait méthodiquement, jusqu'à ce que son interlocuteur craque.

Les experts synergologues distinguent plusieurs types de stress. Celui qui se manifeste chez quelqu'un qui ne dit pas toute la vérité est pour eux le « stress de tromperie ». Mais il existe aussi un stress « général » chez ceux qui sont simplement mal à l'aise ou inquiets, et celui-ci n'a rien à voir avec le mensonge. C'est le cas, par exemple, d'un individu qui est en retard pour se rendre à son travail, ou bien qui doit s'exprimer en public, ou craint la douleur physique. À chaque type de stress correspondent des comportements différents.

Elle le leur expliqua, et ajouta : « J'ai eu le sentiment qu'il ne maîtrisait plus l'interrogatoire et ne pouvait pas revenir en arrière. Ce qui l'a mis hors de lui. »

« Alors que vous disiez *comprendre* ses arguments ? » s'étonna le mince Juan Millar, en se grattant machinalement la paume de la main gauche. Il gardait, dans le Y qui se dessinait à la pliure du pouce et de l'index, la cicatrice du tatouage hérité de son ancienne appartenance à un gang.

« Exactement. »

C'est alors que s'opéra dans l'esprit de Kathryn l'un de ces rapprochements-éclairs dont elle était coutumière. A+B+X... Elle n'aurait pas su expliquer comment. Mais elle y était toujours attentive. « Où Robert Herron a-t-il été assassiné ? » Elle s'approcha de la carte du Comté de Monterey affichée au mur.

« Là », répondit le procureur, en pointant le doigt sur une zone colorée en jaune, de forme trapézoïdale.

« Et le puits dans lequel on a retrouvé le pied-de-biche et le portefeuille ? »

« À peu près là. »

C'était à quelques centaines de mètres de la scène de crime, dans un quartier résidentiel.

Kathryn fixait la carte.

Elle sentit le regard de TJ sur elle.

« Qu'y a-t-il, chef ? »

« Vous avez une photo de ce puits ? » demanda-t-elle.

Sandoval se plongea dans le dossier. « Les experts légistes en ont pris une quantité. »

« Et les spécialistes des scènes de crime adorent faire joujou avec leurs appareils », dit Millar. Cette réflexion était étonnante de la part d'un tel boy-scout, et il ajouta avec un sourire timide : « J'ai déjà entendu dire ça. »

Le procureur brandit une liasse de clichés en couleurs, puis les feuilleta pour trouver celui qu'il cherchait.

Kathryn les regarda à son tour et demanda à TJ : « On a enquêté sur une affaire dans ce coin-là, il y a six mois. Vous vous en souvenez ? »

« Bien sûr. Une histoire d'incendie volontaire. Dans ce nouveau lotissement. »

« C'est toujours en chantier », poursuivit Kathryn, en posant le doigt à l'endroit où le puits était situé. « Et là, il y a un puits creusé dans la roche. »

Ils savaient tous que l'eau était si précieuse dans cette partie de la Californie que les puits, qui fournissaient une ressource rare et irrégulière, ne servaient jamais à l'irrigation des cultures mais seulement à des résidences privées.

« Merde », lâcha Sandoval, en fermant brièvement les yeux. « À l'époque où Herron a été tué, il y a dix ans aujourd'hui, il n'y avait là que des terres agricoles. Ce puits ne devait pas exister. »

« Il n'existait pas il y a *un an* », murmura Kathryn. Voilà pourquoi Pell était si nerveux. J'étais tout près de la vérité. Quelqu'un a bel et bien fauché le pied-de-biche à Bakersfield chez sa tante et a trafiqué le portefeuille pour les y mettre, *récemment*. Mais ce n'était pas pour le piéger. »

« Oh, non ! » souffla TJ.

« C'est quoi, cette histoire ? » demanda Millar en les regardant tour à tour, les sourcils froncés.

« C'est Pell lui-même qui a manigancé tout ça », répondit Kathryn.

« Mais pourquoi ? » demanda Sandoval.

« Parce qu'il ne pouvait pas s'évader de Capitola. » Cet établissement pénitentiaire, comme celui de Pelican Bay au nord de l'État, était une prison de haute sécurité réservée aux détenus les plus dangereux. « Mais d'ici, il le peut. »

En prononçant ces mots, elle tendait la main vers le téléphone.

Traduit de l'anglais (États-Unis) par Pierre Girard

Dans la même collection

Jodi Compton
La 37e Heure

Patricia Cornwell
Jack l'Éventreur
Signe suspect
Sans raison
Tolérance zéro
Registre des morts

Jeffery Deaver
Le Rectificateur
La Carte du pendu

Jilliane Hoffman
Justice imminente
Ultime Témoin

Alexander McCall Smith
Le Club des philosophes amateurs
Amis, amants, chocolat
Une question d'attitude

Ruth Rendell
Rottweiler
La 13e Marche
Deux Doigts de mensonge

RÉALISATION : NORD COMPO À VILLENEUVE-D'ASCQ
IMPRESSION : CPI FIRMIN-DIDOT, À MESNIL-SUR-L'ESTREE
DÉPÔT LÉGAL : OCTOBRE 2008. N° 98190
N° D'IMPRIMEUR : 91989
Imprimé en France